好好过日子

于复财 ◎ 著

北方联合出版传媒(集团)股份有限公司
春风文艺出版社
·沈阳·

图书在版编目（CIP）数据

好好过日子/于复财著. —沈阳：春风文艺出版社，2018.1（2024.1重印）
ISBN 978-7-5313-5326-3

Ⅰ. ①好… Ⅱ. ①于… Ⅲ. ①长篇小说—中国—当代 Ⅳ. ①I247.5

中国版本图书馆CIP数据核字（2017）第267485号

北方联合出版传媒（集团）股份有限公司
春风文艺出版社出版发行
沈阳市和平区十一纬路25号　邮编：110003
河北浩润印刷有限公司印刷

责任编辑：寿天舒	责任校对：陈　杰
封面题字：张东平	封面设计：琥珀视觉
幅面尺寸：155mm × 230mm	字　数：460千字
印　张：28.75	
版　次：2018年1月第1版	印　次：2024年1月第2次
书　号：ISBN 978-7-5313-5326-3	
定　价：78.00元	

版权专有　侵权必究　举报电话：024-23284391
如有质量问题，请拨打电话：024-23284384

自　序

作家余华在他的《活着》英文版自序中曾经这样写道:"写作往往是从一个微笑、一个手势、一个转瞬即逝的记忆、一句随便的谈话、一段散落在报纸夹缝中的消息开始的,这些水珠般微小的细节有时候会勾起漫长的命运和波澜壮阔的场景。"

其实生活本身就是这样,一句言语、一个眼神、一个动作,构成了生活的点点滴滴,只不过,对于一个家庭来讲,点点滴滴汇聚到了一起,那便是一个家庭独有的故事。时代在发展,随着家庭的结构、生活方式的变化,出现了很多复杂多样的社会现象。比如老年人再婚、大学生毕业就业、独生子女婚后双方家庭结构的变化,甚至对历史事物与问题的认识,都是很现实地摆在很多家庭面前的问题。

世间的事情,虽然不会完全按照每个家庭的意识发生改变,但会给每个家庭幸福的机会。什么是家庭幸福?那是你与家人在心间遵德守礼时的一丝平静;是你与家人珍惜当下,善待与体谅周边人时的那份收获;那是你与家人学会懂得规矩与付出之后的一种心安理得;是你与家人积极乐观向上、晓事明理时的那份知足常乐;那是你与家人对曾经遇到的很多问题的一份正确理解;是你与家人对周边每个人发自内心的关心;是你与家人在遵守国家法律与社会道德时可以充分享受的自由……

好好过日子

习近平同志强调："家庭是社会的基本细胞，是人生的第一所学校。不论时代发生多大变化，不论生活格局发生多大变化，我们都要重视家庭建设，注重家庭、注重家教、注重家风，紧密结合培育和弘扬社会主义核心价值观，发扬光大中华民族传统家庭美德，促进家庭和睦，促进亲人相亲相爱，促进下一代健康成长，促进老年人老有所养，使千千万万个家庭成为国家发展、民族进步、社会和谐的重要基点。"

幸福的家庭确实如此，言传身教代代传。遵德守礼的淳朴家风，方能处处逢源。即使是半路夫妻，但也要相敬如宾，既然作为朋友，尽量做到兄友弟恭。妯娌和睦，往往是孝老爱亲的前提。

其实，每个家庭漫长的命运，都是这个家庭每个成员在自己言行之中早已埋下的伏笔。爱出者爱返，福往者福来，一切都蕴藏在生活的平平淡淡之中。

于复财
2017.10 北京

目 录

第 一 章　翘首企足 / 001
第 二 章　童言无忌 / 005
第 三 章　造化弄人 / 009
第 四 章　初步确诊 / 015
第 五 章　市井人生 / 021
第 六 章　柳暗花明 / 026
第 七 章　沧海桑田 / 029
第 八 章　通家之谊 / 038
第 九 章　顺利手术 / 045
第 十 章　饭局几味 / 051
第十一章　泡澡人生 / 062
第十二章　住院期间 / 068
第十三章　出院回家 / 080
第十四章　初次相识 / 085
第十五章　手留余香 / 091
第十六章　先入为主 / 099
第十七章　两相情愿 / 108

第十八章　热恋之中 / 117
第十九章　身份标签 / 123
第 二 十 章　转变态度 / 135
第二十一章　雀屏中选 / 143
第二十二章　冰雪消融 / 150
第二十三章　忸怩不安 / 159
第二十四章　落实工作 / 165
第二十五章　痛苦经历 / 173
第二十六章　苦难阴影 / 181
第二十七章　医院相逢 / 190
第二十八章　如同对弈 / 197
第二十九章　沾亲带故 / 206
第 三 十 章　白驹过隙 / 215
第三十一章　平淡是福 / 224
第三十二章　亲家相见 / 231
第三十三章　事与愿违 / 241
第三十四章　工作变动 / 251

第三十五章　撒手人寰 / 263	第四十六章　荆棘塞途 / 359
第三十六章　孑然一身 / 273	第四十七章　摧心剖肝 / 370
第三十七章　弄巧成拙 / 282	第四十八章　祸患临头 / 380
第三十八章　若即若离 / 293	第四十九章　锒铛入狱 / 389
第三十九章　层层风波 / 301	第 五 十 章　心灰意冷 / 397
第 四 十 章　三姨后妈 / 309	第五十一章　节外生枝 / 406
第四十一章　折戟沉沙 / 319	第五十二章　举棋不定 / 417
第四十二章　手足无措 / 326	第五十三章　放平心态 / 425
第四十三章　钱悦出生 / 334	第五十四章　变本加厉 / 434
第四十四章　难得平静 / 343	第五十五章　冷暖自知 / 444
第四十五章　天高云淡 / 352	

第一章 翘首企足

"爸爸,爸爸……"每当听见宝贝女儿清脆的喊声,钱川就有一种发自内心的高兴。

女儿钱悦已经六岁了,今天刚刚照完幼儿园毕业照,再有三个月就是小学一年级的学生了。以往都是妻子每天接送,所以钱悦看见今天是爸爸来幼儿园接自己的,显得格外地兴奋,跑着扑进钱川的怀里。

"哎哟,我的大宝贝,爸爸亲一口。"钱川特别喜欢孩子,女儿钱悦也特别乖巧懂事。

啵的一声,钱川对着女儿的脸颊就是一口。尽管妻子郭晓莹说过很多遍,不要在大庭广众这样亲吻孩子,毕竟是女孩,已经大了,这样很容易淡化她的男女性别意识,对以后的成长是不好的。可钱川老是记不住,用他自己的话说这可能是父亲对女儿唯一可亲近的阶段,等女儿大一点了,自己想抱一抱女儿,都不是那么容易了。

"爸爸,我妈妈今天怎么没来?"钱悦把嫩嫩的小脸儿递给爸爸的时候,贴着爸爸的耳朵问道。

"我女儿的小脸蛋儿真香!妈妈单位的同事晚上找妈妈有事儿,爸爸接你,你现在原地站好,爸爸去老师那里签字。"钱悦就读的区教育局附属幼儿园,对家长签字领孩子这一要求,执行得非常严格。家长签字之后,班主任老师会给家长一张芯片出门卡,幼儿园的保安刷了出门卡之后,电脑上会显示出孩子与经常接送的家人的照片,保安确认无误后,才会让家长带着孩子离开。

"你不说,我也知道,我妈妈肯定跟闺密逛街去了。"钱悦虽然只有六岁,但说起话来有板有眼,像个小大人似的。

"女儿,你怎么什么都懂?"钱川左手拿着女儿的书包,右手摸了摸女儿的脑门儿。

"哼,她天天说我是酱油瓶,所以逛街不带我。"钱悦嘟嘟个嘴,一副可爱的样子。

"哈哈,妈妈那是喜欢你,才那样说的。"钱川笑着说道。

"我也喜欢妈妈。"钱悦嘟着小嘴说道。

"走吧,女儿,这外面太晒了,快上车。"六月的天气真的炎热了起来,虽然已经是下午四点半了,可太阳还是毒热得厉害,阳光落在身上,仿佛皮肤上涂上了辣椒水一般。钱川的车停在离幼儿园门口不远的地方,说话的工夫,他们父女俩也走到了那里。

钱川打开车门,钱悦自己爬上儿童安全座椅,钱川为女儿系上了安全带。

钱川坐到驾驶位上,从副驾驶的座位上拿起一本书,回头递给了女儿,然后启动了汽车。

"呀,冰雪奇缘贴纸。"钱悦很喜欢,高兴地翻看了起来。

"长亭外,古道边,芳草碧连天……"钱川的手机响了起来。

"接到女儿了吗?"

"接到了,放心吧,我开车呢。"

"好的,你让女儿抓紧时间背诵主持稿,别到了幼儿园毕业演出那一天,她忘了词。"

"知道了,你就逛你的街吧。"

是妻子郭晓莹打来的电话。对待孩子,郭晓莹自己有时候照顾不上,钱川带孩子的时候，她还不放心。

"爸爸，我有一个小秘密。"钱悦一边低头摆弄着贴纸，一边说道。

"别卖关子啦，爸爸肯定为你保密。"钱川趁着等红灯的空隙，回头看了女儿一眼。

"我给爸爸礼物，只有爸爸的，没有妈妈的。"钱悦说完还微微颤颤头。

"宝贝女儿，真的吗？"钱川故意问道。

其实今天幼儿园的老师们已经在家长微信群里告诉家长了，在父亲节到来之际，小朋友们在幼儿园为爸爸们做了手工小领带，回家送给爸爸。

"好孩子不撒谎。"钱悦瞪大了眼睛。

"为什么只有我的，没有你妈妈的呀？"钱川故意问道，还从倒车镜看了钱悦一眼，钱悦还认真地摆弄着贴纸。

"告诉你吧，明天，不对，后天吧？父亲节，爸爸，我也记不住了。"听得出来钱悦有些着急了。

"女儿，谁告诉你们爸爸要过节的？"钱川心里很高兴。

"迟老师。"钱悦放下了贴纸，拉着长音说道。

"知道父亲节是怎么规定的吗？"钱川问了一句。

"老师说过，我忘了。"钱悦的手上已经贴满了贴纸。

"父亲节是每年六月份的第三个星期日，你还小，你长大之后就会知道了。爸爸问你，你今天给爸爸带了什么礼物啊？"钱川又从后视镜里看了一眼女儿天真可爱的样子，笑着说道。

"爸爸猜猜，再给爸爸。"钱悦又开始高高兴兴起来。

"糖果，面包……"钱川故意说了好多错误的答案，把钱悦逗得哈哈直乐。父女俩爽朗的笑声透过打开着的车窗传了出去，让路人听了都有些羡慕。

钱川居住的小区离幼儿园很近，一会儿的工夫，就回到了家。下了车，钱悦还跟在钱川的后面，央求着爸爸继续猜。

"女儿，爸爸，实在猜不出来了，你告诉爸爸吧。"钱川掏出钥匙打开房门。

"爸爸是大笨蛋。"钱悦活脱脱一个小大人的样子，故意捂着嘴巴说道。

"女儿，快告诉爸爸，你送爸爸什么礼物？"钱川上前抱住了女儿，又在女儿的小脸上亲了一口。

"领带，祝爸爸快乐！"钱悦跑到书包前，打开书包，拿出一张图画纸，上面粘着一条用纸叠好的领带，并且涂上了颜色。

钱川高兴地接过女儿亲手做的礼物，抱起钱悦走到书房，父女俩一起把手工领带放在了显眼的位置上。这时候，他才注意到手工领带上面，女儿歪歪扭扭地写着自己的名字并画着一个心形。

"女儿，爸爸真幸福。"钱川说道。

"爸爸，你带我去游乐场，我也幸福。"钱悦从爸爸怀里滑了下来，翻弄起书架旁边的电话手表。

"爸爸，这是我爷爷奶奶给我的六一儿童节礼物，我姥爷没给我买。"女儿一边鼓捣着电话手表，一边说道。

"女儿，不要把礼物看得那么重，你需要什么，爸爸都能给你买。"钱川说道。

"我们班的很多小朋友，爷爷奶奶，姥爷姥姥，爸爸妈妈都给买礼物了，比我的礼物多。"钱悦手里拿着电话手表，看着钱川瞪大眼睛说道。

女儿的眼神中，透露出孩子们那种单纯的期盼。这种翘首企足的心情也许是每个小孩子的天性。

"女儿，你要体谅姥爷，也许是姥爷有事情忘了呢？有很多偏远山区的孩子连一件礼物都没有呢。记住不要攀比，懂吗？"

钱川说完，钱悦似懂非懂地点了点头，又跑去抱起自己的布娃娃玩去了。

第二章　童言无忌

墙角处的时钟，三个指针在坚守使命地奔跑着。可能是夜里渐渐静下来的缘故，嘀嗒声越来越清脆了。

晚上临近九点的时候，郭晓莹拎着大包小裹回来了。看上去很高兴，购物对于任何女性朋友来讲，都会调动她的兴奋点，至今没人能够彻底研究明白女性为什么是天生的逛街达人。

钱悦早就有些困了，可是还坚持要等妈妈回来。钱川在书房里写些东西，她一个人在客厅里摆弄着魔方。

随着开门声，钱悦循声望去。

"妈妈回来了。"女儿兴冲冲地跑了过去。

"女儿，主持稿背诵了吗？"这几乎是郭晓莹最近几天天天都要跟女儿重复的话。

钱悦听到这句话的时候，仿佛急加速的汽车立刻做了急刹车的动作。站在距离郭晓莹一米之外的地方，一动不动，只剩下眼睛在那里忽闪忽闪的。

"女儿，妈妈问你话呢？"郭晓莹一边脱鞋，一边问道。

"妈妈，我忘了。"钱悦的声音有些胆怯。

"一会儿妈妈陪你把今天的学习任务完成。什么事情指着你爸爸真是不行,他早就忘在脑后了。对了,今天在幼儿园学习什么啦?有没有要跟妈妈分享的?"郭晓莹每天都要重复一遍类似的话语。

"学了一首诗歌。"钱悦回答说道。

"女儿真乖。一会儿妈妈与爸爸一起听你朗诵啊。"钱悦把刚才进屋扔在门口的包包裹裹重新归拢了一下。

不知道为什么,钱悦没有再向前走去,而是回到了沙发上,继续摆弄着魔方。郭晓莹仿佛看出来钱悦好像不太高兴的样子。

"女儿,母亲节的时候,你为妈妈唱的歌,妈妈现在还记得呢。"郭晓莹故意夸奖钱悦。

"对呀,歌曲有《世上只有妈妈好》,但没有"世上只有爸爸好",所以给妈妈唱歌,给爸爸朗诵诗歌。"钱悦一边摆弄着魔方,一边说道。

"我可爱的悦悦,你真聪明。"郭晓莹把几个包装袋拎进了卧室。

"妈妈,你买的什么呀?"钱悦看见妈妈一直在表扬自己,就把魔方扔在了沙发上,蹦蹦跶跶地跟着郭晓莹跑进了卧室。

"给你姥爷买的父亲节礼物。还给你爸爸买了一根腰带。去给你爸爸送去。"郭晓莹把腰带递给了钱悦。

"为什么不给我爷爷买啊?"钱悦没动地方,问道。

"你爷爷回农村老家了,过一段时间才能回来,等他回来,我再给他买。"郭晓莹把买给自己的衣服挂在了衣橱里。

"姥爷没有给我买六一儿童节礼物。"钱悦嘟嘟着嘴。

"你这孩子,怎么说话呢?你姥爷六一不是有事没来吗?"郭晓莹继续收拾着自己的衣服,越看越喜欢,还不时地到镜子前摆弄一下。

"那他都给朵朵姐姐买礼物了,没给我买。"此刻钱悦的小嘴上,都能挂个酱油瓶子了。

"小孩子,不要攀比,比学习好不好?爸爸、妈妈小的时候啥也没有,不是照样长大了。"郭晓莹很不高兴钱悦这样说话。

"姥爷领朵朵姐姐去游乐场玩了,还吃棉花糖了,我也想去。"钱悦一副期盼的样子,看着郭晓莹。

"谁跟你说的啊?"郭晓莹听了这些话,愣了一下神儿。

"朵朵姐姐自己说的,昨天微信视频时说的。"钱悦回答。

"她妈妈不在身边,没人带她,你小舅还忙工作。"其实郭晓莹听完钱悦的解释,自己的心里也不是滋味儿。

"她不是有姥姥吗?姥爷是我的,后姥姥不好。"钱悦这一句话已经触及了郭晓莹的底线。

"你这孩子真是越来越不懂事了,再这样下去,我可就打你了。"郭晓莹的话音刚落,钱悦被吓得哭了起来。

当时,钱川正在书房收拾剃须刀呢。听见女儿的哭声,立刻跑了过来,抱起了孩子。说道:"你回来就把孩子弄哭了,你是后妈啊?"

"这孩子能这么说话吗?"郭晓莹很是生气。

"你大半夜逛街回来,把孩子还弄哭了。简直就是个后妈!"

"是不是后妈,你不知道啊?"

"能不能好好跟女儿解释一下?"

"我解释?这孩子越来越不像话了!"

钱川拿过纸抽盒,抽出一张纸巾,给女儿擦了擦泪水。

"女儿,爸爸过父亲节,也陪你去游乐场好不好?"钱川知道女儿还想坐飓风飞椅。

"真的吗?"钱悦停止了抽泣,用期待的眼神看着爸爸。

"爸爸什么时候骗过我的宝贝女儿?"钱川对孩子真是有一说一。

"那好吧,我们拉钩盖章。"钱悦停止了哭泣,孩子的要求往往很简单。

"拉钩、上吊,一百年不许变,盖章。"钱悦拉着钱川的手,两人一边念叨着,一边拉钩、盖章。

"女儿,你不是说,你还要为爸爸朗诵诗歌呢嘛。"钱川忽然想起了钱悦放学时说的话。

"我爬上高高的滑梯,但我并不害怕,我知道你会接住我;我打碎了玻璃杯,但你说没关系,还吹着口哨扫干净。我坐在你的膝盖上,听你给我讲故事，我会让你讲了又讲，我看到你的微笑。爸爸和你在一起，真好。"钱悦非常流利地背诵了下来。

"哈哈，女儿，你说得真好。"钱川对准女儿的额头，又是狠狠地亲了一口。

"爸爸，白雪公主的后妈给她吃毒苹果，我妈妈的后妈给她吃毒苹果不?"钱悦突如其来这么一问，钱川都不知道如何回答了。

童言无忌是天性。

第三章　造化弄人

其实每个人都希望自己有个完整的家——父母健在，儿女健康。然而生活就是磨砺人生的，正是有了各式各样的人生经历，才会让这个世界有了各种各样的生活。

生活有时候跟工作一样，工作中有领导把控局面，生活中就必然会有个当家的。郭晓莹的父亲就是整个家族里那个既当爹又当妈的当家的。

郭晓莹的父亲名叫郭有庭，是"文革"后恢复高考的第一批大学生。当年考上大学的时候，他所在的下乡青年点几乎沸腾了，敲锣打鼓地送他上了大学。

郭有庭就读的是华北水利水电学院水利水电工程专业，当年以郭有庭的分数，考入他内心中曾经的理想学府——复旦大学，简直绰绰有余，但因为高考那年，也就是1977年的夏天发生了一件事情，让他彻底改变了主意。有一位同一青年点的下乡青年，在一次突如其来的山洪中，祸从天降，卷入水中之后，再也没了呼吸。他亲眼看到昔日秀美的山城，瞬间因洪水肆虐而变得满目疮痍，也亲眼看见了活蹦乱跳的好友瞬间失去了生命。

郭有庭做出了报考水利水电学院的决定。

送别的队伍中，有两个人，一个是以后成了自己妻子的尹玉红，一个是像他自己弟弟一样愿意跟着他的赵吉利。大学的四年间，始终让郭有庭惦记着。

与尹玉红自然不用说，年轻如火的年龄，一封封书信让两个人始终保持如胶似漆的联系。这赵吉利，更是有意思，他始终认为郭有庭日后肯定会大有作为，"苟富贵，勿相忘"的话，让郭有庭的耳朵都听出了茧子。

后来，郭有庭大学毕业后，与尹玉红结了婚，也利用水电工程局招工的机会，将赵吉利招到了自己的身边。

郭有庭，家中兄弟俩，他排行老大，父亲郭宝贵是退伍军人，参加过解放战争与抗美援朝战争，不过他母亲去世较早。弟弟郭有渊人还可以，除了爱喝点小酒，怕老婆，没别的毛病。倒是这弟媳韩冬梅吝啬得很，父亲在世的时候，老人家看不见她的一口东西，反过来，父亲家里的油盐酱醋、葱蒜米面倒是一个劲儿地往家里倒腾。老爷子要是责备起来，总会递上几句能把老爷子噎个半死的话来。

"老东西，你们老郭家的香火在我们家，我给你生了个大孙子，是你孙子想吃，我才不稀罕你这点破东西呢。记住啊，你百年之后，这房子得给我们，莹莹迟早要嫁人的。"临走的时候，还把老人桌子上的一盒牙签带走了。

妻子尹玉红家姐妹四个，妻子排行老二，大姨姐尹玉丽远嫁到了黑龙江虎林县，多年也见不上一面，几年前因病去世了。小妹妹尹玉丹全家在日本，只剩下妻子与三妹妹尹玉霞留在了自己岳父岳母的身边。但三妹妹婚姻十分不顺利，孩子三岁的时候，就与丈夫吴庆阳离婚了，后来又处了几个，但不是因为尹玉霞的性格倔强，就是因为她还带个儿子，这么多年，处了黄，黄了再处，一直分分合合的。但女人就是不禁折腾，转眼间，过了五十岁，也就死了再找另一半的心，况且自己的儿子吴涵东一天天大了，也不是太听话，吃啥啥没够，做啥啥不行，周围给尹玉霞说媒的人，就好像是深秋后的知了，瞬间无影无踪了。

这吴涵东让全家人操碎了心，但是身体素质随了他父亲的基因，能跑能颠的。小时候学习长跑，在全市都有名，可没有后劲，训练时老是偷懒。稍大一点了,开始练习皮划艇,眼看都要进入省队了,可谁知道与女网友处起了对象,结果可想而知,被市体育运动学校除名。尹玉霞说他几句,他倒是教训起了他妈妈:"妈,你都换四个了,我这才一个,唯一的一个,你真没资格说我。"

尹玉霞实在没办法,让他的生父把他接回家住了一个寒假。尹玉霞一来想让他父亲教育教育他,二来想让他父亲体验体验她这十几年来带孩子的不易。

不知道这孩子天生就是和尹玉霞作对的命,还是知父莫如子。好家伙,一个寒假的时间,吴涵东给他爸爸介绍了一个对象,给自己找了一个后妈。

这后妈不是别人,正是尹玉霞最要好的闺密。尹玉霞下岗之前是东洲市纺织厂的印染工,当年各大单位都是企业办社会,尹玉霞每天带着吴涵东去厂里的幼儿园,当时就诊断出爱人不能生育的王雪梅是幼儿园的保育员,特别喜欢吴涵东,加上她与尹玉霞两个人年纪相仿,吴涵东小时候长得也招人稀罕,王雪梅又不能有自己的孩子,一来二去,两人走得近了起来。后来,王雪梅调入了印染厂的食堂,两年的工夫,吴涵东像被气吹的似的,被王雪梅照顾得非常好。打那以后,"干妈"与"儿子"就是两人之间的称呼。

当年尹玉霞与吴庆阳离婚,家里所有的人都不同意,大多数的理由就是为了孩子最好将就将就。唯一全力支持离婚的就是尹玉霞的闺密王雪梅。

"离,必须离,这样偷腥的男人怎能放过。这种事情就好比馋猫吃鱼,偷腥了嘴,总惦记这种事情,改不掉的。"王雪梅似乎对待男性有着特殊的仇恨。

莫须有的罪名就这样安在了吴涵东父亲的头上。为了急于离婚,尹玉霞带着儿子租了房子,把唯一的一套单间留给了吴涵东的父亲。

"雪梅,他不离啊!"

"玉霞,你是不是傻啊?这种男人大街上有的是。"

"他说要是同意离婚,必须把房子留给他,这是他离婚的条件。"
"怎么的了?老吴他扯淡扯上瘾了啊?还得留个窝棚扯淡啊?"
"雪梅,你说没房子,我们娘俩住哪儿啊?"
"我的亲姐姐啊,玉霞,你这条件,嫁给谁,谁不得有套房子啊,再说了,你家那房子一共不到四十平,还是老吴单位的房子,你纠结它干什么。"

尹玉霞为了离婚,带着儿子开始了租房子的生活,今年租了这一家,明年又换了那一家,一转眼,就是十八年。

真是造化弄人,没想到十几年后,自己的闺密取代了自己,闺密与吴庆阳的婚房还是那套自己结婚时住的房子,只不过经历了房产改革,那套房子的房主名正言顺写着吴庆阳的名字。

二十二岁的吴涵东觉得自己最有成就感的事情,就是让自己的老爸焕发了第二春,让自己的干妈成了自己的后妈。

原来,自从吴涵东被亲妈尹玉霞赶到生父家之后,干妈王雪梅也时常惦记着这个干儿子。吴涵东天生一副好嘴巴,这嘴巴不仅平时会说话唠嗑,而且一旦要是嘴巴馋了,更会把他干妈溜须拍马得溜溜直转,王雪梅自己会做的,白天亲自登门上灶,不会做的,就带出去下馆子狠造一顿。就连吴涵东的女朋友带到家里来,干妈也依旧是好吃好喝伺候着,绝对不会像尹玉霞那样问东问西,更不会三分钟之内就下达逐客令。

"儿子,喜欢吃啥用啥,就跟干妈说,你干爹那些抚恤金,干妈都给你留着。"王雪梅简直把吴涵东当成了自己的亲儿子。王雪梅婚姻也不是顺利,对方不仅没有生育能力,在单位一场事故中,让她成了寡妇,也单身七八年了。

吴涵东每天在电话里与王雪梅之间一口一声"妈妈"地叫着,不知道的人都以为他如何地孝顺。他的这些优点应该遗传自他的父亲,儿子干妈照顾吴涵东的这些日子,吴涵东的父亲吴庆阳也感觉到了一个家庭有了女人不一样的感觉。他的嘴巴也像裹了蜜似的,又是献殷勤,又是给王雪梅买礼物的。

男女之间的事情，最怕天天看见对方的优点，吴涵东也是心大，逛个菜市场，也能右手搭在他亲爸的肩上，左手搂着他干妈，一来二去，他亲爸与干妈的手，就像磁铁的正负极一样，在他的身后吸引住了，两人顺理成章地拉起了手。

用吴涵东告诉尹玉霞的话来说，他们三个人走在菜市场里，他自己拎着东西走在前面，耳机里的音乐正嗨着，他的身后，两个干柴烈火的肩膀早都偎依在了一起。当他回头时，瞬间被石化了，一切的思维在当时都是被停止的。

"妈，当时他们两个不是尴尬，而是冲着我微笑，只有我干妈有那么一点点的羞涩，你懂吗？我这样撮合是不是挺好的，这边是我爸，那边是我干妈……"吴涵东描述得绘声绘色。

"滚，兔崽子，丢死人了，你这脑袋是让驴踢了吧？还说你撮合得挺好的？"尹玉霞的脾气的确够火暴的，话落的瞬间，往往有拖鞋或者鸡毛掸子在吴涵东的前后左右落下，也经常有时候，直接命中目标。那种情况，都会伴随着吴涵东的"哎哟"一声。

"怎么了！他们两个人都是单身的人，都有追求幸福的权利，你这是老封建意识，更是嫉妒！"吴涵东龇牙咧嘴地喊道。

郭有庭与妻子尹玉红双方的家庭，就是这样看似复杂而又简单着。

"二姐夫，帮涵东琢磨个营生吧，不然天天钻网吧、歌厅，我真怕他哪天学坏了。"尹玉霞又来找他的二姐夫郭有庭了，谁让他是家里的主心骨呢，不问他问谁。

一般家里的大事小情，必须得由郭有庭自己亲力亲为，任何时候都不能缺席，否则所有的事情都办不成，也通不过。无论是自己父亲家的煤气罐要换了，还是岳母家的灯泡坏了，离开了自己，好像这地球都要静止了一样。

"他亲爸与干妈不管了啊？不是都对他挺好吗？"尹玉红拿出砂糖橘递给了尹玉霞，说完自己又咳嗽了几声。

"二姐，你咳嗽的声音好像不太对劲啊？跟平时的不一样呢。让我姐夫带你去检查检查啊。"尹玉霞说道。

"这涵东也不争气，我就是被大家气的，你姐夫的二弟更是气人，怕老婆怕得要命，莹莹的爷爷渍点酸菜，这才几天啊，老人家一片酸菜叶还没吃呢，已经被他们家捞走一多半了。"尹玉红又咳嗽了几声。

"这秋菜多便宜啊，自己弄呗，他们给吃了，老爷子吃什么。"尹玉霞也十分不理解郭有渊的做法。

"这些你都别操心了啊，明天我带你去检查检查，自己的身体最重要。"郭有庭说道。

"我姐这都病了一个多月了，明天我也陪着去。"尹玉霞说完还给二姐拍了拍后背。

"你快忙你的。你现在把爸妈照顾好了，比什么都强。我和你姐夫去就行，没啥事，就是这次感冒时间长了，可能是肺炎没好利索吧。"

第四章　初步确诊

这人啊，进了医院，就没了自主权，这是生活中唯一消费者没有选择权的地方。进商场，东西贵了，可以选择便宜的；进饭店，馆子大了，可以选择大排档、小吃部。这进医院，大家都争着抢着进权威的，人命关天，放之四海，皆为重视。

水电医院是东洲市最好的医院了，仅次于省会的医大附属医院。

X线检查、胸部CT、痰脱落细胞检查、MRI检查、纤维支气管镜检查……郭有庭手中的钞票眼看着由厚变薄。古时候，老祖宗留下来的"望闻问切"四诊疗法，套路基本还在，但现在都是借助高精尖的仪器帮助诊断的。

折腾了一上午，尹玉红也累了。

"结果，明天再取吧，我明显觉得四肢乏力，喘不上气来了。"

"那也行，我们现在回去，检查结果明天我自己过来取。"

第二天上午，郭有庭先去菜市场买了五斤排骨给老父亲送去，又急匆匆地赶到了医院。

"爸，用高压锅的时候，看着点儿，别老琢磨你那围棋。"郭有庭嘱咐道。

"我昨晚梦见你家玉红了。她有一个月没来了，以前每周都来看我。"郭有庭的父亲说道。

"都挺好的，她前一段时间感冒了，一直没好利索。你自己照顾好自己就行了啊。"郭有庭临出门还不忘叮嘱道。

吃五谷杂粮的，怎能不生病。医院的"生意"永远是那么红火，人来人往的。

尹玉红的检查检验结果都出来了，和郭有庭自己预料的一样，似乎更严重，初步确诊是肺癌Ⅱ度。

郭有庭拿着结果单子，站在医院大堂门口，眼里的泪水转了几圈之后，最终还是没忍住。

"茶蛋，热乎的茶蛋，新出锅的小米粥，热乎了啊。"医院门诊大楼门口的摊贩们在竭力地叫卖着，明天就是西方的平安夜了，卖茶蛋的摊主也戴上了红色的圣诞帽，帽尖上还一闪一闪的。

郭有庭从羽绒服的兜里掏出手机，又将手机放了回去，脸上的泪水已经被这零下二十几摄氏度的气温带走了温度，存在泪痕的地方，犹如被锋利的刀片划过一般的疼痛。他不知道，老伴尹玉红生病的这事情应该告诉谁。女儿正读大四呢，这几天正忙着期末考试。

反正他的心里很乱。

郭有庭一个人走在街路上，天气阴沉沉的，天空中一点风都没有，雪花密密麻麻地落了下来。他左手中拿着妻子尹玉红的检查结果，右手攥着一块钱的硬币，向806路公交车车站走去。一会儿的工夫，他的头发眉毛、肩膀上都落了白白的一层，看上去他也苍老了许多。他现在走的这条路，是昨天他陪妻子来医院做检查时两人一起走的路，妻子昨天走了一路，也咳嗽了一路。

医生刚才说的话，让他在这个寒冷的冬天，更加地感觉到战栗不安。

"你爱人目前咳嗽、咯血、经常胸闷都是肺癌的最常见的早期症状。因为长在支气管内的肿瘤，会阻碍空气的进进出出，以及刺激支气管壁造成的。当侵入支气管黏膜的血管时，咯血的情形自然而然就随之而来了。因为现在是冬天，呼吸道疾病频发，你们，包括很多人都认为是普通的呼吸道疾病，通俗地来讲就是当成感冒来治了。做好心理准备，做手术吧，没别的办法。"医生的话说起来很轻松，但字字犹如重石，压在郭有庭的心尖，那是一种突如其来的痛。

"医生，那她现在就呼吸困难是怎么回事？是民间老百姓说的肺部已经被堵满了吗？"此时的郭有庭像个孩子，对未知充满了恐惧，但还不得不问。

"我不知道你所说的堵满是具体指的什么，但医学上是这么一个情况，当癌瘤阻塞支气管时，导致肺萎缩，减少了肺活量，造成胸闷，以至于呼吸越来越困难。"这位医生说得已经很详细了。郭有庭道了声谢谢，拿起病历本走出了诊室。

806路公交车终于来了，而且是一起来了两辆。在别人前后夹击中，郭有庭被人挤上了公交车。车厢里的地面上都是泥泞的雪水，黑乎乎的，几乎没有落脚的地方。硬币落进到投币箱的那一刻，"叮当"的一声，在郭有庭的内心中仿佛炸开一样。

公交车一站又一站地行驶着，上来一拨人，又下去一拨人。以往很常见的场景，今天在郭有庭的眼里，一切都好像有着特殊的意义。他害怕这种场景在自己的生活中出现，他隐隐约约感觉到，妻子尹玉红似乎要比自己早几站下车，这是他内心中，现阶段所不能接受的。

"水利水电设计院到了，请前门上车，后门下车。上车后请站稳扶好，上车请投币，下一站理工大学站……"

水利水电设计院的大楼，在郭有庭的眼里越看越宏伟，越看越觉得装修很漂亮。自己是一名水电人，大学毕业的时候，本可以直接进入到这里工作，但那个时候，祖国的广阔天地大有作为的思想教育了他，他选择了最需要他的水电建设工地现场。年轻的时候，与妻子聚少离多，祖国的大江南北，多少个水电站都留下了自己的身影。曾经在非洲援建三年没回国，更别提回家了。这老了老了，有时间了，还落得个现在这么一个窘境。记得年轻的时候,水电站建设往往在条件艰苦的地方,穷山恶水,再苦再累都没让自己畏缩过,而这次,郭有庭不但畏缩了,而且有些战栗,甚至他也开始感受不到自己的呼吸。

"理工大学站到了,请前门上车,后门下车。上车后请站稳扶好,上车请投币,下一站和平广场站……"

公交车的报站器再次牵回了郭有庭的思绪,车窗外的雪,看上去比刚才更大了。他的视线里,仿佛像以前黑白电视里信号不好,屏幕里出现雪花的感觉一样,密密麻麻地模糊成了一片。

雪落的速度,很快;车辆停下来的速度,很慢。

理工大学车站,上来十几个大学生模样的乘客,嘻嘻哈哈说笑着。

多么快乐的年纪,父母都在,对于一个孩子来讲,是多么重要和幸福的一件事情。自己的女儿也正在这座城市里最好的大学里读大学四年级,转过年的七月份就要毕业了。

郭有庭今天想得太多太多。

而且前几天听吴涵东说过,也就是自己小姨子家的孩子,女儿郭晓莹的表弟,传来的小道消息:郭晓莹处了一个男朋友,是学生会的副主席,小伙子各方面条件都不错,但家是农村的。

女儿结婚的典礼现场,父母双全的场景是否会变成一种奢望呢?那手中的检查结果什么时候告诉女儿呢?回家是否对妻子实话实说呢?一系列的问号,在郭有庭的脑海里闪现,但都没有答案。

十几站地的车程,因为今天雪天路滑,公交车开得较慢,在郭有庭的感觉中,这时间过得更慢。

终于到了自己要下车的车站。雪花没有停下来的意思,相反,飘落得更加紧密了。手表上的时间已经显示中午十一点多了。

真的不知道该怎样回家面对自己的妻子——尹玉红。有时候,就是这样,为了照顾别人的情绪与心情,往往自己还要想尽一切办法来伪装自己,甚至去善意地欺骗别人,都是不得已而为之。因为不得已的这一方深爱着对方,已经没有实际能力让对方免于伤害,只能这样去做,违心地去隐瞒、欺骗。

郭有庭下了公交车,到家还有一千米左右的距离。左手里的检查结果,让他没了主意,是先回家,还是找一个地方让自己先考虑考虑怎么面对尹玉红?

几个孩子在路边嬉闹着,绕着郭有庭躲来躲去。

"别摔了,雪天路滑。"郭有庭大声喊道。

可孩子们玩得正兴起,哪里还能听得进去他的劝告。

唉,再有几年,女儿要是结了婚,孩子也会这么大了。他心里想着以后的很多事情,越想越没了主意。右手伸进裤兜里,拿出电话,拨了出去。

"老赵,你干什么呢?"郭有庭说得有气无力。

"刚从浴池出来啊,准备弄份冷面,外加一瓶啤酒解解渴。"一身棉睡衣的赵吉利正从一家面馆里出来,虽然寒气从他的裤管里直往上冒,可他没觉得怎么冷,手里拎着一瓶啤酒。

"这天都快零下三十度了,你还吃冷面喝啤酒,不要命啦。"郭有庭惊讶地说道。

"唉,我这工作天天温暖如春的,你们怎么会懂?要不也过来一起喝点?"赵吉利在电话的这一头笑着说道。他手里的手机,还是郭有庭女儿郭晓莹刚刚换下来不用的,赵吉利每次接电话,都把手机的天线完全拽出来,弄得自己像个雷达兵一样。

赵吉利是郭有庭的小学、初中同学,一起下过乡,在一个青年点。虽然已经五十九岁了,但身体结实得很。别看个头不是太高,但胸大肌十分健硕,郭有庭找他,除了两人私下关系较好以外,最主要原因是赵吉利的妻子十五年前也是死于癌症。

"你先吃吧,我五分钟之后能到你那里。"郭有庭指的"那里"其实就是赵吉利所说的天天温暖如春的大众浴池,他是那里唯一的一名男搓澡工。

"你来吧,我回浴池吃,我给你带份炒面啊?蛋炒呗?"赵吉利说完,又钻进了刚才的那家面馆。

"不用,我吃不下。"

没等郭有庭说完,赵吉利的大嗓门已经喊了起来:"杨老板,再加蛋炒面一份,别放香菜。对了,再来一瓶啤酒。德海,德海,听见没?"

"好嘞!大利哥。你喊我德海就行,喊我杨老板都给我喊蒙了。"后厨传来厨师兼老板杨德海扯着嗓子回答的声音。

其实,后厨与前厅的距离,就是一块已经被油脂浸染成硬度十足的门帘。上面"生意兴隆"的字样已经模糊得一塌糊涂。

三五分钟的工夫,冒着热气的蛋炒面被端了出来。厨师兼老板杨德海手脚麻利地打开包装盒,将面划拉进去,外面又套上了一层塑料袋。收过赵吉利递来的零钱,数也没数,放进了自己腰上的小挎包中。

"大利哥,那旁边有油炸花生米,你自己装点,我这儿现在就我自己,忙活不开了。"杨德海又额外递给赵吉利手掌大小的一个薄薄的塑料袋。他比赵吉利小那么十四五岁,街坊邻居的十多年了,也都熟悉,浴池与这德海面馆也就十几米远的距离。

"是,我看见你家弟妹去我们那里了,也应该快回来了,女同志洗澡慢,正面搓、侧面搓、背面搓、侧面搓,哪像我们男同志只需要正面搓与背面搓!理解。"赵吉利装了五调羹油炸花生米。

嘴里还数着:"一勺、两勺、三勺、四勺、五勺。"

临走的时候,还冲着后厨喊上了一嗓子:"德海,我走了啊,五勺啊,大概三四十颗花生米。"

"好的,大利哥,喝完记得把酒瓶给我送来,没收押金啊!"后厨呜呜作响的火苗声里,杨德海依旧扯着嗓子回应道。

第五章　市井人生

等到赵吉利回到浴池的时候，郭有庭已经到了。

"丰盛浴园大众洗浴"是这家浴池的全称。都是街坊邻居开的，面积不大，一楼是男宾浴区，有个泡澡池，能同时容纳六七个人淋浴。二楼是女宾浴区，没有泡澡池，但比男宾多了个芬兰浴。

澡票三元，搓澡五元。这附近的大众浴池都是这个价格。

在赵吉利没在这里做搓澡工之前，郭有庭已经是这里的常客了，与老板兼锅炉工的陈永胜比较熟悉。

"咱们东洲市这小锅炉早晚一天能被取缔，都能像省会那样去热电厂买热水，污染太重，这呼吸系统疾病都是空气污染得的。"郭有庭正与陈永胜唠嗑呢。

"你比我快啊？"赵吉利看见郭有庭第一反应说道。

"你多穿点啊，多大岁数了，还像年轻人一样嘚瑟啊？"郭有庭接过赵吉利手里的啤酒说道。

"真不冷，就那么一会儿的工夫。今天的炒面老香了，冷面也好。杨德海这小子真会做生意，一开始我买冷面的时候，面里给我加了三块狗肉，新出锅的。你打完电话，我又回去买炒面的时候，又让我自己装了五勺油炸花生米。"浴池收银台旁边有个小桌子，贴在墙根上，仅能供三个人同时用餐。赵吉利一边收拾着，一边说道。

"老光棍火力壮啊！给你瓶起子，大冷的天，冷面加上凉啤酒，真够劲儿。"陈永胜把瓶起子扔在了桌子上。

"老陈，一起来点？我本身就吃不下，炒面分你点儿，不然就浪费了。"郭有庭是真心不想吃，可赵吉利已经买回来了，盛情难却。

"我刚才泡了两袋方便面，还吃了一个馒头，我让大利一起吃点，他非馋嘴，要吃冷面，你们吃吧。"陈永胜说道。

"这冷面汤真地道。这狗肉也香，果真是刚出锅的。"赵吉利先喝了一口冷面汤，又吃了一口狗肉，赞叹道。

"这狗肉，以后尽量别吃，那是人类的好朋友。"郭有庭劝说道。

"本来没想吃，德海人家主动给我的，他也说了，是肉食狗，另外我现在也不怎么想吃，不像以前那样了，不吃的话就馋得浑身难受。"赵吉利又喝了一大口啤酒。

"给，这片牛肉给你。"赵吉利把冷面里仅有的一片牛肉与几片辣白菜一起捞了出来，放进了郭有庭的炒面里。

"哟，这炒面味道真香啊，这味道可熟悉得很。"从二楼的女浴区走下来一位四十多岁的女客人。头发湿漉漉的，一边下楼梯，一边擦着头发，嘴里念叨着。

"德海媳妇儿，不带这样夸自己家东西的啊！你家饭店都忙开锅了，你还在这儿三步一晃、五步一扭的。"赵吉利喝了一口啤酒，说道。

"大利哥，你这是今天两瓶啊，还是跟我郭哥一人一瓶啊？"德海媳妇笑着说道。

"至少一瓶半，你郭哥从来就是喝啤酒都按抿白酒的喝法。"赵吉利笑着说道。

"这爱喝酒的人啊，看见了酒，你让他喝上了，他跟谁说话都是心情愉快的。"德海媳妇调侃道。

"老陈，我的大茶缸递我。"赵吉利冲着收银台里的老陈说道。

赵吉利接过茶缸，咚咚咚地把两瓶啤酒都倒了进去。

"干吗呀这是，不给郭哥喝啦？"德海媳妇在收银台还了衣柜钥匙，结了账说道。

"我和你郭哥，从来都是一个酒杯喝酒，好几十年了。麻烦帮我把这俩空酒瓶给带回去，你家德海没收酒瓶子的押金。"赵吉利说完，吃了一大口冷面，发出嗖喽嗖喽的声音。

"下次你得交我跑腿费。"德海媳妇说完，将啤酒瓶子放进了浴筐，走出了浴池，大家都笑了起来。

"咋啦？你不是挺爱吃他家的炒面吗？没放香菜。"赵吉利似乎看出来郭有庭今天与以往有着不太一样的地方。

"啊，没啥事，你一会儿吃完，给我搓个澡，去去晦气。"郭有庭用筷子夹了几根炒面，夹起来，又放在盘子里，几根面条在进入到他的嘴巴里之前，受尽了折磨。

"老郭，这可不像你一个优秀党员说的话啊。今天周二，周一周二买卖稀，没几个人，一会儿我给你好好搓搓。"赵吉利口里嚼着冷面，用异样的眼神看着郭有庭。

郭有庭看了老陈一眼，老陈正忙忙叨叨拖地呢，嘴里还叨咕着："只要一下雪啊，这地面就花里胡哨的。累死个人，总也擦不干净。"

"给，你看看，你嫂子的。"郭有庭从屁股底下抽出医院的纸袋，里面有着各种检查报告。

"你快收起来，这人多嘴杂的。真是那病？不会弄错了吧？"赵吉利知道尹玉红病了，也知道昨天去做的检查。

"咱们水电医院也是咱们东洲市最权威的医院了，应该不会弄错。"郭有庭又把检查报告的纸袋放在了屁股底下。

"要不去省会的医大附属医院再瞧瞧？"赵吉利端着几乎与他一边脸一样大的大茶缸子，一动不动地望着眼前的郭有庭，说道。

"唉，不折腾了，给你嫂子看病的是个年轻的医生，我看看给她找个主任、副主任啥的医生，给好好做个手术就行，你嫂子现在走几步，就胸闷得厉害。"郭有庭放下了筷子，他根本没心情吃下去。

"那到底是肺部的毛病，还是胸部的毛病啊？"赵吉利的妻子邵秋燕也是肺癌去世的，对这类毛病多少有些了解。

"肺部，医生说了当癌瘤阻塞支气管时，就会导致肺萎缩，肺活量会减少，造成胸闷，以至于呼吸越来越困难。"郭有庭感觉有些热了，把羽绒服脱了下来，叠了两下，也垫在了屁股与凳子之间。

"一会儿老崔过来，早上发短信给我了，说中午过来搓澡。他大姐不是在水电医院药房吗？问问他哪个医生更稳妥一些。"花生米在赵吉利的嘴里，被嚼得嘎嘎直响。

"崔姐不是退休好几年了吗？"郭有庭也用手拿了一颗花生米放进嘴里。

"退休了，是退休了。但人家退休了，知道的也比我们多。还有啊，老崔家的建昌跟莹莹怎么样了？建昌那孩子也不错，人也憨厚，就是学历比不上你家莹莹，其他哪方面都好，现在工作也稳定。"赵吉利说的老崔，全名崔宝海，与郭有庭、赵吉利一起是当年援建非洲时有名的"东洲水电三杰"，能吃苦，肯下功夫，三个人中，崔宝海比他们两个分别大了一岁与三岁。

"我和你嫂子也叫建昌来过我家吃过几回饭，也让他们两个单独逛过几次商场。我和你嫂子都挺满意，就是这莹莹老是说缺感觉，也愁人。姑娘大了，由不得爹娘啊。"郭有庭端起茶缸，想喝口啤酒，端起来的瞬间，茶缸轻轻的，不知道什么时候赵吉利给喝光了。

"来，来，喝口冷面汤。"赵吉利把冷面碗递给了郭有庭。

郭有庭端起冷面碗，正要喝冷面汤的时候，想起了刚才冷面中放过狗肉，又把冷面碗放在了赵吉利的面前。

"一股狗肉味儿，我喝不下去，听我一句劝，以后别吃了。"

"这让你说的，我也吃不下去了。"赵吉利把冷面碗往桌面的里边推了一下。

"哟，老郭，你也在啊。我还合计洗完澡去你家看看你和弟妹呢。"赵吉利推碗的右手刚收回来，崔宝海就走了进来。

"你哥仨,今天约好的聚会啊?"正在门口拖地的陈永胜,看见崔宝海走了进来,笑呵呵地说道。

"赶巧,赶巧啊,来,老陈,我给大利带的酸菜馅饺子,也给你带了份子了啊,一起吃点儿。"崔宝海一边跺跺脚,一边掸了掸身上的雪花,说道。

"吃过了,你们吃吧。"陈永胜似乎有些不好意思。

"门票与搓澡钱一分不差你,怕什么!"崔宝海逗笑着说道。

"哪里话,你问问大利与老郭,我真吃过啦。"陈永胜十分瘦小,一副皮包骨头的样子,吃得也十分少。

"我们都吃上了,你发短信也没说给我带饺子啊?"赵吉利接过装着饺子的饭盒,郭有庭把另外一把凳子从桌子底下挪了出来,让崔宝海坐下。

"我合计能早些过来呢,这路不好走,我坐的803路公交车,走走停停,一个小时才到这。"崔宝海掏出一盒烟,发了一圈。

"哟,名烟啊。"陈永胜没抽,看了一眼,把烟夹在了耳朵上。

"我家小子被提为班组长了,单位的同事让他出出血,他买了一条,给我留了两盒。"崔宝海很自豪,说完,还看了郭有庭一眼。

"我大老远拿来的,裹得严实,还热乎呢,老郭,大利,你们尝尝这饺子。"

"我实在吃不下了,老赵晚上馏一馏,与老陈两人吃也够了,老陈家嫂子回外地娘家了。他俩正好。"郭有庭说道。

赵吉利一个人时间久了,大家吃什么都惦记着给他带一口。

"你俩先进去洗吧,我收拾收拾这里,回头就给你俩好好搓一搓。"赵吉利找了一根牙签,剔着牙说道。

"大利,为什么只有老郭喊你老赵呢?大家都叫你大利。"崔宝海与郭有庭从陈永胜手里一人拿了一把锁头,走进了男浴区,陈永胜问道。

"老郭的大姨姐叫尹玉丽,他们家里人都叫她大丽,以前是喊我大利,我们两家走得比较近乎,所以经常弄混淆了,于是这些年,老郭就喊我老赵了。"赵吉利回答说。

第六章　柳暗花明

外面正下着雪，又不是周末，洗澡的人格外地少。男浴区的泡澡区里只有崔宝海与郭有庭两个人。

"怎么回事呢？多长时间了？"崔宝海把身体完全浸在水里，只留着一个脑袋探在外面。本来就是大背头，被水面一映衬，更加油光锃亮。

"两个月了，一开始就以为是季节交替，普通感冒呢。"郭有庭坐在水中，不断地往身上撩着水。

"我一会儿就给我姐打个电话问问，搓完澡就打。"崔宝海也坐了起来，用水使劲洗了把脸。

"赶趟儿，一会儿再问吧。唉，你说说咱们水电人，家里的人跟我们都没享过什么福，上有老、下有小的。莹莹明年七月份才能毕业。"郭有庭依然坐在水里，不断地往身上撩着水。

"莹莹工作的事情，你可得上心啊。现在就业压力太大。我听建昌说，他们单位，新进的大学生都是先进车间，以前一毕业就进机关办公室的年代早就远去了。现在他们仪表车间，他的手下个保个是大学生。"崔宝海现在说话三句话不离他的儿子。他的儿子比莹莹大五岁，再有一个星期，转过年，即将二十九岁了。

"我刚才还跟我郭哥说呢，建昌这孩子与莹莹这孩子都是我们眼看着长大的。这建昌虽然学历不高，可是当兵转业，工作稳定不说，这小子还有干劲，那么多大学生里面，他能提班组长，了不得。当兵加上工作这几年，工龄不少了吧？"这时候赵吉利走了进来，披在身上的棉睡衣已经脱了，只穿了个短裤。

"十一年的工龄了，这小子比我强。但是就是嘴笨，不会讨女孩子喜欢。"崔宝海说完，又浸入了水中，依然只留着一个锃亮的大脑袋在水面之上。

"你让建昌减减肥。"赵吉利一边说道，一边端起一盆水，泼在了搓澡床上，熟练地将一次性塑料床单铺了上去。然后又泼了一遍水。

"这孩子是胖了些，随他妈了，不像我。"崔宝海又从水里坐了起来。

"我先给老郭搓吧，崔哥，你给咱大姐打个电话，不然老郭这心一直悬着，没看见今天他的话都少了吗？"赵吉利一边戴上搓澡巾，一边说道。

"好嘞，老郭别上火，我现在就打电话，你先去搓澡。"崔宝海从泡澡池走了出来。

郭有庭躺在搓澡床上，心里乱得很。赵吉利卖力气地搓着，兄弟之间几十年的交情了，无话不说。

"老赵，这些年，弟妹走了之后，你是怎么过来的？"郭有庭闭着眼睛，问道。

"你我不一样，我们两个没孩子，虽然到现在也不知道是我俩谁的毛病，但现在看来是好事。你家莹莹这么大了，毕竟是女孩，你这当爹的，越往后，越是什么忙也帮不上，我看啊，莹莹毕业了，赶紧和建昌结婚得了，这样你家我嫂子，走的时候，也会安心。"赵吉利倒是想得挺远。

"说什么呢？你嫂子还没到那种程度。"郭有庭突然瞪大了眼睛，赵吉利正给他搓胸口呢，着实被吓了一跳。

"我说的是万一，我当然希望我嫂子健健康康的了。但我嫂子现在呼吸都困难了，说明病情不是太轻，你弟妹当年不也是这样吗？只不过当年的医疗水平没有现在这么好而已。"赵吉利说话从来不知道拐弯。

"太好了，我问完我大姐了，你们猜猜看谁在呼吸内科当主任？"崔宝海打完电话,走到他俩跟前。

"谁啊?"赵吉利也停了下来,与郭有庭一起看着崔宝海。

"林戈蒋,你们记得不?我们下乡的时候在一个青年点。"崔宝海很兴奋的样子。

"他不是在发洪水时,为了救生产队的耕牛,被洪水淹死了吗?"崔宝海说的这个人,郭有庭当然有印象,而且印象十分深刻,自己的人生轨迹都因为这个人改变了方向。

恢复高考的那年夏天,雨水特别多,青年点所在的生产队号召农闲季节去山沟放牛。一天早上,大家出去的时候,还是毛毛细雨,临近中午,雨水就像是断了线的珠子,已经是瓢泼状态了。结果突然山涧发大水,原本干涸的水床中央,瞬间洪水肆虐。加之电闪雷鸣的,连人带牛,都慌了阵脚。一头老耕牛,被卷进了洪水中,林戈蒋为了救牛,自己也被卷入了洪水中。结果可想而知,牛没救成,人也被活生生地淹死了。

"是林戈蒋的弟弟,林戈民。他现在是水电医院呼吸科大主任,很权威的,了不得。还是去年抗击非典期间省里医疗系统的英雄人物呢,年轻有为。"崔宝海带来的这个消息让郭有庭感觉到是救命稻草一般。

"那行,明天人家出诊吗?"郭有庭问道。

"明天早上我们早点去,他是周一、周四出诊,周二、周三做手术,周五还给研究生上课呢。我大姐明早带着我们过去,你先把检查结果带着,先别折腾弟妹了,我们去就行。"崔宝海说道。

"明天我也去。"赵吉利说道。

"看个结果,问问治疗的方向,你就别去了。"郭有庭劝说道。

"你忘了,我们与他们家的交情?"赵吉利坚持着说道。

"人多嘴杂,我需要你的时候再告诉你。"郭有庭也坚持着自己的意见。

"听我姐说,这林戈民现在是享受国务院政府特殊津贴的专家,是美国什么大学的医科博士……"崔宝海略显兴奋地说道。

第七章　沧海桑田

第二天早上，不到七点钟，郭有庭就与崔宝海以及崔家大姐一起来到了医院呼吸内科。呼吸内科的墙上贴着呼吸内科专家名医介绍，林戈民的照片很是醒目。

林戈民，男，主任医师，教授，医学博士，1987年毕业于省医科大学，一直从事呼吸内科临床工作。曾在美国、日本等多家医科院校、医院呼吸内科专业研修。在支气管哮喘、慢性支气管炎、肺气肿、肺心病、肺感染和肺癌等疾病的诊治、应用纤维支气管镜和肺功能检测技术对呼吸疾病的诊断、应用机械通气治疗呼吸衰竭等方面有专长，尤其擅长对肺癌的诊断和治疗。

郭有庭正逐字逐句读着。突然崔家大姐拽了他一下，不远处一个穿着白大褂的医生走了过来，不用介绍，郭有庭一眼就能看出来，林戈民走路的姿势都与他大哥林戈蒋有些相似。

简单的介绍之后，林医生带大家走进了他的主任办公室。他看了看检查的各项结果，说道："按照检查的结果，应该做手术了，今天是周四，明天是12月26日，周五，病房有个出院的，你们明天下午先住进来吧。床位太紧张，你们得多花上几天住院费，手术的时间只能下周再定，我争取早日为患者做手术。"

"真的十分感谢,那我们明天找谁办理住院手续?"郭有庭说道。

郭有庭说话的工夫,就要把一个包了一千元的红包塞进林戈民的衣兜里。

"这是干什么,别这样了,都是老关系了,别整这些用不着的。再这样下去,这台手术我肯定不做了。"林戈民的脸色有些难看,拒收红包的态度很坚决。

郭有庭很尴尬地愣在那里,不知道如何是好。

"我写个条子,让崔老师带着你们去找管床的医生吧,我马上要出诊了,时间紧得很。"说着,林戈民从桌子上找出一张便笺纸,在上面写了几个字,又从口袋里掏出一枚菱形印章,盖了上去,将便笺纸递给了崔大姐。

郭有庭又想说些什么,但林戈民摆了摆手,说道:"到了这里,一切都按照我说的去做,这才是真正的配合。"

见执拗不过,郭有庭也只好作罢。

"我到底得的是什么病?还要住院?是不是有些过于兴师动众啊。"

尹玉红她没看见自己的诊断书,虽然隐隐约约感觉到自己的病情与以往感冒不同,但也没向"癌症"这两个字眼去想。郭有庭一回到家里,她就迫不及待地问了起来。

"就是上呼吸道感染给耽误了,你现在是支气管扩张,只有手术才能根治,虽然是小毛病,但也属于顽疾,不能忽视。"郭有庭早就想好了怎么回答妻子,一副漫不经心的样子说道。

郭有庭给自己倒了一杯温开水,在手里端着,坐在沙发上,若无其事地看着电视。

尹玉红见到郭有庭不再吱声,心里反倒是犯了合计,说道:"不能跟赵吉利媳妇儿的毛病一样吧?"

"我说你烦不烦人啊?能想点儿好的不?赵吉利媳妇儿那是什么病?"郭有庭将手中的水杯使劲地放在了茶几上,两只眼睛瞪着尹玉红。

尹玉红被郭有庭吓了一跳，但马上缓过神来，笑着说道："不带急眼的啊，我就这么一说。这说手术就手术，既然不是什么大毛病，怎么这么急着做手术啊？"

"这不是年底了吗？找的林医生是大主任，也正好有床位，现在做了手术，春节的时候，你就好利索了。现在不治疗，拖来拖去，容易引发别的毛病，这人啊，谁都不是一下子就得了大毛病，都是小毛病一点点儿拖成大毛病的。扁鹊与蔡桓公的讳疾忌医不就是这个道理吗？"郭有庭也觉得刚才自己有些急躁，一边说着，一边往尹玉红身边挪了挪，将茶几上的水端了起来，递给了尹玉红。

第二天，果然在下午的时候，郭有庭接到了管床医生打来的电话，床位空出来了。郭有庭带着妻子尹玉红，抓紧一切时间办理了住院手续。

两颗焦躁没有任何底气的心，终于落了地。

周六、周日两天，医院没什么医生，只是护士偶尔过来看看邻床已经做完手术的患者。时间过得非常漫长。

女儿郭晓莹打来电话，说是临近期末考试，这个周末就不回家了，让郭有庭与尹玉红悬着的心也放了下来。至少可以让女儿安安稳稳把期末考试顺利考完。

时光飞逝着，时间好像是这个世界里最始终如一的东西，不会因为任何人的喜好而改变速度。转眼到了周一，似乎整个世界都忙碌了起来，好像什么事情都在等待着周一一样。

按照惯例，周一是林戈民主任带队大查房，无论是不是他亲自手术的患者，他都要过问一遍病情。每个病历都要认真分析一下，除了面对患者与家属的咨询，要认真、细致地进行解答以外，还要给规培医生详细讲解诊断思路，帮助他们建立起临床思维模式，将医学多年累积的基础理论与患者的临床表现结合起来。

病房的责任护士早早地将各病房都收拾了一遍，嘱咐病房内的物品一定要按规定摆放。租赁折叠床的人也是比以往早来了十分钟收床。

周六、周日特别繁忙的赵吉利今天终于有个闲空，周一、周二买卖稀，尤其是周一，澡堂里的人少得可怜，索性今天上午就不过去了。他一大早三点钟就起来了，他托人从朝阳农村买了二十公斤小黄米，先用水浸泡了两个小时，才用锅熬煮。不到七点钟，骑着已经陪伴他十多年的自行车，歪歪扭扭地往医院赶去。

熬好的小米粥放在保温桶里，到了医院还冒着热气。

刚才为尹玉红擦完脸的郭有庭，端着水盆一回身，看见赵吉利站在自己的身后，被吓了一跳。说道："老赵，你怎么又来了？"

"怎么叫我又来了，以后天天我给嫂子送小米粥，这是托人从农村买的，真正的纯绿色，贵着呢。快让嫂子吃了。"赵吉利接过郭有庭手中的脸盆，同时把手里的保温桶递给郭有庭，转身去了卫生间。

邻床的患者已经七十岁了，做完手术七八天的时间了，她看着赵吉利热心的样子，很是羡慕，说道："你家这亲戚是男方家的，还是女方家的啊？"

还没等尹玉红开口，赵吉利已经倒完水，拿着脸盆回来了，一边把脸盆放在床下，一边接过话题，说道："我啊，既是男方家的，也是女方家的。我跟老郭是同学加知青好友，跟嫂子家还有点远房亲戚关系，嫂子，我们是什么亲戚来着？我想起来了，我的太姥爷与我嫂子的太爷爷是姑舅表兄弟。"

"哟，这亲戚有年头了，我这手术刚完事，脑袋不是特清晰，还有些分不清。"这位病友说完笑了笑。

"你这状态不错，是我们的亲戚关系太复杂，没出五服，我孑身一人，不然我有孩子的话，还有一代，也能算作亲戚。"赵吉利坐在床头的凳子上说道。

"弄错啦，你弄错啦。五代才算一服的，出五服是二十五代呢！"这位病友微笑着指正道。

"啊？是吗？我这粗人，还真不知道这些。大姐，你真博学啊！怎么称呼？"赵吉利天生会搭讪，从小到大都是这样。

"叫唐大姐就行,什么博学,我以前在出版社做校对工作,借着工作的机会,多看了些书。"

"我姓赵,赵吉利,叫我小赵或者大利都行。"

两人唠得挺热闹。

尹玉红让郭有庭去买点咸菜,只吃小米粥有点难以下咽。

当郭有庭从病床的床头柜下面拿出羽绒服的时候,赵吉利见状收住了与唐老师的唠嗑。问道:"你干吗去啊?我去。"

"我去门口买点咸菜。"郭有庭回答道。

"别介,我这儿有,忙着说话就忘记了。你看看这是什么?"赵吉利说着,从羽绒服里面的口袋里拿出五颗咸鸭蛋。

"唐大姐,给,给你两个,我放在你的床头,这三个给他们俩。"赵吉利起身,把其中两颗咸鸭蛋给唐大姐放在了床头,另外三颗递给了郭有庭。

"大利啊,你给你嫂子留着吧,你进来的那会儿,我女儿刚走,我早饭吃完了。"唐大姐有些不好意思。

"你就留着中午吃吧,别看我放在衣服里面,我干净着呢,我一天能洗个四五次热水澡,说句不恰当的比喻,要比这医院的消毒水准还要高。我放在衣服里是怕它凉了,咸鸭蛋这东西,凉了,就有些发腥,而且蛋黄不出油。怎么样,老郭,油多不?我自己腌的。"赵吉利一边跟唐大姐唠着嗑,一边还回头跟郭有庭问道,一副很有经验的样子。

郭有庭轻轻在床头柜上敲了敲,果然蛋黄的油就滋滋地冒了出来。

"是不错,你这手艺越来越精湛了啊。"郭有庭笑着看了看赵吉利,说道。

"那是,嫂子你尝尝,不光油多,而且咸淡适中。"赵吉利特别自信地说道。

"这鸭蛋啊,一年到头没少吃你的,数都数不过来。"尹玉红自己慢慢坐了起来。

"嫂子啊,怎么这么客气呢?我们家邵秋燕活着的时候,她爱吃鱼,你不也是三天两头地给她弄吗？"赵吉利说完轻轻叹了一口气，然后跟了一句："整整十五年了。"

"你嫂子就是爱操心的命，那时候在铝厂副食公司做会计，一边做着账，一边还得为亲戚朋友留意着什么东西，想方设法地去为大家买点儿。"郭有庭一边从保温桶里倒出小米粥，一边说道。

"要不说我嫂子是大好人呢。我没在家的那几年，我父亲、母亲，还有秋燕相继去世，都是我嫂子忙里忙外，尤其秋燕，天生穷命还长了一副馋嘴的下水。"赵吉利说完，也无奈地笑了笑。

"那时候物资紧张，一切凭票供应。得看进货多余的量，确实需要盯紧点。你家秋燕确实是属猫的，这鱼啊，怎么吃都吃不够。你和你郭哥当时在非洲援建，我只能帮到这些了，一晃十五年了，就像是昨天发生的事情。"尹玉红说完，接过郭有庭递过的陶瓷碗，小米粥盛了大半碗。

"你们这是老交情啦。"邻床的唐大姐插过话来。

"可不吗？现在我郭哥和嫂子做点什么好吃的，都给我留双筷子，这恩情啊，我这辈子还不上了。"赵吉利说完，冲着郭有庭笑了笑。

"这人啊，难得有这样的好朋友，有时候，亲兄弟姐妹，也没能处到这份儿上，我是深有感触啊。"唐大姐说完直摇头。

"老大姐，你这不是快要出院了吗？你现在都不要人照顾了，挺好的。"郭有庭知道唐大姐又想起了伤心事，故意转移了话题。

"老大姐，你的主治医生也是林医生？"赵吉利打开了话匣子，就很难关得上。

"是啊，林医生，这肺部毛病，他最权威了。你们上周五下午才办理的住院，就搬进这个病房，你们肯定找人了吧？我当时为了等林主任为我做手术，整整等了半个月呢。"唐大姐说完，慢慢在床上向上挪了挪身体，赵吉利要去扶上一把，唐大姐摆了摆手，虽然有些吃力，但还是自己坐了起来。

"我们朋友找的人，熟悉着呢。"赵吉利似乎很自豪，说完又看了看郭有庭与尹玉红。

尹玉红正喝粥呢,被陶瓷碗挡住了半边脸。郭有庭听着赵吉利的话,脸上也露出了微笑。

大家正说话的工夫,呼吸内科林戈民主任带着规培医生、护士等人乌泱乌泱地走了进来。他们先来到了唐敏的床边。

林医生问了几句,随后跟他旁边的七八名医生、护士分析了一下唐大姐的病情以及用药。

"唐大姐,你应该加强营养,要多吃新鲜水果,补充些维生素,但鸡蛋、鸭蛋这些容易引起胀气的食物,尽量少吃、不吃。你年纪大了,最好坚持半流食的时间长一些。"林医生指着床头的两颗咸鸭蛋,嘱咐道。

"这些你们应该加强对患者的指导。"林医生回头又对病房的责任护士说道。

"林医生啊,丫头们告诉我了,这是邻床家属刚刚给我的。"唐大姐赶忙为护士做了解释,护士确实告知她少吃类似的食物。

林医生没有再吱声,来到了尹玉红的床前,简单询问了一下尹玉红的状态,然后说道:"要注意多休息,放下心理负担,积极配合我们,做好治疗。上周五下午你入的院,今天周一,你明天空腹做检查,假如各项指标正常的话,争取最快在12月30日那天,那天是周四,我们与疾病挥手告别。"

林医生的一番话,让郭有庭夫妇与他身后的规培医生及护士都笑了起来。站在一旁的赵吉利此时此刻又按捺不住自己话多的毛病,生怕话头掉在了地上。

"我同你大哥林戈蒋没下乡的时候就是同桌,下乡之后,我们俩的关系也最好。你大哥原名林戈东,读书的时候,正是'文革'那会儿。有人就问你大哥,为什么叫林戈东呢?是恶意攻击我们伟大的领袖吗?你大哥从小就有主意,立刻跟老师说要改名,而且起了两个名字,一个叫林向东,另一个叫林戈蒋。我们那会儿还小,我们班主任叫什么来着?老郭,咱们班主任叫什么来着?"赵吉利一时想不起来班主任的名字,用手拍了一下郭有庭。

"敬树林。"郭有庭回答说。

"对，对。我们的班主任老师叫敬树林，我们那时候背地里都叫他'进树林'。他赞成你大哥叫林戈蒋，说是更具有革命小将的深刻含义。因为你大哥改名字，他还荣获学校里一个什么荣誉，反正是戴着大红花回到教室上课的，后来还跟你哥一起去很多地方做过演讲呢，跟敌人划清界限，并与敌人誓死做斗争。"

赵吉利站在规培医生与护士中间，滔滔不绝地讲着林戈蒋的过去，林戈民依旧认真看着尹玉红的CT片子，并不时地与尹玉红沟通，时而对身后的规培医生说上几句专业的术语，好像在讲解着诊断思路。

"还是那句话，注意多休息，放下心理负担，积极配合我们，做好治疗。"林戈民临走的时候，跟尹玉红说道。

"确定12月31日之前能手术啊？"赵吉利显得比郭有庭还着急。

"我们研究一个方案，看看明天的生化检验报告单，有消息第一时间会告诉家属。"林戈民回答说。说完也对着郭有庭点了点头。

给赵吉利的感觉，林医生不是太热情的样子。

林戈民与其他几位医生走后，赵吉利有些不高兴，说道："这小子是不是昨晚没睡好？"

"谁啊？"郭有庭问了一句。

"还能有谁？林老二呗。"赵吉利有些愤懑地说道。

"林老二？"郭有庭有些诧异。

"老郭啊，你啊，一介书生啊。林戈民，林医生，在家里排行老二。"赵吉利坐到床边的凳子上，没一秒的工夫，又站到尹玉红的床头，指着郭有庭说道。

"老赵啊，林戈蒋去世早，他是我们下乡那伙人里唯一没活着回来的，你说了这么多，人家林医生的心情能好吗？你老是提这些，难免人家会想起不开心的事情。"尹玉红说完，还咳嗽了几声。

"也是，可这都多少年了，要不我去跟他解释解释？"赵吉利挠挠脑袋，眉间拧成了"川"字形。

"嗯，说的是有点多，况且他身边还有很多同事呢。你这是把人家的家底儿全都倒了出来啊。"郭有庭也觉得赵吉利刚才做得有些不妥。

"这小子小的时候，我经常见到他，有点好吃的都送到了他的嘴里，沧海桑田的，现在牛气了，不认识人了。对了，老郭，你也见过啊，我记得我们大家给他买了什么来着？"赵吉利问道。

"买什么我记不住了，去了是肯定去了。我们不是冲着林戈蒋去的吗？当时他母亲还活着。"郭有庭多少想起了什么。

"不行，我得跟他解释解释。"赵吉利说完就走了出去。

"老赵，别去了，说那些干啥？"郭有庭拽了赵吉利一把，没拽住。

"你去拦住他，林医生一早上正忙着呢，别让他添乱了。"躺在病床上的尹玉红有气无力地说道。

郭有庭听完尹玉红这么一说，赶忙追了出去。赵吉利是有名的飞毛腿，腿上毛发多是特点之一，可最大的特点是疾步如风，郭有庭走出病房的时候，走廊里除了忙忙碌碌的护士与患者家属，没见一个医生，赵吉利也不见了踪影。

郭有庭回到病房，尹玉红似乎也猜到了结果。

"没找到他？"尹玉红说完咳嗽了起来。

"在学校的时候，他是一万米长跑冠军，谁能撵上他。"郭有庭要为尹玉红倒杯水，当拿起暖水瓶的时候，发现没有热水了。

"没有水了，我去打点开水。"郭有庭说完拎着暖水瓶走出了病房。

第八章　通家之谊

"婶子。"病房门口一个熟悉的声音传来。

尹玉红刚刚躺下，慢慢翻了个身，回头看了一眼，是崔建昌。

"建昌，你怎么过来了？快过来坐。"尹玉红招呼着崔建昌过来坐下，自己也慢慢起身坐了起来。

"婶子，你快躺下。要不你身后垫个枕头吧。"崔建昌把手中的水果兜快速放下，把枕头垫在了尹玉红的背后。

"你怎么来了？单位就够你忙的。"尹玉红上下打量着崔建昌。心里想着，这孩子真不错。

"我今天夜班，不太忙。我听我爸回家说了，我就急忙过来了。刚才你躺着，我没认出来。我郭叔呢？"崔建昌与郭有庭全家都非常熟悉。

"去打开水了。一会儿就能回来。吃个橘子吧，这么忙，过来干什么。"尹玉红一边说着，一边为建昌剥开了橘子。

"婶子，别这么见外啊，我这是从小被你看着长大的，这我都觉得来晚了呢。"崔建昌说道。

"给，这橘子非常甜，你吃。"尹玉红把剥好的橘子整个塞进崔建昌的手里。

"你现在身体咋样啊？什么感觉？"崔建昌大概知道尹玉红的病情，但也不知道从哪儿问起。

"就是胸闷，爱咳嗽，四肢无力。"尹玉红说完，叹了一口气。

"没大事儿，吃五谷杂粮的，哪能不得病。我这也是感冒刚好。"崔建昌似乎觉得病房里有些热，将羽绒服脱了下来。

"放床头，放床头，别在手里拿着。"尹玉红其实与郭有庭的心里都十分愿意让崔建昌做自己女婿的。

"哟，建昌来啦？"郭有庭提着暖水瓶回到了病房。

"郭叔，让我来。"这建昌就是手脚勤快。迅速接过郭有庭手中的暖水瓶放在了床头柜上，靠着墙面放好。

"你今天休息啊？"郭有庭问道。

"没有，我今天夜班，白天没什么事情。我过来搭把手，叔，你回去吧，这里有我，我妈一会儿也能过来。"崔建昌说着，拿起桌子上的餐具，要去刷洗的样子。

"放那儿吧，让你郭叔去刷。"尹玉红在床上拦着说道。

"我待着也没事，这些我都能干。我姥姥前一段时间住院的时候，晚上就是我照顾着呢，到后期快出院的时候，她就只让我陪护，谁也不用。"崔建昌把桌子上的橘子皮、苹果核也一起收拾了起来，走进了卫生间。

"你就不能拦着点儿，真是的。"尹玉红埋怨郭有庭。

"让他干吧，这以后真和莹莹结婚了，就是半个儿子，这点活儿，也累不着。"郭有庭倒是很欣然接受崔建昌的做法。

"你可真是的。涵东不是说莹莹在学校处了一个男朋友吗？"当妈的心，永远为女儿多考虑一步。

"那就顶多是男同学，什么男朋友啊。建昌这孩子不错，在部队就入了党，转业才几年，就当上了班组长，唯一缺点就是学历低一些。但部队本身就是所大学校，甚至比有些地方的院校都锻炼人，这人啊，有时候能力要比学历更重要。况且我们两家熟悉这么多年了，我和老崔还是同事，这社会去哪儿找这样知根知底的。你说呢？"郭有庭把床头柜上的橘子捡起来吃了。

"那是给建昌剥的,你怎么给吃了。"尹玉红责备道。

"婶子,让我叔吃吧,我吃的话,我自己来剥。"崔建昌刷完碗从卫生间出来,听见了他们的说话内容。

"建昌,你爸干吗呢?"郭有庭问道。

"我爸去给我婶子买笨鸡去了,我妈打算给我婶子熬点鸡汤补一补,一会儿能和我妈一起过来。"崔建昌把餐具用纸巾擦了擦,规规矩矩地摆放在一起。

"大侄子来啦?"赵吉利大嗓门走了进来。

"赵叔,你也来啦?"崔建昌笑着说道。

"我可有小半年没看见你了。听说你升官了?"赵吉利拍了拍崔建昌的肩膀。

"赵叔,你这是啥记性啊?今年'十一'假期的时候,我还请你吃的火锅呢,我郭叔和我爸当时也在场啊。"崔建昌张大嘴说道。

"郭哥,是吗?我现在一喝点酒儿,就什么都忘了。"赵吉利故意向郭有庭问道,煞有介事的样子。

"赵叔,我有个朋友,他也是一喝点酒,就断片儿,但他有个秘方,特好使。你要是学了,你也保准能回忆起来。"崔建昌很神秘地说道。

"真的假的?"赵吉利倒是像当真了的样子。

"真的。我啥时候骗过你啊。我要是把你骗了,我爸不得把我腿打折啊。"崔建昌笑嘻嘻地说道。

"那快说说,我现在有时候喝完酒真断片儿啊。"赵吉利瞪大了眼睛,等待着答案。

"很简单,就是回请人家一顿。那记忆就会非常深刻。"崔建昌一本正经地说道。

"唉,郭哥,嫂子,这小子真是长大了啊。前几天你爸还说你嘴笨,不讨女孩子喜欢。今天我算见识了,你应该学说相声去了。"赵吉利说完,大家都笑了起来,就连邻床的唐大姐,也跟着乐了。

第八章 通家之谊

"赵叔,我中午还请你。"

"得了,我现在不断片儿了。"

众人又笑成一片。

"你这小子,怪不得当官呢,现在能说会道的。"赵吉利又拍了拍崔建昌的肩膀。

"啥官啊,就是一个班组长,别听我爸的。乱说。"崔建昌倒有些不好意思了。

尹玉红还在那笑呢,都有些咳嗽了。崔建昌赶紧探过身去,轻轻拍了拍尹玉红的后背。

"莹莹,今天不过来啊?"其实,崔建昌心里一直挂念着这件事呢。

"她快期末考试了,我和你婶子,没告诉她,让她能够安心复习功课。"郭有庭说道。

"嗯,是啊,别让她惦记着了,手术之后,再告诉她。莹莹从小就胆子小。有点什么事情,就会一直放不下。"崔建昌的这番话,郭有庭记在了心里。他更觉得眼前的崔建昌这孩子十分稳妥,可以将女儿托付给他。

"二号床家属,人太多了,医院只允许一个人在这里陪护,其他家属没有必要在这里。"刚才交接班的今日责任护士走进病房提醒道。

"我们刚来,马上就走几个人。"赵吉利转身解释说道。

这位护士循着声音看去,突然看见了眼前说话的人是赵吉利。

"哟,您在这呢,您先忙,有事吱声,可以直接到护士站找我,但医院里真有规定,不能留这么多的人,这样真得影响病人休息。给你们五分钟时间,把病人安顿好,赶紧出来吧,不然的话被护士长看见,她肯定批评我。"这位护士十分客气地说道。

护士走后,大家都愣了神。

"赵叔,你行啊,这么大的面子。"崔建昌竖起了大拇指。

"老赵,你认识?"郭有庭也纳了闷,之前没听他说过这里有认识的人啊。

"老赵,告诉嫂子,你刚才出去没跟林医生拌嘴吧?"尹玉红比较关心这个问题。

"嫂子,我哪能那样啊。要是真掌握不住火候,就好像搓澡没给人家身上的灰搓掉,而给人家皮肤搓破了。那我真是成事不足败事有余了。我刚才跟着林医生他们去了他办公室了,他们开完会,我才凑上去,我只说了一句话,林医生立刻对我刮目相看。"赵吉利此刻也摆出一副气定神闲的样子。

"你说啥了?"郭有庭有些不相信。

"我说林医生啊,元旦那天正好是你妈妈生日,我陪你去看看你妈妈啊?"赵吉利当时确实是这么跟林戈民说的。

"他母亲不是去世了吗?咱们都去了,可是林戈民当时在美国进修,没能赶回来。"郭有庭越来越迷糊了。

"不是上学的时候,就是下乡那会儿,我就知道他母亲生日。"赵吉利还故意卖个关子。

"痛快说。"郭有庭知道赵吉利的习惯,你越是着急知道结果或者答案,他就越喜欢卖关子。

"他母亲和我是一天生日,我很早就知道。"赵吉利憨笑起来。

"老赵,真有你的。你确实是元旦那天过生日。"郭有庭笑着说道。

"林医生老感动了,当时足足能有三分钟没开口说话。他母亲去世,他没回来为母亲送终很是遗憾,元旦我陪他去他母亲的墓地。他母亲活着的时候,我逢年过节也是常去看望的。"赵吉利的一番话,让尹玉红感动得不知道说什么好了。

"老赵,辛苦你了。"郭有庭的心里,也是五味杂陈。

"你们都说什么呢?他还说请我喝酒,我说我请他洗澡。"赵吉利挤着眉头,一副淡定的样子。

郭有庭与崔建昌刚要说些什么,赵吉利伸出右手食指,在自己的嘴边比画了一下,说道:"停,你们都暂停,他原话是这样的:'感谢你能记得我母亲的生日,我都差点忙忘了。元旦我休息,我请你喝酒。'我说:'喝完酒,我请你洗澡。'他说:'那我肯定不能去。'我说:'门票三元,搓澡五元,搓澡人是我。'然后他就同意了。So easy!"

赵吉利耸了耸肩膀,一副十分得意的样子。

世上的事情,往往就是这样,沟通的场合里,很多人都认同一句成语,叫作投其所好。其实不然,有的时候,人与人之间的交流与沟通,更多的是要打动对方内心深处的东西,要能够引起共鸣,只有这样才能更长久。

"嫂子,明确告诉你们,红包省了,虽然据说他从不收红包,但我们真不用送他红包了,你这台手术,他肯定在对待别人十分认真的基础上,会尽一万倍努力。没看见刚才的护士怎么对我吗?林医生当着我的面,亲口告诉护士长,在不违反院内规定的情况下,多关照我们一些。"赵吉利自己伸手拿了个橘子,吃了起来。

"老赵,以前没发现你还有这沟通能力啊?"郭有庭想一想赵吉利今天的表现,就想笑。

"我就是书读得少。不然也和你一样,是干部身份退休,我才不搓那份澡呢。"赵吉利的退休工资与郭有庭相比起来,确实差了许多。

"大侄子,不是赵叔多嘴,能学习就多学习学习,趁着年轻。至少咱得跟莹莹一个学历啊,对不?我们在外建设水电站,你郭叔,人家是教授级高级工程师,住单人宿舍。你爸爸也算技术工种,两人间,我呢,八个人一个屋。"赵吉利的话题永远一个接着一个。

"你可拉倒吧,一年365天,你有300天挤在我宿舍里的。剩下的65天,有两个月是探亲假,另外5天是在路上。"郭有庭瞥了一眼赵吉利说道。

"老郭,那是你给我的人情,我年轻的时候,一读书就困,一读书就困。结果当时睡眠是充足了,而人生却缺少了很多额外的东西。给你分的120平方米的大房子,我呢,40平方米的筒子楼。所以啊,大侄子,趁着年轻多努力。"赵吉利觉得自己的话句句掏心窝。

"我去年就参加成人高考了,也在读成人本科学历呢。"崔建昌回答。

"看看，郭哥，你看看，这建昌越来越优秀，这姑爷打着灯笼难找。"赵吉利又开始不着边际了。

"赵叔，你说什么呢，人家莹莹看不上我。"崔建昌真的有些不好意思了。

"这媒人啊，我做定了。我们老哥几个的友谊，再加上你们的婚姻，别人只有羡慕的份儿。"

"这小伙子啊，人勤快，不会差。"唐大姐也在一旁夸起崔建昌。

第九章　顺利手术

住进了医院，尹玉红的心里越来越觉得自己的情况不像郭有庭说的那样简单，已经或多或少地预料到了自己病情的严重性。十五年前，赵吉利的妻子，就是肺部出了问题，离开这个世界的。他妻子发病初期的时候，赵吉利还在外地的水电站进行支援建设，他们家里又没什么能帮上忙的亲戚，尹玉红是当时陪护的主力。没想到十五年之后，自己也躺在了类似的病床上。

12月30日的早上，尹玉红早早起了床，简单梳洗了一下，卫生间里，略显斑驳的镜子中，自己脸上气血明显不足的样子，自己没有感到特殊的紧张，但总是心神不宁。吃苦耐劳了大半辈子，也要强了大半辈子，换来身上这蓝白相间的病号服，想想老郭，想想女儿，自己暗暗下决心还得好好活着，林医生的权威，也让自己有了配合做好手术的决心。

不到七点钟，女儿发来一条短信："老娘，昨晚梦见你了。元旦三天假，同学们相约去哈尔滨看冰灯，可是1月4日就开始考试了，纠结中。"

"根据你自己的实际情况，考试有把握就去，没把握就好好在学校复习。乖女儿，你自己做主。冰灯，考试结束之后，也可以去看。"尹玉红打字比较慢，一字一句编写完，发了过去。

不到一分钟，女儿回信息了，尹玉红看见之后，笑了。

"老娘所有的话，都是倾向后半句。那好吧，我就好好复习，争取带着考试奖学金领你和老爸一起去看圣索菲亚大教堂。嘻嘻。"

女儿永远是妈妈的心头肉，郭晓莹也一直十分乖巧。只是在对崔建昌的感情问题上，有着自己的主意。

"算了，感情这问题，我们当老人的，只能是建议，最终的决定权还是由女儿自己做决定吧。"尹玉红不止一次这样劝说着郭有庭。

"大妹子，你是不是紧张啦？"邻床的唐大姐也醒了，看见尹玉红从卫生间出来后，一直摆弄着手机，满脸心事重重的样子，关心地问道。

"还行，没觉得怎么特别紧张。可能是想得多了些。"尹玉红放下了手机，站了起来，平整了一下床面。

"别上火，林医生很权威，你看我恢复得多好。另外，这医院啊，不管是哪个科室，都是一样的流水作业，跟生产线似的，人家熟练得很。你进了手术室，只管在麻药作用下睡觉，等你醒了，就是新生活。"唐大姐的这一番话，让尹玉红的心里舒坦了很多。

尹玉红看了看还在陪护床上熟睡的郭有庭，心里想着，也算难为他了。但生病也不是自己愿意发生的，自己这一辈子，感冒都很少有，没想到这一次，突然就生了一个大病。

窗外的太阳慢慢升了起来，尹玉红走到窗户前，好久没有这样仔细看过初升的太阳了，仿佛像赵吉利腌制的咸鸭蛋黄，在淡灰色的天空中，那是一抹油汪汪的橙黄。这座城市也渐渐苏醒了，从病房中，远远看去，路上的行人与车辆明显渐渐增多。医院大门口处，聚集了很多小推车，煎饼果子，油条豆浆，尤其是那烤地瓜的小推车，上面的炉筒子冒着淡淡的烟气，像山涧中咕嘟咕嘟的涌泉一样，突然自己想吃烤地瓜了。

等自己好了吧，痛痛快快吃口烤地瓜，也坐着火车去逛逛哈尔滨的冰雪节。想象是美好的，现实却同窗外这个季节一样，冰冷，而且温度是零下。

自己的手术，被安排在了林医生今天的第一台。咳嗽、胸闷、四肢乏力，也让尹玉红自己盼望着早点做完手术。

一切都像唐大姐说的那样，人家医院是流水作业，跟生产线似的。护士、麻醉师、医生，都是按部就班，配合得十分默契。

"患者尹玉红家属，请到手术室麻醉医嘱区，患者尹玉红家属，请到手术室麻醉医嘱区。"手术室的音响虽然不是很响，但绝对有穿透力。隔着窗口，在麻醉师的医嘱下，郭有庭用颤抖的手，签上了自己的名字。

尹玉红被推进手术室的时候，除了她是被麻醉后的熟睡，剩下的是林医生等人在无影灯下的忙碌，以及家人在外面焦急的等待。

"爸，你借给我点钱，我们家有渊出远门了，不在家。"郭有渊的媳妇一大早就跑到郭有庭的父亲那里借钱。

"你不有求于我，你是不会先喊我爸的。借多少？"郭有庭的父亲没有好气地说道。

"老爷子，还挑上礼了，借给我多少，你不会跟我们家有渊说啊？"韩冬梅瞅了郭老爷子一眼。

"借一分钱，你不还，我都会跟他说。"郭老爷子把刚买的油条、豆浆放在桌子上，刚拿出一根油条，准备泡在豆浆里。

"爸，能不能不这么小气，你以为我愿意向你借啊？哼。"韩冬梅一边说着，一边拽下一根油条，一个劲儿往嘴里塞。

"你大哥给我买的五斤排骨，我一块儿也没吃，都哪里去了，我这儿也没养猫。我这里的钥匙就你和你大哥有，总不能你大哥买完后悔拿回去了吧。"郭老爷子瞪大了眼睛责问道。

"你这老东西，什么都计较，我们家晓龙，也就是你的大孙子，正是长身体的时候，你牙口不好，也不能吃多少，还计较这些干什么。"韩冬梅拿起装着豆浆的碗，一仰头，就造了大半碗。

"你肯定是打麻将输了，钱对不上账了，跟有渊说你买排骨了，我说得对不？能不能好好过日子啊？你还知道晓龙长身体呢啊？一天到晚就知道打麻将。没事的时候，给孩子做点饭。"爷爷心疼自己的孙子，也恨这二儿媳妇儿不争气。

"你啰唆这么多干什么？烦不烦啊！你以为我愿意借啊？人家下午还约了朋友打牌呢，越不愿意听'输'字，你越唠叨个没完，晦气。还不是因为你那视如己出的大儿媳妇，不知道造了什么孽了。"韩冬梅说这句话的声音很小。

"你说什么？玉红怎么了？快告诉我！"郭老爷子好像听明白了，有些激动。

"你看你，激动什么，你再有个什么好歹的，让我们这些人可怎么活啊？你可让我们省点心吧。快点拿点钱给我。人老了，不中用也就算了，还磨叽，真受不了。"韩冬梅继续喝着豆浆，都喝到碗底了，才想起来，没给郭老爷子留一点儿。

"我这儿有八百元钱，你几百能够？"郭老爷子从贴身的口袋里，掏出钱来。

"你留一百元得了，剩下的给我。"韩冬梅这双抓牌的手，速度是相当地快。差点给老爷子拽个趔趄。

韩冬梅摔门走后，郭老爷子翻出电话本，赶忙给郭有庭打了过去，拨了四五遍电话号码，才拨正确，慌乱中终于拨通了。

"有庭啊？玉红怎么了？"郭老爷子的声音都颤抖了。

"是不是老二媳妇儿去你那儿了？这个快嘴子，昨天老二给我打电话，我在医院呢，说漏了嘴，爸，玉红是小手术，晓莹我都没告诉，你就放心吧，等她好了，我们去看你。"郭有庭已经猜到了是韩冬梅干的"好事"。

"没事就好，别骗我，要是玉红出了什么事，我也活不了了，这么孝顺的儿媳妇，上哪儿能找到。"老爷子的声音有些哽咽。

"爸，听我的，别添乱了啊。老革命军人了，要有点大局观念。"郭有庭也是孝子，他的话，老爷子都听得进去。

"那好，有信儿来个电话啊。"老爷子挂断了电话，就坐在了电话机旁。

崔宝海一家三口、赵吉利、浴池的陈永胜、尹玉霞与儿子吴涵东都在手术室外与郭有庭一起焦急地等待着。

第九章　顺利手术

手术已经进行了一个小时，韩冬梅拎了两袋水果，急匆匆赶了过来，那双走起路来叮叮当当的皮鞋，吸引了很多人的注意。

"大哥，大嫂怎么样了？"韩冬梅一边问道，一边向尹玉霞等人点了点头。

"已经进去一个小时了，还在里面呢。"郭有庭看着手术室门口的电子屏幕，说道。

"哟，这病够重的，没有生命危险吧？"韩冬梅真是有头无脑的样子。

"你这貂皮大衣是不是瘦了啊？你拎着这苹果香蕉的，你大嫂现在也不能吃，你回头给我爸送去。"郭有庭听着韩冬梅说话太不中听，没有好气地说道。

"是吗？哎呀，这衣服挺贵的呢。我这没心没肺的，就知道长肉了。大哥，这水果我嫂子不能吃，你吃呗。"韩冬梅把手中的水果放在了脚边，端量起了自己身上的貂皮大衣。

"你向后转，去给咱爸送去，回头你还能跟着吃点。"郭有庭真有些生气。

"大哥，你真能说笑，我那成什么人了。晚上我在这照顾我嫂子吧。"韩冬梅瘪了一下嘴。

"也行。"郭有庭知道韩冬梅不能在这照顾她大嫂，故意这样说道。

韩冬梅再也不吱声了，乖乖地站在那里。

时间一分一秒地过去。开腔破肚，毕竟是个大手术。所有人都捏着一把汗。临近中午时，韩冬梅借着要为正读初三的儿子做饭的借口，脚底一抹油——溜了。

郭有庭手心里一直出着汗，心里面惦记着手术室的情况，但也无能为力。从早上八点半开始，到现在，已经中午十二点了。

"玉霞，看这样子这手术还真得一会儿，林医生说过大概需要五个小时，你带大伙儿去吃口饭吧，别都在这里耗着。"郭有庭从衣兜里掏出三百元钱递给了尹玉霞。

"二姨父，这医院后身有家烧卖，味道老经典了。尤其那羊肝，简直入口即化。"吴涵东看见郭有庭让大家去吃饭，有些小兴奋。

"老郭，我们都不饿，你可别外道了。"

"是啊，这人在里面手术呢，一旦手术结束了，找个人搭把手都没有。"

大家七嘴八舌的，让老郭也没了主意。

"郭叔，我去买点吧，大家在这里点补一口。"崔建昌说道。

"我们都不饿，你带涵东出去吃一口吧。"崔宝海跟儿子说道。

吴涵东没有推辞，倒是一副十分情愿的样子，加上崔建昌比较听话，带着吴涵东出去了。

时间说慢也慢，说快也快，大约下午一点钟的时候，林医生在手术室麻醉窗口把郭有庭等人喊了过去。

"这是病人切除的肺叶，我们将对其做病理，手术很成功，在手术室观察一会儿之后会送回病房。"

第十章　饭局几味

"服务员，来两屉烧卖，一份酱羊肝，一份扒胸口，两大碗羊汤，两瓶纯生啤酒。对了，羊汤要肉汤，不要羊杂汤。"崔宝海让崔建昌带着吴涵东出来吃饭，其实是吴涵东带着崔建昌找到了这家名叫"老河口祖传羊汤"的小店，人倒是挺多。

"好嘞，羊汤马上就来，二位稍等。"这里的服务员个个点菜麻利迅速。

"崔哥，你钱带够了吗？我可一分钱没带。"吴涵东直截了当，没客气。

"放心吧，这里的东西你都吃一遍，我也请得起。"崔建昌倒是显得很拘束。

"那敢情好啊，这几天你都在吗？改天我把我女朋友带着，你请我俩吃一顿呗。"吴涵东一本正经地说道。

"行，没问题。"崔建昌以为吴涵东故意装作一本正经的样子，微笑着回答道。

服务员把啤酒拿了上来，吴涵东拿起一瓶，用牙轻轻一咬，瓶盖乖乖脱落了下来。

"崔哥，你是不是对我晓莹姐有意思啊？"吴涵东递给崔建昌一瓶啤酒说道。

"一会儿这烧卖打包回去,味道应该很大啊。"崔建昌才意识到这饭店的屋子里弥漫着浓浓的羊肉膻味。

"跟我转移话题,是不?你要是真想成为我姐夫,就必须真得别把我这小舅子当外人。"吴涵东倒满一杯啤酒,一饮而尽。

"老弟,你多大年龄啊?"崔建昌觉得吴涵东社会习气挺足的。

"整二十岁。你呢?"

"我二十八了。"

"你比我姐大五岁。"

"嗯,应该是大五岁零三个月。"

"这年龄就有竞争难度,你长得还有些着急。"

"二位,让一下,羊汤来了。"服务员打断了他俩的谈话。

"崔哥,他家的羊汤都是自己熬制的,这一碗就三十八元啊,嘿嘿。"吴涵东迫不及待地将各种调味品一股脑地倒进羊汤里。

"价格不是问题,你喜欢就好。涵东,崔哥问你个问题。"

"说,崔哥,你说。"吴涵东又迫不及待地喝了一口羊汤,应该是被烫着了,直伸舌头,又赶忙喝了一口啤酒。

"你说我竞争有难度,这么说,是我有对手了?"崔建昌一边搅拌着羊汤里刚刚放进去的调料,一边看着吴涵东的表情。

"吃人嘴短,既然你这么热情地请我吃饭了,我就实话跟你说吧,老多人追求我姐了。不过这话又说回来,你也有优势,我二姨与二姨父都喜欢你。"吴涵东嘴里含着羊肉,因为吃得急,不停地用舌头将嘴中的食物从这端含到那端,又从那端倒腾到这端。

"你这消息可靠吗?"崔建昌给吴涵东倒满啤酒。

"可靠,我听我妈说的,我妈肯定是听我二姨说的。你别光为我倒酒啊,你也喝点啊?"吴涵东的那碗羊汤都喝进去一半了,崔建昌还在搅拌着那碗羊汤,若有所思的样子。

羊肝与扒胸口陆续上了桌。崔建昌都推向吴涵东一边,吴涵东也没客气，大快朵颐起来。

"崔哥，你也别愣在这儿啊，尝尝这酱羊肝，人家做得是入口即化。"吴涵东看来真是饿了。

崔建昌哪里吃得下去，其实他也饿了，只是没有了胃口。

人活着，就需要吃饭，病人也不例外。尹玉红手术之后，护士就对她的饮食开始了叮嘱。

"家属千万注意，病人刚刚做完手术，术后一周之内都是手术创伤调养期，饮食一定要遵医嘱。现在病人的口唇很干，家属可以用棉签蘸点水，给湿润一下，现在我把气管插管撤掉，六个小时后，才能给病人喝温水，开始的时候，一定要小口，一两口为宜。"

郭有庭与尹玉霞一直在床边守候着，不时地给尹玉红的嘴唇用棉签湿润一下。

尹玉霞姐妹四个，两个远在外地与国外的，因为联系得少，多少疏远一些，唯有尹玉红与尹玉霞两人走得近一些。这么多年来，尤其尹玉霞离婚以后，吃的、穿的，基本上都是二姐尹玉红在帮衬。

尹玉霞最艰难的时候，是吴涵东不再练习长跑之后，练习皮划艇确实费钱，那段时间，娘俩经常是吃了上顿没下顿。有一次家里包了顿饺子，没有一点肉末不说，就连一瓶醋钱都拿不出来。

当时吴涵东运动量大，也非常能吃，可面对这索然无味的饺子，发了几句牢骚，被尹玉霞一顿暴打。之后，娘俩抱头痛哭。

尹玉红知道了消息后，把郭有庭两个月的工资都取了出来，一分没留，都给了尹玉霞。另外也把尹玉霞家里的冰箱塞得满满的。而自己与同事逛街时，在商场里看见一条喜欢已久的围巾，戴了又试，试了又戴，在售货员异样的眼光中，还是没舍得买。

尹玉霞从东洲市纺织厂下岗以后，与吴涵东的干妈王雪梅一起在家政公司打工，有的时候，吴涵东上学接送就成了问题，尹玉红就把吴涵东接到了家里，郭有庭还在外地建设水电站，她瘦弱的身体，一个人送两个孩子。一辆自行车前面大梁上坐的是吴涵东，后座上坐的是女儿郭晓莹，有一次早上人雨之后，路面湿滑，三人一起摔进了路边的沟里。

尹玉霞脑袋里乱得很，眼睛里的泪水一直没干，心里想着，要是自己替二姐躺在病床上该多好，多么希望生病的是自己。

"二姐夫，你先回家休息休息吧。我在这里，你就放心吧，这里用不着你。"尹玉霞看见郭有庭已经熬出了黑眼圈。

"回家我也睡不着，还是在这里踏实。"郭有庭这大半辈子与妻子聚少离多，心里很不是滋味儿。

"回去吧，回家躺着，能伸伸腰，我在这里能在唐大姐的床边搭一下边，你躺会儿，再回来。"尹玉霞说的也在理儿。

"那行，我回去躺会儿，有事给我打电话。"这些日子，郭有庭也确实很累。

术后的第三天，是2005年的元旦。但在医院里仅仅是昨夜与今晨的过渡，没有任何欢度元旦、迎接新年的气氛。

早上的时候，护士告诉尹玉红今天可以吃半流质的食物，每次四百到五百毫升，少吃多餐。

赵吉利一大清早，天还蒙蒙亮的时候，就送来了早上起来熬制的小米粥，比郭有庭来得都早。除了热乎乎的小米粥之外，赵吉利也为陪护一夜的尹玉霞带来了热气腾腾的饺子，芹菜馅的，是尹玉霞喜欢吃的。

其实，郭有庭之前与尹玉红商量过，赵吉利人不错，也单身这么多年了，尹玉红自己带着吴涵东也不容易，有心为他俩撮合一下。后来，尹玉霞与家政公司的一个负责人交往了一段时间，这件事情，也就放下了。

"赵哥，这么早你肯定没吃，你也在这吃点呗？你包得这么多，我吃不了。"尹玉霞都觉得有些不好意思了。

"我不吃了，我现在得去找林医生，我今天陪他去他母亲的墓地，看看他母亲。这饺子一会儿让我郭哥也吃点。我包饺子的手艺正儿八经不错呢。"赵吉利这人不但嘴儿勤快，平时的话多，腿儿也勤快。

正是因为他这勤快劲儿，当年郭有庭在水电系统招工时，把他喊了过去。最早的项目结束以后，那一批临时工里，有几个转正成了正式工，其中就有他一个。

"嫂子，你好好休息，明天我再过来。"

赵吉利与尹玉红打了招呼，尹玉红还是很虚弱的样子，与他挥挥手。尹玉红心里明白，赵吉利此时此刻要去林戈民母亲的墓地所做的一切，不仅是因为他年轻的时候与林戈民的大哥林戈蒋关系好，更多的是为了病床上的自己。

"北方的冬天就是这样，三天两头下雪。我的记忆里，我们东洲市好像只要高考就下雨，只要元旦就下雪。"

去林戈民母亲墓地的路上，林戈民开着车，赵吉利坐在副驾驶座位上。

"瑞雪兆丰年，我与你哥下乡的时候，一到了下雪天，那就是我们哥俩最欢实的时候了。雪再大些，村子旁边的山上有很多野兔子与山野鸡在雪后出来觅食。那时候，还没有保护野生动物这一说，这些小动物觅食，我和你哥也得觅食啊，那时候条件不好，人真饿啊。那山野鸡一见了人，脑袋就钻进雪地里，屁股露在外面。"赵吉利讲得绘声绘色。

"我哥，在青年点也多亏了你们照顾，其实他不愿意下乡，他的梦想和我一样，是想成为一名医生。"林戈民说完摇摇头。

这场雪下得有些稀松，白白的，落在挡风玻璃上，用不着雨刮器，就被北风吹得干干净净。

"他说过，你姥爷就是老中医是吧？我听你哥讲过。"赵吉利双手抱着一个小包裹。林戈民没好意思问装的什么。

"我姥爷的父亲，也就是我太姥爷，在咱们老街那儿有个药铺，天妙堂。中华人民共和国成立后，公私合营了，就是现在市医药公司的那块地。"

"那时候，你哥哥可不敢说这个事儿，被别有用心的人听去了，准保开批斗会。这是我第一次听说你太姥爷开药房的事。但你母亲会小儿推拿这本事，我是知道的。"赵吉利张大了嘴，说道。因为那段记忆里，林戈蒋幸亏没说，不然的话，肯定会惹出不少麻烦。

"是啊，那场山洪，扼杀了他，我父母都去世了，这个世界上，只有我知道这些了。"林戈民说话的时候，声音有些沉重。

"你哥出事的那天，主要我们下乡知青缺乏当地生活经验，那种洪水，耕牛是走不动的，应该放弃牛，保人要紧。可也是，那个年代谁也不敢那么做，也不会那么做，我们那些人的骨子里，爱护公共财物是高于一切的，包括自己的生命。"赵吉利的脑海里好像又看到了那天山洪暴发的场景。

"这我理解，其实我哥他骨子里也是积极要求进步的。"林戈民看了赵吉利一眼。

"你哥走的时候，鞋都被洪水冲走了，老郭人不错，是他把一双没舍得穿的解放鞋套在了你哥的脚上。你哥的脚吧，正常比老郭小一码，可能被水泡肿的原因，那双新鞋当时穿在他的脚上正好。"一丝丝回忆，让赵吉利瞬间也感到了压抑。

"老郭？尹玉红的爱人？"林戈民问道。

"是他，还能有谁？你小的时候，他还让你骑着他的大脖子呢，但你不认识我们，我们都是冲着你哥和你母亲去的。"赵吉利说道。

"那年代，我虽然小，也知道一双新胶鞋的分量。"林戈民深吸了一口气说道。

"那可不，他是一直没舍得穿，我现在还清楚地记得后来到了秋天秋收的时候，老郭自己的鞋已经破得没了个模样，全都是洞。一垄地走下来，他的鞋里能灌进去半斤土。"赵吉利一边说着，还一边指着自己脚下的鞋比量着。

"我哥与我父亲都没享到福。"林戈民有些惋惜他们的薄命。

"林医生，你别太难过。在当时的那个年代，精神生活高于物质生活，在那个时候，压根就没有享福这一说。没有对比，就没有衡量。我们那会儿一个个，包括你哥，我们成天到晚乐呵呵的。你哥出事的前一天晚上，还与我们一起烤了很多青蛙，没盐没调料的，但我们个个都很高兴，那也是一场饭局。出事的当天早上，你哥还说前一天晚上吃得太饱了。"赵吉利本身就是个话篓子，这些陈年往事被他唠出来，就像发生在眼前一样。

"赵哥，这不是在医院，别叫我林医生，生分了不是。"林戈民看了赵吉利一眼，诚恳地说道。

"也是，我习惯了，慢慢改。你慢点开，我记得前面左拐就到了。"赵吉利水电人出身，常年荒郊野外的工作，练就了记忆道路的本事。林戈民母亲去世的时候，林戈民在美国进行博士答辩，是林戈蒋的同学以及林戈民的同学们，一起将老人家安排入土为安的。

雪花依旧零零散散地飘着，整个墓园倒显得格外地安静。停车场离墓园大概有七八百米的距离，林戈民从后备厢里抱出一个大纸箱，与赵吉利一起从停车场走了过去。道路两侧黑绿的松柏树之间，几株榆树在这种天气里萎缩着树枝，偶尔几声麻雀的声音，叽叽喳喳的。行人一过，十几只麻雀就会一起腾空而起，树枝上会散落下许多雪花，落在行人的身上。

东洲市永生墓园不大，建在土丘上，一排排墓碑，比肩而邻。林戈民的母亲与父亲葬在一起，在永生墓园的一区十排。

墓碑上写着："父亲林学年、母亲陶柔荑之墓"。

赵吉利走在前面，他比林戈民还要熟悉这里。

林戈民走在赵吉利的身后，看着赵吉利的背影，内心漾出了一份感激，赵吉利确实替自己为死去的父母做了很多的事情。

雪花落在墓碑上，更有一种让生者怀念故人的感觉。林戈民看见父母的墓碑时，泪水夺眶而出。

在赵吉利的眼里，林戈民不苟言笑，什么时候都是冷冰冰的面孔，他曾经一度认为，林戈民在医院是靠自己的严肃在努力塑造以及维护自己的权威。今天，赵吉利是看出来了，真不是他想象的那样，林戈民真是不会笑，他流泪的时候，面部表情都不曾变化。

林戈民打开纸箱，一束鲜艳的菊花，黄得妖娆。苹果、橘子、提子等水果，也买了一大堆，还有一瓶五粮液与一只烤鸡，都摆在了墓碑前。

"下次买花记得买月季花，你妈活着的时候，最喜欢的是月季花。街坊邻居，都知道你妈妈侍弄月季花是一把好手，我家里有两盆，都是你母亲送给我的。"赵吉利一边哈着腰用抹布擦拭着墓碑，一边说道。

林戈民没有吱声。

赵吉利回头看了林戈民一眼，林戈民的泪水已经像断了线的珠子。

"大姨，姨父，我也跟戈民来看你们了。姨父，你活着的时候，没见过我，大姨跟我熟，我今天早上特意为我大姨包了饺子，酸菜粉条馅的，这饺子是我大姨的最爱，也是我大姨生前教我包的呢。大姨，这粉条也是宽粉，你活着的时候说过，宽粉筋道，对不？我也带酒了，二锅头，没戈民的酒好，我就带回去了，也算我跟你们二老干杯了，咱们今天也算凑了个饭局。我就不多待了，让戈民多陪你们聊一会儿。"

赵吉利还用那瓶二两半的二锅头与那瓶五粮液碰了一下，然后先回到了停车场。

大约二十分钟的时间，林戈民也回到了停车场。赵吉利正倚着林戈民的车站着呢，身上一层白雪，手中的二锅头，只剩下不多了。

"赵哥，太不好意思了，刚才忘记把车钥匙给你了。冻坏了吧？"林戈民赶紧打开车门，也为赵吉利拍了拍身上的雪，十分不好意思的样子。

"不冷，我这不喝着酒呢吗，身上热乎着呢。"赵吉利的脸明显透红，不知道是冻的，还是喝酒上头。

"赵哥，真得感谢你。"林戈民热车的工夫说了这么一句话。

"说哪儿去了，说远了啊。"赵吉利拨了拨脑袋上的雪花。

"我母亲喜欢什么花，喜欢吃什么馅的饺子，你都记得很清楚，你刚才说完，我才意识到确实是那样的。我母亲活着的时候像待我一样待弄着那一盆盆的月季花，酸菜宽粉馅的饺子，确实是我母亲自己独创的，现在外面的大小饭店，都没有卖的。"林戈民觉得自己做得确实不够。

"你呀，这脑袋里装的都是医学知识，不像我，脑袋里还有很多空间呢。"赵吉利说完嘿嘿直乐。

"赵哥，你说我与我哥像吗？"林戈民问道。

"各占百分之五十。"

"什么意思?"

"你们哥俩长得很像,走路姿势都一样,典型的农村鸭子步。别生气啊,当年我们都这么说你哥的。不同的是,你哥爱笑,一早上到现在,我没见你笑过。"赵吉利分析得很透彻。

"赵哥,你说得太对了,你可能是这个世界上除了我之外最了解我们家庭的人了,我父亲那边三代单传,我母亲那边很多亲属都在台湾,现在音信全无。我不会笑,可能跟我成长的经历有关,在我六岁的时候,我父亲他选择了上吊自杀,我大哥在我十几岁时,又一命归天,家里的变故,让我从小就不知道高兴的事情应该用笑来表达。在我没读大学之前,我母亲也几乎是天天以泪洗面。我之所以认真读书学习,除了是我母亲的要求之外,还因为只有在这个时候,我才能忘掉那些不高兴的事情。还有,我大哥与我是同母异父,但他对我很好。"林戈民眉头紧锁着。

"啊?同母异父?我还真不知道你与你大哥同母异父。你家我姨父为什么自杀?这些你哥从来没说过。"赵吉利问道。

"我父亲的事情可能也是跟那个年代有关,我哥没敢说吧。我父亲是一名志愿军的排长,在朝鲜战争中被俘,他是1953年8月被遣返回国的。在战俘营被对方在后背上文上了反动的文字。在战场上的浴血奋战,在战俘营里也誓死不屈,没想到回国后被定性为变节者,受到了党纪、军纪上的严重处分。生前一直生活、工作在'终身控制使用的特嫌'阴影里。可惜他没等到十几年后,1980年左右的时候,中央下达了74号红头文件,为志愿军被俘归来人员进行了平反。"林戈民一边开着车,一边说道。

赵吉利叹了一口气,说道:"那是一个崇尚英雄的年代,战俘这字眼应该永远是针对敌人的称呼,我们的印象里应该永远是战无不胜的,确实有些悲哀。"

"是啊,悲哀在别人的眼里是故事,但确确实实发生在我们家里,对于我们来讲,是天大的事故。所以,我就天天愁眉苦脸,现在想想事情都已经过去了,但我这张脸已经形成了,就像我父母的墓地一样,是事实存在的，改变不了。"林戈民说道。

"我从小就没了爹妈，他们长什么模样，我都不知道，也没留下半张照片。是我爷爷给我带大的，我怎么活下来的，我都不知道。这一点，你比赵哥强多了。"赵吉利说道。

"我父母的结合，可能都是因为当年的出身成分特殊，没办法，为了相依为命走到了一起。我父亲比我母亲小九岁，据说我母亲的前夫是一名国民党官员，在我大哥出生不久后就因为内讧械斗身亡了，母亲一个人拉扯着我大哥，至今我还记得人家都称呼她旗袍嫂子。后来经媒人撮合，与'特嫌'的我父亲走到了一起。据说那媒人曾经是我母亲在中华人民共和国成立前的贴身丫鬟，我父亲自杀后，棺材钱都是人家接济的，再后来，大陆的各种运动越来越严重，就断了联系。我母亲在我父亲得到平反后，试图找过这个人，但始终没结果。"林戈民说完这些话，车内的气氛仿佛凝固了一般，只剩下车轮碾压雪地的声音。

"你这么一说，你可真够苦的。你母亲承受的苦应该比你还多。"赵吉利嘴上藏不住话，憋了半天，还是说了出来。

"我出国留学的前夕，我母亲跟我促膝长谈过一次。她说我们家庭经历过的，都是过去特定的大环境下造成的，都是一去不复返了，这么大的国家，发展的路上，有弯路也是正常的。有很多人比我们更苦，国家主席刘少奇都曾经被冤枉过，何况我们小老百姓，有些时候，有些事情，都是因为被另有目的的人利用了，所以造成了很多严重的挫折和损失。很多事情不要人云亦云，要辩证地看待问题。出去了，不要多说话，毕竟政府给我们平反了，反革命集团也都被绳之以法了，是对事情有了公正的交代。人无完人，改正了就是好同志。国家没成立那会儿，兵荒马乱的日子她经历过，炮火连天，人们是生活在水深火热的恐惧之中。那时候的百姓才叫苦，没人领头向前走，大家像没头的苍蝇一样混日子。中华人民共和国成立了，老百姓才有了真正的盼头。时刻记住自己是一名党员，与党章不符的事情永远不要做，在外面永远不要说自己的家庭，因为那跟完成学业无关。同样，一定要学会在别人不方便解释的时候去理解别人，这点最重要。她还告诉我,人的心胸是由自己的阅历决定的,切记要有宽容的心态,这样才有朋友,才有未来。她说我在国外没有依靠,有什么事情一定要记住大使馆的电话,有五星红旗的地方就是有亲人的地方。还有一点,她让我学成必须回国,她说我们的国家越来越强大了,人民的地位确实提高了,这里更需要我,我的根也在这里,不然的话,等我的年纪大了,内心会是备受煎熬的。"

林戈民的一番话,让赵吉利回忆起那个略显瘦小的老太太,与老人接触过程中的点点滴滴一幕幕浮现在自己的脑海里,老人家一手秀丽的欧楷软笔书法,粗粮也能细做的持家能力,困境中也会看见光明的睿智,让他觉得刚才墓地前的这场"饭局"没白来。

"真心佩服你母亲,我刚才的酒没白喝。"

"赵哥,你的酒量可以啊,这空腹呢,二两半下去,啥事没有?"

"平时要是喝起来,八两的量,应该没问题。"

"那咱俩中午凑一饭局?"

"今天元旦吃饺子行不?你山珍海味惯了,我知道一个地方,店不大,但干净得很,二十年的老店了。"

"你说的只有一层楼的一品楼吧?"

"对啊。你知道?"

"怎么不知道呢,他家有酸菜粉条馅饺子,但是水晶粉,不是宽粉。"

"对,就是那里。"

"走,我们现在就去。"

这做人,就应该有个常性,不能用得到人的时候现沟通,即使沟通成了,也不如以往的旧交情,这种旧交情就像养花,每天一滴水,时间久了,枝繁叶茂,花艳人欢。

第十一章　泡澡人生

住院期间的生活是乏味的，好在林医生每次查房时都能过来仔细看上一下，尹玉红的心理负担因此放下了很多。

赵吉利依旧每天早上都往医院送小米粥，怀里还是会揣上两颗咸鸭蛋。

"这是给我郭哥吃的，嫂子，你听医生护士的话，这玩意儿胀气，家里给你留着呢。"

呼吸内科的护士们见了赵吉利都会打上一声招呼，让很多病友的家属都对赵吉利刮目相看。大家瞅着赵吉利的样子不像医院的领导，但很快就有人从护士们的嘴里得知，他是大主任的好朋友。

"老赵，今天我问林医生关于你嫂子出院的事情，他竟然来了一句'什么时候能出院，是病人自己的身体决定的，而不是他自己一个人决定的'。我没听明白，有空帮我问问他。"郭有庭的胡茬已经很长了，憔悴了很多。以前他与赵吉利站在一起，显得他年轻好几岁。现在与赵吉利站在一起，都认为他比赵吉利大上好几岁。

"郭哥，这不是你该问的，你现在要做的，就是保证配合医生护士照顾好我嫂子。给我嫂子买盘故事会的磁带，或者相声专辑……"赵吉利说起话来也与以前大有不同。

"去，去，去，一边儿去。自从你去趟墓地回来，仙里仙气的，好好说话，装什么文人。"郭有庭与赵吉利好几十年的交情了，冷不丁地听赵吉利这样讲话，他"从某些习惯上来讲"，的确觉得不太适应。

"林医生的话，没有白说的，都是有深层含义的。以前，我觉得我身边的人里，老郭你最有学问。什么事情，都想问问你，可生活真不是你擅长的水文地质学、河流动力学。还有言传身教，就是林医生母亲对林医生的言传身教。"赵吉利还是第一次反驳郭有庭。

"哪门子言传身教？"郭有庭问道。

"一定要学会在别人不方便解释的时候去理解别人。"赵吉利说完，好像是领了免死金牌一样，颇有些神气。

"你的知识都学杂啦。钢筋混凝土结构，你干了几十年了，到头来，抹灰了。而如今，抹了两年灰，更厉害，开始熬制生活'鸡汤'了啊。"郭有庭笑着说道。

"得得得，我说不过你。你看你憔悴的样子，你让玉霞在这里照顾我嫂子吧。你跟我回去洗个澡，我给你按按，也给你把胡子刮了。"赵吉利的提议，尹玉红最是赞成，虽没说话，但一个劲儿眨着眼睛。

"回去吧，二姐夫，你今天都不要回来了，我姐这里有我呢，你在这里都熬了三四天了，你再熬垮了，这个家还要不要了。"尹玉霞也劝说道。

"那我回去了啊，你别上火，我明天早上过来。我一会儿去老赵那里洗个澡，下午回家睡一觉，晚上我去莹莹她爷爷那里看一眼。"郭有庭叮嘱道。

"去吧，你别惦记这里，我这不是挺好嘛。"尹玉红的声音很弱。

丰盛浴园大众洗浴男浴区里，依旧是没几个人，但赵吉利回来的时候，已经有两位老浴客在等着赵吉利搓澡呢，其中一位姓谭，七十多岁，好多年了，都是赵吉利给搓的澡。

赵吉利先给郭有庭泡了一茶缸子红茶。然后急急忙忙整理浴床。泼水、铺上一次性塑料床单、再次泼水，铺平，然后在浴床的床头拍了两下，一系列连贯动作，一气呵成。

在浴床上拍了两下,就是告诉客人,搓澡的师傅已经准备妥当,可以为你服务了。

"大利啊,你以前可是早早到浴池的啊,这几天忙活什么呢?"谭老爷子躺在浴床上,自己抹了一下脸上的水珠。

"去朋友家帮个忙。老规矩?既不醋搓也不打盐搓?"赵吉利先给他按了按脑袋,虽然很简单的几下,谭老爷子好像很舒服的样子。

"啥也不打,不习惯。大利,你总说你是半路出家搓澡的,但这手法,比我们厂里浴池干了二十多年的老邓都强很多。可惜啊,厂子改革了,浴池一去不复返了。"在旁人看来,这位浴客一看就是老顾客。

"有句话不是说吗,一定要学会在别人不方便解释的时候去理解别人。改革改革,就是要改造、革新。何况,咱们这不是还有搓得不错的地方吗?对不?"

郭有庭正喝着茶水呢,一听赵吉利讲这话,没憋住,一口茶都喷出来了。

"谭师傅,这手劲儿行不?"赵吉利瞥了一眼正在咳嗽的郭有庭,向谭老爷子问道。他知道郭有庭对他从林医生那里学来的话不是太认可。

"你这手劲儿正好,力道适中。大利,你搓澡就是认真,我们老哥几个都认你这双好手。"谭老爷子还不忘给赵吉利竖起了大拇指。

"各位,过奖了,我干什么都认真,而且勤快。你们要觉得我搓得好,就来找我。一会儿我给你泡点红茶,正宗的正山小种,你猜谁给我的?"赵吉利很得意的样子。

"谁啊?你们陈老板?"谭老爷子问道。

"说出来还真能吓你们一跳,是咱们水电医院呼吸内科主任,国务院特殊津贴获得者、省劳动模范,林戈民,林教授给我的,他也到咱们这儿搓澡,说是这几天还来呢。"赵吉利的嘴角上扬着,美滋滋的。

"大利啊,你可真够厉害的。这样的主儿,多难伺候啊。"

谭老爷子再次竖起大拇指。

"这种小浴池,人家能来?"

"都是冲着你的搓澡手艺来的吧?"

"是去年非典的时候,天天在电视台做讲座的那个林教授不?"旁边的人问道。

"正是他,没错。"赵吉利提高了嗓门。

大家七嘴八舌地议论着,赵吉利搓得起劲儿,二十分钟的时间里,郭有庭在一边儿也喝出了一身汗。

啪,啪,啪啪啪。啪啪……

每次搓澡都是以这样的敲背声结束,赵吉利无名指与小拇指交叉,食指中指架在一起,大拇指单独放松,极具节奏感地落在顾客除去污垢的身体上。通畅的毛孔中渗出的汗液与水珠一起,与赵吉利的敲打共振起来,清脆的响声回荡在浴池里。

这时候,往往下一位等待搓澡的顾客就会主动站到赵吉利附近,等待着。

敲背,给人一种浑身酥软放松的感觉。那种极具韵律的啪啪声,是一位顾客搓澡的结束,也是另一位顾客搓澡即将开始的信号,听到这个声音了,就应该做准备了。这种声音传递着一种澡堂里的规矩。

"你刚才说,林医生来过这里?你给搓的?真的假的?"轮到给郭有庭搓澡了,郭有庭小声地向赵吉利问道。

"我这个人什么时候说过谎话。"赵吉利用力搓着。

"还真有你的,虽然你跟林戈民关系好,但他能来这地方洗澡,我还真不是太敢相信。"郭有庭知道自从赵吉利跟林戈民去了他母亲的墓地之后,林戈民对待尹玉红更加关心。

"这人与人啊,在于沟通,在于以往的交情。现用人现交人,做不了真心朋友。"赵吉利把搓澡巾脱了下来,拧了拧水,又戴上。

"那可不。这林戈民与林戈蒋长得挺像,模样都像他们母亲,但林戈民的脸就像雕塑一样,不会有第二个表情。"郭有庭仰躺在浴床上,说完,还扭头看了赵吉利一眼。

"都不容易,人生哪有那么多乐和事,像我这种,完全属于穷乐和。

但林戈民说了，他挺羡慕我的。"赵吉利说到最后一句时，声音很小，正给郭有庭搓胳膊呢，把嘴凑在郭有庭的耳边说道。

"什么时候说的？"郭有庭将信将疑。

"上次搓澡的时候，就在这张浴床上。"赵吉利似乎又饶有兴趣地回忆了元旦那天下午给林戈民搓澡的时候。

"老弟，你又跟我开玩笑了，我有什么好羡慕的。"当时林戈民也像郭有庭这样仰躺在浴床上。

"羡慕你的简单，羡慕你的真诚，羡慕你的乐观。"林戈民闭着眼睛说道，他在享受着搓澡时的放松。

"人之所以痛苦，就是因为顾虑的事情太多，被各种事情禁锢住了，我们普通老百姓头脑简单，这个社会没什么太多用得着我们这种普通得不能再普通的老百姓的地方。我们沧海一粟的，只要遵纪守法，别给国家添乱，国家少麻烦，我们也成天乐乐呵呵的。"

"寄蜉蝣于天地，渺沧海之一粟。我又何尝不是？名啊，利啊，时间久了，回头看一看，那又是什么，也都是过眼云烟。我现在经常感觉到有些累了。"林戈民慢慢睁开眼睛，又慢慢闭上。

"累，是因为你们付出的多，缺少休息，每天站在手术台上，那可是脑力活加上体力活。因为你有这个能力，有这个被社会需要的价值，抛开名利，社会是真的需要你们。"赵吉利在认真搓着，每一位顾客的每一寸肌肤，他都不曾怠慢，对林戈民也是。

"是啊，你说得对，有时候，我下了手术台，就连拿筷子的力气都没有了。"林戈民微闭着眼睛，深有感触地叹了一口气，说道。

"累的时候，就过来搓个澡，这浴池不大，可是干净卫生，这男浴区都是我一手收拾的。这泡澡大池，每天雷打不动，换两次水，上午十点一次，晚上六点一次。这头泡水啊，更干净。"赵吉利一边说着，一边没耽误手中的活计。

"这成本无形之中增加了不少啊？"林戈民依然闭着眼睛。

"来这里的，都是街坊邻居，大都是几十年的交情了，糊弄不得。老陈虽然为人在平日里省吃俭用的，但这种良心的事情，他从来不糊弄。做人也好，经商也罢，这信字差不得。你没发现吗，我们泡澡大池里，没一个人自己在那搓灰抠脚的，大家都自觉，都是在淋浴区洗一遍之后，再进池子里泡的。泡过之后，浑身的毛孔都舒张开了，搓个澡，回头再到淋浴区一冲，喝点茶水，哪怕是再廉价的茶，你都能喝出甜味来。"赵吉利说起来，十分自豪得意的样子。

"是啊，咱们老祖宗早就总结出了仁义礼智信，这是做人的根本。"林戈民说道。

赵吉利拍拍林戈民的肩膀："来，翻个身。"林戈民翻身的瞬间，赵吉利将一盆水干净利落地从林戈民与浴床中间的缝隙中泼过。

"洗个澡确实放松。"林戈民趴在浴床上，十分放松的样子。

"你们就是平时工作压力大。累心的那种'累'，很不容易缓过乏来。"赵吉利发现林戈民的后背上有着明显的一道刀疤。应该时间很久了，颜色已经十分接近旁边皮肤的本色了。

"老赵，你是个来自民间的高人，懂得心理学啊。"林戈民逗笑着说道。

"啥高人啊，我在这浴池见的人，都是赤诚相待的，没有任何遮掩。这人啊，脱掉了衣服，光溜溜地在泡澡池里一躺，这外来的影响就全都不见了。什么名车豪宅，什么貂皮大衣，什么功名利禄，都被这池热水荡涤得干干净净。这身体啊，最不说假话，不像大脑，想的东西多，它最直接。古人不常说'放下'吗？咱们就一俗人，咱放不下，常泡几回澡，让身体解解乏，总可以吧。我说的对不？"赵吉利说完，发现澡池里的几个人都对着他微笑，他十分得意，搓得更卖力气了。

"有一个早晨，我扔掉了所有的昨天，从此我的脚步就轻盈了。"林戈民没直接回答赵吉利的话，自己在嘀咕着泰戈尔的诗句。

"什么早晨，现在是傍晚了。这澡儿洗透了，脚步也自然会变得轻盈了。"赵吉利显然没听懂林戈民在说些什么，只是搓得更加卖力气了，额头上渗出了汗水。

第十二章　住院期间

"爸，我妈手术怎么能不告诉我呢。"郭晓莹的手一直抓着尹玉红的手，哭哭啼啼地说道。

俗话说，这女儿是妈妈的小棉袄，郭晓莹此刻的心，疼得厉害。

郭有庭站在旁边说道："这不是挺好的吗？告诉你了，你帮不上什么忙，倒是担心。"

"是啊，妈妈怕耽误你考试。这多好，我现在没什么事，乖女儿。"尹玉红也劝说着。

"莹莹，还有几科没考呢？"尹玉霞问道。

"还剩一科了。我们大四最后一次期末考试了，考试的课程特别少。一共就考五科，其他的都是考查课。"郭晓莹眼睛里裹着泪水。

"妈妈真没事，这几天全是你三姨晚上在这里照顾我，挺好的。"尹玉红安慰道。

"三姨，辛苦你了。"郭晓莹拉着尹玉霞的手说道。

"说什么话呢？这不是我姐吗？别像你爸一样，老客气个没完，这点事情算什么。"尹玉霞拍了拍郭晓莹的肩膀。

"我姥爷、姥姥那边能行吗？"郭晓莹知道自己的姥爷、姥姥身体也不好，至少得有个能够给做饭的人。

"你小弟在家呢,他处的那个对象会做,做得还挺好吃的呢。可他俩也不上个班,都愁死人了。"尹玉霞说完,叹了口气。

"我这生病了,等我出院了,让你姐夫给涵东张罗张罗。"尹玉红就是心思重,这家里的事情没有不上心的。

"他对象还挺好的呢,还会做饭呢?我还不会做呢。"郭晓莹说道。

"就是我跟你妈把你惯的,看你以后结婚有了孩子,谁给你们做饭吃。"郭有庭瞪了郭晓莹一眼,微笑着说道。

"爸,我结完婚之后,咱们一起过,还是你做给我吃。你要是不愿意做了,咱们就今天方便面,明天速冻饺子,后天豆浆油条……"郭晓莹故意逗着郭有庭。

"停!停!打住,我才不跟你过呢,女儿啊,你这不是跟爸妈一起过啊,你这是要气死加累死我们两个啊。"郭有庭做了一个暂停的手势。

"爸,能不能发扬发扬优秀共产党员的风格,别这么计较,好不好?"郭晓莹跑过去,搂住郭有庭的脖子。

"有这样的女儿吗?爸妈老了,天天就给我们吃方便面、速冻饺子的。"郭有庭笑着说道,大家都跟着笑了起来。

"女儿,你快回学校吧,还有一科考试呢。妈妈这里有你爸和你老姨呢。你赵叔天天早上过来送小米粥,我都不好意思了。"尹玉红惦记着女儿的学习。

"妈,你就放心吧。今天是7号,周五,我下周一才考试呢,还有明后两天的时间复习呢。"

郭晓莹的话音刚落,林戈民就带着几名规培生走了进来。

"林医生,今天周五,你不是给学生们上课吗?"郭有庭先看到的林戈民。

"学生也有期末的,春节之前的这几个周五,都不上课了。怎么样,感觉体力恢复如何?"林戈民直奔向尹玉红,并问道。

"一天比一天强,让你费心了。"尹玉红说道。

"伤口愈合得不错,今天是术后第八天,继续多吃清淡易消化的食物,比如鱼、虾、海参、山药这样的食物,有利于你的伤口愈合和体力恢复。"林戈民检查了一下尹玉红手术的伤口,嘱咐道。

"嗯,好的,林医生。"尹玉红一个劲儿地点头。

"你这里这么多牛奶,现阶段少喝点,牛奶和鸡蛋都是容易产气的食物,容易造成腹胀。"林戈民指着尹玉红床头的牛奶说道。

"大家都往这儿买,记住了,不给我姐喝了。"尹玉霞赶忙去收拾了起来。

"多给患者吃新鲜水果,这样能补充维生素,保持排便通畅,这点很重要。另外保持心情愉悦,别像我,成天不会笑,板着脸。这样不利于身体恢复。"林戈民转身走的时候,对着郭有庭说道。

大家都笑了起来。林戈民这么一说,让几位规培生也感到意外,林教授很少会用这样诙谐的语气说话的。出于礼貌,郭有庭将林医生等人送出了病房。

林戈民在病房门外停了下来,说道:"有些话不能跟患者直接说,郭大哥,肺癌同所有癌症一样,是慢性消耗性疾病,合理的膳食对于她的治疗,包括任何患者的治疗都至关重要。充足的营养不仅能提高自身免疫力,还能减少治疗中的不良反应。"

郭有庭连连点头。郭有庭与林戈民都知道,赵吉利在其中的作用,让他们彼此之间拉近了距离,虽然不像与赵吉利走得那么近,也算是很熟悉了。仿佛彼此之间就像代数里的集合一样,赵吉利成了他们的交集。

郭晓莹回了学校,毕竟伤心之后,还要面临着考试。元旦前的几场毕业双选会让自己心里失落得很。虽然说男女平等是目前人人都认同的,但自己学的材料加工工程专业明显是用人单位倾向于招聘男同学。没办法,当时高考时分数不是太理想,自己的分数只能凑合着选择这个专业了。虽然四年间自己很努力,可到头来,该出现的问题还是要面临。本想在考试之后跟父母沟通一下意见,见母亲这样,自己硬是憋了回去,没有再吱声。

郭有庭忙着尹玉红住院期间的后勤工作,他想方设法地做些尹玉红想吃的东西。医院里的点点滴滴都是妹妹尹玉霞照料的，姐妹之间聊聊天，也算能够舒缓一下心情。尹玉霞在家政公司上班时，还跟家庭护理的姐妹学过康复按摩，这时候也派上了用场。这病人躺在病床上，浑身难受得很，仿佛僵硬了一般，要不时地翻弄身体，按按手脚。只要尹玉红没睡着，尹玉霞时隔半个小时，就为姐姐按上一按。

冬天的白天十分短暂，医院里的时间，更是过得很快。早上起床，早餐之后，两个半小时的点滴打完，就很快到了午饭的时间。下午休息一会儿，唠唠嗑儿，转眼就到了晚上。

陪护的尹玉霞每天几乎不用看手表，早上七点半，医院食堂的餐车会推到每个楼层，随着突然打破寂静，并且极具穿透力的喊声："打饭！打饭！601一床，601二床，602一床……"

陪护的家属或者已经接近康复了的患者会从各个病房走出来，各种餐具一起上阵，好不热闹。七点四十五分，是护士们交接班的时间，几个病房交接完，最迟也就八点二十分左右，输液、测量血压等工作陆续开展。十点钟，食堂的工作人员会到各个病房挨个床询问明天要吃的食物，按照三餐定制。

家里人手够用的，就自己在家做一点适合自己口味的，送到医院里来。家里远的，或者人手不足的，只能在固定的菜谱中，有限地选择。

当然有需求的地方，就会产生供给的市场，每天除了主任查房时间，各种餐饮部、小吃部的各种餐饮卡片会纷至沓来，门缝里，床头柜上，都是它们的身影。用尹玉红的话说，这医院里枯燥得很，满眼望去都是白色，似乎这些花花绿绿的卡片还能映衬出生活的味道。

而在尹玉霞的感觉中，这里只是弥漫着消毒水的味道。

"二姐，你说这个赵吉利，一天到晚像个话痨似的，平时也看不出他有什么过人之处，这次就能把林医生整得明白儿的，也算过人之处了。"尹玉霞一边削着苹果一边说道。

"他这个人啊，主要的是人实在，我们下乡的那伙人里，谁都认为他这个人不错。所以你姐夫大学毕业进入水电工程局之后，水电工程局招工，第一个想到的就是他。他做事认真，偷懒的事情绝对找不到他，他唯一的缺点就是有点儿话痨，一天到晚嘴巴不停。在青年点那会儿，能吃的东西少，有一年秋天，大家从生产队的地瓜地旁边的水沟里，发现了两株秋收时被遗落的地瓜秧，可能接近水源的地方，水分充足，那地瓜结的，真好，大的，小的，我们整整弄出了一土筐。晚上的时候，我们这些人把地瓜蒸了，那个食物匮乏的年代，能吃上地瓜就是美味了，每人分了两块，一块大一些的，一块小的。你猜怎么着？屋里十几个人，都在吃地瓜，没有任何人说话，吃地瓜都腾不出嘴巴来了，只有赵吉利一个人，自始至终对那地瓜各种点评，各种分析，满屋子只有他一个人的声音，他也厉害，我们吃完的时候，他也吃完了。好像他长了两张嘴似的，没耽误吃，也没耽误说。"尹玉红回忆着，说完也笑呵呵地直摇头。

"你们那会儿，有这么一个人在身边，也算有个乐趣。"尹玉霞继续削着苹果，说道。

"听你姐夫说，在非洲援建的时候，他也是这样，跟人家外国人比画着说汉语，说来也怪，那几名外国人，在他的比画下，汉语还真就学了不少，也闹出不少乐子。"尹玉红直起身，看了尹玉霞一眼，好像还有话要说，但欲言又止。

"二姐，怎么了？干吗这么看着我？"尹玉霞把削完的苹果递给了尹玉红，但发现尹玉红在直勾勾地看着自己。

"你与家政公司的那个经理都断了半年多了，也该考虑一下了，过了春节，你真就是五十二岁的人了，再不找，可就真费劲了，总不能奔着六十岁的时候再找吧？老伴、老伴，老来伴，老了得有个伴。赵吉利这个人，这么多年，大半辈子都与咱们有交情，人真不错，人家对你一直有意，你也考虑考虑。"

"他多大来着？"尹玉霞一边收拾着苹果皮，一边问道。

"他比你姐夫小两岁，你姐夫今年六十一，他就五十九呗。他是普通职工，买断工龄时间早，五十五的时候就办理退休了，你俩年龄也合适。"尹玉红真希望撮合成此事。

第十二章 住院期间

"再说吧,爸妈那头够我忙乱了,我还哪有这闲空。"尹玉霞为自己剥了一个橘子。

"你这岁数,不是涵东与莹莹的年纪,他们需要逛街、吃饭、看电影,你合计啥呢?你是找个老伴,相扶后半生,能踏踏实实过日子就不错了。是五十二岁了,不是二十五岁。"尹玉红数落了尹玉霞一通。

"二姐,看你说的。怎么我就不能找个情投意合的?"尹玉霞把一瓣橘子放进了自己的口中,好像很酸的样子,咧了一下嘴。

"你当初对吴庆阳倒是觉得情投意合,咱爸那时候就死活不同意,可你不听劝,结果呢?最终还不是你自己带着涵东生活了十七年?"尹玉红把尹玉霞放在桌子上的橘子掰了一瓣放进了嘴中。

"十八年,不是十七年,你可别提那个吴庆阳。你不嫌这橘子酸啊?"尹玉霞纠正说道。

"嘴里没味,这橘子是挺酸的。"尹玉红没再吃,也没再说尹玉霞与赵吉利的事情。

尹玉霞倒是心里有了无数种想法。自己合计着,是该找个伴了,但她同大部分女人一样,永远是眼光高得很,赵吉利现在是个搓澡的,还是个话痨,能过到一起去吗?可涵东一天天大了,也处对象了,自己老是这么单着,也不是那么回事。自己陷入了深思中。

"嫂子,嫂子,你看谁来了?"尹玉红刚闭上眼睛不到一分钟,韩冬梅那沙哑的声音就从病房门口传了进来。

一听韩冬梅这沙哑的声音,就知道她要么是香烟吸多了,要么是话说多了。

尹玉红对她这个妯娌太了解了。

尹玉红与尹玉霞都抬头望去,韩冬梅走在前面,后面跟着郭有渊。

"嫂子,怎么样了?"走在后面的郭有渊与尹玉红刚一对视的时候,就急切地问道。

"有渊你出差了?"尹玉红问道。

"可不是吗?刚一回到家,就像被火烧了屁股似的,洗了一把脸就跟我赶了过来。"还没等郭有渊吱声,韩冬梅就迫不及待地将话抢了过去,说完还嘿嘿笑了起来。

"二哥,你坐。"尹玉霞站了起来。

郭有渊跟尹玉霞客气了一下,刚要坐下,站在一旁的韩冬梅阴阳怪气地说道:"哎呀,还是他二哥亲,让她二哥坐,也没让她二嫂坐。"

"你坐床边,让有渊坐凳子上。"尹玉红平时在家里的地位还是蛮高的,她这么一说,韩冬梅也没再多啰唆什么。

"嫂子,怎么样了?"郭有渊问道。

"挺好的,再有个五六天,就应该能出院回家了。"尹玉红回答。

"你可别上火,也别着急回家,这手术都是伤元气的,你可得把病彻底养好了。"郭有渊看着大嫂着实心疼。

平日里,尹玉红对郭有渊一家十分照顾,自己家里的条件比他们家好很多。尤其对待侄子郭晓龙,虽然只比郭晓莹小四岁,但尹玉红格外照顾郭晓龙。逢年过节,只要见到郭晓龙了,总会塞些钱给孩子。有时候,郭晓龙要额外学习个什么,或者想买个什么东西,都直接会找大娘要。郭有渊知道大嫂为家里做了很多默默无闻的付出,可自己有些怕媳妇,说白了,这么多年了,真的不想再跟韩冬梅闹腾了,年轻的时候,都折腾腻歪了,一哭二闹三上吊的事情,没少干。现在什么事情都是为了这个家,为了孩子。

"我没啥事,这不挺好的吗。你这次出差时间可够长的。"尹玉红说道。

"可不是嘛,二十多天呢。"坐在床边的韩冬梅抢着说道。郭有渊一见媳妇说了,自己就没吱声。

"你说说这个家,他什么也顾不上,家里忙前忙后,就我一个人。一天到晚累死了。"韩冬梅喋喋不休个没完。

"你不就给晓龙做点饭吗?"郭有渊终于没忍住,说了一句。

"唉,你这没良心的。给孩子做饭,给孩子洗洗涮涮,哪样的活不是我一个人干。"韩冬梅从病床上跳了下来,指着郭有渊的鼻子问道。

"也没看你把孩子照顾得怎么样！"郭有渊好像内心有很多的怨言，但只说出了一半。

"你说清楚，我哪方面没把孩子照顾好。"韩冬梅拽了一下郭有渊的胳膊。

"行了，说你还来劲儿了。你少打点麻将，多照顾照顾家里，我这病了，你也常去咱爸那儿看看去。"尹玉红喝止住了不依不饶的韩冬梅。

"最近，少打老多了。"韩冬梅的麻将瘾不是一般人能比得上的。

"谁信啊？你瞧你那嗓子，明显是打麻将时跟人家嚷嚷的，要不就是烟抽多了。"尹玉红也没给韩冬梅留面子，这么多年了，她对韩冬梅十分了解。

这韩冬梅，一旦上了麻将桌，可什么都忘了。香烟一叼，一条腿盘在椅子上，另一条腿立在椅子上，那架势，看不出一点女人样。一圈牌下来，她可就进入了状态，香烟一根接着一根，嘴巴也不闲着，嗷嗷直喊，整个牌桌就听她一个人在那儿咋咋呼呼的了。

按理说，大家都不愿意跟她这种人一起玩，可是韩冬梅打麻将的技巧实在太差，送牌点炮的事情，她是把大家欢迎的"好手"，打牌十次能有九次输。还有一点，大家打牌三缺一的时候，实在凑不上手的情况下，一个电话，无论几点，她百分百能到场。很多牌友暗地里给她起了个外号：炮灰。

去年夏天的时候，一个傍晚，她正做着饭呢，三缺一的电话打来了，她可倒好，烧了一半的豆角，就熄灭了火，郭晓龙晚上回来吃了没有熟透的豆角，上吐下泻的，差点没闹出人命来。家里人没有一个人不责备她的，包括尹玉红。可韩冬梅顶多好了三天，到了第四天，就开始主动张罗麻将局了。

"嫂子，你怎么知道我烟抽多了？"韩冬梅也皮实了，好像听不出好赖话的样子，嬉皮笑脸地问道。

"你嗓子都哑了，身上还一股烟味，都呛人。"尹玉红瞪了她一眼。

"我们前楼的老孙，一天到晚就赢我钱了，上午一起打麻将的时候，他拿了两盒中华烟,说是他女婿孝敬给他的,我不抽白不抽,全都给他造了。"韩冬梅一副得意扬扬的样子。

"你是假聪明,还是真傻?那是补品啊?净做些损人不利己的事情。"郭有渊气不打一处来,也狠狠瞪着韩冬梅说道。

"我的事情,你不懂,就别乱掺和。"韩冬梅一听郭有渊说自己,十分不愿意,瞅了郭有渊一眼。

"我这也回来了,晓龙这几天,我来照顾,你就在医院陪护陪护嫂子,替上玉霞几天,人老这么熬着,谁都受不了。"在尹玉红的眼里,郭有渊这次是少有的硬气。

"你个臭老爷们,能照顾好孩子吗?晓龙转过年六月份就中考了……"郭有渊的一番话,好像彻底激怒了韩冬梅,韩冬梅的语气开始带了火药味儿。

"不用啊,我这也没什么事情,有玉霞在呢。老二,你这刚回来,快回去歇着吧。"尹玉红也不愿意听见他们在这里争吵,心里都堵得慌。

"让冬梅照顾你几天吧。"郭有渊坚持着说道。

"听大嫂的。"尹玉红给郭有渊递了一个眼神,她不想让郭有渊太难做。

时间就这样一天天过去,女儿郭晓莹已经放寒假了,全家人的重心全都放在了这里。这居家过日子,家家都好像头顶着一片天,其中一个人出事了,就好像这天上的太阳出了问题,见不到晴天似的,所有人的心里都会阴沉沉的。

"老郭,今天都1月16日了。之前说我半个月就能出院,这都十八天了。这几天没看见林医生呢?这人在医院待着时间长了,心脏都感觉紧缩着。"尹玉红问道,也难为她了,这在医院里的每一天都是掰着手指头过的。

"林医生出国参加学术会议了,据说今晚能回来。手术之后二十天就会开始做化疗了,应该明后天就能做。"郭有庭一边收拾着病床下的东西，一边说道。

"化疗？"尹玉红听见这个字眼的时候，泪水瞬间喷涌而出。虽然她在手术之后，已经预想了多种结果，做好了心理准备，但真正面对现实的时候，不知道是出于自己内心的恐惧，还是对未来生存的渺茫，泪水像断了线的珠子。

郭有庭蹲在地上，一时间也不知道如何劝说尹玉红是好。

林戈民出国之前，找过郭有庭。

"郭大哥，按照常理，嫂子术后二十天是要进行化疗的，大概一共要进行五六次的样子。我征求一下你的意见，是在医院做完首次化疗后观察一下嫂子的身体情况出院，还是先办理出院，之后做化疗的时候，再过来？"

"来到医院了，你就全权做主，我们都听你的安排。"郭有庭知道林戈民是为了自己好，所以才征求自己的意见。

"所有的肿瘤都不是单一的局部疾病，多数肿瘤在被诊断时，其实已经是全身性的疾病了，按照现在的病理来看，淋巴已有转移的了。现在外科和放疗都是局部治疗手段，而化疗是全身治疗。"林戈民也面露难色。

"化疗有什么副作用吗？"郭有庭问道。

"化疗是全身治疗，在特定的阶段应用，能够杀死或控制原发肿瘤病灶，抑制全身转移病灶，减少复发与转移的可能性。一般都会有脱发、恶心、疼痛、食欲不振等情况，每个人身体情况不一样，身体的反应程度也不一样。到时候，我会开一些硒维康口嚼片给嫂子。"林戈民看着郭有庭满脸愁容的样子，自己的内心也充满了复杂想法。

都说有一种疼不痛，因为那种疼，痛在别人的身上。都说医生麻木，因为他们见了太多，已经无法在工作中再表现出怜悯的心态。

第二天早上，赵吉利依旧像往常一样早早地到了医院，今天与以往不同的是送来了八宝粥。

"今天腊八节,外面真是冷,古语说的没错,腊七腊八冻掉下巴。今天我早上熬的八宝粥,嫂子,你们尝一尝。"赵吉利的鼻尖冻得通红。

"赵哥,你这么折腾,别说我姐了,我都不好意思了。这将近二十天的时间,你天天如此。"尹玉霞一边为尹玉红盛粥,一边说道。

"不折腾,折腾个啥,不然的话,我也早醒了,也是瞪两个眼睛望着天花板,岁数大了,睡眠轻了。"赵吉利说道。

"要不你也在这吃点?你做得太多了,我与我姐根本吃不了,这粥你熬得可真黏糊啊。"尹玉霞说道。

"我没吃早饭的习惯,你们吃吧。昨天晚上林医生下飞机后,直接去我那里搓澡了。他说明天能给嫂子做第一次化疗。做完这次化疗就能出院。"赵吉利看着尹玉红苍白的脸色,心里不是太好受。

"我真待不住了,这几天晚上做梦都想着要回家。我没病死,也在这里圈死了。"尹玉红摆摆手说道。

"嫂子,平衡好心态,这次真见亮了,昨天林医生还说你的身体恢复起来绝对没问题。对了,晓莹不是放假了吗?人呢?"赵吉利见尹玉红情绪不是很好,转移了话题。

"现在我与我姐夫、晓莹,我们三个一人一晚上,前天晚上是晓莹,昨晚是我,今晚就是我姐夫。她一会儿也该来了。这粥熬得真好。"尹玉霞回答。

赵吉利不知道尹玉霞是夸粥呢,还是夸自己的手艺呢,反正挺高兴。

"要是好吃的话,明天我还熬八宝粥。"

"别折腾了,唐大姐出院的时候,告诉我了,一旦做了化疗,什么也吃不下。"尹玉红说道。

果然跟料想的一样,第一次做化疗的日子,恶心、食欲不振,所有的症状都接踵而来了。用尹玉红的话说,这化疗比手术还要遭罪。

"这次办理出院了,一个月以后,大概正月十二,也就是二月二十日,我们进行第二次化疗,这期间正好赶上春节,你也好好补一补,增强一下身体的抵抗力，但油腻的东西，尽量别吃。"林戈民百忙之中，抽空在尹玉红办理出院的早上，特意过来嘱咐了一下。

"以后还有化疗是吧？"尹玉红的心里似乎对化疗充满了恐惧。

"第三次应该在'六一'之前了，和第二次化疗会间隔三个月左右，第四次，会在七月份。你现在做完手术，身体反应会大一些，下次，就不会有这么大的反应了。你一会儿回到家，你就会发现你的病好了一多半，回到家心情就会大好，这些跟环境有很大关系。记住一点，别生气，气大伤身，这是很多疾病的根源。"林戈民认真解释着，并劝说道。

第十三章　出院回家

果然，如林戈民所说的，出了医院的大门，尹玉红的心情果真大好，呼吸似乎比之前顺畅多了。

尹玉红从医院回到家里，家里每天都人来人往的。郭有庭与女儿郭晓莹天天围在自己身边，时间过得也快。

没几天，已经是农历小年了，楼下的孩子们已经开始燃放鞭炮了，年味一天比一天浓厚了起来。

这正是各家各户准备年货的时候，以往的这个时候，总是尹玉红最忙的时候，双方的老人，老郭的二弟家，都是需要照顾的，鱼啊，肉啊，衣服啊，甚至春联、福字都是需要考虑到的。尤其自己的三妹妹——尹玉霞，带着孩子，这每年春节，都是大家的一块心病。

以往尹玉红累的时候，也发牢骚："这玉霞啊，从小就是我带着，现在也不能顶门立户的，这一到逢年过节的，我就像带了三个孩子，莹莹、涵东，还有她一个。要过年了，除了购置年货，给孩子洗洗涮涮、穿衣保暖总是要有的吧？这可倒好，你看看那涵东，一天到晚，造得像个泥猴似的，这我听莹莹说，涵东的手脚都冻坏了，心疼死个人。什么事情都需要我操心。"

"你啊，既然操心了，就别再累那个嘴皮子了，涵东的棉鞋你给买了就是了。"郭有庭在家里往往是消防员的角色。

而如今,尹玉红也知道自己的身体不好,虽然也惦记着双方的老人、郭有渊一家子、尹玉霞娘俩儿,但不会像以往过年的时候,一天会往返副食商场好几趟,给各家办置年货,晚上回家睡觉的时候,两只胳膊都会感觉到抽筋地疼。

尹玉霞这二十几天,也历练了许多。父母那里,二姐这里,都照顾得十分周到。

有时候,无论在生活还是工作中,真是大家公认的那样:这人啊,没真逼到那个份儿上,一旦你没了依靠,或者没了退路,只能靠自己的时候,很多隐藏在身体与意识里的潜能就会迸发出来。以前做不了的,或者做得不好的,全都能肩负起来。

女儿也大了,把家里的床单、被罩、窗帘,都洗了个遍。挑了一个中午的时间,在阳光正足的时候,郭有庭与郭晓莹一起将窗户玻璃也擦得干干净净,郭晓莹还把几幅喜庆的窗花贴在了玻璃上。

年味越来越足了。

"这莹莹长大了,真能干,是个持家的好手。这年味儿啊,就是临近春节时的忙碌,现在条件好了,吃能吃多少?喝能喝多少?这春联与窗花一贴,鞭炮一响,是对上一年的总结,也是对来年的期盼。"这赵吉利又不知道从哪位顾客嘴里学的一套嗑儿,坐在郭有庭家里的沙发上,侃侃而谈。

"赵叔,你就别夸我了。尝尝这榛子,我同学给我邮寄过来的,今天刚刚取回来。纯绿色,没有农药的,走的时候,再带点儿。"郭晓莹将一果盘榛子递到赵吉利与父亲郭有庭的面前。

"哟,这可是好东西。这可不是普通榛子,是水漏榛子,颗颗饱满,皮薄,用手一拍,就能打开。"赵吉利抓起一把,分放在两只手里,轻轻一拍,果仁就与果壳分开了。

"嗯,真香。你这同学真好。这同学处好了,一辈子的情分。是不,郭哥?"

"嗯,我们家莹莹在家里就知道谦让这些远亲近邻的妹妹与弟弟的,在学校与这些同学处得也不错。他们期末考完试,好多同学都来医院看望你嫂子。"郭有庭说道。

"上午的时候,老崔去我那里洗澡了,他说下午来给我嫂子送年货。"赵吉利嚼着榛子,突然想起了这件事情。

"这一天天的,给大家添了多大的麻烦。"尹玉红挪着脚步走了过来,递给赵吉利一听饮料。

"嫂子,你躺会儿,我不渴,刚才在浴池喝了一大茶缸子的茶水。"赵吉利说道。

"躺了小半天了,现在没什么事情了,这几天,我打算下楼走一走,去莹莹她爷与她姥姥家看一看。"郭有庭挪了一下位置,让了一块地方,尹玉红也在沙发上坐下。

"你可量力而行,毕竟这是大手术,可得注意身体。"赵吉利劝说道。

"往年的年夜饭,我们都是先在我爸那儿吃,然后再去莹莹姥姥家。今年,我不打算去了,打算在自己家过年,你嫂子还不同意。"郭有庭面露难色。

"嫂子,这事儿,你可得听我郭哥的。虽然莹莹爷爷家离莹莹姥姥家也就十几站地的距离,但是,你现在出院不久,不比以前,大过年的,你可别添麻烦了,大家都理解。"赵吉利劝说道。

"今年让老二有渊与冬梅他们自立一下,我那侄子转过年都高考了,现在什么事情还都指望着我们呢,年年如此,今年不行的话,我就把莹莹爷爷接过来,让他们独立一下。莹莹姥姥、姥爷那边有玉霞与涵东呢。"针对大年三十在哪儿过的问题,郭有庭苦口婆心地说过好几次了。

"这冬梅,还不够她打麻将的,她能置办个啥?"尹玉红叹了一口气。

"你就是个操心的命,你这病怎么得的?冬梅照顾你一个晚上没?"说起二弟的媳妇,郭有庭就气不打一处来。

"你怎么办?要不今年也过来。"郭有庭向赵吉利问道。

"我还是去秋燕她妈那儿,这么多年了,不去不好,陪我老丈人喝点。"赵吉利回答说。

他们正说话的时候,门铃响了,郭晓莹手里拿着手机,正摁着编辑短信呢,跑了过去。

是崔宝海一家三口。

"哟,吉利也在啊。"最先进门的是崔宝海的媳妇,魏艳琼。

"嫂子,我坐了有一会儿了,瞧你们带的这些东西,把家都搬过来了啊?我正要走呢,你们唠吧。"赵吉利帮着把崔宝海他们带的东西搬进了屋,拿起羽绒服,就要离开。

"这咋的了,像我们撵你走的似的。"魏艳琼笑着说道。

"我来了有半天了,早上我崔哥去浴池了。该唠的,我俩都唠了,哈哈,不能当你面儿再唠了。"赵吉利贫嘴道。

"你就贫嘴吧。当着孩子面儿,也不能有个收敛。"魏艳琼冲着赵吉利的后背拍了一巴掌。

"赵叔,给,拿着。"郭晓莹递给赵吉利能有三斤左右的榛子。

"给你妈留着吃吧。"赵吉利推辞了一番。

"赵叔,拿着吧,家里有呢。"郭晓莹说道。

"这侄女,真好,跟自己亲闺女似的。好,我带着。"赵吉利乐呵呵地说道。

"赵叔,再坐一会儿呗。"崔建昌抱着两盒东西,走在最后面,刚上楼。

"建昌,减减肥,春节期间少吃点,我呀,出来一会儿了,浴池还有人等着搓澡呢,你们唠吧。"赵吉利拎着榛子,哼着小曲儿,急忙走了。

"赵啊,晚上过来吃饭。"尹玉红喊了一句,她这声音比较微弱,赵吉利应该没听见。

"回头,我给他打电话吧。"郭有庭说道。

"快坐,你们这是干什么?真像老赵说的,把家都搬过来了啊?建昌,到婶子旁边坐,吃点榛子,你小妹儿一位农村同学给寄来的。"尹玉红拍了拍沙发上自己身边的位置。

"反正，我和我们家艳琼能想到的，我们家建昌都采购了，我们老两口儿没想到的，建昌连你们一家三口儿的衬衣袜子他都想到了，都在这儿呢。"崔宝海自豪地说道。

"这么破费呢，建昌。叔叔春节给你包个大红包，快吃点榛子。"郭有庭笑着说道。

在郭有庭的眼里，崔建昌是他乘龙快婿的不二人选。一来，双方家庭知根知底，自己与建昌的父亲崔宝海还共事了大半辈子。虽然自己在单位是从事技术口的，崔宝海是从事行政口的，但二人在单位都是有口皆碑的，颇有些惺惺相惜的感觉。二来，建昌这孩子是自己与尹玉红看着从小长大的，毕竟自家的是女儿，作为父亲，让女儿有个好的依靠，是他退休之后最大的心愿。

郭晓莹坐在不远处的餐桌椅子上，没到客厅来凑热闹，手里不停地摁着手机。

"老姑娘，你在干什么呢？一直鼓捣着你那手机。"尹玉红说道。

"妈，我大娘过来陪你聊会儿天，你们好好聊吧，我跟我同学谈论考试成绩呢。"郭晓莹头也没抬，继续鼓捣着手机。

"莹莹，越来越漂亮了，这女孩啊，女大十八变。"魏艳琼看着郭晓莹，心里也是十分希望她能成为自己的儿媳妇。

知女莫若母，尹玉红的心里，知道女儿好像处了一个男朋友。而且处的时间不长，因为去年十一国庆节的时候，她问过女儿，当时郭晓莹信誓旦旦地保证没有交往男朋友，而如今，再问女儿，就是含糊其辞地回答了。

无论怎样，只要女儿幸福，这就是她作为母亲最大的心愿了。尹玉红也清楚地知道，自己的病情，肯定不能与郭有庭白头偕老了，只是时间的问题。女儿要是有个好的归宿，也许是她出院回家后最高兴的事情了。

第十四章　初次相识

"钱川同学，很抱歉地通知你，你给我邮寄过来的榛子，正在被你的情敌吃下，你未来的岳父正在为他双手拍榛子呢。他一边吃着，一边赞叹这榛子很香。本人想采访一下你此时此刻内心的感受。"郭晓莹编辑着短信，短信超字数了，她又将"本人想采访一下你此时此刻内心的感受"删掉后，把短信发送了出去。

"你是不是想采访一下我此时此刻内心的感受啊？"对方在片刻之内，就将短信回复了过来。

"明知故问，快说。"郭晓莹编写短信的速度很快。

"我要是说没感觉，你会怎么想？"钱川在短信中问道。

钱川，郭晓莹此时此刻心中的白马王子，虽然不是哈韩主流标准中的帅哥，但看上去也算顺眼。他们相识，其实也就三个月的时间。任何一所大学的校园里，从来不缺乏懵懂爱情的泛滥。虽然说校园里的爱情，往往是初恋，未必有多少会有结果，但那份经历都是每个人所向往的。

郭晓莹在没有认识钱川之前，也有很多同班或者同系的男同学追求过，不是因为郭晓莹貌美如花，还没到那种地步，毕竟是一所理工院校，而且学习的还是材料加工工程专业，女同学寥寥无几，"僧多粥少"的局面已经传承了几十年，据说从学校建校之初即是如此。

此外，在郭晓莹的心里，她清楚地知道，她父母希望自己与崔建昌走到一起，只不过两个人在现阶段缺少生活与学习的交集。她没有跟钱川走到一起之前，她的内心里总是有一种声音告诉自己，等到毕业的时候，与崔建昌处处再说。毕竟崔建昌入伍参军，以及后来退伍转业参加工作，表现得都比较优秀。母亲也告诉过自己，女孩子找对象，最主要的要看对方对生活有没有干劲儿，有没有一种积极向上的生活态度，用郭有庭关起门来的话说："与崔建昌相比，吴涵东这孩子就是典型的不能嫁的类型，吃啥啥没够，干啥啥不行，遇到点儿什么事情，就知道退缩与放弃。"

郭晓莹嗓音比较好，小时候学过一段时间声乐，进入了大学，利用业余时间，就参加了学校团委的社团，前三年课程比较紧，没怎么参加活动。大四那年，前一任播音的女学长毕业了，她担任起了校园广播站的播音员。

每天中午十二点，校园广播总会准时响起。校园的每个角落都会收听到校园广播的声音。校园的资讯大部分来自同学们的投稿，每篇稿子的最后，都会有投稿人的专业班级以及姓名。慢慢地，一个署名为"财务管理0102班钱川"的名字，她越来越熟悉。

"财务管理专业的一名同学，篇篇稿件，文笔优秀，不用删改，最多的一次，一天中午我播读了他五篇稿子。"郭晓莹在寝室里，跟下铺的薛迪说道。

"我最喜欢文笔好的男生了，将来毕业了，我一定要找个文笔好的男生，改善改善我们家的基因，我爸我妈，还有我，没有一个人会写作文的，愁死了。高考的时候，我语文才考了86分，按照150分制，我应该算是没及格，不然的话，按照我理科的成绩，语文我要是多考出20分，我肯定考到北京去了。"薛迪立起大长腿，双腿并拢，脚掌蹬在郭晓莹的床板上。

"咱们是理科院校，财务管理专业是文科生吗？"对面床的杨冰放下手中的《高分子材料研究方法》问道。

"我们省内的是文理兼收专业，其他的省份不知道。"郭晓莹说道。

第十四章 初次相识

"管他文科生,还是理科生呢。只要模样不是太差,对我好,文笔好,我就跟他生娃娃。"薛迪看着自己的双手,摆弄着刚刚涂完指甲油不久的指甲。

"你羞不羞啊?你这刚分手几天啊?"郭晓莹从上铺趴着,斜着身子,低头往下铺看了薛迪一眼。

"你呀,老保守,婚姻这事情,有什么好羞的,男女之间就那么回事,婚姻就是找个伴,孕育个共同体,维系着双方,别相信伟大的爱情,那都不真实。我比你们都大一岁,我这毕业都25岁了。看我这手相,我今年应该犯桃花。"薛迪自从考入大学后,加上大一下学期结束的那段高中恋情,已经处过三任男朋友了。

"我听新闻中心的高老师说过,钱川家里是农村的,最初是奔着一篇通讯稿的三块钱稿费来写的,大一的时候,就开始投稿,现在每个月他在报纸、刊物以及广播站的稿费,都够养活他自己的了。"郭晓莹说道。

"难道是他?"杨冰把《高分子材料研究方法》扔在一边,拖鞋都没穿,就跑到薛迪的床上。

"你不穿鞋,就跑到我床上来,脏不脏啊?"薛迪故意推了杨冰一下。

"腾点地方,真是的。你不想知道是谁啊?"杨冰故意卖个关子问道。

"施颖知道,昨天我俩还开玩笑,说起这事情呢,草鞋虫。"杨冰笑着说道。

"呀……啊……"薛迪嗷的一嗓子,就从床上越过杨冰蹦了下来,直接蹦到了杨冰的床上。

杨冰见状也一下子从床上蹦了下来。

"你们这是咋啦?"郭晓莹在上铺惊讶地问道。

"草鞋虫在哪儿呢?快赶走。"薛迪一脸惊魂未定的样子。

"我的天哪,是不是理工女?至于吗?"杨冰终于明白了薛迪为什么吓成那样子了。

"咋啦?"郭晓莹这时候也从上铺下来了,问道。

"我说的草鞋虫,不是真草鞋虫,你床上没草鞋虫。我昨天与施颖在图书馆一楼的公示栏里,看见了'百佳千优'奖学金名单,有钱川这个人的照片以及介绍,当时施颖说这个人的名字好怪,叫钱川,再加个'子',直接叫'钱串子'得了,我说钱串子在我家乡又叫'草鞋虫',施颖说,她家那里也有人叫钱串子为草鞋虫的。就是这么一回事。"杨冰说完,无奈地摇摇头。

"吓死我了。"薛迪瞪着眼睛说道。

"得了,你别去了,一看就毫无缘分的样子。"郭晓莹说道。

"去哪儿啊?"薛迪把胳膊背过去,敲着自己的后背。她安抚自己的样子,很是令人发笑。

"怪不得你语文不好,我们刚才为什么唠起钱川?不就是因为明天东洲市作家协会主席杨周青老师到咱们学校,为优秀通讯员颁发证书,顺便做个讲座。新闻中心高老师让我们通知了在校刊、校报,还有广播站经常投稿的同学,说到他了。"郭晓莹又爬回了上铺。

"明天我也跟你去,看看这个钱川。"薛迪说道。

"到时候,你会看到人家带着女朋友去的。"杨冰笑着调侃道。

"杨冰,能不能愉快地玩耍了?"薛迪瞪大了眼睛,瞪了杨冰一眼。

"对,你认为校园里的爱情,你都有机会,因为都没领证呢。"杨冰继续调侃着。

第二天,学校的学术报告厅内坐满了学生,大部分都是大一大二的新生,薛迪、杨冰、施颖在郭晓莹的安排下,近水楼台先得月,坐在了第二排的位置上。第一排坐的都是优秀通讯员,准备上台领奖的。

"来了,来了。"施颖拉了拉薛迪的手。

"哪个?哪个?"薛迪很期盼的样子。

"是他吗?"杨冰看了一眼,没认出来。

"你们能不能不这么花痴?丢人。"坐在她们三个前面的郭晓莹回头低声提醒道。因为她也是要被表彰的优秀通讯员,坐在第一排。

"跟照片有点差别,照片显瘦,人能胖一些。"薛迪自言自语道。其实昨天她就拉着杨冰，陪她去"百佳千优"公示栏看了钱川的照片与简介。尤其简介里，那些文学方面的获奖情况，让薛迪佩服得五体投地。

因为理工院校，不像综合性大学，专业门类齐全，几乎没有文科专业，所以薛迪能够接触到文笔好的同学机会很少。年少的青春，都或多或少对某些事情有些痴迷。不在其中的人，往往很难理解。

"头发长了，显得那样。理理发就会好很多。"杨冰听见了薛迪说的话，小声说道。

"请问这是第六座吗？"大家愣神的工夫，钱川走到了郭晓莹的旁边。

"没错，是这里。"郭晓莹故作镇静地回答说。

"你是郭晓莹吧？"钱川一边坐下，一边问道。

钱川这么一问，郭晓莹倒是没什么感觉，可她身后的室友们，尤其薛迪表现出很兴奋的样子。她认为既然对方认出了郭晓莹，那么自己的红娘就有了着落。

"是的，你怎么认识我？"郭晓莹问道。

"校园广播站办公室的墙上有你们几位播音主持的照片，我去广播站投稿或者领稿费的时候，总能看见你们的照片。另外，从你说话的声音，我也能听出来，是你。"钱川说完，笑了笑，露出了洁白的牙齿。

"这你都能听出来？"郭晓莹将信将疑。

"能啊，每天中午的广播，我都会仔细听，我的很多稿子都是你读的。"钱川说的是实话。

"你写的字，很漂亮，不像有些同学，不是打印的稿子，我都读不全。"郭晓莹说道。

"一篇稿子稿费三元，打印社打印一张 A4 的一元，一张 B5 纸的八毛，太贵了，所以我尽力写得规矩一些。"

钱川的话音刚落，坐在后排的薛迪已经按捺不住自己的心情，把身体前倾在前排的椅背上，脑袋凑在郭晓莹与钱川的中间，说道："钱川同学，我是郭晓莹的室友，你好，很喜欢你写的文章，在广播里能听见，在校报上也总能看见，挺好的。我叫薛迪。"

薛迪这么一说，郭晓莹倒是见怪不怪，四年的大学，已经跟薛迪一个寝室三年的时间了，她这个性格，大家都知道。倒是把钱川着实吓了一跳。

"你好，你也叫薛迪？我写得一般，只是爱好而已。"钱川有些不好意思。

"别谦虚了，这是我们寝室的施颖、杨冰，都是你的小粉丝。"薛迪分别介绍了一下，钱川也与大家相互打了招呼。

"颁奖快开始了，我今天特地带的相机，一会儿给你照相，我照完送给你。"薛迪举起手中的相机说道。

"啊，这怎么好意思呢？"钱川第一次见到如此热情的女同学，而且还是第一次见面。

"没事，咱们互相留一下电话吧。"说话的工夫，薛迪把手机拿了出来。

不得不承认，薛迪在与人交际的方面，有着天生的自来熟，然而对于钱川这样的男同学来讲，自己刚才是扭着脑袋跟薛迪对话的，而且学术报告厅的光线不是很好，几乎没看清薛迪的模样。钱川倒是对身边的郭晓莹有着一种莫名的感觉，在心里发酵。

郭晓莹相对安静地坐在自己的身边，想一想自己很多的稿件都是郭晓莹读出来的，钱川也主动向郭晓莹要了手机号。

第十五章　手留余香

"呀，你真给洗出来了啊？谢谢你啊，亲爱的迪迪。"郭晓莹正在寝室的桌子上看书呢，薛迪与施颖一起回到了寝室，薛迪将一信封的照片放在郭晓莹的面前。

"你呀，别高兴太早，你的就前面那几张。"施颖一边摘下书包，一边笑着说道。

"来，我也看看。"杨冰也凑着走了过来。

"是啊，重色轻友的家伙，才给我照了这么几张。昨天白给你买月饼吃了。"郭晓莹故意埋怨道。

"大姐，你行行好吧，这可是我努力一搏，为我们家以后的文学基因改良做着巨大的投入呢。你有你的建昌阿哥在静静地等着你，我可是在普遍培养中，终于发现了一棵好苗子，我要成为我们家族里的袁隆平院士。"薛迪说完，拧开水杯，喝了一大口水。

"你这人啊，人家袁隆平院士是杂交水稻专家，你这交男朋友的情况，也像在杂交。还哪有什么普遍培养，重点选拔啊？"杨冰与郭晓莹认真地看着每一张照片，杨冰哈哈大笑地说道。

"你这小厮，从来都说不出什么好听的话来。"薛迪上前就在杨冰的胳膊上拧了一下，疼得她嗷嗷直叫。

"今天是二〇〇四年九月二十七日，农历八月十四。明天就是八月十五了，可否约你一起赏月？"薛迪在手机里编辑着短信，一边编辑着，一边嘟囔着，并且问道："大家说说看，我这么约他行不行？"

"这男追女啊，隔座山；女追男啊，就是隔层纱，肯定行。"施颖一边照着镜子一边说道。

"你说，你的前任男友、前前任男友、前前前任男友，都比这个钱川帅气，你这口味怎么越来越差了呢？"杨冰一边揉着被薛迪掐紫了的胳膊，一边说道。

"你懂个啥啊？我以前是被风沙迷乱了眼睛，那几个货色都是金玉其外，败絮其中。尤其最后一个，虽然篮球打得好，胳膊全是劲儿，但我总觉得他会有一天将胳膊抡向我，他有暴力倾向。"薛迪紧缩眉头，正为编辑短信的事情发愁呢。

"那你敢保证这个草鞋虫就是一块金镶玉？"施颖放下镜子，看着薛迪问道。

"至少我敢肯定，我就是一块试金石，钱川到底是否是一匹好驴好马，至少得拉出来遛一遛，处处看才行，我们一定要为自己把握住幸福的权利。机会往往会稍纵即逝。"薛迪攥紧了右手的拳头，在施颖的眼前晃来晃去。

"去去去，男人在你的眼里都成牲口了。"施颖扒拉了薛迪一下。

"你现在还没到那种地步呢。钱川是否同意与你处对象是后话，至少人家现在有没有女朋友，你都不知道。现在你要解决的问题是将照片送给他，其他的，慢慢来。"杨冰也跟着数落道。

"咱们是女生，至少要保持矜持一些吧？"郭晓莹见状，笑着说道。

"莹莹，咱们四个，你的文字功底最好，帮帮忙，你给我出出主意，看看这短信怎么编写，才能让钱川同意呢。"薛迪趴在郭晓莹的肩膀上，若有所思的样子。

"别压我，我帮你想想。"郭晓莹抖开薛迪的那一瞬间，似乎想到了主意。

"你别把人与人沟通这样的事情,想得太复杂,你上来整个文绉绉的,还不给人吓跑了。你就直接说,钱同学,我把照片洗印出来了,明天是中秋月圆之夜,可否吃个晚饭,共同赏月。"

"与文人沟通,这样说行吗?"薛迪直勾勾地看着郭晓莹。

"怎么不行?你以为他是谁啊?他就是一个很普通的一个人,只不过你的内心现在乱了而已。"郭晓莹继续看起她的书。

"迪迪,你不是说过对象处久了,打嗝放屁都不会尴尬了吗?所以短信也要生活化,我赞同莹莹的观点。"杨冰还在揉着她的胳膊。

"冰冰,你说的也是。那莹莹你帮我问问他有没有女朋友呗?要是我约了人家,人家还带着女朋友,我多尴尬啊?"薛迪有点发蒙的样子,坐在床边,直勾勾地看着郭晓莹,一动不动。

"这事情,你自己问,我又没喜欢上人家,况且,你让我怎么问?"郭晓莹直接回绝了薛迪。

"你不问,也好办,我就发条短信说校园广播站郭晓莹让我问问他,他现在是否单身,怎么样?"薛迪坏笑着说道。

"你敢?"

"你看我敢不敢?"

"服了你了,我帮你问问吧。"最终是郭晓莹做了妥协,因为她知道薛迪什么事情都能做得出来。

"钱川同学,受人之托,弱弱地问一句:你有女朋友吗?"郭晓莹将短信发送了过去。

大半天的工夫,钱川才回复了短信。

"这可是一个很强大的问题,读书这么多年,女同学很多,但我至今没交往过女朋友。"

"哎,迪迪,回信了啊!快看!"郭晓莹把手机递给了薛迪。

"哈哈,Yes,Yes,Yes!我的第六感觉告诉我,他是单身。"薛迪自然很是兴奋。

"能不能淑女一点啊?闹腾。"杨冰故意说道。

"你这分明是嫉妒,你男朋友在外地,就是不明智的选择,你们现在每天煲电话粥的电话费,都够我一个月的生活费了。你说咱班李铎追求你那么长时间,你就应该选择李铎。"薛迪说道。

"停,打住,别说我了,你赶紧给你的草鞋虫发短信去吧。"杨冰说道。

"特别明显的羡慕嫉妒恨。"薛迪撇了一下嘴。

突然,攥在薛迪手中的郭晓莹手机又振动了一下。薛迪本以为是钱川发来的,赶紧翻看了起来。

"晓莹,明天是中秋节了,明晚我请郭叔、郭婶吃饭,你回来不?建昌。"

"哟,这才让人家羡慕嫉妒恨呢,莹莹,你的建昌阿哥请你赏月。"薛迪把手机还给了郭晓莹。

"讨厌,乱看人家短信。"郭晓莹一边接过手机,一边责备道。

"我以为是钱川发来的呢。"薛迪的心情还沉浸在无限的美好中,室友此刻说什么,已经无关紧要了。

"钱川同学,我是薛迪,我把照片洗印出来了,明天是中秋月圆之夜,想请你吃晚饭,共同赏月。我给你准备了双黄莲蓉月饼,不知道你是否喜欢?等你回复。"

薛迪编辑着短信,字数已经超过一条了,她删了又写,写了又改,最后在短信的限制字数之内终于完整表达了自己的意思,怀揣着一丝忐忑,将短信发送了出去。

没有一分钟的时间,郭晓莹就捧着手机笑得前仰后合。

"莹莹,你怎么了?建昌阿哥跟你求婚了啊?"薛迪问道。

"你……自己……看,哈哈。"郭晓莹笑得几乎说不出话来。

杨冰与施颖也凑了过来。

大家看完,除了薛迪以外,都笑得前仰后合。

钱川的短信是这样回复的:"郭同学,你说的受人之托是受薛迪之托吗?有个很严重的问题,我姥姥叫薛笛,与你的室友同音不同字。"

第十五章 手留余香

看着室友们笑的样子，薛迪也不知道如何是好，自己想一想，也觉得挺好笑，自言自语说道："这老太太，跟我较什么劲儿啊！怪不得领奖那天，钱川听见我名字的时候，有一种惊讶的表情呢。"

"对不起，我跟老师请假了，在北京参加笔会呢，没在学校，谢谢你的照片。钱川。"

薛迪的手机里，不知道什么时候，多了这样一条短信，静静地沉默在那里。

第二天，中秋节了，上午一连两节大课，直到中午十二点才下课。

郭晓莹走出教室，与杨冰、施颖走在前面，薛迪独自一人在后面打着哈欠追了上来。

"莹莹，笔记记全没？下午没有课，借我抄写一下。"薛迪撵上来问道。

"记全了也不借给你，让你上课睡大觉，女生里就你这样，听上届的师姐们说，这潘老师可是灭绝师太，考试很难很严格的。"施颖说道。

"别吓她了，中午我请大家吃饭吧，晚上我得回家不能陪你们过中秋节了，算是提前弥补一下大家吧。"郭晓莹说道。

"莹莹真好，在自己居住的城市里上大学，这离家近，就是这点最好，随时可以回家过中秋，我们外地的学生可没有这个便利条件。"杨冰快步走到前面，转回身，伸出了大拇指。

"你们想吃什么呢？"郭晓莹问道。

"新疆大盘鸡可好？"薛迪哈欠连天地说道。

"你可真不客气，专挑贵的点。"施颖指责着薛迪。

"也好，这次就听迪迪的吧，这钱川没约成，美食总得成全她一次，不然的话，整个人就崩溃了。"郭晓莹笑着说道。

"施颖，你看看，你们听听，还是人家莹莹，这后方有建昌阿哥的储备力量，说话有分寸，有底气，有道理，不像你们，就知道打击我。"薛迪边说边做了个鬼脸。

晚饭，郭晓莹与父母一起赴约，自然是崔建昌请客。席间，双方父母谈笑风生，都认为这门亲事是板上钉钉的事儿。而郭晓莹的内心里，她自己也弄不明白，当天不知道自己是怎么了，仿佛魂不守舍似的。

她早早放下了碗筷，来到窗前，那轮明月犹如害羞的姑娘，时而躲在云层里，时而露出广寒宫里的桂花树。郭晓莹连自己都不知何时起，喜欢上了观望这轮圆月。

几位高中时的同学纷纷发来短信，祝福中秋节快乐，有两个还是一样的内容，一看就是复制、粘贴、转发的。更可笑的是，高中时的同桌，连别人的名字都没做改动，直接将短信发了过来。郭晓莹没有理会，她的内心里觉得应该给钱川发条短信。

"谨祝才子中秋节快乐。校园广播站郭晓莹。"郭晓莹的短信如是写道。

几秒钟的时间，对方回复了短信。

"我在千里之外/约你/一同看看夜晚的星空/那轮圆月/告诉我们/我们的距离不远/因为/我们在同一星空下。同祝中秋节快乐。钱川。"

郭晓莹看完，将手机放在了胸前，抬头望去，眼前的明月格外地明亮、清晰，不知道为什么，自己的心跳似乎快了起来。

"莹莹，过来吃月饼。"崔建昌喊道。

"这块月饼一斤重，现在的商家越来越精明，各种推陈出新。"郭有庭说道。

"是啊，这也是寓意全家人团团圆圆。"崔建昌一边用塑料刀将月饼分成六份，一边说道。

"建昌这孩子，真会说话，婶子爱听。"尹玉红的心里乐开了花。

"建昌哥，你们吃吧，我不喜欢吃月饼。"郭晓莹以前还是挺喜欢吃月饼的，连她自己都不知道今天是怎么了。

"这孩子，就是我家老郭给惯的，这不爱吃那不爱吃的，浑身都是毛病。"尹玉红说道。

"唉，孩子不爱吃就不吃，月饼这东西高油、高糖、高盐的，女孩子都不爱吃。"

第十五章 手留余香

"是啊,我妈说得对,我姨家的姐姐、妹妹,都不吃月饼,怕胖。"崔建昌母子俩一唱一和的。

郭晓莹没有理会他们,依然站在窗边,时而看看月亮,时而摆弄摆弄手机。

"此时此刻,你在干什么呢?"郭晓莹忍不住给钱川发了一条短信。

钱川没有回复,郭晓莹的心里或多或少有些失望。自然这顿饭也没吃好。

郭晓莹回到家里,躺在床上,还是忍不住一会儿看看手机,一会儿看看窗外的月亮。

晚上十一点钟的时候,郭晓莹刚要洗漱睡觉,突然手机响了,是短信的提示音。

"美女,不好意思,刚才与作家协会的老师们唱歌去了,音乐声太吵,我没听见手机提示音,现在刚刚回到旅馆。"在郭晓莹的眼里,钱川总是这么客气。

"我可不是美女,薛迪是美女。"郭晓莹也不知道自己为什么提起了薛迪。

"你的声音美,就是美女。我没敢仔细看过你,也没仔细看过薛迪,所以你们之间,没有比较性。另外别再提薛迪好吗?总让我想起我的姥姥。"钱川如是回复道。

"看我你害羞啊?还说自己没仔细看。"郭晓莹在短信里写道。

"我喝酒了,酒后吐真言,没骗你。"钱川回复短信的速度异常地快。

"你与薛迪,有可能吗?"郭晓莹也不知道自己哪来的八卦勇气,直接问道。

"我倒觉得,我们两个很是有可能,当然,是在你目前没有男朋友的前提条件下。"钱川的这一条短信,仿佛一泓清泉,在郭晓莹内心中平静的湖面漾起涟漪。一时间郭晓莹不知如何回答是好。

"等你回来,我请你吃饭。"郭晓莹也算是个聪明的女孩子,没有正面回答钱川。

其实，郭晓莹的内心里，十分地兴奋，甚至不能感觉到自己的呼吸，她一遍又一遍地看着钱川今晚发给自己的每一条短信。

同时，她的内心里很矛盾，崔建昌怎么办？薛迪追求钱川也是自己知道的，自己应该怎么办呢？一旦与钱川成为男女朋友，寝室的姐妹们会用怎样的目光来看待自己呢？钱川今晚的话，是不是酒后的胡言乱语呢？

本要为薛迪介绍的，如今竟然突如其来地到了自己的手上。带着几丝矛盾，也带着幸福的沉醉，郭晓莹嘴角流露着微笑，进入了梦乡。

原本想予人玫瑰，打算成人之美，现如今，倒是自己手留余香。

第十六章　先入为主

"女儿啊,毕业就和建昌把婚结了吧。"郭晓莹坐在母亲的旁边,两人在沙发上看着电视剧,这尹玉红刚出院不久,郭晓莹一刻也不离开。

"妈,你说什么呢?我才不和他结婚呢。"郭晓莹刚才还兴致勃勃地看着电视,母亲这一问,她立刻不高兴起来。

"亲闺女,爸妈能害你吗?"尹玉红有气无力地拉着郭晓莹的手说道。

"建昌那边,婚房都准备好了。"郭有庭腰上系着围裙,双手上满手的面粉,急忙从厨房赶过来,说道。

郭晓莹见状一下子就明白了,这明显是他们二人商量好的,一唱一和地准备来说服自己的。

"那是他的婚房,跟我一毛钱关系都没有。"郭晓莹倔强起来,两头牛也牵不回来。

"把话挑明了吧,我听涵东说了,知道你在学校处了一个对象。但爸爸反对,因为我和你妈妈都经历过上山下乡,农村的条件十分艰苦,你就别倔强了。"郭有庭走到尹玉红的另一侧,坐了下来,说话的声音特别大。

"怎么跟女儿说话呢,这么大嗓门,女儿已经长大了,不能像小时候那样批评她了。"尹玉红拉了一下郭有庭的衣角,提醒道。

"能不能不用老观点来看待问题，你不是经常告诉我要用前瞻性、辩证性的眼光看问题吗？农村怎么了？我太爷爷不就是农村的吗？我们国家多少伟人不是从农村出来的？"郭晓莹很讨厌父母用农村人的字眼儿来形容钱川。

"女儿，既然话都说到这份儿上了，你有那小伙子的照片吗？给妈妈看一看。"还是当妈的善解人意，至少不那么强势，尹玉红向郭晓莹递了一个友善的眼色。

"看什么看，有什么好看的，那负心汉都是溜光水滑的，男人要有男人的气质。你看看涵东他爸，那是街里街坊中有名的帅小伙，用你们现在女孩子的话说是'欧巴'，是'男神'，到头来怎么样？还不是跟你三姨闹得不欢而散，扔下涵东这么一个大小伙子，还和涵东的干妈扯到一起，什么玩意儿！这做人首要看的是对方的人品。"郭有庭坐在一边，嘴里唠叨个没完。

"爸，在你的眼里，是不是我就不能有自己的主见与思想？你还没看见照片呢，就发表这么多观点，用你自己的话说，那都是主观臆想，不切实际。"郭晓莹很是生气，也没动地方，郭有庭要是不说刚才的那几句话，她就去取照片给她母亲看了。

"我是你亲爸，我能害你啊？建昌这孩子，是我与你妈看着长大的，小时候就听话。参军入伍，年年先进。这退伍转业了，人家也就用了一年多的工夫，就当了班组长，现在这些年轻人，有几个能这么上进的？"郭有庭说完，还故意对着尹玉红使了个眼色。

尹玉红也心领神会，跟着说道："建昌这孩子，挑不出毛病，哪怕我身体不好，过几年不在了，把你交给他，妈在那个世界上，对你也放心，至少你不会受欺负。"

尹玉红说着说着，眼泪还流了下来。

"妈，你这是干吗呢？人吃五谷杂粮的，哪有不生病的，再说了，人家林医生都说了，你这毛病好治，轻着呢。"郭晓莹赶紧用纸巾擦去尹玉红脸上的泪水。

"我这话放在这里，你要不嫁给建昌这孩子，你这辈子都会后悔。"郭有庭起身，又去厨房包饺子去了。

尹玉红出院以来，不知道为什么，就是喜欢吃饺子，郭有庭也托赵吉利问过林大夫，得到的答复是饺子易消化，爱吃就少吃多餐，没坏处。这郭有庭可好像是得到了特殊指示一样，三天两头换着花样，今天又弄起了角瓜虾仁馅儿。

"女儿，你爸什么时候跟你发过这样大的脾气，他真是为你好，为你着急，我们总不能有着幸福的事情不替你想着吧？等你毕业，进了社会就知道了，这年头，好的婚姻，才是一辈子的幸福。尤其咱们女人，婚姻容不得半点马虎，你三姨不就是个活生生的例子吗？"尹玉红看着自己的女儿，苦口婆心地说道。

"妈，你们怎么就知道钱川不好啊？怎么就知道钱川不上进？"

郭晓莹的话音刚落，郭有庭又急匆匆从厨房里，走了过来。

"叫什么？钱川？真是涵东说的那个人？真是个小白脸子？"

"爸！你在说什么呢？什么小白脸子。"郭晓莹气得直跺脚。

"老郭，你好好说话。"尹玉红也有些听不进去了。

"涵东说的，脸挺白的。这农村人就应该有个农村人的样子，我没有贬低农村人的意思。这身在农村，还白白净净，那能是勤快人家的孩子吗？"郭有庭指责道。

"人家长得白怎么啦？你怎么就信涵东说的啊，不相信你自己女儿呢？人家请涵东吃顿饭，这还请出毛病来了？那白人天生就是白人，怎么生在农村就应该被晒黑啊？"郭晓莹很生气，也没给郭有庭留面子，直接反驳道。

"长得白，也应该被晒成红色。"郭有庭有时候说起话来，简直让人无语。

"那涵东怎么不说，人家钱川是得了寒窗奖学金，用奖学金的钱请他吃饭的？"郭晓莹双手拍起了榛子。

"寒窗奖学金？你以后就等着住寒窗吧！几个破榛子就把你收买了，

有着金窝窝不去住。"郭有庭把头扭向另一边。

"你去住吧！我将来住在哪里，我自己对自己负责！"郭晓莹把手中的榛子摔进果盘，走进了自己的屋子里。有几颗榛子掉到了郭有庭的脚边，郭有庭一脚给踢了老远。

"唉，这姑娘大了，由不得我们了。"尹玉红唉声叹气地说道。

"这孩子就是被你娇生惯养的，主意大了去了，一天天的。"郭有庭埋怨道。

"你可别冤枉我啊，这莹莹平时够听话的，这件事情上，她这么坚决，可能也有她的道理。要不我们见见那个小钱？"尹玉红从内心里犯了难。

"什么小钱不小钱的，就是金银财宝，天大的金元宝，我也不见。"郭有庭一边比画着，一边又走进了厨房。

尹玉红坐在客厅里，还是隐隐约约能够听见郭有庭在厨房里嘀嘀咕咕的。她知道老郭是十分疼爱女儿的，只想让女儿有个好的归宿。

"涵东啊？你干吗呢？"尹玉红拨通了吴涵东的电话。

"二姨，我和我朋友刚从我爸那儿出来，准备回我姥姥家呢。怎么啦？"吴涵东在电话里说道。

"你们吃饭没？"尹玉红问道。

"我干妈不知道我今天去，今天炖的酸菜，我一闻那味儿，立刻退避三舍。"吴涵东打小就不愿意吃酸菜。

"你二姨父正包饺子呢，虾仁角瓜馅儿的，你们过来吃吧。"尹玉红说道。

"还是二姨好，正馋海鲜呢。那我们可真就过去了啊？"吴涵东笑呵呵地问道，并在电话的这一端，对自己的女朋友递了一个眼色。

"远不？我可不愿意大老远的，挤公交去，浑身都冻透了。"吴涵东的女朋友小声嘀咕着。

吴涵东心领神会，于是跟尹玉红继续说道："二姨，不跟你客气了啊，让我二姨父多包点儿，我现在就饿了。"

"放心吧,你来了,就让你上桌吃上热乎乎的饺子。"尹玉红说道。

"那醋、酱油、白糖什么的,都有,是不?"吴涵东站在马路边上,一边说着,一边朝自己的女朋友递着坏坏的眼神儿。

"都有,你这孩子,是不是还有别的要求?快说。"尹玉红隐隐约约觉得吴涵东这话里有话。也是从小看着长大的孩子,多少有些了解。

"还是二姨好啊,二姨我祝你长命百岁,能把打车票报销了不?这大冷的天,坐公交车太冷。"吴涵东道出了心里话。

"快来吧,这钱二姨出。你这孩子,我就知道你有这么一出。"尹玉红笑呵呵地说道。

"往返的?都报销?"吴涵东已经与女友击掌相庆了。

"往返的!都报销!"尹玉红撂下了电话。

其实尹玉红这么着急让吴涵东过来,就是想从吴涵东的嘴里,了解到更多关于钱川的细节。

不到半个小时的工夫,吴涵东就到了尹玉红这里。

这家伙进门就把打车票递给了开门的尹玉红。

"快上桌,饺子马上就出锅了,都是大对虾,你肯定爱吃。你吃完饭,二姨给你打车钱。你朋友呢?"尹玉红说道。

"在楼下打电话呢,磨磨叽叽的,一会儿就能上来,别管她,她知道是四楼,四〇一。"吴涵东脱掉羽绒服,就钻进了厨房。

"二姨父,好了吗?饿死我了。"吴涵东一边洗手一边问道。

"现在就捞饺子,今天的饺子肯定你爱吃,虾仁馅儿的。"郭有庭已经准备好了碗碟,开始捞饺子了。

"咚,咚",屋外传来了敲门声。

"涵东,你去看看,开门去,是不是你朋友打完电话了?"尹玉红说道。

"快进来,你干什么都磨磨叽叽的。"吴涵东打开门,敲门的的确是他女朋友。

"哟,这是你朋友啊?小伙子快进来。"郭有庭端着热气腾腾的饺子从厨房走了出来,看见吴涵东开门迎进来一位朋友,隐隐约约看见短头发,也穿着黑色羽绒服,很热情地说道。

"这是我二姨父,那是我二姨。"吴涵东似乎不太高兴地介绍道。

"快进来,今天外面温度零下二十六度呢,还是北风,冷着呢。"郭有庭放下饺子,又走回厨房。

"二姨,我二姨父真是年纪大了,是眼神不好使了,还是眼镜度数升高了?这、这、这是小伙子?这地方都多大啊?"吴涵东在胸前比画了一个弧度,说道。

"你这孩子,瞎比画啥?你二姨父的眼镜可能被雾气遮住了。"尹玉红照着吴涵东的肩膀拍了一下。

"来,姑娘,把衣服给二姨。"尹玉红伸手接过吴涵东女朋友的外套,说道。

"二姨好。"吴涵东的女朋友被刚才那一幕整晕了,进屋到现在,刚说了这一句话。

"快坐吧,马上吃饭。"尹玉红招呼着。

"这是酱脊骨,我自己炸了一下午,快尝尝。哟,这是你女朋友?"郭有庭第二趟从厨房出来,才发现吴涵东带来的朋友是个女孩子。

"对呗,二姨父,你下次看清楚了,你再说话。"吴涵东已经迫不及待地拿起筷子,把一个饺子放进自己的嘴里。

"这是你最后一名女朋友?"郭有庭故意问道。因为每次吴涵东带女朋友回家,他都会对家人说,这次是奔着结婚去的,肯定是最后一位女朋友了。

果然,这次吴涵东还是如出一辙:"那是,这次是奔着结婚去的,以前不懂事儿,这次是认真的。"

郭有庭与尹玉红都哈哈笑了起来。

"姑娘,多吃点,你这头发剪得比较短,我刚才没看出来,这近视眼的人就是这点不好,冬天里一有点热乎气,这眼镜就上了霜,什么也看不见。"郭有庭解释道。

"没事，二姨父，我这头发是有些短了，以前头发烫焦了，没办法，我就给剪短了。给你们添麻烦了。"吴涵东的女朋友说道。

"别客气了，快吃吧。"吴涵东催着女朋友说道。

"她小名也叫冬冬，只不过是冬天的冬，我们两个有缘分吧。"吴涵东嘴里塞得满满的，说道。

"嗯，叫冬冬好听。"尹玉红说道。

"谢谢二姨，刚才吓死我了，你们家楼下好多小孩子都在放鞭炮，这帮熊孩子吓死我了。"尹玉红递给这位冬冬一块脊骨，冬冬一边接过脊骨，一边说道。

"装啥，到家里了，就别矫情了。晚上酒吧的音乐炸得那么响，不比这鞭炮响多了，我怎么没见你怕过呢，那家伙摇的啊，羽绒服都能摇出泳装的感觉来，要是后屁股拴个猴，都能让你晃悠死。"吴涵东一边吃着，一边说道。

"涵东，你哪那么多话，让着人家女孩子一点。"郭有庭明显看出冬冬有些不好意思了。

"二姨父，你就知道说我，我说的是实话。"吴涵东做了一个鬼脸。

"既然你这么爱说实话，那我问问你，你姐处的那个对象你不是看见了吗？你觉得那人到底怎么样啊？"尹玉红直截了当地问道。

"哟，二姨，你让我来吃饭，不是就是这个目的吧？对了，我姐呢？"吴涵东似乎觉得这顿饭有些蹊跷。

"二姨问啥，你就说啥。"尹玉红往冬冬的碗里又夹了一块脊骨。

"和我肯定不是一路人。二姨父，有啤酒吗？"吴涵东摇摇头说道。

"和你不是一路人，我还能放心点。有，我给你拿，你快跟你二姨好好说说。"郭有庭也急切想知道的样子。

"二姨，我不是说过吗？那钱什么来着，对，叫钱川，对了，打车票，往返的，二姨。"一提到钱，吴涵东始终没忘记自己的那点事儿。

"一会儿，二姨父给你拿五百块钱，快过年了，你们自己需要什么就买点什么，你快说吧。"郭有庭把啤酒递给吴涵东。

105

"我就喜欢我二姨父这样的。我说了啊，那钱川白白净净的，上次请我和冬冬吃饭，我觉得吧，这是我未来的姐夫，我们得好好处处关系啊，对不？我让冬冬给理的发，我们冬冬是高级发型师，之后他请我们吃的自助餐。吃完饭，我提议去网吧打游戏，他说他不会，唉，我当时就在想，他要不就是土老帽一个，或者书呆子一个。可后来发生的事情，让我刮目相看啊。"

吴涵东喝了口啤酒，可能啤酒的泡沫比较多，噎着了自己，缓了半天，才继续说道："有天晚上吧，他们学院还是他们学校来着，举办了一场晚会，我没念过大学，我不懂，我跟我莹莹姐混进去的。主持人是咱们东洲电视台的主持人晨晨，有一组节目是诗歌朗诵，那作者就是我这个姐夫。他写的，被六个人一起朗诵，台下的掌声老热烈了，后来主持人晨晨介绍诗歌作者，就是我姐夫的时候，台下的小姑娘们，嗷嗷的。你们说说，我姐当时是什么心情，别说她了，我当时都是热血沸腾的。"

"是挺有才的，话语不多，请过我们两个和我姐吃过几次饭，反正都是用稿费请的。我姐说，人家大学期间的生活费，基本上就用的是奖学金与稿费。唯一的缺陷，就是农村出来的，你看他连红警游戏都不会。"冬冬补充道。

"学生就应该学习，玩什么游戏，你们两个跑你姐学校干什么？"尹玉红问道。

"二姨，我想在我姐他们学校开个发廊，就让涵东带着我去找我姐了。"冬冬解释道。

"哦，那涵东你说说，你认为建昌这人怎么样？"郭有庭问道。

"嗯，建昌也不错，二姨住院期间，不是请我吃过烧卖吗？后来，还请我与冬冬吃了一次呢，我没告诉你们。他对我姐也有那种意思。但我总感觉，钱川会更有发展，这建昌吧，我说不好，我总觉得他那种憨厚劲儿是装出来的。"吴涵东嘴里也没闲着，他确实爱吃虾仁饺子，一会儿的工夫，吃下了一盘子，郭有庭又往他的面前放了一盘热乎的饺子。

"从哪儿看出来的？"尹玉红关心地问道。

"他在我们面前抽烟,在你们面前从来不抽。"吴涵东说道。

"而且,还说过,他喝一斤白酒一点问题没有。我爸就爱喝酒,生生把我妈打跑了。"冬冬跟着说道。

"这抽烟、喝酒,只要有个度,倒没什么。没在我们面前抽烟喝酒,那是尊重我们。"郭有庭自言自语地说道。在他的心里,好像总有一种先入为主的感觉,总觉得建昌才是他乘龙快婿的不二人选。

"小兔崽子,我在屋里呢,你少帮崔建昌说好话,如实说钱川就行。"吴涵东的手机响起了短信提示音。是屋里的郭晓莹发来的。

"姐,需要我怎么办?就夸钱川呗?好嘞,你仔细听好了。"吴涵东心领神会,回复短信道。

吴涵东从接到郭晓莹从卧室发来的短信之后,自然赞美之词就全部偏向了钱川。

郭有庭与尹玉红听完,彻底没了主意,不知道如何是好。

郭有庭把饺子热了又热,催了郭晓莹好几次,直到晚上十点多,郭晓莹实在是饿了,才出来吃了几个饺子。

不过谁也没再提崔建昌的事情。

第十七章　两相情愿

第二天，尹玉红始终魂不守舍似的。头天晚上吴涵东说的每句话都在尹玉红的脑海里反复出现，女儿的终身大事，现在甚至胜过了自己的身体健康。

吃过早饭，郭晓莹服侍尹玉红吃完药，她就又迫不及待地问到钱川的点点滴滴。

"莹莹，你说一个农村孩子，靠奖学金与稿费能养活自己，也确实挺厉害的啊。"尹玉红有一嘴无一嘴地故意提起话题。

"每个人都有自己的爱好，他比较痴迷文学而已，我倒是不关心他写了什么，我只关心他稿费有多少。"郭晓莹笑呵呵地说道。

"你这孩子，你这话，可别跟人家说。"尹玉红也笑着说道。

"我说了啊，我早就说了。"郭晓莹瞪大眼睛回答道。

"啊？怎么能这么说呢？你装都不会装啊？"尹玉红很是惊诧女儿的说法。

"跟他装什么，我跟他说完，他还夸我跟别的女同学不一样呢，他说我真实。"郭晓莹自信满满地说道。

"那看来，他也是个直来直去的人。你先处处看。"尹玉红摸了摸女儿的头发。

第十七章 两相情愿

"妈，你这一觉醒来，大彻大悟了啊？"郭晓莹紧紧拥抱了尹玉红一下。

"傻孩子，我与你爸都是为你好。"尹玉红笑着说道。

"我爸什么态度？"郭晓莹紧跟着问道。

"你爸下楼泡澡去了，临走的时候，抓了一把榛子，他说你以后不去农村种榛子就行。"尹玉红直勾勾地看着女儿。

"瞧他说的，像我嫁不出去似的。"郭晓莹故意咧了一下嘴巴。

"春节之后，开学了，你带他到家里吃顿饭吧。你们以后成与不成，至少是好朋友一场。开学就意味着毕业了，别嫌妈唠叨，你工作的事情，还没个着落呢，他呢？这都是影响你们以后的因素。别只顾着热恋，多想想实际的东西。"尹玉红叮嘱道。

"老太太还挺厉害，还懂热恋。哈哈。"郭晓莹笑着洗衣服去了。

郭晓莹一边洗衣服，一边回忆着她与钱川之间的点点滴滴。

那是中秋节之后，钱川从北京参加笔会回来，已经是晚上六点多了，直接到了郭晓莹的寝室楼下，发了一条短信给郭晓莹："很多对恋人都在你们的寝室楼下，此时此刻，我也在路灯下，等你。"

每一所地方高校，几乎都会看见这样的场景，女生寝室楼下，总有一些男同学在等候着女同学的到来，或者男同学送女同学回寝室。女生寝室楼门上"男生止步"仿佛是符咒一样，喝退着男同学们的脚步，所以寝室楼下的空地上，就时时刻刻有着很多男同学。

当时，郭晓莹正用温水泡脚呢。听见手机短信提示音，侧过身去，从桌子上拿起手机，一看是钱川的短信，简直抑制不住自己内心的兴奋，脚也没擦，直接从水盆中走了出来，走到窗户旁，隐隐约约看见楼下第三根路灯杆下站着一个人，那是钱川的模样。

"莹莹，你咋了啊？烫着了啊？没擦脚呢。"杨冰最先看到郭晓莹从水盆里走出的样子。

"真烦人，人家今天傍晚刚拖的地，你又弄出一些水印来。"施颖趴在床上，瞪着眼睛喊道。

"你看啥呢？像丢了魂似的。"薛迪依然每天这个时间段在床上伸直了腿，蹬着上铺郭晓莹的床板。

"先不跟你们说了，回头再聊。"郭晓莹迅速穿好衣服，临关门之前，对着门边的镜子，捋了捋头发，做了一个微笑的表情。

初秋的东洲市，太阳落山的时刻，凉意便会紧跟着夜色袭来。

"你吃饭没？"钱川也没能跳出俗套。

"早吃过了，下午三四节没有课，吃得早。"郭晓莹似乎能清晰地听见自己的心跳。

"给，我在北京买的烤鸭。"钱川说道。

这时候郭晓莹才发现钱川的手里拿着一个红颜色的手提袋。

"我们寝室小迪迪最爱吃它了，薄饼带得多吗？"郭晓莹接过手提袋，扒开手提袋，往袋子里看了一眼。

"你是说薛迪爱吃？那你呢？"钱川不解地问道。

"这有什么关系吗？"郭晓莹笑着说道。

"哦，也没什么关系。"钱川有些不好意思地说道。

"那我拿给她吃了，你不介意吧？"郭晓莹故意问道。

"啊，不介意，你喜欢就好。"郭晓莹说一句，钱川回答一句。

"那行，那我先回寝室了。外面挺凉的，你也早些回去吧。"郭晓莹转头要离开。

"哎，等等。"钱川欲言又止的样子。

"怎么了？"郭晓莹停下脚步，问道。

"要不，我们走一走？"钱川终于鼓起勇气说出了这句话。

"哎，哎，快看，莹莹要回来了，好像是你家钱川又给叫住了。"此时寝室里的薛迪、施颖与杨冰都倚在窗户旁边，抻着脖子往楼下看呢。施颖边看边分析着。

"是不是托莹莹给你带话呢？我在高中的时候，这种事情，可没少干，经常保媒拉纤的，有好几对都是托我传话的，人家现在还处着呢。"

杨冰也看得入神,对她自己过去的事情津津乐道。

"对你现在,我可不放心,要是钱川托你带话,你能给钱川拐走了。"薛迪目不转睛地看着楼下郭晓莹与钱川的一举一动。

"去你的吧,我是那样横刀夺爱的人吗?莹莹现在为你两肋插刀呢,这要是被人家建昌阿哥看见了,肯定得误会。"杨冰朝薛迪的屁股拍了一下。

"哎呀,疼死我了。"薛迪眼睛还是盯着楼下,本想挥手打一下杨冰,杨冰一个闪身,躲了过去。

"冰冰,冰冰,你快看,钱川怎么把东西拿回去了呢?"施颖喊道,杨冰又急匆匆回到窗户前。

"去哪儿啊?"郭晓莹问道。

"来,烤鸭,我先帮你拿着,一会儿回寝室的时候,我再给你。我们去图书馆的湖边走一走吧。"钱川接过郭晓莹手中的烤鸭。

"昨天还是圆圆的月亮呢,今天天空上除了几颗星星,什么也没有。"郭晓莹也不知道话题从何说起。

"十五的月亮十六圆,十七十八坐着等,一会儿就出来了,这是有规律的。"钱川说道。

"你知道的还挺多的。"

"我们农村人,天生在土里刨食。尤其以前,科学技术不发达的时候,什么月晕而风,础润知雨,我们经常听家人说的,这些都是关系到生产生活的。"

"给我讲讲什么叫作月晕而风?"

"月亮出来的时候,它的周边有光环的话,很可能就要刮风了。础石湿润了,往往就是要下雨的迹象。"

"这点,我也会,我膝盖一疼,保准下雨。"

"那可能是你小时候,阴雨天的时候,着凉了,记得多用温水泡脚。"

钱川这句话说完,郭晓莹觉得钱川的心还是挺细腻的。不知不觉,两个人围绕着图书馆的湖区绕了五六圈,在座椅上坐了一小会儿,天南海北地聊着。

郭晓莹突然打了个冷战，钱川提议回去，一会儿寝室门该关了。

回寝室的路上，两个人也是嘻嘻哈哈的。

"好了，男生止步。"郭晓莹指着寝室门口的红字说道。

"哈哈，改天再聊吧，不然舍务老师该让保卫处的老师把我带走了。"钱川风趣地说道。

"嗯，替我们寝室那几个吃货先谢谢你的烤鸭。"郭晓莹拎起纸袋说道。

"谢什么，你多吃点就行了。"钱川的这一句话，让郭晓莹也隐隐约约地感受到了什么。

"大姐，你终于回来了，再不回来，迪迪就要疯了。"施颖一看郭晓莹回来了，赶忙上前说道。

"要疯了？疯了怎么吃你最爱吃的烤鸭，给你。"其实郭晓莹刚才爬楼梯的瞬间就觉得她与钱川之间的事情有些难处理。

"给我的？他知道我最爱吃烤鸭？这就是天意啊。"薛迪刚才还嘟着嘴呢，此刻的表情立刻多云转晴。

"让我们也跟着吃点。"郭晓莹一边脱去外套，一边说道。

"虽然鸭子是凉的，但心意是热的。看在你为本宫辛辛苦苦带回烤鸭的分儿上，本宫恩赐你一块鸭屁股。"说话的工夫，薛迪已经打开了烤鸭包装盒。

"这钱川真有心，这还没怎么的呢，就开始送烤鸭了。羡慕啊。"杨冰说完，咽了一口口水。

"等等，我要用相机记录下所有的点点滴滴。"薛迪赶忙跑到柜子旁，拿出相机，对着烤鸭照了起来。

"薛大姐，不，薛大妈，你可快点吧，这口水都要流干了啊。"施颖也跟着起哄起来。

"你们怎么聊了这么长时间啊？"薛迪一手拿着鸭腿，一边说道。

第十七章　两相情愿

"没说什么,最近广播站改栏目,需要策划选题,唠了一会儿工作上的事情。"这份答案,郭晓莹在回来的路上已经想好了,她就知道薛迪会这么问的。

"唠我没?"薛迪已经吃得满嘴流油了。

"唠了,他说你给他照的照片太好了。我跟他说了,你选修课上的是摄影技术,也算半个科班出身,还是咱们学校摄影协会副会长。"郭晓莹笑着回答。

"你没说摄影协会一共八个副会长的事情吧?"薛迪很在意这件事情。

"我绝对没说。"郭晓莹的头摇得跟拨浪鼓似的。

"那我就放心了。给,你爱吃的鸭脖。"薛迪把鸭脖拽了一段递给郭晓莹。

"谢姐赏赐,还有一件事,必须得如实跟你讲。"郭晓莹卖了个关子。

"什么事情?"薛迪吸吮着食指问道。

"钱川自己知道摄影协会有八个副会长。他是学生会的,这些事情他都知道。真是他自己说的啊,别赖我。"郭晓莹笑着说道。

众人已经笑作一团。

"啊,看在烤鸭的分儿上,我就愉快地承认这个事实吧。"烤鸭确实是薛迪的最爱。

烤鸭淡淡的香味儿已经弥漫在整个寝室里,看着薛迪高兴的样子,郭晓莹的内心里充满了矛盾。

她的直觉告诉自己,她再继续与钱川交往下去,肯定会动了真感情的。而眼前的薛迪,肯定会对钱川穷追不舍的,难道真是在爱情面前,将近四年的同窗友谊会灰飞烟灭吗?媒妁之言与父母之命的崔建昌,还需要联系吗?是选择现在安稳的崔建昌,还是一首诗歌就能让自己感受到剧烈心跳的钱川呢?一切来得太匆忙,也来得太矛盾。这也许就是生活,就是一个普普通通人的生活。

将来怎么跟薛迪讲呢?爱情与友情可以兼得吗?此刻郭晓莹的心里,真如吃了鸭屁股一样,怪怪的滋味。

月亮真的如钱川说的一样,慢慢升了起来。钱川两天前的那首诗歌,一字不落地在郭晓莹的心尖,映现。

"我在千里之外/约你/一同看看夜晚的星空/那轮圆月/告诉我们/我们的距离不远/因为/我们在同一星空下。"

第二天就是"十一"长假了,刚才与钱川坐在图书馆湖边长椅上的时候,钱川告诉自己,他家里的玉米地丰收了,花生也高产了。躺在床上的郭晓莹翻来覆去睡不着,钱川到底过着一种什么样的生活呢。

"十一"长假,是每个人都期待的,而这个"十一",郭晓莹却觉得十分漫长、无聊。

刚刚第一天,她就魂不守舍的。早上起来,施颖几个人就分别踏上了回家或者约伴旅行的路,薛迪也约上了高中的同学,去鹤乡市看红海滩去了。

杨冰偷偷地告诉郭晓莹,薛迪这个"十一"是约了前前任男朋友。

也许真像有的人总结的那样,分手不是每个人都画上了句号,有的人也会画上让别人感到吃惊的感叹号。人世间,本没有什么惊奇与不惊奇的,若是生活全部雷同,那岂不是失去了生活本身的色彩。面对薛迪"十一"旅行的这件事情,在以往,郭晓莹或许会八卦地问上几句,而这今年的"十一"假期,郭晓莹对别的事情,已经不再关心了。她唯一关心的就是她始终拿在手中的手机里有没有钱川发来的短信。

自己读高中的时候,崔伯伯与父亲就说将来两家一定要结为秦晋之好,所以这种儿女情长的事情,自己总会有些麻木。甚至大学一年级的时候,以前的高中同学给自己写信说想进一步发展,郭晓莹回绝的理由就是她的内心里有了一位兵哥哥。然而到了今天,郭晓莹才觉得自己当初是多么地可笑,当初认为心动的感觉,在现在看来统统都是冒牌货。那种与钱川之间,连手都没拉在一起的时候,就能清晰地听见自己的心跳,这才是真正心动的感觉。

"你走到哪儿了?路上注意安全。晓莹。"二〇〇四年的十月一日,郭

第十七章　两相情愿

晓莹坐在回家路上的公交车里,先给钱川发了一条短信,她看着街路两旁鲜艳的五星红旗,在垂柳的映衬下额外地鲜艳,这一天,她故意将自己的姓氏去掉,直接落款了"晓莹"二字。

自从短信发出去之后,她的手里就攥着手机,不时地看上一眼。

钱川终于回短信了。

"坐了三个小时的火车,又换上了公共汽车,它将载着我大概两个小时的车程。下了车之后,再步行十分钟,我就要到家了。我即将踏上我深爱的土地。"

那几日,两人短信频繁,尤其郭晓莹,几乎天天宅在家里,捧个手机,无论是在沙发上,还是在餐桌上,时不时地笑个不停。

"吃饭时也不好好吃,天天捧个手机,我都不知道你一天到晚在看些什么!吃鱼,小心鱼刺扎了嗓子。"尹玉红一边吃饭,一边说道。

"妈,我又不是小孩子了,扎不到啊。另外每次吃饭,你都说我,吃多吃少,我都饿不着。再说了,人家难得有个长假,开开心心的,你老是泼冷水。"郭晓莹放下手机,右手拿着筷子,放在唇边,心里还是惦记着短信的事情。

"你爸爸不在家,你偷偷告诉妈妈,你是不是在学校处对象了啊?"尹玉红隐隐约约感觉到自从中秋节见过女儿之后,女儿就好像有什么事情瞒着自己似的。

"妈,没有,要是处对象了的话,我会告诉你的。说句大不敬的话,你是不是更年期啦?哈哈。"郭晓莹转移了话题。

"你这孩子,有什么事情别跟妈妈遮遮掩掩的。妈妈再唠叨一句,嫁给建昌这孩子错不了。"尹玉红放下筷子,将桌子上的鱼刺收拾到了碗里。

"唉,建昌他们家给你和我爸吃了迷魂药了吧?我看你们比他们家人都上心这件事情。"郭晓莹的左手又开始鼓捣手机了。

"等你以后有了孩子,你就知道父母心了。"有时候,尹玉红也觉得自己有些唠叨了。

夜里十一点了,尹玉红看见女儿房间的灯还亮着,几次催促郭晓莹早些睡觉，不要熬夜。

"不说了，你也早些睡觉吧。我妈妈催我好几遍了。"

"好的，明天再聊。晚安。"

"晚安。"郭晓莹也有些困了，放下手机，就进入了梦乡。

第二天早上起床的时候，郭晓莹发现手机里有一条未读的短信，显示的时间是凌晨一点的时候钱川发送过来的。

"闭上眼睛/我看不见整个世界/但唯一能看见的是你。"

郭晓莹将手机放在了胸前，坐在床上，十多分钟一动不动的。她一直眉开眼笑的表情，让正在拖地的郭有庭感觉到诧异。

"这姑娘大了，人家的心思咱们猜不透了啊。我这当爸的，又不能说什么。"

"快拖你的地吧，这孩子这几天不知道是怎么了，天天捧个手机。"

第十八章　热恋之中

"莹莹怎么能这么做呢？简直是横刀夺爱。"薛迪在寝室里发着牢骚。

纸终究是包不住火，郭晓莹与钱川谈恋爱的事情，很快就传开了。

"对啊，她不是有个建昌哥吗？跟我们迪迪抢什么？"杨冰在一旁附和说道。

"这事情也不能全怪人家莹莹，你'十一'假期跟你以前的男朋友旅游算是怎么一回事啊？"施颖快人快语。

"做不了男女朋友，做普通朋友一起旅个游怎么了？"薛迪摆出一副不以为然的样子。

"就你思想开放，你上辈子肯定是外国人。我要是钱川，我也会选择莹莹。"施颖十分看不惯薛迪这种犯了错误还不以为然的态度。

三个女人一台戏，郭晓莹与钱川去图书馆上自习了，薛迪几人在寝室里，话题一直未断。

"你知道吗？薛迪这几天看我的眼神都不对，好像我做错了事情似的。"

郭晓莹与钱川拉着手，从图书馆回寝室的路上，两人走得很慢。

淡淡的月光，透过柳树枝条照过来，微风吹过，柳树枝随风摇曳，斑驳的树荫倒像是一幅幅剪影。

"你想多了，我和她又没有怎么样！况且，她叫薛迪，我觉得我和我家人都不能适应，哈哈。"钱川说完笑了起来。

"你还有心思笑，哎呀。"郭晓莹刚拍了钱川一下，就叫了一声。

"怎么了？"钱川赶紧问道。

"可能是柳树叶上的灰土掉进我眼睛里了，迷眼睛了。"郭晓莹说道。

"别动，千万别揉搓。我有家传秘方。"钱川倒是很镇定的样子。

"什么秘方啊？"郭晓莹迷了右眼，右眼的泪水瞬间流了下来。

"来，别紧张，放松。"钱川轻轻扒开郭晓莹的右眼，冷不防地狠狠地吹了一口气。

给郭晓莹弄得一激灵，但确实有效，郭晓莹的眼睛不像刚才那么难受了。

"这就是你说的家传秘方？"郭晓莹笑着问道。

"那是，群众的智慧是伟大的，我们家里那边，田间地头的，迷了眼睛是非常常见的事情，这种方法无毒副作用，纯物理疗法呢。"钱川绘声绘色地说道。

"你就贫嘴吧，别说还真挺好使，不过还是有一点磨眼睛的感觉。"郭晓莹指着右眼说道。

"来，我再吹一下。"钱川双手刚要扒开郭晓莹的右眼，郭晓莹突然瞪大了眼睛，深情地看看钱川。

年轻人的事情，总是那么突然。淡淡的月光下，从图书馆回寝室的必经之路上，同学们很多。但在昏暗的光线下，接吻这种事情，大家已经见怪不怪了。

"你手心出汗了。"

"紧张的。"

"你紧张什么？怎么弄得我像个男的，你像个女的。"

"真的很紧张，来来往往这么多人。他们路过的脚步声，我几乎都能听见。"

"又不是只有我们一对。大晚上的，谁也认不出你是钱川。"

"也是啊,以前从图书馆上完自习回来,路过的时候,有时候挺羡慕那一对对的。"

"你现在什么感觉?"

"像喝醉了酒,完全醉了。"

"我又不是酒精。"

"像坐船的感觉。"

"明天你到学校后面的浑江里坐坐船,看看感觉真的一样吗?"

"那让我再亲一口。"

"想得美,快回寝室吧,一会儿寝室该关门了。"

"瞧瞧人家莹莹的男朋友,又发表诗歌了。"施颖拿着一张报纸在寝室里嚷嚷道。

"来来,我瞧瞧。"杨冰从床上爬起来,说道。

"刺激我呢?我可告诉你们,我已经从失恋的阴影里走了出来。"薛迪依然平躺着,双手扶在腰间,将双脚脚尖翘了起来,使劲踩着上铺郭晓莹的床板。

"大姐,钱川根本就没跟你谈上一天的恋爱,你失什么恋?"杨冰拿着报纸,在薛迪的眼前晃了晃。

"失恋也就是分分秒秒的事情,等姐给你们找个大文豪嫁了,让你们看看。"薛迪自己调侃道。

"来,我给你们读一读啊。"杨冰清了清嗓子。

沉 醉

始终萦绕梦乡的故事

像星星一样层层叠叠

深埋大地的足音

吻着诱人沉醉的小径

> 裸露的炭火
> 守望着手心里微颤的汗珠
> 将掩藏着的指纹舒展　抚平
>
> 黑色的帷幕
> 遮不住痴情的酒香
> 清澈闪动的眸子
> 是月夜里升起的太阳
>
> 湿润的言语
> 是江里晃荡的船
> 留恋着远处溪水的声音
> 此刻的我
> 幸福地沉醉

"怎么样？这钱川还是有两下子。只不过现在诗歌过气了，不然的话，可了不得。"杨冰读完还是意犹未尽，拿着报纸仔细端详着。

"你们说说看，他想表达什么啊？为什么要沉醉？"薛迪坐了起来，似乎很认真地问道。

"诗歌是最凝练的语言，丰富去了，一会儿莹莹从广播站回来，我们问问她。"

施颖话音刚落，郭晓莹就走了进来。

"问我什么呀？"

"说曹操，曹操就到啊。唉，你家钱川子发表这诗歌，是什么意思啊？"薛迪凑到郭晓莹身边问道。

"麻烦把那个'子'去掉，要不直接叫他草鞋虫也行。"郭晓莹端起桌子上的水杯，喝了一口水，然后说道。

"这莹莹，耳朵还挺尖呢。这首诗歌到底表达的什么意思啊？"薛迪有那么一股劲儿，她好奇的东西一定要打破砂锅问到底。

"我怎么知道，那是他写的，我也看不明白那玩意儿，这十六行诗，也够长的了。"郭晓莹也是实话实说。

薛迪没有再问，从床上拿出一袋葡萄干来，给大家分了分，之后，自己坐在凳子上，在默默地读着。

"我觉得吧，他是在写你。"薛迪突然冒出了这么一句话。

"迪迪，你怎么看出来的？"杨冰又十分好奇地凑上前去，问道。

薛迪指着诗歌里的一句说道："冰冰。你看这句，清澈闪动的眸子，是月夜里升起的太阳。是写莹莹的大眼睛不？"

"迪迪，你还别说，还真有可能是那种意思。"杨冰转身又看了看郭晓莹的大眼睛，直点头。

"那，江里晃荡的船是什么意思呢？"薛迪也看着郭晓莹问道。

"你俩看我干什么？葡萄干还有吗？再给点。"郭晓莹说道。

"给给，都给你。"薛迪的眼睛还是直勾勾地看着郭晓莹。

"你这么看着我干什么？都看了三年半了，再看半年就四整年了，大学都要毕业了。"郭晓莹被薛迪与杨冰看得十分不自在。

"莹莹，作为寝室的好姐妹，我问问你，这江里晃荡的船，这句诗，是不是？是不是？"薛迪一副故弄玄虚的样子。

"快说，你肯定说不出什么好话来。"郭晓莹一边说，一边扒拉着手里的葡萄干。

"你们是不是已经上床了？"薛迪一句话，仿佛寝室里响起了一声惊雷。

当时施颖正在化妆，一听薛迪这么一说，把润肤霜都挤到了镜子上。

"你还能行不？龌龊，你以为我像你啊，轻浮。这么好的诗歌，到了你那里，竟然成了淫诗。"郭晓莹拿着一颗葡萄干照着薛迪打去。

薛迪躲了一下，葡萄干擦身而过。

"哈哈，我这不是关心你吗？要不你打电话问问他，他写的是什么意思？"

"问就问，怕你啊？"郭晓莹底气十足。

"那你敢将电话播外放不？"薛迪不依不饶地问道。

"我为什么不敢？"郭晓莹拨通了钱川的电话。

"喂，你干吗呢？"

"眯一会儿，下午有课。"

"你的《沉醉》发表了，你知道吗？"

"是吗？我还没看见呢。你看见了？有感触没？"

"感触没到位，所以想问问你，你表达什么意思呢？"

"你真的没看出来吗？"

"没啊，还请钱大师，点拨一下。"

"写的是咱们两个接吻之后，我的心中感觉，毕竟是初吻……"

此时，郭晓莹的寝室里，已经乐开了锅。

只有郭晓莹稍微羞红了脸，愣在那里。其实她的内心中还是很高兴的。

第十九章　身份标签

"老赵啊,今年没有大年三十,腊月二十九就过年了,今天都腊月二十七了,我们明天营业一天,后天就营业一上午吧,收拾收拾,咱们就从腊月二十九歇到正月初七吧。"

丰盛浴园大众洗浴内,人来人往,趁着赵吉利从男浴区出来送搓澡牌的机会,陈永胜说道。

"行,你就写个通知吧,别让老顾客过来扑个空。"赵吉利说完又返回了男浴区。

"来,搓澡啦,轮到谁啦?39号牌。"浴池里的人,这几天格外地多。晚上六点刚过,浴池里新放的水,产生的雾气弄得跟仙境一样,对面走个人来,都很难看清。赵吉利扯着嗓子喊道。

"来啦,来啦。"有人在不远处喊道。

"小赵啊,这人真多,今天累坏了吧?"原来是前楼的老秦头。

"秦叔,你可慢点,来,我扶你一把。"来这里搓澡的人,百分之九十九都是熟人,赵吉利扶着老秦头躺在了浴床上。

"我从早上浴池开门到现在,就中午吃了口炒面,还是杨德海给我送过来的。一直在搓,没闲着。"赵吉利擦了擦额头上的汗水。

"这过年了,家家户户都要收拾收拾,包括每个人似乎都要到浴池里洗一洗、泡一泡，老百姓过年就讲究个辞旧迎新。其实周周洗，身上也不脏，就是个心情。"老秦头笑着说道。

"对喽，秦叔，就是一个心情。打个比方来说吧，现在条件好了，谁家都不缺一口吃的，但年货总要置办的。"赵吉利边搓边聊，已经成了他的习惯。

"给，老赵，帮我排一个。"一个熟悉的声音从赵吉利的后背传来，但赵吉利没想起来是谁。

"好嘞，前面还有三个啊，你多泡一会儿，今儿人特多。"赵吉利忙着搓澡，也没回头看。

过了一小时，轮到第42号搓澡牌了。还没等赵吉利喊呢，人家已经站到赵吉利的旁边了。

"这过了小年，春节的脚步一天比一天快了。"身后传来的声音，愈听愈发熟悉。

"老林！"赵吉利一回头，果然是林戈民。

"哎呀，刚才来的时候不喊我一嗓子呢？等了多长时间了啊？"赵吉利问道。

"也就一个小时，我泡泡澡正好，这几天也累坏了。"林戈民躺在了浴床上，抹了一把脸上的汗水，说道。

"这几天也忙？"赵吉利问道。

"忙得很，这几天我一直在医院里，这一出来，大街小巷全是喜庆的音乐，好像每年都是那几首。有几首，我这没有音乐细胞的人都会跟着唱了。"林戈民摇着头说道。

"这音乐一放，年味就出来了。"赵吉利笑着说道。

"真是那么回事儿，老百姓的话叫啥来着，对，应景儿。应景儿的年味儿。"林戈民似乎只有跟赵吉利才有这么多话。

"这年味儿是啥？年味儿就是临近春节时的忙碌，年味儿是年夜饭时餐桌上的八个菜，现在条件好了，吃能吃多少？喝能喝多少？就是一个气氛，平时给你八个菜，你能吃出年味儿吗？不能！必须有春联与窗花那么一贴，鞭炮那么一响，这才行。缺了这些，凑不成年味儿。这春节啊，是什么？'春节'就是对上一年的总结，也是对来年的期盼。"

这赵吉利要是话匣子一打开，搓完一只胳膊的工夫，也不会将话头落在地上。

"你说得有道理，年货都置办完了？"林戈民问道。

"完事了，我就一个人，给我岳父家买点就行了。我和老郭，就是那个尹玉红的丈夫，打算初一到你家去。"赵吉利小声说道。

"去我家干吗？别整那些没用的，你是我大哥，东西我都给你带来了，在我车里放着，一会儿我给你搬进来或者送你家去。"林戈民说道。

"那必须去，我不去，老郭也得去啊。"赵吉利又贴着林戈民的耳根说道。

"我后天早上的飞机，全家人去塞班岛过春节。你转告他，他的好意我心领了，就别折腾了。"林戈民的态度很坚决。

"你没骗我？"赵吉利停了下来，很认真地问道。

"骗你干啥？没那个必要，真是去那里过年，去海边放松放松。"林戈民说道。

"你们这是高负荷的脑力劳动，换换地方是好事。"赵吉利搓得更卖力气了。

"习惯了，春节在家也待不住。去年春节是在夏威夷过的。不知道为什么，我就是特别喜欢大海。"林戈民闭着眼睛，他很享受被搓澡时的过程。

"喜欢大海的人，肯定喜欢搓澡。"赵吉利搓得很认真，额头上的汗珠愈积愈多。

林戈民睁开眼睛，看了赵吉利一眼，颇为认同地说道："你这分析也算有道理。"

赵吉利的几滴汗珠落在了林戈民身上。

"但你喜欢的大海，去一趟的费用有些贵啊。夏威夷与塞班岛的水质都特别好吧？"赵吉利转身从墙边的水桶中，盛出一盆温水缓缓地浇到林

125

戈民的身上。

"浅水区的海水清澈见底,盐度也比较高。远远看上去是与天空一样的湛蓝。"林戈民说道。

"你看看,你多幸福啊。我们去的海边,只能是夏天的时候去,那海水基本都是墨绿色的。早上起个大早,四五个小时的车程才能到地方。潮乎乎的住宿环境,床单枕头上有沙粒儿不说,还都是油渍,也不知道那上面躺过多少人。中午海带蛋花汤,跟没放盐似的。炖豆角、水煮海蛎子、小得不能再小的扇贝,个保个有沙子。要是上个螃蟹,就是个螃蟹壳,里面空空的。这就是身份的标签啊。"赵吉利拍了拍林戈民的肩膀,示意林戈民起来,翻个身。

又是一盆温水,赵吉利一套标准的动作,恰到好处地将水从林戈民身体与浴床中间泼了过去。

"瞧你说的。"不苟言笑的林戈民都被赵吉利逗笑了。

"嘿,这是事实,中午吃完饭,就纷纷钻进墨绿色的大海里,扑腾个一两个小时,回到岸边,用淡水冲一下,那水凉的,能给人冻得倍儿精神。晚上,弄一堆柴火,吃点贝类,烤点大虾与肉串,喝点当地的啤酒,跟着劣质音响传出来的音乐一通儿乱蹦。那些小年轻的,心情好了,还能放盏孔明灯。"赵吉利说得绘声绘色。

"老赵,你这是去的哪儿啊?黑导游领你去的吧?"林戈民将信将疑。

"你还真别不信,咱普通老百姓还挺愿意去呢,都想看看大海。那一到了晚上,躺在油乎乎的床上或者大炕上,熄灯之后,那蚊子,跟轰炸机似的,想想都后怕。这种地方到了暑期也是人满为患。"赵吉利直了直腰,活动了一下肩膀,继续搓了起来。

"下次找个好点的地方。"林戈民微笑着说道。

"我再也不去了,我这澡池子被我收拾得干干净净,躺在这里多自在啊。有那车票钱,我能在咱这边市场买上一盆海红。最主要的是,有一年夏天,我和我以前单位的同事去了之后,前脚刚回来,后脚的报纸就报道了我们去过的地方什么'粪大肠杆菌群'超标,你是学医的,你说说,我

第十九章　身份标签

们是休闲度假去了,还是给自己找病去了?"

赵吉利的话,引起了很多浴客的共鸣,大家都是街坊邻居,彼此之间也非常熟悉,讨论得不亦乐乎。

"总之一句话,很多人是顾面子。这在海边晒黑了,一回到咱们东洲,别人不问,他自己都说。唉,老赵,你是不是看我晒黑了?我肯定说啊,哎哟,是啊。怎么弄的啊?唉,去海边度假了?回来还坏肚子了,连晒带拉的,就折腾成这样子了。"赵吉利换着两种声音,像说相声似的。

谈到这些囧事的时候,赵吉利把大家逗得哈哈大笑起来。

林戈民静静地听着大家的讨论,他喜欢这个大众浴池,一方面是愿意与赵吉利聊天,与赵吉利之间,他可以什么都不想,谈话本身就是一种放松。另一方面,在这个浴池里,洗澡的浴客就像邻里之间的另一种聚会形式,熟悉、亲切。

外面的鞭炮声一天天渐浓,门窗上渐渐被人们赋予了红色为主的喜庆点缀。

春节就这样来临了,全球华人的节日里,人人都好像是这喜庆日子里的沧海一粟,但人人都似乎特别期盼这一天的到来,又仿佛每个人都是这个节日里的主角。

春晚直播的时候,赵吉利的手机已经伴着窗外的鞭炮声响个不停。

"大利啊,你的手机又响了。"岳母提醒赵吉利好多遍了。

"妈,那都是短信,电话的铃声和这个不一样。"灶台上热烈的火苗,映红了赵吉利的脸庞。

"你的短信真多啊。"岳母高兴地说道。

"这时代变了,科技进步了,拜年的方式都不一样了。等我做好了饭,挨个给他们回。很多发短信的人啊,都是老顾客,跟我处得都不错。爸,你的老同事,老郑头,郑春泰,他经常去我那儿搓澡呢。"赵吉利在岳父家绝对是烹饪年夜饭的主力,岳父岳母年纪大了,平时已经习惯了一菜一饭,冷不丁做上一桌子饭菜,还有些手忙脚乱,幸亏赵吉利能干。

"是吗？老郑头可是个好人。大利啊，晚上喝点啥？啤酒还是白酒？白酒是老白干泡了人参枸杞的。"赵吉利的岳父拄着拐棍在厨房边走来走去。

"那就白酒吧。"赵吉利爽快地说道。

"喝点吧，累了一年了，这十多年来，你也够孝心的，爸妈心里有数。秋燕没福气啊。"赵吉利的岳母每到春节都会哭上一通。

"大过节的，高兴点，咱们罗秋燕没这样的福气，但咱俩有，这姑爷就是自己的儿子。"赵吉利的岳父把酒杯斟得满满的。

"爸妈，你们二老先坐好，现在鸡、鸭、鱼、肉、青菜都上齐了，今年啊，咱们再添一个鱼，洋玩意儿的吃法，三文鱼。我现在就去给切了，咱们就齐活了。这三文鱼啊，可是水电医院呼吸科主任林教授亲自给我送的啊，新鲜得很。据说是欧洲挪威的，不得了。"赵吉利很自豪地说道。

"那么重要的人物都给你送礼？"岳母什么事情都爱打听个明白。

"那海参就是人家给的，我给您二老拿来一盒，给我老郭家大嫂带去一盒，金贵着呢。我赚这点钱，不得干个半年才能买两盒这么上品的海参啊。"赵吉利在厨房里大声说道。

"咱这姑爷，就是社交能力强。大主任给咱老百姓送礼，头一遭见到。"岳父也啧啧称赞道。

"一会儿啊，给人家也短信拜个年，别忘了人家对咱的恩情。"罗秋燕生前，爱记得别人的好，这点也随了她的母亲。

"前天见面的时候，预祝了，人家现在在国外湛蓝的大海边度假呢。回头我请他吃酸菜宽粉馅饺子。"说话的工夫，赵吉利将切好的三文鱼端上了桌。

三个人碰了杯，齐声说了春节快乐。

窗外的烟花更加热闹了。

桌子的一角，还摆放着一副碗筷，已经伴着他们过了十五个春节，今天是第十六个年头了。

第十九章 身份标签

初一的早上,尹玉红早早起来,这多年来,还是第一次在家安安静静地过春节。他们一家三口早早地走出了家门,园区里、马路上,红红的鞭炮纸屑给这个灰白的季节涂上了鲜艳的一笔。

尹玉红特意戴上自己的红围巾,这是她出院后第一次下楼。满眼熟悉的景色,也不知道为什么,她心里有种很强的失落感。

"过年好啊,徐姨。"尹玉红看见了邻居,赶忙打招呼。

"过年好,过年好。你们一家三口这要是去哪儿啊?"徐姨问道。

"去莹莹她爷爷、她姥姥姥爷那里转一圈。"郭有庭笑着说道。

走亲戚,也是春节的一大习俗。

路边的便利店已经把礼盒都摆到了路边,一家挨着一家,像长城上的烽火台一样,着实壮观。各种口味的雪糕、冰激凌也都露天摆放着。

"妈,我吃一根雪糕,你馋不?"郭晓莹拉着尹玉红的手,一边走着一边问道。

"有点。"尹玉红笑着回答道。

"那我不吃了。"郭晓莹嘟着嘴。

"怎么了?"尹玉红猜出了女儿的心思,故意问道。

"你不能吃生冷的东西,身体虚着呢。"郭晓莹像个小孩子一样,蹦蹦跶跶的。

"你怕妈妈死啊?"尹玉红笑着说道。

"妈,大过年的,能不能说点吉利的。算了,不吃了。"郭晓莹终究没有买雪糕,而是买了一根冰糖葫芦。

虽然年货在年前已经送去,但尹玉红执意让郭有庭又买了很多东西给双方的父母。

郭晓莹的爷爷怕影响尹玉红的休息,死活不同意去大儿子家过年。没有办法,郭有渊一家像往年一样,在老爷子这里白吃白喝,为了不让大儿子担心,老爷子对韩冬梅的种种看不惯都憋在了心里。

"爷爷,过年好!"郭晓莹进屋就拉着爷爷的手。

"我的大宝贝孙女也过年好!"老爷子看见大孙女就乐得合不拢嘴。

"这冰糖葫芦酸甜可口,外面甜,里面酸,尝一粒不?"郭晓莹向爷爷问道。

"爷爷可受不了,给,爷爷给你的红包。我大孙女越来越好看了。"郭晓莹的爷爷从小就喜欢她。

"谢谢爷爷。二叔、二婶过年好。"郭晓莹接过爷爷的红包,这时候郭有渊两口子从卧室里走了出来,郭晓莹也打招呼说道。

郭有庭一看就知道了,这早饭没给老爷子做呢,自己二话没说,脱掉羽绒服,扔在沙发上,就走进了厨房,给老爷子做起了荷包蛋。

尹玉红体力还是没有彻底恢复好,坐在沙发上,看着电视,郭有渊走上前去,给尹玉红倒了一杯温开水。

"莹莹,我怎么看着你这个红包,比早上你爷爷给你弟弟的红包厚呢?"韩冬梅看见郭晓莹手里拿着红包,有些阴阳怪气的。

"二婶,晓龙呢?"郭晓莹知道二婶一天到晚挑三数四的,故意想把话岔开。

"一大早就被同学找去了。把我钱包也带走了,二婶的红包改天给你啊。"韩冬梅总觉得自己聪明。

"二婶,不用,我都五六年没要你红包了。"郭晓莹笑着说道。

"是吗?瞧我这记性,二婶读书的时候,记性就不好。千万别怪婶子,我还以为年年给你了呢。"韩冬梅笑着说道,但笑得很不自然。

"习惯了,哪能怪婶子啊,你是长辈。"郭晓莹说完就走到厨房给郭有庭打下手去了。

"这你家莹莹,小嘴可厉害了,像锋利的小刀儿似的,可不好惹,说话可赶趟了。"韩冬梅看见侄女不搭理自己了,就凑到大嫂旁边嘘寒问暖的。

"是吗?她要是有那两下子,我就不跟着操心了。"尹玉红说道。

"大嫂,这莹莹今年就毕业了,得赶紧找个好工作,找个好婆家,你啊,还能省省心。"韩冬梅认准一个话题,就会一直唠叨着。

"莹莹,爷爷这里有个护颈仪,是民政部门春节前看望我们这些老军人时给的,我不用,给你吧,平时学习累的时候,你能用得上。"郭晓莹的爷爷拿出一个精美的盒子递给了郭晓莹。

"爷爷,这东西挺好的,你留着用吧,我还年轻。"郭晓莹接过盒子,看了看,又递给了爷爷。

"老爷子,明显偏心啊?这晓龙正备战中考呢,你怎么没给你大孙子用啊?"韩冬梅又是阴阳怪气的。

"老二啊,老话说得好,妻贤子孝,平时啊,你多认识这些理儿。"郭晓莹的爷爷没接韩冬梅的话儿,反而瞪着郭有渊说道。

"老郭,你电话响啦。"尹玉红听见沙发上郭有庭衣兜里的电话一直响个不停,冲着厨房喊道。

"爸,快去,做好了,我端给我爷爷。"郭晓莹也听见父亲的电话响了,急忙走进了厨房,跟郭有庭说道。

"喂,老崔,过年好啊。"郭有庭一看电话,是崔宝海打来的,接通了,大声说道。

窗外的鞭炮声让大家打起电话来,都扯着嗓子喊。

"明天,老崔一家到咱们家来。"撂下电话,郭有庭说道。

"哎哟,莹莹,大年初二,那可是姑爷去老丈母娘家啊。是你爸单位同事那个崔什么来着,对,崔建设,是不?"韩冬梅几乎一下跳了起来,拍着大腿说道,吓了尹玉红一跳。

"二婶,你记性不好,就别跟着掺和啦,求求你啦!"郭晓莹现在一听见大家提她与崔建昌的事情,脑袋就变得嗡嗡的。

"你这孩子,男大当婚女大当嫁的,天经地义,不要老是扭扭捏捏的。我前几天在电视里看了一个节目,是你们大学生命科学学院的汪秋雨教授说的,这人啊,有着生命的更替,父母不会永远年轻下去,但是子女会继承父母的年轻,这就是生命的延续,该结婚就应该结婚,该生孩子就应该生孩子。"尹玉红在一旁说道。

大年初二的上午,九点刚过,郭晓莹就听见敲门声。郭有庭开门一看，是崔宝海一家三口。

"哟，老崔，过年好，快进来！"郭有庭有些不好意思，毕竟年底前已经来过一次了，时间相隔不到一周的时间，而且上次就送了不少年货来。

"郭叔、郭婶过年好！"崔建昌这次紧跟在他父亲的后面。

"过年好！过年好！"郭有庭乐得合不拢嘴。

"老郭、弟妹过年好啊！"崔建昌的母亲，魏艳琼最后一个进门。

这一家三口，每人的手里都拎着两样东西。

"崔哥、嫂子、建昌，你们也过年好啊，这是干啥啊？家都搬来了啊？"尹玉红说道。

"这在家待着也没什么事情，过来看看。这都是些营养品，拿来给你补一补。"魏艳琼笑着说道。

"婶子，我爸、我妈这几天老是惦记你的身体。我妈说了，她来照顾你几天。"崔建昌接着话头说道。

"我好多了，不需要照顾了。中午想吃什么？让你郭叔给你做。"尹玉红拉着崔建昌坐到自己的身边。

"啥也不吃，就是过来聊聊天，这几天天天在家就是吃了。"崔建昌说道。

"来，建昌，吃榛子，上次你来，忘记给你带点回去了。"郭有庭又把钱川邮寄过来的榛子拿了出来。

"这榛子真不错，我在市场上买的，没这个好吃。"崔建昌笑着接过了榛子。

"你争取明年大年初二到我家啊，我们这里大年初二女婿要到岳父岳母家的。"郭晓莹又给秦川发了一条短信。

这几天，从除夕到初一，再到今天，两人之间的短信发了无数。

"我们家这里是大年初四去岳父岳母家，按哪个算？"钱川在短信中问道。

"到我家得按我家这边的习俗来，去婆家的各种讲究，遵循你家那边的习惯，现在他又吃你送的榛子了。"

"他这么爱吃我家的榛子？"

"吃醋了吧？是我爸非让人吃。"

"吃什么醋！等着以后上门喝酱油呢。"

"那榛子真被崔建昌吃了不少呢！"

"郭晓莹同学，麻烦告诉我的岳父大人，我家榛子虽然是颗颗精选，但也不是百分百没有虫子，不打农药，没有办法。"钱川得知崔建昌在郭晓莹家做客，而且郭晓莹的父亲还给他吃榛子时，心里多少有些异样的感觉，所以想了很长时间才回复这条短信。

"我抽空就跟他们挑明了，打算让崔建昌死了这条心。我是认真的。"

"我早就跟我父母说了，给他们处了一个城里的儿媳妇。"

"算你速度快。"

"大过年的，你这样做是不是太残忍了一些，让人吃完饭，等他们走了，让你父母转达吧，不然大家都难堪。"

郭晓莹看见钱川发来这么一条颇富善意的短信，由衷地笑了起来。右手依然在手机键盘上飞驰着，当然，也没耽误与崔建昌一家三口聊天。

"我家建昌还合计带晓莹去看看房子，问问晓莹有什么意见没，看看晓莹喜欢什么样的。"魏艳琼说道。

这句话，崔宝海与崔建昌父子俩早就想问郭有庭与郭晓莹了，但一直没张开嘴。今天他们一家三口主要也是奔着这个目的来的。

"莹莹，问你呢？"郭有庭看着郭晓莹一直摆弄着手机，大声问道。

"我一个学材料加工工程专业的，这方面可不擅长。小时候想学美术，你们还不知道培养，现在可弄不懂那些玩意儿。"郭晓莹内心肯定是不想去的，故意这样说道。

"你一天到晚懂个啥？就知道鼓捣手机。大人说的话，你从来不往心里去。"郭有庭看上去有些发火。

"妈，家里这么多客人呢，你看我爸，他这是干啥呢？"郭晓莹面子上也有些下不来。

"老郭，你这是干啥？孩子不愿去，就不愿意去呗。"崔宝海见情况不对，责备郭有庭说道。

"是啊，大过节的，别这样，这话啊，就不应该我们大人问，应该让建昌问，毕竟是孩子们之间的事情。"魏艳琼也劝说道。

郭晓莹真不知道父亲为什么在这么多人的面前数落自己，转身回到了自己的房间。身后传来父亲冷冰冰的一句："越来越不像话了！"

此时的尹玉红没有说别的，她很了解郭有庭。这辈子只要他认准的事情，往往是九头牛也很难拉回来。他的内心里，崔建昌才是他的乘龙快婿。那个叫钱川的，虽然还未谋面，但工作未定，现在的大学毕业生就像蒲公英一样，毕业证与学位证就是降落伞包，飞到哪里，还都是个未知数，而且家里是农村的。私下里，郭有庭就说过，他绝对没有鄙视农村人的意思，这是嫁女儿，不是搞建设。农村他待了好多年，条件很艰苦，毕竟不是所有的农村都像华西村一样富裕，也不是所有的农村都像大梨树村一样风景如画。

第二十章　转变态度

"你呀,都没必要管这些。莹莹多聪明的一个孩子,她自己心里肯定有数。"赵吉利劝说道。

郭有庭把大年初二那天崔宝海一家三口登门时发生的事情,一五一十告诉给了赵吉利。

郭有庭坐在赵吉利家的沙发上,满脸愁容。

"我说啊,我艳琼嫂子那句话说得对,这些事情就应该让建昌自己去问莹莹,这年头有些事情发个短信就可以搞定了,非得拽上两个家长?建昌这孩子从小就听话,这点不假,但不能没有自己的主意啊。莹莹为什么对他没感觉,那是建昌自己的事情。这婚姻大事,老是让父母一直在前面操持着,啥时候是个头啊?你说呢?啊?郭哥。"赵吉利拿出茶叶,用两个罐头瓶泡好,递给了郭有庭一瓶。

"这什么茶?"郭有庭问道。

"六安瓜片,林医生给我的,好喝着呢。烫啊。"赵吉利从抽屉里拿出一盒红颜色铁罐茶叶盒,颇为得意地拿在手中晃了一晃。

郭有庭吹了吹浮在罐头瓶中水面上的茶叶,伸嘴想喝,可能因为烫嘴,又放在桌子上。

"要是你,你怎么办?"郭有庭问道。

"在单位的时候,你一直是我领导,怎么退休后就糊涂了呢?"赵吉利又端出一盘子瓜子递给郭有庭。

"这也是林医生给的?"郭有庭问道。

"真有你的,那林医生能什么都给我啊?你以为像崔宝海惯着崔建昌那样啊?我要是你,现在就给莹莹考虑考虑工作的事情,这是大事。报纸上都说了,今年是高校扩招后的第三届毕业生,就业难度非常大。至于莹莹婚姻的事情,你见见她在学校处的那个对象又何妨?一旦这个小伙子更优秀呢?城市也好,农村也罢,那是父辈们带给孩子们的,孩子没有选择的权利,以后的路靠他们自己。建昌这孩子是听话,但他舅舅是武装部的,多少也借了光吧?他被提为班组长,他个人努力是一方面,但要不是副厂长是他家远房亲戚,也是个未知数。崔宝海在单位时,真就比你活跃得很。现实中,很多事情就是这么现实。"赵吉利滔滔不绝地说了好些理由。

郭有庭觉得赵吉利说得也有道理,手里捧着罐头瓶,一边吹着浮上来的茶叶,一边喝着茶水,不时地点点头。

冬去春来,气温渐渐回升。短暂的休憩之后,人们又开始了忙碌。

尹玉红的第二次化疗过程也是痛苦的,但每个人都一样,在生存的欲望前,一切疼痛都会坚持着挺过去。

尹玉红越来越觉得自己的病情不是大家所说的那样简单,她总觉得自己的情况会比自己了解的要严重一些。有时候看着桌子上各种各样的药盒,自己也会胡思乱想。一个个奇怪的念头,时常浮现在自己的眼前:要是自己走在了父母的前面,父母能否受得了打击?郭有庭怎么办呢?能有人照顾吗?女儿莹莹就要毕业了,工作与婚姻都是家里的头等大事……

担心也好,恐惧也罢,日子还是每天二十四小时按部就班的,尹玉红越来越觉得任何食物都食之无味了,每天服用大量的药品,占据着自己的味蕾,心情时常变得十分糟糕。甚至有时候,还会莫名其妙地对着郭有庭发上一顿脾气与牢骚。

第二十章 转变态度

郭有庭毕竟是男人,心思没有女同志那么细腻,于是照顾尹玉红的重任又落在了妹妹尹玉霞的身上。

有了尹玉霞每天都陪在自己的床前,尹玉红的一切饮食起居都被照顾得妥妥当当。

"这涵东也不能天天带着女朋友泡网吧啊?你得管一管。"尹玉红不操心的时候很少,家里的每个人她都惦记着。

尹玉霞面露难色说道:"姐,我不是不想管,你说涵东处那个对象,非要开个发廊,我虽然没有多少积蓄,但我们找个小街巷,给他们两个兑个小一点的门市,一年的租金三万多块钱,我能给他们拿出一年的费用,对不?第一年租金我出了,以后就是他们自己的事情了。"

"那就让他们干吧!等什么呢?这天气一天天渐暖了,别再猫冬了。"尹玉红倒是很着急的样子。

"姐,不是你想的那样。发廊开了,我家涵东还不是一天到晚无所事事的吗?他能干什么啊?冬冬那小姑娘能管得了他?我看够呛。"尹玉霞说完也是唉声叹气的。

"至少两个人能够有个生活来源啊,再啃老,遭罪的是你自己。你都多大岁数了,唉,再过几年,你也不好找了。"尹玉红的内心里,真是替他娘俩着急。

"那我先让冬冬把发廊开起来?"尹玉霞不是自己不上火,是压在自己身上的愁事实在太多,有时候好像自己都会感觉到自己在刻意躲避现实。

"你们可停停吧,冬冬那手艺,就是发廊开起来,用不了半年,也得黄铺了。"郭有庭从外面买菜回来,听见了她们姐妹俩的谈话。

"你知道个啥?也不能让他们两个干待着啊。"尹玉红说道。

"你看看我这个头,还有赵吉利的头,都说是好意,年底前给我们义务理发,这都剪成什么样子了。包括陈永胜那么个迷信的人,从来不在正月里理发,昨天都去别的理发店重新修正了一下。都说正月剪头死舅舅,陈永胜坚持接近六十年了,今年实在是看不下去了,谁见了谁问,是哪个路边摊理的发,跟狗啃的似的。"郭有庭指着自己脑袋上的头发说道。

尹玉红与尹玉霞听了之后，都忍不住笑了起来。也难怪郭有庭有这么大的意见，这冬冬的手艺确实很难恭维，着实差得很多。

"晚上莹莹回来，你把涵东与冬冬也叫过来，一起吃口饭，也跟他们俩商量商量他们自己的想法，你现在就打电话问问他们能不能回来。"尹玉红说道。

"这凡是有吃饭的地方和有能打电脑游戏的地方，他们保准能回来。姐，我跟你说，我真后悔把他生出来，你说我当时就看好涵东他爸吴庆阳的模样了，现在想一想，那玩意儿真不能当饭吃。这冬冬也是，也不知道看好涵东哪点了，我都怕人家孩子以后跟着涵东受苦。"尹玉霞也是一肚子苦水。

"净说胡话，能不给涵东找个媳妇吗？那成啥了？他俩现在还年轻，有选择的余地。"年轻的时候，尹玉红当时也不同意尹玉霞嫁给吴庆阳的，当时的吴庆阳天天穿着喇叭筒的裤子，烫着卷发，全家人只有尹玉霞自己喜欢得了不得。

"姐，我说什么来着，短信刚发过去，我说晚上到这儿来吃饭，这兔崽子，不仅满口答应，还在短信里说让我们多准备点羊肉片儿。"尹玉霞对吴涵东也真是没了办法。

晚上五点多的时候，郭有庭正在厨房洗菜呢，不经意发现楼下两个人中，有一个人是女儿莹莹。两个人似乎还恋恋不舍的样子，难道是莹莹在学校处的那个男朋友？

郭有庭把眼睛贴在窗户上仔细看过去，天色太暗，看不清小伙子的模样，想打开窗户瞧瞧，又发现窗户被冻上了，作为父亲，此刻的心情，已经难以用语言来形容了。

女儿很快上了楼，那小伙子也离开了。郭有庭走出厨房，来到门口，为女儿开了门。

"爸，你怎么知道我回来了？"

"听见脚步声了。"

"爸，你鼻尖怎么了，怎么这么红？"

"是吗？怎么这么红？"

"爸，我问你呢？"

"我怎么知道。"

"哟，莹莹姐回来了啊？"冬冬听见郭晓莹的声音，从卧室走了出来。

"你和涵东什么时候到的啊？"郭晓莹与冬冬聊天去了。

郭有庭走进卫生间，照了照镜子，鼻子尖确实红得厉害，怎么弄的呢？郭有庭突然想起来，原来是刚才自己扒在窗户上看女儿与那个小伙子，把鼻子贴在了窗户玻璃上，冰凉的玻璃把自己的鼻子冻成这样的。

"大家洗手吃饭吧，这可是正宗的内蒙古羔羊肉，是建昌的老舅去呼和浩特出差带回来的，涮起来肉质特别鲜嫩。"郭有庭将食材准备齐全，把刚刚切好的羔羊肉端上了桌。

"姐，你给我找的这个姐夫真好，啥都给。"吴涵东自称是食肉动物，无肉不欢，看见有肉吃，本想嘴巴甜一点，可结果恰恰相反。

"你再多嘴，你就自己离开这里，我和冬冬在这儿吃，你赶紧回网吧吃盒饭去。"看得出来，此时的郭晓莹十分反感别人再提她与崔建昌的事情。

"行，行，不说了。姐，让我吃点肉吧，两天没吃肉了。"吴涵东手拿着筷子，做出打住的手势，说道。

"天天吃肉，你看你，比前两年胖了多少？只长肉，不长记性。"郭晓莹瞪了吴涵东一眼，话里有话地说道。

"那也没……没……那谁……胖啊，没我妈胖啊。"吴涵东本想说自己没有崔建昌胖，但话说到半道，才意识到自己又说走了嘴，就把话题唠到了自己母亲的身上。

"不好的事情，都找你妈妈我，真是的，我在你眼里，就这么点用处。"尹玉霞瞪了吴涵东一眼。

"还有一点用处，没钱的时候，他也能想起你。"郭有庭故意接了一句，说完，大家都笑了起来。

"你们两个,也该琢磨琢磨工作了。发廊的事情,你看你们两个能支撑起来吗?"吃饭的时候,尹玉霞提了出来。

"姐,把芝麻酱递给我,你看你三姨,一到吃饭的时候,就提这些让人没胃口的事情。姐,你工作定了吗?"吴涵东伸手接过郭晓莹递过来的芝麻酱。

"你跟你姐能比吗?"还没等郭晓莹吱声,尹玉霞就劈头盖脸地说了起来。但一想冬冬还在身边,才意识到这么说有些不妥当。

尹玉霞自己苦了大半辈子,不想让儿子再这么混下去。

"儿子,你不像冬冬,人家还有把手艺,你可好,天天自诩是电脑游戏'高手',那东西能当饭吃吗?咱们得正儿八经地好好过日子。"

"二姨父,再下点羊肉,这羊肉要是刨成羊肉卷就更霸道了,这羊肉片,你下次切的还应该再薄一些。"吴涵东自己吃得挺欢实,母亲尹玉霞说什么他根本没听进去。

"我跟你说话呢,你就知道吃。"尹玉霞拿吴涵东真是无可奈何。

"妈,这可是侮辱性语言啊。你再这样,下次你找我吃饭,我可就不回来了啊。"吴涵东还不时地给冬冬的碗里捞些东西。

"瞧你那出息,有这股劲儿,你倒是想想工作,创创业,男孩子,好好拼搏拼搏。实在不行,你跟你赵大爷到浴池搓澡去,以后不能让冬冬养着你啊。"尹玉霞一边说着,一边给冬冬的杯里倒满了饮料。

"妈,这么跟你说吧,那赵大爷,第一,我不能认他做我师傅,第二,我不能让他当我后爹。"吴涵东的筷子在火锅里翻找着。

"这孩子,我真想抽你,怎么说话呢。"尹玉霞象征性地举起筷子。

"妈,消消气,我知道你不舍得打我。我的意思是我不想干那搓澡的活儿,我这么年轻,得干到啥时候是个头啊。另外,我也不想你嫁给他,你找个有钱的,你也别再受苦受累了。"吴涵东嘴里塞得满满的,说再多的话,也根本没耽误他吃。

"行了,吃饭呢,别老说孩子了。涵东,你和冬冬都吃。这鱼丸也是你二姨父自己买鱼现弄的,多吃点。"尹玉红说道。

第二十章 转变态度

"还是我二姨好,从小就疼我。我吧,最近也在考虑创业呢。你们也帮我分析分析,我和冬冬商量了,准备雇人代打游戏,这肯定比开发廊赚钱。"吴涵东很认真地说道。

"赢了装备能卖好多钱呢!"只有冬冬很兴奋地跟了一句话,其他人都没有吱声,整个屋子里只剩下火锅咕咕噜噜的声音。

沉寂了好一会儿,吴涵东觉得这事情不是太对劲儿。

"这打游戏能赚钱?稳妥吗?我们系一名同学,为了打游戏,不但不按时上课,几乎门门功课挂科,而且把学费都花掉了,去年已经被学校劝退了。"郭晓莹说道。

"你们这些孩子,父母赚钱就那么容易吗?多少家庭都是节衣缩食供你们读书的,都是上辈子造的孽。"尹玉霞说完叹了口气,很无奈的样子。

"妈,别迷信了,现在不流行活好当下吗?我姐那同学的学费就是买游戏装备了,我雇上几个人,联合起来,一定能搞到好的游戏装备。这方面的工作,我肯定轻车熟路。"吴涵东说完,喝下一大口饮料,擦了擦嘴,又拿起筷子准备捞起火锅里刚刚浮起的鱼丸。

"需要多少钱啊?"尹玉霞看儿子捞了半天,用筷子也没夹起一个鱼丸,递给吴涵东一个漏勺。

"还是我妈懂我,这么多年一直这样。等我赚了钱,我一定好好孝顺你。真的,妈。"吴涵东接过漏勺,很容易就将鱼丸捞到了碗里。

"不是妈懂你,妈妈已经对你没辙了。只要你不在社会上学坏,我就是砸锅卖铁,也依着你。"尹玉霞道出了心里话。

"妈妈,日子得往好地方过,往好的方向努力,等我赚了第一桶金,肯定给你和我二姨一人买一条金项链。"吴涵东信誓旦旦地说道。

"涵东这嘴甜的,跟抹了蜜似的,这一点不像我,真像他爸。"尹玉霞笑了,但看不出来是高兴,还是无奈。

"妈你能赞助我多钱啊?"吴涵东拿着调料碗,一边往嘴里塞着羊肉,一边问道。这是他最关心的问题。

"我一共就攒了三万多的棺材本。"尹玉霞放下了筷子,她知道儿子这次是真需要钱了，而且对自己来说是大额的。

"不够也差不太多了。"冬冬在一边说道。

"不够也就这么多了。"尹玉霞瞬间彻底没了胃口。

"打个游戏，你们都有什么成本啊？"郭有庭问道。

"二姨父，这电脑游戏要想制胜，电脑的配置就必须高，不然怎么战胜那么多玩家。我妈这点钱，充其量也就够买五台电脑的。"吴涵东一说到游戏就十分兴奋。

"还有什么地方需要钱啊？"尹玉红用微弱的声音问道。

"人员开支、奖励、一日三餐必须供上，还得租房子。不然没地方，也就这些。"吴涵东好像真的考虑过这个问题。

"那这成本可挺高的，比开发廊可高得多。"郭晓莹瞪着眼睛说道。

"我和你二姨父赞助你一万块钱吧，我这身体不好，拿多了，也拿不出，省点用，赚钱和冬冬把婚结了。"尹玉红说完，咳嗽了两声。

"莹莹，还有你，婚姻大事你也得抓紧。有你认为合适的，也带到家里让我和你妈妈一起看一看。"郭有庭低着头，搅拌着碗里的蘸酱调料。

郭晓莹一开始没敢相信自己的耳朵，她看了看父亲，又看了一眼母亲，她似乎明白了父亲刚才红鼻头的原因。

桌子上的火锅又开始沸腾了。

第二十一章　雀屏中选

"大哥，大嫂，你们得给我做主，我们家晓龙马上都要高考了，有渊要和我离婚。"韩冬梅哭哭啼啼个没完。

"行了，你别哭了。有渊是爱喝点小酒儿，但他从来不耍酒疯，到底怎么回事？你得说实话。"尹玉红问道。

"老二媳妇儿，咱们都这么大岁数了，好好过日子吧。居家过日子，讲究一个家庭和睦，夫妻之间更是要相敬如宾，你说有渊打你，以我对他的了解，他充其量也就是推了你一下，对吧？"坐在一旁的郭有庭也有些耐不住性子说道。

"啊，推了一下也是打啊。"韩冬梅哭得梨花带雨的。

"你肯定也把有渊挠了吧？"尹玉红接着问道。

"啊，挠了，是挠了，谁让他推我的……推一下也不行。"韩冬梅擦了擦鼻涕。

"唉，有渊和你结婚之前，那张脸可白净了，这些年来，脸上不知道添了多少道子。毕竟是个男人，你不知道有渊现在在外面的外号叫什么吗？"郭有庭一边说着，一边直摇头。

"叫什么呀？"韩冬梅倒是很好奇，一边抽泣着，一边用眼睛直勾勾地看着郭有庭等待着答案。

"过得猫瘾，就是说你家有渊过日子好像是跟猫过的似的，有渊总是说自己的脸是被猫挠的。他同事们现在无论上午、下午还是晚上，无论几点见了你家有渊，都是 Good morning。"郭有庭自己说完都想笑。

"这挠伤容易留下凹凸性疤痕，而且最怕太阳晒，一晒准保留下色素。你说有渊那工作，整天在电线杆上爬来爬去，能不晒吗？咱们女人得给男人留点面子，这丢的不是有渊的面子，而是你的面子，你俩吵架，你不说我都知道为什么，就是你打麻将的事情，现在你坐得离我这么远，我都能闻见你身上的烟草味儿。"尹玉红责备道。

韩冬梅坐在那里，也不知道寻思着什么，低着头，摆弄着手指头，一声不吱。

"咚、咚"，响起了敲门声。

"快去开门，应该是莹莹回来了。"尹玉红显得很激动，催着郭有庭去开门。

"她二婶，你擦擦眼泪，莹莹带着对象回来了。"郭有庭还算细心，起身时提醒韩冬梅。

"是老崔家那个建昌吗？"韩冬梅立刻打起了精神，抹了抹眼角处并没有多少的泪水。

"你可别多说话，不是那个，是莹莹的大学同学。"尹玉红知道韩冬梅那股子好奇的劲儿。

郭晓莹为大家互相介绍一下之后，钱川很拘谨地坐在沙发上。

尹玉红很热情地告诉郭有庭拿这拿那的。

都说丈母娘看女婿，越看越稀罕。这尹玉红看见钱川的第一眼，就觉得这小伙子看上去还算顺眼，文质彬彬的，没让自己觉得有碍眼的地方。

"钱川，钱川，这名字好，有钱。你家哪儿的啊？"韩冬梅这股热心劲儿上来了，一般人都会认为她学过预审学之类的专业课程。

"二婶，我家是省内安东县的。"钱川回答说。

"安东县，我去过，你们那里离海特别近，是县城里的吗？"韩冬梅眨着刚刚还是泪水盈眶的眼睛盯着钱川问道。

"不是县城里的，是安东县海阳镇的。"钱川微笑着回答说道。

"农村的啊？你农村的啊？"韩冬梅仿佛很惊讶又很高兴的样子，说完还分别看了看郭有庭与尹玉红。

"嗯，农村的。"钱川很纳闷韩冬梅为什么如此惊讶。

"你们家地多吗？都种些什么？你们家有船吗？二婶以后是不是有海鲜吃了啊？"韩冬梅的话题一个接着一个。

"只有一块自留地，种些蔬菜。我们那里是滩涂养殖合作社，我家没有船，远洋海鲜没有，但近海的应季海鲜还是有的。欢迎二婶空闲的时候，到我家做客。"钱川实实在在地说道。

"二婶，你审问呢？让人家喝口水再说，行吗？"郭晓莹有些不耐烦，她知道二婶打破砂锅问到底的那个劲儿，要是自己不提醒，她会不分火候地一直问下去。

"这孩子，还没嫁出去呢，就知道胳膊肘往外拐，这女孩子啊，都犯这个毛病。"韩冬梅撇着嘴说道。

"阿姨，您身体好些了吗？早就想来了，一直没机会，我从我家带的海参，您补一补，吃完了，我再让家里给寄过来。"钱川才有空跟尹玉红说上一句话。

"你家养海参啊？"韩冬梅又问道。

"我们那里有养殖的，但我带来的都是野生的，我们那里能买到，价格也不像大城市里这么贵。"钱川微笑着说道。

"都说海参是好东西，我吧，最近老是腰酸背痛的，吃点海参能够调节一下不？"韩冬梅说着说着，还把手背过去，敲了敲自己的后背。

"你那腰酸背痛纯粹是打麻将累的，你一个星期不玩，肯定就好了，用不着吃海参。"尹玉红说道。

"二婶，海参主要调节免疫力，治疗腰酸背痛这方面的问题，我从小到大是没听说过。"钱川说完，笑了笑。

"这孩子，别光顾着笑啊，把婶子的事情，当事来办。"韩冬梅拍了拍沙发，一本正经地说道。

"你可别提你那档子事情了,你不打麻将,跳跳广场舞,舒活舒活筋骨,肯定就好了。"郭有庭也有些听不下去了,很严肃地说道。

"对、对,别说我了,小钱啊,你也是今年大学毕业啊?你们两个是一个班级的吗?"韩冬梅的问题一个接着一个。其实郭晓莹刚才回到家,看见韩冬梅在这里的时候,已经有了心理预期。

"不是一个班的,我是学财务管理的,但也是今年毕业。"钱川回答道,他从郭晓莹父母以及郭晓莹对韩冬梅的态度中,已经感觉到了韩冬梅的性格,心里想着谁让自己是新女婿上门呢,硬着头皮回答吧。

"学财务管理的,还姓钱,正点!"韩冬梅竖起了大拇指。

"二婶,你知道什么叫正点啊?不知道就乱说。"郭晓莹递给韩冬梅一个橘子,示意她别再问了。可韩冬梅哪能看出这火候,橘子吃着,话题也没闲着。

"别打岔,二婶没读过大学,没你那水平。这小钱人不错,挺实在的。小钱啊,工作找得怎么样了?"韩冬梅接着问道。

"现在跟一家外资企业签了意向合同,但工作地点在省城,晓莹工作这块没定下来,我最近又接洽了咱们水利水电设计研究院,如果留在东洲,也应该没问题。但现在内心也纠结着,有点不喜欢财务方面的工作。"钱川说完,也看了郭有庭与尹玉红一眼,像是在征求他们的意见。

"我们单位找的财务都是驻外的,几年一轮换,就像我当年一样,不是固定待在东洲市的。"郭有庭听说钱川有意留在自己的单位,说道。

"伯父,您原来是水利水电设计研究院的?"钱川还真没听郭晓莹说起过。

"我大哥那是水利水电设计研究院的技术权威呢,去年才退休。但这单位老跑外,你以后和我们家莹莹结婚了,生个孩子都困难,我大哥大嫂都三十五六岁了,才生的莹莹,聚少离多……"什么事情一旦韩冬梅知道了,那就是滔滔不绝地说个没完。

"老二媳妇儿,你怎么什么都当着孩子的面儿来说,这小钱第一次到咱家来,别像查户口似的,好吗?给人家孩子一个喘息的时间,你这样问

第二十一章 雀屏中选

下去，谁受得了啊？要是我早跑了。"郭有庭打断了韩冬梅的说话。

"这不是增加了解吗？"韩冬梅在一旁嘟嘟囔囔着。

钱川没再接韩冬梅的话题，而是将自己内心的想法说了出来："现在就业压力大，选择工作我是格外慎重。我也是没怎么想好，那个外资企业，上班时间是美国时间，也就是在国内是黑白颠倒，但薪水很高。我现在主要是看晓莹下一步的打算，之后再做具体考虑。"

郭有庭与尹玉红听得出来，钱川还是很在意郭晓莹的决定，自己也是奔着两个人毕业之后能够在一起的方向努力着。

"现在就业压力大，你能有两个选择也算是很优秀的了，听莹莹说你是学生会干部以及班级的班长，男孩子就应该闯荡闯荡，不能老想着安逸。莹莹工作的事情，她学的材料加工工程这个专业是有点不太适合女孩子，要是进水利水电设计院的话，凭借她自身的成绩，倒是能进去，但常年在外，也是个麻烦事儿。"郭有庭从内心里觉得这个小伙子不逊色于崔建昌。

"中午我们家吃火锅，老郭你现在洗菜去吧，让小钱和莹莹聊聊天，她二婶，你也到厨房帮帮忙。"尹玉红觉得不能再让韩冬梅问什么了，别给钱川太多的压力。

"我和莹莹去吧，你们休息休息。"钱川起身说道。

"坐着吧，第一次到家里来，也不熟悉，以后有的是机会。"郭有庭笑着说道。

钱川吃完午饭与郭晓莹回学校去了，家里关于他们工作与婚姻的话题就没搁下过。

下午的时候，尹玉霞也来了，在楼梯处，他们三人走了个面对面。

"姐，我看那小伙子还行，虽然没说上两句话，但与建昌比起来，总好像多了那么一点说不上来的感觉。"尹玉霞一边给尹玉红按摩腿一边说道。

"那种感觉是好的方面，还是坏的方面？"尹玉红很关心这个问题。

"当然是好的一方面，姐夫你说呢？"尹玉霞说完，向郭有庭问道。

"唉，说不好，谁知道以后是什么样子呢？毕竟只见了一面，家里什么情况，咱们还不了解呢，家还是农村的。"郭有庭坐在沙发上，手里拿着遥控器，其实眼睛根本不在电视上。

"你这个人啊，老是农村农村的，这是地域歧视。"尹玉红说道。

"什么地域歧视啊？我是担心女儿以后受苦，我这辈子工作的大部分时间都是在农村，哪个水电站都没在城市里，艰苦的条件我是经历过的，我是有发言权的。虽然农村的日子一天比一天好了，有的家庭过得比城里人自在，我是怕女儿不适应，他家要是在华西村，我就不说啥了。建昌这孩子、这家庭我们都是知根知底的。"郭有庭说得振振有词。

"他家不是安东县的吗？沿海地区还是可以的。再说了，人家都读书出来了，也不会回去了，没必要纠结这些。我倒是城里人了，你看我穷的，房子没有，还有涵东这么个大小伙子，我也不知道人家冬冬看好我们家涵东哪方面了，这些担心啊，真没有必要。"尹玉霞说的也句句在理。

"我们别再管多了，莹莹已经不小了，不要再提建昌的事情了，抽空告诉老崔一声，咱们别耽误了人家建昌。"尹玉红有些不耐烦，她知道这么多年郭有庭认准的事情，很难改变。

"这事情可是莹莹一辈子的事情。"郭有庭自己嘀咕着。

"你有空联系联系你那些旧同事、老朋友，还有你的徒弟，为莹莹的工作操操心，一天到晚弄得像莹莹嫁不出去似的。"尹玉红的话，郭有庭还是比较听的。

"我明天就联系，但钱川这孩子，我还是比较满意的。看看怎么能让他俩在一个城市工作。"郭有庭紧锁着眉头说道。

"这就是我们莹莹的事情了，人家钱川哪个城市都行。"尹玉红摆摆手，让尹玉霞别再按了。

"能去省城就是省城吧，东洲这几年发展比省城差多了，我去年去省城参加以前同事女儿的婚礼，虽然车程只有一个小时，但就是不一样。我是莹莹的话，肯定选择省城。"尹玉霞说道。

"回头问问莹莹吧，你先看看哪个地方招人，我们坐在家里凭空想象是没有意义的。"尹玉红手术之后,脾气多少暴躁了一些。

"一会儿我就打电话,我花镜哪儿去了?"郭有庭说道。

"是不是在莹莹那屋,你不是在那屋看报纸了吗?"尹玉红没有耐心地说道。

"姐,谢谢你那一万块钱啊,上午涵东给我打电话了,幸好有那一万块钱,不然他的小买卖还真折腾不起来。涵东说挣了钱,第一时间还给你。"尹玉霞见姐夫去莹莹屋了,低声说道。

"这孩子,我不图他还我钱,只要他在社会上待着别惹事,早点和冬冬把婚结了,好好过日子,咱们就都高兴。"尹玉红拿过遥控器,换了一个台。

"他和冬冬还不知道怎么回事呢!"尹玉霞说道。

"你看你,这就是你们生儿子的家长心态,这要是自己生的女儿就不这么认为了。不知道两个孩子将来怎么回事,你就让他俩住一起啊?为人父母的不能这样啊,我们都是女人。"尹玉红瞪大了眼睛跟尹玉霞说道。

"姐,你今天是怎么了啊?别生气啊。我是觉得冬冬挺好的。要是涵东这次干好了,我就让他们两个结婚,反正他们今年都到了法定的结婚年龄。"尹玉霞一看尹玉红生气了,就把话题尽力往回拽。

"涵东他爸那边什么意见?"尹玉红问道。

"房子是吴庆阳与王雪梅帮忙给租的,好像打游戏需要白天黑夜连轴转,涵东他干妈现在天天给做饭呢,这也能省下一笔费用,但这东西我总觉得不是正儿八经的营生。"尹玉霞摇摇头,也是很无奈的样子。

其实与很多家长一样,为人父母的总希望自己的孩子能够出人头地,孩子要是稍微有点出息,做父母的走在大街上都能抬头挺胸。这孩子要是不争气,就是亲戚邻里之间谈论起来,也觉得脸面无光。

有时候,尹玉霞经常在想自己当年离婚究竟是对还是错,单亲家庭对儿子吴涵东的影响或多或少会有一些,自己单身带着儿子一路走来,在家庭教育与情感教育上都或多或少有着欠缺。但这么多年了,儿子也大了,王雪梅也由主张自己离婚的闺密,变成了前夫名正言顺的合法妻子。不知道是世界复杂,还是人心脆弱,有时候尹玉霞的内心觉得很是堵得慌。

第二十二章　冰雪消融

　　天气一天天地渐暖，屋檐上的冰雪陆续消融。阳光充足的午后，融化了的雪水像断了线的珠子，滴答滴答地落在地面上，溅起一处处小水花。

　　这座北方的城市供暖季已经结束了，暖气管里放水的声音听起来很是清晰，结束了一个冬天供暖的使命，暖气片里的水从哪里来，又要回到哪里去。

　　尹玉红望着窗外，享受着阳光，窗外的柳树虽然没有抽出枝叶，但远远看上去，似乎都是一夜之间开始返青。最近她的内心里总会经常浮现出一丝怪异的想法：这轮太阳照向我的阳光不知道自己还能享受多久，眼前的这棵柳树仿佛也是自己的牵挂。

　　尹玉红忍不住打开窗户，一股只有冬去春来这个季节才有的清凉，带着融化的雪水气息，迎面扑来。她在内心中感慨着这室外空气的清新。

　　记得自己在农村青年点的时光里，这个季节，大家早已开工，至少是在生产队队长的带领下开始整理土地了。那冰雪刚刚消融，黑色的土地，踩上去还有些酥软，表面已经开始轻微地泥泞，镐头刨下去或者铁锹挖出来，带出的泥土中还会有着晶莹剔透的冰碴，这时候的泥土气息是最为清新的。对着刚刚裸露在阳光下的泥土，伴着还算温柔的春风，用鼻子贴着地面闻上一闻，那种感觉是那个年代的轻而易得的幸福，放在今天，在喧闹的城市，肯定算是一种奢侈。

有人说之所以喜欢在春季踏青，不仅仅那是一种健康运动，更是喜欢万物萌发时那种独特的味道，这种味道里夹杂着泥土的芬芳、树木散发的清香以及淡淡的野草味道。

当时在农村青年点的后山上，有一泓泉水顺着山坡的山沟一直会流到山下的人工水渠中。春天的时候，气温一旦回升，冰雪渐渐融化，布满青苔的山沟里到处是晶莹剔透的薄冰，尤其石头周围或者阴凉处的冰往往是最后才能融化。泉水在冰面下欢唱一般流动着，遇见石头产生落差，还会发出悦耳的声音，最惬意的是，偶尔几声鸟鸣，仿佛大自然最美的合奏一样。这时候大家都愿意拾上几块薄冰，放进嘴里，物资匮乏的年代，很多人都能吃上好几块。那味道不仅仅有着沁人心脾的冰凉，更有春天山涧泥沙渗在水里的芬芳，有一种特殊的回甘。

尹玉红觉得这时间仿佛就像这冰雪一样，一点一滴渐渐消融。再有不到两个月的时间，自己又要进行第三次化疗了。但她的内心里也清楚地明白，恐惧不能因为自己的胆怯而消失，那样只能增加自己与家人的痛苦，勇敢并积极地面对，可能才是唯一的出路。人活着，不是自己一个人在呼吸着，这血脉与亲情的牵挂，才是活着的真实意义。

"姐，今天外面的天气可好了，我陪你出去走一走？"尹玉霞出去买菜回来，一进屋就嚷嚷着。

"是啊，这天气真好。陪我去看看爸妈吧。我刚才愣了好一阵子神，这外面的空气呼吸上来啊，我这病都好了一多半。"尹玉红说道。

尹玉霞一边朝厨房走去，一边说道："这外面啊，真暖和。这羽绒服是穿不住了，有些热。"

"冬天总算熬过去了，我没生病之前就不喜欢冬天。这个冬天把我憋坏了。"尹玉红翻着衣柜，找着衣服。

"我来的时候，我二姐夫在咱爸妈那儿呢，他说今天天气好，带上莹莹她爷爷跟咱爸洗澡去了。"尹玉霞把一块鲜肉放进了冰箱里。

"我刚才睡觉了，你姐夫什么时候走的，我还不知道呢。他每次都领着两个老爷子去洗澡，不偏不向，这一点啊，哪怕有一天我先走了，我也放心他能对咱爸咱妈好。"尹玉红看着镜子里的自己说道。

"二姐，你说什么呢？"尹玉霞放下手中的活计，走到尹玉红跟前，很不高兴地说道。

"紧张什么啊？大气哈不死人，你啊，比我还紧张。但我这身体确实一天比一天有劲儿了，最近也能吃了。"尹玉红笑着说道。

"你一天到晚就吓唬我，我可跟你说，我从小到大什么都听你的，但有一件事情你可得听我的。"尹玉霞一副很神秘的样子。

尹玉红看着妹妹的表情，笑着问道："什么事情？这屋里就我们两个人，你怎么神神秘秘的？"

"你啊，人心肠好，就是因为你以前没有受过伤，有些事情啊，你得为莹莹想一想。你说我姐夫这退休了，也算高薪，对吧？你可得把自己身体养好了，莹莹现在还没参加工作呢，以后结婚、生孩子，哪样不得你帮衬着，莹莹新处的对象不是农村的吗？离咱们这儿毕竟还远，你要是有个三长两短，你就把莹莹这辈子给坑了。"尹玉霞说着，把鞋递给了尹玉红。

尹玉红看上去似懂非懂的样子，一脸茫然，说道："这跟你姐夫退休工资高有什么关系？"

"二姐，你怎么这么傻实在呢？你要是没了，我姐夫还不找吗？你就看看你们小区的邻居，哪个没了老伴不找的，尤其男的，女的没了另一半可能不找，这男的啊，没一个好东西。"尹玉霞说到最后，几乎是咬着牙根说的。

"你这是感情经历太多了，被伤着了吧？把门锁好。"尹玉红系好围巾。

"我是被伤着了，但我说的都是事实。这几年我打工的地方多，什么家政、小吃部、火锅店、烧烤店、旅店，都干过。能用我这个年龄做服务员的，都是大众消费的小地方。我经常会看见咱们这个年龄段的人，唉，不说了，那叫一个恶心。"尹玉霞锁好门，脸上的表情就好像钥匙拧在她的脸上似的。

"你这负能量太多，应该看看好的，积极向上的。"尹玉红走在前面，尹玉霞紧跟在后面。

"二姐，这个社会啊，就是复复杂杂的，有光荣榜上的先进典型，就有监狱里的罪犯改造。说白了，搞破鞋的不少。"尹玉霞追上去，和尹玉红并肩走在一起。

尹玉红听完，突然停下来，有些愣住了，问道："你说你姐夫能那样吗？"

"我姐夫现在肯定不是这样的，但你保不住以后别的女人不找上门来啊？你也别紧张，只要你好好活着，这些事情就一点问题没有。"尹玉霞的这番话，好像一颗顽强的种子，在尹玉红的心里扎了根。

"这种事情啊，担心也没有用，我现在最愁的是莹莹的工作，现在就业压力太大。你姐夫真是个书呆子，给别人办事头头是道儿，到了自己女儿的事情上，倒没了主意。"虽然尹玉红嘴上这么说，但她还是挺担心以后一旦自己有了那么一天郭有庭是否会有再娶的想法。

"不行就去我姐夫他们单位，这老职工总得照顾照顾吧。"尹玉霞说道。

"在设计院里搞设计现在都是硕士研究生打底儿，本科生只能到项目去，你还不知道外面项目现场有多艰苦？莹莹处个农村的对象，你姐夫刚开始都极力反对，别说到外面工作了，因为他知道做水电人的辛苦。"尹玉红走出楼道，温暖的阳光还是刺痛了她的眼睛，赶忙用手遮在眉头处。

尹玉霞叹了口气，说道："莹莹有时候主意也挺正的，当初高考结束时你让她复读，她说啥不同意，这个材料加工工程专业对女孩子来讲确实不是太合适，换作是个男孩子，到外面去闯荡闯荡，倒是件好事。"

"这是我心里的一块疙瘩啊。你说，这工作不落实，处个对象总不能一毕业就异地吧？那迟早要出问题的。人家钱川也等信儿呢，我看那小伙子挺诚心与莹莹处的。你姐夫说让钱川签到水电设计院来，他想办法让莹莹也办进来，两人一起去外地，去一个地方工作。但这总不是个稳妥的事儿啊，两个人结婚了，天天住工地现场？这个水利或者水电工程完工了，俩人再换地方？他们两个人开始可以这样，但以后要是有了孩子呢？"尹玉红说完直摇头。

"那不行，这不是长久之计，所以啊，这专业选择很重要。但现在说什么都晚了。"尹玉霞拉着姐姐的胳膊，两个人往小区门口走去。

两人拦了一辆出租车，坐在出租车上，尹玉红一声不吱，尹玉霞刚才说的话，已经在她的脑海里如同播放影片一样，反复出现。

一个红绿灯岗，司机的一个急刹车牵回了尹玉红的思绪。

"你走路戴着破耳机也就罢了，你倒是看着点红绿灯啊！"司机打开车窗冲着一个没按照信号灯指示通行的年轻人喊道。

那位年轻人还摇头晃脑的，明显没听见司机的喊声。

"这帮年轻人，一天到晚的，不知道脑袋里都在想些什么。"出租车司机自言自语。

"对了，涵东那边开业有一个多月了吧？生意怎么样了？"尹玉红问道。

"别提了，我都没敢跟你说，怕你跟着上火。第一个月给大家开工资的钱都没赚出来。冬冬是前天跟他提出的分手，早上我给他打电话，他像没事人似的，还说要给我找个三条腿的蛤蟆回来。这小兔崽子那性格真是跟他爸是一个模子刻出来的。"尹玉霞一提吴涵东，这气啊就不打一处来。

"那不是赢装备吗？不是说前景挺好吗？"尹玉红问道。

"他还有那个脑袋？心里压根儿就没个数。第一个月的工资是他干妈垫的，他爸说了，顶多再坚持一个月，真不能这样烧钱下去了。你没看见他招的那几个人，一个个的，要么像大烟鬼似的，要么跟……唉，不能再形容了。这游戏要能赚钱，那得高智商的人，他哪有那两下子。"尹玉霞满脸愁容。

出租车司机听到这里，插话说道："唉，现在这孩子的世界咱们也不懂，一天到晚赢装备买装备的，那玩意儿有什么意思。你们孩子打游戏还能找到人就不错了，我前几天拉个家长，孩子正读高三呢，这还有三个月就高考了，学校刚刚举行完'距高考仅剩百日誓师大会'，这孩子就不见了，我陪这两位家长几乎跑遍了市内所有的网吧，后来到了晚上，我都交班了，还没找到。"

"那后来呢？"尹玉霞急切地问道。

"夜班司机第二天告诉我，后来在第一中学后身一个无证网吧里找到了孩子。见到孩子的时候，那当妈的，当时就被气得心脏病复发了。最可气的是，那孩子看见他妈妈都躺在地上了，还继续打游戏呢。他爸给了孩子两个耳光，那孩子还振振有词地说马上就赢到新装备了。这装备咱也不懂，怎么能比他母亲更重要呢？"出租车司机摇着头，一副不理解的样子。

"坑人啊，这个月干完，让涵东也别干了。这刚干了一个月，对象都整没了，这东西跟赌博没什么区别。"尹玉红说道。

"这钱都投进去了，也不能没个收成就收工啊？"尹玉霞瞪大了眼睛看着姐姐说道。

"那玩意儿分谁在做，涵东做永远不会有收成，越投越没头。前两天莹莹回家，我听莹莹说他们学校门前要兴建一个计算机广场科技园，主营电脑器材之类的，有柜台正招商呢，不行的话，就让涵东转行经营电脑器材吧。"

听姐姐说完，尹玉霞也默不作声了，眼睛看着车窗外，她内心里的苦楚只有她自己知道，这些年辛辛苦苦攒的那点小积蓄这次全都给儿子拿了出来，吴涵东再想折腾，不是咬咬牙就能帮上忙的，她就是把牙根嚼烂了，也拿不出一分钱来。

"要不咱俩就先去涵东那儿看看吧，反正你姐夫带俩老爷子洗澡去了。晚上带上爸妈还有莹莹他爷吃'杨家熏肉大饼'去吧。"尹玉红提议说道。

"你身体能行吗？在外面折腾这么长时间。"尹玉霞问道。

"身体现在好多了，没事，不累。告诉司机，我们去哪儿。"尹玉红坚持去看看吴涵东经营的地方。

"师傅，前面第二个路口左转，电冰箱厂后面的裕民嘉园小区。"

"好嘞。"司机答应了一声。

很快到了地方，姐妹俩下了车，尹玉红看了一眼天空，光线已经不像刚从家里出来时那么耀眼了，阳光照在身上挺舒服的。

"咱们给涵东他们买点水果去。"尹玉红指着旁边的一家水果店，走了过去。

"二姐，咱就别买了。"尹玉霞拉扯了尹玉红一下。

"怎能不买东西，买点柚子什么的，让涵东他们去去火。"尹玉红坚持着，又买了些苹果、提子。

"你说这涵东，我租房子这么多年，也没舍得租这么好的房子，我这心一天到晚被他弄得满满的，没有透气的地方。"尹玉霞一边嘟囔着，一边双手拎着水果，还想扶着尹玉红。

"不用扶我，我现在体力真的恢复得挺好。这裕民嘉园刚开始卖的时候，我和你姐夫还过来看过呢，没舍得买。"尹玉红一边走着，一边打量着周围。

"这是智能小区，刷卡才能进来，你看着这电梯，不刷卡上不去。"尹玉霞指着电梯里的刷卡器说道。

"只要钱到位了，什么好东西都会用上来。"尹玉红心里也觉得吴涵东没必要租用这么好的地方。

到了吴涵东租用的房子，尹玉红按了两次门铃，好半天吴涵东才将房门打开。

"哟，二姨，你怎么来了啊？快进来。"吴涵东看见尹玉红先是一愣，毕竟二姨的身体在那摆着呢。

"我过来看看，快帮你妈妈拿东西。"尹玉红说道。

刚一进屋，尹玉红就觉得呛得慌，一股浓重的烟草味道迎面扑来，让人感到一阵阵恶心。三室两厅的房子，整个客厅都摆放着电脑，五六个人坐在电脑前忙碌着，显示器上花花绿绿的界面让尹玉红觉得迷糊。没有一个电脑桌是立立整整的，地面上烟盒、烟头、垃圾袋到处都是。

第二十二章 冰雪消融

"二姨，到里面我的办公室去坐。"吴涵东看见二姨来了，倒是很热情。

最里面的一个卧室，被吴涵东摆放成了办公室的模样。"宝地生金"的匾额挂在了办公桌的后面，屋子里还摆放着一棵八角金盘，长势正茂盛呢。

"姐，你说，就这七八条枪，你看看他摆这个谱有多大，租这么大的房子咱先不说，你有业务要谈啊？还单独弄个屋，说句不好听的，人家偷个懒，你都看不见。"尹玉霞唠唠叨叨的，拿起扫帚就要扫地。

"妈，你来一次说一次，烦不烦啊？你现在别收拾，影响我们大家发挥。"吴涵东有些生气，夺过尹玉霞手中的扫帚扔在了一边。

"那另两个卧室是干什么的啊？"尹玉红问道。

"北面那个小屋是他与冬冬住的，南面那个大一点的，是给这些人休息用的。他们天天吃住在这里，不出屋。你说这活计能行的话，冬冬能和他分手？"尹玉霞说道。

"妈，你就别在那哪壶不开提哪壶了，好不好？"吴涵东很不耐烦地说道。

"行，我不说。我看你能弄出个什么名堂来。二姐，你瞅瞅，你看看他这还弄个名片，东方龙游戏装备经营中心总经理，儿子啊，啥总经理啊？你有这做名片的钱，我养你这么大了，给妈妈买斤苹果吃行不行？我在家政公司打工，我们老板生意做那么大，也没弄个你这么大的办公室啊！人家只写着'经理'，也没写总经理啊！"尹玉霞也是没有办法，指着桌子上的一张名片说道，她也只能在嘴上唠叨唠叨，吴涵东站在一旁默不作声。

"涵东啊，你姐前两天回来说，她学校门前的计算机广场科技园开始招商了，都是经营配件的档口，都跟电脑有关，你可以看看，那东西准成，二姨就是个建议。你这里烟味太大了，二姨得走了，受不了。你得好好照顾自己啊。"尹玉红也觉得吴涵东现在的状态应该是赚不了钱的。

"小兔崽子，你回头找找冬冬去，男人得有个负责任的样子，别跟你爸似的，那是耍流氓。"尹玉霞咬着牙根说道。

"妈，求你了，快走吧，这么多人呢，给我留点面子。"吴涵东连推带送地将尹玉霞送出了门口，"咣"的一声将门狠狠地关上。

尹玉霞站在门外，被吴涵东气得眼冒金星。

"姐，你说我真是倒了八辈子霉运了，生了这么个完蛋玩意儿，这要是能塞回去，我肯定不留他。气死我了。"

"说什么呢？胡言乱语。"尹玉红拽了尹玉霞一下，尹玉霞才缓过神来，两人乘上电梯，下了楼。

从裕民嘉园小区出来之后，尹玉霞越想越生气，对儿子现在的一切简直失望透顶，走着走着，狠狠跺了一下脚，站在路边上停了下来。

"姐，说句实话，我真累了。澡堂的赵吉利的确对我有意思，但我真的想明白了，他条件不行，我再找的话，真得找个条件差不多的，哪怕年龄大一点的都行，要不然这涵东连个婚都结不上。他爸现在啥也不管，他干妈王雪梅帮多帮少，咱也指不上。"尹玉霞道出了这么多年来的心底话。

"这家家都有本难念的经，这就好比天气好了，气温回升了，这房檐上的冰雪融化了，可那些见不到阳光的背阴地儿，那里的冰雪还是得过上一段时间，但冰雪终究都会融化的，慢慢来。"尹玉红劝道。

第二十三章　忸怩不安

晚上躺在床上，尹玉红将白天她与尹玉霞的事情一五一十地告诉给了郭有庭。

"玉霞这年龄越来越大了，也不好找了。要是单纯找个伴那行，她这目的性这么强，没人跟她搭伙过日子的。"郭有庭说道。

"是啊，这涵东啊，不争气，我今天这么一看啊，闭店歇业是早晚的事情。"尹玉红闭着眼睛，脑海里闪现着今天见到的一幕幕。

"我说呢，玉霞今晚在饭店吃饭时，有些不高兴的样子呢，也没张罗让涵东一起过来吃饭，她平时是多么惯着涵东啊。"郭有庭才琢磨明白尹玉霞今晚的一举一动。

"她是上火了。我看见涵东那个样子，我也跟着上火了。咱们莹莹的事情，你联系得怎么样了？你给别人办事都很痛快，到了咱自己家的事情，怎么就不灵通了呢。"尹玉红睁开眼睛，看了一眼郭有庭说道。

郭有庭正翻看着当天的报纸，听见尹玉红这么一说，将报纸放在一边，端坐着说道："主要是莹莹的专业，而且现在就业难度也大，今天我带两个老爷子去搓澡的时候，老赵还问我这事了呢。"

"你看看老赵，我觉得人家都比你上心呢。这还有两个多月，莹莹就毕业了，不知道孩子上多大的火呢。当初这专业报的，考公务员都没什么机会。"尹玉红埋怨道。

"她高考那年,安监局还招她这个专业的呢。"郭有庭又拿起了报纸,说道。

"你可别看你那个报纸了,全是油墨,弄一床单。你还没说老赵怎么说呢。"

"老赵说了,林医生前几天来个朋友,好像是林医生的高中同学,现在在省城特钢集团,应该是个部门头头,到老赵这里搓澡,是咱们土生土长的东洲人。当时老赵想说来着,但不知道莹莹是什么情况,就没吱声。"郭有庭将今天从赵吉利那里得到的信息说了一遍。

"那莹莹的专业就算对口了啊,挺好的啊。可老是麻烦林医生,我们自己都不好意思了,人家能帮这个忙吗?"尹玉红从床上坐了起来。

"是啊,给林医生送什么,给退什么。真不好意思再求人家什么。但为了莹莹,要不就让老赵张张嘴。"郭有庭叹了口气,说道。

"老赵也够厉害的了,你说他跟你同事这么多年,除了得过几次工作先进突击手,与你,还有老崔,一起在援建非洲项目里混了一个'东洲水电三杰'之外,没发现他哪里能够显山露水的地方啊!这林医生对他,可真是像对自己亲哥哥一样。再说了,这林医生跟那个在特钢集团的高中同学关系有那么好吗?"女儿工作的事情,可是尹玉红心里的一块石头。当郭有庭说到赵吉利与林医生这些事情的时候,她都好像抓到了一棵能解决女儿工作的救命稻草一样。

"老赵这个人啊,懂得感恩。念着别人对他的好,你看他对林戈蒋母亲,几十年如一日地照顾、看望,而我们就没做到,所以林戈民感谢他。我报考大学的专业,确实跟林戈蒋的死有关,但跟人家林家本身是没有关系的。"郭有庭的心里早就将这件事情分析得十分透彻。

"我们确实没法自己张嘴去求林医生,这件事情成与不成,都得托老赵帮忙问一问。但能不能办成,那就是天时地利人和的事情了。"尹玉红说道。

"这些我都跟老赵说了,老赵倒是挺有信心的。他说他搓澡的时候无意中听到那林医生在特钢集团的同学一个劲儿说林医生是他当年的救命恩人。现在混出模样了，觉得最亏欠的人就是林医生，人家林医生现在什么都不缺，医大附属医院现在还挖他过去呢，对，老赵原话是医大附属医院向林医生抛出橄榄枝了。"郭有庭笑着说道。

"怎么还是他同学的救命恩人？给做过手术？"尹玉红问道。

"老赵之前就发现林医生的后背上有着明显的一道刀疤。应该时间很久了，颜色都已经十分接近旁边皮肤的本色了。他从来没问过林医生，这次林医生带他高中同学来搓澡时，他才听说，是当年林医生为他这位在特钢集团的高中同学挡了一刀，不然当时他这位高中同学肯定就没命了。后来林医生考大学的时候，差点儿因为这刀疤没被大学录取，好悬的一件事。所以人家这位特钢集团的同学记着林医生的好呢，说是生死之交。"郭有庭今天听见赵吉利说这件事的时候，就感慨了许久，他向尹玉红重复这件事情的时候，还是特别感慨。

"那就让老赵找找林医生，别违反纪律，在特钢集团正常招人的情况下，想着咱们莹莹一点儿。不图有别的关照，能进到特钢上班就行。至少她和钱川都在省城，这也算稳定一些了。"尹玉红觉得女儿工作的事情终于看见了一点点的曙光，嘴角稍微露出了微笑。

"女儿去省城工作生活，你不想啊？莹莹当初考大学的时候，你可死活不让她报考远地方的大学，不然也不至于选了一个这样的男性化专业，所以你老是埋怨我给孩子挑的专业不好，其实你是划定的学校范围有局限性，就好比我去菜市场，你只让我买西红柿与鸡蛋，你说我是做西红柿炒鸡蛋也不是，做西红柿鸡蛋汤也不是，我肯定做不出瓜片炒鸡蛋啊，黄瓜毕竟没买，对吧？"郭有庭好久没这样表达自己的意思了，尹玉红生病后，他什么都依着尹玉红。

"别说这些了，省城的发展空间毕竟比东洲市强很多，再说了两个城市也不远，一个半小时就回来了，咱们同事这些孩子基本上都走出去了，留在东洲市的，很少了。"尹玉红说道。

"你终于想通了，你这手术之后，想法也开阔了。"郭有庭笑着说道。

好好过日子

第二天早上,郭有庭早早就来到了浴池。浴池里一个浴客还没有呢。陈永胜手里拿着一根油条正嚼着呢,弄得嘴边都是油乎乎的。他一看见郭有庭这么早过来了,也是吃了一惊。

"老郭,没什么事情吧?你这不昨天刚洗完澡吗?"陈永胜眯着眼睛,抻长了脖子,问道。

"没什么事情,老赵呢?我跟他说两句话。你又吃方便面泡油条了?你就是个怪物。"郭有庭闻见了满屋子的方便面味道,说道。

"唉,我就好这口,就像老赵喜欢喝完冷面汤必须喝一瓶啤酒似的,虽然不搭配,但就是习惯了。你早上吃没?这油条还有好几根呢。"陈永胜举起手中的油条拎了拎。

"我在家吃过了。这方便面啊,少吃,你这天天早上吃可不行,我说老赵呢?"郭有庭又问道。

"这老光棍在女浴区打扫卫生呢,今天给他添点福利,趁着女浴区现在没人,让他去女浴区转悠转悠。"陈永胜一脸坏笑地说道。

"老赵才不是那样的人呢。你肯定给人安排活了。"郭有庭搬起一把凳子,在靠墙的小桌子旁边坐了下来。

"我媳妇儿今天有事,今早儿女浴区的卫生交给他了。"陈永胜笑着说道。

"哟,郭哥,这么早。老陈啊,这女浴区跟男浴区没法比啊,最里面那几个淋浴区的瓷砖就是没擦出来啊,得好好收拾收拾了,还有那拖鞋,明显没用刷子刷,时间长了,全是黑乎乎的污垢。这女同志本身说法就多,让女顾客挑出毛病可不好。你看看咱们男浴区的拖鞋,个保个像新的似的。"赵吉利从二楼女浴区走下来,嘴里说着,一个劲儿地摇着头。

"我这个媳妇儿,真把自己当成老板娘了,巴掌大的小浴池,收拾收拾也累不死。这男浴区街坊邻居都说卫生干净,泡起澡来舒坦,这女浴区的生意跟男浴区差远了。老赵啊,这就是你在这里做顶梁柱啊,不然的话,我这丰盛浴园早就关门歇业了。"陈永胜说的是心里话。

"听说这锅炉改造也要开始了?老陈你看你的鼻子还有炉灰呢。"郭有庭问道。

"这门口不是贴着吗？我手里也有一份，叫《东洲原煤散烧污染防治办法》，这通知已经下来三四天了，咱们东洲市与省会是试点城市，小锅炉今年十月底前全部完成清洁能源改造。环保的事情咱们得支持，就是以后浴池的成本能高一些。我也算明白了，去热电厂买热水呗，一个电话，送到家门口，我也少出点力气。"陈永胜一边低头看着收款台里的通知，一边将油条掰成几段，扔进泡着方便面的大陶瓷缸里，用筷子搅了一搅，津津有味吃了起来。

"郭哥，你吃了吗？"赵吉利问道。

"我吃过了，你快吃吧，我看你这豆浆一会儿就凉了。"郭有庭摸了摸豆浆杯，说道。

"你这么早过来，是为了莹莹的事情吧，这几天林戈民要是过来，我就跟他说。"赵吉利喝了一口豆浆说道。

"是啊，昨晚跟你嫂子说了，关键特钢集团与莹莹的专业对口。但我和你嫂子又张不开嘴，老是麻烦人家，真不好意思。但大的原则是别给人家造成麻烦，合情合理的事情帮忙搭个线就行。"郭有庭一副张不开嘴的样子。

"你啊，就是在单位搞技术时间长了，干什么都想得中规中矩的。我们也没把刀架在林医生那位高中同学的脖子上，能帮上忙就帮个忙，顺水推舟的事情，帮不上忙，咱们也不能赖着人家。这事情啊，我来说。"赵吉利嘴里塞满了油条，嚼得起劲儿。

赵吉利自从与林医生走得很近以后，自己仿佛对退休后的生活信心增加了不少。以前在单位的时候，尤其在非洲援建那几年，他作为一线工人，经常在郭有庭的技术人员单身宿舍里挤着，他的内心里就好像找到了依靠一样，虽然郭有庭当时的工作与他的工作之间没有直接的交集，但赵吉利住在郭有庭的宿舍里，第二天早上起来，看着太阳都是格外的明亮，身上的干劲儿也十足。

现如今，丰盛浴园里的老浴客都知道大名鼎鼎的林医生找赵吉利搓澡，其他多大的浴池林医生都不去，只认赵吉利。这消息越传越神乎其神，甚至传言赵吉利搓澡祛病，医生解不开的疙瘩，赵吉利都能弄明白，都给医生搓澡了。越来越多的老街坊都过来找赵吉利搓澡。

"这求人办事啊，求一次，我还张得开嘴，这求两次吧，我就像那新上花轿的新媳妇儿，脸热腮红的。"郭有庭面露难色地说道。

"咱们不是遇到难事了吗？这有些事情啊，人家有能力，所以对人家来讲真不是事儿。"陈永胜将一根根面条抽进嘴里，吃得那叫一个欢实。

"我刚开始学搓澡那会儿，我师傅是正儿八经的扬州人，他给我讲持刀有三法，持脚有八法，我就记不住，我师傅在我旁边看我给浴客搓澡修脚的时候，我非常紧张，甚至连腿肚子都发抖。后来他告诉我，这修脚的功夫是搓澡里很重要的一项内容，不能死记硬背，套路清晰了，其流程就如行云流水。我按照他的方法去琢磨，果然奏效。这真是必须因人而异，指力与腕力必须巧用，出手轻、铲得平、铲得圆、断得净。这求人办事啊，我也琢磨了，跟修脚一样，必须巧用劲儿，因人而异，林医生看似面目冰冷，可能跟他的经历有关，可他内心热着呢。有时候，他过来了，一句话都不说，刚开始的时候，他闭着眼睛，我都有压力，后来我就把他当成自己弟弟一般，没了生疏感，搓个澡、修个脚，真是行云流水的套路，他高兴着呢。他有时候，挺喜欢家里人求他办事的，他父母以及他大哥林戈蒋都没了，他缺少亲情，但心里面也向往亲情，他拿我们没见外，所以跟他说这莹莹工作这事儿，成与不成是另外一回事，但他准保能答应帮忙过话。"

赵吉利喝着豆浆，嚼着油条，时不时地将油条放进豆浆里蘸一蘸，再放进嘴里。

郭有庭与陈永胜听他讲得入神，郭有庭的心里知道赵吉利的心思，赵吉利也是真心希望能把莹莹这件事情办好。也许真是如赵吉利所说的那样，林戈民对待赵吉利以及自己，肯定没有什么其他的想法，就是一种对待过去的一种亲情使然。这种亲情，很大原因是因为赵吉利的为人厚道，对林戈民母亲始终如一的照顾，甚至老人家生前爱吃什么、爱用什么、喜欢什么花草都记得清清楚楚，就是自己亲生的儿女，也未必能做到那样。

话归那么说，但郭有庭的心里还是感觉到一丝丝的忸怩不安。

第二十四章　落实工作

"赵哥，我的一个杭州学生送给我两包今年的明前龙井，香味清甜，我带来一包，放在我的更衣箱里了。清明节咱俩去给我父母扫墓的时候，我忘记给你了。"林戈民躺在澡池里，只有脑袋露在外面，额头上渗出了密密麻麻的汗珠。

"你留着喝呗，我这粗人，有点茶叶味儿就行。人家都说烟是越抽越便宜，茶叶越喝越挑剔，这好茶要是喝惯了，把嘴弄刁了，可费钱了呢。"赵吉利拿着拖布，收拾着澡池旁边地面上的卫生，特别脏的地方，赵吉利就用脚踩在拖布上，反复蹭上几下。

墙上的时钟已经显示是晚上十点十分了，浴池里只剩下赵吉利与林戈民两个人，按常理，晚上九点就应该打烊了，但对林戈民必须特殊对待。

"哪里的话，你就喝吧，你喝的这点茶叶，弟弟还是供得起你。"林戈民抹了一把脸上的汗水。

"有你这句话，我就是不喝，这心里也甜着呢。"赵吉利也抹了一把脸上的汗水。

"你这新放的热水，人家老板不能多说什么吧？我一个人在这里泡着，也怪浪费的。"林戈民坐了起来，拿起澡池旁边茶托上的茶水喝了起来。

"你来了,那叫什么来着?对,蓬荜生辉。这热水啊,是锅炉烧的,放到明天早上也会凉的,必须得重新烧了,再说了,自家兄弟来了,没什么浪费不浪费的。你现在喝的这茶叶,也是你之前给我的,我没舍得喝。"赵吉利直了直腰,为林戈民的茶杯里重新续上了热水。

"以后给你的,你就喝,没必要给我留着。对了,医院都要热网合并了,这几天正做环保公示呢,你们这锅炉没有说法?"林戈民说完,又躺进了水里,一杯热茶进肚,身上的汗水呼呼往外冒,他十分喜欢这酣畅淋漓的感觉。

"也下通知了,要拆的,以后去热电厂买热水,回来自己兑凉水。费用高一些,但也省了很多麻烦。"赵吉利一边收拾着,一边说道。

"我们东洲市与省城是试点城市,这对老百姓是天大的好事,这冬天的呼吸道疾病很大程度上与这些污染都是有关的。"作为一名呼吸内科的权威医生,林戈民发自内心赞同政府的做法。

"是啊,你看现在得肺癌的人多么多啊!再过一个半月老郭嫂子又要化疗了。"赵吉利说道。

"是啊,第三次了。病人是痛苦的,可病人多了,我们就麻木了。要是我哪一天失业了,就说明没有呼吸系统的疾病了,那该多好。"林戈民望着天花板,若有所思地说道。

"现在的老郭也是挺痛苦的,媳妇儿得了这个病,女儿今年大学毕业,工作还没着落呢。我都跟着他愁啊。"赵吉利说完,眼睛稍微朝林戈民的方向斜视了一眼。

林戈民没有吱声,眼睛微闭着,仿佛在享受着这只有他独自一人泡在澡池里的时刻,赵吉利为他新换的澡池水,干净得几乎能看见池底。

"老郭这人不错,纯技术人员,社会上的人际关系不会处理,但为人就是憨厚,他要是认准了的人,要他做什么,他都能帮忙。我当年要不是他帮忙,可能连上班都成了问题,我家你嫂子当年活着生病的时候,都是人家帮助着我们。他还想把他小姨子介绍给我呢。"赵吉利说完,自己站在澡池边嘿嘿直乐,嘴角上扬着。

"有合适的，就再找一个吧。现在中老年人焕发第二春的，比比皆是，时代不同了，别有什么压力。"林戈民睁开眼睛，又坐了起来。

"到时候再说吧，我现在要是再娶了，你嫂子的父母都健在呢，心里会不好受的。"赵吉利摇摇头。

"你也进池子里来泡一会儿吧，也累了一天了，我今天连做了三台手术，搓完澡、刮完脚的这阵工夫，身体舒坦了不少。"林戈民喝了一口茶水，又躺进了池水中。

"也行，我也泡一泡，解解乏。老林，我这当哥哥的，很荣幸能有一个你这样的弟弟能看得起我。有个事情，还真得再麻烦你一下，能办成最好，但前提是别添麻烦，也别违规。"赵吉利也脱了个精光，躺进了澡池里。

"再这么客气，我可就不来了，你我之间还这么外道，让别人听见了，都让人家笑话。"林戈民微微睁开眼睛，看了一眼赵吉利说道。

"好嘞，还是老郭家的事。他女儿今年毕业，学习成绩没的说，也是学校各项活动的积极分子，可就是工作没着落呢。你上次不是带来一个特别要好的高中同学吗？特钢集团的那个。"赵吉利也不知道自己哪儿来的勇气，一口气说完。

"你是说唐文生？这孩子学什么专业的？"林戈民问道。

"材料加工工程专业，跟特钢集团正对口。咱们理工大学今年的毕业生。"赵吉利说完，眼睛一动不动地看着林戈民。

"那我跟唐文生说一下吧，我们俩的关系没的说，但特钢集团的事情还得文生问一下。"林戈民说道。

"那就十分感谢不尽了，但别给你同学添太多麻烦，违规的事情，别让你同学去做。"赵吉利抹了一把脸上的汗水，高兴地说道。

"我与他啊，就好像你跟我大哥的关系，是生死之交。因为他平时为人仗义，所以我才为他挡了一刀，这一刀差点要了我的命。据说当时我因为流血过多，脸色已经变得十分苍白了，真是到鬼门关走了一遭。那件事情以后，我们两个都觉得成熟了许多。"林戈民说完，淡淡地笑了一笑。

这种笑容，赵吉利也是看得出来，那是林戈民对当年年轻时经历的一种回忆与后怕。

"什么事情啊？他还至于被人追砍？"赵吉利问道。

"'文革'期间，他父亲得罪了不少人，也就是'文革'中的一点琐事，但'文革'结束后，对方仍不依不饶，唐文生知道父亲在单位被对方使了绊子，心里很不是滋味。他的性格十分好强，就背着他父母，将人家的玻璃砸了个稀巴烂。这件事情先是他做得不对，事情被发现以后，他父亲将他踹了两脚，上门将对方家里的玻璃都换好了，也道了歉。虽然当时已经粉碎了'四人帮'，那时候还有很多年轻人崇尚武力的。对方的儿子叫宋盛刚，找了一帮人，都是我们上一届的学长，找上门来，放学的时候，一直尾随着他。当天我本来是做值日生，收拾班级卫生的，就晚走了那么五六分钟，我把黑板擦完，把凳子都放在了课桌上，就一路小跑往家赶。走到半路的时候，发现他们已经打了起来。七八个人围着唐文生一个人，当时唐文生已经满脸是血，我扔下书包就冲了上去。"林戈民微闭着眼睛，仿佛回到了那个满墙红色标语、满身绿蓝灰衣的年代。

"你们两个低年级的，怎么能打过人家啊？那后来呢？"赵吉利急切地问道。

"我哥教过我，遇见高年级的同学欺负我的时候，一定要掌握两点。"林戈民还没说完，就摇着头笑了起来。

"我知道哪两条，你哥也教过我和老郭。"赵吉利也哈哈笑了起来。

"是啊，这两条都能要了人家命的，小时候真是不懂事。我现在还记得我哥是这样告诉我的：'弟弟，哥哥要上山下乡去农村锻炼了，你在家里要听妈妈的话，别调皮，咱别主动惹事。但是你要是遇见比你高的同学欺负你，咱也别怂，别人从后背抱住你的时候，你就用你的脑袋顶住他们的下巴，你上蹿下跳，他们的下巴肯定受不了。对方要是正面打你的时候，你就掏他们的裤裆，下手一定要狠，或者踢他们的时候一定要用力……"

林戈民说着说着，声音渐渐弱了下来，他的眼角流下了两滴泪水。

第二十四章 落实工作

赵吉利见状没有吱声，只是用双手捧起水来往自己的身上不断地浇。

"后来，唐文生见我这招好用，也下了狠手。那七八个人也吃了苦头，打急了眼，那个叫宋盛刚的同学，不知道从哪儿拿出一把砍刀，对着唐文生就砍了过去，我当时也不知道怎么想的，可能天生是学医的料，觉得这刀要是砍到唐文生身上，必定会出人命，于是就下意识地抱住了唐文生，当然结果就是刀落在了我的后背上。"林戈民说完，还将手背到后背，自己摸了摸后背上的伤疤。

"那你怎么样？"赵吉利听到这里的时候，已经张大了嘴巴，一副目瞪口呆的样子。

"当时对方的七八个人都做鸟兽散了，唐文生看见我后背已经开花了，于是就背着我跑向了卫生所，后来就转到了咱们东洲东方红医院，就是现在的二院。抢救我的时候，我妈说我当时已经是面如白纸，还好，我命硬，活了下来。所以，我与唐文生的关系，这么多年一直跟亲兄弟似的。"林戈民喝了一口茶水，又在澡池里躺了下来。

"没发生这件事情的时候，你就跟这唐文生关系很好吗？"赵吉利问道。

"之前没觉得关系特别好，平时他就是和我一样，从来不欺负女生或者文弱的男生。这一点，可能是我经常看见别人数落我母亲是旗袍女人，所以我特别讨厌欺负女人的人。所以当时我看见他被打了，我就上了手，初中生，唉，都是初生牛犊不怕虎的年龄。那个宋盛刚，读高中的时候，复课了一年，跟我与唐文生是同班。"躺在澡池里的林戈民，仿佛轻松了许多，不仅是身体上的放松，更是将多年前的一幕幕说了出来，同样抛在了水中。

"真是冤家路窄。你们之间没再有什么冲突吧？"此时的赵吉利，更是瞪大了眼睛。

"那倒是没有，初中时那场架，他被学校开除了，我母亲没让我追究他其他责任，甚至连医药费，都没让我要人家的，我母亲是东凑西借，当时把自己一对耳环也卖了，那对耳环在她穿旗袍的时候戴上会显得特别好看。他家里挺有实力的，把他转到了别的学校。他是高三复课时才到我们班级的。刚进班级的时候，唐文生那拳头攥得紧紧的，被我安抚了下来，但那一年，我们与宋盛刚之间从未说过话。"

林戈民说完，看着赵吉利目瞪口呆的样子，拍了一下赵吉利的肩膀。

"大哥，你没事儿吧。"

"我没事，戈民，你真就是做大事的人，血性的汉子，还有一定的忍耐力。"赵吉利竖起了大拇指。

"我的家庭让我经历了太多，也忍受了太多。我妈说我五岁以前，天天都是乐呵呵的，不笑不说话，可现在，我根本不会笑，也只是在你面前与我爱人面前，偶尔能够嘴角上扬一下。"林戈民轻轻地叹了一口气。

"你们高考后，他考到哪里去了？"赵吉利问道。

"北京钢铁学院。"林戈民回答说道。

"我问的不是唐文生，是那个宋盛刚。"赵吉利解释说。

"当年他的高考成绩还是不太理想，第二次落榜了，后来去了哪里就没了音信。有人说他做起了贸易，也有人说他后来去了香港，又去了美国。但我在美国留学的时候，也在华人圈里打听过他，可能我当时的能力也很有限，没有得到任何他的消息。因为我身上这条伤疤，体检的时候遇到了麻烦，是他主动跟家人沟通，找人托关系帮我的，不然的话，我可能就学不了医，甚至上其他大学也有一定的困难。"林戈民的眼睛里依旧充满了回忆，赵吉利看得出来，林戈民对待有些事情还是轻描淡写，有很多话没有真正说出来。

"这小子也算个男人，关键的时候，还能帮你一下。"赵吉利赶着说道。

"拨乱反正后，他的父亲、母亲都是政府实权部门的负责人，说话还是有些力度的。当他帮我度过体检那关时，我拿着体检合格表的那一瞬间，内心里还是对他充满了感激。有一天我在学校的楼下看见了他，我当时只说了一句谢谢，他没说什么，微笑了一下，让我替他向我母亲问好。"林戈民说完，又是长舒了一口气。

"你母亲的做人做事，真是不简单，所以这么多年，我一有空，就愿意去看她，即便是烦琐小事，她做起来也是充满了大智慧，你有今天的成绩跟你的家风有关。"赵吉利说完，也躺在了澡池中。

"我母亲常说要好好过日子，就必须尊老爱幼，要懂得体谅和尊重别人。我母亲就像一个谜，我总觉得她还有很多话没跟我说完，可惜我一直在外读书，陪伴她的时间太短了，但我学医这件事，包括后来坚持了下来，也争取到了公费去美国留学的名额，并且答应她毕业一定回国，应该是她后半生最为高兴的事情了。"林戈民的话语间与眼睛里仿佛都充满了对他母亲的思念。

第二天中午的时候，林戈民就电话联系了唐文生。林戈民开门见山，把郭晓莹的大致情况说了一下。

电话的另一端，唐文生说道："人事工作在我的分管范围，但我们特钢集团在去年十二月末毕业生双选会的时候，也参加了很多场国内各所大学举办的毕业生双选招聘会，已经将人招满了，现在只能看一看有没有中途违约的。按照以往的经验，有些学生考研成功或者有了更好的单位，宁愿赔付一些违约金，也会放弃当时签订的就业协议。我给你发一条短信，把地址发给你，你让那位学生把简历邮寄给我。"

"那这件事情办成的概率有多少？"林戈民问道。

"老林，你这是学医的职业病，手术成功率谈多了吧？"唐文山调侃道。

"我好给人家回个话，这孩子的父亲、母亲都是我大哥当时比较要好的同学。"林戈民解释道。

"专业上对口，平时成绩也算是优秀，而且英语六级，计算机二级这些硬性指标都够了，还是学生党员，应该没什么问题。就等着看我们招聘过的人员中，有没有违约的。其实每年都有违约的，今年不至于一个没有，毕竟选择读研继续深造的大有人在，问题不大。"唐文生很有信心地说道。

"好了，你别违规操作，别给你添额外的麻烦就行。现在的事情，该讲程序的一定要按章办事。"林戈民上学的时候就经常以这样的口气跟唐文生说话，唐文生早就习惯了。

"老林，别老想着别人的工作，你的工作调动也要抓紧落实了。毕竟你回你大学的母校执教，对你来讲是件好事，而且每周都会到医大附属医院出诊，不要老是留恋东洲市，个把小时的路程，对现在交通特别发达来讲也不是什么问题，两个城市的快速路正在修建，以后四十分钟就一个单程，一小节课的时间，跟院领导好好说说吧。再说了，当年伯母的遗愿是让你回国，又不是让你回到东洲一地默默工作直到终老。"唐文生劝说道。

唐文生最后的几句话，说到了林戈民的心里去了。林戈民放下电话，看了看自己背后的母亲留给自己的六尺对开欧楷书法作品"悬壶济世"，心中倒是多了一些坦然。

当郭晓莹得知林戈民沟通后的这一消息的时候，非常高兴，这件事情让自己郁闷了大半年的心情，有了一丝希望。第一时间将此消息告诉了钱川。

钱川自然很高兴，两个人在省城的愿望又向前迈进了一步。

第二十五章　痛苦经历

时间过得很快，到了六月一日，一大早上，郭有庭与尹玉红、尹玉霞三人就早早地来到了医院，到的时候，发现赵吉利已经在医院的大厅里转来转去了，这是尹玉红第三次化疗。

"老赵，不是不让你过来吗？"郭有庭说道。

"我能不来吗？今天周二，按正常是戈民出门诊，化疗还是住院医生给做，但他一大早，不到六点的时候，就给我打了个电话，问我今天陪你们一起来不。我说我来啊。他让我们去他办公室等他一会儿。"赵吉利说话的时候，偷偷地看了尹玉霞几眼。

"他不都给安排好了吗？出了什么差头吗？"尹玉红开始担心起来。

"嫂子啊，你多想了，他是想跟我说几句话，应该是他自己的事情。"赵吉利安慰道。

他们一行人到了林医生位于住院部的办公室的时候，发现办公室的门开着。赵吉利试探性将脑袋探进去的时候，与正从里面出来的一名医生撞了个满怀，彼此都被对方吓了一跳。

"赵大哥，你吓死我了。"对方先是认出了赵吉利。

其实呼吸科很多人都知道赵吉利这个人，因为林主任的朋友圈很小，非本院同事，能够自由出入呼吸内科主任办公室的，目前只有赵吉利一个人。

赵吉利缓了缓神，站在他面前的医生，他确实不认识。倒是尹玉红认出了是呼吸内科的董世达医生。

"董医生，没吓着你吧？没什么问题吧？"

"尹大姐，你来啦，主任在里面呢。赵大哥，你们一起进去吧。"董医生说完，也跟着他们又走进了林戈民的办公室。

"赵哥，早啊，我正准备出门诊呢，这样，尹大姐第三次化疗全程都由董医生负责，你们之前也都见过，他对你的病情也都十分了解。董医生，尹大姐这块，这五天住院化疗期间，能照顾就多照顾照顾，自己家人的事情。"林戈民像圆规一样，站在一个圆心上，分别对赵吉利、尹玉红、董世达说道。

"还是有些紧张。"尹玉红无意中说了一句。

"尹大姐，是对董医生不放心吗？"林戈民说话的方式很直接。

"那绝对不是，化疗的经历太痛苦。"尹玉红摇着脑袋，连忙解释道。

"我很负责任地讲，再有个五七八载，董医生一定是这个科室的权威，超过现在大家对我的认可度。尹大姐，你说得真好，经历是痛苦的，人生中，很多经历都是痛苦的，我要离开这里了，对于我来说，也是痛苦的，我们都要勇敢地面对。"林戈民一边说着，一边穿上了白大褂。

"最后决定了？"赵吉利问道。赵吉利对林戈民的一切都十分清楚，包括董医生都是早上的时候，才刚刚知道林戈民要离开水电医院的事情。

"昨天我跟我们院领导谈到很晚，医大那边，希望我八月一日前报到，因为下半年医科大学的课程表需要编排，院领导原则上同意我过去，但也挽留了，我觉得我既然做了决定，不再犹豫了，就这么办吧。"林戈民做出了离开的决定，也没故意遮掩什么，就当着大家的面，把前因后果简单说了一下。

"林医生，于公于私，我们家人都应该请你吃一顿饭，我们全家都觉得亏欠你太多。"郭有庭说道。

"郭哥，见外了，我这个人的性格比较古怪，不吃不喝你的，不是跟你见外，我恐怕真是有社交恐惧症，理解万岁吧。对了，你女儿莹莹的事情，应该百分百没问题了，这几天特钢集团那边就能联系她，正走手续呢。真有考上研究生不来报到需要补缺的名额，我们说的时候，还是比较及时的。我们两个人的工作都落实到省城了。"这也是林戈民在办公室里难得的一句开玩笑的话。

大家都笑了起来。

"你对我们家的帮助，我们真是无以言表。"郭有庭有些激动。

"客气的话不要说了，见外了，化疗期间注意嫂子的饮食，一定要低脂肪、高碳水化合物，多吃一些含硒的食物，医院给开的药物也要按时吃。赵哥，去门诊还有一段路，我有几句话单独跟你说，董医生，尹大姐的事情交给你了。"林戈民又像圆规一样，站在圆心跟每个人说了一圈，转身要走出办公室。

"主任，放心吧。有什么事情，我会及时跟你沟通的。"董医生很恭敬地说道。

"林医生，我也会配合董医生的。"尹玉红笑着说道。

"这就对了。其实我们医生最希望看的就是患者配合我们，理解我们，我们的出发点肯定是以医治好病人的疾病为前提。"林戈民点着头说道，作为一名医生，确实希望看到这点。

"我们都不放弃。"尹玉霞也跟着说了一句。

"有空的时候啊，你们数一数这'放弃'二字，笔画一共是十五笔，而这'坚持'二字，笔画一共是十六笔，一笔之差，可是天壤之别。"林戈民拍了拍身边郭有庭的肩膀，很认真地说道，然后与赵吉利一同走了出去。

"赵哥，老弟真没把你当外人，这么早把你也折腾过来了，其实我一晚上几乎没怎么睡觉。"林戈民一边走着，一边说道。

"这算啥折腾，不然的话，我今天也会陪着郭家嫂子一起过来。"赵吉利赶忙说道。

"我没跟我们院领导说出工作调动的想法之前，我的内心里还是很平静的。但昨晚说完之后，我的内心里倒是说不出感觉地复杂。半夜里，我在睡梦中，还梦见我母亲和我大哥了。"林戈民说完之后，直摇着头。

"你这做医生的，还迷信了？"赵吉利笑着说道。

"那迷信的事情倒没有，我之前就跟你说过，其实东洲这块地方在我的记忆里，在我懂事之后，一直到读大学之前，甚至在读大学的时候，都是我苦难经历的代名词。这座城市给我留下了太多痛苦的记忆。我这要真正离开了，我的内心里倒出现了很多种感觉，其中甚至有一种恐惧，就像尹大姐害怕化疗的过程一样，但是还不得不面对。我的内心里好像我母亲或者我大哥有很多事情，我还没弄清楚似的。我母亲临终的时候没跟你说过什么吗？"林戈民说到这里，突然停下了匆忙的脚步，两眼直勾勾地看着赵吉利。

"没特别说过什么，只交代把那两个箱子交给你。那还能有什么事情啊？你家的老房子都拆迁五六年了，街坊邻居该搬的都搬走了，老人家就是在原地回迁留下的，也没几个活着的了。"赵吉利挠了挠头，说道。

"赵哥，你和我大哥班级里有没有一个叫叶鹤春还是叫叶鹤清的女同学？"林戈民皱紧了眉头。

"有啊，那人刁蛮得厉害，叫叶鹤春，我们都不愿意搭理她。我们在青年点的时候，烤个地瓜都得可她先挑大的，不是怕她，是都不愿意惹她，后来她先回了城，因为他爸是市里供销社的革委会主任，对了，他爸是有名的叶秃子，但他那秃顶不是正常的秃顶，就是脑门大，上面的头发少而已。"赵吉利回忆着说道。

"在我家，叶秃子是我父亲那么叫他的，我们也跟着那么说。他爸真实的名字叫什么？"林戈民很着急地问道。

"叫叶什么，我可想不起来了。你怎么想起问我这个同学了？"赵吉利很是纳闷。

"昨晚我睡不着，翻着我母亲留下的东西，有一本书中夹着你们在青年点的合影，我大哥在照片的后面，把你们每个人的名字都写在了上面，钢笔写的，有几个人的名字都模糊了，所以我才问一问。上面你与我大哥，还有老郭大哥站在一起呢，你当年啊，比他俩都帅气。"说到这里，林戈民凝重的表情，稍微缓和了一些。

"那是，那时候，小绿军装一穿，你赵哥我也算是风流倜傥，一表人才。只可惜一是脑袋不灵光，不愿意读书，二是家庭成分不好，到头来，没考上大学，也没参上军。后来幸亏人家老郭大学毕业后，帮了我一把，混了个水电工人的工作。"赵吉利谈起往事，总有着一种喜忧参半的表情流露出来。

"你等老郭大哥大学四年毕业了，才上班？"林戈民很吃惊地问道。

"那可不，哪是等了四年啊，是等了六年。我没有父母，是爷爷把我带大的。不符合政策，接不了班。那时候实行街道办企业，我也没进去，说我爷爷曾经当过'胡子'，就是土匪的意思，所以这辈子啊，我都得感谢人家老郭。"赵吉利举起右手，将大拇指与小拇指伸长，做出数字"六"的模样，在林戈民面前晃了晃。

"刚才郭大哥与尹大姐旁边那个女的是她的妹妹吗？"林戈民突然想起了这件事。

"是啊。行不？"赵吉利有些害羞地问道。

"行啊，老伴，老伴，老来伴，就是个伴儿，你还能咋的啊，男人一个人过日子，缝缝补补不说，就是洗洗涮涮都跟不上，一个人过总归不是个办法。"林戈民劝说道。

"好嘞，我听弟弟的，弟弟的眼光肯定没有错。但不知道她到底看没看上我。"赵吉利挠了挠脑袋。

"事在人为啊，不能干等着，对不？"林戈民也拍了拍赵吉利的肩膀。

"好，那我就努力努力。再看看我岳父岳母那边什么意见。"赵吉利想得确实很多。

"那好吧，赵哥，我该到出诊的时间了，闲话咱们以后再聊，我刚才说的事情你帮帮忙，帮我打听打听叶鹤春的下落。我先出诊，回头我电话联系你。"不知不觉，两个人已经走到了门诊大楼中呼吸内科的诊室门口，林戈民对着赵吉利说道。

"好嘞，我兄弟说话，我一会儿就去问问。"赵吉利转身要走。

"大哥，没那么着急，这也不是着急的事情，我还得两个月后，才能离开东洲呢，再说了，也不是不回来，你别这么着急去问，你赶紧回去上班吧。"林戈民嘱咐道。

"行了，我走了，包在我身上了，电话联系。"赵吉利的大嗓门子，可能是在澡堂里工作时间久了，每当喊下一位搓澡的时候，都必须扯着嗓子喊。这次在诊室门口临走的时候，他就忘了这码事，一心想着要把林戈民想知道的这件事情弄清楚。

全走廊的人听得一清二楚。诊室门口的导诊护士看得是目瞪口呆，就是院长见了林主任也是客客气气的，这人好大的口气，林主任的事情都包在身上了。

赵吉利回到了住院部大楼，来到了尹玉红的病房，护士们正给尹玉红做准备工作呢，赵吉利将郭有庭叫到了走廊里。小声地问道："咱们在青年点的时候，那个叶鹤春，你还有印象没？"

"叶鹤春，叶鹤春，有印象，咋能没印象呢。但几十年都没了联系，她和大家的关系都不怎么好，怎么了？"郭有庭问道。

"哦，没什么。就是想起来了，问问。"赵吉利拧着眉头，自己也在拼力想着能够找到叶鹤春的线索。

"不对吧？是林医生让你问的？"郭有庭看得出来赵吉利十分认真的样子，这大半辈子的交情，他一眼就看出来赵吉利肯定是受人之托，因为他自己的事情从来没有这么上心过。

"不是，不是。我自己问的。"赵吉利的头摇得跟拨浪鼓似的。

郭有庭没再多问，因为赵吉利的表情已经承认了一切，他此刻言不由衷，肯定有他的考虑。

赵吉利回到浴池，心里还是合计着林戈民交给自己的事情。这兄弟从不让自己办点事情，这次问到自己了，一定要弄个水落石出。

"老赵啊，今天的水太热了，下不去啊！"一位老邻居说道。

"哟，对不起，对不起。"赵吉利赶紧跑过去关了热水阀，拧开了冷水管。干了这么多年，还从没出过这种事。

"老赵啊，楼上女浴区怎么没热水了啊？是不是我烧的这些热水，你都放到男澡池了啊？"陈永胜在男浴区外面扯着嗓子问道。

"啊，工作失误、失误，你再添点煤吧，再不烧，以后锅炉改造了，你都没地方放。"赵吉利自己都笑了起来，这脑袋全在合计寻找叶鹤春的事情了。

"搓哪儿去了，虽然我年纪大了，这玩意儿用不上了，但也不能给搓没了啊！"正在搓澡的老郑头抽着凉气说道。

"哎哟哟，不好意思，不好意思，搓疼了吧？"赵吉利给人家搓大腿呢，刚才心不在焉的样子，搓到了人家的命根子。

"能不疼吗？小赵啊，你给我搓两年多了，今年咋还增加项目了。"老郑头还在倒吸着凉气，咧着嘴说道。

"老爷子，一会儿我给你好好敲敲后背，弥补一下，实在不好意思，刚才愣神了。"赵吉利不好意思地说道。

"这还差不多，你这孩子搓得也够卖力气的，这要是给没结婚的搓坏了，你赔都赔不起。"老郑头躺在浴床上，看了一眼赵吉利说道。

"郑师傅，问你个事，你以前和我岳父同事的时候，你们厂旁边是不是有个供销社仓库？"赵吉利突然想到郑春泰这个年纪应该能知道叶鹤春父亲的消息。

"有着嘞，咋的啦？"老郑头说道。

"供销社的叶秃子，你老认识吗？"赵吉利停了下来，认真地看着郑春泰，问道。

"野兔子？"老郑头瞥了一眼，说道。

"叶，姓叶，叶秃子。"赵吉利大声说道。

"不认识，我们厂旁边的供销社仓库高墙铁丝网的，偶尔能听见几声狗叫，别说叶秃子，就是野兔子也看不到。你要做什么？"老郑头说道。

"哦，没什么。来，咱们翻个身，搓后背。"赵吉利不再问下去，卖力地搓了起来。

"我们那里是供销社的仓库，你找人啊，还得去红旗广场旁边的供销社去，人事档案都归那边管。但现在这供销社搬哪儿去了都不知道了，这些年变化太大了。那时候，谁家要是有人在供销社上班，那可了不得，那可是件非常风光的事情，无论大姑娘小伙子，那说亲的，能踏破门槛……"老郑头自己嘟囔着。

赵吉利直了直腰，然后俯下身来，无名指与小拇指交叉，食指中指架在一起，大拇指单独放松，极具节奏感地在郑春泰的身上敲了起来。

啪，啪，啪啪啪。啪啪……

"对了……这几天……公安局进社区……有警民联系公开日……你可以……让警察帮你……查查这个人。"赵吉利的手落在郑春泰的身上，郑春泰说话的声音也随着赵吉利双手的起落，断断续续。

"好嘞。"赵吉利高兴地回答，敲得更卖力气了。

啪，啪，啪啪啪。啪啪……

清脆的响声回荡在浴池里。

第二十六章 苦难阴影

晚上的时候，赵吉利把公安局进社区举办警民联系公开日的消息，打电话告诉给了林戈民。

电话的那一端，林戈民告诉赵吉利，这个方法今天趁着午休的时间，他已经问了公安局的朋友，因为无法提供叶秃子的全名，无法在公安系统网站内查找。至于叶鹤春这个名字，公安系统网站里也没有，有可能在后来，也就是一九八四年落实第一代身份证的时候，人家改了名字。那时候，改名的情况很多，今年三月份都开始换领第二代智能芯片身份证了，找起来，有些难度。

林戈民在家中，翻弄着母亲留下的东西，在一个档案袋里，林戈民发现了几张用宣纸写好的字，叠得方方正正。他轻轻地将一张张宣纸展开，透过字里行间，仿佛看见了母亲收笔停顿之处以及出锋时的沉着有力。之前听赵吉利跟自己说过，母亲最后的时光里，一直用练习毛笔书法来消磨时光，也最愿意写"孽缘""天妙堂""悬壶济世"三组字。今天算是真的见到过了。

天妙堂，是太姥爷创立的，凝聚了全家人的心血，可以理解。姥爷这支人，只有母亲一人，姥爷的两个弟弟和一个妹妹当年都去了台湾，至今也杳无音信。当初姥爷留下来，就是不想让太姥爷含辛茹苦创建的天妙堂药房倒下。姥爷本想把母亲当儿子养的，可母亲虽然也学了中医，善于号脉、推拿，但对女红却情有独钟。

悬壶济世，这几乎是对医生这种职业的美称。母亲写这些自己也可以理解。书上药王孙思邈画像上的腰间都挂着葫芦，自己也听过历代医家行医开业都以"悬壶之喜"祝贺。

而"孽缘"呢，自己实在是想不出来母亲为什么写出这两个字。

林戈民继续翻找、规整这些宣纸。突然一张照片掉落了下来。上面是母亲与另外一名女子的照片，写着"情如姐妹"与"前进照相馆1961年"的字样。

情如姐妹，说明是母亲最要好的朋友。这难道就是当初服侍过母亲的丫鬟，也就是撮合母亲与父亲结合的那个人？林戈民在努力回忆着，除了母亲生前最惦记的豆花阿姨，应该没别人了。可惜"文革"开始后，两家人的来往就慢慢变少了，到后来就没了联系。

当年，孩子们在一起玩耍，林戈民还小，总有人嘲笑林戈民是俘虏崽子，林戈蒋就会拳脚相加给那些欺负自己弟弟的人。林戈民哭着跑回家，总会看到父亲一声不吱，母亲往往会把自己抱在怀里说道："豆花阿姨不会骗我们的，豆花家的姨父都说你爸爸是英雄，长大了你们就会懂了，现在不能说，我们要相信你爸爸。"

母亲说的豆花姨父，林戈民的印象里，到家里来过几次，只不过都是晚上的时候来。每次都会带些东西给家里。有时候，第二天早上醒来，发现自己与哥哥的枕边多了东西的时候，就知道昨晚豆花姨父来过了。但父亲上吊自杀后，豆花阿姨与豆花姨父就像从人间消失了一样，再也没出现过。父亲在一九八〇年前后被平反之后，母亲试着找过豆花阿姨，好几年的工夫，母亲逢人就打听，结果只有一样：石沉大海，没一丁点儿的音信。所以母亲经常告诫自己，一定要学会在别人不方便解释的时候去理解别人，这点最重要。母亲的这些告诫，可能是跟母亲与豆花阿姨之间的微妙关系有关。

林戈民的脑海里，母亲的后半生虽然清贫，但依然爱美，年轻的时候，常年旗袍在身，人家都称她为旗袍嫂子，做得一手非常好的针线活，身上的旗袍很多都是自己做的。后来国内运动较多，慢慢地灰蓝绿成为人人向往的革命之美。尽管如此，母亲的衣服总是比别人的合身，尤其裤子，从没出现裤肥裆大的情况。好几个街坊邻居的女人，都是夜里来到家里，让母亲修改一下裤子。

　　林戈民继续翻找母亲留下的东西，有几本中医线装书，上面都用毛笔写着"陶柔莫藏书"的字样。正翻弄着，一张照片掉了出来，当林戈民的眼前再次出现大哥在青年点那张合影的照片时，照片中大哥与叶鹤春的脸上似乎有些相似的地方，不知道为什么林戈民的脑海里突然闪现出了自己童年记忆里叶秃子的面孔，这种感觉似乎像马蜂一样，扎进了林戈民的心里，让他浑身不自在。当时林戈民心想着这全都怪自己，昨晚看完这张照片就胡乱塞进了这几本书里，让自己又看了一遍这张照片。

　　父亲活着的时候，叶秃子就经常来到家里。可能在供销社上班的原因，也偶尔送些米面，有一年冬天竟然送来一包对虾。用防油纸包的，母亲煮完之后，整个锅里都是冒着橘黄色虾脑的油花，母亲还给每人盛了一碗虾汤，其实就是煮虾的水。那是林戈民与哥哥第一次吃大海里的对虾，那对虾的个头比自己与哥哥的手掌都长。两兄弟自然吃得欢实，但父亲没吃一个，母亲只是嚼了几个虾头。那叶秃子临走的时候，还特意交代林戈蒋说道："上学的时候，别跟我家鹤春说吃对虾的事情，不然以后就给她吃，不给你们两兄弟吃了。"

　　母亲后来也问父亲为什么不吃那对虾，是不是生气了。父亲只说了一句话："过去的事情，毕竟沾亲带故，我不生气。我是真不愿意吃，孩子们吃了我高兴。当年跨过鸭绿江的时候，这些都是缴获老美物资时，经常见到的东西。"

　　小孩子有得东西吃，自然不会乱说，尤其哥哥林戈蒋的嘴巴紧得很，这样的事情，从没泄过密。

　　当时，林戈民对叶秃子的印象非常好，虽然叶秃子每次分东西的时候，都多给哥哥林戈蒋一些，还经常给自己讲孔融让梨的故事，来一次讲一次，他小时候甚至叫叶秃子为孔融叔叔。

直到有一天，有一件事情跟叶秃子有关，让林戈民自己的内心里有了阴影。

那年是一九六七年，也是父亲上吊自杀后的第二年。那年的冬天是林戈民记忆里最冷最饿的。冬天的傍晚，林戈蒋经常跑到火车铁轨旁捡煤球，补贴家用。后来有一天，就与几个小伙伴动了邪念，每人都偷了一麻袋煤块。结果还没走多远，就被人发现了。林戈蒋本身就饿，偷得还是最多的，尽管使劲拖着麻袋跑，但终究还是被人揪住了。十几岁的孩子经历了被几名壮汉殴打，带着饥饿的眼神，看着眼前的一切，他的内心是无比的恐惧。后来被人送进了铁路派出所，林戈蒋知道家里的情况，不忍心再给母亲添加任何麻烦，被人打得鼻青脸肿也没说出家长是谁。后来林戈蒋告诉林戈民说，当时他就想自己被打死也不能说出母亲的名字，因为母亲太难了。

林戈蒋被人关了一天一夜，陶柔荑见孩子没有回家，便四处打听，从邻居家孩子的口中听说了林戈蒋的事情。结果可想而知，她像疯了一样，自己遭受多大的苦难都可以，可一旦事情落在自己的孩子身上，那种内心的焦躁与恐慌犹如天要塌下来一般。

但陶柔荑终究还是冷静的，顶着呼啸的北风，在漫天飞舞着的雪花里，疯跑出了家门。她没有直接去铁路派出所，而是去了供销社。

当天，叶秃子跟同事说要到铁路部门为供销社申请春节后的车皮计划，本来经常去铁路部门的叶秃子，好像唯独那次竟然找不到了道，而是径直走进了铁路局大楼旁边的铁路派出所。

据说叶秃子在铁路派出所也好像是偶然发现了有个学生模样的小伙子，叶秃子说这孩子挺可怜的，像孤儿，铁路也没损失什么，就放了吧。之后双方说了些什么没人知道。反正到了最后，叶秃子包里的好几盒香烟都留在了铁路派出所。

叶秃子领出林戈蒋之后，没有让林戈蒋直接回家，而是让他在供销社下属的养猪场宿舍以流浪儿的身份住了几天，直到身体好了，才找了套像样的衣服给林戈蒋穿上，也让林戈蒋带回了一包东西。林戈蒋回家的那天晚上，林戈民跟哥哥吃到了那年唯一的一顿美味——油茶面。那种香味，他至今没忘。

同油茶面难忘一样，哥哥回家的前一天下午，叶秃子来过家里，这件事情，也在林戈民年幼的心里记忆犹新，只不过随着年龄的增长，阴影面积越来越大。

那天的午后，太阳还算充足，母亲已经连续好几天没有笑容了，林戈民问哥哥哪儿去了，她也不说，再问多了，她就说是上学没回来。

当她看见叶秃子来到家的时候，发自内心的笑容从她的脸上流露了出来。林戈民虽然小，但也是看得出来母亲高兴的。母亲高兴了，自己也就开心了。

他至今还记得叶秃子那天跟母亲说的话："老大都胖了，我这几日天天给他好吃的。他明天就能回来，你就别挂记着了。"

叶秃子说天天给哥哥好吃的，这句话在年幼的林戈民心里有着很重的分量，当时他就用舌头舔了舔自己的嘴唇。

后来母亲接过叶秃子手中的糖果，母亲给了自己两块，让自己在屋外晒太阳。自己乖乖地坐在屋外，那糖果带给自己的甜蜜幸福感在幼小的心灵里是当时任何食物都无可比拟的。林戈民双手捧着糖果舔一下，再含一会儿，那阳光照在糖果上，显得糖果格外璀璨，像夜晚天空上的星星一样。后来他吃着吃着，结果听见了母亲的喘息声，他年幼，以为母亲又哭了，就打算开门进去劝劝母亲，可怎么也打不开，因为门已经从里面插上了门闩。当他再看见母亲的时候，母亲的头发稍微有些凌乱，脸庞有些微红。叶秃子走的时候，母亲还让自己谢谢叶秃子。这件事情，这一辈子都印在林戈民的脑海里。

林戈民坐在自家的书房里，静静地看着眼前母亲留下来的一切。其实他知道母亲带着自己有多么难，尤其是父亲上吊自杀以后，瘦小的身子，是怎么撑起这个家的。母亲的所作所为，他都可以去试着理解。

林戈蒋虽然不是自己的亲哥哥，但是毕竟都是一个母亲生的，对自己特别好，可以理解。而叶秃子不是什么家里的亲戚，为什么对哥哥那么好呢？母亲为什么又能与叶秃子的关系走得那么近？为什么每次叶秃子到家里来，父亲总是不愿意吱声？叶秃子到家里来的时候，给哥哥送任何东西，父亲都想着为自己也添置点什么呢？街坊邻居传言的哥哥的父亲是国民党军官是真的吗？而且母亲为什么爱写"孽缘"二字呢？母亲还有什么话在临终之前留在肚子里没跟自己说呢？

唉，只怪自己没能在母亲离开这个世界时，陪在她的身边。太多的问号与自责，在林戈民的脑海里浮现。这一切，就像父亲活着的时候，从来不让别人看他后背上的文字一样，都是谜⋯⋯

想着想着，林戈民几乎感觉不到自己的呼吸，仿佛置身真空的世界里一般。他觉得自己作为母亲的精神寄托，没有真正理解母亲，这是他要离开东洲这座城市前的遗憾，这种遗憾也会成为另一个阴影伴随着自己。

丁零零，丁零零。自己的电话响了，让他的思绪回到了现实之中，他一看是赵吉利打来的。

"喂，赵哥。你下班了？"林戈民问道。

"今天晚上我让陈永胜替我的，我给我们同学打电话来着，我问遍了我们青年点的那些能联系上的，都没有叶鹤春的消息，人间蒸发了一样。"赵吉利在电话那端说道。

"那赵哥你再回忆回忆，我母亲临终前都说了什么？"林戈民认为母亲是个很聪明的人，一定会给自己留下暗示的。

赵吉利深吸了一口气，仿佛要努力把自己穿越回到那个白雪覆盖大地的季节里，陶柔羮是在一个残阳如血的傍晚离开这个世界的。

"这个我还真努力回忆了。老太太临终的时候，就说把你现在挂在办公室的那幅字给装裱好，等你学成回来挂在办公室或者家里。把那两个跟着她走了两家的嫁妆箱子都留给你。对了，还把存折交给了我们守在床前的几个人，也就是后来是托社区的同志转交给了你。你回国的时候，我和老郭又到非洲援建去了。再没有其他的了。"

"好吧，我再仔细翻翻我母亲留给我的箱子吧。"林戈民长叹了一口气,失望地挂断了电话。

　　林戈民打算把箱子从头到尾都倒腾一遍。每一件物品,他都仔细翻看着。很多线装的中医书籍,林戈民一看就知道那是姥爷与太姥爷辛辛苦苦传下来的,但很多书籍现在在书店都可以买到了,毕竟姥爷与母亲当时的年代是物资匮乏的年代,所以母亲像宝贝一样珍藏着。第一只箱子的箱底是母亲曾经穿过的两件旗袍,真丝面料的,虽然免不了因时间久远,与空气发生反应上面有了淡黄色痕迹,但被母亲保存得很好。

　　第二只箱子,书籍不多,大部分是天妙堂药房的日记账。也有少部分陶柔荑写过的书法与作品。两本发了黄的相册中,林戈民的照片单独放在一个册子之中。从小时候襁褓之中的,到国外留学时寄给母亲的,陶柔荑都按照不同的时期分门别类地装好,尤其自己出国留学前,母亲特意让自己陪着她去照相馆照了一张彩色照片,那是母亲第一次照彩色的照片,母亲在这张照片的后面写着:吾儿留洋求学,幸甚。

　　林戈民的泪水仿佛决了堤的洪水,顷刻间涌了出来。林戈民清楚地知道,自己是母亲的精神寄托。

　　另一本相册中,有林戈民父亲自己单独的照片,也有父母与哥俩的全家福。一张张照片,都是一段家事的记载。穿着军装的父亲很是帅气,林戈民用手轻轻地抚摸着,他的手在颤抖着,父亲后背上被别人刺上去的"反共抗俄",让他几经崩溃,最后还是没能解脱出来,选择了一条不归路。尽管父亲比母亲小了九岁,但在照片上,还是母亲比较年轻。母亲嫁给父亲的时候,父亲还在接受着各种检讨对自己的折磨,自然会显得比实际年龄苍老一些。

　　很快第二只箱子也是见了底,林戈民没有发现什么,有些失望。难道母亲就这样离开了?这不像母亲的性格。

　　林戈民站起身来,走到窗前,他试探着眺望夜空,但城市里的灯光已经盖过了星光的明亮程度,只不过月亮已经升了起来,虽然是一轮新月,但看上去还算十分地皎洁。沉思了片刻,他打算把箱子里的物品摆放好,明天还有手术要做。

他回身要收拾箱子的时候，突然发现第二只箱子的底部好像比第一只箱子高出了许多，仿佛有个夹层的样子。林戈民弯下腰去，仔细查看起来，果然如他判断的样子。

林戈民兴奋地找来改锥，小心翼翼地将夹层用改锥轻轻地撬了起来，一张防油纸中整整齐齐包着两张报纸、两张照片。林戈民像发现了宝贝一样，欣喜之后，带给他的是无比的震惊。

两张照片中，其中一张是母亲穿着婚纱，端坐着。那时候母亲的脸庞还是那么稚嫩，尤其在大团头花的对比下，显得格外地娇小。站在母亲身边的人西装革履，胸前的青天白日勋章足以说明了一切。另一张照片才是让林戈民震惊的，照片上不是别人，是哥哥林戈蒋下乡前与叶秃子的合影，上面写着"叔侄留念"，叶秃子的笑容看上去是当时应该已经溢于言表。林戈民仔细端详着，哥哥与叶秃子还真有几分相像，尤其那眼睛与鼻子越看越像。而且林戈蒋的脑门要不是刻意将前面的头发留着，可能林戈蒋的脑门也会和父亲当年最讨厌的叶秃子的脑门一样锃亮。

林戈民继续翻看着，当他打开报纸的时候，一则头版头条吸引了他的目光，那是中共中央、国务院、中央军委同意总政治部《关于志愿军被俘归来人员问题的复查处理意见》的报道。林戈民知道那是意味着什么，那是对自己父亲的平反，豆花阿姨与姨父果真没有欺骗自己与母亲。虽然林戈民读高中的时候就知道父亲被平反了，也没人再骂他是俘虏崽子了，但这张报纸，他还是第一次看见。

另一张报纸，是《东洲日报》，比第一张报纸更加泛黄，林戈民刚开始没发现什么，但他觉得母亲既然在隔层里留下来这张报纸，肯定有它的意义。于是仔细翻看起来。在一个不起眼的版面中，有着这样一则消息：市供销社革委会主任叶茂源昨日在办公室自杀，原因不明。林戈民再一看时间，正是哥哥林戈蒋去世一周左右的时候。林戈民简直不敢相信自己的眼睛，他宁愿这一切不像自己内心中想的那样，毕竟夹在这些事情中间的人是自己的母亲。

他的心情久久不能平复，难道叶秃子是哥哥的亲生父亲，那名国民党军官又是怎么回事？这个叶茂源就是叶秃子吗？会不会是巧合？

又一轮问号集群式地经过林戈民的脑海。林戈民有些坐不住了，他合上报纸，想不看这一切。当他将照片也放在报纸一起想收起来的时候，那张哥哥与叶秃子的合影照片后面写着一行工整的欧楷小字，一看也是母亲陶柔莫的笔迹：叶茂，林之源，林枯，叶亦落。沾亲带故，孽。

林戈民又将目光转向了窗外，看着那弯新月，内心久久不能平静。

新月，因为地球的影子，才是新月，如果没有地球的影子，即是盈月。

第二十七章　医院相逢

"二姐，董医生说生姜可以缓解你这恶心、呕吐的症状。"尹玉霞还未说完，尹玉红又呕吐了起来。

"这反应太大，那你就把姜切成小薄片给我含着吧。"尹玉红有气无力地说道。

尹玉霞迅速用水果刀将准备好的生姜切了两片。尹玉红平时是不吃姜的，但在求生的本能与战胜病痛的欲望面前，她没有选择，只好将姜片放进了嘴里。自己微闭着眼睛，那种感觉无法形容，但总比恶心、呕吐要好很多。

尹玉霞赶紧趁着二姐稳稳当当的空隙，将吐在盆里与地上的呕吐物收拾干净。

"玉霞，姐问你一个事，你说你对赵吉利到底是什么想法？"尹玉红用虚弱的声音问道，她突然皱了一下鼻子，自己的鼻腔弥漫着生姜的味道。

"姐，不是跟你说过吗？我对他没任何感觉。"尹玉霞的态度很坚决。

尹玉红强忍着鼻腔里生姜的味道，因为她一说话，嘴里生姜的味道就会冲进鼻腔，说道："昨天早上在林医生的办公室，我看他看你的眼神都不对，好像是故意偷偷地看你。"

"唉，这些年，这样的男人我见多了，尤其这老光棍，那眼神儿几乎个个都有问题。咱妈家楼上的那个老朱头,眼看快八十岁了,今年不是七十八岁就是七十九岁,上个星期新办的老伴儿,门上还贴了一副对联呢,还写着什么'老当益壮结新谊'的话,恶心死了。"尹玉霞拿着脸盆接了一盆温水,准备为尹玉红擦擦脸与手。

"你啊,说你多少遍了,不要戴着有色眼镜去看别人。你从小就这样,这样不好。老龄社会已经来了,我倒觉得这样挺好,一来,两位老人相互有个伴,儿女也少操心。二来,老人心情好了,还能多活几年。"尹玉红接过尹玉霞递来的毛巾,自己擦了擦脸。

"姐,你这人想什么事情都往好地方想。你可不知道,老朱头前脚把那个老太太接回家,后脚他儿子儿媳就上门了,跟老太太的女儿一顿吵架,也不知道因为什么事情。把老太太气得坐在楼道里嗷嗷直哭,涵东实在听不下去了,跑上楼,给他们拉架去了。"尹玉霞瞪大了眼睛说道。

"唉,都是些不懂事的主儿,吵什么架啊。"尹玉红叹了一口气,说道。

"这人老了就不值钱了,干什么都得听孩子的。孩子孝顺还行,这要是不孝顺,生不如死,天天有气受,等我老了,这涵东啊,也说不准怎样对我呢,他之前就说过不同意我与赵吉利的事情。"尹玉霞说道。

"他处对象,你都没管他,他凭什么管你?另外他那个代打游戏的工作就这样结束了?"尹玉红慢慢挪着,从床上坐了起来。

"现金全花了,就剩下一些破电脑机器,都堆在他爸那儿呢。就他那智商,跟他爸似的,不可能成事儿。"尹玉霞以前对儿子抱有很大的希望,而如今一件件事情,让她有时候感到很失望。

"那跟冬冬彻底分手了?"尹玉红也觉得涵东做事很不靠谱。

"彻底分了,也不知道怎么了,我也懒得问,这几天又领到家来一个女孩,也是在网吧认识的。你说现在这网吧,赶上咱们以前年轻时候的公园了,还有处对象的功能。这个叫姚瑶,领回家吃过几次饭,也不知道到底能不能成。我不管了,也管不了了,防止他以后当我老了的时候,他要是因为婚姻不顺心,来埋怨我。"尹玉霞唉声叹气的。

"这个咋样啊？跟冬冬比起来呢？"尹玉红问道。

"比冬冬能胖乎点，个头差不多，说话还行。家里父母也都下岗了，她家是一楼，窗改门，就开了个小便利店，卖个烟酒、小生活用品什么的，听涵东说，一天卖不了几个钱，也就够维持个生计。哦，对，涵东说一天的净营业额能够买菜买米的。但这孩子有文身，我怎么就觉得不得劲儿呢？"尹玉霞说完，目瞪口呆的样子，看着尹玉红。

"怎么了？那冬冬的脚踝处不是也文了吗？"尹玉红吃惊地问道。

"冬冬就文了一个墨绿色牵牛花，而这姚瑶，你猜猜她文在哪里了？"尹玉霞说的时候，还朝病房门口看了一眼，很神秘的样子。

"文在哪儿啊？"尹玉红也跟压低了声音，小声问道。

"文在胸上了，彩色的，大牡丹，花花绿绿的。疼不疼啊？你说说，这孩子一天到晚都想些什么呢？"尹玉霞十分小声地说完，又是摆手又是摇头的。

"她能和涵东好好过日子就行，别管那么多了，当初你认识吴庆阳的时候，喇叭腿裤子还是另类呢，现在看来那算啥。"尹玉红劝说道。

"但有一点挺好，上次老朱头的儿子儿媳走后，姚瑶也在楼道里，我听见她劝那个老太太了，也像你那么说的，她说'老年人也要有追求幸福的权利，坚持自己的选择，自己认为对的事情，就去做，回家该乐就乐，该笑就笑。这听说后爹后妈折磨孩子的，还没见过孩子折磨后爹后妈的'。这小嘎儿唠的，有点水平。这一点啊，比涵东强，懂事。"尹玉霞说到这里的时候，脸上露出了笑容。

"是啊，后爹后妈折磨孩子的不少，但也有好的。做人别那么恶毒，亲生的，不是亲生的，都走到一起了，观念改变就好了。古人教过我们的很多东西，现在的人都应该捡起来学习学习了。老吾老以及人之老，幼吾幼以及人之幼。有些成年人，真没小孩子懂事。"尹玉红若有所思地说道。

"话是这么说，但有几个像涵东干妈王雪梅那样的，她是没自己的孩子，不然的话，也未必对涵东那样百依百顺的。"尹玉霞说完，尹玉红半天没有吱声。

"妈，二姨。"伴着说话的声音，吴涵东走了进来。

"儿子，你怎么来了？"尹玉霞很吃惊地问道，但心里还是很得意，心里想着这儿子也算懂事了，知道来看看二姨了。

"涵东，你过来干吗啊？我这儿没什么事，再有三天就回家了。"尹玉红也很高兴。

"妈，要不你出来一下？"吴涵东很不好意思的样子。

"快说，你二姨也不是外人，兔崽子，你又要干什么？"尹玉霞知道儿子一旦有这种语气，肯定没什么好的事情。

"玉霞，你别老是跟孩子大呼小叫的，都多大了。涵东，说吧？什么事情？"尹玉红喝住了妹妹，说道。

"妈，姚瑶怀孕了。"吴涵东的声音很弱。

"你要气死我啊？"尹玉霞立刻站了起来，朝吴涵东的后背拍了一巴掌。

"玉霞，你干什么呢？孩子跟你商量事情呢，你能不能冷静一点。你老是这个样子，以后他再有什么事情，什么都不跟你说了。"尹玉红有些看不过去了，说道。

"那就带到医院里来啊，还等什么？"尹玉霞瞪着眼睛说道。

"妈，带来了，刚做完检查，本想做掉的，但医生说了，姚瑶的子宫壁较薄，这次要是将孩子打掉，恐怕以后就很难做母亲了。"吴涵东此话一出，病房里立刻寂静了下来。

过了能有一分钟的样子，尹玉霞实在忍不住了，问道："孩子几个月了？"

"三个月了。"吴涵东小声回答道。

"三个月？你不是说你俩处了不到两个月吗？你糊涂啊？脑袋让门挤了啊？"尹玉霞又朝吴涵东的后背打了一巴掌。

"没错，是先有的，后处的。"吴涵东的声音越来越小。

"那时候你跟冬冬还没分手呢，是不？"尹玉霞气得牙根直痒痒。

"嗯。马上就要和冬冬分手了。"吴涵东说完，身体往后退了退，怕母亲再打自己。

"你这是什么行为？你知不知道害臊啊？你那时候不是自己雇人打游戏呢吗？怎么去网吧认识姚瑶了？"尹玉霞都不知道自己要问什么了。

"先在网吧认识的，后来到我那儿上班了，再后来把冬冬气走了，最后了，我们就在一起了。"吴涵东的声音像蚊子一样嗡嗡的。

"你那叫出轨，懂不懂？你这边跟冬冬处着呢，那边把姚瑶弄怀孕了，造孽啊。"尹玉霞跺着脚说道。

"妈，都这样了，下一步怎么办啊？"吴涵东问道。

"这事儿你问我？你早想什么来着了？跟你那不负责任的爸一个德行。"尹玉霞被气得够呛，坐在床边喘着粗气。

"涵东，那你跟姚瑶是怎么想的？"尹玉红看见妹妹被气得不像样子，也说不出什么来了，就直接向吴涵东问道。

"姚瑶想留住这个孩子，不想像我干妈那样。"吴涵东一脸胆怯的表情，用眼睛的余光看了看自己的母亲。

"玉霞，你别生气了，遇见事情咱得解决事情，生气解决不了问题。人家姚瑶要保住这个孩子，我们作为男方家长也不能逃避，这事情你让涵东跟他爸也说一说，让姚瑶家长也得知晓啊。"尹玉红劝说道。

尹玉霞没有吱声，耷拉着脑袋，也不知道在想些什么。吴涵东见状，朝尹玉红递了个眼神，意思是让她再劝劝他母亲。尹玉红自然明白这道理，但没直接跟尹玉霞说，而是跟吴涵东说道："姚瑶呢？这几天别亏了人家，别惹人家生气。你也够法定结婚年龄了，你当了父亲，你就会知道不做父母不知父母恩了，这孩子奔你们来了，也算是有缘分，什么事情，大家一定要商量着来。"

"姚瑶呢？"尹玉霞一听姐姐这么说，也有一定的道理，生气是没用的，至少得先商量着来。

"在门口呢。"吴涵东回答说。

尹玉霞一听说姚瑶在门口呢，这气又是不打一处来。咬着牙根，用右手食指指着儿子的脑门小声说道："兔崽子，我幸亏没说人家姚瑶什么，你把人家领门口来了,你问我怎么办?你长没长脑子,我要是刚才说点别的,以后你让我跟姚瑶怎么相处?"说完之后,又用手指使劲戳了戳吴涵东的脑门儿。

"你刚才又没说什么。"吴涵东一副不以为然的样子。

"你确保这孩子是你的?"尹玉霞跷起脚来,贴着吴涵东的耳朵根问道。

"妈,肯定是我的。这几个月,我们一直在一起上班。"吴涵东很不耐烦地说道。

"你们那也叫上班,那是在败家。"尹玉霞瞅了儿子一眼。

尹玉红躺在病床上用脚轻轻踹了一下尹玉霞,指了指门外。

"姚瑶啊,快进来,这涵东让你受委屈了。"尹玉霞也算责备完自己的儿子,看见姐姐示意自己,立刻转变了脸色,跑到门口,把姚瑶领进了病房里。

"阿姨,我也没想到会是这样。这是二姨吧,二姨好。"姚瑶毕竟是女孩子,挺不好意思的。

"涵东快给姚瑶搬个凳子坐,玉霞,洗点水果给姚瑶。"尹玉红坐在床上就开始吩咐起来了,让姚瑶感到一阵阵温暖。

"吃个苹果吧,我刚刚给你二姨削的,她没吃。"尹玉霞把苹果递给了姚瑶。

"谢谢阿姨,让你们操心了。"姚瑶把苹果拿在手中,没吃。

"孩子,别上火。阿姨对你没别的看法,就是想问问你,你对涵东认可不?你也知道,我与涵东父亲的婚姻就是失败的,这失败的婚姻对双方来讲都是痛苦的,而且我们家房无一间,地无一垄的。毕竟你与涵东处的时间不长,我想听听你的意见。"尹玉霞直来直去,她说话的时候就在想,现在都这个情况了,必须实事求是把自家的情况告诉给姚瑶。

姚瑶低着头,两手转动自己手中的苹果,说道:"阿姨,涵东我认可,我们两个人也聊得来。你家的情况我也了解,我家也不富裕,从小就是节俭过日子,没羡慕那么大富大贵的日子,能踏踏实实地过日子就行。我俩现在都没工作，前几天还商量去理工大学计算机科技园租个档口，卖电脑配件呢。这买卖投资小，没什么风险性，我们两人就能干，也不用雇人。"

尹玉霞听到这里，悬着的心也算放了下来，姚瑶能适应并了解自己家的情况，也算通情达理了。

"那就好，那就好。你这孩子，都三个月了怎么才知道？刚才检查了没什么事情吧？"尹玉霞的目光落在姚瑶的肚子上。

"阿姨，我那个一直不准，所以就忽略了。刚才医生说孩子胎心胎芽都发育了，挺好的。"姚瑶可能也是渴了，啃了一口苹果。

"那就好。"尹玉霞回头看了姐姐一眼，两人都笑了起来。

"你最近可得注意营养，有时候你会莫名其妙地想吃一样东西，那都是肚子里的孩子想吃的。"尹玉红说道。

"二姨，你不这么说，我还忘了，我们早上是空腹过来检查的。姚瑶，这附近有家羊汤馆叫老河口祖传羊汤，他家的烧卖跟羊汤都老霸道了，你肯定爱吃，我带你吃去。"吴涵东看见母亲与二姨都同意了，正好两人也没吃饭，就要带姚瑶出去吃饭。

"那老河口祖传羊汤要不是因为你，可能早就黄铺了，就你认为好吃。"尹玉霞掏出兜里仅有的五百块钱给了儿子，继续说道："带姚瑶去吃点好的，有一块钱零钱没，晚上我坐公交车用。"

"妈，去那里吃饭得排队呢。跟我去吃不吃没有关系，人家的生意火爆着呢。我替姚瑶肚子里的孩子谢谢奶奶。"吴涵东笑着接过了尹玉霞手中的五百块钱，又从兜里翻了一枚硬币递给了母亲。

"玉霞，更衣箱中最下面的资料袋里有钱包，你给姚瑶也拿五百块钱。"尹玉红见状说道。

"二姨，这钱我可不能要。我做生意的时候，都拿了一万块钱了，你这还生病呢。"吴涵东越说声音越小。

"给肚子里的孩子补充点营养，既然我们在医院相逢了，我这做姨奶的，一点心意，让你拿着你就拿着。玉霞快去，不然还得折腾我下床。你知道我这脾气的。"尹玉红说道。

第二十八章　如同对弈

　　姚瑶的父母刚开始知道女儿怀孕的时候，当然很生气。尤其是姚瑶的父亲，简直是火冒三丈。

　　姚瑶的父亲姚广利以前是东洲市第一食品厂保卫科的，是厂里有名的暴脾气，下岗以后，自己没了营生，刚开便利店的时候，经常因为鸡毛蒜皮的小事跟顾客吵架。有时候因为顾客拿方便面的时候，拿起了一种口味的，又想换成另一种口味的，他都要问问人家顾客刚才拿第一袋方便面时，是不是用力捏了。

　　"你知道什么？我在食品厂工作了一辈子，我有经验还是你有经验？这方便面用力捏了，别人拿回家岂不是都碎了？泡出的味道肯定不一样了！"每当姚瑶的母亲韩桂芝劝说他的时候，他都会有一百个理由在等着。

　　久而久之，自家便利店的生意越来越差，以至于到了后来，只能维持家里日常生活的简单开销。慢慢地，姚广利的脾气改了许多，除非遇到特别生气的事情，他才能吼上两嗓子。

　　"这是谁家的王八蛋羔子，简直没有王法了，我非扒了他的皮不可，让他当太监去。"

　　"老头子啊，你可小点声吧，这邻里街坊听着，多丢人啊。"姚瑶的母亲韩桂芝劝说道。

"丢人？我宁可丢人，也不能让咱们闺女挨欺负啊！这是欺负到家了。"姚广利越说越来劲儿。

"谁欺负你闺女了？这种事情，是一个巴掌能拍响的吗？你闺女自己不听话，你找人家谁？"韩桂芝压低着声音说道。

"那你说怎么办？这事情总不能他们男方说怎么办就怎么办啊！"姚广利拿起货架上的一听啤酒打开，咕咚咕咚地喝了起来。

"说你多少遍了？喝瓶装的，喝瓶装的，老拿听装的，怎么就记不住呢？这瓶装的鲜啤搞活动呢，也许还能'再来一瓶'呢！"韩桂芝埋怨道。

"我问你女儿的事情怎么办？你净说些没用的，老心疼这点酒钱，你这女人办不了大事。"姚广利将喝完的啤酒罐捏得嘎巴嘎巴响，然后扔到了便利店门口的垃圾箱里。

"让她结婚也好，不然咱们两个也操心，这女孩子结了婚、生了孩子也就定性了。不然咱俩经常好几天看不见她个人影。你说说她都处了几个对象了，她读初中的那会儿，你都被老师找过几次了？"韩桂芝依旧压低着声音说道。

姚广利倚在门框上，一声不吱。

来了一名顾客，买了一瓶酱油。韩桂芝回身给人找零钱的工夫，姚广利从啤酒箱套里拎起一瓶啤酒，用已经被香烟熏黄了的牙齿啃开，咚咚咚地喝了起来。

"你怎么又喝上了？"韩桂芝说道。

"给，这瓶不算喝你的，中了。"姚广利右手拿着酒瓶，左手翻看着瓶盖，瓶盖上印着：再来一瓶。很清晰的字样，姚广利将瓶盖扔给了韩桂芝。

"女儿这胎要是生不下来，可能以后就会很难怀孕。你说怎么办？"韩桂芝面露愁色。

"这……这么严重？不是骗我们的吧？"姚广利听了这话，差点被啤酒呛着，磕磕巴巴地说道。

"这事儿不这么严重，你认为你那闺女能说她这次怀孕的事情吗？"韩桂芝说得很严肃。

"唉，那你说他们两个结婚之后可怎么活啊？那小子不是也没工作吗？"姚广利问道。

"这事情啊，我问过姚瑶，她说了他们两个原本打算在理工大学那儿新建的计算机广场租个档口，卖个什么组装电脑和配件什么的。结果没想到孩子先来了。"韩桂芝一边说着，一边唉声叹气的。

"我看啊，这件事情还真得逼他们在结婚之前把这个档口张罗起来，不然的话，我这脸面都没地方搁，给亲戚朋友发姚瑶的结婚请帖我都不好意思。"姚广利态度很坚决。

"沟通沟通看看吧，这孩子的家也支离破碎的，父母离异，姚瑶明确说了，她未来的老婆婆已经摊牌了，说是家里房无一间、地无一垄的。"

韩桂芝的话音刚落，姚广利气得把啤酒瓶子远远地扔进啤酒箱套里，可能经常这么做的原因，啤酒瓶子不偏不正落了进去，说道："不行，必须要彩礼，我要五万，也不多，少一分都不行。"

"德行，你把酒瓶子打碎了，损失的不是我们自己吗？咱闺女这事儿和这酒瓶子一样，你摔不得。五万？你说说可以，那要是对方拿不出来，或者就是不给呢？"韩桂芝走到啤酒箱套前，拿出刚才被姚广利扔进去的酒瓶子仔细看了看，确实没被扔坏。

"那我们就不嫁！"姚广利点燃一支烟，很坚决地说道。

韩桂芝走到姚广利跟前，自己看着蹲在地上的姚广利说道："不嫁？你说得容易。前楼老孙家几年前的事情，你不记得了？老孙媳妇儿张口跟男方要十万块钱彩礼钱，这桩婚事不是愣是给搅黄了吗？老孙家的姑娘过了今年都三十六岁了，不好找了。这么大岁数，以后只能找二婚了，况且咱闺女的肚子里还有一个呢。"

"你说咋整？我说一句你噎我一句，你说咋整？你不是跟闺女亲吗？"姚广利将没抽完的香烟狠狠地按在地上。

"咱们双方家长见面聊一聊吧，互相探探底细，别一下子给对方要蒙了，谈崩了对我们不好。"韩桂芝缓了半天，说道。

"妈，人家姚瑶的爸妈可都催了好几次了，要双方家长见个面。你到底怎么想的？"吴涵东问道。

"这几天不是忙你二姨那边吗？"尹玉霞说道。

"你可别搪塞我了。我二姨的化疗都做完一个星期了，这姚瑶的肚子一天比一天大，我们去照婚纱照的时候，人家影楼的工作人员都说我们要注意点，你咋就不着急呢？"吴涵东的语气有些急躁。

"你现在逼我有什么用？你自己做的好事。你一会儿到你爸和你干妈那儿，你就说我说的，我让他俩跟我一起请人家姚瑶的父母吃个饭。"尹玉霞说道。

"这事儿，我不说。你们家长之间的事情，别让我传话了。"吴涵东的倔脾气一上来，跟尹玉霞一模一样的。

"不都是你干的好事，我跟你爸十几年没说过话了，你还把你干妈跟他撮合成了，你不传话，你说得过去吗？这都是为你，不然我这辈子都不想见他们。"尹玉霞的态度也很坚决。

吴涵东觉得自己跟母亲谈不到一起去，一边穿起外套一边说道："妈，你老说那些陈芝麻烂谷子的事情干什么？人啊，得往前看，有点肚量行不行？哪怕是为了我，你有点肚量行不行？"

"现在还轮不到你来教训我，你赶紧去找你爸跟你干妈，我们家就这么个实际情况，咱们得面对这件事情。"

尹玉霞说完，吴涵东没有吱声，走了出去。

尹玉霞知道吴涵东肯定去找他爸与他干妈去了，因为吴涵东一直认为与父亲和干妈的沟通比较容易，最难谈的是自己的母亲，把母亲的意见弄明白了，这事情基本上就十之八九有了眉目。

吴庆阳与王雪梅果然很痛快地答应了与姚瑶家长见面的要求，只是纠结在王雪梅要不要参加的事情上。

王雪梅觉得自己不好意思出现在尹玉霞面前，而吴庆阳与吴涵东都觉得应该面对这目前的事实，现在见面了，等吴涵东与姚瑶结婚的时候，可能就不会太尴尬。

王雪梅最终同意了吴庆阳与吴涵东的建议，其实她很欣慰吴涵东对她的认可，虽然以前是吴涵东的干妈，但毕竟现在她与自己曾经的闺密形同陌路，已经是吴涵东的后妈了。后妈这两个字，虽然笔画不多，但要是真正肩负起责任来，也够自己承受的了。

可怜天下父母心，这五位家长都知道姚瑶的肚子一天天地大了起来，第三天就在王雪梅选的一家饭店里见了面。

"今晚的饭店，选的档次可挺高，但我女儿出嫁能按照什么标准，亲家最好也把话说在前头。"吴涵东与姚瑶刚把双方父母介绍完，姚广利就抛出了一个十分尖锐的问题。把吴庆阳与尹玉霞都问得愣住了。

王雪梅一见这么个局面，这饭店还是自己定的，就主动接过话题，想打个圆场。

"姚大哥，是这样，今晚这个饭店是我定的，看来你还挺满意，你刚才那么一说，我就很高兴了，说明我昨天一天没白忙活。两个孩子结婚的事情，你先提提你们那边的要求，涵东父母这边尽量能满足的肯定满足。"

"她王姨，既然你这么说了，咱毕竟以后是一家人，我也就不客气了，所有的事情咱都先亮在桌面上，说多说少，说对说错，你们男方都担待点。这你们是娶儿媳妇，我们是嫁女儿，咱们都是过来人，你们也知道，双方父母的心情肯定是不一样的。我们以前没嫁过女儿，但参加过很多婚礼，这家家的婚礼都一个样，男方父母孩子结婚当天都是乐乐呵呵的，添丁进口了，谁不乐啊，对吧？搁在谁身上谁都高兴。可这嫁女儿，你们看看那婚礼现场，没有一个女方父母不哭的。这自家的闺女养了二十几年，说给你们家就给你们家了，谁舍得啊？这自家养个宠物狗要是送人了，还心疼呢，何况是个大活人呢？这闺女在家都是宝贝似的，去了男方家是去享福的还行，要是去遭罪了，你们说说这女方的父母会是什么心情。"韩桂芝说起话来有板有眼，让吴庆阳与尹玉霞都觉得这面前的亲家母可比想象中厉害得多。

王雪梅这个后悔啊，自己张罗定什么饭店啊，虽然有点前夫的抚恤金,但谁承想姚瑶父母能拿这事说事啊。这算什么事儿啊!

王雪梅正愣神的工夫,韩桂芝继续说道:"她王姨,你别多想啊,我们没有非得要定这种标准的饭店,这种好饭店,可能周六周日也都基本定出去了,咱们定个一般的就行,毕竟姚瑶这肚子越来越大了,咱们赶早不赶晚。"

"姚瑶她妈的意思就是你们把你们男方能做到的,都说出来,我们心里好有个数,毕竟我们嫁女儿对不?按常理说,咱们今天也算是会亲家,会亲家都是要准备彩礼的,可我们之前都没提,但你们男方家长,你们三位都到齐了,看得出来你们很重视这件事情,我和姚瑶母亲都很欣慰,毕竟你们重视这件事情,就是一个好的开始。"姚广利这番话他自己倒是没觉得怎么样,但在吴庆阳与尹玉霞看来有着很多层的意思。

吴庆阳与尹玉霞之前根本没有通气,所以好像被人家问住了似的,整个局面僵在了那里。

王雪梅点了十个菜,陆续上齐,这吴庆阳与尹玉霞作为吴涵东的父母,谁都没正面回答姚广利的问题。两个人的脸都是一阵红一阵紫,十分不自在。

"这菜都上齐了,你们两个谁说几句吧?"王雪梅想打破已经出现了的尴尬。

"这酒容易喝,但这事情通常难办,涵东的父母还有他后妈,你们看看孩子的事情到底怎么办?你们说不出来,我和姚瑶母亲可真没有动筷子的心思啊!"姚广利说完,韩桂芝从内心里高兴,好多年没有从心里像今晚这样佩服过姚广利了,这么一个嗜酒如命的人,在今天这个场合扳住了自己,在事情没有任何进展之前,丝毫没动喝酒之心,也看得出来这父爱真是来得深沉。

"我这边能给孩子们拿五万,就这么多了,真没有了。"王雪梅说道。

这话一出,吴庆阳与尹玉霞都愣住了。

吴涵东自然很高兴,刚才的他如坐针毡,连口大气都没敢出。

姚瑶的父母没有吱声,只是同时将目光在吴庆阳与尹玉霞的身上转来转去，等待着他俩的表态。

此时尹玉霞的内心里，已经诅咒了吴庆阳一万遍。在她的眼里，吴庆阳要是上来那个不吱声的劲儿，真能把人气疯。

"几个月之前，涵东做点小生意，可能你们也知道，姚瑶也在那儿工作过，我这些年自己拉扯孩子也不容易，一共攒了三万块钱，都给了涵东，还从我二姐那儿借了一万，现在已经无能为力了，真是时间太紧了，没容我喘过气来。"尹玉霞说道。

"妈，我二姨那一万块钱不是给我的吗？不是咱借的。"吴涵东立刻问道。

"你二姨都那样了，你好意思吗？"尹玉霞很生气地说道。

吴庆阳还是坐在那里，一声不吭。

"咱们吃饭吧，菜都齐了，涵东你讲两句吧。"王雪梅觉得自己今天确实有些多余过来，这种冷场的气氛让自己浑身不自在。

"我爸说吧，都坐下半天了，一句话都不说。"吴涵东也看出来父亲好久没有吱声了，这样下去，人家姚瑶的父母肯定会挑礼的。

吴庆阳一看儿子都这么说了，也意识到自己做得确实不对，既然王雪梅说出拿出五万块钱，那自己还算有点面子，毕竟现在他与王雪梅生活在一起，他知道王雪梅的钱全是前夫的抚恤金，但现在事情逼到这儿了，先硬着头皮把会亲家这关过去再说。

"咱们工薪阶层，真没什么实力，姚瑶爸、姚瑶妈，你们看看，你们有什么要求？你们说说。"

"爸，你先让大伙儿吃饭行不行，这姚瑶的肚子早就饿了，让你讲两句，你可倒好，你又把话题讲回去了。"吴涵东挺生气的，今天父亲像被霜打了的茄子。他拿了一双筷子递给了姚瑶，示意姚瑶先吃。

尹玉霞也看出来了，让吴庆阳说话，而且把话说到点子上比登天都难。于是她也赶紧给姚瑶又是夹菜又是添汤的。

几杯酒下肚，这姚广利的话匣子可就有些收不住了。

"咱们做父母的，都希望自己的孩子以后能够过得好一些，难吗？很难。你们家娶媳妇,房子还没有吧?"

"姚大哥,是这样,我和涵东他爸现在住的房子是个单间,要是孩子们不嫌弃,我们两个老东西就搬出去,给孩子们简单收拾收拾,现在就这么个条件,咱们慢慢来。要是姚瑶嫌那房子旧,现在不都搞那个按揭贷款买房吗?我们凑个首付,贷款买。"王雪梅说道。

"贷款买房这个事情,千万打住,这没钱是没钱,但总不能我闺女一进门又背上了债务啊?"韩桂芝立刻否定道。

"涵东,你家的房子什么样的?"姚广利问道。

"我家房子的房龄比我年纪大,跟你家的楼差不多,但我家是单间。"吴涵东如实说道。

"那不行,这房子也太老旧了。"姚广利的头摇得跟拨浪鼓似的。

"这姚瑶的肚子一天比一天大了,我们先给孩子们租个房子住吧。举办婚礼的饭店好选,多选几个给你们看看。"尹玉霞见状,只能把自己的想法说出来。

"咱们今天既然说到这儿了,我们也不能强逼你们。刚才涵东的干妈说拿出五万元,这钱我们就收下了,别人家嫁女儿都收彩礼,我们不收的话,我们回家也不好往外说,弄得像我闺女嫁不出去似的。但这个彩礼钱,我们老两口一分不花,我们的意思就是只要能够把女儿女婿在理工大学计算机科技园卖电脑器材的档口支撑起来开业就行,他们两个总得有个营生,对不对?我们总不能对街坊邻居说姚瑶嫁了个无业游民,你们也不能对街坊邻居说涵东娶了个没工作的儿媳妇吧?等姚瑶生了孩子,至少得有钱给孩子买奶粉吧?"韩桂芝看见买房无望了,至少得把眼前的五万块钱先弄给女儿。

"穷也好,富也罢,婚礼总是要办的。虽然没有婚房,先租一个也行,也做好了迎接小宝宝的准备,我希望今天定好结婚的日子,结婚之前也把售卖电脑器材的档口先开业了。"姚广利终于可以放心喝酒了,五万块钱的心理预期是达到了。

"亲家,咱们要的不额外?"韩桂芝问道。

"不额外，不额外。"吴庆阳、尹玉霞、王雪梅纷纷说道。

"我们俩结个婚，他们五个人像在对弈一般。"姚瑶几乎整晚都没说一句话，回家的路上，她同吴涵东说道。

"反正都是他们应该做的，把我生下来，他们还能不管啊。"吴涵东话音刚落，姚瑶看了他一眼，又不吱声了。

第二十九章　沾亲带故

"唉，你说我今天的点子啊，真是邪了门了。"韩冬梅一回到家就直嚷嚷。

"能不能不这么迷信，你纯是心理作用。"郭有渊正拿着大勺做蛋炒饭呢。

"说你也不懂，麻将这玩意儿高深着呢。"韩冬梅躺在沙发上伸了一个懒腰。

"儿子这几天马上就要考试了，我这也不会做什么，等儿子考完试，你再去玩麻将不行吗？"郭有渊已经跟韩冬梅吵得没力气了，所以只能以建议的口气说道。

"不会做，你怎么会吃呢？对了，说到吃我想起来了，你猜今天早上我出门之前，谁往家里打电话了？"韩冬梅坐了起来。

"谁啊？"郭有渊一边关了煤气，一边问道。

"我的堂姐，她女儿要结婚了，多快啊。这将近十年没见面了，也不知道从哪儿弄的咱家电话。"韩冬梅又躺了下去。

"你哪个堂姐？"郭有渊也到沙发上坐了下来。

"那个韩桂芝呗，开小卖部的那个，我们家那些人就我们两个在咱们市内住，她家那地方我现在都够呛能找到了。"韩冬梅说道。

"这亲戚不经常走动啊,都变得生分了。"郭有渊发现围裙还没摘,起身摘下围裙又去了厨房。

"那小卖部,真绑身子啊,一时一刻离不开人,她出不来,我也懒得去她家里那边,太远了,不方便。那小卖部开业的时候,我还去了呢。我这堂姐今天反复纠正我称呼她开了小卖部这个事情,非得让我说便利店,她那好面子的性格,这么多年一点没变。看看婚礼在哪儿办吧,要是远了,真不想去。"韩冬梅也起身去了厨房,蛋炒饭的香味从厨房传来,她有些饿了。

"那些年,你姐夫在食品厂正红火的时候,人家的饼干和挂面,咱们没少吃,人家孩子结婚了,咱得去啊。"郭有渊说道。

韩冬梅自己盛了一碗蛋炒饭,回到沙发上,一边看着电视一边说道:"唉,这人啊,真说不准以后是啥样,你说我堂姐夫那时候多红火,从一个放牛娃,十五岁就被他舅舅调到第一食品厂,那时候,第一食品厂是谁想进去就进去的吗?要不是他舅舅突然自杀,我这堂姐夫到最后那还不得弄个副厂长、厂长干干啊。"

"他的年龄比你堂姐大七八岁吧?"郭有渊剥了两头大蒜,递给韩冬梅。

"大了将近八岁。咱家大蒜快没了吧?我看你爸在早市买的大蒜应该是今年的新蒜,抽空你去拿两头回来。"韩冬梅接过大蒜时说道。

"姑奶奶,明天早上我去早市买,行不?可别去他爷爷那儿拿了,这大蒜没几个钱。"郭有渊急忙说道。

"那是钱的事情吗?你看看咱家的大蒜,干瘪的,像你这张老脸似的,晓龙他爷爷那是新蒜。"韩冬梅把手里的大蒜扔在了茶几上。

"好啦,不是钱的事儿,你堂姐家女儿哪天办婚礼?"郭有渊故意换了个话题。

"七月二日,那天星期六。日子定了,现在正准备找饭店呢。"韩冬梅说道。

郭有渊拿起茶几上的日历牌翻看着,说道:"那天是农历五月二十六，双日子，挺好的。"

在热闹的鞭炮声中，吴涵东与姚瑶步入了婚礼的殿堂。喜宴设在供销社宾馆里，这二十年前是东洲最好的饭店之一了，而如今已经早已失去了往日的辉煌，甚至宾馆一楼楼外的台阶处都长出了杂草，虽然杂草不高，但足以见得这里越来越少有人光顾了。

跟大多数人的婚礼一样，姚瑶的父母把能叫的亲戚朋友都叫了过来，双方一共宴请了三十桌。

"呀！这不是大哥大嫂吗？你们怎么来了？大嫂你这身体行吗？你第三次化疗该做了吧？这晓龙啊上个星期才中考结束，我一直在忙活照顾孩子呢。"韩冬梅刚一走进宴会大厅，就看见郭有庭与尹玉红坐在靠近典礼台旁边的第三桌上。韩冬梅当时的热情劲儿让不知情的人看见了，就会认为韩冬梅是位特别认亲的人。

"大哥，你们怎么来了？"郭有渊看得出来大哥大嫂对韩冬梅有些爱搭不理的，于是赶紧问道。

"你嫂子的妹妹玉霞，她儿子结婚，你们怎么也来了？"郭有庭也诧异地问道。

"大哥，我们是娘家席，这新娘啊，是我堂姐家的女儿，是我外甥女，你说这巧不巧。"韩冬梅一边说着，一边还用眼睛斜看着尹玉红。

尹玉红的身体确实不是太舒服，脸色有些难看，她也看出来韩冬梅在有意跟自己套近乎。

"晓龙考得怎么样啊？今天没过来啊？"尹玉红问道。

"他一会儿能过来，他说考得还可以，过几天就可以查成绩了。要是考得好，我也摆几桌。莹莹呢？"韩冬梅一见大嫂跟自己说话了，就走上前去，拉着大嫂的胳膊，好像很亲密的样子。

"一个中考，摆什么宴席，我不摆，要摆你自己摆，这都是什么风气。"郭有渊在旁边说道。

韩冬梅回头瞪了郭有渊一眼。

第二十九章 沾亲带故

"莹莹昨天就去省城特钢集团报到去了,上班了,这几天新员工入职培训,不允许请假回来。"尹玉红稍微露出了一丝笑容。

"那真是太好了,莹莹工作落实了,比什么都强。大嫂,你最近身体怎么样?第三次化疗做了吗?"郭有渊又问了一遍。

"都做完一个月了,还可以吧。长寿是不可能了,凑合着活着吧。"尹玉红说完,自己笑了笑。

"大嫂,看你说的,是不是挑我们两口子礼了啊?这段时间真忙活晓龙中考的事情了,没顾得上看你去。"宴会厅内闹闹哄哄的,韩冬梅扯着嗓子大声说道。

"你看不看我没关系,你少打点麻将就行了。"尹玉红摆摆手,示意她别再说这件事了。

"你们就在这桌子坐吧,没别的人。莹莹她姥姥、姥爷岁数大了,都没过来,一会儿赵吉利能过来,没别的人了。"郭有庭说道。

"那敢情好,我们好久没在一起吃过饭了。"韩冬梅向郭有渊递了个眼神,让他坐下。

"哟,有渊兄弟也过来了啊?"赵吉利匆匆忙忙走了过来。

"赵大哥,你忙什么呢?"郭有渊看见赵吉利,握了握手,两人都坐了下来。

"刚才门口的拱门没弄好,我去帮忙绑了绑。"赵吉利拧开汽水,倒进杯子里喝了一口,又给其他几个人都倒上。

"这赵哥,一会儿双方父母上台讲话,你不讲两句啊?"韩冬梅说完就抿着嘴笑个不停。

赵吉利被说得脸红一阵白一阵的。

"老二媳妇儿,你怎么什么玩笑话都开呢?"郭有庭瞪了韩冬梅一眼。

尹玉红也有些看不过去,说道:"老赵,你说巧不巧,这涵东娶的媳妇,是冬梅的外甥女。"

"是吗?这么巧啊?缘分啊。怎么个外甥女?你这是娘家人啊?我还以为你奔着玉霞他们来的呢。"赵吉利说道。

韩冬梅满脸自豪地说:"我堂姐家的闺女,是巧着呢。今天来了才知道。我这堂姐人好,堂姐夫人也好,以前也是能人,是供销社第一食品厂的,那以前物资紧缺的时候,我家的饼干不敢说是随便吃,但也肯定是不断顿儿。"

"那是挺厉害的,这第一食品厂可不好进,能在那里上班可都是根红苗正的人。"赵吉利竖起了大拇指说道。

"那是,我堂姐夫的舅舅以前是供销社一把手呢,要不是后来自杀了,我堂姐夫指不定多辉煌呢,这姚瑶啊,可真就不一定嫁到哪个大户人家了。"说者无意,听者留心,韩冬梅这么一说,赵吉利倒是听出了门道,韩冬梅说的那个供销社一把手会不会是林戈民要找的叶秃子呢?

"供销社一把手?叶秃子吗?"赵吉利这么一问,韩冬梅没听懂,她也不知道这些事情,但郭有庭可是知道的,叶秃子的女儿叶鹤春毕竟是自己的同届同学,而且在一个青年点下的乡。

赵吉利走到郭有庭的身边,俯下身来,跟郭有庭耳语了几句。郭有庭一脸惊讶的样子,让韩冬梅着实起了好奇心。

千篇一律的典礼环节过后,赵吉利与郭有庭一直想找机会接近一下韩冬梅的堂姐夫,这可是个绝好的机会。

姚瑶毕竟四个月的身孕了,小腹微起,被父母拉着,向这桌的亲戚朋友敬完酒,又去敬那桌的,忙得不亦乐乎。当走到郭有庭他们这桌时,韩冬梅擦了擦嘴边的油花,一把拉住姚瑶的手说道:"这孩子越来越水灵了,还认识老姨不?"

姚瑶都十多年没见到韩冬梅了,再说那时候还小,哪里能够记得。

"闺女啊,这是你老姨,妈妈四叔家的,冬梅姨。这是你姨父,叫有渊,对吧?有渊姨父。"韩桂芝介绍道,也是十多年没见了,她对郭有渊也有些生疏。

"老姨好,姨父好。"姚瑶为两个人递了喜烟,吴涵东把烟点着。吴涵东有些愣神,虽然与郭有渊和韩冬梅接触不多,但毕竟是见过面的。

"妈,这是涵东的二姨、二姨父。"在吴涵东愣神的工夫,姚瑶介绍道。

"哟，这是亲家啊。"姚广利大嗓门特别洪亮。

"姐夫，姐夫，你看看他俩像不？"韩冬梅又凑上前去，指着郭有渊与郭有庭说道。

"有点像。冬梅，什么情况？"姚广利问道。

"姐夫啊，咱们姚瑶这婚礼啊，是沾亲带故啊，你们家闺女嫁到了我们有渊大哥的小姨子家了，你说是缘分不？"韩冬梅这么一说，姚广利与韩桂芝刚一开始有些迷糊，可姚瑶是弄懂了，拉着吴涵东的手，倒是很高兴的样子，毕竟是个有意思的小插曲。

"我刚才喝了几杯，让我捋一捋。那你这个小姨子是涵东的亲妈，还是涵东的后干妈？"姚广利笑着说道。

"姐夫，是涵东的亲妈。怎么还弄出个后干妈出来？要么后妈，要么干妈。"郭有渊也笑着回答道，大家嘻嘻哈哈乐成一圈。

"亲家啊，刚才我弟弟、弟妹一个劲儿夸你之前对他们特别照顾，说你在第一食品厂的时候，他家的饼干是顿顿不落，厉害厉害。"郭有庭故意奉承着，说道。

"啊，是啊，都是过去的事情了，过去的辉煌，过去的辉煌。"姚广利摆摆手，说道。

这人啊，要是被别人夸起来，都很难控制住喜悦的心情，尤其是在自己的女婿面前，作为岳父，被人提及能耐时的过往，姚广利很是得意。

郭有庭见状，赶忙问道："亲家，打听个人，叶鹤春认识不？"

"岂止是认识，那是我表妹，亲表妹。"姚广利说道。

"我们是同届同学。"郭有渊拍了一下姚广利的肩膀。

"缘分啊，我比她大三岁。现在在马来西亚，好多年了，但在我下岗买断之后，与她就没联系了。原来你们也认识。这地球真小啊。"姚广利越聊越起劲儿。

"我们是一个青年点的。坐下来，喝一杯吧。"郭有庭给姚广利手中的酒杯满上。

"这杯我先干了，我先招呼一下客人，一会儿等我回来。"姚广利一饮而尽，很是兴奋的样子。

大概半个小时的样子，姚广利拿着酒杯回来了。女儿不管嫁得怎么样，作为父亲看见女儿今天很开心的样子，自己也跟着开心，毕竟两个星期前，吴家已经将女儿女婿的电脑组装和配件档口支撑起来，开始营业了，总算有个营生。今天的亲戚朋友问了，自己总是用很响亮的嗓门告诉别人，女儿女婿做电脑生意呢，主要客户是理工大学的学生。另外，这门亲事真是有缘分，韩桂芝的堂妹，竟然跟女婿家也是亲戚关系。而且，还认识自己的表妹。

"我啊，不是读书的料，被我舅舅安排上班早，不然我也下乡了，正好赶在线上，少遭了不少罪。"姚广利平时就喜欢喝点酒，回到这个酒桌上，郭有渊与赵吉利都是能喝酒的主儿。棋逢对手，酒劲儿一上来，还没等郭有庭问呢，自己就像倒豆子一样，把自己的事情都抖搂了出来。

"是啊，我们和你表妹那会儿，接受贫下中农的再教育学了不少东西，但也遭了不少罪，农村条件艰苦啊。"郭有庭说道。

"我们和你表妹都认识，后来你表妹回城之后就没信儿了呢？"赵吉利端起了酒杯，与姚广利干了一杯。

"唉，这么多年了，这也不是什么秘密了，我表妹当初也是怕各种问题，才选择了背井离乡。好不容易才弄到了国外，受了不少苦。前些年，有联系的时候，她一直惦记着回国呢，这人啊，没出去的时候，想到外面看一看，出去了就知道了，还是咱们国家好。"姚广利开始了回忆。

"是啊，突然就消失了。前几年，我们这些人还回了一趟当年下乡的地方，我们所有的人都联系不上她了。怎么了呀？"赵吉利接着问道。

"那时候我舅舅出了点事情，有一次我表妹从你们青年点回城办事，就把你们青年点的事情说了一下，好像是有个人被泥石流埋在了地下，给憋死了，是不？"姚广利自己给自己的酒杯倒满。

赵吉利与郭有庭互相看了一眼，赵吉利心里已经十分清楚了。这事情基本上就是和林戈民猜想的八九不离十了。

第二十九章 沾亲带故

"你们猜怎么了？那死的人，是我舅舅的私生子。"姚广利说完，又是一杯啤酒下肚，赵吉利赶紧起身给满上。

郭有渊与韩冬梅也是第一次听表姐夫说出这事，都瞪大了眼睛，听得入迷。

"那时候，我姥姥还活着，我舅舅就跟我姥姥把这件事情说了。你们可知道，那私生子的母亲家里成分不好，曾经是中华人民共和国成立前一名国民党的官太太。但那都是父母之命、媒妁之言，没有什么感情，哪像我家姚瑶这样自由恋爱的，那时候的人还不如我们这代人呢，那时是入了洞房才能看见对方长什么模样。后来那名国民党军官在中华人民共和国成立前就出了问题，没了性命，我舅舅当时是去安慰那个私生子母亲的，他们两个是在东洲国高上学的时候认识的，在读书的时候，私下谈过一阵恋爱，后来家里不同意，硬是给搅黄了。尤其那个女人的父亲是有名的老郎中，我姥姥家条件不是太好，我舅舅的学费都是自己替人写信、替人打零工赚的。两个人一来二往，旧情复燃，结果一不小心怀孕了。那女人本想自己喝中药打胎的，可当时局势紧张，家里的药材铺被政府临时接管了，没有办法，硬着头皮给生了下来，她怕耽误我舅舅的前程，把那人说成是那名国民党军官的遗腹子，其实不是。我表妹的生母，生我表妹的时候大出血死了，只留下了我的表妹，我舅舅就一直没娶，但后来没想到，自己的私生子就这么没了，自己也不知道怎么了，就轻生了。我母亲活着的时候，要是谁提我舅舅一个字，上去就是一嘴巴，吓人啊，那时候，要是被别人知道了，那全家人不得安生。所以，我表妹返城后与大家也故意断了联系，都被吓怕了。她后来也是一直一个人生活呢，没结婚。"

"你舅舅叫什么来着？"赵吉利问道。

"我舅舅叫叶茂源。写得一手好字，当时大街上很多标语都是出自他的手，后来到粮库的粮仓上写标语，被一个领导发现，调到了供销社，以至于最后成了供销社的革委会主任，厉害着呢。就是脑袋上的头发少点，没别的缺点。"姚广利举起了酒杯。

林戈民很快从赵吉利的嘴里得知这个消息后，又翻出了那张哥哥与人家父亲的照片，也许哥哥早就知道自己的父亲是谁，所以他从来不问那名国民党军官的任何事情。

　　林戈民仔细看着母亲陶柔荑的笔迹，心头一紧。

　　"叶茂，林之源，林枯，叶亦落。沾亲带故，孽。"

　　母亲的欧楷小字虽然工整，但字里行间能够透露出母亲当时写下这段文字时的复杂心情，林戈民又将照片与报纸用防油纸包好，小心翼翼地放进了箱子的夹层中，那是母亲一生的秘密。顷刻间，林戈民觉得自己心里的阴影面积迅速缩小，对母亲那次的喘息声和红晕的脸庞都释怀了，那是一种沾亲带故的自愿行为，那是母亲自己的权利，而且母亲在叶茂源与哥哥的合影照片后面，已经忏悔了自己，因为那个"孽"字比其他的几个字略微大一些。

　　半夜里，林戈民辗转反侧，久不能寐。他翻出手机，给赵吉利发了一条短信：望守口如瓶，谢谢。民弟。

　　"放心，明天晚上过来搓澡吧。老赵。"赵吉利很快回复了短信。

第三十章 白驹过隙

啪,啪,啪啪啪。啪啪……

已是夜里的十点钟,清脆的响声回荡在浴池里,这个时间段,当然只有林戈民有着这样的特殊待遇。林戈民趴在浴床上,后背毛孔中渗出的汗液与水珠一起,在赵吉利的敲打下,共振起来。

"赵哥,真得感谢你,虽然我们深交不到一年,但你改变了我很多,同事们都说我最近爱笑了。"林戈民用毛巾擦拭着身体。

"哪里的话,但你做领导的,该正襟危坐的时候,就必须严肃起来,有权威感和领导范儿,但也得兼顾平易近人。"赵吉利笑着说道。

"明天八月一日,周一了。明天我就去省城报到了。"林戈民一动不动地看着赵吉利。

"我早就猜到了。大半夜的,你别这么看着我,光溜溜的,怪吓人的。"赵吉利调侃道。

"这叫赤诚相待,哈哈。"林戈民继续用毛巾擦着身体上的水珠。

"好长时间没有这种失落的感觉啦。"赵吉利突然收住了笑容,手里拿着澡巾,一动不动地站着。

"省城与东洲这两个地方,没多远,我还会常回来找你搓澡的。你现在短信发得也挺好,速度提升了,没什么事情的时候,给我发点搞笑的小段子，挺好。"林戈民也有些舍不得赵吉利，这人啊，要是对撇了，不论年龄与性别，都会有这样的感触。

"临走的时候，连顿饭也没吃上，老郭的女儿工作安排得那么好，让老郭的心里，尤其是孩子的母亲，很是过意不去。手术那么照顾，而且还给孩子安排了工作，这是谁都没想到的。"赵吉利还是一动不动地站着。

"医生给谁做手术都是一样认真的，不用谢。至于他们女儿工作的事情，他们要谢啊，就谢谢你吧，这事情，咱俩比谁都清楚。"林戈民笑着说道。

"我是发现了，你夸人，从来都是不用褒义词语的。明天我送送你？"赵吉利说道。

"别这样行不行？医大那边都安排好了，我也不带什么了。老郭大哥家嫂子身体上，有什么事情给我打电话，或者直接找董医生，我都交代完事了。她女儿那边要是在特钢集团有什么事情，你就给我打电话、发短信，都别客气了。"

"你们说林医生够意思不？"尹玉霞包的饺子，尹玉红让郭有庭将赵吉利找来，赵吉利与郭有庭一边喝着啤酒，一边聊着。

"确实挺够意思的，没收咱们一分钱，没吃咱们一口饭。"尹玉红说道。

"莹莹在那边怎么样了啊？那对象处得还行不？前几天老崔到我那儿洗澡了，还问莹莹呢，我说莹莹去特钢集团上班了，他好顿惊讶啊。"赵吉利特别喜欢在吃饺子的时候，再喝上两口。

"莹莹挺好的，特钢集团毕竟是大企业。那个对象现在在那个美资企业上班，是美国时间，咱们睡觉，他上班的，咱们上班，他睡觉的。莹莹住在特钢宿舍呢。这个月他俩也没见过几次面儿。"尹玉红坐在桌子旁边，没有吃，看着郭有庭和赵吉利吃，陪着聊聊天。自己越来越没胃口了，什么东西都不想吃，有时候想吃了，等做好了，自己又不愿意动筷子了。

"实在不行,就让莹莹在特钢集团找个对象得了,这新毕业来的小伙子有的是,我们在地球的这一半,非得整洋事儿,那美元就那么好?"郭有庭提到这个农村的女婿,还是不太高兴的样子,唉声叹气,说道。

"人家钱川带来的海参,你都白吃了,前一段时间的时候,还觉得人家钱川挺好。哦,你女儿现在工作稳定了,就想让女儿给人家踹了,咱做人可不能这样。老郭,你这是怎么了?你以前不这样啊?"尹玉红劈头盖脸地说了郭有庭一通。

"以前他说他找了家外资企业,但也没说黑白颠倒地过日子啊?这样下去,你觉得是个过日子的样子吗?"郭有庭声音很大。

"我饱了。今天的酒喝得有点急,我先回浴池躺一会儿。"赵吉利很少有这样的情况,今天不知道是怎么了。

"老赵,你没事儿吧?"尹玉红问道。

"嫂子,我没事,你好好休息,我今天可能有些乏累了。咱们家莹莹是个好姑娘。"赵吉利起身要离开。

"老赵,是不是我说的话,你不愿意听?"郭有庭问道。

赵吉利愣住了,看了郭有庭一眼,说道:"我今天喝酒喝急了,不能再贪杯了,谁都是,不能贪杯。"

赵吉利走后,郭有庭也觉得自己今天的言语是有些不妥,但那是内心里的真实担忧,现在他几乎每天都听见尹玉霞在说吴涵东与姚瑶之间的那些鸡毛蒜皮的小事儿,听着闹心,很怕女儿莹莹将来会走上那种婚姻的道路。

时间过得很快,转眼间,马上又到了落叶纷飞的季节了。尹玉霞这几天忙着买秋菜、买大葱,给二姐家买了,也给父母和吴涵东都买了,虽然没多钱,但是渍酸菜是她拿手的手艺。郭有庭也排了一下午的队伍,终于将供暖费交了。

"我这几天又感觉到胸口十分压抑,是不是天气渐冷的原因啊?"尹玉红自己觉得身体一天比一天弱了起来。

"这寒秋能和夏天一样吗？别说你，我都感觉呼吸不得劲啊。幸好今年政府强制拆除了很多小锅炉，不然的话，过几天污染更严重，呼吸更费力。"郭有庭安慰尹玉红说道。

"二姐，你记得按时吃药，按时治疗就没什么事情。那头发爱掉就掉呗，实在不行，就让我姐夫给你买个假发，在家的时候就别总戴着帽子了，不然的话，这脑袋肯定被捂得昏昏沉沉的。"尹玉霞穿上了外套，说道。

"饭做好了，咋不吃完再走呢？"尹玉红问道。

"姚瑶的预产期就是这几天，我就不在这里待着了。不然有个急事，我怕涵东照顾不好。今天把你家的酸菜腌完，我这入冬之前的活计啊，基本上就没什么让我惦记的了。今天给你炖的鸡汤，在砂锅里再炖一会儿，十分钟之后，别忘了关火。"尹玉霞说完，走了出去。

再过几天到了供暖期，那就是冬天了。尹玉红的心里很是复杂，时间如白驹过隙，转眼又过了一年。自己已经病了一年的时间了，在与疾病斗争的过程中，心情大好的时候，很少有，有的那几次也就是女儿工作落实了的时候，和女儿第一次开工资时给自己买了一条喜欢了很久的花裙子。其实想一想一年的时间其实没有几天，每天睁开眼睛看着天明，闭上眼睛因为天黑，朝暮之间，如同眨眼一般，去年手术前夜失眠的经历现在还是历历在目。

尹玉霞给自己炖的鸡汤已经飘出香味了，这是女儿托家在农村的同事特意买的笨鸡，尹玉红时常在想，要是自己能活得久一些，多享受享受与孩子之间的这种亲情该多好。这鸡汤的香味，自己今天是特别喜欢，可能是女儿给买的原因，甚至勾出了自己尘封多年的回忆。

这种香味，十分特别。当年在青年点的时候，记得是在一年的冬日里，曾有过一次，也大概是这种味道。当时的冬天，觉得比现在的冬天要寒冷得多。每个人都是大棉袄、二棉裤的，一到了晚上，大家都会挤在炕上，把自己裹得严严实实，有时候只将脑袋露在外面，有时候天气太冷了，就会连脑袋也一起钻进被窝里。冬天的夜色来得特别早，农村的鸡啊，狗啊，也早早就钻进了窝里。

青年点男女宿舍在大队部的后身，东院住着女青年，西院住的男青年。青年点里有位女青年叫冯潇，胆子特别小，晚上去趟厕所，非得拽上两个人陪着自己才敢出门。

有一天，那天的北风还不算大，但也刮出了那种呜呜的号叫声。冯潇内急，本想出门就解决的，但听见西院有声音，自己就没好意思就地解决，硬着头皮往二十米开外的厕所走去，快走到大门口的时候，突然一个身影，吓得冯潇嗷的一声就往回跑。当时尹玉红和另外一名女青年正慢慢悠悠地跟在冯潇后面呢，一看冯潇往回跑，她们两个也被吓得嗷嗷直叫，拼命往回跑。

三个女青年的尖叫声，划破了寂静的长空，西院的男青年呼呼啦啦跑出来十多个。其中有几名男青年拿着铁锹与镐头在墙里墙外寻找了很久，带回来两条消息。一是没找到人，二是基本上确定刚才冯潇看见的是黄鼠狼。冯潇还纳闷呢，刚才看见的身影很大啊。那声音仿佛是从西院院墙根一直跑到东院门口，又在东院门口晃了一下，吓完自己才跑的。黄鼠狼再大，能有多大？

冯潇还试图着解释什么的时候，就有人在外面喊，黄鼠狼吃鸡啦，大家又都呼呼啦啦地跑了出去。

青年点的鸡窝里一共有十七只鸡，这次有五只鸡都好像被咬断了脖子似的，天色较黑，也看不出来什么。只听见有人喊道："赶紧用铁锹给被咬的鸡放血，把黄鼠狼的毒放出去。"有个人就冲了上去，用铁锹把那五只鸡身首异处。

大家连夜烧水收拾鸡，也不知道大家在哪儿弄的盐啊，蒜啊，柴火啊，就好像瞬间从地里冒出来似的。凌晨一两点钟的时候，满屋飘香。一切都是安安静静的，那只平时吠叫欢实的大黑狗，因为有了五个鸡头，那个晚上也特别安静。

西院的一位男青年给冯潇的碗里多夹了一个鸡腿，在冯潇耳边说了几句话。自从那以后，她逢人就说她看见的是两只黄鼠狼，特别小，像猫似的，而且她亲眼看见那黄鼠狼是从鸡窝里跑出来的。

第二天，大队干部上班的时候，得知黄鼠狼偷袭了鸡窝，将鸡窝换了地方，也加了栅栏更为细密的竹笼。从此再也没丢过一只鸡。

三年前，当年的下乡知青们回过一次下乡的地方，大家齐钱为当地捐了一个养鸡场，虽然规模不大，但在大家的心里，都有着心照不宣的意义。

"多要汤，还是多盛肉？"郭有庭问道。

尹玉红这才缓过神来，说道："来碗汤吧，吃肉怕不消化。"

"时间过得真快，一晃这么多年过去了。"尹玉红在内心里感慨着。

尹玉红也不知道怎么了，最近特别愿意回忆往事。有时候，一坐就是半天，一动不动，过去的事情，就像演电影似的，一幕幕在眼前闪过。

晚上八点的时候，尹玉霞打来电话，说是姚瑶有了生产的症状，已经打车赶到市妇婴医院了。能不能从二姐这里拿点钱，这几天涵东把钱都上货了。

"都知道这几天是预产期，生孩子不把钱提前准备好？这是什么脑袋？"郭有庭一边穿衣服一边埋怨着说道。

"谁没个手短的时候？快去吧。"尹玉红劝说道。

"借钱正常，我是说就是借钱也早点把钱借好，放在家里以防备用啊。这幸好咱家有，不然的话，大半夜上哪儿整去。我今天就觉得玉霞有话要说似的，大晚上了，整这么一出，外面还下雪呢。"郭有庭嘟嘟囔囔地穿好鞋，要开门离开。

"去了可别乱说话，大家没人听你上教育课。"郭有庭关上门的那一瞬间，尹玉红还在嘱咐着。

虽然外面下着雪，但出门的时候，郭有庭还是挺顺利地打到了出租车，等他赶到妇婴医院的时候，除了吴庆阳与王雪梅没到之外，其他人都在，姚瑶已经被推进了急诊产房。

"二姨父，大晚上把你折腾来了，等我卖了货，手头就宽裕了，第一时间还你。"吴涵东接过郭有庭手中的钱，说道。

第三十章 白驹过隙

"以后做什么事情，有个计划性，媳妇儿生孩子不得准备钱啊，你妈今天下午还在我家呢，早知道你要钱的话，下午给你妈就带着了。这都当爸的人了，不能老干那些现上轿现扎耳朵眼的事情。"郭有庭还是没听尹玉红的话，到底是给吴涵东上了一课。

吴涵东没说什么，只是红着脸听着，不时地点点头。尹玉霞坐在家属等待区的长椅上，焦急地看着手术室门口的指示灯，也没吱一声。只是偶尔用眼睛的余光看看坐在对面长椅上的两位亲家。

"怎么没去水电医院生呢？那多权威啊。"郭有庭来来回回走了两圈之后，回身又向吴涵东问道。

"水电医院能贵一些。"吴涵东焦急地望着手术室门口，不假思索地说道。

吴涵东这么一说，姚瑶的母亲韩桂芝腾地一下从椅子上站了起来，十分不愿意地说道："涵东啊，你这个想法可不对，这是你媳妇儿，为你们老吴家生孩子呢！说句不好听的，这女人生孩子本来就是一脚鬼门关内，一脚鬼门关外的。你不能在自己的媳妇儿和孩子身上省钱啊，你这么做就不对。你现在就这样对待自己的老婆孩子，那以后的日子长着呢。"

"是啊，本身姚瑶身体就有个特殊情况，你们也是知道的，只能生这一胎，这要是有个闪失，你会后悔一辈子的。"姚瑶的父亲姚广利也跟着责备道。

"亲家，亲家，你们别多想，其实差不了几个钱，来妇婴医院生孩子是我跟姚瑶商量的，妇婴医院是专门生孩子的地方，对大人和孩子都有个照应，不是钱的事情。"尹玉霞连忙给亲家赔着不是。

"那水电医院看癌症和心脑血管病权威，癌症和脑出血的人才往那里去，生孩子还是这里权威。"一直沉默的吴涵东，突然冒出了这么一句话。

"你这孩子真不会说话，说什么呢？"姚广利很不高兴地说道。

尹玉霞看了郭有庭一眼，说道："姐夫，你去椅子上坐一会儿吧，要不你先回去也行。"

郭有庭没有吱声，坐在椅子上看着天花板。他隐隐约约感觉到了尹玉霞刚才对自己很不满的样子。自己想一想也是,其实自己是应该听尹玉红的话,可到了这里就忘了,把人家两家人弄得都不痛快,尤其弄得吴涵东是满脸通红。

大约过了不到半个小时的时间,手术室的门开了,护士从里面喊道:"姚瑶家属,请到手术室门口来。"

这声音传出来,全家人都围了上去。

"顺产,女孩,六斤五两,母女平安,稍等一下能推出来,家属做好准备。"

当护士说出这个消息的时候,最为高兴的是尹玉霞,还没怎么准备呢,自己这一下子就荣升为奶奶的级别了。

"外面雪下得真大,一朵朵的雪花多么晶莹剔透啊,我外孙女就是伴着雪花来的,是其中的一朵,就叫朵朵吧。"作为孩子的姥姥,韩桂芝自然也非常高兴。

只有郭有庭很不自在地站在长椅旁边,走也不是,留也不是。毕竟是外甥媳妇儿生孩子,自己一个老爷们在这里多少有些不方便。

晚上快十二点的时候,郭有庭回到了家中。他刚一开门,发现客厅的灯还亮着。尹玉红坐在沙发上,满茶几上都摆放着照片,正认真地看着呢。

"你怎么还不睡觉,身体能吃得消吗?"郭有庭赶忙问道。

"这不是等你呢吗?你快过来看看,我找出来莹莹小时候的照片,可有意思了。这是莹莹的周岁照,这是她第一次去海边,这是她系上红领巾那天,这是与涵东小时候,你瞧那小样儿,太有意思了。"尹玉红满脸笑容,一张张地摆弄着。

"快睡吧,明天再看吧。"郭有庭有些困了,他对这些照片没有太多的兴趣。

"姚瑶怎么样啊?你刚才在电话里说孩子长得像涵东?"尹玉红问道。

"眼睛像涵东,别的也看不出来呢。"郭有庭转身去了卫生间。

"明天莹莹回来,她回来看看孩子。"尹玉红开始收拾着照片。

"明天?她自己回来啊?这都快一个月没回来了,这姑娘真是大了不由娘。"郭有庭在卫生间里伸出脖子说道。

"明天下午和钱川一起回来,钱川下夜班后,上午先睡一觉。"尹玉红将照片一张张地重新插进影集里。

郭有庭一边擦着脸,一边走出卫生间说道:"你这当妈的,容易跟莹莹沟通,你真需要跟莹莹好好沟通沟通了。这钱川天天上夜班,这是啥工作啊?要不行就换一个吧。他现在在外面租房子住呢,一个月还能剩多钱啊?"

"我怎么听莹莹说,钱川上个月的绩效工资都过万了,租房子能用多钱。"尹玉红将收拾好的影集递给了郭有庭。

"真的这么多?不是一个月两千多块钱吗?"郭有庭拿着影集停下来问道。

"钱川这人低调,他说的是基本工资,额外的是绩效工资,按美金算的,开到工资卡的时候都是人民币。"尹玉红说道。

郭有庭躺在床上,翻来覆去睡不着,他想着尹玉红说的话,再想想吴涵东已经成了孩子的父亲,瞬间就觉得自己真老了。明天女儿回家,也该跟她与钱川谈一谈了,他们的亲事也该提上日程了……

前几日郭有庭陪尹玉红去医院做了一下复诊,董医生跟他单独说的话,其实已经让他对尹玉红的病情有个心理准备了。

第三十一章　平淡是福

"妈，你可不知道，那孩子可好玩了。我和钱川都喜欢得不得了。我们给买的衣服，可好看了，哎呀，我都成孩子的姑姑了，这辈分升级了，听起来吓人呢。"

郭晓莹从省城回来，跟钱川直接去了市妇婴医院，看见了姚瑶新出生的女儿，好一顿稀罕之后，才回到了家。

晚上尹玉红让郭有庭准备的还是传统的火锅，冬天了，吃火锅不仅热热闹闹的，而且也方便，最主要的是现在煎炒油炸的东西，油烟味一大，尹玉红就受不了。

"你俩也应该琢磨琢磨婚事了，这人啊，到了什么年龄就应该办什么事。你现在这么喜欢小孩子都是因为你年龄到了，这是天性。"

饭桌上，尹玉红先提起了话题。

"我才不生呢，再说了，他现在的工作，天天上夜班，白天睡觉，抵抗力都下降了。你看看他的脸色，比你的脸色还差呢，也不能优生优育啊。"郭晓莹一边吃着一边说道。

"钱川，你在那个外资企业到底是做什么的？我一问莹莹妈妈，她就说是莹莹说的，外企、外企，我见过的外企多了去了，还没见过国内的外企上夜班呢。上夜班的都是网吧、歌厅的娱乐场所。"郭有庭从不认为外企有什么了不得的，自己在非洲做了多年的援建工作，自认为见过很多的世面。

钱川隐隐约约感觉到这未来的岳父好像对自己的工作有些不是太满意，从说话的语气能够听得出来，这是自己以往最不担心的事情，但万万没想到因为上班昼夜颠倒的事情，人家的脸色已经很难看了。

"投资公司，我们被称为day trader，其实就是海外交易员，主要做美国纽交所和纳斯达克市场的股票操作以及外汇相关的工作。"钱川手中的筷子静止了，他看着未来岳父的脸色说道。

"那你在公司里面具体做些什么？"郭有庭将自己爱吃的茼蒿放进了沸腾的火锅里，这是钱川唯一不吃的蔬菜，当然钱川以前没跟他们提起过此事。

"我在纽约市场部，美国目前的股票交易模式是T+0制度，当天可以多次买卖，甚至可以做空，但公司要求我们必须当日平仓，我觉得我们国内的股票市场将来的某一天也会这样。"钱川用筷子将蘸料碟里的豆皮用筷子卷了一卷，放进了嘴里。

"我们单位有个同事，莹莹他们认识，你崔伯伯买的股票都是好长时间，看到涨了，才卖的，也不用每时每刻盯着啊。"郭有庭捞起茼蒿，放进蘸料碟中，可能觉得还有些没有煮熟，又夹起来放到了火锅里。

"纽约与纳斯达克股票交易市场，存续了二百年，可能有近万只股票，适合短线交易的也就一千只左右。我们的工作期间，办公室里同步播放着交易市场喊牌的声音，做long还是做short，都是在开市之前，要对每只股票做个预判，开市之后，根据股票走势，随时做出判断进行操作，当然也会考虑比如这些股票所在的行业动态，甚至美联储议息会议的结果都是我们要关注的。"钱川的一席话，其实只有钱川自己能够明白他在说些什么，郭有庭也就是蜻蜓点水地了解一下而已。

"你们这上班时间太不适合在国内工作了，你们都能适应吗？别那么辛苦，实在不行，就找个正常的单位，平平淡淡地上班，其实挺好的。"尹玉红说道。

"公司将近四百人，外方管理人员不到二十人，后勤四十多人，都这么过的，习惯就好了，但白天怎么睡觉都不香。现在是执行冬令时，能遭点罪，晚上十点半上班，早上五点下班，夏令时的时候还好，晚上九点半上班，早上四点下班，一凑合一天就过去了。"钱川说完看了郭晓莹一眼。

"快吃吧，别说这些了，钱川前三个月培训、考核，他是他们那批入职的第一个通过考核的人，上个月是正式上岗的第一个月，成绩比较好，这个月继续保持下去，下个月就要带徒弟了。"郭晓莹往钱川的蘸料碟里夹了几块他喜欢吃的冻豆腐。

"莹莹，你别嫌妈妈唠叨，我这身体啊，一天不如一天，我自己能感觉到体力越来越弱，这涵东与姚瑶的孩子出生了，我就着急了。趁着我还活着，能帮你们带几天孩子就带几天，你们俩的婚事，你们也考虑考虑，商量商量，跟钱川的父母也打个招呼。"尹玉红放下了筷子，她最近吃东西越来越少了。

钱川觉得既然人家把话说到这里了，作为男方，有必要将自己的打算说出来："阿姨，我们单位不是按照美国节假日上班吗，不然'十一'期间的时候，我早就能带莹莹去我家了，我爸妈也惦记着这头呢。春节期间，我们单位正常也是不放假的，但允许请假，我和莹莹商量了一下，春节的时候，带她去我家走一趟，也算认认门。"

"这方面我没意见，你俩只要把握一点，这逢年过节啊，千万别因为去谁家过年的事情吵架，这几天电视里都在讨论这件事，你们这代人是独生子女的高峰期，家家一个孩子，我和莹莹她爸这边没什么说法。"

尹玉红的这番话让钱川感觉到暖暖的，至少缓解了一下刚刚郭有庭带给自己的那种咄咄逼人的不舒适感。

钱川偷偷地看了郭有庭一眼，尹玉红的话说完，郭有庭没有任何表情，还在吃着他喜爱的茼蒿，这次他从火锅里捞出来的茼蒿已经煮得很烂糊了。

几场大雪过后，东洲市冬季的寒意愈发浓烈了。人们走出户外都裹得严严实实，尤其早上出门，一个个的人仿佛一列列蒸汽机车的车头一样，嘴里的哈气一口接着一口。

第三十一章 平淡是福

冬天越是来得铿锵有力，人们越是盼望着春天的脚步赶快到来。有人把东北的冬天，尤其是腊月初八到二月二之间的这段时间比喻成一串特殊的鞭炮。因为这段时间，每天都会热热闹闹的，这是老祖宗留下来的习俗。这个季节里，少不了总会有大量的冰糖葫芦上市，晶莹剔透的冰糖下面，颗颗饱满的山楂显得格外的红艳。它就像这串特殊鞭炮的引火线，酸酸甜甜的滋味仿佛诠释出这个季节里人们生活中的心情。

伴随着冰糖葫芦的出现，雪糕冰激凌又被商家放在了露天桌子上，花花绿绿的包装纸远远看上去着实好看。春节的气氛，是每个人发自内心的热闹。几乎过了腊八就是全民年货采购季，除了绿色蔬菜继续待在暖室以外，鸡鸭鱼肉也跟着雪糕冰激凌都被挪到了室外，整个东北的冬天就好像天然的大冰箱一样，保鲜度极高。

尹玉红总觉得在家里就会内心发闷，时常在午后出来走一走，她越来越喜欢在菜市场转来转去，她喜欢这种菜市场的嘈杂，即使自己吃不下去，也愿意看上一眼。甚至有时候也学着年轻人的样子，时而给朋友们发条短信，告诉那些好姐妹哪家商品今天特价了，哪家商品是新上的。有时候也会莫名其妙地买些回家，回到家才想起来，女儿不在家，她和老郭也吃不了这么多，总会让郭有庭给别人送走一些。

尹玉霞照顾着姚瑶和小孙女，到她这里的时间与次数越来越少了。即使见面了，尹玉霞也很少听她回忆过去的事情了，尹玉霞的嘴边已经全是小孙女朵朵每天的变化，做奶奶了，终于体味到了"隔辈亲"的乐趣。

姚瑶父母的便利店到了年底也是很忙，离不开人，老百姓过日子，油盐酱醋洗衣粉的需求总是不分时间，尤其邻里街坊走亲访友的，总要拎上几件类似八宝粥、牛奶之类的礼品。老两口忙着店里的小生意，也就无暇顾及女儿与外孙女，尹玉霞一天二十四小时照看着儿媳妇和孩子。

"姚瑶父母老两口也指着这春节多赚些钱呢。我呀，拿不出多钱，就多出点力，别让亲家和姚瑶那边挑出什么不是就行。姐，我得走了，我出来的时候，孩子刚睡着，别一会儿醒了，要吃奶的话，姚瑶一个人照顾不过来，姚瑶奶水不足，吃奶粉费劲又费钱。"尹玉霞到家里来，刚坐了五分钟，就要起身离开。

"这盒海参给姚瑶补补身子，都是钱川家里给弄的，我也吃不了。把这些榛子拿上吧，昨天邮过来的，今年的新榛子，孩子睡觉的时候，吃点，就当零嘴了。"尹玉红打电话让尹玉霞过来取海参的，不然的话，也很难见到尹玉霞。

尹玉霞接过海参和榛子，有些不好意思地说道："姐，我这一天为朵朵要忙死了，你这边春节前这洗洗涮涮我也帮不上什么忙了。"

去年春节的时候，尹玉红家里的洗洗涮涮和卫生打扫都是尹玉霞一手操持的。

尹玉红摆了摆了手，说道："莹莹前两天回来都给我洗了，你看那窗户擦的，多亮堂，你姐夫这几年不如以前了，懒了，指不上他。"

"我姐夫呢？"尹玉霞出门的时候问道。

"他在家待不住，刚才还唠叨着给老赵送点榛子去，可能去浴池跟老赵他们聊天了。这老赵啊，人挺好……"

还没等尹玉红说完，尹玉霞就打断了她，说道："姐，你可打住，我的态度很明确，这涵东啊，不知道为什么，就是不待见人家老赵，这事情真的别再提了。"

"好，好。"尹玉红笑了笑，看着尹玉霞消失在楼道里，才关上了门。

此时，尹玉红的心里特别羡慕尹玉霞的生活，虽然经济上拮据一些，但老百姓居家过日子，过的是一个平平淡淡。那种儿孙绕膝的愿望越来越强烈了，有时候恨不得赶紧让莹莹结婚给自己生个外孙或者外孙女，自己也想像尹玉霞那样，每天生活在与孩子相处的日子里。

丰盛浴园的门口已经贴上了营业截止到中午十二点的通知，今年应街坊邻居的要求，休息的时间又往后延了一些。基本上都是儿女今天才放假，带父母过来洗个澡过大年的。陈永胜的搪瓷缸里今天只有方便面了，炸油条的今天已经休息了，一年到头陈永胜总是喜欢将油条放进方便面里泡着吃。

"今天的方便面是老坛酸菜味的。"郭有庭刚一进屋就闻出了熟悉的味道。

第三十一章 平淡是福

"鼻子挺好使啊，这都闻出来了。"陈永胜说道。

"你那方便面的包装袋扔在门口呢，小学生都能看得出来的。这是两袋榛子，你一袋，给老赵一袋。"郭有庭故意调侃道。

"这么客气呢，看春晚的时候，我是有东西吃了。我啊，今天失算了，老顾头的油条摊没出摊，今天这方便面啊，味道差点，少了油条，就像少了一分精髓。你说说那炸油条的老顾头两口子，等过了年回来的时候，我非得说说他们两个，去年腊月二十九还出摊了呢，今年就不出了，不按套路出牌也就罢了，学学我，花上一块钱，去打印社打个通知，告诉一声啊，今早很多人都去了呢。"陈永胜收起榛子，递给郭有庭一把钥匙和更衣箱的锁头。

"咋的，你知道人家今天不出摊，你自己能买面现炸啊？今年是腊月二十九过除夕，没有腊月三十，人家老顾做得也对。"郭有庭在男浴区门口换了拖鞋，说道。

"至少我昨天可以多买两根，把今天早上的份给带出来啊。德海那小子更狠，他的冷面炒面店正月十八才营业。"陈永胜右手上的筷子紧扒拉着，嘴里发出扑喽扑喽的声音，那脑袋本来就瘦小，几乎要扎进搪瓷缸里似的。

男浴区的人还真是不少，郭有庭走到赵吉利的跟前，将带来榛子的事情告诉了赵吉利。

"郭哥，你还别说，前两天我在街上看见卖榛子的了，我还回味去年你给我的那个榛子呢，味道真好。皮儿薄，果仁大，真不错，这今儿就给我带过来了。"赵吉利额头上的汗珠好像终年不断似的，正给别人搓着澡，跟站在一旁的郭有庭说道。

"有机会给林医生弄点，真不知道给人家送点什么。"郭有庭说道。

"啥也别弄了，他也好久没来了，这半年来，他又是授课，又是出诊手术的，也给他忙够呛。上次他回水电医院办事，大中午的，跑我这里来搓个澡，说是这段日子要去哪个国家参加一个什么肿瘤医学世界大会，春节还是不在国内。其实他这么样忙忙碌碌，倒是挺羡慕咱们这样平平淡淡的，他们的时间不属于他们自己。"赵吉利直了直腰，拍了拍浴客的肩膀，示意浴客翻个身。

浴客翻身的瞬间，赵吉利将一盆温水干净利落地从浴客与浴床中间的缝隙中泼过。

"有些时候啊，有些事情，说得高大上一些是追求进步，但有些事情，都是进了'围城'，林医生啊，没必要把自己弄得那么累，平平淡淡才是福啊。"郭有庭说完，就去淋浴了。

"这理儿是这么个理儿，我看啊，没几个人能做得到。"赵吉利拍了拍手中的澡巾，继续给浴客搓了起来。

"所以我们都是俗人，你我也不例外。"郭有庭扯着嗓子喊道。淋浴头流出的水立刻覆盖了郭有庭的身体。

"莹莹去对象家过年了，你现在什么心情啊？"赵吉利回头看了一眼郭有庭，问道。

"今天上午从省城走的，中午能到。那地方得折腾一上午的时间呢。我啊还行，可能你嫂子心里不是特别得劲儿，但也没说啥。这生女儿啊，就是那么一回事儿，迟早要嫁出去的，没办法。"郭有庭将头发打上了洗发露，弄得整个头都是白的。

"当妈的对孩子的心，跟当爸的肯定不一样。女人心细，这男人可不一样，心都粗。"赵吉利说道。

"是啊，我也看得开，我觉得这都是她要经历和承受的。在家的时候你当她是千金，可嫁到了人家那里，是啥？是孩子的保姆，是整个家的保姆，洗洗涮涮不都是她要干的吗？不是别人逼着她干的，是她们女人作为母亲、作为妻子的天性。"

"莹莹从小到大，没离开过你们吧？"

"春节跟我有时候没在一起，我们那时候不是有好几年都在工地过的吗？和她妈分开还是第一次。"

赵吉利和郭有庭你一句我一嘴地聊着，直到浴池结束这一年的经营。

过年了，忙忙碌碌的，都该歇一歇了。

第三十二章　亲家相见

　　钱川的父母，知道莹莹春节期间要过来，早早就开始了准备，新买的被褥、睡衣、牙刷不说，甚至牙膏都是给莹莹专用的。
　　在钱川的家乡，那里的人们还是很淳朴的。这无论是男是女，要是把对象领回了家，那就是板上钉钉的事情了，要是只是处处看的男女朋友是绝对不可以领回家的。丰盛的年货大都是绿色的产品，哪怕一只鸡都是从未吃过一粒饲料的，超过巴掌大的对虾都是纯野生的。
　　腊月廿九，这未过门的儿媳妇一段火车一段汽车地折腾来到了钱川的家乡，给郭晓莹的感觉，比她想象的农村要好很多。城里不常见的蓝天仿佛一下子高出了好多，空气呼吸起来都有种甜甜的味道。
　　郭晓莹多少有些兴奋，这绝对不是由于要见到未来的公公婆婆，因为这是生活中必须要经历的，而是由于整个路上，她视野里最高的就是道路两边的齐刷刷的白杨，一度拥堵的心情，瞬间变得很美好起来。放眼望去，眼前的整个世界都是洁白的，这是一种不被人为打扰的素雅。稻田地或者是玉米地里，以及路边那存留的荒草在白雪的遮掩下，倒显得像水墨画中的景色一样。阳光照射下来，总会有小小的冰面或者融化了一点点的白雪在呼应着，反射到眼里的阳光不是那么强烈，倒有一种情人间坏坏的搞怪感觉。

孩子们嬉笑着在房前屋后玩着鞭炮，通红的脸蛋上洋溢着城里孩子很少见的欢愉。阳光屋面的红瓦上同样点缀着尚未融化的白雪，屋檐下倒挂着一排排大拇指粗细的冰凌，长短不一，仿佛竖琴的琴弦一样，但个个晶莹剔透。偶尔会有几条冰凌突然坠下，落在地面的瞬间，犹如珠玑散落一般。

钱川很随意地拾起其中一块，像嚼糖果一样放进嘴里，还说着："这干净着呢，没有一丝杂质，不像城里的污染多。"

乡间最容易看见的农用山轮车"突突"地驶来驶去，虽然噪音很大，有的也冒着浓烟，但用钱川的话说，这广阔的天地，这点噪声与尾气绝对构不成污染，转眼的工夫，就会消失在这大自然里。

儿子的新媳妇儿进了家，虽然还没过门呢，但钱川的父母已经将郭晓莹视如己出，嘘寒问暖，扔下正在准备包饺子的活计，将郭晓莹进门的第一顿饭摆上了桌，光是这顿饭的食材，钱川的父母就准备了好几天，今天又是早早起来，烹调了一上午。

螃蟹、对虾等海鲜自然不用说，毕竟是临海的地方，笨鸡与笨猪肉也是做了很多种做法都端上了桌。丰盛的程度已经超过了郭晓莹的想象。

"路途是远点，这都下午一点了，饿坏了吧？多吃点。"农村人的淳朴，没有过多客套，钱川母亲的这几句话让郭晓莹立刻变得无拘无束起来。

钱川的父亲这才开始贴春联。按照当地习俗，家里的人都到家了才能将对联贴上，当地人的口中都称之为"封门"，而且比起城里只贴对联与福字两种而言，有一种名叫"小彩"的东西，五颜六色的，上面镂空着"福""连年有余""金犬报春"等字样，这是郭晓莹第一次看见。小的如同B5纸那么大，是贴在窗框上面横批下面和福字下面的，大的如同A4纸那么大，是贴在大门的横批下面的，北风吹来，随风起舞，也是猎猎作响。家家户户都是这样去装扮的，为这缺红少绿的冬季增添了不少绚丽的气息。

郭晓莹也是长这么大第一次看见了"金鸡满架""肥猪满圈""五谷丰

登"等充满乡土气息的横批,被贴在鸡窝、猪圈和粮仓上,一切都是那么的新奇,自己也参与了进来。

在发给母亲的短信里,郭晓莹告诉母亲不要牵挂她,她在这里很好,这里的条件不像他们下乡时的那样,甚至看不到条件艰苦的影子,现在的农村真是发生了翻天覆地的变化。可能是沿海地区的原因,这里至少比他们当年下乡的地方富裕多了。

"你问问莹莹,他们家的人对咱们闺女好不?"郭有庭总是最先关注这样的事情。

"女儿说了,钱川的父母为人也很不错,待她挺好的。而且那里的空气、节奏、食物都是让人感觉到特别的舒适。"

尹玉红一条条地读着短信,郭有庭一声不吱,今晚就是大年夜了,他在忙活着包饺子。自己的父亲还是坚持在郭有渊那里过春节,他知道,老人虽然不喜欢老二媳妇儿韩冬梅,但就是不想给自己和尹玉红添麻烦,有些事情自己能忍也就忍了。

外面的鞭炮声已经不绝于耳,电视机里的春晚主持人在卖力地渲染着春节的气息,但这么多年女儿第一次没在家里过春节,郭有庭与尹玉红的心里都是空落落的。女儿大了,终究是要嫁出去的。

尽管郭晓莹一会儿一条信息地发给母亲,但人不在身边自然是少了些感觉。

大年初一的早上,尹玉红醒得特别早。外面的鞭炮早早就响了起来,好不容易等到郭有庭睁开双眼,她就迫不及待地跟郭有庭商量了起来。

"你说你到底对人家钱川满不满意?"尹玉红问道。

郭有庭觉得尹玉红这个问题问得莫名其妙,至少问的时间让人觉得这里面有很多层意思,于是他没有直接回答,而是拐弯问道:"大过年的,你怎么想起问这个话题了?"

"就是问问,反正我感觉钱川和建昌两个孩子之间,你要是做以选择的话,你肯定会选建昌。"尹玉红说道。

"你可别逗了,我都不会选了。"郭有庭打了个哈欠。

"为什么？"尹玉红很惊讶地看着郭有庭。

"建昌的人与工作条件不变，他要是在省城，那行，没问题，建昌是首选。现在钱川在省城，但工作一定要换个稳定一点的，至少是白天上班，晚上能回家休息的，那就选钱川。但他家是农村的，我就怕莹莹将来受苦。"郭有庭从床上爬起来，很认真的样子。

"你啊，这两年变样了，咱闺女也不是优秀到哪里去，虽然你的退休工资在咱家这亲戚里算是高一点，但不至于在选择女婿上有这个态度啊。"尹玉红已经不是第一次因为这个问题在责备郭有庭了。

"我只是说说嘛，我们做长辈的，总要帮助他们找些人生或者工作的方向吧？另外，我绝对不是瞧不起农村人，天地良心，我就是担心钱川家的条件，将来会连累到莹莹的幸福，这两口子过日子，过的是什么，是两个家庭。那大户人家，更了不得，过的是两个家族。"郭有庭打开了电视，电视里在重播着昨晚的春节联欢晚会。

"莹莹不是说了挺好的吗？吃的，用的，都挺舒心的，倒是人家钱川没挑咱们就不错了，我这个病秧子以后还不知道往医药坑里扔多钱呢。"尹玉红也从床上起身，走到窗户旁，拉开了窗帘。

"吃的？用的？那闺女就随了你了，你们就是头脑简单。也不想想，谁家过年不吃点好的，不用点好的。现在娶媳妇儿是个多难的事情，钱川他们家不得好好准备准备啊。"郭有庭用遥控器找了几个台，基本上都是春晚的重播。

说者无心，听者有意。尹玉红陷入了沉思之中。当天她和郭有庭去父母家以及老公公家拜年的时候，她的脑袋里都是在想着这件事情。

接下来的两天里，来到家里串门的亲戚朋友也很多，也有跟郭有庭意见一致的，更是让尹玉红担心起来。

"嫂子，你要是担心，我就拉着你们去你那未来的女婿家看一看。咱们是过来人，一看对方家里的情况，咱们心里不就是有数了吗？"郭有庭曾经带过的一个叫李浩勇的徒弟说道，他如今已经是项目经理了，给人的感觉是见过大世面的人，说话多少有些分量。

第三十二章 亲家相见

"这样会不会太莽撞，毕竟是孩子们的事情。"郭有庭倒是先担忧起来。

"郭哥，这算什么啊？咱们也不说别的，咱们给他们拜个年还不行吗？逢年过节的，尤其是春节，这很正常啊。顺道给女儿女婿接回来，这春运期间坐车费劲，我们也算替孩子们考虑了。"李浩勇晃了晃脖子，脖子上的金项链看起来挺粗的样子。

"要不就去一趟？我这身体能动弹的时候去看一看也行，要不然说不定哪天我就动弹不了了。"尹玉红此时的心情也很矛盾，心里想着会不会给人家添麻烦，或者女儿能不能同意之类的考虑。

"那你这几天家里没事吗？咱们做水电工程的都常年不在家，好不容易回来休一休。"郭有庭跟李浩勇说道，其实刚才尹玉红那句说不定哪天就动弹不了的话，说到了郭有庭的内心中，董医生的话也鸣响在耳畔，才让郭有庭做了去钱川家的打算。

"我在家就是喝酒、跟家里人打打麻将，没什么正儿八经的事情。要不这样，我车借给你，你不也是有驾照吗？在非洲的时候，你不是天天开吗？那时候，我还没驾照呢。"李浩勇笑着说道。

"那也行，这车你借我不心疼？"郭有庭故意说道。

"新车肯定不会借给你，哈哈，开个玩笑，这车买了不到半年，出门不掉份儿，按理说你是我真正的师傅呢，我得送你和嫂子去，但大过节，我也就不跟你客气啦，你路上慢点开就成。"李浩勇一直是这样，办什么事情，总是很爽快。

李浩勇走后，尹玉红就翻出了家里一本名叫《旅游地图》的书，找着路线。

郭有庭见了尹玉红的样子，忍俊不禁地说道："那都是多长时间的地图了，路网都更新了。钱川家那个地方好找，上了高速一直能开到他们安东县，去钱川家那个海阳镇都是省道，你就别操心了，你跟女儿沟通一下，我们要是去了，他们别不欢迎我们就行了，我们走高速三个小时肯定到。"

莹莹父母要来安东的消息传到了钱川父母的耳朵里，钱川全家人自然很是高兴，钱川也觉得自己很有面子。虽然很突然，但都觉得这是人家对女儿的重视。

"这是城里的千金啊，人家父母怕自己的亲闺女在咱这农村受了苦啊，这么几天还特意来开车给接回去。"钱川八十岁的奶奶这样说道，逗得大家都笑了起来。

大年初四的早上，郭有庭就驾车带着尹玉红出发了。高速公路上没有几辆车，远处巍峨挺秀的青山上阳坡与阴坡分界很明显，阳坡上一棵棵树木清晰可见，阴坡上还是白雪皑皑一片。刺眼的阳光照在身上倒是暖洋洋的，道路两旁都是宽阔的原野，尹玉红也是好久没有出来去外地走一走了，也权当是散散心了。

当郭有庭开车下了高速公路，看见海阳镇的指示牌的时候，继续开了十多分钟，按照钱川在电话里说的路线，拐进了沙土路面的乡间路。一排排的砖瓦房建在道路的两侧，家家户户的院子外面，都有一个柴火垛，有的堆的是玉米秸秆，有的堆的是水稻秸秆。郭有庭与尹玉红都十分清晰地记得当年下乡时还堆过这农村人称之为"草垛"的东西。汽车在这样的路面上有些颠簸，刚一驶过，便会卷起一股尘烟暴土。

"这地方，也够偏僻的了。看到这些，我就想起了我们在农村时受到的苦了。现在跟莹莹说这些，她根本不理解。"郭有庭很是不高兴的样子。

"你啊，老是愿意强调这些，她也不小了，她选择钱川自然有她的道理，再说了，女儿也不是嫁到这里来生活，没有必要来纠结农不农村这件事情。再说了，你之前也不是经常说上山下乡锻炼了你的意志，而且能吃苦耐劳的精神也对你的工作产生了积极的影响吗？"尹玉红看着农村里的一切，倒是有一份亲切感。

"那是钱川骑着摩托车不？后面坐的是咱女儿不？"

"是他，你按一下喇叭。"

钱川骑着摩托车带着郭晓莹到村口迎接郭有庭和尹玉红了，老两口见了很高兴。

"爸，妈。"郭晓莹也看见了车里坐的是自己的父母，远远地摇着手喊道。

郭有庭将车停在了他们的摩托车前，摇下了车窗。

"叔叔，阿姨，过年好。"钱川虽然在电话里已经拜过年，但见了面，又问候了一句。

"过年好，过年好。"尹玉红十分高兴。

"女儿，上车来，外面多冷啊。"郭有庭对着郭晓莹说道。

"不冷，我坐在摩托车后面挺好的，我们带路，你们跟上，你们饿没？钱川爸妈在家给你们做好吃的呢。"郭晓莹兴高采烈地说道。

郭有庭丝毫没有高兴的样子，说道："快上车，我们又不缺吃的，你也不戴个头盔，多危险。"

"没多远，千八百米的，钱川让我戴头盔，我没戴。"郭晓莹向手里哈了一口气，在车窗外把手伸进了车里捂了捂郭有庭的脸，并说道："凉不凉？快跟上我们吧。"

"要不你坐车里吧？"钱川跟郭晓莹说道。

"我喜欢坐摩托车，尤其你骑的摩托车，快走吧。"郭晓莹上了摩托车，并转身跟父母说道："跟上我们啊，很快就到了。"

"你到了人家钱川家里，可别这么说，什么叫你不缺吃的？"尹玉红很不高兴地提醒道。

郭有庭知道尹玉红很不满意刚才他与女儿的对话，看了尹玉红一眼说道："你这个女儿，只要一开口就是吃的，还能不能有些长进了。"

很快，郭有庭驾驶着汽车七扭八歪地跟着钱川骑的摩托车到了钱川家。

钱川家是三间红砖瓦房，厢房也有那么几间，门口倒是很开阔，应该是钱川父母的模样的两个人早已经把大门打开，示意郭有庭将车开进院子里。

双方相互嘘寒问暖了一通，郭有庭与尹玉红被请进了屋子里。

郭有庭进了屋才发现，钱川家里确实比想象的要好一些。房屋布局跟城里的没有什么区别，只是每间卧室的火炕还是勾起了自己当年下乡时的很多回忆，抬眼望去，火炕炕头的墙上贴着几代伟人的肖像画更是吸引了他的目光。他喊来尹玉红一起看着，并向钱川的父亲问道："你们这里还能买到这种类似于过去的年画？"

"能买到，我们这里每五天就有一个大集市，买什么都非常方便，但年画只有春节之前的集市，也就是进了腊月以后的集市才有卖的。我们这里几乎家家贴年画，尤其是几代领导人的年画十分受欢迎。"

"你这三间大瓦房，在你们这里算是什么水平？"郭有庭接着问道。

"也就中等水平吧，有些人家已经开始建二层小楼了。我们家钱川考出去了，我也不打算折腾了，这房子再住上几十年一点问题也没有。"钱川的父亲用拳头敲了敲墙壁，说道。

"是挺结实，这房子能值多钱？"郭有庭也敲了敲墙壁，又转过身向钱川父亲问道。

"不值多钱，比起省城的房子啊，差远了。这房子的价格顶多可能在城里买个卫生间吧。我跟钱川说了，让他好好发展，这辈子我是帮不上太大的忙了，这要是在农村发展，我还能给他攒这么一个大房子，去了城里，可要凭他的真本事了。"钱川的父亲说完，郭有庭的脸色立刻沉了下来。可钱川的父亲忙着拿这拿那，根本没注意到这些细节。

钱川的父母十分热情，也是临近中午了，让郭有庭与尹玉红洗了手，就招呼着上桌吃饭。桌子上的菜肴基本上以海鲜为主，同一种海鲜总是有两种做法，熟的一份，生卤的一份。

尹玉红在冰箱旁边的座位上坐下，一回身才发现电冰箱旁边，还有一台冰柜。

"这一台冰箱不够用啊？怎么还有这么大的一个冰柜啊？"尹玉红问道。

"我们这里几乎家家都有一个冰柜，能装东西，冰箱不实用。海货不怕冻，现在多准备点，这个冬天长着呢，我们这地方的人，要是两三天不吃点海里的腥气，就浑身不自在，无论是贝壳类的，鱼类的，都要多准备一些，吃着也方便。"钱川的父亲说道。

"你们回去的时候，只要你们的车能装下，都给你们带着，都是我亲手选的，新鲜的时候冻着的，我们这里没别的特产，就这些东西多。"钱川的母亲一边往桌子上端着菜一边说道。

尹玉红心里挺高兴，不论吃多少，至少钱川这家人此时就开始想着自己，像着一家人的样子，她很高兴地说道："老是麻烦你们，你们给的海参还有着呢，别再给了。"

"你就吃吧，应该从'一九'吃到'三九'结束，每天一根，别过量，增强抵抗力，吃了之后，冬天真不感冒。我们弄的都是纯野生的，船上来，我们直接上船拿的，你们城里商场里卖的就是一个包装，那东西在我们这里没人吃。那些电视里曝光的海参里加胶质与明矾的，在我们这里没有那样做的，想买都买不到，所以你就放心吃吧。"

钱川的父亲介绍着海参的做法和注意事项，钱川的母亲一个劲儿地往郭有庭和尹玉红的碗里夹着菜，这种淳朴的感觉，至少尹玉红是非常满意的。

"菜齐了，你们大老远来到这里，喝点白的还是啤的？你们不在海边的，吃海鲜最好喝点白酒。"钱川的父亲说道。

"不喝了，下午我开车绕着附近转一转。"郭有庭说道。

既然对方这么说了，钱川的父亲没有再劝酒，自己也没喝。但他的内心里已经感觉到了郭有庭的复杂心思。

"这莹莹啊，没有城里孩子娇里娇气的样子，一来到这里，可喜欢了。"钱川的母亲向郭晓莹的碗里夹了好多东西，又把一只沉甸甸的螃蟹放到了郭晓莹的面前。

"我这身体不好，说不上哪一天，我就说没就没了，莹莹有什么做得不对的地方，你们就多担待担待吧。"尹玉红看见的情况和女儿在电话里说的几乎一样，一颗悬着的心总算是放了下来。

"大过年的，不说这不吉利的话，我看啊，你这身体硬朗着呢。"钱川的母亲说道。

坐在一旁的郭有庭仿佛一脸不高兴的样子。他清了清嗓子说道："莹莹她母亲总是觉得女儿嫁不出去似的,我们家女儿确实挺懂事、挺听话的。你家钱川这孩子哪方面条件都不错,就是现在的工作黑白颠倒,这居家过日子不是长久之计啊。"

钱川的父亲似乎听出了点弦外之音,但还不是太敢肯定,于是试探着说道:"当时钱川毕业时有那么几个备选的工作,后来不是因为晓莹的工作落实到特钢集团了嘛,所以才最终选择到了省城。这外企的工作,我和他母亲也心疼孩子,这晚上上班,白天睡觉,真是够遭罪的。咱都知道这睡眠啊,白天怎么睡,这都不如夜里睡得香。都劝他,不行就换个工作,但他自己还挺喜欢这种工作氛围的,工资也比较高。"

"这工资高能高哪儿去,他们刚毕业什么都不懂,这样下去,婚姻早晚是个问题。"郭有庭说得很干脆。

钱川觉得郭有庭说话的态度再如此下去的话,会影响到双方家长的情绪的,于是接过话来,说道:"叔,阿姨,我这毕业刚半年,现在在单位做得还可以,我觉得年轻人就应该勇敢地闯一闯,至少在国内可以了解到一些国外金融的大事。我跟莹莹也商量了,婚姻的事情,先放一放,我在这里干三年,积攒点经验,尤其是多攒点钱,买个大房子……"

还没等钱川说完,郭有庭放下筷子,举起右手,示意钱川不要再说下去。抿了一下嘴说道:"你们年轻人得听劝,有些事情不是你们想的那样,我觉得你应该换个工作。"

"爸,钱川的单位马上就要安排钱川出国学习了,现在干得好好的,怎么能说放弃就放弃呢,我们结婚的事情可以再等等。"郭晓莹也觉得父亲在这种场合说钱川应该换工作的事情确实不是太妥当,而且正在饭桌上吃饭呢,这种咄咄逼人的态度也是不礼貌的。

"我现在说什么,你们是不理解的,因为你们的社会经验不足,你们现在就应该把稳定作为首要目标,像建昌那样把房子买了,你妈妈身体都这样了,她希望你们早点结婚,早点生孩子。"郭有庭的架势给人的感觉绝对不像是第一次到亲家家里来的,他的态度让在座的每一个人都感觉到了不舒服,包括尹玉红在内。

第三十三章　事与愿违

正月初五,在热闹的鞭炮声中,郭晓莹一家三口在钱川家待了整整一天,只有中午的时候,钱川带着他们到海边转了一圈,尹玉红与女儿玩得挺高兴,郭有庭还是一副闷闷不乐的样子。

"钱川,那座岛屿上有人居住吗?"郭晓莹冲着海里不远处的一处岛屿问道。

"有啊,但居民不多。夏秋季节旅游的人会上去,我们这里的人已经见怪不怪了。"钱川回答说道。

"我特别喜欢这海浪拍打岩石的声音。"尹玉红裹紧了衣领说道。

"这海风真够大的,我们回去吧,你这身体受不了的。"郭有庭转身要离开。

钱川转过身来说道:"阿姨,我们这里有句话叫作无风三尺浪,就是说,即使海上没有刮风,也有三尺的浪高。"

"我要是在这里生活的话,我会天天到这里溜达一圈。"尹玉红兴奋得像一个年轻的孩子一样。

郭有庭回头冷漠地看了尹玉红一眼。

关于钱川工作的事情也讨论了两次,钱川的父母没有过多阐述自己的意见，只是觉得儿子应该有自己的选择。

钱川没想到这次郭晓莹父母的到来能够弄成这个样子，似乎感觉了父母有些难堪。母亲甚至在背地里问过钱川，是不是自己家里的情况高攀不上人家对方，让儿子自己心里有个数，别让郭晓莹夹在中间为难。

正月初六，钱川与郭晓莹就要与郭有庭和尹玉红夫妇二人一起回去了。一大早起来，钱川父母将冰柜里的海货基本上都搬弄了出来，给汽车的后备厢装得满满的，几乎都盖不上盖子了，反复把东西拿出来，各种摆放，直到盖上后备厢的盖子。

吃完早饭，在钱川父母与家里亲戚、邻居的目送中，钱川同郭晓莹一家三口离开了大半年才回来一趟的家。邻居中有人羡慕钱川找了个城里姑娘做对象，也有人夸钱川父母二老有福气。但钱川父母的心里很清楚，儿子的女朋友绝对是看好儿子的，尹玉红没什么自己的主见，只要她的女儿认可就行，可是郭有庭的态度让钱川父母的内心中有些忐忑，他们知道，郭有庭的态度一时半会儿不会转变过来的。

在汽车驶上高速的前十多分钟里，车里的四个人都没有吱声，只有呼呼的风声，在车窗不严密的缝隙中不知道是欢唱着还是在咆哮着。当车辆穿过一条长约一千米的隧道时，出口处迎面而来的是一处山脚下低矮的茅草房，大概十多间的样子，但只有一间茅草房上的烟囱里冒着乳白色的烟气。

这时候，郭有庭说道："这地方还是比较贫困的，包括钱川你家那边，我一眼就能看出来发展的差距。"

钱川知道其实这是守山人住的地方，只有到了山上放养桑蚕的季节，这里才会住满人的。钱川没有吱声，他知道现在自己说什么都是苍白无力的。

"所以他通过高考走了出来，他又不会回到这里来。"郭晓莹看出来了钱川为难的样子，抢着说道。

"你懂什么？你和钱川现在需要稳定，人家有京漂，你们还想弄个省漂啊？"郭有庭一边开车，一边看了一眼倒车镜，透过倒车镜看到了郭晓莹噘嘴的样子。

"我还想拼搏拼搏，不想现在就能看到退休时的日子，我不想要那样的生活。'稳定'是对自己寻求安逸生活的自我开脱。"钱川的右手握紧了郭晓莹的左手，他心里明白郭晓莹的心思，他知道郭晓莹是支持他的。

"你们这些刚毕业的大学生，真不知道天高地厚。是不是心灵鸡汤喝多了？十几亿人里就那么几个成功的，有几个俞敏洪？有几个李彦宏？那需要智商或者背景，这两点你们有吗？你们现在的身上，要有责任感，稳定是你们结婚生子的前提，别跟我提什么拼搏，现实是残酷的，你们想拼搏的路已经被别人否定了，我见得太多了。拼搏也要在稳定的基础上，立足本职岗位再拼搏，不是像没头的苍蝇四处乱撞。"

郭有庭说话的声音越来越高。

"爸，现在时代不同了。"郭晓莹觉得父亲说得有些过分了。

"你给我闭嘴。我这都是为你好。"郭有庭看了一眼倒车镜里的女儿，也用余光看了一眼钱川。

郭晓莹也不知道父亲为什么这么大的火气，但大过年的，这样对谁都不好，于是说道："爸，你能不能别这样，别老拿着为我好作为挡箭牌，希望你也尊重我们的想法。"

郭有庭似乎加大了油门，车速已经提到了一百迈以上。他丝毫没有收敛的意思，说道："你们的想法不切实际，让我尊重什么？"

"爸。"郭晓莹都不知道要怎么样解释才能做通父亲的工作。

更让她万万没想到的是，竟然得到了父亲如此的回答："不听我的，以后别喊我爸。"

尹玉红始终没有吱声，此时此刻的她也不知道谁说的是对的，谁说的是错的。

车内如同深夜里一样的沉寂，除了车窗缝隙里的风声，就是汽车轮胎碾轧过地面的声音，尤其是驶过减速带的时候，那种声音仿佛也碾碎了钱川与郭晓莹两人在这春节期间节日的欢乐喜庆气氛。

三个小时的时间说来不短，但也确实不长，正月初六的返程客流还不是那么大，郭有庭很快就将汽车驶出了省城高速的出口。出了高速的出口，右边的匝道就是通往东洲市的方向，这时候，令钱川万万没想到的一幕发生了。

交过了通行费以后，郭有庭将车停在了靠右的应急车道上，说道："我着急回去给人家李浩勇还车，钱川你在这儿下车吧，前面不远处就是公交站点。"

坐在副驾驶的尹玉红没有吱声，但坐在后排的郭晓莹简直不能相信自己的耳朵，也几乎不相信这是他生身父亲说的话，更是没有反应过来，完全愣住了。

钱川立刻明白了一切，他二话没说，拎起自己的背包就下了车，关上车门的那一刻，郭有庭已经重新启动了汽车，给钱川留下的只是那汽车猛加油门后那灰蒙蒙的一团尾气。

瞬间发生的事情，完全没有提前打个招呼，至少钱川与郭晓莹两人完全不知道。

"爸，我要下车，你把车停下。"车里的郭晓莹喊叫道。

"你给我闭嘴，你能不能懂点事？就是你妈给你惯的。"郭有庭的态度很坚决。

"妈，求求你，劝劝我爸，把钱川扔在高速公路出口算是怎么回事？"郭晓莹的哭声仍然没有让郭有庭停下车，郭晓莹央求母亲说道。

"女儿啊，妈妈现在心情也很乱，我不知道你们谁对谁错，但有一点，你爸肯定是为你好，他绝对不会去害你。妈妈活不了多久，你们爷俩就别闹腾了，我这心啊，忽忽悠悠的，就像悬在半空中一样。"

尹玉红的一席话，让郭晓莹很是伤心，觉得也没有必要再给生病中的母亲增添什么心理负担了。

郭晓莹拨打起钱川的电话，一直是无人接听的状态。其实此刻的钱川手中握着手机，只是他不想接听而已。站在不算凛冽的寒风中，自己好像那个卖火柴的小女孩一样，可怜无助。

道路两旁的路灯杆上，火红的灯笼依旧高高挂起，但在钱川的眼中渐

第三十三章 事与愿违

渐模糊起来。手中的手机一直响个不停,他知道那是郭晓莹打来的。

钱川知道自己走到最近的公交站点或者能够打到出租车的地方还需要步行十五六分钟,他也尝试着拦下从高速公路出来的汽车,希望能搭个顺风车,结果是没人搭理自己。此时的钱川挪动着沉重的脚步,被扔在了高速公路的出口,这真是自己连做梦都完全没想到的结局。这简直是对自己人格的践踏和侮辱,钱川觉得自己没有死缠着郭晓莹,恋爱是自由的,即使不同意自己与郭晓莹的来往,但也绝对不能以这样的方式对待自己啊。

"等我,我真的不知道会发生这样的事情,相信我!!!"郭晓莹发来的短信中,连用了三个感叹号。

钱川觉得男女朋友一场,分手也许是很正常的事情,但如此场景确实不是自己能够接受的,但又能怎样?在他的心里,郭晓莹确实是自己喜欢的类型,为人实在、不做作。但短短的几个小时之内,如此戏剧性的变化,让人很难接受,只是家里到省城二百八十多公里的高速距离,事情的结果已经完全转变。

"别再打电话了,我不知道说什么!了却吧,你别为难。你父母也是为你好。"钱川将短信发给了郭晓莹。

偶尔有车辆在钱川的身边疾驰而过,记得刚刚毕业的那会儿,钱川总是趁着上班前的空隙,坐上七八站地的公交车,到特钢集团的单身宿舍找郭晓莹,恋爱中的恋人总是这样,一天见不到对方,就会觉得少了很多东西,有一种魂不守舍的感觉。

特钢集团单身宿舍旁边,有一个规模不大的菜市场,菜市场门口斑驳的拱形铁门上写着"法库农贸市场"几个字,字的上面还有颗五角星,同样斑驳得厉害。据说有特钢集团以来,就有这个市场,有将近五十多年的历史了。之所以叫"法库农贸市场"是因为这市场的后面是一条街,这条街的名字叫法库街,而据卖麻辣烫的摊主讲,这个市场占用的小路实际叫作四堡巷,大家都觉得叫四堡巷仿佛叫"四不像"一样,干脆都称这里为"法库市场"。特钢集团毕竟是个大企业,单身宿舍也住着很多人,所以法库市场里的几家风味小吃摊位的生意也很红火,小小的地桌一摆,客源自然源源不断。钱川和郭晓莹在这家没有任何名字的街边麻辣烫摊位上,两人点了一份五元钱的素版麻辣烫,又花七元钱买了两只不算大的油炸鸡腿,在街边吃了起来,和在读书时那种学校里的傍晚一样,他们觉得油腻的鸡腿和麻辣口味的食物自然是绝配。

两人吃完,会走到不远处真正的法库街上,看看这省城的夜色,也畅想着两个人在这座城市的未来。法库街是一条一级马路,车来车往,大城市的繁华望眼即是,每到夜里,车灯点亮,和路边的路灯相映成趣。好多次,见了此情此景,钱川跟郭晓莹说道:"相信我,终有一天,我也会带你,开着车,在这条马路上,游览车河。"

而现在眼前的一切,已经变了,正月里的第六天,现实的情况惊醒了钱川,钱川还没有完成达到陪着郭晓莹游览车河的承诺,倒是自己顶着北风,低着头在车河里穿梭,去寻找那郭晓莹父亲口中所说的不远处就是的公交站点,但走了好长一段时间,钱川还是没有走到,他索性在路边的路基石上坐了下来。

眼前的这一切,对自己来说是多么的可笑,半年前,自己还曾经是意气风发的准大学毕业生,那时候的自己觉得成就自己的时间到了,应该勇敢地闯一闯,闯出自己的一片天地,放弃了所谓的事业单位,来到了这可以凭自己能力多赚现金的外企。他也经常憧憬着自己与郭晓莹的爱情,也向往着影视作品中渲染的那种甜蜜,而现实生活中的当头棒喝,是自己来自农村,还是这份没有稳定感的工作?

其实郭晓莹的父亲在自己家的时候,已经有很多地方、很多言语让自己的父母下不来台,但毕竟是客人,钱川的父母也都没说什么。钱川坐在路边基石上想起母亲在背地里问过自己的话,是不是自己家里高攀不上人家对方,让儿子自己心里有个数。可能是母亲已经看得出来人家的态度,至少是郭有庭那种骨子里的不满意。

钱川觉得有必要把这件事情告诉父母,电话接通的那一瞬间,钱川的母亲已经料到了结果。钱川没有过多描述什么,只听见父亲在母亲的旁边说道:"别灰,家里就这个情况,你自己闯出个样来。"

第三十三章 事与愿违

钱川看了一眼头上的蓝天，万里无云，只有一轮太阳在坚守着。阳光刺痛了他的双眼，他决定快些走到公交站点，今天是周五，自己打算晚上去单位上班，要是自己有了房子，郭晓莹的父亲也许就不会这样了。

钱川最终找到了公交车站，几经折腾终于到了租住的住处。这是一处两居室的房子，钱川与人合租，一人一个屋，只不过另一个屋里住着一对情侣，都是钱川的同事。钱川打开房门后，屋里静悄悄的，他猜想到人家肯定是在睡觉的状态，赶忙将手机调成了静音状态，回到了自己的房间里。对于钱川这种工作性质来讲，睡眠是单位同事很看重的，单位还给每个人提供了面罩和耳塞，就是想让每个员工都有着充足而良好的睡眠。

钱川的手机一直在振动的，十几条短信都是郭晓莹发过来的，钱川已经接近崩溃的状态，只回了一条："别这样了，我打算睡一觉，晚上还要上班，我要拼搏出个样子来！我关机了。"

此时此刻，已经回到了东洲市的郭晓莹，跟着父亲驾驶的汽车回到家，她没帮父母搬任何后备厢里的东西，直接上楼把上次给钱川拆洗的床单放进包里，走出了家门。

"莹莹，你干吗去？"尹玉红喊道。

郭晓莹没有吱声，头也没回。

"兔崽子，只知道吃，不知道干活。"郭有庭冲着女儿的背影喊道。

"你们好意思吃吗？那是钱川家的。你有让我们分手的想法，为什么还从人家拿东西？"郭晓莹的声音很大，依旧没回头，消失在楼群里。

按照郭晓莹单位的假期安排，郭晓莹是正月初九才上班的，本想从钱川家回来待上几天，去爷爷家以及姥姥家看一看，顺便看看吴涵东与姚瑶的孩子，没想到自己的父亲弄出了这么一出。

"你也是，你怎么能把钱川扔到高速出口呢？"尹玉红埋怨道。她身体弱，几乎拿不动沉的东西，拣了两袋虾米拎在手里。

"这两人都不听劝，他要是听劝的话，我能把他扔在高速出口吗？想想我就生气，以后我不管了，莹莹爱找什么样的就找什么样的，她以后不幸福，可别哭着喊着地回来找我们。"郭有庭把两板冰冻的野生对虾扛到了肩膀上，先上了楼。

郭有庭折腾了几趟，才将钱川父母给的东西搬上了楼。他自己累得气喘吁吁，仿佛刚刚跑完一万米长跑似的。

"确实没少给咱们家拿东西，再有两台冰箱也装不下。"尹玉红心里很不得劲，自言自语地说道。

"你给玉霞打个电话吧，让她过来给她自己和莹莹姥姥取点，然后我给我爸和老赵送点去，还有李浩勇，这车不能白用了。"郭有庭坐在地板上呼呼冒汗。

"我先给女儿打个电话吧，我的心没你那么大。"尹玉红拨起了女儿的电话。

郭晓莹一看是家里的电话，直接按掉了，没接。此时的她已经坐上了通往省城的大巴车。

泪水伴着郭晓莹一路，她想了很多，也觉得今天父亲也很是对不起人家。其实想一想，自己虽然与钱川相处的时间不长，但是父亲真的看错钱川了，钱川的骨子里仿佛一直有着强烈的斗志与约束力。至于钱川出身农村，可能钱川父亲那句"我们帮不上钱川太大的忙，去了城里，可要凭他的真本事了"的话刺痛了郭有庭的担心点。

自己与钱川在一起的时候，哪怕不说话也是很开心，而跟崔建昌在一起的时候，就会觉得非常别扭。

郭晓莹来到了钱川的住处，钱川的手机果然是关机状态。她知道钱川的对门还住着同事，晚上人家还要上班的，就没有打扰人家，没去敲门，自己就在门外静静地等着钱川和他同事自然醒来。时间从下午三点到五点，外面的天色已经渐渐黑了下来，自己又累又饿，手机已经提示缺少电量的状态。她站在楼梯的缓步台上，透过缓步台上的窗户望去，许多家的火红灯笼都亮了起来。自己的泪水又流了下来，心里想着这千家万户的喜悦，怎么就轮不到自己的头上呢。

偶尔经过自己身边的邻居都会惊讶地看上自己一眼，大过年的站在楼道里哭哭啼啼的，确实很让人费解。

第三十三章 事与愿违

时间又到了晚上七点半，郭晓莹似乎都感觉到了自己的嘴唇有了声响，是空气干燥以及一整天滴水未进的原因，口干舌燥。而她还不敢离开钱川的门口，因为此时的手机已经没电了。

屋内的钱川躺在床上，试图努力让自己早些入睡。可他的脑海里映现的全是自己与郭晓莹交往过程中的点点滴滴，这是他的初恋，那种他与郭晓莹之间的甜甜蜜蜜，怎么让自己如此痛快地割舍。自从认识郭晓莹家人之后的一幕幕，如今回想起来，人家的父母，至少是郭晓莹的父亲应该一直对待这份他与郭晓莹认为自我良好的恋情是一直未能看好。而因为自己的年轻，与郭晓莹一起错误判断了所有的一切，造成了今天白天的一幕。

泪水渐渐浸湿了钱川的枕巾。钱川大概在晚上六点的时候，还看了一眼墙上的时钟，最终也累了，迷迷糊糊地睡着了。

睡梦中，钱川还是拉着郭晓莹的手，走在法库街的天桥上，看着璀璨的车河，嬉闹着……

"哟，这不是钱川的女朋友吗？你怎么不进屋啊？"钱川对门的同事打算下楼上班去，一开门发现了蹲在门口的郭晓莹。

"你们好。我手机没电了，没敢敲门，怕影响你们晚上上班。"郭晓莹说完，连打了个两个喷嚏。

"快进屋，快进屋，钱川回来了吗？我们不知道啊？"那位男同事急忙推开钱川的房门，看见钱川正躺着，急忙将他推起来。

"钱川，你看看谁来了，怎么还睡呢？"

钱川迷迷糊糊，当他看见郭晓莹站在门口的那一瞬间，他腾地一下从床上蹦了下来，急忙拉着郭晓莹的手说道："你怎么来了？"

"钱川，我们先去吃点东西，你们聊着，上班别迟到了啊。"钱川的同事提醒完之后，离开了屋子，关上了房门。

此时的郭晓莹已经抑制不住自己的泪水，扑进了钱川的怀里。

"你看你手脚冻得冰凉的，你怎么来了啊？"钱川急切地问道。

"我下午三点就到你这门口了，怕打扰你们休息，没敢敲门。"郭晓莹此话一出，钱川别提有多心疼了。

"好了，好了，不哭了，不哭了。"钱川安慰道。

"你真够狠心的，说不要我了就不要我了，还有心思睡大觉。"郭晓莹半撒娇半生气地说道，并用拳头轻轻地敲打着钱川的后背。

"我都晚上六点多才睡着的。你看我这枕巾，我也想你啊。谁知道出了这么个岔头。"钱川指着那块湿透了的枕巾说道。

"那你还要我不？"郭晓莹偎依在钱川的怀里，仰头看着钱川问道。

"要，怎么不要呢？是你们家放弃了我，不是我……"还没等钱川把话说完，郭晓莹用她那还很冰凉的手捂住了钱川的嘴。

两人也到楼下的超市美食广场简单吃了一口，钱川又把郭晓莹送回到了住处，自己在不算凛冽的寒风中赶到单位上班去了。

第三十四章　工作变动

钱川的单位办公地点在省城著名的CBD地区，每到夜里，这里灯火通明，毕业于各大院校的经济类专业的同事们个个摩拳擦掌，业绩特别优秀的同事，单位会给配备双显示器，有着宽大的办公桌，让人感到特别的羡慕，更主要的是，这些人的月收入，已经让非同行业的人会感到惊讶。

股市开始前，大家都忙忙碌碌，尽可能在开市前获取第一手的相关资料，这对整晚的操作有着很重要的作用。单位的气氛总是让钱川热血沸腾，但今天白天的事情，让他时不时地有些分神。

钱川打开电脑，在专业网站上查看着股票的信息，这时候美籍同事詹姆士走了过来，用英语说道："马修（钱川在公司的英文名），你跟我来一下。"

"根据你的成绩，本次公司去美国为期三个月的培训名单中有你的名字，现在征求你的意见，不知道你是否愿意？给你两天的考虑时间，期望下周一我们见面的时候，我能得到你的回复，不过，确定去美国培训之前，需要跟公司将劳动合同续签三年，加油。"

在主管人事工作的詹姆士办公室里，詹姆士开门见山地将公司的决定告诉给了钱川。

"谢谢你，詹姆士先生，很高兴公司对我能有这样的决定，我会按照规定的时间,告诉你我的决定。"钱川表示会考虑一下,之后就回到了座位上。

去美国培训学习,是每一个公司员工都梦寐以求的机会,本应也是钱川应该高兴的,但此时此刻,郭晓莹、郭有庭的面孔不断浮现在自己的脑海里。

"今天的市场有些不稳定啊。"

"对啊,今天入市的时候千万注意。"

"原油价格不稳定,跟石油相关的上下游美股千万注意。"

前后左右座位上的同事们都议论纷纷,只有钱川默不作声,他的耳朵几乎听不见大家的议论声,只有郭有庭今天上午在车里跟他讲的话鸣响在耳畔。

办公室的音响中已经传来了即刻大洋彼岸纽约股票交易市场的交易员的呼喊声,这些声音很是嘈杂,公司播放的目的一方面是尽量向员工们提供全面的信息,大盘出现异样的时候,无论是疯涨,还是狂跌,那里的声音都会格外的忙乱。因为美国股票的模式,尤其这种短线交易,买涨买跌都会有盈利模式的存在。美国股票允许做空,这就意味着你手里没有这只股票,但你预见了它今日会跌,那你就先卖出,当收市之前你再买回来,平仓即可。另一方面,大洋彼岸的这种声音可以时刻提醒股票交易员们提高注意力,使得大家肾上腺素飙升。因为每个交易员面对的电脑屏幕,那是实实在在的美元。

股票本身就是经济形势的体现,经济形势本身就是复杂的,看似红红绿绿的股票其实其中蕴藏着道不清说不明的很多原因。

钱川明显感觉到今天的状态很是不对劲,完全没在全神贯注的状态上。

"取消、取消,什么鬼键盘!"钱川的左右方有同事喊道。钱川已经见怪不怪了,肯定是同事将股票进场的一瞬间,市场发生了转变,他想撤离,键盘的指令久久未能撤销,紧接着就传来了同事摔键盘的声音。

去美国培训,要续签三年的合同。三年间还会发生什么样的事情?要是续签了三年的合同,是不是就意味着郭晓莹的父亲更不能同意自己与郭晓莹的婚事?要是不去美国培训,那就意味着自己不想在这条路上发展了,也就是说Day trader这条路自己已经选择了放弃。

好多种想法在钱川的脑中纠结着,他一时也拿不定主意。开始之前自己拟选的股票在自己的眼前瞬息变化着,自己的预测都是对的。钱川决定以十手进场,一手的股票是一百股,这是钱川已经很保守的出手方式。

开始的几秒钟,股票的形势在按照自己的预期发展着,很快进入了盈利模式,钱川又入场了十手,双眼紧盯着电脑屏幕,双手一直放在键盘上,随时保持着加股或者退场的准备。

郭晓莹今晚哭哭啼啼的表情、自己浸湿枕巾的泪水、郭晓莹从东洲市乘坐大巴车在自己的门口等了五个多小时、自己与郭晓莹之间的点点滴滴,又像电影一样,一幕幕飘过自己的脑海。

钱川的眼神已经迷离,广播里已经传出大洋彼岸疯狂的"Short、Short"的声音,他仿佛丝毫没有听到。紧接着公司内部广播传出了十分严厉的声音,好像是止损检测部的弗兰克林喊出的,这位大腹便便的美国人,全公司都知道他的厉害,他可以做出比詹姆士更权威和最严肃的决定:停止交易。

"Matthew Qian, Stop stock trading at once."

"Matthew Qian, Stop stock trading at once."

"Matthew Qian, Stop stock trading at once."

公司的止损检测部门发现了在场股票的异常,股票已经在连续三分钟内狂跌,而股票的操作者依旧没做出任何出场的指令,当邻桌的同事拍了一下钱川的时候,詹姆士与弗兰克林等人已经从办公室跑到了钱川的身边。

按照公司规定,钱川经培训过关后的止损额度是一千五百美元,也就是说,要是场内股票损失额度还未达到一千五百美元的时候,是钱川自己决定范围内的极限,超过这个极限,公司止损检测部门的电脑就会预警。而此时此刻,在詹姆士与弗兰克林等人充满愤怒的目光中,钱川急忙将股票平仓，最后的损失额将近三千一百多美元。

超出一千五百美元的部分，包括交易手续费，需要钱川自己来承担，折合人民币一万多元。钱川立刻精神了起来，自己都能感觉到肾上腺素飙升到了极点，但脑海里一片空白。

"别闹心了，都怪我不好。你要好好的，钱赔了，我们还可以再赚。"郭晓莹知道钱川的事情后，安慰钱川道。

"当时我的脑袋很乱，确实是分神了。"钱川双手抱着脑袋，坐在郭晓莹的对面，桌子上的豆浆一口也没动。

"那你出国培训的事情他们怎么说？"郭晓莹问道。

"詹姆士坚持让我出国，但弗兰克林跟詹姆士说他对詹姆士的决定表示遗憾，现在主要是我取决于自己的决定。"钱川说道。

"你做什么样的决定我都支持你。"郭晓莹拉起钱川的一只手说道。

钱川紧锁着眉头，看着郭晓莹，他的内心是备受煎熬："你越是这样对我，我越是很难抉择。你说我要是去美国参加公司的培训了，你父亲那边不是更加反对我们之间的事情了吗？我要是不去，那就意味着我要放弃这份工作，你说我将再次进入招聘市场，即使我换了工作，敢保证就是你父亲满意的吗？"

"我们现在别管他了。"郭晓莹也是在安慰着钱川。

"你内心是怎么想的？"钱川问道。

"你每天上夜班，我很是心疼，另外你现在的工作每天都是处在紧张之中，我知道你为什么对这份工作恋恋不舍，包括你的同事，因为你们每天都同金钱打交道，打个不恰当的比喻，这就好比进了赌场一样，虽然你们有着严格的培训体系与要求，但这仅仅是公司强加给你们的理性，所以我觉得时间长了，你们的思维方式都会变得像赌徒一样。"郭晓莹说到"赌徒"二字的时候，格外压低了声音。

"但这确实是一份可以很快改变生活的工作，它会让我们很快买房、买车，这是我们在这座城市里落脚的一条捷径。"钱川每天都耳濡目染着很多同事赚钱的经历，自然也很是羡慕。

"但你之前说过，在你们公司真正熬下来的，超过五年的人已经很少了。这毕竟是在国内，黑白颠倒会让你的身体吃不消的。我现在就觉得你的脸色比我妈妈的脸色都苍白。"郭晓莹喝了一口豆浆，说道。

"优胜劣汰，这也很正常，但我这次操作失误绝对跟我的心情有关，否则我绝对不会出现这么大的失误的。"钱川的眼睛望着窗外，阳光照射进来的感觉真好。

其实他也羡慕白天上班的工作，可是之所以这家投资公司佣金很高，很大程度上来讲跟这种作息时间也是有关系的。

"回去睡一觉吧，毕竟赶上周末了，还有两天的考虑时间。"郭晓莹知道此时此刻钱川复杂的心情，唯有时间会让他做出更加适合他自己的选择。

两人走出了早餐店，户外的冷空气让两人都感到了浑身发抖。钱川将郭晓莹羽绒服的帽子整理了一下，手牵着手，一路紧扣着。

"其实我从来没有想到，我父亲能如此反对我们。我觉得我的决定都是很慎重的。"郭晓莹说道。

钱川深呼了一口气，说道："本以为你父母到我家是好事，我父母，尤其我母亲现在还在家里上火呢。"

"钱川，你千万别多想，我从不认为农村怎么样，我爸爸只是他在下乡的时候，受苦受得太多了。"郭晓莹走到钱川的前面，倒走着说道。

"我知道你父亲都是为你好，另外现在这个工作的作息时间，对于以后我们的生活，多少会有些影响。"钱川噘了一下嘴，点点头说道。

"唉，愁死我了，这是怎么了？大过年的，没个好心情呢。"郭晓莹一边走着一边仰望着蓝天说道。

钱川拉了郭晓莹一把，生怕她被过往的车辆碰到。

"你不是说经历过风雨的，都终将会得到甜蜜的吗？"

"哟，我给你发的短信，你都看了啊？"郭晓莹笑着问道。

"能不看吗？你父亲把我扔在高速公路出口的决定太突然，我都蒙了，当时太生气了，你也得体谅我。"钱川又长叹了一口气说道。

"好啦，不生气啦。"郭晓莹也不顾旁边的行人，走上前去，吻了钱川一口。

"你手机响了。"钱川听见了郭晓莹包里的手机响了，提醒着说道。

"妈，怎么了？"郭晓莹接通了电话，一边说着还偷偷地看了钱川一眼，生怕钱川不高兴。

嘈杂的马路边上，钱川听不见电话那端说了些什么。只有郭晓莹一个人的声音字字落在他的心尖。

"我能不生我爸的气吗？做人做事能那样吗？"

"妈，不是我让你担心，我倒是担心我爸，我找什么样的他都能挑出毛病。你女儿不是公主，没那么完美，要求别人完美，我们是没有资格的。"

"崔建昌好，是因为他与崔伯伯的面子吗？崔建昌买房子那是他自己买的吗？房子不是爱情，你们能不能想清楚一些，我现在在省城！"

"妈，你好好照顾好自己就行了，我现在要尊重钱川的选择，我想他会有他自己的选择的。另外你告诉我爸，从钱川家带回来的东西，他没资格吃，也没权利送人。"

郭晓莹与母亲的话，让钱川心里很欣慰，至少郭晓莹是站在公正的角度上去看待每一件事情。

"别因为我的事情，跟你父母搞得太僵。"郭晓莹挂掉电话的瞬间，钱川说道。

"你要是一位父亲，我们以后有了女儿，面临女婿的工作，你会怎么想呢？"郭晓莹眨了一下眼睛问道。

"这个假设是不成立的，我现在的回答肯定会让我的女婿跟自己一样，至少努力拼搏方面一样。但夜班还是值得考虑一下。"钱川笑着回答说。

郭晓莹也笑了："那不得了，你自己看吧，你做什么决定我都同意。你的电话也响了。"

"陌生号,是你爸的不?"钱川递过手机。

郭晓莹看了一眼,又把手机推了回来:"不是我爸的,你快接吧,你都快被我爸弄魔怔了啊。"

钱川接听了电话。

"川子,过年好。你干吗呢?"对方显得很熟悉的样子。

"你是?"钱川没听出来是谁的声音。

"怎么连我的声音都听不出来了?你发财了啊?"对方还是很神秘。

"没听出来。"钱川把手机往郭晓莹的耳边靠了靠,一个女人的声音。

"怎么会呢?贵人多忘事。"对方声音开始有些嗲嗲的。

"骗子,挂了吧。"郭晓莹说道。

"你是骗子吧,我昨晚刚被洗劫了三千一百美金,你们放过我吧,我没钱。"钱川挂断了电话。

"你没看报纸吗,现在电信诈骗的越来越多。陌生电话,没什么好聊的。"郭晓莹说道。

钱川点了点头,刚把手机放进衣兜里,手机又响了。

钱川看了一眼,还是刚才的号码,本不想接的,怕是真认识自己的,不接不好。

"钱川,你怎么挂我的电话呢?"对方很急切地说道。

"你到底是谁啊?我真没钱,真被洗劫了三千一百美金。"钱川有些生气。

"我是舒荷。"

"舒荷?"

"对啊,我上午能到省城,你回老家过节没?什么时候回省城啊?你怎么被打劫呢?你生命安全没事吧?毕业半年了,你变样没?女朋友还是那个女朋友吗?"舒荷还是跟学校的时候一个习惯,这说话的语气跟机关枪似的。

"停!舒荷同学,你问的问题太多了,可不可以让我一个一个地回答,我现在在马路上呢,手拿着电话很冻手,一会儿我给你回过去,可以吗?"

　　钱川口中的舒荷同学,是他大学的同班同学,说话快、走路快是她的两大特点。记得临近毕业时,毕业临别画册里有同学评论的话,大家几乎都评论她"说话快、走路快",钱川还加了一条:"希望你以后不要参加任何考试,不然的话,辅导你的人,会整夜无眠,那样太痛苦。"

　　大一下学期的高等数学和大四上学期的审计学,这两门课程是钱川帮助舒荷辅导的,主要是两个人在各自的寝室里用腾讯视频说话聊天,通过语音来辅导,让钱川整个宿舍的人都感到崩溃。

　　大四上学期期末的那次辅导,郭晓莹为此还吃过醋呢。

　　"那我长话短说,我今天中午能到省城,确切的时间是十二点一刻,我们单位打算在省城开展业务,领导年前就让我回来,我恋家心切,直接回家了,所以今天过来,明天回北京,你得帮帮我,我得租赁写字间,我得招聘,但我都没弄,现在全国都在休假,我只能找你,你发发善心,谁让你是我的班长,好不好? 行了,外面挺冻手的,我中午在火车站下车,你最好能请我吃顿好的,得了,你被洗劫了,我请你吧,中午见,不见不散。"

　　舒荷一口气说完,没给钱川半点喘息以及插话的机会,就挂断了电话。

　　钱川愣愣地拿着手机,看着郭晓莹。

　　自从大四那次吃醋之后,郭晓莹也清楚了舒荷的性格,她说道:"见就见吧,你不困就行,好在今天是周六,晚上休息。要不你现在先回家睡一觉,中午的时候再出来,现在才八点钟,早着呢。"

　　"行,那就先回家睡一觉吧。"钱川说道。

　　临近中午的时候,郭晓莹将钱川叫起,两人去了火车站。当他们看见舒荷的第一眼,简直没认出来。大大的墨镜盖住了舒荷的半张脸,一身紧身的皮装,拎着一个黑色旅行箱,一副风风火火的样子。

　　"哇,班长,我的春节之后第一拥抱还是给班长夫人吧。"舒荷把旅行箱扔在了一边,给了郭晓莹一个大大的拥抱,还在郭晓莹的脸上亲了一口。

第三十四章 工作变动

"班长好！"舒荷只是跟钱川握了握手。

"嫂子，我今天表现怎么样，不要吃醋啊。"舒荷冲着郭晓莹做了个鬼脸。

"唉，我说，舒荷，你还应该配个二胡，你这眼镜……"还没等钱川说完，舒荷两手做出了暂停的手势。

"不要跟我说阿炳，人家是艺术家，再说了，这年头找个像样的碗也不是那么容易的，何况你让我怎么拿旅行箱，又是碗又是二胡的，是不？"

舒荷说完，大家都笑了起来。

"走，请你吃饭去吧。"钱川拎起舒荷的旅行箱，说道。

"这样可以吗？"舒荷站在原地，用手指了指钱川的动作，向郭晓莹问道。

"看你说的，没问题。"郭晓莹笑了起来，同时挽起了舒荷的胳膊。

"唉，嫂子，我就喜欢女人挽着我的胳膊，你说我是不是男的。"舒荷说道。

郭晓莹看了舒荷一眼，指着钱川说道："那就让钱川吃醋吧。"

三人去了一家牛肉面馆，坐下之后，钱川才得知舒荷毕业后去了一家信托公司，这家信托公司是国内少数有金融机构经营许可证的正规信托公司，也就是人们口中所说的"牌照"。她老叔是这家公司的高管，他们公司要扩大经营业务，所以安排舒荷春节前到省城筹备租赁写字间和招聘人员的初步工作，结果舒荷直接回了老家，这要上班了，才觉得没法回北京交差，临时抱佛脚想到了钱川。

钱川向舒荷推荐了他单位所在圆方金融大厦，毕竟是CBD地区，金融行业比较集中，而且也算是5A级。

"我昨天还看见一楼大堂贴着对外招租公告呢，我们公司在大厦10楼，11楼好像就对外出租，以后我们两个上班也比较近。"钱川无意中说道。

但女人的心是敏感的，还没等郭晓莹反应过来，舒荷立刻说道："你老哥自己在这儿上班吧，我可不回来，待不惯，我已经适应了北京的生活，我把这边的事情弄完，我就赶紧回北京去。今天知道了圆方金融大厦，我也算可以回去交差了，至于招聘，现在都没上班呢，你可不可以帮个忙？"

舒荷问得神秘兮兮。

"什么忙？"钱川一边将面里放了许多牛肉酱，一边说道。

"我把你电话号码交给我们公司，我就说年前我面试你了，你挺靠谱的，过完春节，你又临时决定不选择我们公司了，可以不？"舒荷真是交不上差了，这种方法都想了出来。

"你这毛病怎么老是不改呢？老是临时抱佛脚，这又不是大学考试，工作还能这样对待吗？出了事情怎么办？"钱川说道。

"唉，唉，毕业了啊，还像班长似的，哪个企业要是聘用了你，真是那个企业的福气。"

舒荷将碗中的牛肉夹给了钱川。

"我没动筷子啊，我减肥，你看你那脸色，比毕业的时候差多了，吃点肉补补吧。"

郭晓莹用脚碰了碰钱川，钱川很是紧张，心里想着，舒荷啊，你不吃牛肉你就放在碗里啊，你给我夹什么啊？这不制造矛盾呢吗！

钱川两眼一会儿盯着牛肉，一会儿看看郭晓莹。

可能郭晓莹也看出来钱川紧张的样子了，赶忙在他的耳根处说道："可以问问你的工作。"

钱川这时候才反应过来，觉得这确实也是一个机会。

"班长，我这个人吧，喜欢幸灾乐祸，你别教育我了。说说你被打劫的事情。对了，你现在这个脸色，是不是被打劫时吓成这样的？"舒荷唯恐天下不乱的样子。

"你还能不能行了。那是美金，美金，大姐，三千一百元美金，还让你捡了个笑话。"钱川瞪了舒荷一眼。

"我比你小半年呢，别把我叫老了。"舒荷撇了一下嘴说道。

钱川把昨晚的事情，确切地说是零点左右发生的事情说了一遍。

第三十四章 工作变动

这舒荷听完笑得前仰后合的,捂着嘴说道:"去趟美国培训,你还没坐飞机起飞呢,就把美金送给人家美国人民了?"

"有没有一点同情心,这生活费都成问题了,你还笑呢。亏了我还给你点了红油土豆丝、凉拌黄瓜,以后等你再回来,只能让你喝点面汤。"钱川真后悔把事情原委告诉她。

坐在一旁的郭晓莹有些着急,见钱川与舒荷之间谈话老是不靠主题,于是直接向舒荷问道:"舒荷,你们招聘需要什么条件啊?什么岗位啊?"

舒荷用筷子夹起红油土豆丝塞进嘴里,故意气着钱川,跟郭晓莹说道:"985院校经济类专业,一年以上工作经验,在学校期间或工作期间获得荣誉的或校级以上优秀干部的,条件可以放宽。岗位挺多的,销售业务岗来钱快,对外宣称市场经理,谈上一单,可顶好几年工资的,也有监管岗位的,你有合适人选吗?"

"钱川行吗?"郭晓莹此话一出,差点没把舒荷噎着。

"真的吗?"舒荷咳嗽了几声,把目光转向了钱川问道。

"我工作没满一年啊。"钱川愣愣地看着舒荷。

"你是咱们学校优秀干部啊,文笔还那么好,等着。"舒荷拿起电话,拨了出去。

钱川没太在意,依旧低头吃着面条。

郭晓莹一直看着舒荷,舒荷可能嫌餐厅内比较嘈杂,起身走到了门口,应该是向单位领导征求着意见。

没多一会儿,舒荷回来了,手机直接扔在了餐桌上,说道:"吃面,这顿饭原本我想请的,但现在还是让钱川买单吧。晓莹你知道吗?以前全是我求钱川办事,今天我终于给他办了一件事,领导同意了,随时随地上岗,他可以先到北京象征性地面试一下,然后报到,这边的事情,等他办理完入职手续后,由他先负责租赁办公场地,我就解放了。"

"真的吗?"钱川嘴里还含着面条,说道。

"把'吗'字去掉,问号变成感叹号。"舒荷说得胸有成竹。

"再说了,你刚才为什么不告诉我写字间的租金价格?你这不是学霸的风格。"舒荷又往面里倒了一点酱油。

"每天每平方米的租金是一块二，你刚才没问我。"钱川嘴里嚼着面，说道。

"你看看你家钱川这吃相，我因为这事被领导说了一顿，不然这工作就圆满了。刚才领导问我价格，我没回答上来。但我智商也够，我说了，领导要是看好地点了，我就问价格去。"舒荷跟郭晓莹说道。

"那这件事情就定了吗？"郭晓莹喜出望外。

"那这货，我什么时候可以领走，或者他什么时候去北京面试？"舒荷拿着筷子指着钱川，向郭晓莹问道。

"随时，只要他愿意。"郭晓莹一边说着，一边推了一下钱川。

"一个月多钱啊？"钱川一碗面快见碗底了，早上因为工作的事情，豆浆也没喝，油条也没吃，确实有些饿了。

"基本工资刨掉五险一金，大概五千元左右吧，要是选择市场部门，提成的佣金还是比较可观的。"舒荷回答说。

真是祸兮福之所倚，这两天的时间里，钱川经历了被抛弃在高速路口、得到去美国培训的消息、股票狂赔的窘境、突如其来的工作变动，这个春节假期，钱川过的是一个心跳。

第三十五章　撒手人寰

　　一切都像拨开云雾见青天一样，事情有了变化。钱川万万没想到舒荷有着这么大的能量，当年念书的时候，舒荷一副玩世不恭的样子，只有临近考试的时候才疯狂一样地学习。当年，他为舒荷补习高等数学和审计学的时候，很多人都不理解，而今，他也明白了一个道理，当别人有需要的时候，伸出一把热情的双手，说不准自己将来就会求到别人什么，别人以后会帮到自己什么。其实他当初从郭晓莹的口中得知了赵吉利与林戈民一家故事的时候，他就认识到了这点，这就是大家所说的"爱出者爱返，福往者福来"吧。同时他也知道了，不要低估身边的每一个人，当年舒荷从未向任何人提起她叔叔有着如此大的能量。要是舒荷是美女级别的，也许当年早有很多男生主动帮忙补习了，可偏偏舒荷其貌不扬，自己没有戴着一副有色眼镜去对待任何一个人，所以在自己处在低谷的时候，舒荷拉了自己一把。

　　钱川的父母非常高兴，儿子果然没让自己失望。郭晓莹也是非常高兴，当她把钱川去北京面试，已经被信托公司录取的消息告诉她父母的时候，尹玉红十分高兴，而郭有庭先是沉默，之后说了一句："钱川应该感谢我，要不是我，他怎么会选择新的单位，这单位虽然没有以前赚得多，但毕竟是份正儿八经的工作。"

时间一天天过去,钱川的工作渐渐步入了正轨,北京派来的区域经理聂日平也很赏识钱川。在聂总的帮助下,踏实肯干、肯于吃苦的性格让钱川很快成长起来,很多业务经过两个月的磨合,做起来已经得心应手。

　　"女儿,什么时候再带钱川回家吃顿饭啊?这都马上春暖花开了,'五一'的时候你们不都放假吗?"尹玉红在电话里几次催促着。

　　"妈,我想让钱川跟我回东洲,可现在我都不好意思张嘴。"每次说到这件事情,郭晓莹都极其不耐烦。

　　"那也不能总不上门啊?别影响了你们俩的感情。"这才是尹玉红所担心的。

　　"他最近说咱们东洲有个地产项目,要跟他们公司谈融资的工作,我看看他哪天有空吧,我们一起回趟家。"直到郭晓莹说出这句话,尹玉红悬着的心才放了下来。

　　尹玉红的身体一天不如一天,渐渐虚弱了下来,郭有庭的心里很清楚地知道她的情况,因为董医生已经将话说得很明白了。

　　女儿郭晓莹几乎每个周末都回来陪母亲待上两天,她也知道母亲的日子不会太多。

　　天气暖和了,尹玉霞还抱着朵朵来过几次,家里好久没有小孩子了,大家都非常喜欢。

　　"人家钱川这孩子真挺上进的,他的父母也挺好,你说你姐夫,弄出这么一出,把人家扔到了高速出口,我自己都羞得没脸见钱川。"尹玉红说道。

　　"他不也是为莹莹好吗?别埋怨他了。"尹玉霞说道。

　　"我没埋怨他,我不说,他自己也知道。我啊,都上火了,你听听我这嗓子,一天比一天嘶哑,难听死了,说几句话就感觉很累。"尹玉红用手揪了揪嗓子的位置。

　　其实尹玉霞早已经知道,那是姐姐病情加重了的原因。

　　"多喝点水,能缓解缓解,现在莹莹也稳定了,钱川的工作也遂了我姐夫的心了,你把心放宽点,昨天咱妈还说你嗓子可能因为上火都嘶哑了，让我给你买胖大海呢。"

"咱妈就爱操心，他们两人好好照顾自己比什么都强，她昨天说涵东楼下那家出事？她也没说明白。什么事情啊？"尹玉红问道。

"姐，别提了，吓死我了。楼下也是小两口，孩子刚上小学，小男孩，那孩子被后妈打得屁股都已经模糊了，我长这么大，真是第一次看见屁股开花时什么样子，皮开肉绽啊，救护车来给拉走的。那女的，平时上下楼的时候都能看见，看不出有那么狠毒啊，下手太重了，好像是孩子在屋里踢球，把新买的二斤鸡蛋打碎了。"尹玉霞说完直叹气。

"多可怜的孩子，那孩子的亲妈呢？"尹玉红瞪大了眼睛问道。

"两岁的时候就离婚了，孩子的父亲是邮政快递的司机，天天早出晚归的，照顾不上孩子，这事情没发生以前，他还认为这后找的媳妇比孩子亲妈还要好呢。我跟你说，当初我带着涵东过日子就对了，这后找的，不是没有好的，但像对待自己亲生孩子那样的，少，很少。"尹玉霞摸了摸正在熟睡中的朵朵。

尹玉红也凑上前去，闻了闻朵朵嫩嫩的小脚丫，说道："唉，有时候，这孩子知道了现在的父母不是亲爸或者亲妈的，也有逆反心理，就想着法儿地故意挑战后爸后妈的心理极限，我就看过这样的孩子。"

尹玉红下意识地想咳嗽，赶忙转过身去，用手捂住嘴，疾步走向了卫生间。

几分钟后，尹玉红回来了，脸色很苍白，说道："我现在已经开始咯痰了，应该活不了多久，你姐夫不说，但我也知道，因为赵吉利媳妇当年是我给送走的，和她的症状没什么两样。"

"姐，你别乱说。"尹玉霞劝说道。

"不是乱说，我心里有数，你刚才进屋说莹莹姥姥说我比前一段时间胖了，我这哪是胖啊，这脸和脖子都是浮肿，晚上睡觉的时候，这胸口就好像被大石块压着似的。"尹玉红心里跟明镜似的。

尹玉霞看着姐姐的脸跟脖子确实已经开始浮肿起来。用手按了一下尹玉红的脸，按下去的地方很长时间才能恢复原样。正常人的皮肤，手即便是狠狠地按下去，手离开的瞬间，皮肤也会立刻弹回来。

"姐心里有句话，我一直没说，小妹妹在日本，她过得也很一般，即使我有那么一天，所以我的病就瞒着别告诉她们了。但你姐夫，尤其莹莹，我是非常担心和牵挂的，我觉得我真是看不见她生孩子那一天了。"尹玉红的表情非常凝重，用手轻轻摸着朵朵的小脚。

"姐，胡思乱想什么呢？好好配合治疗。"尹玉霞劝说道。

尹玉红摆摆手，说道："别劝我了，我知道我自己的身体情况，有句话姐先跟你商量商量，咱们是亲姐妹，说多说少，你别挑我，这件事情，我已经想了很长时间了，你今天说涵东家楼下那户人家后妈打孩子的事情让我下定了决心，跟你说出这件事。"

"姐，你什么时候婆婆妈妈的，咱们两个有什么不能说的。"尹玉霞感觉到尹玉红今天很奇怪。

"我走了之后，实在不行，你就别找别人了，你就和你姐夫一起过吧。"尹玉红说完，眼睛直勾勾地看着尹玉霞。

尹玉霞听完，非常吃惊："姐，你说什么呢？这说出去成啥了？"

"你先别想那些，我们过日子是为自己过日子，又不是给别人说的，那报纸上说的这事那事的，你看过之后老是记在心上啊，你要是跟你姐夫搭伙过日子，这对谁都是好事。我不是一时兴起，其实这个想法我都有将近一年多了。这样既能照顾了莹莹，你毕竟是她亲三姨，你姐夫也能照顾得了爸妈，你姐夫要是找了别人，且不说照顾不照顾莹莹，那后老伴能让你姐夫照顾咱爸妈吗？你这个条件怎么给爸妈养老？毕竟你姐夫的退休工资还算不低。"尹玉红说完，起身径直走到了窗户旁，望着窗外的世界。

窗外的柳树已经开始返青，远远望去，一棵棵柳树仿佛像一只只羽毛球拍一样，尤其那刚刚返青的枝条，近看还未看见树叶，远观才能发现枝条泛着嫩绿的颜色，柳树的枝条随风交错着，彼此之间像一张十分致密的网一样。尹玉红的心里，人与人之间就像是此时的柳树一样，大家彼此相近，不能发现什么，也看不出什么，即使看见了，只是像灰突突的枝条一样黯淡无光，只有远远地看去，把事情想得久远一些，才能发现另一种色彩，也就是另一种生活的思路。

尹玉霞在她的身后说着什么，她好像没听见一样。

尹玉霞抱着朵朵离开后，尹玉红半躺在沙发上一直在思考着这件事情，她心里想着，既然已经跟尹玉霞说开了，自己也打算跟郭有庭商量一下。

郭有庭晚上回来之后，一直在厨房忙碌着，尹玉红的胃口越来越差，吃的东西越来越少，她说她馋烤红薯了，郭有庭特意去菜市场买的富硒红薯，回到家后给她用微波炉烤了起来。

"这富硒的红薯比普通红薯贵三倍呢，也不知道是真是假，我尝了一口，挺甜的，你尝尝。"郭有庭鼓捣了半天，终于把红薯烤得外焦里嫩的。

"当时想吃的，你别怪我，现在又不想吃了。"尹玉红尝了一口之后，又不想吃了。

"你多少得吃点啊，这么下去身体可受不了。"郭有庭将装红薯的盘子又往尹玉红的面前推了推。

"真吃不下，你这么照顾我，我都觉得不好意思了。折腾完，我又不吃了。"尹玉红叹了一口气说道。

刚开始的时候，郭有庭有时候觉得是挺生气的，忙忙碌碌弄了一大顿，到了尹玉红这里又是唉声又是叹气的。当然到了现在，郭有庭已经习惯了。

其实尹玉红以前最讨厌家人唉声叹气的，她认为这是很不吉利的，可如今，自己已经没法控制自己的情绪了。

郭有庭掰了一半红薯吃了起来，其实他饿了。但尹玉红不吃，他很理解，是病情的原因，真吃不下去，那一天到晚的药品都够半碗的，那胃里哪还有地方装下别的东西。

"你要是不愿吃，又不愿意做的话，你就到楼下饭店吃点，你别跟着糊弄。"尹玉红见郭有庭不吱声，坐在那里默默地吃着红薯，心里也挺不是滋味的。

"对付一口得了，我也吃不下。"郭有庭说道。

尹玉红看着郭有庭狼吞虎咽的样子，真想不到，有一天自己离开了这个世界之后，莹莹也成家在外，只剩下郭有庭一个人的时候，他在家会是什么样子。会不会也像现在这样，能对付一口就对付一口呢？

尹玉红觉得她关于郭有庭和尹玉霞搭伙过日子的想法有必要跟他说出来了，不然说不准哪一天就说不出话来了，因为最近她老是梦见赵吉利媳妇邵秋燕临终前躺在床上的时候，那时候邵秋燕就是什么话都说不出来了。

"老郭，我这病基本上已经成定局了，我有个想法，等我走了以后，你再找一个，别像赵吉利那样孤零零的一个人。"

"别瞎说，找什么找，你好好活着。"郭有庭瞪了尹玉红一眼，继续啃着红薯。

尹玉红把自己的椅子往前移了移，但很吃力。她坐稳后说道："我们终归要回到现实中，别安慰我了，这几天我也想明白了，要不等我走了之后，你就跟玉霞一起搭伙过日子吧。"

"那成啥了？你别一天到晚在家胡思乱想，你的身体好着呢。再说了，要是真有那么一天，莹莹用我们照顾吗？她都多大了，你看看她现在，多么有主意。这与钱川处对象的问题上，你不就看出来了吗？人家都不把我们放在眼里，你还一个劲儿地替她着想，你累不累。"郭有庭彻底被尹玉红刚才的话语惊呆了。

尹玉红感觉到自己稍微一大点声音说话，嗓子就会很疼，但还不得不说："处对象的问题上，我觉得钱川比建昌好，他跟咱们闺女有共同语言。我今天话说多了，有些累了，我说的是我们要面临的实际情况，你先不用反驳我，你抽空想一想，我也是思前想后才说出来的，是对你好，是对这个家好。不然这个家就全都乱了。"

"不说这些了，好吗？你就是在家里待的，胡思乱想。"郭有庭打断了尹玉红的话，继续说道，"听老赵说，林医生前几天还问你的病情呢，说是咱们有需要的话，就去省城医大附属医院找他。要我带你去那里看看。"

尹玉红吃力地摆摆手，摘下帽子，说道："不去了，你看我这头发掉的，没剩几根了，我不想再遭那罪了，人遭罪，钱也遭罪。"

"听说，十月份起，我们的退休工资还能上调，你就别心疼钱了，命要紧。"郭有庭劝说道。

"不去了，给莹莹留点，现在钱川工作也稳定了，赶紧让他们买个房子结婚吧。我们虽然是嫁女儿，能帮衬的就帮衬帮衬。"尹玉红说完又咳嗽了几声。

"就他们现在的样子，我还帮他们？"郭有庭心中还是好像有着怨气的样子。

"你啊，作为父亲，肚量大一些。人家两个也没怎么啊，也就是钱川将近三个月没登门呗，换作是你，你能登门不？"尹玉红说话的声音越来越嘶哑了。

"怎么还要我跟他们赔礼道歉啊？"郭有庭一边收拾着红薯皮，一边说道。

"家里的事情，用不着正式道歉，咱们女儿一回来，你就绷着那张老脸，至少和女儿之间，你得有缓和的态度啊。你看看我们家里还有多钱，让他俩张罗买房子吧，看看钱川家能凑出多少，现在不都讲贷款吗？"尹玉红有些说不下去了，嗓子难受得厉害。

"这些钱不能动，我得保证你治病要紧，你快回屋躺着吧，别说话了。"郭有庭扶起尹玉红回到了卧室。

郭晓莹每周末都回家，每次回家都发现母亲的变化很大，确切地说，病情是越来越重了，而且渐渐地已经出现了呕吐的症状。

"爸，我妈现在的情况是不是去林医生那儿看一看啊？"郭晓莹趁着母亲睡觉的工夫，跟郭有庭说道。

"她不去，嫌折腾。"郭有庭满脸愁容。

"那不行啊，那不能这样等着病情恶化啊。你看看我妈，现在声音沙哑，脸上都水肿了，我跟你说，那嗓子绝对不是上火的问题。"郭晓莹十分担心和着急。

"那怎么办啊？董医生已经让我们做好心理准备了。"郭有庭看着女儿说道。

郭晓莹紧锁着眉头说道："爸，是要做好心理准备，至少我们得弄个明明白白的啊，至少不能，说句不好听的，至少不能等死吧？"

郭晓莹说完，走到厨房里给钱川拨通了电话，她也是没主意了，父亲现在近乎坐以待毙的做法，让她很不理解。

"要不我跟朋友借个车，把你母亲拉到医大附属医院，找林医生看一眼？"钱川得知郭晓莹母亲现在的状况后，也很吃惊，这一个星期的工夫，病情恶化得也太快了。上个星期，郭晓莹回来的时候，说起母亲，还说可以呢。

"我妈现在身体很弱，她还不愿意动弹，这可怎么整啊？"郭晓莹的声音有些哽咽。

"要不，这样，我们去找林医生，跟林医生说一下你母亲的症状，先探探路，要是林医生了解情况后，觉得有必要到省城来，我再找车，把阿姨接过来，你看行不？"钱川总是能在关键的时候，说到郭晓莹心里去，能解开此时此刻郭晓莹心中的那个结。

"这是个方法，那我们周一去找林医生啊？你有空没？能请出假吗？"郭晓莹知道钱川最近跟了几个项目，时间比较紧。

"我现在就在单位加班呢，明天就能把手里的工作处理完，你这样，要不你联系一下赵叔，问问林医生明天在哪儿？我们明天就去找他，要是需要到医大附属医院，那么我们周一直接就把阿姨接过来。"钱川说道。

"那行，我现在就联系这个事情，你先忙吧。"郭晓莹挂断了电话，将钱川的想法告诉了郭有庭。

"钱川，没想不管啊？"郭有庭问道。

"爸，钱川不是那样的人。"郭晓莹说道。

郭有庭眼睛眨巴眨巴的，问道："那这么长时间，他怎么不回来看一看你母亲？"

"爸，你得设身处地为钱川想一想，抛开他目前工作挺忙的，他现在还在单位加班呢，你说说，他现在到咱家，你又会出什么岔头，我和他都承受不了，再弄出这么一出，我们要是分手了，我这辈子就单着，不找了。"郭晓莹也是一肚子苦水。

"你爱单着就单着,你们设身处地为我着想了吗?我为什么那么排斥他当时的工作,我出国援建的时候,倒时差那个难受啊,再说了,我不逼他,他能有现在这个工作吗?我也是想让你们安安稳稳地过好日子,希望你幸福。"郭有庭倒是有着一堆的理由。

"咱们也别说这些了,通过这件事情,我倒是觉得钱川是可以托付终身的,钱川说让我先联系一下林医生,我们当面把我妈的情况跟林医生说一下,看看他有什么好的建议,要是需要我妈住院的话,他安排车给我送到省城去。"郭晓莹说完,往卧室里看了一眼,生怕母亲醒来,听见他们所说的话。

"那我现在就下楼找你赵叔去,我们跟林医生没有你赵叔熟,你赵叔拿起电话就能打,让你赵叔问一问。"郭有庭说完话,就下楼去了。

郭有庭到了浴池,赵吉利正在搓澡呢,等了能有五六分钟的时间,赵吉利拿着毛巾擦着脑门儿上的汗水走了过来。当他得知郭有庭的来意后,他看了一眼墙上挂钟的时间,就去更衣箱里拿出电话,给林医生拨了过去。

林医生很快接了电话,了解了情况之后,让赵吉利把电话递给了郭有庭。

"郭哥,不用让你女儿、女婿折腾了,你说一说大致的情况先给我听一听,咱们再商量是否有必要来我这里,还是不来我这里。"林医生在电话的另一端,客客气气地说道。

郭有庭将尹玉红现在的症状一一讲述给林医生听了,林医生还不时插上几句话,问问详细的情况。

"老郭大哥,是这样,像嫂子现在这样,声音开始嘶哑的,从我们临床经验上来看,是因为病灶已经到达喉咙,控制左侧发音功能的神经由颈部下行至胸部,绕过心脏的某些血管返行向上到达喉部,通俗地来讲,喉部神经受到压迫了,声音嘶哑状态便产生了。至于面部和颈部的水肿现象,是肺癌晚期的主要临床表现,肿瘤侵入纵隔右侧压迫上腔静脉,就会使得颈部静脉因回流不畅而怒张,最后导致面颈部水肿。其实到不到医大附属医院来,意义已经不大。"

林医生的回答，让郭有庭有了初步判断。

时间看似很公平，但时间发生在每一个人的身上都是不一样的。它带给人们的，要么是毫无知觉的流逝，从身边匆匆溜走，要么就是一种刻骨铭心的疼痛，这种疼痛几乎是按照分秒度过的。

"五一"期间，钱川跟郭晓莹回到了东洲，他知道郭晓莹母亲在这个世界上的日子不是太多了，无论郭有庭曾经对自己怎样，自己都应在女朋友郭晓莹最需要安慰的时候，留在她的身边，这个时候，陪伴也许是最好的慰问表达方式。

当他看见郭晓莹母亲的那一刻，仅仅过去了三个月的时间，尹玉红的面孔已经可以用"脱相"来形容，胳膊几乎是皮包骨头了，疾病带来的不仅仅是疼痛，更是癌症细胞迅速吞噬身体的过程。简直不能想象，春节还看上去与平常人无异的尹玉红，如今变成了这种模样。

尹玉红看见钱川的时候，眼睛上下一眨，嘴角稍微露出了微笑，还虚弱地说道："快坐，钱川快坐，阿姨都惦记你了，和莹莹好好处。"

钱川点点头，上前跟尹玉红说道："放心吧，阿姨，我会好好照顾莹莹的。"

"听莹莹说，你工作挺忙的，好好干，之前你叔叔也是为你好，别往心里去。"尹玉红说出此话的时候，郭有庭就在身边。

她的话音一落，郭有庭立刻涨红了脸。

"我叔也是为莹莹好，过去的事情了，没什么。当时着急还人家车，送我就来不及了，我没往心里去。"钱川说完，郭晓莹拉起了钱川的一只手，紧紧地握住。

二十天后，五月二十一日，尹玉红在疼痛中，与止痛药相伴，走完了属于她自己的人生历程，永远地闭上了双眼。

全家人陷入了无限的悲痛之中，尤其是白发人送黑发人，郭晓莹的爷爷、姥姥和姥爷几乎经不住这样的打击。郭晓莹更是哭成了一个泪人。

灵棚中，子女献的花篮中，写着女儿郭晓莹、女婿钱川的名字。这是郭有庭对殡葬一条龙公司交代的。

第三十六章　孑然一身

尹玉红去世后，家里的一切都变得空落落的。郭有庭也时常发呆，一坐就是大半天的时间。

郭晓莹基本上每周都能回来给父亲洗洗涮涮，家里没有女人的日子，总是显得很杂乱无章。

"爸，你这衣服也没洗干净啊。"郭晓莹看见郭有庭洗的衣服说道。

"洗衣机坏了，我用手洗的，那衣服也不埋汰，洗洗汗味就行了。"郭有庭不以为然地说道。

郭晓莹把她还认为脏的衣服又重新放进了手盆里，洗了起来，一边洗着一边说道："爸，下次你就把要洗的衣服放在一起，我每周回来给你洗，你自己洗得不干净。"

郭有庭没有吱声，坐在沙发上，看着电视。其实电视里播放着什么内容，他根本没有看进去，只是让这个屋子里有个声响而已。

"郭哥，以前的时候，我赵吉利大哥是我这小店的第一常客，而如今，他只能排名第二了。我这里的冷面、拌冷面、炒面、汤面，汤面里的毛细面、二棱面、韭叶面、宽条面、皮带面，你可都吃了几个来回了，这样下去可不行。虽然我是做这个生意的，但时间长了，你的营养跟不上。"

好好过日子

　　杨德海擦着旁边的桌面，收拾着其他客人吃剩的东西，不时地回头跟郭有庭说上几句话。已经下午两点了，不是吃饭的饭口，杨德海的面馆里只剩下郭有庭一个客人了。

　　"吃别的，我也吃不下，我合计着中午等老赵一起吃一口，可他今天一直忙着呢，我就不等了，明天你嫂子烧七七，吃完了，我得回去收拾一下。"郭有庭喝了一口面汤。

　　杨德海拿过一碟花生米，放在了郭有庭的面前，他在郭有庭的对面坐了下来。

　　"中午新炸的，刚才忙得忘记给你了。这时间可真快啊，这一晃都四十九天了？"

　　郭有庭用筷子夹起一粒花生米放进嘴里，一边嚼着，一边说道："是啊，再有个十几天就入伏了，这一年年的，冬去暑往，那叫一个快。"

　　"什么事情都想开点，你多学学人家我赵吉利大哥，心态就是好。你这条件不比他好多了啊，虽然你们是一个单位退休的，但你是干部级别，收入比他高得多，而且莹莹工作还不错。对了，前几天你女婿回来，送他的车可是硬头货，是他自己买的吗？"杨德海问道。

　　"不是他的，他啥时候能买车可能连他自己都不知道。房子还没买呢，这一天到晚，你说我能不跟着操心吗？这莹莹她妈一走，我是不是更得上心照顾她啊，不然我怎么能对得起你嫂子，可现在的孩子不听你的，你说的话，就是耳旁风，他们那主意正着呢。就好像我是个土包子，什么都不懂。"郭有庭一肚子埋怨。

　　"郭哥啊，咱们不得不承认我们已经老了，别说莹莹了，我家那小子现在才上初中二年级，就一天到晚跟我犟嘴，我说什么，他都说我不懂，我们小时候也没这样的节目啊？哦，老子说什么了，我们还敢犟嘴，那不扒了我们的皮？可能现在是信息社会，我们真的脱节了，还是现在真有代沟？真是弄不懂。"杨德海说完也直摇头。

　　郭有庭一边低头吃着面，一边说道："我啊，等莹莹买完房子，把婚礼办了，我就不管他们的事情了，管多了，人家也烦，我们自己也跟着生气。"

杨德海笑了,说道:"郭哥,话都是这么说,到时候,你又该操其他的心啦。有一句不是叫作中国式父母吗?中国老人什么都替孩子想好了,所以啊,咱们啊,心态放平和,这些事情都是为我们儿女办的,也不是为了别人,能帮他们多少就帮他们多少吧。"

"不养儿不知父母恩,等他们有了孩子就会懂我了。"郭有庭掏出七元钱放在桌子上,起身要离开。

"干吗啊,收六块,花生米免费,你以后过来都免费。"杨德海把一元钱塞进了郭有庭的裤兜里,郭有庭没有推却,从桌子上的牙签盒里拿出一根牙签,走出了面馆。

夏天的天气总是突然易变,昨天半夜里还是晴空万里,星光熠熠的,早晨起来就是细雨蒙蒙的了。郭有庭不到七点就打车来到了墓地,循着花岗岩铺设的台阶走上去,这里的一切在雨中都是那么静悄悄的,湿漉漉的一切更像此时此刻郭有庭的心情,一座座墓碑齐刷刷地占据了他的视线,也似乎堵住了他的内心。

人生的过程究竟有没有意义?到头来,都是一场同样的结局。自从尹玉红去世后,郭有庭每次到墓地来,都会有这样的想法。

"这你走了,我也确实知道什么是'没了,真就没了'这句话的意义。女儿去上海出差了,嘱咐我给你带两个你爱吃的果冻。你说你一个老太婆了,还爱吃这口。"

郭有庭揭开果冻的塑料皮,果冻的汁液流了出来,郭有庭下意识地舔了舔手指上的果冻汁,看着墓碑上"尹玉红"三个字,自言自语说道:"我尝过了,是橘子口味的,女儿特意交代买橘子味道的,你啊,临终的时候,什么也吃不下,是空着肚子走的,我这心里啊,难受。"郭有庭的泪水像断了线的珠子,不断地流了下来。

雨越来越大了,郭有庭没在意,依旧将雨伞放在一边,摆放着他精心准备的尹玉红生前爱吃的东西。

"这红薯啊,是今年新鲜的,早上我起来用微波炉烤的。你活着的时候,说过好多次想吃这口,可每次你都没吃,我知道你是想吃,但吃不下。这些日子啊,我过得是迷迷糊糊,时常半夜醒来。总感觉你没走似的,好像你就躺在我的身边。"

郭有庭哽咽了,他摸着墓碑上每一个文字,心里酸酸的。墓碑上的雨水也渐渐淌成了一条条直线,雨越来越大了。

郭有庭站立在雨中,眼中的泪水和此时的雨水连成了一片,他身上的衣衫也渐渐湿透。

闪电划破了郭有庭眼前朦胧的视线,自己仿佛从那种极度思念的情绪中,回到了现实之中,墓碑前刚刚摆上去的菊花看上去比刚才更加鲜艳了。

"姐夫。"熟悉的声音从郭有庭的身后传来。郭有庭回头一看,是尹玉霞。尹玉霞大包小裹的,拎着水果和鲜花,雨伞也只是遮住了头部,衣服也湿透了。

郭有庭赶紧接过尹玉霞手中的东西,都摆到了墓碑前。尹玉霞也没能抑制住自己的情绪,号啕大哭起来。

人生的过程,就好像在生活中增加了很多情感,一点点给你添加累积,最后的时候,会把这些全都化为一捧尘土,累积的情感越多,越会让亲人的泪水恣意妄行。

"别哭了,你姐已经走了,活着对她来说,是一种痛苦。"郭有庭安慰着尹玉霞说道。

"姐夫,你说我姐这个人这么好,为什么还会得这种病?"尹玉霞抽泣着说道。

郭有庭望着墓碑,叹了一口气说道:"唉,我说不清,你也说不清,生老病死,我们都要经历的,有早有晚而已,雨越来越大了,我们回去吧。"

"我想多陪我姐一会儿。"尹玉霞跪在了墓碑前。

"这闪电雷声的,你姐活着也不会让你这么做,再过几天,就是阴历

第三十六章 孑然一身

七月十五的中元节了,那时候,你再过来。"郭有庭劝说着。

天气一天比一天炎热了,树枝上的蝉鸣整个白天里也不停歇。树荫下象棋棋子与棋盘的敲打声越来越频繁了,郭有庭也加入了下棋、观棋的大军,日子从早起的朝阳到落山的夕阳,早上两根油条、中午面馆里吃碗面或者一根玉米也就解决了,晚上的时候,半个西瓜也不会让自己饿着,家里已经好久没有生火做饭了。

郭晓莹为父亲买了一台全自动的新式洗衣机,这衣服扔进去,出来之后就是甩干的了,郭有庭在家里更是没什么可以干的了,已经习惯了晚上去浴池冲个澡,然后再回家。日子过得平平淡淡,不知不觉地,自己早上出来的时间越来越早了,晚上回家的时间越来越晚了。

"老赵,我还真是挺佩服你的,这么多年来,一直是一个人,我现在是真理解你为什么在老陈这里搓澡了。"

"说来听听,那以前怎么认为的?"浴池里只剩下郭有庭与赵吉利了。赵吉利一边收拾着卫生,一边问道。

郭有庭坐在泡澡池的池沿上,往自己身上不时地弄点水,说道:"我之前不理解,你说你岳父岳母的退休工资也够老两口生活用了,你也有退休工资,退休了,天天缩在这浴池里,你赚钱干什么?说句不好听的,你无儿无女,你给谁攒的钱。但现在明白了。"

赵吉利笑着说道:"明白啥了?是不是现在深有体会了?"

"深有体会了,不是钱的事,是真没意思。"郭有庭说道。

"要不,你也放下架子,跟老陈商量商量,你也过来搓澡得了。"赵吉利跳进泡澡池,弯下腰,趁着泡澡池放水的工夫,拿着刷子刷起了澡池的池底。

"拉倒吧,老陈这浴池,一个人搓澡正好,两个人,就会闲下来半个膀子。"郭有庭笑着说道。

"咱俩在一起唠唠嗑呗,你待着也是待着。"赵吉利干起活来,手脚麻利。

"你看我那个家现在乱的,我连收拾我自己家的心思都没有,还能像你现在这样把老陈这浴池收拾得这么好?"郭有庭说完自己都直摇头。

赵吉利直起腰来,说道:"这人啊,就得忙起来,闲下来就会浑身不自在,你这自己一个人才多长时间,时间长着呢。没退休那会儿,我天天盼着退休,合计退下来的日子,就会优哉游哉的了。可真退休了,就觉得上班时,那种有规律的日子才是最好的。所以啊,这人不管老小,总得有个营生,这小孩子就应该上学,这大人啊,就应该上班,退休了,要么给子女带孩子,要么像我这样的,找个能干的活计,或者你像老崔那样,天气暖和的时候,就是天天钓鱼,冬天的时候,小麻将一打,你得自己给自己安排生活。"

郭有庭觉得赵吉利说得在理,站起身来,说道:"明天我买个鸟笼子,养养鸟。"

赵吉利走到郭有庭跟前,眼睛看着郭有庭说道:"郭哥,我跟你说,那样儿还真行,不然的话,这人啊,真能待出病来。"

"我就是那么随口一说,我这性格养不了鸟,这样吧,你和老陈以后的午饭,我包了,不然我一个人不愿意吃什么,这样我中午做一顿,能把晚上的饭菜也带出来。"郭有庭用毛巾擦着身上的水珠。

"你要是心情好,你就做点,我和老陈跟着吃点,我有时候还真怀念我们在非洲援建的时候,你抽空给我们做饭的情景。那时候,大家都说,这郭工的手艺可以给当地的酋长做我们的中华国宴了。"赵吉利也停下了手中的活计,两眼望着不远处,仿佛回到了当年在非洲时的情境之中,那时候,能在异国他乡吃上一种家乡的味道,幸福的感觉会陡然爆棚。

郭有庭对这件事情的记忆都有些模糊了,但似乎有些印象,说道:"那时候,我也是思乡心切,但现在我觉得这一天的时间老长了,时间过得也慢。明天我给你做份锅包肉,不比杨德海差多少。"

"赶明儿,你去杨德海那里做厨师。"

赵吉利说完和郭有庭都笑了起来。

有些时候真是这样,忙碌起来,就会觉得自己的时间像汽车的车轮,你忙碌的时候，就像车轮转得快一些一样，时间过得就像车轮走过的路多了一样，过得快一些。

但郭有庭毕竟不是厨师，做了大概一个星期，自己会做的几样拿手菜做完了，就又没了新主意，又去了杨德海的面馆，每天中午、晚上像是上班打卡一样。

郭有庭的父亲郭宝贵的身体越来越差了，眼睛做了白内障手术，郭有庭想把他接到家里来，老爷子死活不肯。每次见到郭有庭，总是眼圈含泪，说是想念那孝顺的大儿媳妇。

郭有庭每次都是把父亲的冰箱塞得满满的，隔个两三天，再来的时候，肯定不会剩下太多，郭有庭知道肯定是郭有渊的媳妇儿韩冬梅做了手脚，但也不会像尹玉红那样找到韩冬梅说上一通，只是再买齐罢了。

他的父亲郭宝贵也不像以前那样再说韩冬梅什么不好的地方了。有一次，郭有庭带父亲去洗澡，洗澡的时候，郭有庭问了父亲，为什么现在很少说韩冬梅的不是了。老爷子沉默了老半天，说道："她再不好，也能给有渊一个家，能给有渊洗洗涮涮，我看着你心疼，不想再看着有渊让我心疼了。"

郭有庭的内心里想慢慢适应这孑然一身的生活，这也是自己暂时需要面对和经历的，但实际上适应的过程却是很漫长的。

转眼间，蝉鸣的声音越来越少了，墨绿的柳树叶在不知不觉中已经有了泛黄的迹象，每天早上郭有庭起床下楼去老顾头油条摊的时候，都会看见环卫工人推走半车的残叶。

天气渐渐凉爽了，老顾头已经不再光着膀子了，上身也套上了T恤。他那双被豆油浸润得油汪汪的双手，熟练地将两块柔软的面块轻轻一捏，然后轻轻一抻，面块就会自然形成一个弧度，中间的地方慢慢就会沉落下来，老顾将中间的地方先放入翻开的油锅当中，双手同时放下面块的两端，面块就像游泳运动员入水一样，涌出漂亮的油花，但不见任何一滴油飞溅出来。老顾的老伴儿，永远是标准的动作，手拿着五十厘米长的筷子，轻轻地将面块左翻弄一下，右翻弄一下，等面块浮上来的时候，已经是油条了。

郭有庭到了油条摊，不用吱声，往那儿一坐，老顾的老伴儿就会趁着翻弄油条的空隙，将一碗豆浆添上三勺白糖，盘子里装上两根油条，急匆匆地放在老郭的面前。

"这糖啊，少吃，尤其上了岁数，不是我不舍得给，这身体啊，确实用不上，负担。"老顾的老伴儿每次都是这么说。

"这油炸的东西还不好呢，你这生意不是还是这么火。"郭有庭用汤匙儿搅和了一下豆浆碗底的白糖。

"豆浆都综合啦，这东西才怪呢。"老顾的老伴儿一边翻弄着油条一边说道。

"今天豆浆太浓，再给我加勺糖。"郭有庭喝了一口豆浆，端起来走到老顾老伴儿面前说道。

"你啊，喝白开水不浓，我们这货真价实，这我们家老顾还说我添水添多了呢。"老顾的老伴儿听说，用眼睛瞅了老顾一眼。

"水多了，豆浆不浓不香，我昨晚都告诉你了，咱们新换的水勺子，不能按以前的比例，以前十勺子水，现在就只能九勺半。"老顾一边说着，也没耽误手中的活计。

"这老顾，你下次买点计量杯，那玩意儿准确。这家伙，你要打造百年老店啊？你女儿接摊不啊？"郭有庭笑着说道。

"接摊？想得美，人家现在早上喝牛奶吃面包，我这手艺再过几年，也就失传喽。"老顾回头看着郭有庭说道。

"时代变啦，我们啊，不得不承认跟年轻人有代沟了，是真聊不到一块去了。"郭有庭将油条放进嘴里嚼了起来，酥酥的感觉，油香与面香瞬间占据了整个口腔。

"你家老尹昨天都烧一百天了？"老顾问道。

"是啊，一了百了，化作飞烟与尘土，老顾啊，咱们别这么累，我家老尹一走，我这孑然一身，也明白了很多道理，能干的时候别太逞强，不然干不动的时候，会闲得浑身难受。"郭有庭又喝了一口豆浆，今天的豆浆确实很浓。

"既然你都一了百了了，你啊，不是闲的，是自己孤单的，说句不好听的，老来伴儿，老来伴儿，你这样自己过下去不是个法子，你家莹莹去了省城，肯定不能回来了，所以啊，你应该再找一个了。"老顾又将两块柔软的面块轻轻一捏，然后轻轻一抻，放进了锅里。

"没那个心思啊，自己凑合过吧。"郭有庭嚼着油条，摇摇头说道。

"这油条还得两根捏在一起炸呢，要是只放这么一根面下去，下了锅，出来之后肯定是扭扭曲曲的，这人啊是一个道理。浴池老陈父亲都八十了，不是也找了一个吗？八十岁的老人了，能干什么？什么也干不了，就是找个相互照顾的伴儿……"

还没等老顾说完，老顾老伴儿就打断了他的话。

"老不正经的，快炸你的油条。"

"唉，你是说我不正经，还是说老陈父亲不正经啊？追求幸福面前，人人平等。老人把日子过好了，能够照顾自己了，也少给子女添负担。"老顾说完，大家都笑了起来。

老顾的老伴儿红着脸，瞪了老顾一眼。

第三十七章　弄巧成拙

"我就知道有庭能给我买。"郭有庭的岳父微笑着，手里拿着月饼，尽管牙齿已经不全了，还是像小孩子一样很固执地咬了上去。

"爸，我给你切成小块吃吧。"尹玉霞说道。

"那样的话，味道就变了，不切。"老人很固执。

"你倒是说一说味道到底怎么变了？越老怪毛病越多。"郭有庭的岳母责备着说道。

郭有庭看着直乐："让他吃吧，怎么吃，最后都是他吃了。"

"早就说馋月饼了，前一段时间，让我去买，走了好多地方，也没有啊。"尹玉霞说道。

"今年农历闰七月，所以这中秋节也延后了，咱爸这心里有数，知道到了该吃月饼的季节。这月饼是钱川昨天到这边办事，给带过来的。这离八月十五还有半个多月呢，吃吧，还有得是卖的。"郭有庭说道。

"钱川这孩子，我好长时间没看见过了，哪天让莹莹带过来，吃口饭，这要是玉红活着该多好……"郭有庭的岳母又开始眼圈含着眼泪了。

"妈，你可别这样了，你这样的话，我姐要是知道了，她在那边也不会高兴的。"尹玉霞劝说道。

"朵朵姥姥家的超市不干了，姚瑶把孩子给她妈妈带了，你也闲下来了，你常去你姐夫那看看，洗洗涮涮的，帮着打扫打扫，你姐活着的时候，对你那么照顾，现在该你付出的时候了。"

郭有庭的岳母说完又走到卫生间里哭去了。这白发人送黑发人，真是一种煎熬。

"便利店怎么不干了呢？不是挺好的吗？"郭有庭问道。

尹玉霞撇了一下嘴，说道："那都是姚瑶他爸自己说好的，以前是有很多老顾客，一般都是买盒烟，买瓶啤酒啥的。但现在在离他家便利店不到二百米的地方，开了一家连锁超市，面积比他家大七八倍，东西便宜，主要是商品全，连水果、蔬菜都一起卖了，现在他家的便利店一天天没个人影。他爸去一家物业公司给人家看泵房去了，上十二小时休二十四小时。"

"这韩桂芝可别像我们莹莹她老婶冬梅那样啊，这要是刁钻起来，可够你喝一壶的，还不如你自己带孩子，你耳根清净点儿。"郭有庭第一感觉是姚瑶的妈妈会有很多家里琐事的问题，毕竟他这么多年是领教过韩桂芝的堂妹——韩冬梅的"本事"了。

尹玉霞竖起了大拇指，说道："姐夫，你可是真说对了，有几次她到涵东这里来，都是横挑鼻子竖挑眼的，不是说烫奶的温水温度高了，烫坏了奶粉的营养物质了，就是说烫奶的温水温度低了，奶粉的营养物质又没有发挥出来了。那说话方式跟莹莹她老婶简直像一个模子刻出来的，这下让她带着吧，遂她心思来吧。"

"还是白糖姜丝馅儿好吃，这些馅儿都怪。"郭有庭的岳父在一旁边吃边叨咕着，人老了，小脑萎缩之后，各方面的情况也是越来越糟。

"这些馅儿都贵呢，白糖姜丝馅儿都过时了，年轻人没有吃的了。"郭有庭说道。

"还是白糖姜丝馅儿好吃，别的那些馅儿都怪。"郭有庭的岳父又说了一遍。

尹玉霞气得直瞪眼睛，说道："哪天看见有卖的，我再给你买啊，我可不在这里听你唠叨了，我得回涵东那收拾收拾我自己的东西。姐夫，明天我去给你收拾收拾家，后天，我就搬回我妈这儿住，这朵朵一去她姥姥那儿啊，我这像掉了一半膀子似的，空落落的。"

"那涵东呢？"郭有庭问道。

"涵东也搬过去了，姚瑶她妈那里离计算机广场比这边近，不做便利店了，就腾出屋了，正好这边房子也到期了，这一个月省不少钱呢。"尹玉霞虽然有点想孙女，但儿子他们都搬到亲家住了，自己着实轻松了不少。

吴涵东到岳父岳母家住以后，尹玉霞省了不少心。儿子跟着自己租了将近二十年的房子，总算在孙女出生后，跟孙女沾了光，结束了溜房檐的日子。毕竟亲家家里就这么一个女儿，说句不好听的，这老两口百年之后，怎么都是儿子的和孙女的。

知道尹玉霞要过来给自己收拾卫生，郭有庭早上在老顾的油条摊吃完豆浆油条就去了菜市场，这有二十多天没来逛菜市场了，各种瓜果蔬菜可是十分新鲜，这东西琳琅满目，郭有庭一时倒不知道要买些什么了。

"大哥，你怎么逛菜市场了？"杨德海正大包小裹地往外走呢，在菜市场里看见郭有庭，实属新鲜事儿。

郭有庭也愣了一愣，说道："啊，今天家里来人，我来买点东西。你买这么多，能拿了吗？我来帮你。"

郭有庭指了指杨德海手里的东西，说完，就伸出手，要帮着杨德海拿东西。

"不用，不用，今天只买了些大蒜和香菜，都不沉，显得挺多。你自己能做吗？实在不行，你买了到我那儿去，我给你做，不收你钱。"杨德海说道。

"就两个人，不买多，四个菜够啦。不麻烦你，你真不用我帮你拿？"郭有庭不经意间，流露出了一丝不好意思。

杨德海是生意人，郭有庭虽然嘴上没说他要招待的是谁，但从他的表情上，杨德海似乎看出了些什么，笑着说道："我电动车停在外面呢，你东西多，我倒是可以帮你驮着。郭哥，你不会是焕发第二春了吧？处老伴儿了？"

郭有庭立刻有些不好意思起来，说道："去，去，处什么老伴儿，找个人回家帮我打扫打扫卫生。你快回饭店去吧，一天到晚没大没小的。"

"哈哈，开个玩笑。你不是请我赵吉利大哥吧？"杨德海仍然不依不饶地问道。

郭有庭见杨德海十分好奇的样子，心想，干脆就说是赵吉利吧，省得他再啰唆，装作一本正经地说道："是啊，你猜得可真准。"郭有庭说完，还象征性地像模像样地竖起了大拇指。

"那你可得弄两个硬菜，对了，市场那头的河蟹非常好，就是贵点。"杨德海顺手指了指，然后自己嘻嘻哈哈地走出了菜市场，蹬上电动车一溜烟儿地回到了饭店。

顺着杨德海指的方向，郭有庭发现菜市场里，河蟹的摊位一家挨着一家，青黑色的后背，顶着硕大的螯足，咕咕地冒着气泡。

"这河蟹多钱啊？"郭有庭问道。

"母的，大的七十八元一斤，小的五十八元一斤，个保个黄满。这公的，大的六十八元一斤，小的五十元一斤，个保个膏满。"商贩一边说着价格，一边从网兜里拿出一只螃蟹在郭有庭眼前晃了晃，这河蟹十分欢实，举着螯足，一副要战斗的样子。

"抢钱啊？"郭有庭自认为自己的退休工资还算亲戚朋友里的高水平，但这河蟹的价格实在是觉得离谱。

"大哥，可不能这么说，这玩意儿金贵，在稻田地里长大，见不得半点农药和化肥，现在不流行绿色食品吗？吃出健康吃出美味，今年中秋和'十一'假期赶到一起了，价格不会落下来。来点尝尝，这东西上得了席面，上档次。"真是买的没有卖的精，做买卖全靠一张嘴。"上得了席面，上档次"这两句话，让郭有庭下定了决心。

六只螃蟹花了一百八十七元，让郭有庭的心跳着实加速了一会儿，就这价格，也确实上档次了。他又买了些其他的食材，拎着就回家了。

等他到家的时候，尹玉霞已经到了，已经开始将窗帘等东西拆下来要洗了。尹玉红活着的时候，为了照顾尹玉红方便，就给过尹玉霞一把钥匙。

"姐夫，你干吗去了？"尹玉霞知道郭有庭回来了，头也没抬，继续擦着地。

"啊，知道你要来，我去菜市场买点菜。"郭有庭把东西拎进了厨房。

"中午去杨德海的面馆买碗冷面吧，我今天把厨房也收拾出来。"尹玉霞说道。

"厨房，大上个星期天莹莹收拾过了，不用收拾了。"郭有庭从厨房走出来，说道。

"可拉倒吧，孩子干的那活儿，就是个表面，别忘了我干过家政，你就别管了。"尹玉霞说完，郭有庭倒不知道说什么了。

郭有庭转身的瞬间，突然看到了墙上自己与尹玉红的照片，他的内心瞬间像被电击了一样，再回头看着忙忙碌碌的尹玉霞，他连自己都迷糊了，他早上起来为什么去菜市场像招待特殊客人一样买东西，尹玉霞已经不是第一次为自己家打扫卫生了，这次只不过是尹玉红去世后的第一次。人家尹玉霞仅仅是因为不带孙女了，现在有了空闲时间而已，自己在做些什么呢？自己怎么能有这么怪异的举动呢？一串串疑问在自己的脑海里浮现。

"这家没个女人真是不行，姐夫，你看看床底的灰，都多厚了？"尹玉霞一边丁着，一边说道。

郭有庭没有吱声，只是收拾着冰箱，冰箱里已经有异味了，之前什么东西都往冰箱里塞，时间长了，味道也就乱了。

"德海，德海。"赵吉利站在杨德海的面馆里喊着杨德海的名字。

"赵哥，你来啦？我在里面调点高汤，什么事？"杨德海从排油烟机嗡嗡直响的厨房跑了出来。

"一会儿给我弄碗咸口的冷面，送到浴池去啊。啤酒和花生米，我先拿走了。"赵吉利自己盛了一小碟花生米，装进了小方便袋中。

"好嘞，做好我就送去。我就说老郭大哥客气，就一起过来吃呗，我也不要手工费，见外了不是。"杨德海答应了一声，就要往厨房走。

"唉，唉，什么手工费？"赵吉利叫住了杨德海，他刚才没听清什么，弄得一头雾水。

"你俩吃什么，我给你们做呗，在我这里吃呗。"杨德海说道。

"他吃方便面油条，我还能改得了他？"赵吉利说完，就走到门口处，拎起一瓶啤酒要离开。

杨德海一脸茫然，心里想着不对啊，吃方便面油条的不是老陈吗？于是问道："赵哥，谁吃方便面油条？"

"咱们东洲市头一号，唯一的老陈，陈永胜同志有这个爱好，除了他，还能有谁？"赵吉利说完自己都笑了起来。

"不对啊，你今天不是去我老郭大哥家吃饭吗？老郭大哥都去买河蟹去了。"杨德海满脸疑问地问道。

"你听谁说的？我怎么不知道？我还上班呢。"赵吉利眼睛瞪得好大。

"早上我亲眼看见老郭大哥的，他说你今天给他打扫卫生，他要弄几个硬菜，对，说是两个人四个菜。我走的时候，他买河蟹去了，今天的河蟹可贵着呢。"杨德海把早上见到郭有庭的一幕说了一遍。

"那我还真不知道啊，他也没让我给他收拾卫生啊？再说了，浴池这卫生，跟家里的卫生，收拾方式也不一样啊？我也弄不好啊。"赵吉利挠了挠头说道。

"那我这冷面，我给你做还是不做啊？这玩意儿跟河蟹可不搭啊？"杨德海说道。

"那做还是不做啊？"赵吉利没了主意。

"我问你呢，赵哥。"杨德海笑着说道。

"那先别做了，酒跟花生米，我先拿走了。我先垫补一口。"赵吉利哼着小曲儿离开了。

赵吉利回到了浴池，把浴池的卫生收拾完了，泡澡池的水也放满了。

他坐在门口的小桌子前，吃着花生米喝着啤酒，眼看着花生米与啤酒都见了底，也不见郭有庭的身影。难道是郭有庭还是像前一段时间给自己和老陈送午饭的时候那样，一般都赶在中午十二点人少的时候过来？赵吉利还在合计着呢，有人找他搓澡了。

尹玉霞收拾着姐姐的家里，内心中有着一丝想念，尤其看见姐姐的照片，音容笑貌好像就在眼前，小的时候尹玉红就很照顾自己。

记得小时候，现在定居日本的小妹妹尹玉丹那时候还很小，那会儿刚牙牙学语，天天像跟屁虫一样跟在刚刚上小学的自己后面。有一天，大姐尹玉丽从学校拿回一个日记本，塑料皮的很漂亮，扉页上还用俄语写了一段话，谁都不让碰，哪怕看一眼都不行，像个宝贝似的。家里的地方小，她白天不在家的时候，就把日记本放在了缝纫机的机罩布下面，晚上回家就放在自己的枕头下面。有一天，一位邻居要用家里的缝纫机，母亲正在外面忙碌着，自己看见了大姐隐藏的那个日记本，当时特别喜欢，拿在手中爱不释手，结果不知道什么时候，小妹妹的小手一把伸过来，要抢尹玉霞手中的日记本，结果两人一扯，漂亮的封面连同扉页一起都掉了下来。自己当时就傻了眼，不知道如何是好，吓得嗷嗷大哭。

这时候，尹玉红从外面回来了，看见当时的情况，也被吓了一跳，这要是被大姐知道了，肯定是一顿打，尹玉霞在哭，小妹妹尹玉丹也在哭，吓得那位邻居手中的活计都不做了。那是一个物资匮乏的年代，出了这样的事情，自然不是小事。

后来还是二姐尹玉红为自己想出了办法，二姐抱着小妹，拉着自己的手，径直奔向了供销社商店，二姐将自己乌黑的大辫子铰下来给卖了，能有五六十厘米，谁看了都心疼。二姐不仅买了一本一模一样的日记本，还为自己和小妹买了两块糖，从那以后，家人无论是谁的东西，自己再也不敢随意乱动了。

尹玉霞收拾完客厅与两间卧室之后，最难点就是餐厅和厨房了，尤其是厨房，无论在哪家家政公司干活，干家政的姐妹们受到投诉最多的就是厨房。油污多，瓶瓶罐罐也多，很难下手，也不出活儿。

第三十七章　弄巧成拙

当尹玉霞走进厨房的时候，洗菜盆里放着六只河蟹，正老老实实吐着气泡呢。

"呀，这么大的河蟹。姐夫，这哪来的河蟹啊？"

"我早上去菜市场买的，合计中午给你蒸了。我再做个你爱吃的拔丝芋头，今年新芋头。"郭有庭将冰箱里的不用的东西都拿了出来，几乎重新擦了个遍。

尹玉霞看了一眼正在弯腰收拾冰箱的郭有庭，说道："那等我收拾完，我做吧。"

这居家过日子，有没有女人真是不一样。几个小时的工夫，郭有庭的家里果然大变样了，窗明几净，抬眼望去，整个内心都跟着敞亮。

浴池里的赵吉利连搓了三位浴客，眼看着这时间都快中午十二点半了，肚子饿得有些咕咕叫。本想给郭有庭打个电话，这电话都拿到手里了，突然心里琢磨着是不是郭有庭要打扫家里的卫生没好意思跟自己说啊，要不直接去吧，干好干坏，这兄弟之间搭把手总是可以的。

赵吉利跟陈永胜说了一声，拿上两块干净的抹布别在腰间，拿了一把拖布和拖把桶就去了郭有庭的家。

路过杨德海面馆的时候，杨德海正蹲在门口剥蒜呢，杨德海看见了赵吉利拿着工具，喊道："大利哥，你这才去啊？"

"啊，才去，刚才搓了三份澡，没腾出空来。"赵吉利咧着嘴说道。

杨德海一边剥着蒜，一边说道："这幸亏是前后楼，要是道远的话，你还得把电动车骑着呢。"

赵吉利嘿嘿一笑，说道："兄弟说话了，别说前后楼，就是非洲，我也得去啊。"

"大利哥，你真讲究。"杨德海仰着脖子喊道。

"讲究啥，你有事你吱声。咱没别的能耐，出点苦力还是可以的。"赵吉利说完，拐进了楼后面。

"不再拿两瓶啤酒了？"杨德海站起身来喊道，本以为赵吉利没听见，自己又蹲下来继续低着头剥蒜。刚刚剥完了一个蒜瓣，赵吉利拎着拖把桶走了回来。

赵吉利站到他眼前的时候,吓了他一跳,赵吉利憨厚地笑着说道:"来两瓶也行,吃河蟹呢。"

赵吉利将啤酒放进了拖把桶里,嘴里哼着小曲儿去了郭有庭家。

"郭哥,郭哥,在家吗?"赵吉利敲了几下门,没有什么反应,自己冲着屋里喊道。

当时,郭有庭和尹玉霞正在厨房里做拔丝芋头呢,另一个锅里的河蟹已经由青黑色变成了橙红色。

"忘记放苏子叶了,苏子叶能去河蟹的土腥味,你帮我把苏子叶放进锅里。"郭有庭一边熬着糖,一边说道。

"现在放还来得及吗?河蟹都快熟了。"尹玉霞虽然这么说着,但还是将苏子叶放进了蒸河蟹的锅里。

"来得及,帮我拿个盘子吧,我把芋头盛出来。"说话的工夫,郭有庭把拔丝芋头已经做好了。

"姐夫,好像有人敲门呢?"尹玉霞好像听见了敲门声,吸油烟机一直开着,有些吵,听得不太清楚。

"不能吧,谁啊,大中午的,我去看看,你盛饭吧。"郭有庭一边摘掉围裙,一边去开门。

尹玉霞将河蟹、拔丝芋头、茼蒿炒肉、宫保鸡丁端上了桌,全是自己爱吃的,自从朵朵出生以来,自己确实没吃过一口安安稳稳的饭菜,天天净是忙活孩子了,今天可算给自己改善改善了,不仅仅是饭菜的改善,更是改善一种心情,一种安安稳稳吃饭的心情。

"来啦,来啦。"郭有庭一打开房门,愣住了。

赵吉利的腰里别着抹布,左手里拎着拖布,右手拎着拖把桶,拖把桶的两瓶啤酒还东倒西歪着。

"你怎么来了?"郭有庭早已把早上敷衍杨德海的事情忘得一干二净。

"啊?你不是要打扫卫生吗?"赵吉利说话的工夫,脱了鞋,前脚已经迈进了屋。

第三十七章 弄巧成拙

"啊，是啊，你怎么知道的？"郭有庭十分惊讶。

"我掐指一算的，昨晚梦见河蟹了，河蟹告诉我的。我带了两瓶啤酒。"赵吉利和郭有庭之间说话总是说说闹闹的，没个正形。

这时候，愣在门口的郭有庭才意识到今天早上在菜市场与杨德海聊天的一幕，准保是杨德海告诉赵吉利的，因为他没跟第二个人说过。既然赵吉利人都来了，还拿了两瓶啤酒，郭有庭也不能说什么。

"这馋人有口福，刚做好，就差给你打电话了，先吃饭。"郭有庭接过赵吉利手里的东西，赵吉利将两瓶啤酒拎了出来。

"哟，玉霞也在啊？"赵吉利进屋后，看见了正在厨房里盛饭的尹玉霞。赵吉利说完话，还回头看了走在自己身后的郭有庭，并朝郭有庭还挤眉弄眼了一下。

因为前几天郭有庭去浴池聊天的时候，还当着陈永胜的面儿，说要给赵吉利介绍个老伴儿，等赵吉利脱单之后，自己再脱单。

此时的赵吉利完全领会错了，他以为这一切是郭有庭为自己特意安排的呢。

"赵哥来啦，快洗手吃饭。"尹玉霞看见赵吉利的第一眼，内心里也蹦出好多种想法。尤其赵吉利手里还拿着啤酒，这是有备而来啊，怎么二姐夫没跟自己说呢。

"喵，全是我喜欢吃的啊？郭哥你就是这点厉害，关于我爱吃的东西，你都了如指掌。"赵吉利坐下来，看着桌子上四个菜全是自己喜欢吃的，十分高兴。

尹玉霞看了郭有庭一眼，心里琢磨着刚才炒菜的时候，郭有庭口口声声说这都是自己爱吃的，这会儿工夫又都成赵吉利爱吃的了。

郭有庭也注意到了尹玉霞异样似乎又带着疑问的眼神，自己又不知道如何解释这突来的尴尬，随口说道："这是你们两个的共同点，你们两个都爱吃这些，我特意这么买的。"

郭有庭此话不说还好，此话一出，赵吉利此时的心里乐开了花，心里想：这郭哥，真是够意思，完全给了自己一个惊喜，打扫卫生是假，撮合自己与尹玉霞是真,连饭菜都考虑得这么周全。而此刻的尹玉霞心里是五味杂陈,刚才收拾屋里卫生的时候,看着二姐的照片还有些不好意思呢,之前姐姐临终的时候告诉自己:"你二姐夫已经默许了,听姐姐的,你和你姐夫一起过日子吧,这样我还能放心,不然你们两个,我都会牵挂着,你不用担心莹莹不同意,姨妈姨妈除了妈妈就是姨,这个理儿啊,她会懂的。你一个人这么多年了,这样下去不行。听姐姐的,也答应姐姐。"而且刚才在厨房的时候,二姐夫的手明显是碰到自己的手了,当时自己的内心还有些少女般的欣喜,难道是自己想多了?尹玉霞的脸庞掠过一阵红热。

一张桌子上,两瓶啤酒,三个单身的人,四个菜,这一顿饭吃的,除了赵吉利十分高兴以外,郭有庭与尹玉霞的心里都各自有着自己的想法。尤其尹玉霞,甚至有些生气,她以前已经很多次表达自己的观点,她和赵吉利之间是不可能的,尤其儿子吴涵东都说过好多次反对母亲与赵吉利结合。而姐夫这次这么做,有意安排自己与赵吉利一起吃饭,确实是不应该。但顾及姐夫的面子,又不能多说些什么,总不能在饭桌上回绝别人,这样显得自己太不礼貌了。

第三十八章　若即若离

赵吉利是哼着小曲儿走回浴池的，依然是腰里别着抹布，左手里拎着拖布，右手拎着拖把桶，只不过拖把桶的两瓶啤酒已经成了空瓶子，依旧还是东倒西歪着。

路过杨德海的面馆时，赵吉利还是像早上一样，大喊了两声："德海，德海，我把酒瓶子放进箱套里了啊！"

"哟，大利哥，这么快就打扫完了？你这腰间的抹布还没湿呢，活就干完啦？"杨德海从店里走了出来，指着赵吉利腰间的抹布说道。

"嘿嘿，老郭大哥，是我恩人啊，好哥们，总惦记着让我跟他沾点儿亲戚，不说了，回浴池了，改天再聊。"赵吉利继续哼着小曲儿离开了。

杨德海望着赵吉利的背影，有些羡慕，心里想着：这老赵一天到晚，净是遇到些贵人。

"老板，结账。"屋里有人喊道。

"哎，来啦。"杨德海急忙赶回屋里。

赵吉利回到浴池后，陈永胜一看就是老赵喝酒了，而且喝得还挺高兴。问道："你喝多少啊？这么高兴。"

"嘿嘿，喝了两瓶。不到两瓶，老郭倒出去一杯。给，这只河蟹是老郭让我带给你的。听说七十八块钱一斤呢，这只河蟹怎么都值三十块钱。"赵吉利一边哼着小曲，一边从裤兜里掏出一只用保鲜袋包着的河蟹。刚才每人两只河蟹，郭有庭只吃了一只，剩下这只让赵吉利给老陈带回来了。

"嗯，现在这季节，这玩意儿可贵着呢。你这腰间的抹布还没湿呢，活就干完啦？"老陈很高兴，但看见赵吉利这抹布没湿，拖布也干着呢，也心生疑问，问道。

赵吉利微微一笑，很神秘地说道："都是秘密。"

"去，去，有人等你搓澡呢。"老陈摆了摆手，也觉得自己是自讨没趣，还不如把河蟹啃了，打打牙祭。

尹玉霞自从那天中午在郭有庭那里吃过午饭之后，内心里开始变得很是不舒服。虽然二姐去世不到半年时间，在那顿饭之前，二姐临终的话就像每天的阳光一样，时刻闪现在自己的脑海里，自己就像那听话的小学生，觉得二姐的话一定很有道理，她不会一时糊涂做出这个决定的，然而二姐夫还竟然依然撮合着自己与赵吉利的事情。她心里明白，赵吉利是郭有庭的好哥们，从某种程度上来讲，赵吉利与他的关系，甚至胜过了郭有渊与他的关系。

搬回到母亲这里住以后，尹玉霞在照顾父母的同时，开始在家政公司干了一段时间，后来又经过朋友介绍，在一家小型宾馆做房扫员。

郭有庭一直想找个机会跟尹玉霞解释解释，但一直没找到机会，去了莹莹姥姥家几次，尹玉霞都不在。郭有庭也感觉到尹玉霞在故意疏远自己，再思前想后一番，女儿莹莹想跟钱川登记，都合计过今年再说，毕竟是有孝在身，这尹玉红刚刚去世半年，要是自己的动作稍微大了一些，也会遭到非议的。

尹玉霞其实觉得二姐夫无论从哪方面，抛开现实生活中可能会有些嚼舌根的话之外，毕竟是姐夫与小姨子，这样的话题本身闲话就多，再没有其他可挑剔的了。一是郭有庭的退休工资至少够两个人生活了，而且很宽裕，二是自己的岁数也大了，有的时候真是有些力不从心，到处打工，有些干不动了。

这期间，只在有一次莹莹回家的时候，自己又去郭有庭那里打扫了一次卫生。赵吉利有时候给自己发过几次短信，有问候的话语，也有搞笑的段子，她都没有回复。

有一天下午，尹玉霞正在打扫房间呢，脑袋里想着早上上班的时候，路过菜市场和路口时，发现秋菜都陆续上市了，连续给二姐家渍了两年的酸菜，今年渍酸菜还给不给郭有庭带份呢。这时候，她腰间的手台响了起来："二楼房扫员，房扫员，二一五房间退房，二一五房间退房。"

退房的检查工作都是房扫员负责检查。这家宾馆虽然不大，但也是连锁的，管理相对正规，整个二楼，平日里都是用作小时房经营的。也不知道从什么时候开始，很多宾馆都是冠以"钟点房""商务小时房"等名义将一部分房源拿出来，作为非全天客房经营。市场经济永远是这样，市场有需求，市场就会有供给，而在这些小时房休息的人，也大概分那么几种。车站附近，临时歇脚的，确实需要"商务小时房"，商务人士有消费能力，也注意休息环境。而自己所在的宾馆，这一类客户几乎不见踪影，一是宾馆档次有限，二是地段位置的原因。基本上都是小时房的另外一种用途：针对年轻情侣，他们是主要客源。

尹玉霞推着打扫车来到了二一五房间门口，敲了三下门，确认没人在房间内以后，刷卡进了房间，按照规定的流程检查完之后，她拿起手台喊道："前台，前台，二一五房间符合退房要求，二一五房间符合退房要求。"然后开始整理房间，将客人用过的东西都换洗一遍。

当尹玉霞将客人用过的毛巾以及床单拿出来，到停在门口的打扫车上准备换取新的时，用眼睛的余光，看见斜对门二一八房间正在关门的男子怎么那么眼熟。她抬起头来，再仔细一看，自己的心肝脾肺都差点被气炸了。

关门的不是别人，正是自己的儿子吴涵东。

"宝贝儿，你这头发不吹干，这样出去会容易感冒的。"吴涵东用手摸着身边女孩的长发。

尹玉霞知道儿媳妇姚瑶从来都是短发，这肯定不是儿媳妇。

那女孩的左手搂在吴涵东的腰间，娇滴滴地说道："你真体贴，不会的，天气还没有那么冷，感冒了，你买药给我吃。"

尹玉霞实在忍不住自己心中的怒火，大喊了一声："吴涵东。"

她这一嗓子，把儿子吴涵东手中的房卡都吓掉了。吴涵东拾起房卡，跟跟跄跄地转过身来，一看是自己的母亲，当时双腿就开始颤抖了。

"妈，你怎么在这儿，你不是在家政公司吗？"吴涵东很是惊讶，也没听过母亲在这儿上班啊。吴涵东旁边的女孩吓得直往他的身后躲，还一边嚷嚷着："东东，这是你亲妈，还是你丈母娘啊？"

"我是他丈母娘。"还没等吴涵东开口，尹玉霞就将打扫车上的牙具、梳子，一股脑地扔向了他们两个。

那女孩吓得撒腿就跑，吴涵东也跟着跑了。

吴涵东跑到楼梯处还朝尹玉霞喊道："妈，别忘了帮我退押金。"

尹玉霞坐在地上，眼泪哗哗地流了下来。嘴里还说着："这个不争气的东西，咋就不省心呢，怎么就生了这么个玩意儿。"

"尹姨，尹姨，你怎么了？"前台的女孩看见有两名客人慌慌张张地跑出了宾馆大门，下意识地看了一眼监控屏幕，发现尹玉霞坐在二楼的走廊里。

"小刘，尹姨没事。"尹玉霞通过手台回复道。

尹玉霞拨通了吴涵东的电话，打了两次，吴涵东才接听。

"兔崽子，你不要脸，我还要脸，你赶快回来，你自己退房，我没脸跟别人说你是我儿子。"

"妈，你别哭了，这算什么事啊？那我回去退房去，你刚才吓死我们了，好好的心情都被你搅和了。"吴涵东在电话里竟然反过来责备起母亲来了。

"你不上班，你不好好卖货，你怎么出来了？你那档口黄啦？"尹玉霞哭着问道。

"妈，你能不能说点吉利的话，什么黄了？没黄，姚瑶在那里看着呢，我说我出来办点事，好了，不说了，我都到宾馆门口了，我要到前台退房呢。"吴涵东理直气壮地挂了电话。

自己腰间的手台响了起来："房扫，房扫，二一八房间退房，二一八房间退房。"

打开二一八的房间门，按照规定的检查流程，尹玉霞用手台回复道："前台，前台，二一八房间消费方便面一碗，薯片一袋，安……安全套两……两个。其他符合退房要求。"

可能自己吞吞吐吐，前台又让她重复一遍："请重复一遍，刚才没有说清楚。"

"二一八房间消费方便面一碗，薯片一袋，安全套两个。其他符合退房要求。"尹玉霞强忍着自己的情绪，重复了一遍。

后来，尹玉霞收拾二一八房间的时候，她的泪水还是一直在流，整个人的心都快碎了，尤其看见垃圾桶里儿子与那个女孩用过的东西，想想自己可爱的孙女朵朵，再想起吴涵东刚才与那个女孩卿卿我我的样子，自己跳楼的心都有了。

晚上下班的时候，天空中飘起了细细的雪花，雪花在路灯的照射下，显得格外地忙乱，像乱箭齐飞一样，扎进尹玉霞的内心里。

她自己都迷茫了，这就是她的生活，主要是自己的生活中，还有着这样一个不争气的儿子，每个月，自己省吃俭用给小孙女拿出八百元钱，生怕儿子在岳父岳母家受气，抬不起头，而他，竟然不好好做生意，还去跟别的女孩开房。以前吴涵东没结婚的时候，自己也就睁只眼睛，闭只眼睛，现在朵朵都快一岁了，还是这么不思进取。

尹玉霞站在公交车站，都不知道自己要坐哪辆公交车回家了。这时候，她想到了郭有庭。因为她真的没人商量任何事情了，闺密嫁给了自己的前夫，二姐去世了，自己的父母年纪还大了，不添乱就已经很不错了。

"喂，姐夫，你在哪儿呢？我找你商量点事情。"尹玉霞拨通了郭有庭的电话。

电话的那一端，很是嘈杂。郭有庭很是惊讶，很长时间没和尹玉霞说上话了,说道:"什么事啊?我在我父亲家吃饭呢,要不明天说?"

"还是今天说吧,你等我吧。我一会儿到了给你打电话,你下楼一趟,不然我心里装不下这件事。"尹玉霞说完,挂断了电话,坐上了刚刚开过来的公交车。

公交车上,尹玉霞被挤来挤去,她从内心里觉得自己的生活就像此刻公交车上的自己,确实需要个依靠了。

到了郭有庭父亲家的楼下,尹玉霞拨通了郭有庭的电话。不到一分钟的时间,郭有庭下了楼。

"你这是刚下班吧?走啊,上楼吃口饭。"

"我不去了,我怎么能到莹莹爷爷家吃饭呢。"尹玉霞推辞着。

"哎呀,去吧,我爸今天过生日,他不愿意动弹,我在饭店买了八个菜,刚送上楼,你猜谁在?你亲家母在。"郭有庭拉着尹玉霞的衣服,就往楼上拽。

"她来干什么?"尹玉霞十分紧张地问道。

"她去有渊家拿点东西,就被韩冬梅喊了过来。"郭有庭这么一说,尹玉霞才算放了心,跟着郭有庭上了楼。

郭有庭推开门的一瞬间,尹玉霞就看见韩桂芝和韩冬梅在桌子上吃得不亦乐乎。

"亲家母,没想到吧?"韩桂芝手里拿着鸡爪子摆着手,打招呼说道。

"是啊,你怎么出来了啊?朵朵谁带着呢?大爷生日快乐!"尹玉霞一边脱鞋,一边忙着跟韩桂芝与郭有庭父亲分别打着招呼。

"这奶奶,第一句就问自己孙女。我姐夫在家带着呢,放心吧,我姐吃完就回去,这是到我家来取点东西。"韩冬梅抢着回答说道。

"爸,玉霞来啦,在楼下跟我撕巴了半天,她刚知道你过生日,非要给你买礼物去,我没让去,她非给你拿二百元钱。"不知道什么时候郭有庭手里拿着二百元钱,给尹玉霞也整得一愣。

"来就来呗,花什么钱,快坐下。"郭宝贵摆摆手让尹玉霞坐下。

"本来啊,我和有渊加上冬梅,我们三个人一起给我爸过个生日,正好觉得挺冷清，没想到你们亲家俩在这儿碰见了。"郭有庭笑着说道。

"是啊，真是不是一家人，不进一家门。这成一家人，走到哪儿都能凑合到一块儿。"韩桂芝很高兴的样子。

"玉霞，你喝点什么不？"郭有渊半天也没说出一句话来，有酒的时候，在没喝多的情况下，他很少会说话的。

"我说有渊妹夫啊，你怎么还叫玉霞啊，没大没小。"韩桂芝啃着鸡爪子说道。

"我比她大一岁呢。"郭有渊理直气壮地说道。

"你是真不知道还是假不知道？大不大一岁都不重要了，重要的是玉霞马上就是你大嫂了，你和冬梅都应该喊声嫂子，怎么还一口一口玉霞叫着呢？"韩桂芝的眼睛瞪得溜圆。

整个饭桌立刻沉静了下来。郭有渊正往自己的酒杯倒酒呢，连酒溢出来了，他都没有任何感觉，

"洒啦，洒洒啦。"郭有庭冲着郭有渊喊道。郭有渊赶紧用嘴将洒在桌面上的白酒吮吸了起来。

"哎呀，行了，洒就洒点呗，就在新大嫂面前丢人。"韩冬梅用手掐了郭有渊一下。

郭有渊被韩冬梅掐得咧了一下嘴，一边抽着凉气一边问道："大哥，大嫂，你们啥时候的事啊？"

"啥啥时候的事，没有的事情。"郭有庭羞红了脸。

韩桂芝看见郭有庭和尹玉霞羞红脸的样子直想笑："唉，老郭啊，你可不能这么说啊，怕什么啊，老年人追求第二春，很正常啊，别不好意思，我听我们家姚瑶和涵东说了，都是他们二姨临走的时候交代清楚的。涵东都说了，这样挺好，你还能帮我们养养我们家朵朵，毕竟你的退休工资不低，你这也算孩子的姥爷了。"

"哎妈呀，这是什么情况，真是姐夫和小姨子吗？昨天打麻将的时候，一个麻友还给我发了一条短信息呢，老搞笑了。"韩冬梅听见韩桂芝这么一说，乐得前仰后合。

郭有庭看见韩冬梅的样子就来气，这还前仰后合的，说道："冬梅，你读一读吧。让我们也听听。"

　　这韩冬梅真是不懂火候，听不出好赖话，真的从衣兜里掏出手机，一本正经地读了起来："女大学生刚毕业，晚上住在姐夫家，姐姐加班没回来。姐夫问她：'你税后多少钱？'税务局的税。小姨子回答说：'姐夫睡我，我还要什么钱。'这个睡是睡觉的睡，哈哈。"

　　尹玉霞的脸是青一阵紫一阵，她站起来说道："我过来就是给老爷子拜个寿，我爸和我妈还等着我回去做饭呢。你们先吃，我先回去了。"

　　"玉霞啊，把这生日蛋糕给你爸带点过去，他就爱吃甜的东西。"郭宝贵说道，让郭有庭切了一大块给尹玉霞带上。

　　郭有庭把尹玉霞送到门口，郭有庭问她有什么事情，尹玉霞没说一句话，头也没回，径直离开了。

第三十九章　层层风波

钱川一天到晚忙忙碌碌，踏实肯干，很快就被北京派来的区域经理聂日平给提拔为房地产融资部门主管了。一家与他们公司合作的地产公司在省城的核心区域摘得一块位置较好的地块，开发建设万城蓝湾项目。本身有购房需要的钱川就带着郭晓莹去项目的售楼中心看了。

钱川的本意看好了一套一百零五平方米的小三室房子，心里想着有了孩子之后，要是父母过来或者郭有庭过来的话，也有个地方住。而郭晓莹却看好了一套三室两厅两卫的大三室房子，面积是一百二十平方米，两个房子总房款差了近九万元。

两个人犹豫再三，钱川还是同意了郭晓莹的决定。

春节之前，两个人回到了东洲市，郭晓莹还为郭有庭买了一件羽绒服。钱川与郭有庭之间还总是像有隔阂似的，至少彼此说话之间还是不太自在。

"莹莹回来了，晚上吃火锅，你也过来啊？帮忙弄一弄，这青菜还都没洗呢。"郭有庭给尹玉霞打了电话，他也是有意在向郭晓莹渗透着某些信息。

"天挺冷的，折腾我三姨干什么。"郭晓莹不知道内情，直接说道。

郭有庭用手指了指郭晓莹的房间："你老姨昨天给收拾的家，你看你那屋收拾的，床单被罩全都换成新的了，虽然你没住几次，但时间长了，总有灰尘落下的。"

"那你还折腾她？"郭晓莹心里想着这三姨怪累的，洗青菜这点活儿自己就弄了。自己说完，就起身要去厨房洗菜去。

"你怎么什么事情都不懂呢？这不是感谢你三姨吗？"郭有庭其实有他的意思，特意在郭晓莹回家的日子选择让尹玉霞过来，想让尹玉霞感觉到郭晓莹会容纳她。

"爸，感谢有很多种方式，你这算是怎么感谢啊？你要请人家吃饭，你就直说，你告诉人家过来帮忙洗菜，这算什么事情？"郭晓莹真是有些看不过去了。

"你哪那么多事儿呢？"郭有庭也觉得自己说得有问题，但钱川在场，他又不肯放下自己的架子。

四十多分钟后，尹玉霞风尘仆仆地赶了过来。等她到了的时候，郭晓莹和钱川已经将所有的东西都准备齐全了，就等着火锅开锅了。

"莹莹和钱川回来了啊？"尹玉霞自己开了房门，进屋的时候，就看见了郭晓莹和钱川。

"三姨，快坐，我都弄完了。"郭晓莹打了声招呼，但热情度不是太高，毕竟郭有庭刚才那一阵势让谁的心里都会不高兴的。

"钱川，三姨可好长时间没看见你了。"尹玉霞脱掉外套，钱川走到门口等着接住她的外套。

"一直忙来着，我回过东洲几次，都没见到过你。"钱川把尹玉霞的外套挂在了衣架上。

"你们回来了，想吃什么，告诉三姨，三姨给你们做。"尹玉霞的话不论真假，至少让人感觉到很舒服。

吃火锅期间，郭晓莹说到她与钱川看了一套房子，现在刚刚做完规划，还没正式对外开盘，是钱川单位的合作单位。

郭有庭听到女儿要买房子的消息，自然很高兴，问道："既然是合作单位，能有优惠不？"

"钱川要是购买的话会有内部价格，对方单位的领导已经说了。"郭晓莹说道。

"省城的房子可贵着呢，比咱们东洲贵两三倍呢。我们经理的妹妹在省城上班，买的房子五千多块一平呢。"尹玉霞往火锅里一边放着肉，一边说道。

郭有庭也用筷子往火锅里放着粉丝，与尹玉霞的筷子不小心碰了一下。尹玉霞看了郭有庭一眼，郭有庭说道："你爱吃的茼蒿钱川不吃，我今天就没买。"

"下次你们吃你们的，放在火锅里，我不烦，就是不爱吃而已，没事。"钱川赶忙解释道。

"你们买的房子多钱啊？"郭有庭捞起一块冻豆腐放进了蘸料碟里，蘸完用嘴吹了一下，放进了嘴里问道。

"现在预估开盘价是六千元一平，我们两个看好了一套一百二十平的。"郭晓莹一边低头吃着，一边说道。

此时的郭有庭不知道是被煮熟的冻豆腐烫的，还是被高房价惊吓的，豆腐在自己的嘴里翻嚼了几下，吐了出来。

"那得多少钱啊？"尹玉霞赶紧将饮料递给郭有庭，钱川看到了这一幕，自己低下头来，吃着自己的东西。

郭有庭看着钱川，又瞧瞧郭晓莹，说道："七十多万，你们拿什么买？"

"首付百分之三十，二十多万，这部分需要自己交，剩下的贷款，贷款五十万，偿还三十年，每月还款三千三百多元吧。"

郭晓莹的话音刚落，可能是贷款金额与偿还年限超出了郭有庭能承受的心理底线，郭有庭的脸色开始变得很难看。

"你们疯啦？首付多钱？"郭有庭问道。

"首付百分之三十，二十三万多一点。"郭晓莹说道。

"来，我问问你俩，你俩现在能拿出多钱？"郭有庭放下了筷子。

郭晓莹看了钱川一眼说道："我们俩攒了不到四万块钱，钱川父母给我们拿十万，我妈不是说她给我留了十万吗？"

"你妈说给你留了十万,那是嫁妆,不是房款。现在你把十万块钱拿走了,我拿什么给你做嫁妆?你们买完房子连装修的钱都没有,拿什么结婚?你们是农民工吗?搬个行李卷就能进去住吗?真有你们的。"郭有庭简直是暴跳如雷。

此时的情况,这火锅谁都没法吃下去了。火锅里腾起的热气,散着浓浓的肉香,可大家都没了胃口。

"爸,你别老是这样,我与钱川现在一个月也不少赚,我们的收入还会再上升的,你的工资也不是都上调了吗?"郭晓莹生怕父亲的某些举动再伤害到钱川。钱川没有吱声,自己坐在那里,因为他知道,这种情况下,自己多说话自然无益。

"偿还三十年,你们怎么想的?你们不觉得累吗?你还三十年,你都是你三姨这岁数了。你那时候,还有什么赚钱能力。那时候的房子才能值多钱?三十年的老房子了。"郭有庭把杯中的饮料一饮而尽。

"是啊,你这现在和钱川处对象呢,等你们有了孩子你们就知道了,这奶粉钱、尿不湿都贵着呢。你弟弟家的朵朵,我每个月帮衬八百元,都不起作用,这还没喝特别贵的奶粉呢。孩子上学呢,现在的孩子可不是你们当初小时候了,我们经理家的孩子,现在才五岁,刚结束了早教课,又开始上美术课、英语课,家里又要给买钢琴了,这费用比你们供房子贵多了。你这贷款一签,受苦的日子可就要开始了。"尹玉霞一边摇着脑袋,一边用漏勺搅着锅底。

"听见没?生活不是你们想的那样,你们自己不吃不喝啊?"郭有庭的脸色依旧很难看。

"爸,我们的收入也在提高啊。"郭晓莹说道。

郭有庭瞪大了眼睛,看着郭晓莹,一脸疑问的表情,说道:"收入提高?你知不知道大米又涨价了,牛肉、羊肉哪个不涨价?楼下浴池赵吉利你赵叔搓澡都涨价了!"

郭有庭说完,又看了看钱川,然后又将目光落在尹玉霞那里,似乎觉得自己刚才说的话又有些不对,继而解释道:"不说你赵叔,杨德海面馆里的面都全部上调价格了。"

尹玉霞感觉到郭有庭刚才是在有意照顾自己的情绪，说到赵吉利的时候故意解释了一下。

"好了，姐夫，有事情慢慢商量，别吼别喊，这不是还没买吗？大家快吃吧。"尹玉霞用漏勺给郭有庭捞了一碗已经煮熟的东西，放在了郭有庭的面前。

钱川和郭晓莹已经没有什么胃口了，心里的滋味都不是太好。

"以前我觉得你是这些孩子里面，最让人省心的，现在看来也是那么一回事儿。"郭有庭仍然在叨咕着。

郭晓莹本不想再说什么，可自己的父亲依然没完没了，她也没忍住性子，说道："爸，还让不让人吃饭了，我怎么不省心了，有些时候你说的未必都是对的，你做的也未必都是对的。"

钱川在桌子底下用脚碰了郭晓莹一下。

"你们不考虑考虑你们以后吗？"郭有庭站起身来，说道。

"我们正因为考虑了以后的生活，才这么做的，我是这么想的，这事情，我没跟钱川商量过，你也别赖人家钱川，我妈留给我的十万块钱，你先借给我，我现在不需要什么嫁妆，以后我们赚了钱还给你。"郭晓莹目不转睛地看着父亲。

"现在只剩下九万了，昨天你三姨借走了一万。"郭有庭不假思索地说道，说完就好像后悔了。

尹玉霞愣在那里，她没想到郭有庭能把她昨天借钱的事情说了出来。

尹玉霞看了看郭晓莹，支支吾吾地说道："涵东最近生意不好，朵朵需要上早教课了，这费用还挺高的，涵东还拿不出来，这朵朵眼看快要过生日了，我合计送朵朵一个生日礼物，就从你爸这里拿了一万块钱。"

郭晓莹没接尹玉霞的话，对着郭有庭说道："爸，这钱能借给我三姨，你就能借给我，剩下的九万块钱借给我吧，我保证能还给你。"

"我也能还给你爸，还有涵东之前借的一万块钱，一共两万。"尹玉霞坐在那里说道。

其实，尹玉霞借的一万块钱，是儿子吴涵东跟尹玉霞借的。自从那次吴涵东开房被母亲撞见以后，并没有跟那个女孩断了联系。这时间一长，花销自然也大了起来，不仅在外面欠了几千块钱，而且还把人家女孩的肚子搞大了。

尹玉霞气得狠狠给了吴涵东两巴掌，可事情已经发生了，吴涵东的朋友已经到档口找吴涵东了，声称再不还钱，就要搬走他的电脑了。这样下去，姚瑶肯定会知道。而且那个女孩的肚子也一天比一天大了起来，这要是不处理好，也会出大问题的。

尹玉霞没有了办法，只能硬着头皮找到郭有庭。但她也没跟郭有庭说实话，只是像刚才对郭晓莹那么说的。尹玉霞求到自己，郭有庭自然很高兴，很爽快地将一万块钱放进了尹玉霞的口袋里，并嘱咐说道："拿着吧，不着急还。朵朵过生日时，我也给包个大红包，毕竟是我们家里最小的一辈人。借钱这件事情，不要跟别人说，包括莹莹。"

但谁知道今天无意中说到了钱的事情，还成了吃饭期间的主题。郭有庭自己的嘴没把住门，把这些事情都说了出来。尹玉霞坐在中间很是不自在，好不容易熬到了下桌，自己将桌子和吃剩的东西收拾好，就离开了。

钱川隐隐约约感觉到郭有庭与尹玉霞之间多少有些不寻常，但自己作为一个晚辈，而且是一位没有正式成为郭有庭女婿的晚辈，自然没有多说话，也没同郭晓莹讲过。

郭有庭虽然发泄了自己的不满情绪，但郭晓莹毕竟是自己的亲闺女，女儿买房子的态度很坚决，而且口口声声说是借的，以后要还给自己。自己的钱能借给别人，真就更没有理由不借给女儿。郭有庭又从自己的工资存折里凑了一万块钱，一共拿了十万块钱交给了郭晓莹。

郭有庭也常常在想，在这个世界上有两样东西牵挂着和维持着人心，一样是亲情，这种血脉的牵挂是不可割舍的，它会让人们心生牵挂；还有一样便是利益，而各种利益中，金钱更是利益中仅次于亲情的，可以起到维持人心的作用。

果然，这十万块钱前脚被郭晓莹拿走，尹玉霞后脚就来了，哭哭啼啼的，弄得郭有庭很是不自在。问了好几遍，尹玉霞才说出了实情。原来韩桂芝已经打过两次电话了，说这朵朵的周岁生日得操办一下，毕竟孩子叫吴朵朵，这宴请亲朋好友的事情，应该由孩子的爷爷奶奶张罗，虽然爷爷奶奶分开了，但人不是还在吗？这件事情又让尹玉霞犯了难。

"让涵东找吴庆阳啊？你们两个一人一半。"郭有庭说道。

"这涵东死活不找，我也不知道为什么，气死我了。"尹玉霞说道。

"就你好说话，他不找，你就给吴庆阳打个电话，这事情打个电话也正常，他终归是孩子的亲爷爷，总得出面吧，你一个月给孩子拿八百块钱，他那边不闻不问的，哪能这样呢。"郭有庭为尹玉霞指出了一个方法。

"那能行吗？"尹玉霞一时也没了主意。

郭有庭坚持自己的观点："怎么不行呢？你就告诉吴庆阳，人家朵朵的姥姥要给朵朵办周岁宴，费用希望咱们这边出，看看他怎么说。你的底线就是你俩一人一半。"

"一人一半啊？"尹玉霞疑问道。其实让尹玉霞拿出一半的费用也很费劲，平时里的钱都贴到儿子和孙女身上了。

郭有庭听出了尹玉霞的疑难之处，说道："放心吧，要是吴庆阳能出那一半，剩下的这一半，我帮你拿。"

尹玉霞听到这话，这才放下心来。

尹玉霞联系了吴庆阳，吴庆阳也是一肚子委屈。

"你可知道，我每个月从退休工资里给涵东八百块钱，已经够我受的了，我这还得了痛风的毛病，现在住院呢。朵朵的生日，我恐怕是去不了了，总不能让雪梅用轮椅推着我去吧？"

"没听你儿子说过啊，我每个月给他们拿八百元钱呢，怎么你冒出来你给拿八百元钱了？我给他们带孩子这么长时间，我也没听姚瑶说起过啊。"尹玉霞满嘴都是疑问。

吴庆阳似乎感觉到了什么，他这儿子有这么一个毛病，两头通吃也不是一次两次了。加之身体的疼痛，他不想再多说什么："每个月我都让雪梅往涵东的银行卡里打的钱，这所有的转账记录在我的工资存折上都有呢。"

"这个兔崽子，造孽啊。"尹玉霞气愤地挂断了电话。

吴涵东果然是将吴庆阳每个月给的八百元作为自己的零花钱，而在这件事情上，吴涵东对尹玉霞和姚瑶都做了隐瞒。

但眼下朵朵的周岁宴让尹玉霞犯了难，一千零八十元一桌，预计二十桌，一共两万多元，自己实在是拿不出来。吴涵东一句话"没钱就不办了"，让丈母娘韩桂芝骂了老半天。

最后韩桂芝还是心疼女儿，更主要的是顾全自己和姚广利的面子，拿出了一万元，剩下的一万元说什么也要尹玉霞出。

最后的结果自然是郭有庭拿出了这一万元钱。

尹玉霞因为儿子吴涵东的不务正业，每天闷闷不乐的，工作的时候总是拿着异样的眼神看着自己负责的二楼钟点房客人。

有一天下午，两位客人退房，其中一位女客人向旁边的男客人低声说了一句"我要买一款与你老婆一样的貂皮大衣"，尹玉霞正好推着清扫车经过，她狠狠地在那两位客人身后吐了一口唾沫，更是扔下了一句"臭不要脸的"。

"你这人怎么说话的？"

"我又没说你们，分明是你们做贼心虚。"

"我们怎么做贼心虚了？你个保洁员，不关心工作，关心起别人的私生活了，是不是欠揍？"

"我没那个闲心关心你们，主要是你们家人知道你们这样吗？"

结果，尹玉霞不只是挨了人家一记响亮的耳光，也遭到了宾馆的辞退。

寒风里，尹玉霞拿着手里结算的工资，走在夜幕降临的马路上，身体瑟瑟发抖，泪水止不住地流了下来。

马路上到处悬挂着灯笼，还有三四天就是春节了，那种不可名状的滋味涌上心头，尹玉霞头昏脑涨的。

第四十章　三姨后妈

"辞了就辞了吧。这样的工作找不着，家政的工作还不有得是。正好赶上春节了，你也好好休息休息，别想那么多了。"郭有庭安慰道。

尹玉霞一边收拾着厨房一边说道："想想就来气，都是涵东这个兔崽子给闹的，我一看见有客人勾肩搭背的，我就来气。你说我处过好几个了，我也没到那种地步啊。"

郭有庭将洗好的抹布递给尹玉霞："这都什么年代了，你也阻止不了啊，你就别操那个闲心了。"

尹玉霞将拿到手的抹布拧了拧，说道："说是不操心，可涵东老是这样，我可真上火啊。我昨天知道姚瑶不在，我就到他档口去了，我跟他说我被客人打了，你猜他怎么说？"

"怎么说？"郭有庭将双手打上了肥皂。

"这兔崽子，他说完连我自己都开始怀疑我自己了，我在问我自己他到底是不是我亲生的，还是我给抱错了。他竟然说他自己要是遇到了这样的事情也百分百会选择投诉，那就差跟我说要打我了。"尹玉霞还没说完，郭有庭手中的肥皂就滑出了手掌，郭有庭一顿狂抓，但肥皂还是掉在了地上。郭有庭拾起肥皂，抬起头的时候，脸上明显还有没有退去的笑容。

尹玉霞卖力地擦着烟机灶具，心里也不是滋味："姐夫，你说这眼瞅着过年了，你看莹莹早把你的内衣内裤袜子，还有我爸我妈的，她爷爷的，还有我的，都给买了，你再看看涵东，哪有这节目，不伸手向我要就不错了。这理工大学和高中早就放假了，装配电脑的人很少，这几天本来就没什么生意，姚瑶昨天还是自己带着孩子去扎的防疫针，你说他不管我这个妈也就得了，怎么老的不管，小的还不管啊？唉，人家还真就不管。昨天我去的时候，整个计算机广场就没几个顾客，他自己竟然坐在那里看韩剧呢，还能出息个人吗？那小金项链戴着，不知道他赚了多钱似的。你说我咋整？"

"莹莹连她二叔二婶，浴池的赵吉利，都给买了。"郭有庭有些得意地说道。

"给韩冬梅也买了？"尹玉霞有些吃惊。

郭有庭点点头："买了，说虽然她这个二婶有些特别，但毕竟是长辈，给带了一份。"

"不管冬梅咋的，但人家找的有渊听话啊，日子过好过坏，都顺着心啊。你看看我，尤其是涵东结婚以后，我就差要饭去了。好像你屋里电话响了，你听听。"尹玉霞心里很不是滋味。

果然是郭有庭的电话响了，是郭晓莹打来的，钱川单位发的福利和自己单位的福利，钱川找了朋友的车都给送到东洲来了，再有个十分八分就会到了。

"两个城市不远，是好啊，干什么都方便，就是房价差太多，我当时跟莹莹说，要不直接在我这里结婚，剩下的钱，买台经济型轿车，莹莹死活不干。"郭有庭说道。

"天天在路上两个小时，也够累的，但省城的房价确实太高了。莹莹哪天放假啊？"尹玉霞摇摇头，问道。

"腊月三十，这国企和政府部门一样，钱川放假早，钱川明天就回安东县了。所以今天让他朋友把东西都送这里来了。"郭有庭有些高兴。

尹玉霞也笑了，说道："我说你怎么大部分的年货都没买呢，原来人家给你送啊。"

郭有庭笑着说道:"我自己,吃不了什么。不买那么多了,莹莹陪我过年,初三去安东县,在家也待不了几天。再说了,现在的超市什么都有,现吃现买,不像你姐活着的时候,东西我要是不置办齐备了,她老是叨咕个没完。"

"你看见没,这女儿大了,留不住,那安东县那么远,她也不嫌折腾。"尹玉霞正说着话,郭有庭的手机又响了。

果然是钱川的朋友打来的,人家车里两个小伙子帮着郭有庭搬了上来,包括郭有庭在内,来来回回搬了两次,累得满头大汗。

干果、水果、冰冻的海鲜、肉类、米面油都全了。郭有庭一边擦着汗,一边说道:"家里还得有劳动力啊,这福利,把置办年货的钱都省了,你走的时候,拿回去一些,我这冰箱也放不下啊。"

"我二姐没福气,你说她活着多好,瞧瞧莹莹和钱川带回来的东西,这莹莹刚参加工作她就没了。"尹玉霞有些哽咽。

郭有庭刚才挂在脸上的笑容也瞬间消失了,弯腰整理着东西,不再吱声了。

郭晓莹陪着父亲过完了年,大年初三踏上了去钱川家的路程,用了小半天的时间终于到了钱川家。一年的时间转眼即逝,过得飞快,去年到这里的有些记忆还是那么难忘,路上,大部分风景依旧,只是觉得道路两边齐刷刷的白杨似乎长高了许多。乡村田野里的白雪,没人清扫,白茫茫的一片,那些存留的荒草掩映在白雪中,还是一幅意境唯美的水墨画。

郭晓莹心里是复杂的,这一年里多了一些东西,但是也少一些东西,最主要的是母亲已经永远离开了自己。

钱川的家人依然像第一次接待她那样,让她感觉到心里暖暖的。丝毫没有因为当时父亲把钱川扔到高速公路出口的事情而冷落了自己。

钱川家里的人都劝他们等烧了尹玉红的第一个周年,他们就去登记,早些结婚。

"你和钱川结婚了,我们也就省了一份心。这做父母的,永远比儿女着急。登记啊,结婚啊,你们都上点心。这钱川有好几个小学同学早都结婚了。"钱川的母亲说道。

"妈,房子得明年才能下来呢,登记还来得及,结婚就更远着呢。"钱川解释道。

"阿姨,等我妈烧完三周年吧,我们就结婚,这还有两年半的时间,我们房子下来以后,装修一下,放放装修的味道,也就差不多了。"郭晓莹之前与钱川也是这么打算的。

晚上吃完饭的时候,钱川发现郭晓莹的眼睛直勾勾地望着窗外,仿佛内心里充满了心事。

"你怎么了?"钱川将双手放在了郭晓莹的肩上。

郭晓莹的右手拉着钱川的手,左手中的手机一直在膝盖上蹭着,没有吱声,只是轻轻地叹了一口气。

钱川挪到郭晓莹的面前,双手捧着郭晓莹的脸颊,问道:"到底怎么了?"

郭晓莹将手机递给了钱川,钱川接过手机,仔细一看是吴涵东给郭晓莹发过来的:"姐,你知道我妈和我二姨父的事情吗?"

"怎么了?"钱川问道。

"初一我去我姥姥家拜年,我姥姥跟我说了,我妈临终前曾交代让我三姨跟我爸以后一起过日子,我姥姥问我是怎么想的,这涵东又来问我。"郭晓莹的泪水瞬间如涌泉般地流了下来。

"那你怎么回答你姥姥的?"钱川问道。

"我当时什么也没说。我心里很不得劲儿,我妈才走了不长时间,虽然那是我亲三姨,但谁也不能替代我妈在心里的位置,我接受不了。"郭晓莹扑在钱川的身上,已经泣不成声。

"莹莹,别哭了,什么事情总有解决的办法,可能这段时间是过节期间,你更想念你妈妈,时间会改变一切的,先平静一下。"钱川拍着郭晓莹的肩膀安慰道。

"怎么会这样?"郭晓莹哭声越来越大。

"你爸跟你提起这件事情了吗?"钱川问道。

郭晓莹已经泣不成声,一直摇着头。

"这种事情,你最好跟你爸谈一下,听听他的想法。"钱川一边说着,一边抚摸着郭晓莹的头发。

郭晓莹慢慢抬起头来,泪水已经把她的妆容弄得一塌糊涂,问道:"我爸能说什么?要是他同意了呢?"

钱川也哑口无言,他也不知道如何处理这种问题了,用手轻轻拭去郭晓莹脸上的泪水。

"那我怎么跟涵东回复?"郭晓莹说道。

"那你就说你没想好呗,实话实说。"钱川回答说。

郭晓莹将短信回复了过去,吴涵东很快就把短信回复了过来:"我倒觉得没什么,就是觉得提起姐夫跟小姨子在一起,就好像让人会联想起很多事情。"

郭晓莹看完短信,没有给吴涵东回复,只是自己还呆呆地坐在那里,一动不动。不一会儿的工夫,吴涵东又发了一条短信过来:"姐,我早就知道这件事了,我妈今天说你初一那天才知道。"

郭晓莹看完之后又将手机递给了身边的钱川,钱川看后说道:"这是三姨让涵东在探听你的意见呢。"

"她当然是同意了,但我心里很不得劲儿,凭什么我妈辛辛苦苦操持的家,现在拱手让给他们,我以后是叫三姨还是喊后妈?"郭晓莹的泪水又像是泄了洪的闸水一样。

"你想一想,你爸自己多孤单,连个说话的人都没有……"钱川还没说完,郭晓莹就用手捂住了钱川的嘴。

"我们结婚之后,我们把我爸接过来一起住,好不好?这样他就不孤单了。"郭晓莹像发现了新大陆一样,似乎有些兴奋。

钱川没有任何停顿,直接说道:"没问题。"

郭晓莹慢慢地不再哭泣了，在钱川的哄逗下，终于露出了一丝微笑。

后来，郭晓莹见了父亲，没有直接提起他与老姨之间的事情，只是说将来房子下来之后，结婚了，跟钱川商量好了，接他一起过去，省得他一个人在东洲比较孤单。

郭有庭半天没有说话，后来冒出了一句："我哪儿也不去，就在东洲待着，去了省城能把我闷死。我还能活多少年，不去跟你们折腾了。等你生了孩子，让钱川父母帮你带孩子吧。"

"那你自己不孤单吗？连个说话的人都没有。"郭晓莹说道。

"白天下楼，去浴池、去面馆，现在我还去彩票站，我一个退休的老头，已经适应了这些，晚上回家睡个觉，没啥孤单的。"郭有庭已经听出来了郭晓莹的话外之音。

以前郭有庭也听别人说过，老年人婚姻中最大的障碍不是老年人自己，而是社会和儿女的不包容。

如今社会进步了，大家对很多事情都有了新的认识和了解，很多政府部门和社会组织都时常会搭建这种"夕阳红"相亲平台，但家庭里儿女的意见往往成了老年人追求幸福的阻力。

郭晓莹也一样，成了郭有庭与尹玉霞之间最大的阻力。其实她现在拒绝的不是她的三姨，而是任何一个接替她母亲原有位置的人。她不敢想象自己母亲辛辛苦苦操持的家，进来一个陌生的女主人，而自己还要去面对她，接纳她。她甚至不理解自己的父亲，曾经肯定与母亲有过海誓山盟，而如今却在母亲去世的一年内，就有了续娶的念头。

郭晓莹几乎魔怔了一样，也经常问钱川："你现在口口声声说爱我，要是我有了像我妈妈那样的一天，你会怎么办？会不会像我爸爸那样，还想再找一个？"

钱川面对这样的问题时，很无奈，但还必须认真回答："你就放心吧，我肯定不会那样的，我的心里只能容下一个你，一个名叫郭晓莹的女人，别人，任何人都走不进我的内心。"

此时的钱川和所有恋爱中的男人回答都是一样的肯定，当然更是斩钉截铁地说道。

郭晓莹的心里通过此次父亲与三姨的事情，已经不再相信钱川类似的话语。

"所以我现在要锻炼你做饭、炒菜、洗衣服、做家务的能力，以免像我爸那样，什么都不会做，给了别的女人乘虚而入的机会。"

百姓的日子，没有大风大浪，每日围绕着衣食住行，都是极为简单的。郭有庭还是每天早上固定的时间去老顾的油条摊，中午与晚上基本上已经同赵吉利一样，都成了德海面馆的常客。有时候一盘花生米，他与赵吉利都能聊到半夜去。

"世界上没有十全十美的生活，但需要我们要有实心实意的态度。"赵吉利发现郭有庭闷闷不乐，就开导着郭有庭。

郭有庭自然不能跟赵吉利提起自己与尹玉霞的事情，毕竟是兄弟之间，最主要的是赵吉利一直对尹玉霞念念不忘，而且自己与尹玉红还是当年想撮合他们的媒人。

"有些事情若是没摊到自己的头上，所以轻描淡写也就过去了，这要是落在自己的头上，那可是刀刀见血的疼痛啊。"郭有庭有意无意地说道。

"你咋啦？郭哥，你这话说得好像受了什么刺激一般。"赵吉利问道。

"哦，没什么。最近的情绪比较低落。"郭有庭轻叹了一口气，眉头紧锁着。

"你是不是想我嫂子了？正常，过两年就好了，我是过了三年之后才彻底恢复心情的。这古代的传统啊，都是有道理的，咱们老祖宗传承下来了守孝三年，那不是迷信，那是符合人的心理过程的，不信啊，你到了三年，唉，你就放下了，不然啊，你这心啊，每天就是抓心挠肝的，不得平静。别人怎么劝，都是于事无补，唯有时间可以磨平一切。"赵吉利说起来头头是道，郭有庭也将信将疑了。

尹玉霞失去了宾馆房扫员的工作，除了每天在家里照顾照顾父母，也偶尔去郭有庭那里帮忙收拾收拾家务。有时候也会给郭有庭做上一桌可口的饭菜。尹玉霞默默做着这些，郭有庭也时常给尹玉霞买上两件衣服，有一天尹玉霞说起韩冬梅戴了一只金灿灿的手镯，第二天郭有庭就为她买了一只。有些时候，有些事情，大家的心里都明白，只是不说出来会比说出来会更好一些。

其实郭晓莹的心里也渐渐明白，自己的生硬阻拦是解决不了什么问题的，只会让父亲更加难过。现在用自己的爱情规则与标准去衡量父亲与已经去世的母亲之间爱情深度，已经没有任何意义了。

郭晓莹的姥姥之所以能够赞同郭有庭与尹玉霞之间的事情，她老人家觉得郭有庭肯定还会再娶的，与其娶别人，还不如与尹玉霞搭伙过日子，这样肯定能对郭晓莹好一些。俗话说米汤泡稀饭、白菜叶子炒大葱，都是亲上加亲的事情，尤其是郭晓莹一旦结婚生了孩子，在她姥姥的心里，尹玉霞毕竟是郭晓莹的亲三姨，自己的三姨也能像自己亲妈一样照顾郭晓莹与孩子。

郭晓莹也经常问钱川，她总觉得自己是当局者迷："现在有的人支持老年人再婚，但社会上也有很多人都反对老人再婚，也是很普遍的问题，这到底是为什么呢？"

"号召再婚的，争取再婚权益的，只有三种人。第一种就是有再婚需求的老年人，也就是当事人。第二种就是真正了解社会、关注老人，尤其是关注空巢独身老人的那些社会学者，他们是研究各类社会发展、生存、矛盾以及相关关系的专家。"钱川说完这些，停顿了一下，故意看了一眼郭晓莹。

郭晓莹听得很认真，发现钱川突然停下来了，她拍了钱川一巴掌，说道："快说，别故弄玄虚，第三种呢？"

"这第三种呢，就是各种社会现象中最普遍存在的一种人，就是那些此事与他无关，他们还各种评论，也就是站着说话不腰疼的那些人。"钱川说完，还煞有介事地看着郭晓莹，好像期待着郭晓莹给他点赞一样。

"瞧你那样，我看啊，你就是那第三种人。"郭晓莹瞪了钱川一眼。

"冤枉啊，我怎么能是第三种人呢，这第三种人也是持赞同态度的，

第四十章 三姨后妈

我时刻站在你这一边,虽然你还是我没过门的媳妇儿,但你在我心里已经是我永远的女神了。"钱川故意哄着郭晓莹说道。

郭晓莹露出了微笑:"你就贫嘴吧,看你以后怎么与这后老丈母娘相处。"

"莹莹,你才说错了,这亲丈母娘看姑爷是越看越稀罕,那后老丈母娘呢,顶多不看我就是了,老人的婚姻主要是子女与后妈的关系。"钱川一副好像有多么懂的样子。

郭晓莹的脑海里全是自己母亲的点点滴滴,她实在是想象不出父亲与别的女人一起出现在家里的情况会让自己怎样,是一种排斥?还会出现一种默许?

"那你说说那些研究空巢独身老人的社会学者他们为什么会赞同老年人再婚?"

钱川哪里真正研究过这些问题,他挠了挠头说道:"莹莹啊,你看,这老龄社会已经来了,这是谁都无法否认的。这独居的单身老年人多了,是一个大的社会问题,老有所养,老有所乐,这是国家倡导的。我们年轻人上班,老年人就会孤独,孤独就会胡思乱想,胡思乱想就是抑郁,这人一旦抑郁了,身体就不健康,这老人身体一旦不健康,就会牵涉年轻人的精力,还有医疗保险什么的,社会负担也随之而来,这就上升到了社会的层面。"

钱川看郭晓莹听得挺认真,就继续说道:"到了家庭层面,子女为什么会排斥老年人再婚?不外乎一个'钱'字和一个'情'字。钱就是家里的遗产,很多子女都怕这些,尤其再婚老人其中一个,两个人过到一半,其中一个人中途挂了,这问题就来了,层出不穷的,你看看电视里新闻报道的都是这种问题。还有'情'字,这是什么,它与'钱'不同。'钱'是能看得见摸得着的,'情'可是无影无踪的,就是两个老人怎么分配自己的情感给双方的孩子。自己的亲爹亲妈,当然都是照顾自己了,但是亲爹后妈或者后爹亲妈的,这就不好说了,一个巴掌的五根手指头真是有长有短,你说怎么办?这是很多子女反对独身父母再婚的主要原因。"

"你怎么分析得这么透彻？"郭晓莹说道。

"旁观者清。"钱川撇了一下嘴。

郭晓莹沉思了一下，说道："那要是按你这么说，我属于哪种子女？"

"莹莹，你面临的情况虽然很特殊，但也是归结于一个'情'字。第一，是你害怕你父亲将本属于你和你母亲的情感分给了别人，第二，你现在的情感上，是排斥性的，你害怕别人占据了你母亲在你心里的地位，你接纳不了别人，包括你三姨。"钱川说得头头是道。

"那我会永远是这样吗？"郭晓莹轻声说道，此时此刻的她有些迷茫了。

"你阻止不了别人的想法与行动，只不过你父亲现在还因为没有完全从你母亲去世的阴影里走出来，一旦走出来的那一天，就凭你的力量是绝对拦不住的。他现在不仅仅顾忌的是你，更是你母亲。有个社会学家叫什么来着？马洛斯还是马斯洛的，我就记不住了，他总结出这人啊，有五种层次需要，生理、安全、社会情感以及尊重的需要，不对，这是四个，啊，对了，还有一个自我实现的需要。老年人也是如此，只要他的意识足够清晰，他就脱离不了这些。"钱川说道。

"你都跟谁学的？这一套一套的。"郭晓莹差点被钱川说笑了。

"大学里的心理健康教育课教的，一看你就没认真听讲。"钱川对着郭晓莹做了一个鄙视的手势。

郭晓莹一巴掌朝钱川的手打了过去，说道："那我爸的事情，最终会是什么结果？"

钱川瞪大了眼睛，手里还比画着，说道："我说了这么多，你那还用问啊？你爸和你三姨现在都在窗户纸两侧呢，最后的结果就是：你的三姨，成了你的后妈，我的岳母。"

第四十一章　折戟沉沙

时间是最经不起消耗的东西,烧上一壶水,等待壶嘴冒汽的工夫,五分钟就过去了;将要洗的衣服扔进洗衣机里洗干净,半个小时的时间也是稍纵即逝;看上一场电影,等散场灯光亮起的时候,一个半小时的时间也如同白驹过隙。当长衣长裤着身,汗液直冒的时候,从衣柜里翻出短衣短裤,一个季节也是匆匆而过。

又是蝉鸣的季节,柳树下,还是一群老头,那叫一个热闹。他们中间,有今年新加入的,也有去年天天在这里的,但今年没来的,当然以后也再不会来了。日子在炮起车落,马卒的厮杀中,一天天过得重复而又飞快。

朝阳出来时,老顾头的油条摊仿佛撑起了街坊邻居的清晨。夕阳落下,夜晚静寂时,赵吉利拉下丰盛浴园的卷帘门,仿佛街坊邻居要闭上眼睛睡觉一样。

吴涵东出轨的事情终究没能掩盖住,还是被姚瑶察觉了,一纸诉状闹得两个人早已忘记了当年如胶似漆的恩爱,几近仇人一般,形同陌路。

最后两个人接受了庭外调解,姚瑶彻底伤心了,觉得自己带孩子是个累赘,在韩桂芝的怂恿下,放弃了对朵朵的抚养权。吴涵东也同意了给姚瑶拿出三万元的补偿费,这其中包括韩桂芝给朵朵过周岁生日宴承担的那部分费用。

三万元对有的家庭可能不算什么，但对吴涵东来说，自己满柜台的电脑以及配件，生意一天不如一天，怎么也凑不出三万元钱。

自认为聪明的吴涵东，期待着生意会有所起色。由于韩桂芝催得急，吴涵东将柜台的手续和货物在小额贷款公司做了抵押，凑足了三万块钱，交给了韩桂芝。

"这钱是给齐了，你赶紧找住的地方，一个星期后，把朵朵接走，不然的话，我把孩子送到你姥姥那里。"

韩桂芝的脾气，吴涵东是知道的，说一不二，尤其是这种事情上，更是不会让得自己半步。

尹玉霞哭成了泪人，自己的儿子不争气，也怨不得人家韩桂芝的狠心，不过还算好，朵朵还是留在了自己的身边。

"要不你就带着朵朵搬过来住吧，让涵东在他姥姥那里住着。"尹玉霞哭哭啼啼地将此事告诉了郭有庭，郭有庭一时也没了办法。父母离婚，对孩子的伤害是最深的，郭有庭也可怜刚刚会走的朵朵。

尹玉霞有些心动，但仔细一合计，还有很多事情，说道："我还是出去租房子吧，这莹莹有时候周六周日还回家住呢。"

"那就在他姥姥家附近或者我家附近租个房子吧，这样照顾起来也能方便一些。"郭有庭觉得尹玉霞说的也有道理。

几经周折，郭有庭帮忙租了一处房子，虽然不算宽敞，但也总算安顿了下来。还好，朵朵这孩子愿意跟着奶奶，每天都欢欢实实的，不哭也不闹。只是偶尔有短发的女子经过她身边的时候，刚刚牙牙学语的她，总会冒出"妈妈"的话语，让尹玉霞的心里很是不得劲儿。

过了半个多月的时间，有一天吴涵东回家，尹玉霞明显地发现儿子有些鼻青脸肿。在尹玉霞的再三追问下，吴涵东才道出了实情。

自己与姚瑶离婚的三万元补偿费，是自己在小额贷款公司借款凑齐的，第一个月还款就出现了问题，小额贷款公司的工作人员直接到他的柜台抱走了一些电脑和配件，他认为抱走的货物价值有些超过了应该还款的金额，双方产生了争执，对方人多势众，他哪里是人家的对手，自然闹了个鼻青脸肿。

尹玉霞被气得一夜未眠，对儿子吴涵东简直是束手无策，他已经是孩子的父亲了，自己现在打不得，骂不得。本以为有了这么一个柜台，他与姚瑶能够安安稳稳过日子，可现如今可好，因为他的不务正业，不仅媳妇没了，柜台也朝不保夕。忙忙碌碌这一通儿，从郭有庭那里借的钱没还上不说，本钱没赚回来，还在小额贷款公司做了抵押借款。这日子过得越来越没有信心，她索性喊起了吴涵东。

"妈，这是北京时间几点了啊？大晚上的，你不睡觉，折腾什么啊？"吴涵东被尹玉霞拽了起来，很是不高兴。

"你的心真大，你倒是真能睡得着，你看看你都混成什么样子了，还好意思说我在折腾？"尹玉霞的泪水滴答滴答地落在了地板上。

吴涵东哪能听得进去这些，他要是听得进去别人的劝告，他早就不至于到今天。

"晚上睡觉，你说我心大，我看晚上不睡觉的都是没心。"

"兔崽子，你说谁呢？"尹玉霞拽起一只枕头就砸向了吴涵东。

这时候，吴涵东才爬起来，极其不耐烦地说道："妈，求求你，你别折腾了，我困。"

"我求求你，儿子啊，你别折腾了，行不行？当妈的心都碎了。"尹玉霞用袖口抹了一把眼泪。

"妈，你哭啥，我也没死。我怎么折腾了？你嫌我折腾你别生我啊。"吴涵东又躺了下去，觉得尹玉霞的哭声有些吵到了自己，抓起枕头把自己的头蒙了起来。

"孽债啊。你怎么就不能出息啊？咱们好好过日子不行吗？你说你这两年折腾进去多钱了，现在一屁股饥荒，还让不让妈活了。"尹玉霞痛哭流涕。

吴涵东又坐了起来，瞪着眼睛说道："妈，哭能解决问题吗？解决不了，现在我们要做的，就是睡觉。养足了精神，我们才有明天。欠的饥荒，没人催你，你着什么急？大不了我把档口给他们，不就结了吗？"

"小额贷款公司的钱还了，那你欠你二姨父的钱呢？你干了这么长时间，你的钱都哪儿去了，我连个影子也没见着，你为家里赚一分钱了吗？"尹玉霞恨铁不成钢，哭着说道。

"这谁做生意能保证不赔啊？赔赚正常啊。给，这是现在我唯一剩下的，给你，求求你别再哭了。再说了，你马上都跟我二姨父是一家人了，还什么还？他好意思要啊。"吴涵东将脖子上的项链一把拽了下来，扔给了尹玉霞。

"我明天就给你爸打电话，告诉你已经离婚的事情，让他别再每个月都给你钱了。"

尹玉霞的话音刚落，吴涵东立刻蹦了起来，说道："妈，我们不是说好的吗？我离婚的事情不告诉我爸，这是你同意的，他每个月不给我钱，现在这种情况，你让我怎么活下去？你让我去抢啊？再说了，他那钱不给我，还能给你吗？不都是给我干妈花了啊，对你有什么好处？"

"你都多大了，怎么还老想着啃老呢？怎么就不能知道上进一些……"尹玉霞越说越生气。

"行了，别说了，一天到晚够闹心的了，白天挨了人家一顿揍，晚上本来不想再为这些事情苦恼了，你一直没完没了，你再这样，我就让你永远看不到我。"吴涵东说完，又躺到了床上，把枕头紧紧地盖到了自己的头上。

这个闷热的夏夜里，尹玉霞的内心更是闷得一点缝隙都没有。

没过多久，小额贷款公司就将吴涵东的档口整个接管了过去，吴涵东又变得无所事事了。没钱的滋味实在是不好受，已经习惯了呼朋唤友的吴涵东，总想着自己东山再起。无论走到哪里，还是喜欢别人称他一句"吴老板"。

这一天吴庆阳刚刚把八百元钱打进吴涵东的银行卡里，吴涵东就找了以前的两个朋友，邢小军与孙云松。一个多星期没去饭店了，想打打牙祭。吴涵东特别喜欢那种把酒言欢的感觉。大的饭店是不敢进去了，几个人又去了"老河口祖传羊汤馆"。席间,他的发小邢小军提起吴涵东还有一台光盘刻录机在他那里,改天给送到档口的柜台上。

吴涵东这才说了实话,说自己已经不是什么吴老板了,那个档口不挣钱,已经关门歇业了。吴涵东也知道自己的事情脸面无光,压根没提小额贷款公司的事情。

"涵东哥,你下一步怎么打算啊?你这是做大事的人。"几瓶啤酒下肚,邢小军的双眼已经开始冒金星了。

"是啊,你这走到哪里都是一副老板的派头,怎么能闲得下来啊。"孙云松的嘴被烧卖塞得满满的。

"小军你慢点喝,云松你也慢点吃,但我现在不知道再做什么项目啊!"吴涵东将一杯啤酒一饮而尽。

邢小军与孙云松抢着要给吴涵东的酒杯满上。

"唉,云松,你听听,人家涵东就是做大事的人,你看看人家说话这魄力,人家说啥,做项目,我们呢,做点小买卖,这是啥,这就是格局。"邢小军举起了酒杯,三人干杯,同样一饮而尽。

"是啊,要不人家涵东做什么都是干老板呢,我们两个就是个打工的。"孙云松说完,邢小军也点点头。吴涵东此时仿佛是自己做了大的生意一般,眉开眼笑的。

"哎,涵东哥,要不你研究个项目,我俩跟你干啊?"邢小军说道。

"有啥项目?我现在没想好做什么项目。"吴涵东也有了三分醉意。

"我现在在我叔的修车店学徒呢,我爸肯定不同意我出来干,他想让我好好学份修车的手艺。"一盘扒胸口被孙云松吃得只剩下粉芡了。

邢小军拍了孙云松后脑勺一下,说道:"瞧你那德行,都胖成什么样子了,还这么吃。你就那点出息吧,修车能赚多钱?你帮忙想一想,吴老板应该干点什么?"

"小军哥,有个买卖挺好的,我觉得挺赚钱的,肯定适合咱涵东哥。"孙云松打了一个嗝。

"痛快儿地,适合咱涵东哥的,就说出来。"邢小军指着孙云松说道。

孙云松挠挠脑袋，说道："你刚才说涵东哥有个光盘刻录机在你那儿，倒是给了我一个提醒。我修车吧，发现那些开车的人基本上都愿意在车里听CD音乐，人人车里都有，经常有人在我们修车店门口卖光盘，开车的人不差钱，一买好几张，那种CD光盘，涵东哥知道，多便宜啊，成本几毛钱一张，他们都卖十元钱一张。"

"咱们涵东哥，能干这个？你怎么想的？"邢小军又朝孙云松的后脑勺打了一巴掌。

吴涵东举起了右手，打断了邢小军的话，一副若有所思的样子。吴涵东知道自己只剩下父亲刚刚打过来的八百元钱了，做不了什么大的事情，但自己还碍于面子，正好借着孙云松的话题借坡下驴。

"自古做大事情的人，都是从小事做起的，那刘备建立蜀国之前，不是编草席的吗？我们不要纠结这些，能赚钱就行。"

"一定赚钱，百分百赚钱，你从网上弄点经典的歌曲，什么夜店的嗨曲，都行，买的人多了去了。你也可以同时卖点电影什么的，来钱快着呢。我家正好有我妈以前卖水果的倒骑驴，赶明我给你推来。有一次在我叔叔店里补车胎的一个车主，你知道吗？买了整整十盘CD，一百元，十盘呢！"孙云松用双手比画了一个十字。

说干就干，吴涵东从邢小军那里取回了光盘刻录机，又去自己曾经经营电脑及配件的地方采购了一些光盘，立刻操持起来。

吴涵东弄了一副墨镜，又将孙云松送来的倒骑驴安装了音响和电动装置，每天早上在老顾头的油条摊吃完早餐就骑着倒骑驴出去了。每天的生意也算红火，干了一段时间，吴涵东还是挺开心的，毕竟每天都能见到现钱。

尹玉霞也十分高兴，虽然儿子现在每天都风吹日晒的，但也算是弄了一个正儿八经的营生。甚至偶尔也往家里买只鸡，买两条鱼的了。这在以前，是从没有过的。自己有时候也帮助儿子打印个光盘封面什么的。

可好景不长，尹玉霞还天天在别人面前夸赞自己儿子出息了，懂得孝顺自己的时候，意外的事情发生了。

其实她和吴涵东一样，根本没意识到吴涵东的行为已经触犯了法律。

第四十一章 折戟沉沙

十月末的一天，天气已经渐凉，在东洲市公安局门口，十几辆警车整车待命，很多群众都在凑热闹，正好路过此处的吴涵东也蹬着倒骑驴前去凑热闹，也想看个究竟。可他张狂的个性，将自己倒骑驴车上音响的声音几乎盖过了警车警报器的声音，十几分钟后，自己连人带车都被公安人员带进了公安局。

公安人员在吴涵东的倒骑驴上发现了九百多张光盘，顺藤摸瓜，按照吴涵东的供述，又在吴涵东的住处，也就是他女儿的床下，又搜出了一千多张光盘，加上吴涵东已经售卖出的光盘，已经达到了两千五百张以上。经东洲市新闻出版局鉴定，吴涵东自己制作贩卖的CD光盘以及DVD光盘均为侵权盗版音像制品。

法律是公正的，也是严谨的。吴涵东在不懂法、不知法的情况下，触犯了法律。

庄严的法庭上，法官正式宣判：

根据《最高人民法院、最高人民检察院〈关于办理侵犯知识产权刑事案件具体应用法律若干问题的解释（二）〉》第二条和《最高人民法院、最高人民检察院、公安部〈关于办理侵犯知识产权刑事案件适用法律若干问题的意见〉》第十二条的规定，被告人吴涵东的行为违反了刑法第二百一十七条规定的"未经录音录像制作者许可，发行其制作的录音录像"行为，依照《最高人民法院、最高人民检察院〈关于办理侵犯知识产权刑事案件具体应用法律若干问题的解释〉》第五条第二款及《最高人民法院、最高人民检察院〈关于办理侵犯知识产权刑事案件具体应用法律若干问题的解释（二）〉》第一条的规定，吴涵东复制发行的侵权复制品数量在两千五百张以上，属于刑法第二百一十七条的"特别严重情节"，应处三年以上七年以下有期徒刑并处罚金。考虑到吴涵东认罪态度较好，判处吴涵东有期徒刑三年，缓刑四年，并处罚金一万五千元。

吴涵东彻底被击溃了，自己的创业之路一波三折，处处折戟沉沙。真不知道自己应该干些什么了。

第四十二章　手足无措

　　钱川与郭晓莹安安心心工作的同时，一直憧憬着两个人的新家，房子刚一下来，两个人就开始忙碌起装修。表面上郭晓莹似乎忘记了三姨与后妈的事情，其实是她的内心里只是不愿意提及而已。

　　真如别人所说的，时间是抹平一切心灵创伤的良药。很快母亲已经去世三年了，每一年，每一天，其实郭晓莹都是十分想念自己的母亲，有些时候，面临新的生活，总有些问题挺手足无措的，郭晓莹常常在想，要是有妈妈在，可能就会容易很多。可世间的事情真就是错过了就是错过了，失去了真就是失去了。再多的惋惜与后悔，只会加重自己内心深处的焦灼与痛苦。

　　但活人之所以是活人，就是除了有意识地呼吸以外，最重要的是将生活过下去。

　　吴涵东越来越颓废，每顿饭两瓶啤酒，顿顿不落，哪怕是一碗方便面，也必须有瓶啤酒，不然的话就好像是连方便面都咽不下去似的。孩子的事情不闻不问，眼看孩子上幼儿园了，可所有的事情像跟他没有关系似的。日子越过越艰难，朵朵一天天大了起来，尹玉霞开始四处打听幼儿园，将家附近的每个幼儿园都做了对比，想尽量给孩子找一个性价比高一些的，花钱少，对孩子还好的幼儿园。

第四十二章 手足无措

那段日子里，尹玉霞几乎天天在幼儿园放学的时候，抱着朵朵在幼儿园的门口咨询接孩子的家长，问一问这家幼儿园怎么样，哪个老师好。她的举动让幼儿园的保安产生了怀疑，人家报了警，尹玉霞抱着朵朵被带进了派出所，一顿询问与查询信息之后，才被放了出来。

尹玉霞抱着朵朵走出派出所的那一瞬间，眼泪唰地流了下来。尹玉霞本是一个十分要面子的人，在派出所里，民警做笔录的时候，她都强忍着自己的心情，"人贩子"三个字在她的心里，一直被她认为离自己很远，是自己内心中特别憎恨的那些人，万万没想到自己被其他的幼儿园家长以及幼儿园的保安当成人贩子报了警。其实自己就是想少花点钱，为朵朵找个好一点的幼儿园而已。

回到租来的住处，一开房门，尹玉霞就闻到了酒味，看见吴涵东胡子拉碴地躺在床上，手里还握着一个空的啤酒瓶子，打鼾声一浪高过一浪，口水都顺着嘴角流了下来，自己越想越生气，抱着朵朵，上去就朝着吴涵东耷拉在床边的大腿踹了一脚。

吴涵东猛地惊起，差点掉在了床下。一看见是自己的母亲，立刻火冒三丈："妈，你一天到晚能不能正常一点儿，你干什么呢？没看见我正睡觉呢？"

吴涵东的声音很大，吓得尹玉霞怀里的朵朵搂住她的脖子，直往她的身上靠着。

"到底谁不正常了，你现在一天到晚除了吃啊，喝啊，睡啊，还能干什么？你照照镜子看看你自己，现在都成了什么样子了？我一天到晚照顾孩子，你能不能帮我一把？哪怕你给妈热口饭行不行？"尹玉霞哭了起来，朵朵看见奶奶哭了，吓得也嗷嗷哭叫起来。

"我当时就说不要这个累赘，是你自己同意把她抱回来的，你现在别埋怨我，要不你就给她妈送回去。"吴涵东指着朵朵喊道，把朵朵吓得哭得更厉害了。

"你这个畜生，你还有没有点人情味了？你怎么这么狠心？"尹玉霞一个巴掌打在了吴涵东的右脸上。

吴涵东捂着脸说道:"这些都是你自找的,你以后别想看到我。"然后摔门走了出去。

"滚,以后你都别回来。"尹玉霞抱着朵朵,失声痛哭。

吴涵东走出了家门,就有些后悔了,现在他都不知道自己能去哪里。天色渐渐暗了下来,自己一个人像幽灵一样毫无目的地在街上闲逛。他此刻的内心完全没有意识到自己的不是,一腔怒火迁怒到了他母亲的头上。

万家的灯火渐渐亮了起来,吴涵东不知不觉走到了一家汽车修理厂门口,一个熟悉的身影在他的面前忙碌着,是孙云松,没错,是孙云松。吴涵东略有些惊喜,只见敞着上衣的孙云松一会儿躺在车底下,一会儿钻进驾驶室,相对于他那肥胖的身体,几个娴熟的修车动作倒显得他有着几分灵巧。

"云松!"吴涵东远远地喊了一声。

"涵东哥,你怎么到这里来了?修车吗?"孙云松一看见是吴涵东,刚开始还有些兴奋和意外。

"你什么脑袋,我修车靠这俩玩意儿过来啊?"吴涵东指了指自己的双脚说道。

孙云松挠了挠头,笑着说道:"嘿嘿,我以为你把车停在了远处呢。涵东哥,你今天怎么过来了呢?"

"我想请你吃烧卖和扒胸口了,行不?"吴涵东说道,其实吴涵东的口袋里一分钱没带。

孙云松立刻满脸笑容,说道:"嘿嘿,还是我涵东哥够意思,我是有点馋了。你等我一会儿啊,再有个十分八分钟的,我这最后一个活就干完了。"

孙云松转身就要回去干活。

"等等,你先给我整口水喝。"吴涵东叫住了孙云松。

"这里还真没饮料,白开水你能喝吗?"孙云松的印象里,吴涵东从来不喝白开水,不喝酒的时候,平时总是各种饮料在手。

孙云松跑进屋里,拿出一个搪瓷缸,本来是白色搪瓷缸,被弄得油污污的，吴涵东接到手里，合计了半天，不知道自己是喝还是不喝。

一会儿的工夫，孙云松干完了活，跟他的叔叔打了声招呼就和吴涵东走了出来。

"涵东哥，你老长时间没信了，上次吃完饭，来取完车之后，你就没了音信，你到哪儿发财去了？"孙云松一边走着一边搓着手上的油污。其实刚才临出门的时候，他用香皂洗手了，可油污已经浸入了皮肤里，已经很难被洗掉了。

"你看我现在这身，像发财的样子吗？"吴涵东问道。

孙云松挠挠头，仔细打量了一下吴涵东，用手扒拉了一下吴涵东的衣领，发现吴涵东的金项链没有了，然后摇摇头，说道："不像发大财了。"

"不仅没发财，我又欠了我二姨父一万五千元，你那馊主意，让我刻光盘去卖，我被警察抓了，你知道不？"吴涵东朝着孙云松那堆了两层肉的后脑勺就是一巴掌。

"啊？真的假的？"孙云松张大了嘴巴说道。

"当然是真的了。钱没挣着，还被罚了款，判了我三年，还好我认错态度好，缓刑四年，我现在月月要到我们家那儿派出所报到呢。都是你的馊主意给我害的。"吴涵东又要伸手去打孙云松，这次孙云松躲了一下。

"涵东哥，别打我了，今天我请你。行不？"

吴涵东上下打量了一下孙云松，问道："你带钱了吗？"

"我叔昨天偷着给了我二百，没让我婶子知道，我没花呢！"孙云松拍了拍自己胸口上的口袋。

"那还等什么，走吧。"吴涵东一听孙云松兜里有钱，搂起了孙云松的脖子。

"邢小军那小子最近忙什么呢？"到了小吃部，吴涵东与孙云松点完菜，服务员刚把啤酒拿上来，吴涵东想起了邢小军，因为邢小军最能喝酒。

"他啊，现在是忙人，单位时间要求特别严格，但不少赚。"孙云松给吴涵东的酒杯倒满。

"不少赚？他干吗呢？"吴涵东听见赚钱的字眼，就动起了心思。

"搓澡呢，在一家大型洗浴中心……"

孙云松的话还没说完，正在喝酒的吴涵东一口酒喷了孙云松一脸，自己也被呛得连声咳嗽起来。

"搓澡？"吴涵东的脸上仿佛画上了大大的问号和感叹号。

"啊，搓澡。"孙云松一边擦拭着脸上的啤酒，一边说道。

"那活儿哪有小伙子去干的啊？"吴涵东很惊讶，因为他的印象里，搓澡的都是像赵吉利一样年纪的人。

孙云松也倒上一杯酒："你不知道，他干活的地方，那里消费可贵了，一张门票都五十多元，那里搓澡的全是年轻小伙子。小军为了去这里，不但给里面管事的人塞了钱，而且还去他家门口的浴池，跟着搓澡师傅，学习了一个星期呢。"

"真有这事？"吴涵东将信将疑。

孙云松点点头："千真万确，上个月小军开了四千多呢。"

"四千多？赶上一个大学毕业生的工资了。"吴涵东惊讶起来，他的心里想到了赵吉利，他想跟赵吉利学学搓澡。

吴涵东喝完酒回到了家，尹玉霞的脸上还有着明显的泪痕。

"妈，你别哭了，我想好了，我要上班了，上班之前你再帮我一个忙。"

尹玉霞听得一愣，没想到吴涵东出去了一圈回来是这个结果。

"帮什么忙？只要你别再让我借钱了就行。再借钱，我就是去卖肾，我也还不上了。"

"这次不用借钱，再说了，怎么叫还不上了，你这都要嫁给我二姨父了，那以后还分什么彼此？你这不是自己找自己的麻烦与难受吗？"吴涵东说道。

"你这孩子，怎么说话的？那我成什么了？"尹玉霞说道。

"妈，这很正常啊，哦，你找个人，有钱不给你花，那你跟他过什么劲儿啊？要是我二姨父是这样的人，我同意你嫁给赵吉利。"吴涵东不屑一顾地说道。

第四十二章 手足无措

"你别喝了点酒,就在那里胡说八道。快说你要我帮什么忙吧?"尹玉霞问道。

"你跟赵吉利说说,我要跟他学搓澡。"

吴涵东此话一出,完全出乎尹玉霞的意料。

"你要干吗?是酒后的话不?"

吴涵东点点头:"是酒后的话,但是这次是酒后的真言。我今天听孙云松说邢小军现在一个月能赚四千多呢,在一家大型的洗浴中心搓澡。"

"儿子,你那几个朋友,尤其是肯跟你来往的这几个朋友有靠谱的吗?你倒卖光盘这件事情,害得你还不清醒吗?"尹玉霞害怕儿子再出现什么闪失。

"妈,要么我待着,花你的退休金;要么我去搓澡去,你看着办吧。"吴涵东的态度很坚决。

"我相信你也能挣小军那么多的钱,可你能把钱攒住吗?你以往都是钱到了兜里,还没热乎呢,就花出去了。"尹玉霞唉声叹气地说道。

"行啦,妈,这总比只花钱不挣钱强吧?我就跟赵吉利学一个星期。"吴涵东又开始有些不耐烦了。

"叫赵大爷,别成天没个礼貌劲儿,那赵吉利是你叫的?没大没小。"尹玉霞批评说道。

第二天一大早,尹玉霞就抱着朵朵找到了郭有庭,让郭有庭跟赵吉利打声招呼,带带吴涵东。

就这样,吴涵东成了赵吉利的徒弟,开始了搓澡的学徒生活。

"嗬,你这小子,怎么想学起这手艺了?不嫌脏?"赵吉利知道吴涵东之前对自己搓澡有意见,在自己与尹玉霞中间拦着。

"不嫌脏,给别人搓和给自己搓,没什么两样。"吴涵东站在赵吉利一旁说道。

赵吉利正给浴客搓澡呢,吴涵东这话说得他爱听。他用眼睛的余光斜看了吴涵东一眼,吴涵东的一只脚正在另一只脚上蹭着搓灰呢。

"你站好了,这搓澡啊,说是容易,但真正干起来也不容易。为什么医大附属医院的呼吸科主任都找我搓澡,还是我的手艺与众不同,这是有技巧的。但有一点,告诉你站好了,你别在那儿搓脚了,脚能搓脚,还要手干什么,做一个搓澡的手艺人,首先自己的卫生就应该搞好,不然,你站在浴客身边,那你成什么样子,你先去洗个澡,我先给你搓一搓,你体会一下,我是怎么给客人搓澡、修脚的。"

赵吉利说完,吴涵东噘着嘴先去淋浴去了。吴涵东一边洗着澡一边想着,这赵吉利还挺严厉的呢,幸亏没让你当我的后爸,不然的话,这日子有得苦吃了。

吴涵东躺在浴床上,赵吉利让他闭上眼睛,仔细感受一下自己如何为他搓澡的。

"这搓澡时间长了,不用问浴客这手法的力度,你一抓他的皮肤,你就知道自己使多大的劲儿给人家搓,这都是最基本的。现在的人不都是讲究工匠精神吗?我们搓澡的也是,无论后面有多人在等着搓澡,咱都不能糊弄,尤其晚上还有一种情况,就是有人喝酒喝多了,过来搓澡醒醒酒,我们绝对不能糊弄人家,很多地方的搓澡师傅,一看进来个酒蒙子,就想糊弄糊弄完事了,反正你喝得迷迷糊糊,你也不知道搓得怎么样,咱们可不能这么做,童叟无欺是必须做到的,不然的话,你有了一次投机取巧,你就想着下一次的投机取巧,时间长了,你的心就歪着长了……"

赵吉利正说得兴起,吴涵东没了回应,还渐渐有了打鼾声,吴涵东睡着了。

这真把赵吉利气得够呛,自己额头上已经渗出了汗水,这新徒弟可倒好,没认真听,倒是睡着了。

"起来,怎么还睡着了?"

赵吉利大喊一声,吓得吴涵东一个激灵。

郭晓莹与钱川的婚期一天天临近了,郭晓莹的姥姥只要能见到郭有庭,就跟郭有庭唠叨个没完没了。

"这孩子啊,没妈。婚礼啊,有缺憾,你这当父亲的,就多担待一些。"

第四十二章 手足无措

"妈,你就放心吧,我不会亏待莹莹的。主要是莹莹先在钱川家那边办,我们东洲这边的就是个答谢宴,没什么操办的。"

"有什么事情啊,你不方便的,你就让玉霞去办,现在朵朵已经上幼儿园了,白天有得是闲空。"莹莹的姥姥说道。其实郭有庭听完这句话,心里对尹玉霞是有意见的。

女儿要结婚了,按照传统,总有几件针线活要做的,当郭有庭跟尹玉霞说起的时候,尹玉霞竟然说道:"我生的是儿子,自来也没想到以后要做这些。还真不一定能做好,要不你去买点现成的吧,你也问问别人,他们都是怎么弄的。"

郭有庭心里清楚,这姨妈毕竟是姨妈,不是亲妈,要是亲妈的话,早就自己去问了。有些时候听说钱川家里那边准备得热热闹闹的,自己心里挺不是滋味儿的。

尹玉霞看着郭晓莹与钱川两个人生活与工作蒸蒸日上,心里也起了波澜,自己的儿子是越来越不争气,到头来,做什么什么赔钱不说,现在每个月还要到派出所报到去。这自己的退休工资仅够朵朵上幼儿园的费用,日子越过越惨,心里挺不是滋味的。这次去洗浴中心上班,一分钱工资没赚到呢,先交了三千元的押金,据说这是大型洗浴中心对浴客的财物负责,反正尹玉霞没弄懂这个理。这押金自然是向郭有庭张了嘴,自己也是实在没有办法了,日子得过下去,谁让自己生了一个败家的儿子呢。

她从郭有庭手中接过三千元的瞬间,明显感觉到了郭有庭有些不高兴的样子。

"这钱真是交给洗浴中心做押金了吗?别到了最后,连押金钱都拿不回来,那涵东真是要了命了。"郭有庭一脸的不情愿。

"这次不能。"尹玉霞又不好说什么,只能这样敷衍着说道。因为自己确实没这个底气,换句话说,是自己的儿子让自己没了任何底气。自己的内心里总有一种自己比别人低一等的感觉。这种日子,挺让自己手足无措的,因为她不知道哪一天,吴涵东又会弄出什么新的祸端来。

第四十三章　钱悦出生

郭晓莹顺顺利利出嫁了，充满喜悦的同时，眼泪也没少流，毕竟人生最重要的时刻，没有母亲的参与，是特别的不完美。好在钱川以及家人对自己不错，郭晓莹也慢慢开始适应了这种生活。

婚后不久，郭晓莹怀孕了，这是家里人都十分期盼的。郭晓莹的肚子一天天地大了起来，孕育生命的过程是谨慎和幸福的，每天都按照书本上的知识做着胎教。钱川的家人，尤其是钱川的母亲已经做好了照顾儿媳妇与孩子的准备，尽管到了城里，生活上还有很多不习惯的地方，但是一切都为了家里的孕妇着想。按常理说，这女人生孩子都喜欢自己的妈妈照顾自己，很多人也都是从小被姥姥给带大的，可郭晓莹没这个条件，只能由婆婆代劳了。

郭有庭还曾经一度幻想着尹玉霞能够帮忙照顾一下郭晓莹，可是自从吴涵东离婚以后，尹玉霞每天带着朵朵，白天送到了幼儿园，晚上还得接回来。到了周六周日，还要带着朵朵去接触接触外面的世界，每天也是忙忙碌碌。看到这些，自己也张不开口，没了办法，只好把希望都交给亲家母了。

钱川的母亲每天变着花样地做着各种食物，增加营养和合理膳食是她每天到菜市场之前都要在脑海里反复思考的问题。

"妈,今天的育儿讲座你就别去听了,太远了。"郭晓莹说道。

"再远点也没关系,现在的育儿科学知识多,不像你们小的时候,那么简单了。我去听听,已经坚持听了那么多节课了,不差这一节了,而且今天还是讲如何添加辅食,对孩子成长很有必要。"钱川的母亲将水果洗好后,放在了茶几上。

"咱们孩子距离添加辅食还早着呢,你听早了,也会忘记的。"郭晓莹有些心疼婆婆,这次讲座的地点离家里很远,坐公交车需要一个半小时。

"我多听两次就记住了,你这还有十几天就生产了,那喂辅食还不快啊。中午饭我做好了,你一会儿吃完水果,消化一会儿,你就吃吧。骨头汤在锅里,你盛的时候,一定要多加小心,这怀孕的身子啊可不比以前,你自己没觉得什么,其实笨重得很。"钱川的母亲临出门时,还不忘嘱咐道。

晚上钱川下班回到家的时候,发现客厅里的灯没开,这跟以往的情况是不一样的。他蹑手蹑脚地走进了主卧,发现郭晓莹正在睡觉,而其他房间都没看见母亲的踪影。

钱川拨打了母亲的手机,结果母亲的手机在卧室里传出了铃音。

可能是钱川弄出的声响吵醒了郭晓莹,她从卧室里睡眼惺忪地走了出来。

"我这一觉睡得太沉了,孩子今天表现挺好,没在肚子里踢我。可能是他奶奶熬的骨头汤太鲜美了,他也吃开心了,睡着了。"

"我妈呢?"钱川问道。

"上午十一点的时候就出去了,说是下午一点有育儿讲座。"郭晓莹摸着肚子回答道。

"怎么老是去听育儿讲座?哪里举办的啊?"钱川有些着急,毕竟天色已经黑了。

郭晓莹也望了望窗外,心里也琢磨着这个时间段也该回来了,说道:"听妈说今天的讲座路程远。这样的讲座都是奶粉的经销商搞的活动,几乎好多品牌都在搞这些,宣讲育儿知识的同时,也顺便把奶粉推荐了。妈说去学习学习,现在的育儿知识多。"

"能用母乳尽量用母乳,配方奶粉都是宣传出来的,我看电视和报纸现在都在宣传提倡用母乳喂养。"钱川走上前去,蹲下身来,把耳朵贴在郭晓莹的肚皮上,听了听。

"睡着呢,没踢。要不你下楼找找咱妈去?"郭晓莹推开了钱川。

"我去哪儿找啊?对了,你知道是哪个牌子奶粉搞的活动吗?"钱川说道。

郭晓莹摇摇头:"这我还真不知道。每次她回来都能拿回一盒奶粉试用装,橱柜里都是。"

"我说呢,家里这么多试用装的奶粉。我还以为是你买的呢。"钱川说道。

"对了,我想起来了,咱妈上午的时候,按照手机上的信息写下今天讲座的地址了,你翻翻她的手机,看一看。"郭晓莹说道。

钱川母亲的手机是钱川用过的,钱川的母亲不是太会用,今天上午的时候,还是郭晓莹帮她翻出了信息的内容,钱川特别熟练地找到了那条短信。

"短信上写着曼德利大厦九楼,那附近我去过,离咱家远着呢。"钱川看着电话说道。

"那上面不是有联系电话吗?你赶快打电话问一问。"郭晓莹提醒钱川说道。

钱川按照短信上的电话拨打了过去,果然是一家奶粉经销商的电话,可得到的结果是下午一点开始的讲座,下午三点就结束了,而且根据签到的登记,没有钱川母亲冯芸的名字。现在已经是晚上将近六点了,钱川和郭晓莹此刻都有些慌了神。

"咱妈电话还没带,这可怎么办啊?"郭晓莹有些焦急。

"我下楼看一看,实在不行的话,我就打车原路找回去。"钱川说完,直接下了楼。

原来钱川的母亲出门的时候,就将来回的坐车线路都写在了一张纸上，并且很谨慎地放在了钱包里，中途倒车的时候，还不时地拿出来看一看。

省城的高楼大厦鳞次栉比，加之当天阴天看不见太阳，而且钱川的母亲第一次离开钱川家这么远，很快在楼宇间迷失了方向。

等她再次下车的时候，已经找不到了原来的那张字条，这才发现自己不知道什么时候将自己的钱包也都弄丢了，电话也不见了。

一时间，她自己不知道如何是好，向一位环卫工人问道："老姊妹，打听一下曼德利大楼在哪里？"

离曼德利大厦大概有三站地的地方恰好有一座曼德琳商厦，附近的人都习惯称呼那里为曼德琳大楼，这是以前省城第一百货大楼的旧址，后来被人收购改造成了曼德琳商厦，但大家还是习惯了称呼大楼，于是这位环卫工人还很热心地告诉她怎么走，结果就南辕北辙了。

曼德琳商厦只有八层，钱川母亲一路走来，走了三站地，终于到了地方。曼德琳商厦商品琳琅满目，一楼都是化妆品与珠宝首饰的柜台，钱川母亲走到一家化妆品柜台前，向一名售货员问道："姑娘，这婴儿辅食添加讲座是在这里的九楼不？"

售货员旁边正在挑选香水的女顾客，一看见身边来了个老人，说着莫名其妙的话，就离开了。这营业员看着自己的潜在客户离开了，就气不打一处来，一副很凶的样子，说道："你没毛病吧？我这还忙着呢，生意都让你搅了，你要上九楼？就是在九楼讲座的话，你能爬上去吗？"

可能钱川的母亲也看出来刚才那几位女顾客是因为自己的原因离开了化妆品柜台，她感觉到挺不好意思的，连连道歉，也就没再问其他人。乘坐着扶梯来到了八楼。

八楼是曼德琳商厦规划的健身中心，直到她走到了八楼才傻了眼，明明通知的是九楼，怎么到了八楼就没了往上走的扶梯了呢？难道是在楼顶广场举办的讲座？钱川家附近有个学校，楼顶就被学校开辟成了塑胶篮球场，她每天在家里，通过窗户都能看见篮球场上那些中学生跳跃的身影。而且刚才那位女售货员说过爬上去的话，她就更增加了自己的信心。找来找去，发现一处铁制楼梯，自己就爬了上去。

她一边爬着，还一边嘴里嘀咕着，这家奶粉公司不靠谱，弄了个这么一个地方。其实她爬上去的楼梯是屋面检修口，那天几位工人正好上去检查屋顶的防水，工人下来的时候，就忘记了重新锁上。

说来也巧，等钱川的母亲刚刚爬上去的时候，时间也过了下午一点，维修工人午休之后突然想起来上午维修屋面之后忘记了关上屋面的检修口，急急忙忙就在下面把维修口锁上了。

钱川的母亲站在楼顶的平台还纳闷呢，是自己来早了吗？整个平台一人都没有，既然刚才那个很凶的售货员说是九楼，那就应该是这里。那就等一会儿，自己倚靠在电梯机井旁边的女儿墙坐了下来，结果等着等着，就打起了盹。其实钱川母亲可能最近一段时间特别劳累的原因，这一觉，睡了两个多小时。

等自己一觉醒来，也不知道是几点了，还看不见其他人，她心里就开始犯嘀咕了，是不是自己走错了地方呢？她使劲地回忆着那个凶巴巴的女售货员说的话："你没毛病吧？我这还忙着呢，生意都让你搅了，你要上九楼？就是在九楼讲座的话，你能爬上去吗？"

钱川的母亲越回忆越是觉得不对劲，女售货员的表情，明明是带有一种讥讽似的。难道是自己走错了地方？她决定下楼问一问，结果她原路返回的时候，发现她爬上来的地方已经被锁上了，她当时冷汗立刻就流了下来。

这如何是好，钱川的母亲在楼顶的平台上急得团团转。繁华的商业街上，人来人往，商户的音响也开得很大，钱川的母亲有些恐高，不敢往楼下张望，自己趴在平台上，冲着楼下喊了好多声，根本没人听见。

钱川下了楼，去了母亲常去的菜市场和便利店，都没发现母亲的身影，此刻他的内心真有些着急了，无数种想法闪过自己的脑海。他立刻招手拦住了一辆出租车，往曼德利大厦的方向赶去。

郭晓莹也不知道如何是好，内心很焦急，正好郭有庭打来电话，她就把情况告诉给了父亲。郭有庭也急忙从东洲坐车往省城赶来。

钱川到了曼德利大厦,已经将近晚上七点了,天色渐渐暗了下来,急急忙忙坐电梯到了九楼,举办讲座的地方已经是大门紧锁,都下班了。钱川又一溜烟地跑到了大厦大堂,想从保安的口中得到一些消息,但结果也是令人失望。

钱川站在马路上,心急如焚,母亲到底去了哪里呢?按理说,母亲若是找不到地方或者钱包被偷,都应该打车回家的。这时候钱川想起了省城交通广播热线,于是他又拦了一辆出租车,这是一位热心的的哥,得知钱川的情况后,先是用手台跟同行要来了广播热线的电话,钱川一边拨打着,他一边开车帮忙寻找着。

十分钟后,省城交通广播中播放了寻找钱川母亲的消息,并且主持人还连线了交警部门,整个下午省城都没有出现交通事故,这让钱川多少放下心来。

"曼德琳商厦楼顶有人要跳楼,下面围观的群众很多,通行缓慢,019号的哥提醒大家。"的哥的手台里传出其他的哥的路况报道。

"003收到,谢谢019。"钱川乘坐车辆的的哥回复道。

其实钱川以前乘坐出租车的时候特别反感司机拿着手台一直在讲话,而今天,这位的哥的手台让他感觉到是那样的亲切。

"有什么想不通的啊?据说是个老太太,我现在正好走到此处。我是011号马大姐。"

"老太太?还有什么细节特征吗?我是003号的哥。"这位的哥看了钱川一眼,拿着手台说道。

其实刚才钱川还没有感觉到什么,可的哥这么看了他一眼,他倒是仿佛想到了什么。他立刻直起腰来,用期盼的眼神看着眼前这位自称为003号的的哥师傅。

"003,我又不是千里眼,那可是九楼楼顶,那人站在上面,就好像一只鸽子在你眼前的那么大小,你可别逗了。我已经听见消防车的声音了,弄不好要在下面铺设充气垫呢,拥堵得会更厉害,注意绕行。"011号马大姐在手台的那一端说道。

"要不我们过去看一眼吧？"003号的哥是个热心肠，一般的的哥师傅早就对那样的路段躲之唯恐不及了。

"那就过看看吧，但我母亲绝对不可能跳楼，也不能去曼德琳商厦啊？"钱川说道。

"没几站地，咱们到那儿也快。"003号的哥加大了油门。

当他们到达的时候，交警已经在曼德琳商厦旁边的双向四车道，开始疏导车辆了，出租车缓缓经过曼德琳商厦门口，钱川远远望去，借着楼顶的灯光，觉得那个人很像自己的母亲，但毕竟天色已晚，有些模模糊糊。

"是不？"的哥问道。

"我妈应该不能选择跳楼，但是有点像。"钱川迟疑着。

钱川的话音刚落，的哥师傅猛地踩下了刹车，引起后面的车辆一顿狂按喇叭。

"母子连心，你下车到前面去看看。我在前面的路口等你。"的哥师傅说道。

"我给你押点钱吧？"钱川说道。

的哥笑了笑说道："看你也不是赖账的人，你先去吧，记住我的车牌号21729，我在前面的路口等你。"

钱川急忙下了车，走上前去，越看越像自己的母亲，那个人在楼顶上一直挥着手，警车和消防车果然陆续赶到了。

几位消防战士迅速开始铺设充气垫，楼上的那个人也不摇手了。钱川被警察拦住了，但钱川隐隐约约听到楼顶上的人就是自己的母亲，而且在喊自己的名字。

这时候，钱川的电话响了，是郭晓莹打来的。

"怎么样了？你这都出去快一个小时了。"郭晓莹问道。

钱川一边盯着楼顶，一边说道："我在曼德琳商厦呢，楼顶有个人，我越看越像我妈。"

"啊？你快上去看看啊，怎么会这样呢？"郭晓莹很激动，急得直

第四十三章　钱悦出生

跺脚。

"警察拦住了。"钱川跟郭晓莹说话的工夫,还是隐隐约约听见了楼顶上那个人在喊自己的名字。可是商业区的音响太吵闹了,而且汽车因为拥堵产生的鸣笛声,更是此起彼伏。

"警察拦住了?你告诉他,上面的是你妈,看他还拦你不?你这脑袋到了关键时候就不开窍。"郭晓莹有些生气,更多的是着急。

"好的,我知道了。"钱川挂上电话,就跟警察说明了情况。

郭晓莹的方法果然奏效,钱川很快被带到了商场内,几位警察了解了一下情况之后,马上带着钱川直奔八楼的维修口。

在八楼通往九楼的维修口,大家都在焦急地等待着。商场负责此钥匙的维修工人迟迟没能把钥匙送过来,一位消防战士用斧头配合警方打开了锁头。

当钱川和警察爬上楼顶的那一刻,钱川的母亲回头看见了自己的儿子,立刻瘫坐在地上,失声痛哭,此刻她的嗓子已经几乎说不出话来了,因为她已经在上面足足喊了将近三个小时。

"警察同志啊,我没想跳楼,我是下不去了,我刚才是在向路人求救呢。"钱川的母亲用沙哑的声音说道。

警察要求钱川陪着母亲到警车上做一下出警笔录,这时候钱川的电话又响了,是郭有庭打来的。

"在哪儿呢?你妈找到没?"郭有庭急切地问道。

"爸,你怎么知道的,刚刚找到,警察做笔录呢。"钱川说道。

"你问问你妈,她作什么妖呢?莹莹流血了,我现在带她到妇婴医院去。"郭有庭带着责备的语气说完,没听钱川任何解释就挂断了电话。

钱川跟警察说明了情况,留下了自己的电话,背起母亲,就往路口跑,那位的哥正等着着急呢,下车已经抽了三根烟了,一见钱川大老远背着母亲跑着过来,急忙上车,倒着车,来到了钱川与他母亲跟前。

钱川已经上气不接下气,一边比画着一边告诉的哥,赶紧去妇婴医院。

钱悦，就是在这样的一个傍晚，由于母亲郭晓莹受了惊吓刺激，比预产期提前早产了十二天来到了这个世界上，但好在孩子是健健康康出生的，冯芸也没什么大碍，钱川与郭晓莹就商量着为孩子起了一个高兴的名字：悦悦。

第四十四章　难得平静

　　生命的延续过程中，女性扮演着伟大的角色。孕育生命、哺乳喂养、精心呵护、洗洗涮涮，一颗慈母之心是在煎熬与耐心中历练出来的，这是男性无法深刻体会的感觉。自从孩子出生之后，这公主与王后般的生活彻底就被女仆一样的日子所代替，孩子的一颦一笑、一哭一闹成了整个家里最大的事情。

　　钱川的母亲忙得手忙脚乱，不明白的地方，时不时给尹玉霞打上个电话。有一天，钱川的母亲发现孙女的眼睛有些发黄，钱川的母亲就催着郭晓莹给尹玉霞打个电话，问一问当初朵朵小的时候是否也出现过类似的情况。

　　郭晓莹本想上网查一查，可婆婆催了两三次了，就拨通了三姨的电话。

　　"喂，三姨。"郭晓莹说道。

　　"姐，我不是你三姨，我涵东。"吴涵东接的电话。

　　"我三姨呢？"

　　"可能去你家了吧，电话落在家里了。"

　　"哦，那没事了。"郭晓莹不知道为什么，听见吴涵东说三姨去了父亲家里，心里怪怪的。

"哎，姐，你先别挂断电话，我问你一个事儿。"吴涵东在电话的这一端说道。

郭晓莹隐隐约约感觉到有些异常，很无奈地说道："你说吧。"

"姐，你到底是同意还是不同意啊？"吴涵东问道。

"你在说什么呢？什么同意不同意？"郭晓莹一边拍着怀里的孩子，一边说道。

"姐，我就跟你明说吧，你同意我二姨父与我妈的事情，我和我妈就搬到我二姨父那里住去，我妈跟我二姨父一个屋，我带着朵朵住你那个屋。"

吴涵东话音刚落，郭晓莹的脑袋嗡的一声，仿佛瞬间血液就从脚底上涌了起来。

吴涵东见电话那端没有吱声，继续说道："姐，我说呢，你就别在中间拦着了。说句实在话，我这去浴池搓澡还没开支呢，我妈那点退休钱仅够朵朵上幼儿园的费用，租房子实在没钱，你同意他们俩的事情了，咱们这钱，确切地说是我二姨父的钱就少遭罪。你不同意，我妈只能跟我二姨父借，没办法，孩子的书需要读，我们三个人也得有个住的地方吧，这朵朵小，咱姥姥和姥爷都嫌孩子闹得慌，你说怎么办？"

郭晓莹被吴涵东气得半天说不出话来，事情怎么到了这种地步，自己的泪水立刻流了下来。

正在忙里忙外的冯芸，看见儿媳妇哭了，立刻放下手里的活计，跑了过来。

"莹莹，这坐月子呢，不能哭，容易哭出毛病。"冯芸赶忙抽出纸巾，为郭晓莹擦着眼泪。

郭晓莹手中电话里，吴涵东还在喋喋不休地说着，冯芸好像听见了是一个男人的声音，还以为是钱川把郭晓莹弄哭了呢。

冯芸拿过来郭晓莹手里的电话，说道："你能不能懂点事儿，这坐月子呢。跟你爸一个损样。"

吴涵东知道钱川的母亲在照顾郭晓莹，他以为这是针对自己呢，而且

第四十四章 难得平静

他最讨厌别人说他损样，他哪能受得了这气，几乎是怒吼着说道："你个老不死的，你什么闲事你都管，我现在就搬过去，我妈嫁过去了，那就是我的家。"

冯芸这才反应过来电话那一端不是钱川，但自己稀里糊涂的，也不知道到底是谁。手里拿着电话，两眼直愣着，看着郭晓莹。

郭晓莹也听见了吴涵东刚才所说的，眼泪流得更厉害了，说道："妈，你别生气，是涵东，不懂礼数。"

"莹莹啊，误会了，我以为是钱川呢，我没生气，你别往心里去啊。"冯芸安慰着郭晓莹。

郭晓莹十分委屈，拉着自己婆婆的手，说道："妈，我没拦着我爸与我三姨，他们爱怎么发展就怎么发展，只是我不想从我的嘴里说出来'同意'二字。因为我的心里实在装不下别人，那个位子就是悦悦姥姥的，任何人都无法替代，哪怕是我的三姨都不行。"

"孩子啊，我理解你，但你爸爸自己一个人也不是个办法啊，这男的他就不是家里的料，咱们老家那地方都叫男人为外头人，就是说他们在外面干活可以，收拾家里，洗洗涮涮真不行。你爸这吃饭啊，准保和钱川他爸现在在家一样呢，顿顿糊弄。"冯芸劝说道。

"我太想我妈了。"郭晓莹已经泣不成声了，怀里的孩子就像知道了自己的母亲受了委屈似的，也嗷嗷地哭了起来。

冯芸接过孙女，抱起来，满地走来走去。郭晓莹看着婆婆怀里的孩子，觉得当年自己的妈妈肯定也是这样抱着自己，哭得更厉害了。

"莹莹啊，听我一句劝，哭解决不了问题，还容易落下病根，月子里得的毛病不好康复，听我的啊，你还有一个星期就出月子了，咱们得为自己和孩子负责。"冯芸见到儿媳妇哭个没完，有些着急了。

吴涵东气完别人，自己倒是像个没事人似的，溜溜达达地去了郭有庭的家里。

郭有庭正用微波炉给尹玉霞烤地瓜呢，这微波炉刚散发出一点烤地瓜的香味，吴涵东就敲起了门。

"谁啊？"郭有庭一边要开门，一边问道。

"二姨父是我，涵东。"吴涵东说道。

郭有庭打开房门，看见吴涵东脸没洗，胡子没刮，说道："这怎么脸也不洗，胡子不刮的呢？"

"被停水了，我妈没跟你说吗？"吴涵东走到微波炉前，把鼻子凑上前去，闻了闻。

郭有庭很诧异地看着他们娘俩，问道："什么叫被停水？"

"二姨父，你怎么连这点常识都不懂，你是没被钱憋着过啊。"

吴涵东的表情让郭有庭很不舒服。

"有话就好好说，你以前不是这个样子啊，现在说话怎么了，阴阳怪气的。"

"你要是不会说话的话，就把嘴闭上。"尹玉霞一天到晚被吴涵东气得已经不愿意和他说话了。

"妈，你怎么老是这样呢？在家这样也就算了，在我二姨家你还这样，你真把这里当成自己家了啊？"吴涵东搬了一把椅子坐到尹玉霞身边。

"这跟你没关系。"尹玉霞瞪了吴涵东一眼。

吴涵东看着尹玉霞说道："妈，怎么没关系，我跟我姐说了，她同意你们的事情了，我也跟着你搬过来。"

郭有庭与尹玉霞一听到这个消息，都立刻目瞪口呆起来。两个人你看着我，我看着你，都不知道说什么好了。

吴涵东又将鼻子凑到微波炉前闻了起来，回头又跟郭有庭说道："二姨父，真有你的，这微波炉让你用的，成万能炉了。我二姨活着的时候，就跟我夸过你用微波炉烤的地瓜好吃，比农村柴火烧的都好吃，你又拿这招哄我妈来了。"

"你这个兔崽子，你赶快滚。"尹玉霞推了吴涵东一下，给吴涵东推了一个趔趄，差点从椅子上摔了下来。

吴涵东瞪了尹玉霞一眼，但没敢发作，说道："我回家干什么啊？要水没水，要吃的没吃的，过两天电业局能把电也给掐了。"

"怎么了？被停水是因为没钱交水费？"郭有庭满脸疑问地问道。

吴涵东哈哈笑了起来，说道："二姨父啊，你真是老了，才明白过来，是这样的，我妈这次是过来找你借钱来了，水费和电费都欠了，日子真过不下去了。"

尹玉霞真是气不打一处来，说道："你还有脸笑，咱家能到这地步，不都是你的原因吗？你把这个家祸害成这个样子了，你说说你什么时候能不败家？"

"妈，不能老拿过去的事情来评论我，我这不是改好了吗？天天去浴池搓澡，好不容易今天休息一天，你还没做饭，是，停水，不能怨你，但我这个人活得真实，你能不能实际一点，该过来跟我二姨父一起过就一起过呗，扭捏什么啊？"吴涵东惦记着微波炉里的地瓜，又起身走到微波炉前，刚把鼻子凑到微波炉前的时候，微波炉"叮"的一声，把他吓了一跳。

"吓死我了。"吴涵东自己将右手绕到身后敲了敲自己的后背。

"吓死你才好呢，跟你爸一个损样。"尹玉霞气狠狠地说道。

"是地瓜烤好了，微波炉没爆炸。"郭有庭说道。

吴涵东一边从微波炉里取出地瓜，一边说道："妈，你怎么跟我姐那个老婆婆一样呢。明明知道我讨厌别人说我损样，你还说。我可把我姐的老婆婆给骂了。"

"你别吃了，你怎么一天到晚就知道惹事呢？"尹玉霞扒拉了一下吴涵东。

吴涵东把地瓜放在了桌子上，拿起来一个放在尹玉霞的面前，自己赶紧扒开一个，烫得他直摸耳朵，他倒是振振有词："你之前不是怕你和我二姨父在一起，我姐她老婆婆说什么吗？这次我骂完，他们再也不敢了，给你俩扫清点障碍，你们还得谢谢我呢。"

"能不能不这么管闲事，你先把你自己的事情弄明白。"尹玉霞拿了一个地瓜放在了郭有庭的前面。

"我多现实的一个人啊，很切实际，我现在就好好上班，可现在我们没钱了,妈,我们晚上都没办法做饭了。你赶紧搬过来得了,再过半个月就要交下个季度的房租了,我们拿什么去给房东。"吴涵东不断地将冒着热气的地瓜放进嘴里,被烫得直吹气。

"那你刚才说你姐同意了?"尹玉霞一边说着,一边用眼睛的余光看着郭有庭。

吴涵东点点头,说道:"同意啊,她主动给你打的,你手机落在家里,我接的。我提起这件事情的时候,她是默许的。"

尹玉霞听完这些话,有些将信将疑,说道:"儿子,你姐老婆婆碍你什么事情了?你说人家做什么?我马上要去接朵朵放学了。"

"我没说别的,我和我姐通电话呢,她在旁边说我损样,我顺嘴说了她一句。"

吴涵东吃得很欢实,连连称赞郭有庭这地瓜烤得恰到火候。

郭有庭没有吱声,默默地坐在桌子旁边,也没吃那地瓜。

虽然冯芸努力劝说着儿媳妇,但郭晓莹还是哭了一下午,直到晚上六点多的时候,才搂着孩子一起睡着了。钱川这几日去北京出差,没在家,郭晓莹有些心事只能自己憋着,但吴涵东今天闹的这一出,确实让她上火了。

晚上八点多钟,冯芸正在沙发上打盹,听见孩子哭了,就连忙跑到儿媳妇的房间去。

"这小孩子一哭啊,要么是拉了尿了,要么就是饿了。"冯芸一边为小悦悦换着尿不湿,一边说道。

"妈,你把爽身粉给我拿一下,我给孩子擦一擦。"郭晓莹也醒了。

"我擦吧,你给孩子先把乳头叼上,就这招儿好用。"冯芸笑着说道。

其实她看见了郭晓莹的眼睛还是肿肿的。

可悦悦的小嘴巴含上乳头之后,越发哭闹得厉害了。

"你这孩子闹什么闹?"郭晓莹有些不耐烦地冲着怀里的小悦悦说道。

这时候,冯芸已经为小悦悦收拾好了,穿上了尿不湿。她觉得孩子的哭声像是饿了的声音。

这时候,一个不好的念头闪过她的脑海。她伸手摸了摸郭晓莹的乳房,面露难色地说道:"莹莹,你的奶水好像是回去了。"

"能吗?"郭晓莹听到这话先是一惊,然后自己赶紧挤了挤自己的乳房,结果确实是像婆婆说的那样,奶水回去了。

"莹莹啊,多大的火啊,都怪我,我非得逼你打那个电话,不然就不会出这么多的事情。"冯芸也觉得自己的脑袋嗡的一声。

"妈,怎么办啊?"郭晓莹着急地问道。

"莹莹,听妈的话,现在咱们最重要的就是你跟孩子,你先别着急,你从现在开始,别上火了。我去给孩子兑点奶粉,给孩子喝,然后给你炖点猪蹄和花生。"冯芸说完就急忙跑了出去。

婴儿哪能等得了这些,见妈妈的乳房没有奶水,就开始咧着大嘴嗷嗷直哭。其实母乳喂养除了能保证孩子营养均衡,容易被吸收以及能够增强孩子的抵抗力以外,最主要的就是孩子饿了,只要妈妈在身边就能马上吃到嘴里。这喝奶粉可就啰唆多了,洗奶瓶、测量水温、摇匀了、孩子喝完奶粉再漱嘴喂水,一系列的事情。尤其水温,热了不光是奶粉营养被破坏,孩子也容易被烫着;水温凉了,奶粉容易结块,溶化不了,孩子更不爱喝。

这下可把冯芸与郭晓莹忙得手忙脚乱,孩子也跟着上火,眼睛更黄了,眼屎越来越多,甚至把眼睛都糊上了。第二天一大早,这郭晓莹还在月子里,不得不抱着孩子去了妇婴医院。

经过医生的检查以及抽血检测,悦悦属于病理性黄疸,黄疸程度过重,血清胆红素已经超过了 $205 \sim 257 \mu mol/L$,应该照射蓝光辐射进行治疗。

"医生,这么小的孩子,我不舍得。"郭晓莹流着泪水说道。

"为了孩子的健康,你要相信医生,你现在情绪波动很厉害,回家调整一下自己,不然的话,即便孩子很快回到了你身边,你的身体情况还是帮助不了孩子的顺利康复。蓝光辐射技术目前已经十分成熟,灯源及选用的光谱波长都是有严格规定的,放心吧。"医生跟郭晓莹解释道。

"那有什么副作用吗?"冯芸赶忙问道。

"我们现在是治病为主,副作用肯定会有,像发热、腹泻、皮疹、血小板减少、青铜症,但这些停光治疗后都可自行恢复。这个放心吧,我刚才不是说过吗,这个技术已经很成熟了。你是妈妈还是婆婆?"这位医生说道。

"我是婆婆。"冯芸回答说。

"孩子交给我们,产妇交给你,回家好好照顾产妇就是对孩子最大的帮助,好不?"

医生说完,冯芸连连点头。

"那需要多长时间能出院啊?"郭晓莹还是哭哭啼啼的。

"你家孩子的情况用不了七天,一般四到六天吧,保持电话畅通,等我们通知吧,好吧?"

郭晓莹看着小悦悦被护士抱进了新生儿监护室,立刻泪水飞纵,与婆婆冯芸一起抱头痛哭起来。

郭晓莹回到家后,看着空空的婴儿床,满脑袋都是悦悦,虽然努力克制着自己,但母亲对孩子的牵挂,岂能是克制能够解决的。

钱川得知消息后,急忙从北京乘坐飞机飞了回来。钱川的父亲也是连夜奔向省城。

钱川回到家后,得知是吴涵东惹得郭晓莹上了火,自然是气不打一处来。本想打电话骂他一通,钱川的父亲阻止了钱川。

"你打了电话之后,莹莹会更上火,那涵东本来就是一个不会说话的人,另外你岳父与莹莹他三姨到底是不是这种想法还不知道,你作为一个女婿就别掺和了。"

钱川很是想不通:"爸,莹莹被他气成这样了,奶水都没了,我就一声不吭了?"

"居家过日子,亲戚邻里之间没有那么多的道理可讲的。"钱川的父亲依旧保留着自己的观点。

钱川站起身来,说道:"那他骂我妈,我也忍着?"

冯芸赶紧拉住钱川的手说道:"这件事情也怪我,我没问清情况,以为是你惹怒了莹莹，那对方火气还不得起来啊？"

"妈，你不知道他是谁，可他知道你是谁啊！他也太目中无人了。"钱川被气得团团转。

"你小点声，这莹莹刚睡着，你让不让妈省点心了，莹莹也可能是因为你岳父要娶后老伴儿上了火。"

冯芸的这个观点确实是说中了事情的本质。

"那我给我岳父打个电话，至少让他知道莹莹的态度……"

钱川还未说完，郭晓莹从卧室走了出来。客厅里的钱川以及他的父母都目瞪口呆。

冯芸赶紧走上前去，说道："我让你们小点声，尤其钱川你就是不注意，到底把莹莹弄醒了。"

"妈，不是你们弄醒的，钱川，你看。"郭晓莹把手中的手机递给了钱川。

钱川打开一看，是郭有庭发给郭晓莹的，上面写着："听涵东说了，你默许我跟你三姨的事情，谢谢。"

钱川看完短信，憋了半天没说出话来。后来实在忍不住了，说道："什么叫默许？你哭的时候，说不出话来了，那叫默许？你应该告诉你爸关于你的态度，你不应该什么都自己憋着，你爸这叫强词夺理。"

"钱川，你住嘴，哪有你这么说你岳父的。你让莹莹说句话行不？"钱川的父亲说道。

一家三口人都看着郭晓莹。

郭晓莹长舒了一口气说道："我现在只希望我女儿平平安安地回到家，其他的事情都不重要了，我爸的短信已经表明了他的态度，我没有必要再纠结了，面对现实也好，承认现实也罢，我想和钱川过一种平静的生活，至于我爸和我三姨在一起以后，能不能幸福，尤其是涵东这么一个不听话的主儿在里面搅和着，我爸应该已经做好了准备。涵东说他要住我那个屋子，我也不管了，更是管不了，我爸高兴就行了。"

第四十五章　天高云淡

小悦悦在监护室待了五天之后，健健康康地回到了家，全家人几乎都将目光放在了孩子的身上。郭晓莹奶水彻底回去了，只能用奶粉喂养。郭晓莹和婆婆主要围着孩子，钱川的父亲也留了下来，一同照顾郭晓莹和小悦悦。

时间过得飞快，真的如流水一般，快速的脚步简直让人捉不住它的影子。

转眼间，花落花开。

那个还曾在郭晓莹怀里的小悦悦已经牙牙学语了，蹒跚的脚步开始学着挪动了，那缓慢摇摆的样子，甚至有时候还会跌上一跤，总是给家人带来无限的欢乐。

"以前我与莹莹刚结婚的时候，觉得二人世界很好，你们一天到晚催我们早点生个孩子，我们都觉得你们的想法好怪异。到了现在才知道，再早点生就更好了，这孩子给家里带来了无限的乐趣。"

钱川看着女儿一天天长大，心里很是高兴。

"这人啊，到了什么年龄就应该做什么相应的事情，该结婚的时候就应该结婚，该生孩子的时候，就应该生孩子，这不仅是老祖宗留下来的传统，更是人自身的生存规律。"冯芸一边喂着小悦悦一边说道。

第四十五章 天高云淡

"妈,你这说话的水平现在都提高了啊,不像农村老太太了。"钱川笑着说道。

冯芸瞪了钱川一眼,说道:"别老农村农村的,你别忘了你就是农村出来的。我这些话都是听育儿讲座的时候,人家老师说的,都是知识丰富的专家,那说起话来非常有水平。"

钱川一边逗着女儿一边说道:"我没说农村不好,你多想了,我是夸你水平提高了。"

"这出来时间长了,我还真是想老家了,这一转眼都一年半的时间没有回老家了。时间过得真快,这你爸都来省城一年了,老家的山山水水,那才是好呢。要不是我的宝贝孙女,我才不圈在这里呢。"

钱川的母亲说的是实话,钱川与郭晓莹居住的小区里,很多来自外地的爷爷奶奶、姥姥姥爷都是这种心态,他们在一起哄孩子的时候,操着各地不同的口音,但都有一个共同的想法,真就是为了孩子,故土难离,他们的心里还是自己的家乡好。

"这悦悦一天天大了,你一手带大的,你忍心回去?"钱川问道。

悦悦扶着沙发走来走去,钱川母亲紧跟着,等悦悦嘴里的食物快吃完的时候,就赶忙再喂上一口。她看了一眼钱川说道:"我现在肯定舍不得,等悦悦上了小学吧,或者上了幼儿园大班之后,至少能够简单自立了,我就回去。等你们到了我和你爸这年龄,你们就知道了,这人啊,是越老越想家。"

郭晓莹拿着纸巾给悦悦擦了一下嘴,说道:"妈,你们老待在一个地方有什么意思啊!"

"老家那是我们的根,不过有了我孙女,我哪儿也不去。"钱川的父亲端着自己刚刚新榨的果汁走到了悦悦跟前。小悦悦像是知道什么似的,一把搂住爷爷的脖子,这把钱川父亲高兴的,不知道怎么办才好了。

"爸、妈,别老想着回老家,还是城里的生活条件好,你们要是馋海鲜了,你们就在市场里买,别不舍得花钱。"郭晓莹说道。

"这里的海鲜都不是家里的味道,家里的海鲜才新鲜着呢。"钱川的父亲用脸上的胡茬故意扎了扎小悦悦的手背。

小悦悦虽然小，但也知道这是爷爷在故意欺负自己，举起那稚嫩的小巴掌朝爷爷的胡茬打去。

郭晓莹见状，赶紧去扒拉小悦悦的手，说道："哎，你这孩子怎么能打爷爷呢？羞不羞？"

"没事，小孩子，来，乖宝宝，再打这边一下。"钱川的父亲不以为然，孙女的小巴掌落在脸颊上，他自己甜在心里。

"爸，可不能这样惯着孩子，长大了以后，你再想管就来不及了。"郭晓莹说道。

"是啊，这样是大一点就不好归拢了。"钱川看着女儿调皮的样子，笑着说道。

"这是因为我欺负她了，我心里有数。钱川你小的时候，像悦悦这么大的时候，你也打我，两岁以后，我就管你了，你后来不是挺听话的吗？没事。"

爷爷亲孙女，真是隔辈亲，真是孙女怎么高兴，钱川的父亲就怎么哄着来。

"这家伙，一个人吃口饭，爷爷、奶奶、妈妈都一起跟着。"钱川笑着说道。

"这可是咱家的宝贝。"钱川的父亲又上前亲了孙女小脸蛋一口。

"别老亲孩子，人家专家都说了，亲孩子的脸容易导致很多问题，孩子会因此经常流口水的，甚至造成面瘫。亲孩子的嘴就更不行了，小孩子抵抗力差，很多疾病都是这么传播的。"钱川的母亲责备着说道。

"钱川小时候，我也是这么亲大的。"钱川的父亲不屑一顾地说道。

"那是以前，现在可不行，以后你们回家抱孩子之前，都把手洗干净了，最好把脸都洗干净了。"钱川的母亲一边说着，一边将孩子脸上的食物轻轻地拿掉。

郭晓莹与钱川都笑了起来，尤其是郭晓莹，她觉得婆婆能做到这点，她已经很是欣慰了。

第四十五章 天高云淡

"我妈这方面监督还是很严格的。"郭晓莹说道。

"我在园区里哄孩子的时候，经常会听见有些爷爷奶奶、姥姥姥爷在带孩子的时候，总喜欢用他们曾经带自己孩子的办法，什么睡脑袋，给孩子绑腿，其实专家都说了，那是错误的方法。"

钱川母亲的话音刚落，郭晓莹就忍不住想笑。她在单位经常听到女同事们议论自己的婆婆，很多老人带孩子真的都是喜欢用老方法，虽然婆婆有些时候也坚持着自己带钱川时的做法，但毕竟是少数，今天不知道婆婆是怎么了，她还说起别人来了。

"我大孙女再有几天就过生日了，按照老家的风俗习惯是要抓周的。"钱川的父亲隔着悦悦的衣服，朝着悦悦的后背亲了一口。

"要不回老家办啊？老家热闹。"钱川的母亲说道。

"别回去了，太折腾孩子了，这么远的路程，悦悦太小，不是太方便。"郭晓莹心疼孩子，说道。

"在家弄一弄吧，不就是笔墨纸砚、算盘这些东西吗？"钱川说道。

"行，不折腾我大孙女了，这几天我们好好准备准备，你俩不是有录像机吗？咱们自己在家给悦悦好好录一录。"钱川的父亲说道。

"那抓周还订生日蛋糕不？"钱川问道。

"订，订，怎么不订呢？老传统和新习惯，咱们都给我们悦悦弄。"钱川的母亲用食指轻轻弹了一下悦悦的嘴巴，说道。

小悦悦看见奶奶在逗着自己，笑了起来，露出了刚刚长出的几颗牙。

悦悦一周岁生日那天，家里被郭晓莹用气球布置得十分漂亮，餐桌上早早地就被钱川的父亲布置满了。书、笔、石头、算盘、印台、馒头、水果，当然还有一沓人民币。搞笑的是按照钱川老家的"抓周"内容，是必须放一个秤砣的，这可苦了钱川的父亲，找了好多地方，都没找到。思来想去，他花五块钱买了一只塑料便携秤，作为秤砣的替代品。

"我从小到大，还真没见过这种仪式的。"郭晓莹感觉到很稀奇。

"这城里没这些习惯了，在我们老家，这馒头上都是镶嵌彩面捏成的鱼啊，龙啊，凤啊什么的，非常好看。"钱川的母亲说道。

郭晓莹抱着悦悦，悦悦已经急不可耐地要扑向桌子了。钱川一边调试着摄像机器，一边笑着说道："看看我女儿能先抓到什么吧。"

"这到底有什么寓意啊？"郭晓莹问道。

"这抓周啊，在老家都是由德高望重的老人主持的。这要是先抓到了笔或者书本，就意味着孩子长大以后能够写得一手好字，读书好。主持的老者就会喊道：文章锦绣，必然三元及第。要是先抓到了印台，就意味着孩子长大以后能够当官。主持的老者就会喊道：承天恩祖德，必然官运亨通。要是先抓到了算盘，就意味着孩子长大后，有商业头脑。主持的老者就会喊道：聪明伶俐，必成陶朱事业。"

钱川学着自己以前在老家时见到过的样子说道，逗得郭晓莹哈哈直笑。

钱川的父亲一边摆放着东西，一边说道："还别说，钱川学得挺像，钱川小时候就先抓的笔，然后拿的书。"

"是不？怪不得我愿意舞文弄墨呢。"钱川笑着说道。

"你爸就迷信吧。"郭晓莹亲了悦悦一口，说道。

"钱川抓周的时候，悦悦爷爷当时把别的放得很远，你眼前的只有印章和笔，还有一本《三国演义》，钱川当时是够不着。"钱川的母亲道出了实情。

钱川的父亲瞥了钱川母亲一眼，说道："你可拉倒吧，我怎么记不起来了呢。"

"这个我相信，我们老家都希望孩子抓得好，往往把笔啊，钱啊，书啊，这些东西放在孩子的前面。而馒头啊，石头啊什么的都放得远远的。"钱川望着父亲说道。

郭晓莹觉得很有意思，问道："那抓到馒头和石头，老者说什么啊？"

"这个我可记得不是太清楚了，好像抓到馒头就说口福不浅，衣食无忧之类的话。要是抓到了石头，就好像意味着这孩子长得健壮吧，其实私下都会认为这孩子将来以后能打架，具体怎么说，我实在是一丁点都想不起来了，咱们悦悦肯定不能抓石头，一个女孩子不能喜欢这个。"钱川说完，朝郭晓莹挤眉弄眼了一下。

"咱们今天别干扰悦悦，咱们就当玩了，让她自己抓，抓到什么算什么。"钱川的母亲说道。

"钱川，你给你岳父打个电话，看看他还有多长时间能到。"钱川的父亲说道。

"你抱着女儿，我来打吧。"郭晓莹将孩子递给了钱川，走进屋去，给父亲打了电话。

一会儿的工夫，郭晓莹走了出来，脸上的表情不是特别的高兴。

"我三姨今天早上病了，她姥爷今天上午过不来了，看看情况，可能晚上才能过来。"

钱川的母亲一听，以为尹玉霞生了什么大病，赶忙问道："你三姨怎么啦？没什么事吧？"

钱川和钱川的父亲都愣在那里，只有悦悦在钱川的怀里咿咿呀呀的。

"没什么事，可能是感冒了，有些头疼。朵朵今天上学没人接送。"

"那涵东呢？"钱川认为尹玉霞一个感冒，没必要弄得悦悦的姥爷都不能过来。

"我问了，说了是只能早上送，他今天下午两点上班，没办法接孩子。"

郭晓莹虽然没多说什么，但内心不是太好受。今天她与钱川都请假在家为悦悦庆祝一周岁生日，父亲郭有庭的表现确实让自己有些失落。

"咱们过咱们的，来让悦悦抓周吧，我录像，莹莹你抱着孩子坐在中间的位置。"钱川说道，将孩子又递给了郭晓莹。

"悦悦，我们抓周啦。"郭晓莹故意晃了晃手中的悦悦。

钱川调整了一下录像机的角度，好像突然想到了什么，说道："那悦悦一会儿抓到东西，我还喊不？"

"喊啊，你刚才喊得跟咱们老家的挺像。"钱川的母亲说道。

钱川挠挠头说道："到时候你们可别笑啊，我可真喊了啊。"

"笑你干什么，真是的。"郭晓莹抱着悦悦坐了下来。

悦悦其实早就虎视眈眈这一桌子稀奇古怪的东西了，蠢蠢欲动，刚一坐下，就奔着石头抓去了。

当时钱川就蒙了，这完全出乎他的意料，怎么喊呢？郭晓莹还催促着他快点说，钱川随口说了一句："十全十美，悦悦十全十美。"

一家人都乐了。

孩子过生日了，自然是好菜好食。

吃饭的时候，钱川的母亲建议说道："今天天气也挺好的，你们两个也都请假了，带孩子出去走走吧，这育儿专家都说了，要多带孩子去陌生的环境，这样会锻炼孩子的适应能力。悦悦这都会走了，该出去转转了。"

"再大一大吧，这奶瓶、尿不湿的，还不把你和莹莹累个好歹的。"钱川说道。

"钱川啊，要不你就买台车吧，我和你爸这里还有五万块钱，你们自己再凑点，这悦悦一天天大了，我们去哪儿都方便不是？"钱川的母亲，看着悦悦说道。

钱川在工作上如鱼得水，因为踏实肯干，已经被提拔为区域经理了，工资待遇也有了提高。其实前一段时间，他与郭晓莹也在琢磨着买辆车，但一想还有许多房贷没还呢，就打消了这个想法。如今，母亲又提了起来，两个人又有些蠢蠢欲动了。

钱川的父亲好像看出了钱川与郭晓莹的心思，说道："现在消费观念改变了，心里别有太多的压力，买一台就买一台吧。"

"这五万块钱就算是我们给悦悦的生日礼物。"钱川的母亲说道。

第四十六章　荆棘塞途

　　尹玉霞每天习惯了接送朵朵上学放学的事情。在她的内心里，自己虽然是郭晓莹的三姨，也是她的后妈，理应在某种程度上对郭晓莹要有所照顾，但是朵朵确实离不开自己，对郭晓莹和悦悦也是照顾不上。慢慢地，在她的内心和郭晓莹的内心里，彼此都变得生疏了起来。

　　吴涵东不知不觉地和邢小军在这家洗浴中心干了将近一年了，这让尹玉霞觉得自己的儿子终于走上正轨了，这是他坚持得最长的一份工作。

　　可好景不长，尹玉霞觉得吴涵东连续一个月以来，回家的次数越来越少了，而且连续两个月没给自己交上一分钱了，这让她的内心开始感觉到不安起来。

　　"你改天去涵东的洗浴中心一趟啊？"尹玉霞吃晚饭的时候，跟郭有庭说道。

　　"去他那儿干什么，洗个澡挺老贵的。"郭有庭一边吃饭，一边说道。

　　尹玉霞往朵朵的碗里夹了一块瘦肉，说道："他快一个星期没回来了。"

　　"我不吃，太咸。"朵朵把肉吐了出来。

　　"怎么咸了？"尹玉霞赶忙又在盘子里夹起一块肉，尝了一口。刚放进嘴里，她也给吐了出来。

"你下次做菜少放点盐，太咸了，说过多少次了。这孩子长身体呢，盐多了，会引起很多毛病的。"尹玉霞埋怨道。

郭有庭没有说什么，站起身来，拿起那盘蒜薹炒肉走进了厨房，加了一些水，过了一下，又重新热了起来。

尹玉霞继续照顾着朵朵，没动地方。

一会儿的工夫，郭有庭将菜热好后端上了桌子。

"这下看看怎么样？"郭有庭说道。

"朵朵你别吃了，这样不营养了，你吃炒鸡蛋吧。"朵朵刚要伸筷子，尹玉霞说道。

郭有庭自己夹了一口蒜薹放进嘴里，觉得味道还是不错的，说道："真的不咸了，味道挺好，我放了点味精，和新炒的一样。"

郭有庭的话音刚落，尹玉霞啪的一声将筷子扔在了桌子上。

"我不是说过吗，做菜的时候不要放味精了，你让朵朵怎么吃？这样对孩子不好。"

"二姨爷笨。"朵朵一边吃饭，一边不经意说了这么一句话。

郭有庭内心里有些生气，但尹玉霞以前确实说过做菜时不要放味精的话，也就没说什么。

"这炒鸡蛋里面放了吗？"尹玉霞问道。

郭有庭点点头。

"行了，朵朵你别吃了，奶奶给你重新做。"尹玉霞从朵朵的手中拿过筷子，起身去了厨房。

郭有庭自己吃着，朵朵看了看他，回头跟尹玉霞说道："奶奶，我饿。"

"一会儿就好了，不然吃味精的话，就吃傻了。"尹玉霞在厨房里一边搅拌着鸡蛋，一边没有好气地说道。

"我吃了好几十年味精，我也没傻，这以前不是家家都吃味精吗？你带孩子出去吃饭，哪个饭店厨师不放味精？那你以后别去饭店吃饭了。"郭有庭有些生气，大声说道。吓得朵朵从凳子上跳了下来，直接跑进了厨房。

尹玉霞也没好气地说道："那是以前，现在是现在。"

这时候，郭有庭的手机响了起来，郭有庭一看来电显示是赵吉利的电话。

"喂，老赵。"

电话的那一端还夹杂着老赵与别人说笑的声音。

"喂，再不说话我挂了啊。"郭有庭略显生气地说道。

"哟，这么大的火气，你吃饭没？浴池附近的市政下水堵了，今天晚上提前下班了，陪我喝点啊？"赵吉利说道。

郭有庭因为刚才的事情，心情挺郁闷的，觉得喝点也行，但他没直说："堵了赶紧修啊，怎么还有空喝酒啊？"

"不是我们浴池堵了，市政主管道堵了，市政正抢修呢，工人们说，最快也得凌晨一两点钟能修完。出来喝点？我请。"

"你买几瓶啤酒到我家来吧，我今晚做的炒鸡蛋和蒜薹炒肉，新焖的红豆饭。"

"拉倒吧，我一年多没上去了，我还能找到你家门吗？出来吃点得了。"自从尹玉霞搬到郭有庭这里来以后，赵吉利再也没到过郭有庭的家里。他总觉得有些尴尬，毕竟之前郭有庭在中间撮合过自己与尹玉霞。

郭有庭听出了赵吉利的话外音，说道："别想那么多，我这冰箱里还有点雄蚕蛾，你过来吧，我给炸了做下酒菜。"

"那可是好东西，你给我留几个生的，我好泡白酒。我一会儿就上去，等我。"赵吉利挂了电话，买了一小箱听装的啤酒急忙去了郭有庭的家。

"你不是找不到我家门吗？这么快就来了。"郭有庭为赵吉利打开房门的瞬间，说道。

"开玩笑，开玩笑。"赵吉利进屋的时候，尹玉霞正与朵朵一起吃饭呢，他与尹玉霞眼神不小心对视了一下，赵吉利点点头，微笑了一下，没有说别的。

"怎么买这么多啤酒？"郭有庭将赵吉利买来的啤酒放在了餐桌旁。

"你不能喝酒，我买的易拉罐装的，这样好把握酒量。"赵吉利说道。

"来，你手艺好，我这做饭的手艺差，你去厨房把这些雄蚕蛾炸了吧。"郭有庭指了指他刚从冰箱拿出来的雄蚕蛾说道。

赵吉利摸了摸装着雄蚕蛾的塑料袋说道："你冷冻的啊？这东西就得这样放，不用化冻，直接炸，因为它这玩意儿没有水分，一个是一个的，我留出几个泡酒吧。"

"泡酒需要活的雄蚕蛾，我都给你泡上了。"郭有庭指了指冰箱上面的酒坛子。

赵吉利笑了，说道："还是郭哥贴心。"

雄蚕蛾在油锅里砰砰直响，屋子里立刻有了扑鼻的香气。

"奶奶，我也想吃。"朵朵说道。

尹玉霞摸了摸朵朵的头说道："这东西小孩子不能吃啊，这东西和蜂蜜一样，小女孩没长大之前是不能吃的，不然发育早了就不好了，朵朵听话。"

"那上面有味精，小孩子不能吃。"郭有庭看了一眼朵朵，说道。

"这不用放味精，直接撒点盐就好了。"赵吉利不知道前因后果，一边在厨房忙着，一边插了一句嘴。

"你以后在孩子面前不要说谎，这样的话，孩子都被你带坏了。"尹玉霞抱起朵朵进了卧室。

郭有庭在赵吉利面前很是难堪，但也没说什么，与赵吉利喝起酒来。

"郭哥，这雄蚕蛾金贵着呢，你在哪儿弄到的？"赵吉利特别喜欢吃油炸昆虫之类的东西，何况是这个雄蚕蛾。

"我爸给的，别人送给我爸的，好像是他的一个老战友，这人岁数大了，什么也不想吃，就告诉我去取了回来。"郭有庭回答说。

赵吉利竖起了大拇指，说道："这老爷子就是心疼你。"

"去你的，心疼我什么？"郭有庭知道赵吉利这是话里有话，毕竟雄蚕蛾大家都认为是大补的东西。

"哈哈，不说这些了。我徒弟涵东在浴池搓澡搓得怎么样啊？这么长时间了，也没个信。"赵吉利举起酒杯与郭有庭碰了一下。

郭有庭正气不打一处来呢，说道："管他呢，这好长时间没回来了，也不知道他在干什么，刚才他妈还让我抽空去他工作的浴池看一看呢。"

"我岁数大了，不然的话，就凭着我这手艺我也去那种地方上班，赚得真多啊。"

"你要是走了，老陈的浴池不得关门啊？对了，老陈干什么呢，要不把他叫上来？"

"得了，我刚才说了，他不来，说是他得看着，害怕这市政施工的车辆碰到他新装修的门脸。"

"哈哈，这老陈，不愧是属狗的，看好门啊。"郭有庭终于露出了笑容。

"所以啊，我要是不干了，他也能给我撑回来。"赵吉利笑着说道。

"对了，林戈民最近回来过没？没听你说过啊？"郭有庭说道。

赵吉利正品味着炸雄蚕蛾的美味呢，他瞥了一眼郭有庭，故意说道："自从大哥有了大嫂，就很少到弟弟那里了。"

"去一边去，我还能老洗澡啊？"郭有庭举起了酒杯，说道。

赵吉利与他碰了一下杯，笑了起来，一饮而尽。说道："三个星期之前来过，说是他经常梦见林戈蒋，他想去我们下乡的地方，把林戈蒋的坟墓迁移出来。"

"为什么？"郭有庭很吃惊地问道。

"他说不想让他大哥一个人在那里孤孤单单的，他想给他大哥改变一下环境。"赵吉利把林戈民的原话说了一遍。

"吃饱了撑的，你怎么看这件事情？你当时投赞成票了？"郭有庭问道。

赵吉利连忙摇摇头，说道："我当时没说什么，我说我还记得埋葬林戈蒋的地方，要是迁坟的话，我能帮上忙。"

"这人啊，都将奔向那个最终的地点，但还都这么投入地生活着。"郭有庭也摇摇头，自己将酒杯满上。

赵吉利笑了，说道："你这是哲理啊，看透人生了。"

"我可没你那两下子，那么大牌的医学教授，都驱车一个小时找你搓澡，不光图的是搓澡，更是你的心理辅导。"郭有庭一本正经地说道。

"郭哥，你可别埋汰我了，不过听林戈民说，他要竞聘副院长了，希望还挺大的。"

"那他从水电医院跳到医大附属医院的这步棋是走对了，佩服。"郭有庭举起了大拇指说道。

"那是，水平在那儿放着呢，现在是医大附属医院的专家门诊了，你知道挂号费多钱了不？"赵吉利伸长了脖子，瞪大了眼睛说道。

"多钱？普通医生三元，副主任的号是五元，主任的号是七元。"郭有庭夹了一口蒜薹，使劲地嚼着，他还在为尹玉霞说自己的事情感到不爽。

赵吉利摇摇头，伸出两个指头，说道："不对，再猜。"

"你喝多了啊？你都告诉我了，还让我猜？二十。"郭有庭又打开了一听啤酒。

赵吉利闭上眼睛，一边摇着头，一边摆摆手。

"难道是二百元一个号？"郭有庭吃惊地问道。

这时候，赵吉利才睁开眼睛，微微点点头，说道："那叫特需专家号。"

"厉害，厉害。"郭有庭与赵吉利都举起了酒杯，互相碰了一下，一饮而尽。

"林戈民说了，当年自己姥爷家的药房因为历史原因不复存在了，他母亲陶柔蘴临终的时候还念念不忘自家的药房，他想找机会重新恢复'天妙堂'药房。"赵吉利说道。

"可'天妙堂'原本是中医啊？"郭有庭有些疑问。

赵吉利点了点头，说道："人家想得比咱们周全，这事情我可没插言，咱们就是门外汉，不过林戈民这小子真是孝顺，不佩服是不行。"

"是啊，包括他对你那么好，不仅仅是你搓澡技术到了一定程度的原因，更主要的是你长年照顾着他的母亲，人家是知恩图报。"郭有庭也算是一语中的地说道。

"郭哥，你这才说对了，这个我知道。但我在街坊邻居里的名声可是出去了，你可别跟别人说这些。"赵吉利手里端着啤酒说道。

"哈哈，你也聪明了一回。"郭有庭笑着说道。

两个人天南海北地调侃着，大约喝了一个小时的光景。

"这都十点了，朵朵明天还上学呢，你俩喝点得了，改天再喝吧。"尹玉霞从卧室里探出来脑袋说道。

赵吉利将刚刚举起的酒杯轻轻地放下，看了郭有庭一眼，只见郭有庭满脸通红，眼睛一眨一眨的，仿佛要说些什么，又没张开嘴。

赵吉利站起身来，小声说道："我走了，下次再喝吧。"

郭有庭十分不好意思的样子，回头朝卧室的方向看了一眼，欲言又止。

赵吉利走后，郭有庭坐在那里，自己待了好半天。

过了两三天，吴涵东还是没有音信，尹玉霞又催着郭有庭去吴涵东工作的浴池去看一看。

"你不会打个电话问问啊？或者让他回来一趟不就完事了吗？"郭有庭还为前几天的事情生气呢。

"他在电话里的话那能相信吗？他在路边坐着呢，都能说成在美国白宫开会呢。而且刚才我打了，他关机。"尹玉霞是十分了解自己的儿子。

郭有庭觉得尹玉霞说得也有道理，说道："我去了，看见他了，你要我传达什么？"

"一是你看看他在不在认真工作，另外你问问他为什么不回家，为什么这两个月没向家里交钱。"尹玉霞说道。

"除了第一项，别的我是问不出来，就是他说了，你觉得他会说实话吗？"郭有庭反驳着说道。

尹玉霞被郭有庭说得一声不吱，顿时泪水就在眼圈里打着转转。

郭有庭一看这架势，立刻起身，说道："我现在就去，你可别拿出这一出，我受不了。"

郭有庭刚走出楼道口，就看见赵吉利慌慌张张地向自己的方向跑来，还不时地往后看着。

"哎，老赵，你跑什么？被狗撵啦？"郭有庭喊道。

"郭哥，正要找你呢，什么被狗撵啦，刚才看见个人影挺像你的。"赵吉利跑得满头大汗。

"大白天说鬼话，我在这儿呢。"郭有庭笑着说道。

赵吉利用手擦了一下额头的汗水，说道："不闹了，林戈民的电话打不通了。"

"那不正常吗？吴涵东上班的时候还要求关机呢，也许林戈民正出诊或者手术呢。"郭有庭劝说道。

"哎呀，不是啊，我们两个约好的，他昨天就开始休年假了。原定今天我陪他去趟我们下乡的地方，去看看林戈蒋现在的墓地。可我这左等不来，右等不来，一打电话，还关机了。"赵吉利有些着急。

"手机没电了呗，你老老实实在浴池等着吧，他就知道你的浴池在哪儿，你家的地方，他也不知道。"郭有庭拍了拍赵吉利的肩膀。

赵吉利点点头，但心里总觉得有什么事情发生似的。

"不会出什么事情吧？比如路上……"

"你快打住，怎么跟尹玉霞似的，一天到晚胡思乱想的。"还没等赵吉利说完，郭有庭打断了赵吉利的话。

"那你现在干什么去啊？"赵吉利问道。

"去找涵东，你也赶快回浴池吧，咱俩电话保持畅通。"郭有庭没把赵吉利说的往心里去。

赵吉利被郭有庭说了一通，心里反倒是好了一些，悻悻地回到了浴池。

郭有庭来到了吴涵东工作的地方，那里的装修的确是富丽堂皇。远远看去，像泰国的皇宫一样，金碧辉煌。而且墙面上的雕像也简直巧夺天工，不仅造型独特，而且色彩也是十分讲究。

郭有庭先是问了一下门口的门童："小伙子，打听一个事儿，吴涵东在不？"

在郭有庭没有走到门童眼前的时候，门童站在门口目不斜视，刚开始郭有庭还以为是蜡像一样的雕塑呢，走到跟前的时候，才发现是两个大活人。

门童很是有礼貌地鞠了一躬，说道："对不起先生，我们豪泰洗浴会馆有规定不对外提供员工与客人的联系方式，请您自己拨打电话或者通过其他方式解决。"

郭有庭没有办法，只好走了进去。这才上午十点，洗浴的人很少，可大厅的服务员个个精神饱满，齐声喊道："欢迎光临豪泰会馆，男宾一位。"

紧接着一位女服务员一直将郭有庭领到了男宾洗浴的入口处，里面有人同样做了引导。郭有庭活了六十多岁，也算是知识分子，见过世面的，但这个阵势还是头一次见到。

进了洗浴区，郭有庭简单冲洗了一下，因为心里有心事，就直接奔向了搓澡区。

"贵宾，您好，需要搓澡服务吗？"一位搓澡人员很有礼貌地跟郭有庭打着招呼。

"我不搓澡，我问个事情，吴涵东在吗？"郭有庭问道。

"对不起先生，我们豪泰洗浴会馆有规定不对外提供员工与客人的联系方式，请您自己拨打电话或者通过其他方式解决。"这位搓澡人员也是说出了跟门童同样的话语。

"你们这是统一说辞吧？是这样啊，我是吴涵东的二姨父，他今天手机关机了，我联系不上，你能不能帮帮忙。"郭有庭恳求说道。

这位搓澡人员立刻鞠了一躬，说道："对不起先生，我们豪泰洗浴会馆有规定，我个人不能证明你是吴涵东的二姨父，暂不能对外提供他的联系方式，其实这样也有利于保护大家的隐私，感谢您的理解。"

虽然对方很有礼貌，但郭有庭真是气不打一处来，本来就不愿意过来找吴涵东，但没有办法，尹玉霞哭哭啼啼的让自己也受不了。到了这里，还是这么一个结果。

"我找吴涵东给我搓澡总可以了吧？"郭有庭说道。

"对不起先生，吴涵东今天串休。"

对方此话一出，郭有庭没被气个半死，指着这位搓澡人员说道："跟你说话怎么那么费劲呢？你早点告诉我他今天休息，不就完事了吗？你还跟我整这么一出，洗个澡有什么隐私，怕暴露隐私，在家洗澡得了。"

郭有庭的喊声立刻引来了几名工作人员。

"二姨父？"

郭有庭循声望去，说话的小伙子有些面熟，在哪儿见过似的。

那位小伙子可能看出来郭有庭没认出自己，赶忙解释说："二姨父，我是邢小军，吴涵东的朋友，前一段时间，去过你家，还吃过你的烤地瓜呢。"

郭有庭这才想起来，眼前的是邢小军。

"小军啊，我这老了，眼神不太好，涵东呢？"

邢小军说道："他今天串休，他昨天说他今天要和女朋友去商场买貂皮大衣的。"

"买貂皮大衣？这才几月份？冬天早着呢，买什么貂皮大衣？买完去哪儿穿啊？"郭有庭问道。

"二姨父，现在买貂皮大衣便宜，反季特卖。"邢小军笑着说道。

"那我知道了，等你见了他，你转告他一下，就说我来找过他，他妈妈让他回家一趟，有事找他。"郭有庭说完就转身要走。

"放心吧，二姨父。贵宾慢走，谢谢光临。"邢小军说到贵宾慢走的时候，立刻提高了声音喊道。

郭有庭一边走着一边回头说道："净整些没用的，和我还喊这些。"

"单位的规定。"邢小军小声说道。

"对了，你刚才说什么来着？"郭有庭觉得有件事情不对劲，又走了回来。

"我说什么了?"邢小军也吃了一惊。

"你说吴涵东给对象买貂去了?他对象还是我对象?"郭有庭问道。

"你对象?二姨父,你对象是谁?"郭有庭刚才这么一问,邢小军有点迷糊了。

"我对象是谁?涵东他妈。"郭有庭瞪了邢小军一眼。

"哎哟,我这脑袋。对不起、对不起,二姨父,涵东给他自己对象买去了,不是给他妈买。"邢小军使劲拍了拍自己的脑袋。

"哼,我猜他妈也没那个命。"郭有庭发了一句牢骚,转身走了。

第四十七章　摧心剖肝

"那你没问问涵东处的那个对象是做什么的，怎么认识的，是对象吗，还是普通朋友？"郭有庭回到家后，尹玉霞问个不停。

郭有庭多少有些不耐烦，说道："你能不能让我喘口气、喝口水啊？再说了，你儿子处对象的方法，你还不知道啊？先装大款给人家砸晕，买貂皮大衣，那东西是他消费的东西吗？"

"小军不是说了，是反季特卖吗？"尹玉霞说道。

"反季特卖？那都是商场的噱头，就是反季特卖，那也不是背心裤衩的价格啊？房无一间，地无一垄的，还穿貂皮大衣，怎么想的？"郭有庭确实有些生气，朵朵上学的费用都是自己承担的，他可倒好，像这个孩子不是他亲生的似的。

"怎么房无一间，地无一垄的？"尹玉霞有些不高兴。

"那你说说他的资本在哪儿？能不能不这么啃老？能不能管管小的？"郭有庭说道。

尹玉霞一下子从沙发上跳了起来，说道："不就是在这儿住了吗？阻碍着你什么事情了吗？抛开我们两个现在搭伙过日子，他不是还叫你一声二姨父吗？"

"他在这里住，莹莹都不回来了，你不知道吗？莹莹能回来吗？她住在哪儿？你不觉得我和莹莹之间都生分了吗？"郭有庭之前从来没说过这些，但今天有些忍不住了。

"省城与东洲有多远？一个小时就回来了，她不回来，那是她不孝顺，少往我们家涵东身上赖。"尹玉霞也没有示弱。

"我赖什么了？"郭有庭被气得脸红脖子粗。

"那钱川都买车了，回来一趟，晚上就回去住呗，能有什么？你要是后悔，我们就搬出去。"尹玉霞越说声音越大。

"你们搬哪儿去？睡马路啊？"郭有庭也没惯着尹玉霞毛病，大吼起来。

这句话说到了尹玉霞内心的痛处，她的泪水立刻涌了出来。

尹玉霞的泪水不仅仅是对儿子吴涵东的失望，更是对自己的悔恨。多少年来，对儿子从小到大，全是溺爱式的家教，儿子吴涵东自私自利的性格都是自己一手造成的。

其实郭有庭与尹玉霞在以前各自的家庭里，都是有着自己的孩子，不得不承认，血浓于水，在处理问题上，每个人都会不自觉地倾向于自己的孩子。这种半路夫妻很多时候的矛盾不是来自于自己，而是来自于双方各自的子女。

尹玉霞有一种心肝都被剖开的感觉，怪不得人家郭有庭责备自己，自己的孩子确实是太差劲了，吴涵东为了取悦别人，不顾自己的母亲和孩子，这已经不是一次两次了。本以为他去洗浴会馆上班，会知道工作的辛苦，可到头来，还是重蹈覆辙。

郭有庭的内心里也是极其不平衡，现在的尹玉霞和以前完全像换了一个人似的。想和自己吵两句，就和自己吵两句，没有一丝的疼人之处，就连以往小姨子对姐夫的那种尊重都没有了。

"咚咚"，门外响起了敲门声。

"老郭，是我，赵吉利。"赵吉利在门外喊道。

郭有庭看了尹玉霞一眼，起身给赵吉利开门去了，尹玉霞赶紧回到了卧室，狠狠地关上了房门。

"老赵，怎么啦？"郭有庭问道。

"林戈民的电话还是打不通啊?"赵吉利很是着急地说道。

"不应该啊。这种高智商的人,按理说不会做出没有头绪的事情来,说好了和你一起去乡下,真要是有了什么特殊事情,他应该会提前告诉你一声的。"郭有庭也感觉到奇怪。

"现在都下午四点多了,我一直打电话来着,还是关机,我都上火了。"赵吉利嗓子有些嘶哑。

"别上火了,你上火也没有用。"郭有庭劝说道。

赵吉利欲言又止,但还是没忍住,说道:"我合计让你家晓莹或者女婿帮我去他们医院看一下,是林戈民临时增加了手术还是怎么回事,我这心啊,总是放心不下,总像有什么事情似的。"

郭有庭觉得也是,于是掏出手机,说道:"那我现在就给莹莹打电话,让她去看一看。"

可惜,电话连续响了好长时间,都没人接电话。

"那我再给钱川打个电话。"郭有庭又拨通了钱川的电话。

"喂,爸。"电话接通了,赵吉利那张紧张的面孔终于放松了一些。

"钱川啊,有这么一件事情,你看看能不能帮一下忙。我刚才打莹莹电话没打通。"

赵吉利在旁边很紧张,还说着:"这忙必须帮,算我求大侄女婿了。"

"爸,你说,我在北京呢。我能做到的,尽量做到。"钱川说道。

"啊,你在北京啊,算了吧,你忙你的,我没事了。"

郭有庭挂断了电话。

"你再给莹莹拨打一个,试试看。"赵吉利说道。

这一次,莹莹的电话接通了。

"莹莹啊,给你妈做手术的林医生,我们联系不上了,不,是你赵叔联系不上了。"

"爸,需要我做些什么呢?"郭晓莹问道。

"你请个假,你去医大附属医院问问,看看林医生在医院没!你赵叔都快急疯了。"郭有庭说道。

郭晓莹看了看时间，说道："爸，现在都快下午四点半了，再有半个小时我就下班了，就是我现在出发，到了医大附属医院，人家也该下班了。省城的晚高峰，你们也知道的，堵得厉害。我下班就去，行吗？"

郭有庭看了看赵吉利，赵吉利点了点头。郭有庭说道："那你就下班去吧，我和你赵叔在家里等你信啊。"

"你说这是怎么了？以前戈民跟我约好几点搓澡，几乎一分钟都不差的，今天真是奇了怪了，竟然一天没有一点消息。"

赵吉利正愣神呢，尹玉霞从卧室开门出来，要去接孩子，由于卧室的门刚才关得太紧，开门的时候，声响很大，吓了赵吉利一跳。

赵吉利本想打招呼，可尹玉霞低着头，赵吉利隐隐约约也能看得出来尹玉霞的脸上肯定是刚才哭过的痕迹，也没再说些什么，自己在沙发上坐了起来。郭有庭也没解释什么。

等尹玉霞出门以后，赵吉利向郭有庭问道："咋了？吵架了？"

郭有庭点点头，一脸无奈地说道："你说说这涵东，他妈和他女儿要不是我，都快吃不上饭了，他可倒好，今天带着新处的女朋友去买貂皮大衣去了，你说败家不？那东西是他穿的吗？"

"行啊，既然你与玉霞过上了，就别说那么多了，买都买了，还说那些事情干吗。说多了，反倒是影响你们两个在一起过日子。"赵吉利劝说道。

郭晓莹下了班，急忙打上一辆出租车，奔向医大附属医院，正好遇到晚高峰，车辆一路走走停停，到了医大附属医院已经快到晚上六点了。郭晓莹知道门诊肯定下班了，于是一路打听，来到了住院部呼吸内科病房，她母亲住院的时候，她知道住院部都有各科室值班的医生。

"请问，医生的值班室在哪儿？"郭晓莹走到了护士站问道。

"你找谁？"一位护士正低头写着东西，头也没抬。

"林主任，林戈民。"

郭晓莹的话音刚落，那位护士猛地抬起头来，很紧张地问道："你是谁？"

"我是他家的亲属。"郭晓莹觉得护士的表情不是太对，于是说自己是林医生的亲属。

"按计划他是休假了，但是今天早上，我们开会了，现在不能讨论林主任的事情。"这位护士说道。

"什么事情？林主任怎么了？"郭晓莹追问道。

"我不知道，我要交班了，对不起。"小护士立刻起身，离开了护士站。

郭晓莹望着小护士急匆匆远去的背影，心里一顿合计，这是怎么了，这位护士怎么一脸谈虎色变的样子。

郭晓莹决定去医生值班室看一下。她找来找去，终于找到了医生的办公室，她刚要敲门，就听见里面有人在打电话。

"挺可惜的，这副院长的事情基本上就差对外公布了，没想到出了这么一个事情，但受贿涉案金额太大，院里的领导都没说，我们也不好问，这病房里好几个都是他的患者呢。这林主任也算是我们医院的权威了，影响挺不好的。"

郭晓莹听完，心里自然很是惊讶，她简直不相信自己的耳朵。她又将耳朵贴在门上，想继续得到一些具体的信息。

"对啊，这才从水电医院调过来几年啊，三年多的工夫，马上就当副院长了，昨天下班的时候，在医院被相关部门带走的，可惜啊可惜……"

郭晓莹这下心里就全明白了。

消息传到了郭有庭与赵吉利的耳朵里，赵吉利抱头痛哭，一边哭着，还一边说着："不能啊，一定是弄错了，一定是弄错了，戈民不是那样的人，马上要提升为副院长的人了，怎么会出现这种情况呢？"

"老赵，你先别激动，也许真是弄错了，你先平静一下情绪。"郭有庭也不知道怎样去安慰此时的赵吉利了。

赵吉利稍微平缓了一下情绪，双眼直勾勾地看着郭有庭，说道："也有可能是弄错了，他马上要当副院长了，肯定有眼红的，说不定是别人诬陷他的呢。"

第四十七章 摧心剖肝

在赵吉利的印象里,林戈民从不收患者红包,他从水电医院董世达医生与其他人的嘴里也都得到过证实,而且林戈民也三番五次地跟自己说过他面对患者家属的时候,内心里总是有一种特别同情患者的感觉。

赵吉利与郭有庭正你一句我一嘴商量着这件事情的时候,房门被打开了。郭有庭还以为是尹玉霞接完朵朵放学回来了呢,自己坐在沙发上,背对着门口,没有回身。

赵吉利正对着门口的方向,一看是吴涵东回来了,身后还有个女孩,浓妆艳抹的,他朝郭有庭使了个眼神,郭有庭回头一看,差点没气个半死。

吴涵东和那个女孩一人拎了一个皮草的袋子,里面鼓鼓囊囊的,郭有庭心里想:这肯定是买到貂皮大衣了。

"哟,师傅也在啊?"吴涵东看上去挺高兴的。

"涵东回来了啊,我也刚来。"赵吉利站起身来,回答说道。

郭有庭依旧坐在那里,也没转头。

"师傅,这是我对象,沙雪。雪儿,这是我师傅,也是老街坊,我妈以前差点嫁给他呢。"吴涵东为赵吉利与沙雪互相介绍了一下,把赵吉利弄得挺尴尬。

"二姨父,这是咋啦?考虑联合国的事情呢?"吴涵东看见郭有庭坐在沙发上一动不动,问道。

郭有庭这才站起身来,略带责备地问道:"你的手机怎么关机了?"

"别提了,我手机今天早上坐车的时候丢了,雪儿,这是二姨父,也是我现在的继父。"

"那我叫什么啊?"沙雪小声跟吴涵东嘀咕了一句。

"叫二姨父吧。"郭有庭抢着说道。

"二姨父好。"沙雪说道。

郭有庭点点头,示意他们坐下。

"我们就不待了,我妈呢?"吴涵东说着就往卧室里走,开始在卧室里翻箱倒柜起来。

"去接孩子了，你找什么呢？"郭有庭问道。

吴涵东在卧室里将脑袋探了出来，笑眯眯地说道："二姨父，你知道我妈把我的金项链弄哪儿去了吗？"

"你找那玩意儿干吗？闲的。"郭有庭还在生尹玉霞的气，有点不太愿意搭理吴涵东。

"穿貂皮大衣，不配一条金链子，不好看。"吴涵东又回到卧室里翻弄起来。

郭有庭越听越生气，起身来到了卧室，说道："你别乱翻了，你妈马上就回来了，你问问她，这卧室里的东西不都是她一个人的，还有我的，你别乱翻。"

吴涵东感觉到郭有庭是有些生气了。

"二姨父，你放心，你东西，我绝对不碰，我就是想找到我那根属于我的金项链。"

"你先打个电话向你妈妈问问，问问她放在哪儿了？"郭有庭坚持说道。

吴涵东很不情愿地将手一伸，说道："拿来。"

"什么拿来？"郭有庭一愣，没弄明白吴涵东的意思。

"电话拿来，我的手机不是今天早上丢了吗？"

"手机在客厅的茶几上呢，自己拿去。"

此时的郭有庭已经觉得眼前的吴涵东不是以前的吴涵东了，至少跟两三年前都不一样了，对自己来说几乎没有任何尊重可言。他想到了自己的女儿、女婿，虽然现在与他们见面不多，但那两个孩子对自己还是毕恭毕敬的。

吴涵东拿起郭有庭的电话，给母亲拨打过去，但始终没人接听，吴涵东将电话扔在了茶几上，又回到了卧室，开始翻弄起来。

"涵东，你能不能别翻了？"郭有庭有些命令的语气。

吴涵东一边翻找着，一边问道："为什么？"

"为什么？你问我为什么？因为这是我家。"郭有庭大声说道。

吴涵东听到这话，忙乱的双手才停了下来，他仔细看了看眼前的郭有

第四十七章 摧心剖肝

庭，郭有庭的脸上有着几丝怒色。

"二姨父，差不多就行了啊，我找我自己的东西呢，这天上的月亮不是你一个人啃弯的，地球也不是你一个人揉圆的，不是所有的东西都是你自己的。"

吴涵东说完，又开始翻找起来。

"你出去，你现在别给我翻了！"郭有庭咆哮着喊道。

吴涵东回头瞪了郭有庭一眼："凶什么啊？差不多就行了，我刚领沙雪进屋，留点面子，行不行？"

"你给我留面子了吗？你的东西你都拿走，但你别乱翻了，你找你妈问去。"郭有庭说道。

"郭哥，涵东，你们爷俩都少说一句，让人家沙雪都笑话了。"赵吉利有些看不下去了，站起来劝说道。

"我妈不是不接电话吗？这人老了，耳朵也不好使了。"吴涵东说道。

"你说谁耳朵不好使了呢？"

郭有庭的话音刚落，尹玉霞带着朵朵回来了。刚打开房门，就听见吴涵东与郭有庭两个人在吵吵闹闹。

"妈，我那条金项链哪儿去了？"吴涵东说道。

"我收着呢？你要干吗？"尹玉霞问道。

"这香味儿太呛人了。"朵朵捏着鼻子跑进次卧室，狠狠关上了房门。

"这孩子，见到我，也不知道喊一声，妈，我这不新买了件衣服吗？配金项链好看。对了，妈，这是沙雪，我女朋友。"吴涵东这才想起来给尹玉霞介与沙雪互相认识。

"阿姨好。"沙雪说道。

"你好，沙雪，坐吧。涵东，你过来，我给你找项链。"尹玉霞一边说着，一边把吴涵东拽进主卧室。

吴涵东前脚刚迈进卧室，尹玉霞就劈头盖脸地问道："你要金项链要配哪件衣服？怎么不戴金项链，你穿不了衣服啊？"

"妈，这不是今天新买了一件貂皮大衣吗？"吴涵东说道。

"一件？我怎么看是两件呢？"尹玉霞问道。

吴涵东挠挠头说道："妈，是两件，今天皮草城搞活动，反季特卖，买一件送一件，你说合适不？"

"合适你个头，买的没有卖的精明，这都是有数的。就你那智商，便宜能让你得到吗？说，两件衣服花了多钱？"尹玉霞十分关心衣服的价格。

"一万二。"吴涵东小声说道。

"什么？一万二？你疯了啊？咱家什么条件你不知道吗？"

还没等尹玉霞说完，吴涵东赶紧上前捂住了她的嘴。

"妈，你小点声，你这是干什么呢？你总不能看我打一辈子光棍吧？我这才找到一个不嫌弃我有过婚史的人，你老人家就行行好吧，别闹了，好不好？"吴涵东装出一副可怜巴巴的样子。

尹玉霞最受不了吴涵东这个样子，说道："你哪来的钱？"

"自己攒了六千多，信用卡刷了六千多，一共一万二。妈，这些你就别管了，我一没偷二没抢，你以前不是说过，我不做这两样就行吗？你快把金项链给我吧。"

吴涵东有些着急了。

"那我问你最后一件事，她多大？是做什么的？"尹玉霞问道。

"她比我大三岁，是我们会馆的足疗师。"吴涵东说道。

尹玉霞一看就知道吴涵东在撒谎，揪起吴涵东的耳朵说道："说实话，到底大多少？我可不相信她比你只大三岁。"

"妈，轻点，我说，我说，你先把手放下，她比我大三岁零十一个月。"吴涵东拽开尹玉霞的手说道。

尹玉霞知道自己再问也没什么必要了，就从床头柜最下面的一层里把吴涵东要找的金项链找了出来，吴涵东接过项链之后，脸色立刻变得灿烂起来。

"还是自己的亲妈，别人都是扯淡，你可没看见我二姨父刚才那凶巴巴的样子，就像我欠他多钱似的。妈，我早上手机被偷了，你还能借我点钱不？"

第四十七章 摧心剖肝

"我哪有钱了?刚给朵朵报了美术班。"尹玉霞说的是实话。

吴涵东听完,觉得好像跟他没关系似的,竟然又伸出手来,说道:"那就给我拿二百块钱吧,我和沙雪晚上出去吃口饭去。"

尹玉霞从兜里掏来掏去,一共是一百六十多元,吴涵东连两枚钢镚儿也一起拿了过去。

郭有庭看着吴涵东与沙雪离开时嘻嘻哈哈的样子,心里有一种说不出来的疼痛。

"这新领的对象回来,你不给拿点钱啊?"赵吉利说道。

郭有庭叹了一口气说道:"要是领回来一个,就给拿见面礼钱,那他能天天往家里领,管不了那么多了,我这心啊,这几天一天到晚都是堵的。"

"唉,郭哥,你看我还给你添麻烦,那我先回去了,这林戈民怎么能弄到了这一步,愁人。"赵吉利站起身来,摇摇头,说道。

郭有庭拍了一下赵吉利的肩膀,说道:"你怎么能这么说话呢,林戈民的事情,我们两个的能力确实有限,我们先等等看,需要我做的,我肯定没有二话,人家当初那么帮我们,连莹莹的工作都是人家帮忙找的,就是抛开我们与林戈蒋同学的关系,对于林戈民,我也应该做些什么,人家毕竟有恩于我。"

听完郭有庭的一番话,赵吉利突然兴奋起来,说道:"老郭,我怎么没想到呢,莹莹的领导……"

郭有庭没有反应过来,不知道莹莹的领导跟林戈民有什么关系。

"唐文生,特钢集团的唐文生,帮莹莹找工作的那个人,我也给搓过澡的,是林戈民的同学。"赵吉利提醒说道。

"哦,我想起来了,那哪是莹莹的领导啊,人家比莹莹大好多级呢,我刚才还没反应过来,对啊,我们找找他,看看他能不能帮帮忙,毕竟是那么大的领导。"

第四十八章　祸患临头

郭有庭赶忙给郭晓莹打了电话，想问问唐文生的电话号码。

"他们这几个主要领导去澳大利亚考察铁矿去了，我中午吃饭的时候，听我们部门领导说的，据说还得过几天才能回来。这样吧，我一会儿先把电话号码发给我赵叔，我与唐总还没有直接说过话呢，我去找了他，他也未必能认出我来。"

郭晓莹将特钢集团唐文生的电话用短信发了过来。

"那你千万叮嘱莹莹，一旦有了唐文生回国的消息，一定立刻告诉我。"赵吉利反复说道。

"放心吧，老赵。莹莹那个孩子你还不知道啊，你不说，她都能那样做。"郭有庭说道。

"那行，我先回去了。"赵吉利仿佛还有话要说，但话到了嘴边，又把话咽了回去。

"留下来吃饭吧，这都几点了，别走了。"赵吉利刚要起身，郭有庭按住了一只胳膊。

赵吉利还是坚持站了起来，用手指了指卧室，摇了摇头，说道："算了，我现在什么也吃不下，我马上就回浴池去，出来好半天了，总是这样旷工也不好，无论和老陈关系怎么铁，我总归还是给人家打工的不是？"

其实郭有庭知道赵吉利是还在为上次来家吃饭,被尹玉霞以影响孩子睡觉为名的事情心有余悸,便没有再强留,他抱起冰箱上面泡有雄蚕蛾的酒坛子递给了赵吉利。

"拿着,我自己也不爱喝,当初泡的时候就是为你准备的。"

"我不拿这么多,你用矿泉水瓶倒给我一点就行。"赵吉利说道。

"都拿着吧,咱们兄弟别因为别的事情生分了。"郭有庭拍了拍赵吉利的肩膀。

赵吉利这几天几乎魂不守舍的,只要是睁开眼睛都是林戈民的影子,度日如年般等待了三天半,这天下午,郭晓莹打电话回来说是她的领导刚刚在集团会议室的走廊里看见了唐文生。

尽管郭晓莹反复叮嘱赵吉利趁着休息的时间再给唐文生打电话,但赵吉利也顾不上那么多了,知道唐文生回国的消息后,立刻拨打了唐文生的电话。

一连打了好多遍电话,唐文生都没接。

此时的赵吉利第一次体味到了什么叫作心急如焚,自己编了一条短信发给了唐文生:"林戈民有难,兄弟应当分忧,搓澡老赵。"

此条短信果然奏效,不到两分钟的时间,唐文生马上回了电话。

"不好意思,赵师傅,我今天上午才从国外回来,刚才一直在开会,戈民怎么了?我打他的电话是关机的状态。"唐文生说道。

"唐总,我知道你那边忙,我也是没了主意,林医生被抓了。"赵吉利显然知道唐文生说是刚才开会的话是一种借口,但顾不了那么多了,急切地说道。

"啊?什么时候的事情?为什么被抓?不是要提副院长的吗?"

唐文生听到这件事情也是很为震惊,在他的印象里,林戈民从小就少言寡语,思维特别缜密,做事情从来都是滴水不漏,怎么会出事呢?

"就是四天前的事情,我们俩原本约好一起去做点别的事情,可我左等不来右等不来的,托人到了医院一打听,他被相关部门带走了,要不你问问戈民的家人，我没见过他爱人和孩子，所以我也不知道找谁了。"

赵吉利将事情的经过简单说了一遍。

"戈民的爱人和孩子去年年初的时候都去美国了，孩子去那里读高中，他爱人在那里陪读，因为他要竞聘副院长的事情，有人向上反映他是裸官，所以他爱人近期就要回国工作了，他爱人应该还不知道这件事情。"

唐文生话语中提到的林戈民爱人和孩子，赵吉利从没听林戈民主动谈起过，自己也没主动问过。因为赵吉利清醒地知道，自己与林戈民之间的交集是林戈民曾经的过往，林戈民对那段过往不想让别人随意再加入进来，包括他的爱人和孩子，他认为那是一种莫名的伤害，会在对方的心里留下黑暗的阴影。林戈民说过，那段时光与经历随着大哥林戈蒋、母亲陶柔黄、大哥的生父叶茂源的先后离世，知道这些的，只有他自己与赵吉利两个人。

实际上，林戈民的心里，他不愿意让母亲的事情被自己的妻子与儿子知晓，因为母亲在那个年代的经历，只有与母亲一起亲身经历过，才能理解母亲。

"这可糟糕了。"赵吉利彻底没了主意。

"赵师傅，你听说过戈民为什么被抓吗？"此刻唐文生的内心里突然闪过一丝不好的联想。

"说是受贿，打死我，我也不会相信的，他连个红包都不收，怎么能受贿？这不是冤枉好人吗？哪有这么干的，是不是他要被提拔为医院的副院长，得罪什么人了，有人诬陷他啊？你说呢？"

赵吉利在电话的这一端唉声叹气的，唐文生在电话的那一端陷入了回忆与思考之中。

唐文生在使劲地安慰着自己，并自言自语："不能是这样的，绝对不会是这样的……"

"喂，唐总，你在说什么呢？我没听懂。"赵吉利觉得唐文生的话语有些奇怪。

"我一会儿再给你打过去。"唐文生挂了电话，赵吉利一个劲儿地在电

第四十八章 祸患临头

话的这一端说着:"喂,喂……"

唐文生仿佛已经意识到了林戈民出事的原因所在。他马上从座位上站起身来,走到办公室的门口,将脑袋伸出门外四处张望了一圈,将办公室的门反锁上,又回到了座位上。拨了一通电话之后,电话里传来了对方关机的提示声。他紧接着拨起了自己老婆的电话。

"孔璐,你干吗呢?"

"老公,我做美容呢,怎么啦?"

"你那个败家的弟弟呢?这几天有信儿没?"

"他就一个人,一天到晚行影无踪的,我昨天去我妈家的时候,我妈都说一个月没见到他啦。"

"我刚才打电话,他手机关机了,他可能出事了!"

"啊?"唐文生的爱人一把推开美容师手中的仪器,从美容床上坐了起来,脸色慌张地问道,"出什么事情了?"

"林戈民被抓了!"

"他们两人嫖娼啦?"

"你个败家老娘们能不能想点好事啊?你弟弟孔祥泉有那爱好,林戈民没有。"

"你倒是快说啊?急死我了,你先别跟我妈说啊!这个兔崽子哪儿都好,就是有这个爱好!你说他怎么就不能找个媳妇儿呢?"

"你可别在那儿胡诌八扯了,他这次可能是医药回扣的事情!"

唐文生的妻弟孔祥泉比妻子小十六岁,是家里人宠着长大的,在医学院读了三年的药学专科,经过唐文生的安排,在特钢集团医院的药房工作,后来说什么也不干了,理由就是受不了特钢集团医院严格的作息时间。

在特钢集团医院的时候,每个月迟到早退的名单公布出来,他都是"名列前茅",有一次他迟到了,等待拿药的职工队伍排了好长一段,弄得这件事情最后在全集团通报批评。对唐文生也造成了很多不利的影响。

"你天天上班迟到,那你每个月的工资都迟着给你开,你能受得了不？这是单位，你得服从。"

面对唐文生的指责，孔祥泉总是拿出家里的话来敷衍自己的姐夫。

"亲姐夫，咱家不差我这点儿工资钱，要不我就辞职算了，在单位还给你添乱，你也知道我为什么连女朋友都不愿意找，就是我不想被束缚。现在我姐，还有老爷子老太太都不让我辞职，你跟他们说说，就算帮帮我，也算帮了你自己了。现在我一迟到，他们就说唐总的小舅子迟到了，我这耳朵根都听出茧子了。"

几次软磨硬泡之后，唐文生觉得孔祥泉从特钢辞职对自己也算有利，就跟孔璐说了，经过孔璐与父母做通工作，孔祥泉就从特钢集团办了辞职手续。

孔祥泉在家里待了两个多月，觉得虽然自己向往闲云野鹤的生活，但每次都跟父母或者姐姐伸手要钱也不是个长久之计，就通过朋友的介绍，应聘到了一家医药公司，做医药代表。

后来得知林戈民来到了医大附属医院呼吸内科，孔璐几次央求唐文生帮忙让孔祥泉认识一下林戈民，唐文生知道林戈民的性格，本不想管这些事情，但自家的枕头风几乎是台风级别的，在一次家庭的聚会上，他有意叫上了孔祥泉。

林戈民见了孔祥泉，加上孔璐一个劲儿地说自己的弟弟在医药公司做医药代表，林戈民顿时就心知肚明了。

"你在医药公司怎么样啊？"林戈民问道。

"到了医药公司之后，我的业绩总是平平常常的，我真的不愿意跟其他医药代表一样，对你们医生极度阿谀奉承，你愿意用，你就用，做什么事情，咱不能昧着良心，其实医药市场很乱，就是乱在人心，让药品的疗效自然竞争多好，你说呢，林哥？"

孔祥泉的这番话，让林戈民对孔祥泉有了初步的认识，他觉得孔祥泉还真与其他的医药代表不一样，至少他的内心里，是把良心放在第一位的，虽然年纪不大，但懂得让药品疗效说话的道理。

"知道我们科室常用的药品吗？你们公司有吗？"林戈民问道。

孔祥泉立刻感觉到了林戈民的用意，连声说道："有，有的，可以让患者反馈，疗效肯定优于你们现在的厂家，尤其是我们的复方苦参注射液，别的产品跟我们比不了。而且我们药品已经通过了采购程序，你们单位药房也早就有意进我们的药品，只不过因为你的前任主任，让我们的药品平静地躺在你们的药房里，所以我们在形式上被挤出了你们医院……"

林戈民笑了，摆了摆手说道："咱们之间不谈人，只谈药品的疗效。"

就这样，孔祥泉成了他们医药公司的后起之秀，毕竟医大附属医院又重新选择了他们，而且林戈民是肺癌治疗方面的专家，他选择了为患者使用孔祥泉所在公司的复方苦参注射液，自然而然，其他医生也开始纷纷为患者使用。

这份工作真是适合孔祥泉，只要业绩突出，不用上班，领导一个星期都不会找上他一次，除了每周一到公司开个公司例会，一切都是自己的时间。

这一天，孔祥泉正闲着无趣，泡在咖啡厅里，打发着时光，公司财务部孟会计打来了电话。

"孔先生，你在哪儿呢？"孟会计故意问道。

孔祥泉一听这话，肯定是有好事找到自己，笑着说道："孟姐，你别逗了，我喝杯咖啡，有何吩咐？"

"你一天到晚，不知道你这是嘴甜还是嘴苦呢？一口一个孟姐，都被你叫老了，我才比你大三岁的。"

"我总不能叫你老孟，或者孟萍佳吧？"孔祥泉说道。

"孔祥泉，你能不能行了？说你一百遍了，人家叫孟佳萍，好好一个名字让你给改了老多遍了。"孟会计嗲着声音责备着说道。

"罪过，罪过，我还是叫你孟姐，这样永远不会错。"孔祥泉笑着说道。

"不跟你贫嘴了，跟你说件正事，祥泉，咱们领导要调到外省了，你不是不知道，在他离开之前，你的包干费要是再不提取，公司可就清算了。"孟会计又是好多天没见到他了，特意给孔祥泉打了这个电话。

"什么时候清算啊？"孔祥泉问道。

"月底吧，还有二十天。你可真是钻石王老五，别的医药代表都追着我们要领取包干费，你可倒好，还得我们财务追着你。"孟会计笑着说道。

孔祥泉一边搅拌着桌子上的咖啡，一边说道："孟姐，说笑了，这钱啊，有时候是贵重的黄金细软，可有些时候就是烫手的山芋，你懂的。"

"你这是不缺钱的主儿，这山芋就是把手烫破皮了，大家还是抢着要。"孟会计拿着手中的铅笔敲了敲电话的话筒。

"有一种工作叫作不费吹灰之力，等我的包干费下来，我请你吃大餐，西餐。"孔祥泉说道。

"去你的，你带着我这么一个大姐去吃西餐？太怪异，你就是带小姑娘去惯那种地方了，你要请我，就请我吃四川火锅。"孟会计说道。

"没问题，我的亲姐。但咱们这包干费必须要发票来冲抵啊？"孔祥泉问道。

孔祥泉说的包干费其实就是医药公司给医药代表的营销费用，医药代表出去谈业务过程中，吃饭、住宿、交通，甚至送礼的花销都是从这里出。孔祥泉所在的公司会给医药代表一个固定的值，通常是医药代表销售业绩总业务额的百分之十，这百分之十里面的百分之八十按照惯例要给医生的，剩下的百分之二十是医药代表自己的。

孟会计四处看了一下，小声说道："对啊，我以前在好多家的医药公司工作过，对你们销售人员的提成发放都是这样的，不然的话，公司的财务账没法处理。你招待医生的餐费、住宿费、洗浴的，包括你现在喝咖啡的，都可以要发票啊！"

孔祥泉使劲挠了挠头，说道："亲姐啊，我没招待人家医生啊，那医生模范得很，我就想变成一只苍蝇，也找不到人家的缝啊。"

孟会计将信将疑，说道："行了，你不会变个方式啊？你可以跟医生明说要点发票什么的，人家一下子不就懂了啊。那些学医的，个个脑袋灵光得了不得。实在不行，我再帮你想办法。我可告诉你了啊，你这次可是将近九十万啊,咱们公司你排第一。"

"我到哪儿去弄这么多发票啊?以前这种大额的不都是公司可以特批不要足额发票冲抵的吗?"

"祥泉,咱领导要调到外省了,所有的工作都要清算完毕,这不是赶在这个节骨眼了吗?"

"我知道了。"孔祥泉挂断了电话,就开始琢磨起如何领取这九十万元的提成了,这里至少有将近二十万元是自己的。

离公司结算的时间越来越近了,孔祥泉像热锅上的蚂蚁,情急之下,他又找到了自己的姐姐孔璐。

"这好办啊,让你姐夫帮你沟通一下,但你要林医生给你弄发票,那简直就是做梦。"孔璐说道。

"九十万的发票,我上哪儿淘弄去啊?"孔祥泉紧锁着眉头。

孔璐不仅是心疼弟弟,而且这眼看到手的钱不能因为发票的事情就这样泡汤了。

她四处让朋友们帮忙给她弄来加油票、餐票大概十二万多元,交给了孔祥泉。

"姐,这也不够啊。"

"这十二万多元的发票自然是远远不够,你上次不是说你们那个会计说实在不行的话,让你找她吗?那你就把她约出来,问问她怎么办!"

孔祥泉觉得姐姐说的话有道理,就约了孟佳萍。

两个人来到了一家川味火锅店,吃饭期间,孔祥泉送给孟佳萍一条项链,孟佳萍自然是欢喜得不得了。

这条项链是别人送给孔璐的,孔璐的首饰实在太多,一次也没戴过,包装盒都是新的。这次弟弟有事相求于孟佳萍,所以孔璐献上了这一计。

"我这发票一共凑了十八万多一点,还有一大截呢。怎么办?帮我想想办法啊。"孔祥泉说道。

"你这么信任我?我戴上这项链好看吗?"孟佳萍指了指脖子上的项链,笑着问道。

"当然好看了，我这眼光不会差的，这项链简直就是为你量身打造的。"孔祥泉已经没吃饭的心思了，心想着发票的事情，所以孟佳萍问什么话，他都是顺着孟佳萍说。

"你还没回答信任不信任我呢？"孟佳萍向孔祥泉抛了一个媚眼。

孔祥泉的心里对孟佳萍实在是没有什么感觉，这孟佳萍比自己大三岁，虽然也是单身，但身材实在有些肥硕，这媚眼一抛过来，自己倒是弄了一身鸡皮疙瘩。没有办法，谁让自己现在有求于人家呢。他强忍着自己的情绪，强作欢颜地说道："必须信任，不然我还能约你到这么好的川味火锅吃饭吗？"

"我猜也是，你的嘴就是甜，给，你看看这个。"孟佳萍从包里拿出一张名片，递给了孔祥泉。

孔祥泉定睛一看，上面写着：代开发票，建筑安装、会议费、商业销售、运输费、汽车维修……上面林林总总的，写了一共十几种。

"这么做可以吗？"虽然孔祥泉接触财务方面不多，但他的脑海里觉得这个方法应该是不合法的，他碍于孟佳萍是主动要帮助自己的，就没有直接说出来。

"你这小鲜肉，就是没有经过社会的历练，你看看这上面写着什么？"孟佳萍指了指名片的右上角。

孔祥泉顺着孟佳萍手指的方向，看见名片的右上角写着：谨防假票，支持网上查证，验证后付款。

孔祥泉点了点说道："这都是真的？"

"那当然了，咱们领导都用过好几次了，人家张经理是验证后付款，这底气，能差事儿吗？你自己知道就行了啊，千万别跟别人说。"

"你这脑袋大，还真有两下子。"孔祥泉一听，自己的领导也用过，心里好像也有了很足的底气一般，这顿火锅，两个人吃得很是愉快。

第四十九章　锒铛入狱

在孟佳萍的帮助下，孔祥泉顺利拿到了九十多万，其中七十万按照公司的规定是要返给林戈民的。

孔祥泉深知自己成绩的取得是因为林戈民的关系，总想着见见林戈民，可林戈民总是以工作繁忙为由拒绝了他。

"姐，这林医生就这么有钱吗？比我姐夫有钱吗？这七十万他就真的没放在眼里？"孔祥泉问道。

"我的亲弟弟，这人啊，见了钱都是眼开的，可能时机没成熟吧？改天让你姐夫跟他说一说。那你说，这林戈民到底是为什么用你们公司的药啊？"孔璐说道。

孔祥泉也曾经思考过这个问题，但他觉得姐姐的话里还有别的一层意思，笑着说道："姐，这里肯定有你和我姐夫的功劳，回头我给你拿五万块钱，你买点衣服，我这一天到晚总是花你的钱。"

"瞧你那样，我那么做还是个姐姐吗？你这一天花销也不小，你省着点花，留着娶媳妇儿吧，总不能老是现在这个状态吧，今天换一个明天换一个的。"

"姐，咱不谈论我的私生活行不？我觉得林医生用我们公司的药，最重要的是我们公司的药品疗效确实好，尤其是那复方苦参注射液，人家北京、上海的大医院都用我们公司的,就是咱们这里销量总是上不去,而且我们这药品的价格还要比之前医大附属医院使用的药一支便宜三块多钱呢。"

"为什么啊?你的药品效果好,还比别人家的便宜?"

"那当然,说白了,我们的药给的返点少,每支药才返七元钱,别的药最高的能返十二元呢。我们以为药品疗效好,就总觉得是皇帝的女儿不愁嫁,可是以前在咱们医大附属医院就吃了闭门羹,据说每次公司开大会,我们片区的主要负责人都要被问责,这也是没办法的事情。所以啊,我姐夫和林医生这一层关系,是林医生用我们公司药的第二方面原因。谁都没想到,我一个普普通通的小职员,就能改变了局面。"

"这林戈民做事情确实让人佩服,但话说回来了,你这药要是不好,就是他亲儿子做医药代表,他都不会帮忙的。"孔璐从内心里佩服林戈民。

"姐,所以我就说啊,做什么事情,不能昧着良心,其实医药市场很乱,就是乱在人心,让药品的疗效效果自然竞争多好,国家正对这些事情进行改革呢,以后慢慢就好了。那天我们一起吃饭的时候,我说这话的时候,林戈民还拍了拍我的肩膀呢。"

"嗯,这事情我记得。那你这钱还真应该给林戈民,回头我让你姐夫跟他先透露一下吧。"孔璐的心里,觉得只要林戈民肯用弟弟单位的药品,这弟弟的生活就会稳定很多。而且林戈民是要被提拔成副院长的主要人选,她更得让唐文生将这件事情做好。

唐文生得知小舅子在林戈民的帮助下,工作事事顺利,自然很高兴,毕竟是自己的面子发挥了作用。孔璐这几天对自己也是更加体贴入微,而且岳父还特意送给他一瓶珍藏了六十年的茅台酒,他就约了林戈民到了家里,两个人要尝一尝这六十年的茅台酒。

"这酒能喝,钱不能拿。"席间,唐文生当着孔祥泉和孔璐的面儿,点破了这件事情,林戈民笑着回答说道。

"林哥,你这让我很难办,说实话,有很多医生也不拿回扣的,要么是医院监管得严格,要么是他没那个实力,你们医大附属医院是药品改革试点，是想让药品药效说话，正是试验田的时候，良莠不齐很正常，你这边为了药效，而别人可能真是打着提高药效的幌子在牟利呢。这种情况，我们医药代表只能有两种方法去处理这笔钱。"孔祥泉很诚恳地说道。

"哪两种方法？"唐文生问道。

"一是退给公司，二是医药代表自己私吞了，对公司说是医生收了钱，但实际上进了自己的腰包。这笔钱是属于林哥的钱，我要是私吞了，以我的性格，我感觉那是昧了良心，吃饭都能被噎死。"孔祥泉说道。

唐文生端起了酒杯，说道："老林，我这小舅子虽然年纪比我们小很多，但心地善良，你先别回绝他，你想一想，这钱本来是属于你的，他肯定不能要。你要是不要，他就得退回给公司，到了公司，这钱又不知道是干什么用去了。"

林戈民抿了一口酒，这六十年的珍藏酒对于他来说也是辣辣的感觉。

"你们自己处理吧，我当初选择使用这个药确实是因为从临床反应上来看，这药品效果很好，而且价格便宜，对患者来说也是减轻了他们的经济负担。"

唐文生摇了摇头，拍了拍林戈民的肩膀，说道："老林，这么多年，我知道你的人品，我也知道你不缺钱，而且你的关注点都在医学本身上，这一点，我特别佩服你。这钱要是通过别人的手送到了你跟前，我也会阻止你，因为我们以后发展的路还很长，但今天坐在你我身边的是我的小舅子，他没自己私下截留这笔钱，对于我跟他姐来说，我们就很高兴了，我承认我很喜欢钱，喜欢数字上的增加，但君子爱财，取之有道，我今天说这番话，不是为了以后要你继续帮助我们家祥泉，更主要的是佩服你的原则，但你的原则是原则，我们祥泉的原则也是原则，这是你应得的。"

"来，陈醋泡花生米洋葱好了，林哥，这是文生特意让我做的，知道你爱吃这个。"孔璐端上这盘菜之后，摘下围裙也坐了下来。

"文生比我心细。"林戈民说道。

"林哥，说句实在话，文生约你之前，我们已经想到了这个结果，我们都认为你不会要这钱，但这钱我们也不会拿，难道还让我们家祥泉给公司送回去？文生跟我说了，你曾经想恢复东洲的天妙堂药房，你家我嫂子死活不同意，要不这钱就用在恢复天妙堂药房上。你将来悬壶济世的用武之地不是更大了吗，你说呢？"这孔璐非常会说话，这几句话实在是说进了林戈民的心坎里。

林戈民叹了一口气，说道："东洲市的县志里，还有着关于天妙堂的记载，那时候，提起天妙堂，真是远近闻名，我母亲活着的时候，让我学医，她的初步目标就是想让我恢复天妙堂。"

"所以啊，老林，兄弟之间不能害你，你要是把这钱用到了正地方，那也是功德一件啊！这点钱肯定不够，但我们可以慢慢攒起来，你以后科研成果的奖金什么的也别再给嫂子了，都放在这个重建天妙堂的基金里，这天妙堂的重建就指日可待了。"唐文生又端起了酒杯。

"谢谢兄弟还想着我的梦想，不，是替我母亲想着她的梦想。"林戈民的眼睛里已经湿润了。母亲陶柔蘡的点点滴滴又浮现在自己的眼前。

这件事情就这样告一段落了，林戈民每天还是忙忙碌碌，偶尔也找来一些关于天妙堂的资料，尤其是母亲在天妙堂工作时的日记，看上几眼。

任何事物的预想是美好的，但事情的转折总是发生在不经意之间，往往是人们最料想不到的地方。

一个闷热的下午，孔祥泉所在的医药公司里死气沉沉的，孟佳萍正在办公室里打着盹，几名便衣警察突然来到孟佳萍的面前，在亮出证件后，核实了孟佳萍的身份，带走了孟佳萍。

孟佳萍上班的时间突然被警方带走的消息，迅速传遍了公司上下。一天后，大家还在疑问之中相互讨论的时候，警方又带走了几个人，这一次，其中包括孔祥泉。

孔祥泉万万没想到，与他一起被警察带走调查的，都是因为通过孟佳萍购买的发票出了问题。

原来出售发票的不是别人，正是孟佳萍的堂兄孟佳旭，化名张旭，他是为堂妹孟佳萍以及他人虚开普通发票的人。

"孟佳萍，我们已经初步掌握了你与孟佳旭为自己以及介绍他人虚开普通发票的事实,你虽然没有直接虚开普通发票,但给别人介绍虚开发票,依据新出台的新刑法修正案,因为数额巨大,所以同样要被追究刑事责任。你最好如实交代问题,争取宽大处理。"警察的一番话,让双手已经戴上手铐的孟佳萍心理防线彻底崩溃了。

"警察同志,我知道的,我全都说出来,我不仅知道发票的事情,而且我还知道我们单位行贿的事情,因为他们向谁行贿了,我都有一个日记本记录着,我们公司领导担心医药代表私吞回扣款,他们领取包干费的时候都要写上资金去向,方便公司内部核实,也就是钱行贿给了谁,我都有记录。"

孟佳萍说完,两名审讯她的警察互相点了点头,其中一名女警察说道:"你要是如实回答,将来法院在量刑上,可能适当根据你的表现减轻你的罪行,我们会建议法院从轻判决的。"

反正孟佳萍说得是口干舌燥的,把她知道的,都一五一十说了出来。

警察自然是顺藤摸瓜,不仅将非法出售、购买普通发票的事情,还有医药公司与医生之间行贿、受贿的事情,也一起弄了个水落石出。

按照孟佳萍的供述,警察很快找到了藏在她椅子下面的那个日记本。

孟佳萍的日记本上清楚地写着医药代表的费用去向,当然,也包括孔祥泉的包干费用去向:医大附属医院呼吸内科主任林戈民。

世间的事情,有些人总觉得自己聪明,自己做了,神不知鬼不觉的,认为别人是不知道的,而恰恰是聪明反被聪明误。那些见不得人的事情,你在背地里运作的时候,就好像经历了一场黑夜,太阳总要是出来的,白昼到来的时候,就会早晚露馅的。

孔祥泉也彻底警醒了,他曾经天真地认为孟佳萍是对自己有好感的,他完全没想到她的堂哥竟然是虚开发票的黑手,多行不义必自毙,结果弄出了麻烦。最让他后悔的是,他觉得是自己连累了林戈民,林戈民本应该有着更好的前途,而且林戈民的医德是他见过的医生里面最好的。

一切都晚了,后悔二字从来都是毫无分量的,所有的一切就像大海里涌上岸来的潮水一般,拭平了沙滩上用沙子堆砌起来的城堡,所有的成绩，瞬间都化为了乌有，留下的只是海水的呜咽，如同此时的孔祥泉与林戈民一般。

尤其林戈民想起了自己在医学路上奋斗的点点滴滴，想起了自己想竞聘副院长之后为医院改革轰轰烈烈地大干一场，想起了自己已经收治入院的那几名患者手术方案，想起了自己的母亲，想起了同母异父的哥哥，想起了自己本想恢复天妙堂药房的目标，还有自己的老婆孩子，这一切，都是泪水无法抹平的。

当唐文生与赵吉利等人得知具体消息的时候，一切都晚了。

法院经过审理认为，孔祥泉的购买普通发票的行为适应于《刑法修正案（八）》的相关条款，构成了虚开普通发票罪，认罪态度较好，并在补交税款的前提条件下，判处有期徒刑一年，处以五万元罚金。同时，孔祥泉因从包干费中拿出七十万元给予林戈民，其行为已经构成行贿罪，法院鉴于孔祥泉在被追诉前主动交代行贿行为，且系初犯，采纳了辩护人建议减轻处罚的辩护意见，最终依据孔祥泉的犯罪事实、犯罪性质及情节等，一审以行贿罪，判处孔祥泉有期徒刑三年零六个月，数罪并罚，执行有期徒刑四年。

而对于林戈民，法院认为他利用职务便利，非法收受他人财物，为他人谋取利益，其行为已经构成了国家工作人员受贿罪。他被判处有期徒刑十年零六个月，在案七十万元受贿款予以没收，上缴国库。

"老郭，老林被判刑了，彻底是完蛋了，十年半啊！今天报纸登了！"赵吉利一大早上，看见了报纸上的新闻，急忙打电话告诉给了郭有庭。

郭有庭正在家里拖地呢，他扔下手中拖布，马上拿起玄关上的信报箱钥匙，将门外报箱里的报纸取了出来。

一则《医大附属医院专家受贿七十万，被判十年半！》的新闻特别醒目，映入了郭有庭的眼帘。郭有庭找来了花镜，逐字逐句地读了起来。

"看那玩意儿有什么用，你赶紧把地拖完，把油条豆浆买回来，朵朵一会儿就要起床上学了。"尹玉霞催促着说道。

"这林戈民对咱们有恩。"郭有庭叹了一口气,摘下老花镜说道。

尹玉霞上前将郭有庭手中的报纸给收了起来,极其不耐烦地说道:"说过多少遍了,你现在下楼把油条豆浆买上来,一会儿,朵朵该起床上学了。"

郭有庭的心里很不是滋味,说道:"你每天早上都是这么着急,我看你当初不应该找我,你应该找个送报纸的,他们这工作,起来得早,别说豆浆油条了,就是现做豆腐都能给你弄出来。"

尹玉霞一听这郭有庭是话里有话啊,但自己又不好说些什么,没有吱声。

这时候卧室里传出来了朵朵起床喊奶奶的声音。尹玉霞应声跑了过去。

"乖孙女,被吵醒了吧。"

"奶奶,我不想吃油条喝豆浆了,天天吃都吃够了。"

"那朵朵想吃什么,让你二姨爷去买。"

"我想吃鸡蛋羹或者喝点粥,都行。"

尹玉霞走出卧室,冲着郭有庭说道:"听见没?朵朵想吃鸡蛋羹或者喝点粥,你去看看老杨家的吊炉饼吧,朵朵爱吃他家的鸡蛋羹。"

郭有庭一听这话,气就不打一处来。说道:"那老杨家吊炉饼离咱家两站地呢,鸡蛋羹你不会蒸啊,今天别吃了,你明天早点起来,蒸给她吃。"

"哎,我说,一个林戈民被判刑,你就像丢了魂似的,跟你还有什么关系?那你说朵朵现在吃什么?"尹玉霞气冲冲地说道。

"人家帮我们的地方多了去了,你姐生病人家够照顾的了,莹莹的工作是人家托人给办的,做人不能没有良心。"郭有庭抓过尹玉霞手中的报纸,又把老花镜戴了起来。

"哼,照顾我姐,我姐还不是照样没了,他要是神医,我姐就不应该这么早就没了。"尹玉霞瞥了郭有庭一眼。

"你姐是没了,但我也瞎了眼。你能不能有点感恩之心,你现在这样对我，朵朵都看在眼里，你的家教带坏了一个吴涵东，不能再影响一个吴朵朵了。"郭有庭扔下报纸，摔门而去。

朵朵在卧室里，听见奶奶和郭有庭吵了起来，吓得直哭，尹玉霞一边嘴里唠叨着，一边跑进卧室，抱起了朵朵。

郭有庭直接来到了丰盛浴园浴池。赵吉利正哭天抹泪呢，见到郭有庭过来了，哭得更凶了。

"郭哥，你说，怎么会这样呢？当初他还真不如不去省城，什么事情都不会发生。这一辈子，全完了，他辛辛苦苦学来的一切都完了。"

"老赵啊，别哭了。哭不是我们老爷们的表现。林戈民出了这件事情，我们都不想看见，现在我们能做到的，就是找个时间经常去监狱里看看他，陪他说说话，看看他需要什么。另外，咱们把他在东洲的房子照看好，要是他爱人和孩子那边有什么需要，我们能做的，能帮的，我们随时待命就是了，至于林戈蒋的坟墓就先别迁了，等见了林戈民的时候再问问他的意见吧。"

"也行，我这心啊，太难受了，你说他医术这么高，国家能给点什么特殊政策不？怎么说也是个人才啊，能为老百姓治病呢。"赵吉利一边抽泣着，一边问道。

"别傻了，法律面前一律平等，我们现在只能希望林戈民自己在监狱中能够好好表现，争取减刑，早日出来。"郭有庭劝说道。

第五十章　心灰意冷

"咋了妈？听朵朵说，你与我二姨父前几天又吵架了？这半路的夫妻就是不行，要不你们就别在一起过了。"一天上午吴涵东下了夜班，来到了郭有庭的家里，见了尹玉霞说道。

"别听小孩子的，只要你稳稳当当的，比什么都强。"尹玉霞说道。

"妈，我怎么不稳当了，我这都在这里干了十个多月了，马上就一年了。"吴涵东抓起桌子上的一根香蕉，吃了起来。

尹玉霞瞪了吴涵东一眼，说道："钱呢，你干了十个月，钱呢？钱你攒不下，朵朵你不管，我还真不知道你什么时候能有点责任感，能管一管我们这一老一小。"

"妈，我不是处了个对象吗？"吴涵东把吃了一半的香蕉又扔在了桌子上。

"你看你这貂皮大衣穿的，我没看出来哪儿好看，你们搓澡的都穿这个吗？有必要吗？另外你那金项链哪儿去了？"尹玉霞问道。

"妈，你能不能不这样对我，我是你亲儿子。"吴涵东拉长了音调，说道。

尹玉霞也学着吴涵东的样子拉长了声调，说道："儿子，我是你亲妈，朵朵是你亲闺女，你能不能不这样对我？说，金项链哪儿去了？"

吴涵东吞吞吐吐，一副欲说又止的样子。

"快说！"尹玉霞冲着吴涵东喊道。

"我拿去典当了。"

"涵东，你是搞金融的吗？怎么天天跟钱打交道，咱们小老百姓，有钱咱就多花点，没钱就少花点，能不能不这么胡花，我对你都心灰意冷了。"

"妈，我这租房子，吃饭不都得花钱啊？"

"你下一步典当什么？把我和朵朵都一起给典当了吧。"

"妈，你消消气，你还真得帮帮我。"吴涵东又装出一副可怜兮兮的样子。

"只要你不提钱，你说吧，我怎么帮你都行。"尹玉霞已经被吴涵东要钱要怕了。

"那你帮我在你们附近租个房子吧，我和沙雪也好回来吃饭，这样还能省点。"吴涵东见尹玉霞不像刚才那么生气了，又将那半段香蕉拾了起来。

"回来吃饭没问题，妈问你一句，你那沙雪和你能过长久不？"尹玉霞对吴涵东的感情问题从来都是抱着一种怀疑的态度。

"妈，我们这不是过得好好的吗？"

"你别嫌妈唠叨，你们工作的那种地方，接触的都是有钱人，我怕时间长了，人家沙雪看不上你了。这人心啊，就好比海底的针，你是捉摸不透的。"

"求你了，你说点好听的吧，那租房子的事情就交给你了，租好了给我来个电话。"吴涵东说完就要离开。

"这不还是我拿钱吗？"尹玉霞说道。

"妈，你有那条件就多帮衬帮衬我吧，我现在好不容易找个媳妇儿，是不？"

"你这么大的人，养活个媳妇儿养活不了，你还好意思说。"

"你是我亲妈，我有什么不好意思的。我知道你没多少钱，你就跟我

第五十章 心灰意冷

二姨父要，没什么不好意思的。我姐都买车了，天天吃香喝辣的，我现在还四处租房子呢，我怎么说也算是他的继子了吧？他也有义务来帮助我。对了，他人呢？"

"他和赵吉利去省城监狱看林戈民了。儿子，你可别在别人面前说这些事情啊，我都替你害臊。"

"林戈民，不是给我二姨手术那个医生吗？他咋了？"

"受贿七十万，被判了十多年，已经是好几个月前的事情了。"

"七十万？我的妈呀！这么多的钱，说出来都吓人啊！"

"所以咱们得走正道，儿子，我不求你大富大贵，但在外面咱们别惹事。"

吴涵东拍了拍尹玉霞的肩膀，说道："妈，这次是说真的，我现在在琢磨新的创业模式呢，你用不了多久，就会看见一个全新的我，全新的吴涵东。到时候，我肯定把我的金项链赎回来，不，我买条新的，给你也买件貂皮大衣，这玩意儿老暖和了。"

"行了，你啊，等成功那天再说这话吧，我是被你创业弄怕了。别人创业是创造财富，而你创业是四处闯祸啊！"尹玉霞说道。

"瞧你说的，那我先走了，但别忘了为我租房子的事情啊！过几天就没地方住了。"

吴涵东的话在尹玉霞的脑海里盘旋了半天，尹玉霞更多的是无奈，在她的眼里吴涵东总像是一个长不大的孩子，太不成熟。这时候她想起了老人们常说的一句话："惯子如杀子啊！"

狱中服刑的林戈民已经完全没有了往日精气神十足的派头，一身灰蓝色的棉囚服穿在他的身上，不仅显得有些臃肿，而且总觉得怪怪的。

"赵哥，郭哥，你们怎么来了？"林戈民突然看见了赵吉利与郭有庭，很是惊讶。

"我们打听了好多的监区，这是第二次来了，上次到了这里，因为不是探监日，而且我们探监的手续又不全，我们又回去了，这几天我们去了社区、街道、派出所，还有你们医院办了好多的证明。"

透过厚厚的探视玻璃，赵吉利心中有一万句言语也不知道从何说起。

"我没事，让你们担心了，这段时间我也思考了很多，我这确实是罪有应得，本不应该湿鞋的，晚节不保，怨不得别人。"林戈民的话语中也是充满了很多的无奈。

郭有庭看得出来，此时林戈民的眼神有些迷离，劝说道："兄弟，你别灰心，好好改造，争取早日出来。"

"是啊，人生都是有经历的，你现在的一切就像是做了一场噩梦一般，我什么时候都相信你，但现在是真的担心你。"赵吉利用牙齿咬了一下自己的下嘴唇。

林戈民强忍着自己失落的情绪说道："谢谢赵哥，放心吧，等我出去，你再给我搓澡。只不过我以前的心态太高了，现在跌落在这里有些不适应而已。"

"那你哥哥迁坟的事情还做吗？"赵吉利问道。

"别打扰他了，我觉得一个人静下来的时候挺好的，我怕他像现在的我一样，冷不丁地换了一个环境会有些不适应的。"林戈民有些苦笑着说道。

赵吉利点点头，说道："听兄弟你的，我以后每个月都来，这次探监的时间我都弄清楚了，你有什么需要直接吩咐我就行。"

"赵哥，你们两个就别折腾了，过来看我一次也怪麻烦的，我都觉得怪不好意思的。"林戈民说道。

其实这是林戈民的真心话，自己原来身上的光环瞬间退去的时候，他仿佛就像站在冰天雪地里被浇了一桶冰水一样，从皮肤一直冷到了心里。所以面对赵吉利与郭有庭这团仅有的炭火时，他是发自内心里的不好意思。

"以后就不麻烦了，这接见证办好了，真不折腾了。好了，我跟你都没客气过，你还跟我们客气什么。你们这里仅允许往你们的卡里充值五百元，有什么需要你就买，下个月我过来，我再给你充值。"赵吉利说道。

第五十章 心灰意冷

"知道了，赵哥，现在提钱我头疼，你们先回去吧，我在这里没什么花销的，好意我心领了，我也应该粗茶淡饭地警醒警醒了。"

林戈民站了起来，转过身去，摆了摆手。

其实赵吉利与郭有庭都看见了林戈民转身的瞬间，眼角的泪水流了下来。

郭有庭与赵吉利从监狱里看完林戈民回来之后，每天还是过着自己以前的生活，只不过是茶余饭后会提起林戈民。

"郭哥，听说涵东母亲租了你家楼下顾老三的房子？你俩咋的了？"赵吉利一边为郭有庭搓着澡，一边说道。

"什么时候的事情？我怎么不知道？"郭有庭很是吃惊。

"早上我到老顾头油条摊吃早餐，看见他弟弟了，他弟弟亲口说的。"赵吉利直起身来，拧了拧手中的澡巾说道。

郭有庭瞪大了眼睛，说道："我早上也去油条摊了，也看见顾老三了，他没跟我说啊？"

赵吉利把澡巾重新套在手上，拍了一拍，说道："那能跟你说吗？他们问我是不是你与尹玉霞之间出现了问题，都是街坊邻居嚼舌根的，我没理他们。"

郭有庭有些纳闷，按理说尹玉霞要是不在这儿住了，应该搬个远一点的地方，不至于就在自家的楼下找个住处啊？而且刚才他从家里出来的时候，尹玉霞还说中午要为郭有庭做酸菜炖血肠，没看出什么异样。郭有庭其实内心清楚地知道自己与尹玉霞之间的矛盾不是他们两个人本身的事情，都是因为吴涵东和朵朵的事情，有些时候，血缘关系确实很重要。再加上吴涵东这么大的一个人，每天只知道啃老，对老对小都是不闻不问，郭有庭心里的确是很不平衡的，他对自己的女儿莹莹也没操过这么多的心。而对于尹玉霞而言，吴涵东是好是坏，毕竟是自己的儿子，无论儿子怎么样，护犊心切，总免不了与郭有庭观点不同。

赵吉利看着郭有庭一声不吱、略带愁容的样子，说道："郭哥啊，半路夫妻，你更要拿出宽容的心去面对她，你不仅要接受她对的一面，还要包容她错的一面。这种对错是你的内心在作祟，是你自己的衡量标准，也许在尹玉霞那里，你认为错的，人家就会认为那是对的。"

"但她也没理由在我家楼下租房子啊？什么道理呢？"郭有庭哪里听得进去赵吉利的劝，满脑袋都是尹玉霞出去租房子的事情。

"会不会是给涵东租的？这样照顾起来也方便一些？"赵吉利无意中说了一句。

郭有庭立刻从浴床上坐了起来，说道："怎么我养活她与朵朵，还能管她儿子啊？他就是个无底洞。再说了，她从哪儿来的钱租房子？"

赵吉利轻轻推了郭有庭一把，又把郭有庭按在了浴床上，说道："会不会是涵东给的？"

"拉倒吧，别向她要钱，我就烧高香了，他还能给他妈钱花？简直就是做梦。"郭有庭斩钉截铁地说道。

"你之前不是说，你的工资卡就放在床边的抽屉里吗？你去查查余额不就知道了吗？"赵吉利说道。

"你怎么知道这事儿？"郭有庭很是吃惊。

赵吉利笑了，说道："别不承认你老了啊？你自己讲过的话你都不记得了，你自己跟我说的，你想跟尹玉霞好好过，把密码都改成了人家的年龄和生日，你告诉人家的，工资卡就放在床头柜的抽屉里，有要用钱的地方就让人家自己去取，你还有印象没？"

郭有庭自己想了一想，点了点头，这件事情在他的印象里模模糊糊，说道："好像有这么一个事情，好像是说过。"

"所以啊，人家照顾儿子，也正常，你心态放平衡吧。婚姻本来就是两个家庭的事情，现在涵东和朵朵都是尹玉霞的一部分，所以你能包容的就尽量包容吧。"赵吉利劝说着。

"老赵啊，我时常感觉到对他们娘俩挺心灰意冷的，要是你，你能包容不？"郭有庭叹了一口气，问道。

"郭哥，你跟我不一样，你们不在一起过日子，也是沾着亲，即便是

第五十章 心灰意冷

尹玉霞没嫁给你，那她还不是喊你一声二姐夫吗？那涵东也不是喊你一声二姨父吗？他们有困难找上门了，你能不帮吗？我们现在只要找了另一半，就算是中老年人的婚姻了，本身麻烦就多，沾亲带故的事情更多的是要把握一种心态，慢慢体会吧。"

郭有庭微闭着眼睛，赵吉利俯下身来，无名指与小拇指交叉，食指中指架在一起，极具节奏感地在他的后背上敲了起来。

啪，啪，啪啪啪。啪啪……

多年不变的清脆响声回荡在浴池里。

人们常说平淡的日子里，要努力过出一种属于自己的滋味来，只有靠自己的调节，没有其他的办法。郭有庭本想中午与赵吉利一起吃一口，赵吉利还要去朋友家随份儿满月礼，朋友的孙子已经出生了，自己还是独身一人，他告诉郭有庭："人啊，得知足，现在天气一天天凉了，自己的被窝连同心情一样都是冰凉的，所以啊，有些事情不能较劲儿，否则吃苦的还是自己，你就乖乖回家去，静待尹玉霞怎么跟你说吧。"

郭有庭走出浴池，室外的凉空气立刻一改浴池内憋闷的环境，瞬间让人清醒了起来。郭有庭真的有些饿了，他想起了尹玉霞说中午给他做酸菜炖血肠的，郭有庭裹紧了衣襟，急匆匆地往家走去。

郭有庭回到了家。屋子里飘荡着酸菜与血肠混在一起的特殊香味儿。初冬的季节，似乎只有应季的食物才能让人感觉到一种温暖。

"这酸菜现在吃还是有些早，再等个四五天，酸味完全就会上来。"尹玉霞渍酸菜的手艺还是不错的，她看见郭有庭回来了，就把冒着热气的酸菜血肠端上了桌子。

郭有庭强迫自己压抑着心中关于尹玉霞在楼下租房子的疑问，端起饭碗就大快朵颐起来。

"怎么样？好吃不？我还特意放了大片的白肉呢，这味道肯定正宗。"尹玉霞笑着问道。

郭有庭点点头，说道："还真不错，我啊，就好这口，酸菜这东西，就得和白肉血肠一起炖，我是百吃不厌。但你给其他地方的人吃，人家尝都不尝。莹莹这方面像我，可愿意吃这酸菜炖血肠了呢。"

尹玉霞的心里都是想着自己儿子租房子的事宜，她听见郭有庭吃口酸菜都想着自己的女儿，更觉得自己拿着郭有庭的工资卡取了四千块钱为儿子交了一个季度的房租，完完全全来了个先斩后奏这件事情的做法是完全正确的。

"但这东西也不能总吃，这几天电视里又说酸菜的事情了，有很多市场上卖的酸菜被食药监局检查出来各种超标，那腌渍酸菜的环境，非常恶劣。"尹玉霞说道。

"你还让我吃了不？"郭有庭说道。

尹玉霞笑了，说道："咱自己腌渍的卫生，而且今年腌渍的酸菜比去年多了一倍呢，保准够吃，再加上几口人都够了。"

郭有庭一听这话，愣了一下，看了看眼前的尹玉霞。

尹玉霞刚把话说完，就感觉自己说多了。

郭有庭没再吱声，低下头来，继续吃着酸菜。

"你瞧我这脑袋，越来越差劲了，这里还有蒜泥呢。"尹玉霞说着，起身去了厨房，把蒜泥拿到了郭有庭的面前。

"你也赶快吃啊，愣着干什么呢？"郭有庭说道。

尹玉霞双手不自觉地放在一起搓来搓去，说道："我还不饿，你先吃吧。我吧，想和你商量个事情，征求一下你的意见。"

"什么事情？"其实郭有庭已经猜到了尹玉霞要说的事情。

"涵东想和我住得近一些，这孩子也长大了，懂事了，想照顾照顾我。"尹玉霞说道。

"那就回来住呗，我从来也没撵他走。"郭有庭继续吃着酸菜。

尹玉霞又把蒜泥往郭有庭眼前推了一推，说道："那现在不是有沙雪吗？不方便。"

郭有庭放下了筷子，说道："那是涵东自己的事情，不用跟我商量，他现在是成人了，朵朵都上小学了，他也应该独立起来了。"

第五十章 心灰意冷

"你说说他,当初跟姚瑶多好,人家姚瑶家还有房子,现在可倒好,离了婚,孩子给我带着,他还找了个农村的姑娘,一点也帮衬不上我们。"尹玉霞也不知道自己应该如何去接着郭有庭的话,往自己内心的主题上去唠。

郭有庭瞪了尹玉霞一眼说道:"你可打住,你的思想也该变一变了,现在农村变化可大了去了,我当时也说钱川家是农村的,我也承认我当时也反对过,事实证明我是错的。这么多年,应该改变的是涵东自己,而不是还在挑选他对象家的出身,因为我们没有那个资格去挑剔别人。"

尹玉霞被郭有庭说得有些不好意思了:"是啊,时间过得真快,悦悦都读幼儿园了。但涵东说了,这次他跟沙雪真是一心一意过日子了,不再折腾了。"

郭有庭没有吱声,将自己的碗筷拿了起来,走到了厨房,开始洗刷起来。郭有庭对吴涵东已经心灰意冷了,他觉得吴涵东的话,在这个世界上,只有他的母亲尹玉霞能够相信。

尹玉霞见郭有庭没有吱声,她硬着头皮说道:"顾老三的房子,涵东租了过来,这几天就搬过来住了。"

郭有庭依旧刷着自己的碗筷,没有吱声。

"暂时借了你四千块钱,等涵东挣了钱还你。"尹玉霞朝着厨房,略微提高了一点声音说道。

"你这是在告诉我结果,而不是跟我在商量事情。"郭有庭扭头说了一句,说完之后又将已经刷干净的碗筷,用洗洁精又涂了一遍。

房间里只剩下水龙头哗哗的流水声与碗碟碰撞的声音。

第五十一章　节外生枝

转眼间，冬去春来，眼看着季节就像以百米冲刺的速度奔向夏季的时候，时间很快就过了"六一"，整个东洲市又是一片绿意盎然的样子，柳树下的象棋阵又开始对垒起来。

"老郑啊，老郑，这步棋不能这么走。"郭有庭看着老郑头下的棋，这把自己给着急的，恨不得把老郑头推走，自己上去杀几盘。

老郑头回头看了郭有庭一眼，说道："哎，老郭啊，你昨天还告诉我，观棋不语真君子，今儿是咋的啦？你家小尹做好吃的没给你吃啊，这把你给急的。"

围观的人群哄笑成了一片。

"什么小尹，都老尹了！"不知道是谁在人群说了一句。

"你们就是不会说话，老尹是老尹，小尹是小尹，老郭你这辈子是值了，历史上除了汉成帝娶了瘦燕肥环的姐妹花，就是你了。"老郑头与郭有庭也是几十年的老邻居了，说话也不分个里外。

"去，去，快下你的棋吧。"郭有庭涨红了脸说道。

郭有庭话音刚落，这时候手机响了，是赵吉利打来的。

"郭哥，你在哪儿呢？有事在忙吗？"

"刚吃过午饭，在楼下看下棋消化消化食儿呢，没别的事情，怎么啦?"

"李浩勇来了,你能抽空过来一下吗?"

"李浩勇?这小子,过来不提前打个招呼啊?这一晃七八年没见到他了,我现在就过去。"

郭有庭挂了电话,就急忙赶到了浴池。

"这是郭哥吧?"浴池的门口,一位中年妇女很有礼貌地打着招呼说道。

"啊,是我,你是?"郭有庭实在是想不起来眼前的人是谁了。

"郭哥,我是李浩勇爱人,我们的婚礼还是你给我们证婚的呢,你当时不是李浩勇的师傅吗?"

"你是宋蝶?"郭有庭拍了一下脑门儿说道。

"是我。"宋蝶笑着说道。

"李浩勇呢?"郭有庭问道。

宋蝶指了指浴池里面,说道:"在里面呢,我合计出来迎迎你。"

"走,快进去,这么客气干吗?我和李浩勇上次见面还是你嫂子活着的时候呢,这一晃都七八年了。你家李浩勇啊,人特别爽快,这些徒弟里,我最喜欢的就是他,他就是有一点不好,爱……"

郭有庭边说边走着,嘴里的话还未说完,本想说爱贪杯的,可映入他眼帘的一幕让他再也说不下去了。

李浩勇坐在轮椅上,身上还盖着一块薄毯子。口㖞眼斜的,嘴角还放了一块手绢,手绢已经被口水浸湿了。

"郭……郭……郭哥,好。"昔日十分健谈的李浩勇,费了好大的力气,才说出这么几个字来。

"这是咋啦?"郭有庭蹲在李浩勇的面前,回头向站在他身后的宋蝶问道。

"李浩勇这是脑溢血后遗症,以前天天喝酒,我怎么说他都不听。"宋蝶说道。

郭有庭摸了摸李浩勇的手,问道:"兄弟,多长时间啦?你怎么没吱声呢？"

"一、一……"李浩勇说了半天只说出一个"一"字，他用求助的眼神看了看宋蝶。

宋蝶领会了李浩勇的意思，说道："其实已经一年多了，这几天他天天要吵吵着来浴池洗个澡，这一年来，我一直在家给他擦身子的，可我一个女同志，我儿子还在外地读大学，我根本弄不动他，他告诉我你们在这里。"

"你们家不是离着很远吗？怎么过来的？"赵吉利问道。

"他得病后，我们就搬到这附近了，我妈家不是一楼吗？为了照顾他方便一些，我弟弟和我父母去我们那里住了，这个一楼腾出来给我们了。"宋蝶说道。

"郭哥，陈永胜出去办事去了，我自己也搬不动他，我就把你喊来了。"赵吉利说道。

"老陈在家，你也得喊我啊，这人啊，真得好好爱护自己，爱护自己才能爱护家人。行了，弟妹啊，你就歇一会儿，我和老赵好好给你们家李浩勇洗一洗。"

郭有庭与赵吉利也是费了九牛二虎之力才将李浩勇抬进了浴池里。

"莹……莹……怎……么样？"李浩勇虽然说话不利索，但心里不糊涂。

郭有庭笑了笑，说道："你这心思还牵挂不少呢？莹莹的孩子都六虚岁了。多快啊，当年还借你的车去的她老婆婆家呢。"

"快……真……快。"李浩勇的发音一般人很难听得清。

"什么坏？"赵吉利问道。

"什么坏，他说的是快。"

郭有庭说道，李浩勇用力点了点头，点头的瞬间，他的嘴巴还一抽一抽的。

"是啊，能不快吗？我们都老了啊。"赵吉利把嘴巴贴在李浩勇的耳朵边大声说道。

"配合一点啊,我和吉利把你的衣服脱掉。"郭有庭和赵吉利把李浩勇的衣服慢慢地一件件地脱了下来。

昔日膘肥体壮的李浩勇已经瘦了很多,尤其以前堆满肥肉的脖子已经变得很细了。

"金项链不戴了啊?"郭有庭轻轻拍了拍李浩勇的脖子问道。

李浩勇笑了,没有回答这个问题,反而问道:"谁……照……顾……莹……孩……孩子?"

赵吉利看着李浩勇的样子,忍不住笑了起来,说道:"你啊,不糊涂啊?什么都知道呢,人家莹莹找了个好婆家,人家孩子的爷爷奶奶照顾着呢。"

"悦悦的爷爷、奶奶春节后就都回老家了,现在悦悦上幼儿园了,下半年就上小学了,人家也是故土难离,但偶尔也到省城看一看。"郭有庭说道。

"也够她爷爷奶奶累的了,这带孩子责任大,你可没怎么照顾,这是实话。"赵吉利调了调淋浴的水温,说道。

"唉,什么都别说了,要是你嫂子活着,我们不是就能照顾上了吗?这玉霞一天照顾朵朵就够受的了,没办法。"郭有庭摇摇头说道。

"郭哥,今天是说到这儿了,我也不知道当说不当说,毕竟莹莹是你的亲闺女,有些时候,你不能因为表面上莹莹不需要你,你就不去关心她,莹莹这孩子是什么都为别人着想,就是不说而已。你啊,去省城的次数都能数得过来,这么做,不行。"赵吉利将淋浴喷头拿了下来,开始为李浩勇冲洗起来。

"唉,她也不怎么回来了,有几次他们一家三口都是到了她爷爷家和姥姥家,我去的那里。"郭有庭扶着李浩勇,说道。

"这一点,你怪不着莹莹,你让莹莹回来住哪儿?朵朵现在在她以前的房间呢,没地方,这妈不在啊,家就没了,这是实话。人家莹莹总不能多说什么吧?你这闺女就算够好的了,有多少个下半场的再婚家庭都是子女在中间拦着,拦什么,拦着的都是家庭的各自的利益。你总跟我说,你的工资涨了还觉得不够花，我那是不愿意说你，莹莹现在每个月没花你一分钱吧？多少个儿女得知父母再婚，把老人的工资卡都没收了，唉，居家过日子就是那点事情。"

"疏……疏……疏远了。"李浩勇插了一句。

"浩勇，你这句话说得挺溜啊？"赵吉利说道。

李浩勇笑了起来。

"这也是没有办法的事情，我知道莹莹对我和她三姨有看法。最近她三姨的腰脱又犯了，什么事情都需要我去做。我知道她老公公与婆婆回家之后，她和钱川忙得手忙脚乱，但没办法，朵朵的饭需要我做，上下学需要我去接，自然就生疏了莹莹他们。"郭有庭似乎意识到了自己确实有些问题。

"郭哥，这尹玉霞的腰脱不是天天犯吧？以前那几年呢？咱们是兄弟，你啊，之前做得也不是太好，说白了，这有后妈就有后爹，是你没想到而已。"赵吉利直来直去地说道。

郭有庭摇了摇头，说道："以前是有她公公婆婆照顾着，也用不到我什么。"

"两……两……两码事儿。"李浩勇吞吞吐吐地说道。

赵吉利为李浩勇擦了一下嘴角的口水，在李浩勇的面前伸出了大拇指，但什么也没说。

"哎，老赵，你今天是怎么了？你以前从来没这么说过我啊？"郭有庭似乎觉得赵吉利今天与以往有着很大的不同。

赵吉利转身将一盆温水泼在了浴床上。

"我昨天去监狱看林戈民了，恰好看见了特钢集团的唐文生，他也去探监了。回来的路上，我搭着他的车，我们闲聊的过程中，说起了莹莹。据说莹莹今年母亲节的时候在特钢集团的内刊上发表了一篇文章，产生了很大的影响，写的就是你家里的事情，尤其是她母亲去世后，更加缺少父爱的感觉。我是个粗人，不会学话，反正唐文生说他当时都想给你打个电话说你几句的。"

第五十一章　节外生枝

"兔崽子，怎么还在单位内刊上埋汰起我来了？"郭有庭说道。

赵吉利一边铺着一次性浴单，一边说道："郭哥啊，你让我说你什么好？人家孩子写的是思母之情，怎么是埋汰你呢？但我替你想了一下，这么多年，你去省城的次数，我都能替你想得出来。今天我看见了李浩勇，想起了你，你想一想，我们总有老的一天，谁都不能走到前面预测一下我们老了的时候，但真像浩勇这样，我这无儿无女的进了养老院无所谓，你也进养老院？你不能，但照顾你的，还是你的莹莹，不会是涵东。还有今天早上去油条摊的时候，算了，不说了。"

"糊……涂……啊……郭……哥。"李浩勇死劲闭了一下眼睛说道。

"来，浩勇啊，配合一下啊，我和郭哥，把你抬到浴床上来。"

"你可真瘦了不少，以前打死我们两个也抬不动你啊。"郭有庭说道。

"五……五……十多。"李浩勇费力地说道。

"你这个体格，打死我也没想到你能得这个毛病，你啊，以后要洗澡就过来，我和郭哥来帮你洗，你家宋蝶那体格，哪能搬得动你啊。是不，郭哥？"赵吉利将嘴巴贴在李浩勇的耳边说完，又转身向郭有庭问道。

郭有庭若有所思地站在那里一动不动。

"郭哥，郭哥？"赵吉利连喊了两声，

这时，郭有庭才缓过神来，说道："老赵，你说什么来着？"

"我说以后浩勇洗澡就找咱们俩。"赵吉利提高了声音。

"对，对，找我们就对了。浩勇，听见没？"郭有庭对着李浩勇说道。

李浩勇用力点了点头。

"郭哥，你刚才怎么愣神了？"赵吉利问道。

郭有庭叹了一口气说道："唉，愁啊，能不愁吗？这个家的里里外外都靠着我，我确实对莹莹忽视了。"

"你啊，真没想到越老越糊涂了，有些分不清主次了。至少唐文生跟我说完，我这两天的心情都是挺沉重的。前几天你还告诉我你带着朵朵去游乐场去了，那家伙把你兴奋的，说朵朵如何高兴了，在我的记忆里，你从来没带莹莹的孩子出去玩过吧？这一碗水得端平啊！"赵吉利一边为李浩勇搓着澡，一边说道。

为李浩勇搓完了澡，看着宋蝶推着李浩勇的背影，郭有庭的内心里想起了尹玉红在世间最后的日子。人健健康康地活着就要珍惜，尤其遇见了自己所爱的人更应该珍惜。

"老郭，晚上我这里煮点海螺，你一起在这里吃吧，和我们一起喝点？"陈永胜说道。

郭有庭指了指李浩勇离开的方向，说道："还喝？你看看李浩勇都成什么样子了？"

陈永胜笑了，说道："我们这是小酌怡情，他们是大酒伤身，不一样。"

"悠着点吧，这身体健康比什么都重要。不然的话，洗个澡都需要四个小时。"郭有庭竖起手掌，伸出四根手指，比量了一下。

"我们正常人洗澡加搓澡也就一个半小时吧，他这翻个身什么的都比较费劲，我刚才回来的时候，跟他爱人聊天时才知道他是你的徒弟。他这个年龄段正是作为家中顶梁柱赚钱的好时候。"陈永胜说道。

郭有庭离开了浴池，一路上，他耷拉着脑袋，脑海里都是赵吉利今天与他说的话，他的心里挺不是滋味的，这么多年以来，他还真没认真想过莹莹的事情，因为他觉得郭晓莹的公公婆婆已经将女儿等人照顾得很好了。赵吉利今天这么一说，让他的心里很不是滋味。

他刚回到家，还没喝上一口水的工夫，尹玉霞就赶紧迎了上来，说道："跟你说个事儿吧，涵东遇到了点困难，需要资金周转一下。"

郭有庭本身心情就很糟糕，听见尹玉霞这么一说，这气就不打一处来，说道："吴涵东这几年有一年不跟我要钱的吗？一个搓澡的，能有什么资金周转需要？"

郭有庭这么一说，把尹玉霞弄得措手不及。

"那你总不能看着涵东有困难，一点忙也不帮啊？"尹玉霞憋了半天，说道。

郭有庭瞪了尹玉霞一眼说道："你让我怎么帮？我帮他的忙还少吗？

这几年,我在他身上花的钱都比给莹莹花得多,这一点,你不会不知道吧?"

"那莹莹衣食无忧的,有车有房,她与钱川都工作稳定,人家也不需要你帮忙。"尹玉霞说道。

"那我这里也不是慈善机构。"郭有庭斩钉截铁地说道。

这时候,尹玉霞的电话响了起来。

"喂,儿子。"

电话的那一端传来了吴涵东的声音,明显很急迫的样子:"妈,你跟我二姨父说了吗?沙雪都着急了。你说没啊?"

"他这不刚进屋吗?"尹玉霞把头扭在一边,别别扭扭地说道。

"赶紧说吧,问完给我来个电话,沙雪说今天来了两组看房子的呢。急死我了。"尹玉霞的电话有些漏音,吴涵东所说的话,郭有庭听得是一清二楚。

"行啦,你告诉沙雪,我买鱼了,晚上让你二姨父做水煮鱼,做好了之后,我给你们送下去,你就老老实实上你的班吧。"尹玉霞很不耐烦地挂断了电话。

"你要跟我说什么?"郭有庭很不高兴地问道。

"不都跟你说了吗?涵东想借点钱周转一下。"尹玉霞说道。

"除了钱,你们娘俩跟我商量过别的事情吗?"郭有庭的声音有些高了起来。

尹玉霞一听郭有庭今天的状态不是太对劲,但自己也很生气郭有庭这种说话的语气,也没有什么好气地说道:"除了钱,其他没什么需要商量的。"

"那就都别商量了。"郭有庭回到了卧室,躺在了床上。

"涵东无论如何还叫你一声二姨父吧?话又说回来了,你怎么也是他的继父吧?有些义务终究是要有的。"尹玉霞的态度也是很强硬。

"什么义务,你告诉告诉我,他多大了,干什么什么不行,吃什么什么没够。"郭有庭转过身去,将后背朝向了尹玉霞。

"不说那些了，现在沙雪怀孕了，涵东准备结婚。"尹玉霞说道。

"这几年涵东赚的钱呢？不是说每个月不少赚吗？沙雪不是也赚钱呢吗？"郭有庭转过身来，大声说道。

尹玉霞还是袒护着自己的儿子，说道："他们只赚不花啊？"

"吃我的，用我的，他们有什么花钱的地方，无非买点衣服，总能攒下一些吧？"郭有庭问得不是没有道理，自从吴涵东租了顾老三的房子以后，就是一瓶酱油都是从郭有庭这里拿下去的。

"他们要把顾老三的房子买下来，缺点钱。"尹玉霞见情况如此不妙，最终道出了实情。

"什么？买顾老三的房子？"郭有庭很吃惊。

"嗯，顾老三的房子不往外出租了，要出售了，刚才不是还有两组买房子的去看房子了吗？"

尹玉霞说完，郭有庭突然想了起来，刚才赵吉利说到了油条摊的事情，因为顾老三天天早上在他哥哥那里帮忙卖上一阵油条。可能这件事情，就是自己还蒙在鼓里呢，郭有庭越想越生气，说道："顾老三的房子不出租了，可以租别人的。"

"涵东他们交了定金，这几天就到期了，要是涵东不把尾款给人家补上，这两万元的定金就不给退了，你说怎么办？"尹玉霞也很是着急。

郭有庭真是气不打一处来，说道："话又说回来了，别人看房子，跟我们有什么关系？谁让他交的定金？跟我有关系吗？"

"算是我跟你借的行吗？"尹玉霞阴沉着脸说道。

郭有庭还真没想到尹玉霞能说出这话，说道："你借？你拿什么还给我？"

"郭有庭，你我抛开以往的亲戚关系以外，我现在是你的妻子，你怎么能这么说话呢？"尹玉霞第一次在郭有庭的面前直呼他的名字。

"你是你，涵东是涵东，他就是个无底洞。"郭有庭说道。

"你也别瞧不起人，涵东怎么了？涵东现在也正在想办法创业呢，有朝一日一定会让你刮目相看的。"尹玉霞一脸很难看的样子。

第五十一章 节外生枝

郭有庭紧锁着眉头,一个劲儿地摇着头,带着质问的语气说道:"刮目相看?也就是你现在还能相信他的鬼话!他的脑袋已经在南墙上撞得满头是包了,我看你现在的头也跟着撞起包了。你们不知道疼吗?"

"涵东不会老是这样的,你的眼神有毛病。"听到郭有庭如此评价吴涵东,尹玉霞十分地不高兴。

郭有庭也正在气头上,"说句好听的,你这叫舐犊情深,说句不好听的,你这叫毫无底线地护王八犊子!"

尹玉霞听完更生气了,气得自己也不知道要说些什么,也到了接朵朵放学的时间了,摔门而去。

郭有庭越想越是憋气,他给赵吉利拨了一个电话,好长时间没人接。自己正在气头上呢,他觉得赵吉利应该知道些什么,就急急忙忙去了浴池。

赵吉利果然正在给客人搓澡呢,马上就要结束了。

"有雪糕没?"郭有庭向陈永胜问道。

"有啊,在冰柜的左边,你自己拿去。你今儿的状态不是太对啊?有火气?"陈永胜说道。

"别提了,一天到晚全是烦心事,这心里就没有顺当的时候。"郭有庭撕开雪糕的包装袋,大口吃起雪糕来。

"是因为你徒弟脑溢血的事情吗?我听赵吉利说了,挺可惜的,正是事业上升期呢,结果弄成了这样。"陈永胜摇着头说道。

这雪糕一入嘴里,郭有庭感觉到两个太阳穴都被冰得厉害。他嘴里含着雪糕,吸了一口凉气,说道:"不都是。"

"郭哥,你的手机响了。"陈永胜指了指郭有庭的衣兜说道。

郭有庭用嘴咬住雪糕,一边掏出手机,一边说道:"这岁数大了,眼神真不行了,以后走到哪里都得揣个花镜了,哎,这不是老赵的电话吗?老赵,我在外面呢,别打了。"

郭有庭冲着男浴区喊道。

"你在这儿啊,刚才你打电话我没听见。找我啥事?"赵吉利一边用毛巾擦着脑门儿上的汗,一边说道。

"问你个事情,你是不是知道顾老三房子的事情?"郭有庭开门见山地问道。

"啥事啊?是涵东要买顾老三房子的事情吗?"赵吉利问道。

"对啊,你什么时候知道的?我怎么不知道呢?"郭有庭说道。

赵吉利满脸的疑惑,又看了陈永胜一眼,诧异地说道:"这都多长时间的事情了,我们以为你都知道呢。今天早上我在油条摊买油条的时候,顾老三还说涵东要是再不交首付钱,他真就把定金没收了,他和涵东之间是在中介签了合同的。"

"我哪知道啊,你怎么不跟我说呢?"郭有庭说道。

"郭哥啊,这么大的事情,我们都以为你知道呢。我今天还跟老陈说呢,你要是钱的方面有困难,我这儿多少还有点,你要用,你就拿去,但两万定金要是被扣了,多可惜啊。"

郭有庭将没吃完的雪糕扔在了墙角的垃圾篓里,说道:"尹玉霞想瞒天过海,还没那两下子,刚才才和我说的。"

"不会吧,你才知道啊?我就说嘛,你春节的时候还说莹莹的房贷还有不少呢,怎么可能给涵东拿钱买房子啊?老赵还跟我犟嘴呢,说是你肯定同意涵东买房子的。"陈永胜说道。

"造孽啊,造孽。这辈子是欠她们老尹家姐俩的。"郭有庭眼睛望着门外,一直摇着头。

"搓澡的,人呢?"男浴区有人在喊赵吉利。

"郭哥,你要有需要的话,我这还有点,但总觉得这事儿吧,不像那么回事,你毕竟不是大款,你自己亲闺女也不是活得太滋润,虽然买了车,但都是提前消费,毕竟还有贷款。唉,我也不多说了,你自己决定吧,另外,我早上说你的话,你别多想,可能我作为一个旁观者,看的角度不同而已,我先去搓澡了,你等我一会儿。"

赵吉利说完,急急忙忙走进了男浴区。

郭有庭迟疑了一下,只是将右手举起,跟柜台前的陈永胜摆了摆手,头也没回,说道:"老陈,我先回去了。"然后径直走出了浴池。

第五十二章　举棋不定

郭有庭离开浴池以后，自己漫无目的地走在大街上，满眼曾经熟悉的一切，今天看起来又显得是那样的陌生。时间磨平了记忆中妻子离世的痛苦之后，仿佛自己的生活里又陡然增添了很多自己意想不到的事情。他在自己的内心深深地问着自己，真的如赵吉利说的那样吗？这些年来，日复一日，他似乎每天都陪着尹玉霞在忙着照顾朵朵，而没有过多想起自己的亲外孙女悦悦。仔细想一想女儿多年没有在家里住过，确实是自己的原因，自己曾经认为东洲与省城如此之近，女儿完全没有必要回来住上几天。如今看来，真的是疏忽了自己的亲生女儿。

尹玉红与郭晓莹的一幕幕在郭有庭的脑海里浮现，记得尹玉红还没生病的时候，每天晚饭后，他们都会下楼走上一个小时左右，就是走在这条熟悉的街路上，当郭晓莹放假在家的时候，他们一家三口的背影是多少街坊邻居所羡慕的。一晃七八年的时间了，常拉着自己手的尹玉红已经化作一捧尘土，静静地躺在墓地里。女儿郭晓莹爽朗的笑声已经好久没有听过了，岁月留给自己的难道只是这些？郭有庭感到自己的内心中有着一丝孤独，这种孤独是他以前从没有想过的。

走着走着，郭有庭的手机响了，连续四声短信提示音的声音，他的手机里连续进来四条短信。

"尊敬的客户,您尾号5337借记卡转出人民币5000元,账户余额61950.92元,ATM取款。"

"尊敬的客户,您尾号5337借记卡转出人民币5000元,账户余额56950.92元,ATM取款。"

"尊敬的客户,您尾号5337借记卡转出人民币5000元,账户余额51950.92元,ATM取款。"

"尊敬的客户,您尾号5337借记卡转出人民币5000元,账户余额46950.92元,ATM取款。"

郭有庭已经明白了,肯定是尹玉霞去取的钱,因为工资卡就在家里床头的抽屉里。他拨了尹玉霞的电话,电话号码已经拨出去的瞬间,他又迟疑了,他觉得自己没必要主动问尹玉霞,既然尹玉霞已经这么做了,那倒要看看尹玉霞怎么跟自己解释。

郭有庭挂掉了电话,放进了裤兜里,自己仰天长叹了一口气,太阳即将西下,躲在五彩缤纷的晚霞里,红彤彤像一个圆盘一样。而此时弯弯的月亮已经挂在了湛蓝色的天空中,自己好久没看到这种情景了,不由自主地看得入神。

"太阳落山了,还有月亮,玉红走了,还有莹莹。"郭有庭自言自语。

郭有庭正在愣神的时候,裤兜里的电话响了。一看是尹玉霞打来的。郭有庭的内心里火气立刻又上升了起来,虽然他的眼神仍然看着那道弯月,但内心里全是自己与尹玉霞之间的事情。

郭有庭没接电话,继续往前走着,过了好一阵儿,裤兜里的电话终于消停了,街边门市招牌上的霓虹灯渐渐亮了起来。郭有庭突然觉得这座城市对于自己有些陌生了,好像多年以前自己在非洲援建的时候才有过这种感觉。

当年在非洲援建的时候,尹玉红曾经去过工程的驻地探亲,尹玉红问过自己:"有庭,你在非洲援建这么长时间,觉得非洲的什么地方最亲切啊?"

"没有亲切的地方,他们看我是外国人,我看他们是外国人,友好是友好,但没有在国内看见亲人的那种亲切的感觉。"郭有庭站在宿舍的门

第五十二章 举棋不定

口看着远方,说道。

"怎么这么说呢?现在在国外看见我了,难道就不亲切了吗?"尹玉红问道。

"亲切,怎么能不亲切呢?有你的地方,我就觉得那就是家。"

郭有庭说完,尹玉红哈哈大笑起来,她走到郭有庭的背后,从后面抱住郭有庭的腰部,说道:"你到了非洲,嘴怎么变得这么甜啊?"

"我说的是真的,我在这里经常说这话,你不信的话,你一会儿问问赵吉利,他老是在我的宿舍里住。"

"行啦,我还能不信你啊,我也是,你不在家的时候,我也经常感觉到不亲切,有些时候,走在马路上都有一种陌生的感觉,幸亏我在家里还有莹莹陪着我。"

尹玉红说完,把脸贴在了郭有庭的后背上,双手抱得更紧了。

不知不觉中,郭有庭的眼角有些湿润,确实有些怀念与尹玉红在一起的日子了。

此时,裤兜里的电话又响了。

郭有庭本来还是不想接听,但这次还是响个不停,他掏出手机,本想狠狠责备尹玉霞一番,当电话屏幕在自己手中从自己眼前掠过的那一瞬间,他才发现不是尹玉霞打来的电话,是赵吉利打来的。

"喂,老赵,我这是自作多情了。"郭有庭说道。

赵吉利听得是一头雾水,说道:"郭哥,什么自作多情啊?你怎么走了呢?我刚搓了两个澡,一出来,你走了。你是不是有心事啊?"

"唉,老赵,我不想和尹玉霞过了,没什么意思,太累了。"郭有庭叹了一口气说道。

"郭哥,怎么突然有了这个想法啊?你们不是没吵没闹吗?再说了,这居家过日子,能不拌两句嘴吗?"赵吉利安慰道。

"老赵啊,你是不知道啊,我现在觉得浑身乏力,这心情没有一天是舒畅的。不是吵架拌嘴的事情,就在刚才,尹玉霞没跟我打任何招呼,就去银行自动提款机取了两万块钱，都说半路夫妻更应该珍惜，彼此相伴本身就是缘分，在一起都不容易，可现在我没感觉到她对我有任何尊重与珍惜。所有的一切，都是以她的态度为标准，春天的时候，我的胃病犯了，躺在床上两天，人家基本上是没管没顾，她送朵朵上学，路过老顾的油条摊吃了早餐，回来的时候，哪怕给我带一根油条也行啊。还有……"

郭有庭还没说完，赵吉利打断了他，说道："郭哥啊，咱不说这些了，我都后悔今天和你说那么多的事情了，什么事情咱都想开一些。要不我陪你喝点？"

"也行，你能脱得开身吗？"郭有庭问道。

"没事，不然赶上晚饭点了，洗澡的人也少。"赵吉利说道。

郭有庭转念一想，这么做有些不妥，还有陈永胜呢，虽然陈永胜与自己的关系不如赵吉利走得这么近，但吃饭的时候落下谁都不好。于是，郭有庭说道："这样吧，我现在正走在美食广场附近呢，就在上次咱俩吃的刘记牛杂店门口呢，我买三份牛杂，拌点牛肝、牛肚，再来份牛肉，我拿回浴池去，和老陈一起吃点吧。"

"你走那么远了啊？腿够快的了。好吧，啤酒我在这边买了，你就别拎着了，怪沉的了。"赵吉利说道。

"你就默许她把钱取了？"陈永胜很吃惊尹玉霞的做法。

郭有庭喝了一杯啤酒，说道："我不是默许，我是想怎么跟她分开，我不想跟她一起过了，这半路的夫妻，心不在一起。"

"郭哥，你可别这么说，有些事情也许是你给人家的信号给错了，你心里是想给人家亮起红灯，但你的所作所为，在人家尹玉霞与吴涵东的眼里，你顶多是亮起了黄灯，还是可以通行，不扣分的。"赵吉利也把杯中的啤酒喝了下去。

坐在一旁的陈永胜点了点头，说道："是啊，郭哥，他说得对，有些时候，做什么事情不能优柔寡断，该亮红灯的时候就得亮红灯，黄灯闪烁的事情，咱们不能做。"

第五十二章　举棋不定

赵吉利为郭有庭的酒杯倒满了啤酒。

"你们喝吧，我就一瓶的量，这郁闷的酒很难下咽。"郭有庭摆了摆手，说道。

赵吉利看得出来，郭有庭还在气头上，说道："郭哥啊，不是当弟弟的说你，在单位上班的时候，你有时候就磨不开面子，有些时候有些事情不是你躲避就能处理的。你说你和尹玉霞分开，你们毕竟是亲戚，你们这是断了骨头还连着筋呢，对不？"

"是啊，老郭，你和尹玉霞之间，这沾亲带故的，做什么决定得慎重啊。"陈永胜也劝说道。

"沾亲带故？不是我喝点酒，在这儿发点牢骚，自从我和她在一起过日子以来，很多事情都被她做绝了，尹玉红走的时候，就是怕我找个其他的人苦了我家莹莹，非得让我和她过日子。这可倒好，她还不如我找个别人呢，莹莹生孩子，作为后妈，你是不是象征性地照顾几天啊？好，涵东的孩子朵朵小，那你常去看几眼总行了吧？给莹莹与悦悦买点东西，对不？话又说回来了，钱是我出的，做个面子上的事情，你不会做啊？想什么呢？你不愿意去省城，也行，那你平时给莹莹打个电话行不？电话也不打，这三姨变成后妈之后，还不如之前是三姨的时候了呢。"

郭有庭一发不可收拾，好多话都是第一次从他的嘴里说出来。

"郭哥，很多半路夫妻都会有矛盾，因为都经历过上一个家庭，所以第二次找了个新老伴儿，往往刚开始的时候，就会很谦让着，但时间长了，一旦有一件事情没有谦让对方，矛盾马上就会出现了。有句话说什么来着，要懂得拒绝别人。"赵吉利说完，举起酒杯，与郭有庭、陈永胜碰了一下，一饮而尽。

"对，要懂得拒绝别人，不然的话，即使把自己累死，也不会得到对方真正的尊重，因为对方已经习惯了你的顺从。"陈永胜附和着说道。

"你们走到今天这一地步，跟你自己有着绝对的关系。你刚开始发现尹玉霞已经不是以前的尹玉霞的时候，你就应该指出来。比如说，你发现她对莹莹不管不问，你就应该直接告诉她，打个比方，这一千元钱给你，抽空你给莹莹买点东西，你没时间去，我去送去，就说是你给买的，我这男同志心粗不会买什么，你帮忙选一选。这多好，你一味地纵容，换来的是莹莹的伤心。虽然我没做过父亲，但我知道父母对待亲生儿女的感情和付出，跟非亲生的儿女那是不一样的。现在尹玉霞本身还带着孙女，照顾着孙女的饮食起居，本来就没时间，你可倒好，你也顾不上莹莹了，今天给朵朵买肉，明天给朵朵买鱼的，这么多年你让我给朵朵买笨鸡蛋不下十次了吧，你给你自己的亲外孙女买过一次笨鸡蛋没？"

郭有庭觉得赵吉利说得有道理，但自己有些挂不住面子了，他拍了拍赵吉利的肩膀说道："老赵啊，我外孙女不是有她爷爷奶奶吗？人家老两口对待那孩子简直是含在嘴里怕化了，放在手上怕摔着。"

"错，郭哥，你这态度就是最大的错误，不是我今天喝点酒话多，我真得好好批评批评你，人家爷爷奶奶是人家的爷爷奶奶，你送一个鸡蛋去，不只是给你外孙女吃了，你是给你女儿莹莹撑腰了，你这样对你女儿不管不顾，你女儿怎么想？你女婿怎么想？你的亲家又是怎么想？你自己琢磨琢磨。"赵吉利一杯啤酒进肚，把酒杯狠狠地放在了桌子上。

"你轻点，这桌面上的坑全是你磕出来的。"陈永胜说道。

"郭哥，你看见没？你对你女儿莹莹的影响就像这桌面，尹玉霞与吴涵东每次都这样在桌面上磕来磕去，每次你都不能像老陈一样喊上一嗓子，他这次不喊，我下次还会磕的，你也一样，你再不挽救，不是你的钱被尹玉霞与吴涵东取走了，是你的女儿渐渐与你生疏了，郭哥，钱都是小事儿，这亲情生疏了才是人事啊。"

赵吉利看着发呆的郭有庭直摇头。

"老赵，唠远了啊。郭哥刚才是说与尹玉霞分手的事情，你说这些不是让郭哥更难受吗？"陈永胜觉得赵吉利有些说多了。

"没说多，没说多。"郭有庭耷拉着脑袋，摆摆手说道。

"郭哥，我没有丝毫劝你与尹玉霞分手的意思啊，毕竟过去人讲，宁拆一座庙，不拆一桩婚。"赵吉利将手扶在郭有庭的肩膀上。

"那按照你的意思，我应该怎么办？"郭有庭问道。

"我刚才白说了,还问我怎么办?你在单位的时候是我的领导,现在还来问我,一碗水端平呗。告诉尹玉霞,她想着涵东没错,但也要她想想莹莹,什么事情都不能做绝了。"赵吉利拿起酒瓶发现酒瓶空了,将空酒瓶放在了脚边,又拎起一瓶啤酒,陈永胜递过瓶起子,赵吉利没接,直接用牙起开了瓶盖。

"其实与尹玉霞分开的想法,我已经有了好几次了。每次我要提出来的时候,人家跟我说两句软话,我就改变了想法,其实我也很想跟她表明要她把一碗水给端平了。"郭有庭直勾勾地看着赵吉利。

赵吉利瞪大了眼睛,说道:"郭哥啊,你真是我的亲哥啊,你现在怎么这么糊涂了呢?这就是你与尹玉霞之间所有事情纠结的根源。人家已经从骨子里抓住了你的弱点,反正你又不会怎么样。"

"老赵,你这句话真是说到我心里去了,这脚下的泡啊,都是自己走出来的。"郭有庭微闭着眼睛,摇了摇头。

赵吉利一边嘴里嚼着牛肉,一边用手指了指脚下的鞋子,说道:"肉香不香,嘴巴知道;鞋好不好,脚知道。脚底下有水泡,肯定是鞋子的问题,很明显,是不合脚了。我都替你感觉到很累,跟着你心累。"

"跟着着急的才是兄弟呢。"陈永胜也夹了两片牛肉放进了嘴里。

"郭哥,有些时候,你换个思路,把你工作时雷厉风行的作风找回来,鞋不合脚了,就换了吧。最不好的结果,跟我一样呗,把脚光着!其实有些时候,光着脚的感觉也是很不错的。"

"行了,行了,你刚才还说你丝毫没有劝郭哥与尹玉霞分手的意思呢,没两分钟,你又开始劝郭哥光脚了。说什么都是你,喝酒。"

陈永胜端起了酒杯,赵吉利也端了起来,只有郭有庭默默地坐在那里,一动不动,仿佛在思考着什么。

赵吉利给陈永胜递了一个眼神,两人也没再说什么,一饮而尽。

"我可能真是老了,最近下棋都是举棋不定的,没有年轻时那种魄力了,所以现在的我做起任何事情来,也都是犹犹豫豫的。"郭有庭沉默了半天,终于自己冒出了一句话。

"郭哥，这人吧，都有私心杂念，你我也一样。但有些时候不能过度地强调自己，对不对？尹玉霞现在是过度护着涵东，才引起了你的不悦。要是但凡她对你家莹莹好一些，你可能心里就不会这么难受了。你不说，我和老陈也知道，你与尹玉霞之间还没闹到非要分开不可的地步，要不你跟她好好谈谈吧，有些话说开了，总比你在这儿憋着强，对不？"

赵吉利刚说完，陈永胜也劝说道："老赵说得对，你跟她好好谈谈。一旦她改好了呢？"

"你俩慢慢喝吧，我先走了。"郭有庭站起身来，用自己的左右手分别拍了拍赵吉利与陈永胜的肩膀。

"郭哥，你没事儿吧？是不是我说多了？怎么说走就走了呢？"赵吉利也站了起来，问道。

郭有庭摇摇头，说道："我没事，你也没喝多，我也没喝多，我只喝了一瓶，这几年我真是混混沌沌活过来的，我也吃不下什么，我先回去了。"

"老赵，你说这到了最后，郭哥与尹玉霞是什么结果？"

"什么意思？"

"你就说他俩能分不能分吧？"

"只要郭哥别这样愁眉苦脸的，什么结果都行。"

"你跟谁学的，怎么打起官腔了呢？"

"我的第一感觉，他们两个分不了。"

"为什么？"

"郭哥的性格，这么多年你还不知道啊？他下不了那份狠心。"

"我觉得他这次肯定能与尹玉霞分开，要是我的话，别说偷着取了两万元钱，就是两千元钱都不好使。钱可以用，但话得提前说，现在这样做，那叫办的什么事啊？"

"老陈啊，那是你的想法，不是郭哥的决定，你等着瞧吧。"

"行，咱俩就打个赌，看一看郭哥这次到底做了个什么样的决定。来，不提这事儿了，咱们喝酒。"

第五十三章　放平心态

赵吉利与陈永胜谁也没想到,从浴池走出去的郭有庭没有回家,而是坐上了公交车,去往了市客运站。

夜里街路两旁的路灯,光芒盖过了头顶上的弯月,照亮着这漆黑的夜晚,冷不丁地看上一眼,还是那么刺眼。抬头望去,公交车上没有几个人,座位上空空荡荡的,偶尔路边柳树的枝叶俏皮地伸进车里,与车体之间摩擦出哗啦啦的声音,微风从车窗吹进来,让郁闷了一天的郭有庭多少感觉到一丝清凉。

公交车走走停停,郭有庭的脑海里也是断断续续映现着自己与尹玉霞搭伙过日子以来的点点滴滴。

难道真的是因为尹玉霞每天照顾着朵朵,忽略了莹莹?但不至于连个对莹莹关心的电话都没有了啊?毕竟是莹莹的三姨。再想一想吴涵东,这孩子从小到大就是这样,真是累赘,即便是工作相对安稳了,但也没个消停的时候,他就好像是一个无底洞一样,时不时地就冒出几股阴风,把尹玉霞也弄得很无奈。其实自己与尹玉霞走到一起,虽然当初是尹玉红的意思,但自己应该完全料想到吴涵东是个什么孩子,这是与尹玉霞生活中,不可回避的,可自己却没做好充分的心理准备。

公交车驶入了客运站,车上的其他乘客都陆续走了下去,只剩下郭有庭一个人。

"这位乘客，车到站了，别愣着了。"公交车司机将车熄了火，冲着郭有庭喊道。

"对不起啊，愣神了。"郭有庭赶忙从公交车上走下了，急忙向开往省城的大巴车乘车区跑去。

一个半小时后，郭有庭已经站在了女儿家的小区门口，已经是夜里九点多了，小区门口的保安都打起了哈欠。

这么晚到女儿家是有些唐突，但不知道自己今天为什么两条腿就是不由自主地走到了这里，仿佛不听使唤一般。

总不能空着手进女儿家的家门啊，想一想赵吉利说得也是，自己不经常过来，弄得自己都不自在了。郭有庭一边琢磨着，一边走进了园区门口的便利店中。

"你好，需要点什么？"便利店里没顾客，只有一个收银员站在收银台前。

"给孩子买点东西，真不知道小孩子愿意吃什么。"郭有庭的目光在货架上四处乱看着。

"多大的孩子啊？一看你就是不经常带孩子的。"收银员说道。

"给六岁的孩子买，我也带孩子，但我是不带六岁的孩子，平时净带着扯淡的孩子。"别人一说自己不经常带孩子，郭有庭多少也有些羞愧的感觉，甚至还有些生气。

"大爷，你说话真逗，六岁的孩子愿意吃薯片、虾条、巧克力、海苔，都行。"收银员一边笑着说道，一边鼓捣着微信。

"那都来点吧，你别鼓捣手机了，你帮我拿点吧。"郭有庭说道。

收银员给装了满满一购物袋，收了钱，递给了郭有庭。

郭有庭走后，那收银员更是乐得不行了，给微信的朋友发了一条语音："刚才店里来了个六十多岁的大爷，他说他平时净带着扯淡的孩子，这扯淡的孩子是什么孩子啊？"

第五十三章 放平心态

郭有庭敲了敲女儿家的房门,半天的工夫才听见女儿郭晓莹在屋里问道:"谁啊?"

"是我,你爸。"郭有庭回答说道。

屋内的郭晓莹完全愣住了,通过门镜看去,果然是自己的父亲,赶紧打开了房门。

"爸,你怎么来了?没什么事吧?"郭晓莹上下打量了父亲一番。

"我没事儿,我就是想悦悦了。"

郭有庭话音刚落,悦悦在卧室里听见了姥爷的声音,就连蹦带跳地跑了出来。

"姥爷姥爷,你怎么来啦?想死我了。"悦悦一把抱住了郭有庭的大腿,撒娇地说道。

郭有庭一把把悦悦抱进怀里,也亲了悦悦小脸蛋一口,说道:"姥爷也想悦悦了,这么晚还没睡啊?怎么长身体啊?"

"等你女儿来着,结果她刚回家就打我。"悦悦说完就想哭的样子。

"好了,好了,乖孩子不哭啊,回头姥爷打你妈妈,你看我给你买什么了?"郭有庭指了指地板上的购物袋说道。

"你别打她,她给你买父亲节礼物了,没给我爷爷买,我问了问,她就打我,呜呜……"悦悦说完,还是觉得一肚子委屈,发声哭了起来。

"爸,你过来了,怎么这么晚呢?"钱川也从卧室出来了,看见郭有庭说道。

"晚上坐车的人少,还凉快。别老打孩子,孩子多小啊。"郭有庭一边晃着怀里的悦悦,一边说道。

这下可好了,悦悦终于有了为自己撑腰的人,一个劲儿地点头。

"快擦擦眼泪,到沙发上坐下来,看看姥爷给你买了什么了。"郭有庭把购物袋也拎到了沙发旁。

郭有庭打开购物袋的一瞬间,钱川与郭晓莹的脸几乎同时耷拉了下来,悦悦也用眼睛斜着看了父母一眼。

"怎么了?"郭有庭看出来有些不对劲,问道。

"爸,这都是垃圾食品,小孩子不能吃的,影响发育。"郭晓莹说道。

"什么影响发育,你小时候这些东西没少吃,你不挺好的?你妈从来不吃这些东西,该没了不是还是没了。再说了悦悦也不是经常吃。"郭有庭说道。

悦悦十分懂事,看见姥爷在说妈妈,就赶忙轻轻地拍着姥爷的脸说道:"姥爷姥爷,你别说妈妈了,我有个问题,刚才我问爸爸,爸爸没有回答我,你就进来了。"

"乖宝宝,什么问题?姥爷告诉你。"郭有庭撕开了薯片递给了悦悦。

悦悦没敢吃,放在手里,一边看着手中的薯片,一边说道:"我刚才跟爸爸说要是我自己的亲姥姥活着就好了。姥爷,白雪公主的后妈给她吃毒苹果,我后姥姥给我妈吃毒苹果不?"

郭有庭当时也被问蒙了,也不知道如何回答是好。

"悦悦,你别老缠着姥爷,你该刷牙睡觉了。"郭晓莹严厉地说道。

"我不,我要陪姥爷玩一会儿,姥爷你快回答我的问题。"悦悦往郭有庭的身边蹭了蹭。

"白雪公主是童话里的故事,你后姥姥不会喂你妈妈毒苹果,但姥爷决定不要你后姥姥了。"郭有庭很认真地说道。

"后姥姥打人吗?"悦悦一脸疑问地问道。

郭有庭无奈地看了郭晓莹一眼,然后掐了掐悦悦的小脸蛋,说道:"后姥姥不打人。"

"这孩子一天到晚都从哪儿学到的这些话?"女儿说出这些话,钱川略微有些尴尬。

"我们班孙维冲小朋友的后姥姥就掐他,他自己说的。"悦悦一本正经地说道。

郭有庭与钱川听完,都笑了起来。

"行啦,你一天到晚,老想着动画片,你赶紧把手里的薯片吃了,吃完快去刷牙。"

在家里,悦悦是真怕郭晓莹。郭晓莹话音刚落,悦悦就把手中的薯片放进了嘴里,一边吃着,一边向卫生间走去。

"这一个家庭的家教和家风很重要,我真的不打算跟你三姨再过下去了。"郭有庭此言一出,钱川与郭晓莹都愣住了。

"怎么了?"郭晓莹问道。钱川坐在一边,没有吱声,这种事情,他认为自己还是别掺和了。

"这心啊,不在一起。我和你三姨也走了很多半路夫妻的老路,有些时候你三姨总是不能跟我开诚布公,总想着所有的事情能将生米煮成熟饭,等着让我自己发现,现在我跟她在一起,我觉得累了。"郭有庭说完,长舒了一口气,将头靠在了沙发上,眼睛一动不动地望着天花板。

郭晓莹一时也不知道如何是好,她看见钱川一声不吱,就用手拧了钱川一下。

钱川咧了一下嘴吧,瞪了郭晓莹一眼,对着郭有庭说道:"爸,你做什么决定我和莹莹都支持你。但你和三姨这层关系,好像挺复杂的,你们能分开吗?"

"你会不会说话?怎么复杂了?"钱川的话音刚落,郭晓莹就责备起钱川,她看了父亲一眼,继续说道:"爸,什么事情,你都应该放平心态,有些事情不是你一个人造成的,我也不想问你和三姨具体怎么回事,但你今天说出这句话来,肯定有你的理由,这么多年来,至少我觉得我跟我三姨是生疏了。"

"我都快不认识她了。"郭有庭气冲冲地说道。

"爸,还是莹莹刚才说的那句话,放平心态吧,毕竟我们之间是亲戚,沾亲带故的,好聚好散,有什么事情,你心平气和地跟她谈一谈。"钱川说道。

"人家压根不跟你谈,什么事情都是先斩后奏,拿我当空气一样,本来我想不说的,但我决定要和她分开了,也不避讳什么了。涵东要买房子,首付款还没凑齐,就把定金都已经交了,现在要通过中介办理贷款,今天下午的时候,就拿着我的工资卡去自动提款机取了两万元钱,到现在为止,也没打电话跟我说一声。她与涵东的眼里还有我吗?就是你妈活着，她用钱，是不是也得告诉我一声啊？"

郭有庭说完之后，微闭着眼睛，摇着头。

"爸，涵东是她亲儿子，有些时候，你要是换位思考一下，你就不会这么痛苦了。"钱川说道。

"我倒觉得这么多年，我挺对不住你们的，没怎么照顾你们，前几天六一儿童节，我都没过来，你三姨腰脱犯了，我觉得我都对不起悦悦姥姥临终时交代给我的话。那天朵朵与悦悦在微信上视频聊天，两个孩子说的话，我在旁边都听见了，我这心里挺不好受的。"

郭有庭说完，又是长舒了一口气。

"爸，有些时候，尤其是心里乱的时候先别下决定，我看你今天还应该是喝了点酒，更不能做酒后的决定。其实我之前心里也很不平衡，尤其是在我结婚生完悦悦之后，包括你在内，我有时候都觉得很陌生，这种生疏感不知道是从何引起的，有的时候，我想给你打个电话，都不知道从什么话题说起。以前我每次让你来省城，你都是一堆推辞的理由。后来，我也索性不再提这些事情了。时间久了，我慢慢地也想开了，你有你自己的生活，虽然我妈不在了，我失去了很多东西，但你还在，只要你健健康康，哪怕一年都不过来一趟，都是无所谓的。只要我知道你是快乐的，你是健康的，我就特别地心安。"

郭晓莹倒了一杯温水递给了郭有庭。

"是啊，爸，你一晃儿也跟我三姨过了好多年了。之所以能过这么多年，还是有能过下去的理由，但是你刚开始要和我三姨在一起的时候，莹莹的心里就特别不舒服，后来我就跟她讲，我们两个年轻人在一起说说笑笑，有个照应，可你孤孤单单的，哪怕洗洗涮涮都是个问题……"

"钱川，你就别说那些了，爸，你听我说，你和我三姨分开之后，还要再找吗？"郭晓莹打断了钱川的话，问道。

郭晓莹这么一问，郭有庭当时也手足无措，因为他根本没想到这些，他愣了半天，说道："找不找再说吧，不是所有人都把我当成了空气吧？天底下没有你三姨那么做事的。"

"爸，半路夫妻真有在一起过得幸福的，要不你再找我三姨好好谈谈吧，别因为钱的事情伤了彼此。"钱川在一旁说道。

郭有庭摆了摆手，说道："女婿啊，这不是钱的事情，这要是提前跟我商量商量，涵东也像模像样的，像个过日子的人，我能不帮吗？抛开我跟你三姨现在的关系，那涵东还不是叫我一声二姨父吗？我这心啊，被他们做事的方法给气死了。"

"爸，其实这么多年走过来，我觉得我的心态调整得特别好，你与谁过日子，对于我来说已经都不重要了。我只希望你每天能够快快乐乐的，而不希望看到你现在的这个样子。其实前两年，我得知你每天去市场买菜、做饭，接送朵朵的时候，我当时的心里特别不是滋味，就在想为什么我的父亲没有照顾我与我的孩子，而是每天把很多精力都付出给了别人。时间久了，我才知道我那是属于心理啃老，那是不对的。现在我的心态不一样了，有句话不是说千金难买我乐意吗？只要你愿意的事情，你认为能让你每天高兴、快乐的决定，我都赞成。"

郭晓莹仔细地看着郭有庭，父亲的确比前几年苍老了很多，两鬓上的头发，虽然父亲染黑过，但新长出的头发有着很明显一段是灰白的。

自己已经好多年没有和父亲这样聊过天了。

"你三姨每天照顾朵朵，也是没有办法的，涵东几乎不管孩子，说句不好听的，他没有任何的责任心，朵朵基本上一个月见不了他几回。你三姨还不说，即使涵东有了错误，我说了几句，你三姨总是替他开脱，我拿他们一点办法也没有。"

郭有庭说完直叹气。

"那涵东一天到晚干什么呢？自己的孩子怎么能不管呢？"钱川说道。

"还在那个洗浴会馆搓澡呢，他这几年唯一的优点就是在这个地方落住了脚，你三姨老是说涵东不少挣，但现在要买房子不是还没钱吗？只是交了两万定金，现在租房子的钱几乎都是你三姨贴补的，你三姨有钱吗？还不是我的吗？这些事情啊，我不想说，说了好像我多小气似的，而且，我听别人说，涵东在会馆是三天两头儿地请假，一个月他上不了几天的班，你三姨说他在搞新的创业项目，他以前的朋友有个叫邢小军的，人家现在是搓澡主管，对他是能照顾就照顾，不然的话，换作别的领导，早就把他给开除了。"

郭有庭的心里也明白，这吴涵东真是把尹玉霞拖累得够呛。

郭晓莹摇了摇头，说道："那涵东他爸彻底不管他了吗？"

"涵东都多大了？以前涵东他爸每个月都给朵朵八百元钱当作生活费，后来他爸知道了涵东与姚瑶离婚了，加上自己得了痛风的毛病，这治疗的花销也不少，就中断了。"郭有庭的话语间，满是无奈。

"那姚瑶还看朵朵不？"钱川问道。

郭有庭点了点头，说道："看，只是到学校看一看，其实姚瑶那孩子还可以，就是姚瑶的母亲有些刁钻。但人家做得也对，谁让涵东在外面拈花惹草的。"

"他们要是不离婚真挺好的，朵朵的姥姥、姥爷都能照顾朵朵，他俩上班就行了，而且也有住的地方，还买什么房子啊。"郭晓莹说道。

"就是嘚瑟的，那段时间涵东真把自己当成老板了。出门就打车，一步都不走，那小金链子戴的，还必须戴在外面呢。他这毛病改不了，我还没跟你们说过呢，涵东与这个新处的女朋友，一人一件貂皮大衣，真不知道他是干什么的。"

郭有庭说着说着自己都无奈地笑了。

"爸，他买了房子也挺好，这样的话，就不会经常过来麻烦你了。"钱川坐在那里，不说话也不好，插了一句。

"不麻烦我？那能行吗？他买的是我家的楼下。"

郭有庭瞪着眼睛说道："就是我与你三姨分开了，也总是能见到的，你们说说别扭不？我都简直无语了。"

"妈妈，我刷完牙了，我困了。"悦悦站在卫生间的门口，在孩子的世界里，听从大人的意见是他们的唯一选择。

"乖宝宝，爸爸带你睡，让妈妈陪姥爷说说话。"钱川走上前去，拉着悦悦的手，走进了卧室。

第五十三章 放平心态

"姥爷晚安。"悦悦一边走着,一边回头跟郭有庭摆摆手。

"悦悦晚安,你也去睡吧,明天还要上班呢。"郭有庭跟郭晓莹说道。

"那也行,你也早点睡,其他的事情明天再说吧,你看看那腰带你喜欢不?不合适的话,我明天拿去退换一下。"郭晓莹也打起了哈欠。

"以后别老给我花钱了,这条腰带留给悦悦他爷爷吧,人家对你们的付出确实比我多。"郭有庭说道。

"她爷爷来了的时候,我再给他买,这个你先留着用吧。我先去睡了,无论什么时候,我都支持你的决定,放平心态,调整一下自己。时间不早了,你也早点睡吧。"

郭晓莹打着哈欠,走进了卧室。

郭晓莹的一番话,让郭有庭更陷入了自责之中,但他没有吱声,只是默默地点了点头,将身体靠在沙发上,眼睛一动不动地望着天花板,内心里很是复杂。

第五十四章　变本加厉

第二天一大早,郭有庭早早地起了床,钻到厨房里,忙来忙去,他都记不起来上次为女儿做饭是什么时候的事情了。

"爸,你怎么起来这么早?你饿了?"郭晓莹听见厨房有声响,自己睡眼惺忪地走到厨房,问道。

"你再去睡一会儿,我给你们做顿早餐。"郭有庭头也没回地说道。

"爸,你快去睡一会儿吧,悦悦去幼儿园吃,钱川单位也有早餐,我自己对付一口就行。"郭晓莹说道。

"闺女,你越是这样说,我越是不好意思了。"郭有庭一边熬着粥,一边说道。

"我听见你手机一直在响,你看看去吧。"郭晓莹见父亲如此坚持要做早餐,自己没再说什么,去了卫生间。

等她洗漱完毕,突然闻见一股烧焦的气味,赶紧跑进了厨房,郭有庭站在厨房中央,一动不动地看着手机,脸色很是苍白。

"爸,你干吗呢?粥都煳了。"郭晓莹赶忙关掉了煤气,说道。

"气死我了,你看看,我说昨天怎么取了两万元呢,自动提款机限额,这才几点啊,这又取了四笔,又是两万元,不行,我得回去,我得把我的银行卡要回来。"郭有庭说话的时候都带着颤音。

第五十四章 变本加厉

"涵东什么时候能让人省点心啊？"郭晓莹没说别的，将煳了的粥倒掉，刷起锅来。

"你到底还把没把我放在眼里！"郭有庭的声音很大，吓了郭晓莹一跳。

郭晓莹回头一看，郭有庭正打着电话呢。

电话的那一端，尹玉霞说道："再不给顾老三交钱，那两万块钱就打了水漂了，我这也是没办法，我给你写上欠条还不行吗？"

"写什么欠条？有用吗？你拿什么还？这么多年，你还过我一分钱吗？"郭有庭脸上的青筋条条暴起。

"二姨父，我这次真还给你，我正在做大事情呢，你别小看我，我要是心里没底，我也不会买这个房子，欠条我一会儿写完就给你放在茶几上。"电话的那一端传来了吴涵东的声音。

"喂，喂，喂！"郭有庭无论怎么喊，对方都没了回音，电话里传来了挂断电话"嘟嘟"的声音。

"看见没？多狂妄！你三姨现在都已经变本加厉到这种程度了。她口口声声说顾老三要收违约金，这么多年的街坊邻居了，我们跟他大哥关系也不错，说一说也能解决的。大不了少收点。根本原因是你三姨从骨子里就想买这套房子。"郭有庭冲着郭晓莹说道。

"爸，听了你说的这些事情，我也闹心，但解决的办法是掌握在你自己的手中，你先消消气吧，生气解决不了任何问题。再说了，你的银行卡都不在你自己的身上，这点你怪不得别人。"郭晓莹一边说着，一边把小米放进锅里，用食指试了试水位，然后盖上了锅盖。

郭有庭听得出来，郭晓莹也是在旁敲侧击地责备着自己。

"有时候，人与人之间本想坦诚相待，可是总有三岔路口的存在，走着走着就歪了。"

郭有庭自言自语着，郭晓莹没有吱声。

"莹莹，你有时候怪我不？"郭有庭问道。

"爸，我和钱川都没想啃老，一切的决定与自由都是你自己的。你的生日快到了，我和钱川还想为你大办一场呢。"郭晓莹说道。

"办什么办，不办了，一个生日，没什么。你和钱川越是这样，我越觉得心里不得劲儿。这仅仅两天的时间里，我就上了火，口舌生疮的。"郭有庭伸出了舌头，吸了口凉气，这样他还能好受一些。

"爸，凡事想开一点，其实我们大人没什么，就是你以后多和悦悦聊聊天就行，哪怕是用微信跟聊一聊，小孩子虽然不懂什么，但她平时老想着你，你与她的沟通，对她的心灵成长还是有作用的。"

郭有庭若有所思的样子，点了点头。

"其实昨晚我回到卧室，也是挺长时间没睡着，你想一想，眼瞅着涵东这个女朋友的肚子一天天大了起来，我三姨将来也会跟着受累的，愁人。"

郭晓莹的话，再次在郭有庭的心里如同响起了惊雷一般。

郭有庭早上和郭晓莹一起送悦悦去了幼儿园，悦悦临进幼儿园的时候，还拉着郭有庭的手说："姥爷，陪我玩两天吧，别走，好吗？"

瞬时，郭有庭像被融化了一般。郭有庭回头看了郭晓莹一眼，又摸了摸悦悦的脸蛋，说道："好，好，听我外孙女的，姥爷在这边住上一段时间。这真是血浓于水。"

郭有庭每天重复着固定的事情，买菜做饭，接孩子，只不过这次是为自己的女儿与外孙女做着这些事情。

一天早上，郭有庭刚从幼儿园回来，接到了弟弟郭有渊的电话。

"大哥，听老爷子说你去省城了？"郭有渊问道。

"来了一个星期了，你去咱爸那儿了？"郭有庭前几天给父亲打去了电话，父亲一天比一天老了，他出来了几天，也是放心不下。

"我昨晚在咱爸那里吃的饭，我才知道的。我明天和冬梅去省城，琢磨顺路去看看你和莹莹。"

郭有渊这么一说，郭有庭倒是很吃惊，这个二弟从来没有要看自己的时候，怎么明天要主动见自己呢？他心里反复琢磨着，问道："你和冬梅没别的事情吧?"

"没别的事情,你明天不是过生日吗?咱爸告诉我的,要不是他告诉我,我还真不知道呢,我自己的生日都记不住,主要是我和冬梅明天顺路。"郭有渊在电话的这端笑着说道。

郭有庭这才放下心来,因为他知道弟弟郭有渊的为人还算踏实厚道,只是弟妹韩冬梅经常会做出出人意料的事情来。

"你们什么时候过来?明晚莹莹和钱川非要带我去饭店吃饭,我还说呢,我们就四个人,去什么饭店,正巧你们来了。"

"行,大哥,我们大概明天下午两三点钟能过去。"郭有渊高兴地说道。

"能找到莹莹家的地方不?"郭有庭问道。

"以前不是去过吗?我从客运总站到莹莹家的话,我肯定能找到,不是坐258路公交车吗?在联合路车站下车。但明天我们上午去的地方在哪儿,我还不知道呢,我们找找试试,找不着再给你打电话。"

其实这么多年来,郭有渊只来过郭晓莹家一次,有些印象还真是模糊的。

"莹莹昨天教会我怎样使用微信位置了,我一会儿发给你。"郭有庭略显兴奋地说道。

"行啊,大哥,你挺厉害的啊,你发给我,我鼓捣鼓捣,咱明天见吧。"郭有渊挂断了电话。

原来郭有渊与韩冬梅是来省城参加姚瑶的孩子满月宴的。

"什么?姚瑶嫁到省城来了?"郭晓莹一边摆弄着生日蛋糕,一边说道。

下午的时候,郭有庭刚开始听到这消息,也感到很吃惊。

"他们在咱们东洲结的婚,后搬到省城的。这个对象也是二婚,但没孩子,之前也在咱们东洲卖电脑器材的,之前跟吴涵东与姚瑶都认识,但人家小伙子踏实,现在到省城来发展了,好像是代理什么家庭监控仪器那些东西的，现在在这边都买房子了。"韩冬梅说道。

"你一天到晚，二婚二婚的。"郭有渊瞪了韩冬梅一眼，小声说道。

郭有庭知道郭有渊在有意照顾自己的情绪，他摆了摆手，说道："下午我忘问了，谁照顾姚瑶和孩子呢？"

"我堂姐和我姐夫都过来了，我姐夫特别喜欢男孩，其实他帮不了什么忙，非要也跟着过来。男方家的父母年纪都大了，照顾不了。那孩子可可爱了，还别说，跟朵朵小时候还有几分相似呢。是不？"韩冬梅说完，还问了郭有渊一嘴。

郭有渊点了点头，说道："尤其那小嘴巴和眉毛，两个孩子是一模一样的。"

"涵东没福气，其实姚瑶这孩子还是可以的，但就是没主见，主要是你堂姐太霸道了，根本不给姚瑶自己做主的机会。"郭有庭说道。

"爸，咱们不说这些了，这菜都上齐了，悦悦给姥爷唱首生日快乐歌吧。"郭晓莹说道。

"不等钱川啦？"郭有渊问道。

"他能晚一会儿，集团开视频会议呢，他得汇报区域工作，不等他。"郭晓莹将生日帽戴在了父亲的头上。

"祝你生日快乐……"在大家的拍手声中，悦悦略显稚嫩而又清脆的歌声在饭店的包房里给郭有庭带来了无限的欢乐。

此时的郭有庭，想起了尹玉红，也想起了尹玉霞。在他的心里，感觉到要是尹玉红活着应该多好，这其乐融融的场景是多么幸福的事情。

而尹玉霞确实跟自己越走越远了，其实自己的生日，尹玉霞是知道的，但这么多天以来，尹玉霞没给自己发过一条短信或者微信。

"姥爷，现在该许个愿吹蜡烛了。"悦悦已经唱完了生日快乐歌，郭有庭的脑海里还想着事情，一时间没有反应过来。

悦悦的话语，让大家都欢笑起来。

郭有庭在悦悦的额头亲了一口，双手合十，闭上眼睛许起愿来。

刚吹完蜡烛，钱川就走了进来，手里还拿着礼物。

第五十四章 变本加厉

"爸,生日快乐。哟,二叔、二婶,也来了啊,什么时候到的啊?"

"他们下午来的,你还买什么东西,快坐,快坐。"郭有庭说道。

"这钱川出息了,下午在你家的时候听你岳父说,你现在都是区域经理了啊?混得真的很不错。"韩冬梅无论走到哪里,她的嘴巴总是不停地说这问那的。

"混口饭吃,没什么出息不出息的。"钱川有些谦虚地说道。

"刚才你岳父还夸你呢,钱川啊,你的身上体现着你的家庭淳朴、肯吃苦耐劳的家风,好好干。"郭有渊笑着说道。

"还谦虚上了,你是我见到过的第一个赚年薪的亲戚,我和你二叔在下午的时候还责备你爸呢,差点把这么好的女婿扔在了高速上,被别人捡去了。"韩冬梅越说越起劲儿。

郭有庭一听这话,咳嗽了两声,但韩冬梅丝毫没有察觉的样子,郭有渊听出了门道,瞪了韩冬梅一眼,这让她稍微收敛了一点,韩冬梅伸了一下舌头,故作镇静地端起了酒杯,说道:"说多了,来,大哥,你这过生日了,我和你二弟向你表示祝贺。"

"大哥,生日快乐。"

"爸,生日快乐。"

"姥爷生日快乐,吃蛋糕喽,吃蛋糕喽。"

悦悦十分兴奋,郭有庭用眼睛的余光看了钱川一眼,为悦悦切了一块蛋糕。

"爸,你先来,我给悦悦切吧。"钱川站起身来,接过郭有庭手中的塑料切刀,为大家分起蛋糕来。

"二叔,这块给你,晓龙还有一年就毕业了吧?"钱川将蛋糕递给了郭有渊。

郭有渊点了点头,说道:"嗯,时间过得多快啊,你和莹莹认识的那阵子,他才上初三,现在都读大三了。"

"二婶,这块给你。"钱川忙碌着。

"这钱川就是不一样,给我递块蛋糕都是双手,懂礼貌,二婶谢谢你。"韩冬梅笑着说道。

"二婶，别这么客气了，都是自己家人。"郭晓莹说道。

韩冬梅一听这话，一边往嘴里放了一块蛋糕，一边笑眯眯地看着郭晓莹，说道："莹莹啊，说一千道一万，还是你厉害，为我们老郭家找了这么好的女婿。你弟弟明年就毕业了，你和钱川多帮帮忙，有合适的工作帮忙留意一下。"

"嗯，我弟弟读什么专业来着？"钱川给郭晓莹切了一块蛋糕，问道。

"你小弟觉悟高，他学的专业是水土保持与荒漠化防治。"韩冬梅喝了一口水说道。

"什么专业？"钱川没听清。

"水土保持与荒漠化防治。"其实郭晓莹早就知道，她重复了一下郭晓龙的专业名称。

"怎么样？你小弟这觉悟性高吧？"韩冬梅继续夸着她的儿子。

郭有渊有些听不下去了，说道："你赶紧让你儿子先把挂科的科目给补修及格了，再说其他的，这都读大学了，还是一天到晚打电脑游戏，你们娘俩怎么就不知道上进呢！你就惯着吧，别弄得将来一无是处。"

被郭有渊揭了短，韩冬梅心里有些不太舒服，说道："当着大哥的面儿，你夸夸我，我上进没？我现在对咱爸是不是孝顺多了？而且不在咱爸那里拿东西回家了，做好吃的，主动给咱爸送去，对不？另外，晓龙可不是你想象的那样，你要对他有信心，现在每周都利用周末时间学车呢，游戏越来越很少碰了。"

"你就是王婆卖瓜。"郭有渊也不知道今天哪儿来的底气，"顶撞"了韩冬梅好几次，这在以前是绝对看不到的。

"哟，冬梅，你怎么进步这么大啊？"郭有庭很吃惊，笑着问道。

郭有渊冲着郭有庭笑了笑，颇为得意地说道："大哥，咱们社区现在开展'弘扬家庭家教家风，树立家国情怀'活动，她被社区的郝书记列为帮扶对象了，进步很大，这是实事求是。这一转变，给咱爸弄得都不知所措了。"

"我争取有个大转变，给我家晓龙也做个榜样，争取当个家风进步家庭。对了，大哥，涵东跟晓龙说他要买车了，你给拿钱啊？"韩冬梅有些不好意思，故意转移了话题。

"他俩怎么还扯到一起了？"郭有庭很是诧异。

"他们两个在一个驾校学车，现在六百公里刚跑完没几天呢，眼看着这驾驶证马上就到手了。"

郭有渊用脚踢了一下韩冬梅，小声说道："我不告诉你，出门别乱说话吗？"

"你踢我干吗，瞧你这个人，真有意思。这莹莹和钱川是外人吗？"韩冬梅阴阳怪气地说道。

"我没钱给他买车，这悦悦一天天大了，我得留点钱给我们悦悦买车。"郭有庭的这句话，郭晓莹是听得出来，父亲是在极力避免自己的尴尬。

"那他还挺厉害的，还能买得起车。这菜好吃，来，大哥，你尝一尝。"

韩冬梅终于将话题转移到了菜品上，郭有庭稍微舒了一口气。

"莹莹，你也吃啊，这猪蹄美容，你多吃点，人家这大饭店做得就是好，一点都不腻。"

"二婶，你吃吧，我们经常到这家饭店来吃饭，每次都必点这道菜。"

"哎呀，这日子让你给过的，真好。好，今天借大哥过生日的光了，我多吃点。"

"二婶，这是这家饭店的招牌菜香味和牛，你尝一尝。"

"莹莹啊，明天周六，你们有空吗？"韩冬梅问道。

郭有渊一听这话，立刻将目光瞪向了韩冬梅，并使劲儿挤弄着眼睛，示意韩冬梅不要再讲下去。

"钱川不休，工作狂。我休息，明天我大学同学出差路过这里，我们明天小聚一下。"郭晓莹给悦悦夹了一口牛肉，回答说道。

"哦，那算了。"韩冬梅一脸失望的表情。

"怎么了？你要干吗？"郭有庭问道。

韩冬梅咬着筷子，说道："省城不是开了个水润温泉欢乐谷吗？都说挺好的，我和有渊明天想去看一看。"

"奶奶不懂礼貌。"悦悦指着韩冬梅说道。

"这孩子，说什么呢？"钱川瞪了悦悦一眼。

"老师说的，咬筷子和将筷子插进米饭里，都不礼貌。"悦悦说完，大家都笑了起来。

钱川也跟着笑了起来："那地方离市区挺远的，温泉确实不错，明天我去送你们吧。"

"你该上班就去上班，打个出租车去就完事了。这么大岁数了，一天到晚，这心也真够野的。"郭有渊很不高兴地说道。

"明天你哪个同学来啊？能串个时间不？你就陪着他们去呗，正好把悦悦和咱爸带上。"钱川说道。

"仰慕你的薛迪，早都约好了，她就在这里待一天。要不你也见一见？"郭晓莹故意问道。

"算了，我怕我想起我姥姥。"钱川笑呵呵地说完，就不再吱声了。

虽然钱川与郭晓莹都劝郭有庭在省城多住几天，就当散散心了，但郭有庭还是放心不下。

没过几天，他就急急忙忙赶回了东洲市。回到家的时候，没看见尹玉霞的身影。只有工资卡和一张写有四万元欠条的白纸放在了茶几上，上面是吴涵东歪歪扭扭的签字。

"今欠二姨父四万元，两个月内归还。吴涵东。"

郭有庭摇了摇头，面对着这张缺文少字的欠条，他也是无可奈何，最起码连个日期都没有，而且这两个月的时间，郭有庭更是没有一丝一毫的信任。

郭有庭将银行卡与欠条收好，自己躺在了床上。金窝银窝，不如自己的狗窝，虽然女儿家的条件比家里好了很多，但还是待在自己家里感觉到

第五十四章 变本加厉

浑身上下的放松。

不一会儿的工夫，他听见有人开门。

"妈，你放心，这次我真是考察好了，这赚钱就是水到渠成的事情了，咱们再也不用看我二姨父的脸色了。我和沙雪想好了，先租车干，然后我们也买台车。"是吴涵东的声音。

"你可给妈长点脸吧，这下我们是终于有了自己的房子了。你说，真没想到这次你爸和你干妈能给你拿钱。"尹玉霞说道。

"还是沙雪会办事，这跟我干妈套得那个近乎啊，你要是在场你都能吃醋，这妈长妈短的。"

是吴涵东夸沙雪的声音。

"我这肚子一天比一天大了，我再不好好表现，我和肚子里孩子还不得睡到大街上啊。"沙雪说道。

"瞧你说的，我睡到大街上，也不能让儿媳妇和肚子里的孩子睡到大街上啊。我这里还有两千元的私房钱，我给你们，沙雪你该吃营养的东西尽管吃，别亏了自己，虽然这房子我们是贷款买的，咱们齐心合力慢慢还呗。"尹玉霞说完，直奔向了卧室。

"呀！你吓死我了，在屋里怎么也不吱个声呢？"尹玉霞刚一进屋，就看见了郭有庭躺在了床上。

郭有庭没有吱声。

"涵东把欠条和卡都放在了茶几上，你自己收起来吧。"尹玉霞一边退了出去，一边说道。

郭有庭依然没有吱声，他的心里已经清楚地知道，尹玉霞对自己的态度，跟吴涵东好高骛远的心理一样，变本加厉了，已经完全没有挽回的余地了。本想着跟尹玉霞在夕阳下牵手遛弯的美好，已经随着琐事的磨炼，与自己渐行渐远了。

第五十五章　冷暖自知

"那你们真的就分开了?"赵吉利得知郭有庭与尹玉霞已经分开的事情,多少还是有些吃惊。

郭有庭点了点头,鼻子里发出了"嗯"的一声。

他们两个人在德海面馆里,刚坐下,点了几样小菜,郭有庭就告诉赵吉利他与尹玉霞分开的事情。

赵吉利看了看周围,由于没到饭口时间,面馆里空无一人,杨德海正在后厨忙活着呢,他的媳妇在门口择着芹菜。

"什么时候的事情?什么也没说就分开了?"赵吉利还是有些不相信,小声说道。

"已经一个星期了。"郭有庭看了赵吉利一眼,目光看向了窗外。

"什么也没说?没吵一架?"赵吉利追问道。

赵吉利这一问,把郭有庭也问笑了。

"又不是年轻人搞对象分手,还要吵上一架。不相往来就足够了,她不在我那里住着,就是分开了。毕竟涵东已经买了顾老三的房子了。"

"行啊,你这条件找什么样的没有?涵东的这个媳妇有一天我在你家楼下看见了,这肚子一天天大了,这孩子要是再生下来,可就有的尹玉霞忙的了,要是你还跟她一起过,你也不能得清闲了。老了,图个啥啊?我们忙了大半辈子了，图个清静是最好的。"

赵吉利的一番话，郭有庭还真是往心里去了。

"我也想开了，不再找了，这段时间，我天天能去我父亲那儿一趟，逛逛早市，遛遛弯，挺好的。明天再去趟省城，给莹莹和悦悦送点笨鸡蛋去。"郭有庭笑着说道。

赵吉利看见郭有庭这个状态也很高兴，说道："这就对了，你看你现在这多开心，过去的几年，你太累了。"

"绿豆芽炒肝好了，大利哥，你遇到什么事情了，你这么开心？"杨德海将热气腾腾的绿豆芽炒肝端上了桌子，看见赵吉利笑呵呵的样子，杨德海问道。

"这几年，街坊邻居都喊我老赵或者赵哥了，唯有你还叫我一声大利哥，我听着就觉得我自己年轻了二十岁。这耳朵听见了让我顺心的话，自然我就高兴了。"赵吉利调侃着说道。

"行，你这要求也够简单的，抽时间，我在我家玻璃上写上，以后只准称呼赵哥为大利哥，让街坊邻居们日后都注意点。"杨德海开玩笑道。

"真有你的。"郭有庭也笑着说道。

"郭哥，那边的油炸花生米，也是今天早上我新炸的，你们自己取去，我现在给你们做酱焖小河鱼去。"杨德海说完，又钻进了后厨。

"鲜啤我们自己拿了啊？"郭有庭说道。

"好嘞，你们自己拿吧。"杨德海提高了嗓门在后厨里喊道。

"酱焖小河鱼，林戈民也爱吃。"赵吉利不经意地说了一句。

郭有庭已经将筷子夹住了豆芽，听赵吉利这么一说，又放下了筷子，问道："最近去看他没？"

赵吉利摇了摇头，刚才满脸的笑容立刻一扫而光。

"不知道他现在怎么样了？下次再去探监的话，叫上我。"郭有庭说道。

"上次你去省城的时候，我去的，这也一个多月过去了。要不明天再去看看他？"赵吉利沮丧着脸说道。

"行啊,明天可以探监吗?"郭有庭说道。

赵吉利点了点头,说道:"我昨天还看了日历的,明天、后天都可以。看你的时间,我跟老陈说一声。"

"我现在轻轻松松的,跟你一样,不用做饭,也不用接孩子的,那就明天。"郭有庭起身去收银台前面的桌子上盛了一小碟花生米。

赵吉利叹了一口气说道:"一个胸有大志的人,在不经意的地方湿了鞋,没办法。连他自己都说,国有国法,家有家规,有些底线是绝对不能碰触的。大意失荆州,那就是历史,后悔不得,也改变不了。"

"行了,不提这些不开心的事情了,今天好好陪你喝两杯。"郭有庭端起了酒杯。

"应该是我陪你喝两杯,恭喜你再次走进单身的行列,重新成为新的钻石王老头,不是王老头,而是老郭头。"赵吉利把自己酒杯与郭有庭的酒杯碰得叮当一声。

"好,为我重新成为新的钻石老郭头干杯!"郭有庭笑着说道。

第二天一大早,郭有庭与赵吉利就赶到了林戈民服刑的监狱。

"郭哥,你也来了?昨晚我梦见我赵哥和你了,今天你就来了。"隔着玻璃,赵吉利先让郭有庭与林戈民说了几句。

"兄弟,你挺好的吗?我们也惦记着你,看你的气色还行。"郭有庭说道。

"怎么说我也懂点医学,虽然现在不是医生了,但怎么养生和调整身体,我还是做得到的。"林戈民笑了笑说道。

郭有庭猛地一惊,他发现不苟言笑的林戈民刚才竟然笑了起来。

"你现在有需要我和老赵能做的尽管吱声,我们肯定尽力去做。"

"郭哥,你们现在这样经常来看我,我已经都很不好意思了,真的感谢你们。人啊,只有从高处跌了下来,在大家的脚底下往上看的时候,才会明白什么人是自己的朋友,才会明白有时候人心是在地面以下才能找到的。"林戈民说完又笑了笑,但此次他脸上流露出的应该是一丝苦笑。

第五十五章 冷暖自知

郭有庭把手中的话筒递给了赵吉利。

"好兄弟,怎么样啊?"赵吉利的声音有些颤抖。

"赵哥,我好着呢,积极改造,争取早日出去。现在我在这里给大家做义务咨询,没有行医资格了,给大家一些健康的建议,还是稳妥的。"林戈民说道。

"嗯,你悠着点,别被别人挑出毛病。"赵吉利有些不放心。

林戈民点了点头,说道:"放心吧,都是在管教允许的条件下,我才那么去做的。遵守纪律是这里的第一要求,这个道理我是懂的。"

"那就好,那就好。前几天董医生来找过我,说是了解一下天妙堂药房的事情,你放心,我只是讲了药房,别的事情,尤其是老太太的事情,我什么都没说。"赵吉利说到这里的时候很紧张,生怕引起林戈民的误会。

林戈民微笑着,说道:"赵哥,我相信你,董医生和我的几名学生想帮我提前将天妙堂复建起来,我开始是不同意的,可是拧不过他们,你要是能帮得到的地方,你就帮他们指导指导,有些事情,你比我应该更清楚。"

"董医生他们说了,等你出来的时候,肯定会将一个红红火火的天妙堂交给你。严师出高徒,现在徒弟们有了能力,都过来帮你来了。"赵吉利竖起了大拇指。

林戈民摇了摇头,说道:"我枉为人师啊,学高为师,身正为范,现在的我完全不敢当啊。不过,当年我对他们的要求确实有些过于严格了,也是伤了很多人的心。不过还好,有几位,比如像董世达医生他们几个,还是比较能够理解我的良苦用心的。"

"对啊,所以他们得益于你的严教苦学,才有了他们今天的成绩。"赵吉利又竖起了大拇指。

林戈民一手拿着话筒,一手摆了摆,说道:"我在学生面前,做了这些事情,还是有愧的。在这里,我也想明白了,我们一生执着,百年之后带不走一丝的虚荣,莫不如脚踏实地。在我出去之后,能够尽自己的力量,给家乡的父老一丝回馈吧。其实我进来之后,才真正领悟到了我母亲对我的良苦用心,她在用一生默默地教育我,她骨子里的家风,我没能传承好,是我最大的遗憾,不过,我有信心改正好,出去之后肯定好好过日子。不说我了,你们家里人都挺好的吧?"

"还行,反正老的一个没缺,小的一个也没添,但你在这里挺闷的,告诉你一个八卦新闻吧。"赵吉利说完这句话,看了看郭有庭。

郭有庭知道赵吉利想说什么,故意瞪了赵吉利一眼。

"他,你郭哥,跟他小姨子分手了,这几天他正痛苦呢。"赵吉利说完笑了起来。

"别听老赵的,没什么痛苦的,沾亲带故的,有点别扭而已。"郭有庭连忙解释说道。

"人啊,总得活着,放下过去的那段吧,现在不是流行一种说法吗?叫作以空杯的心态去做事情,过去的一切都不是明天你生活的资本或者累赘,老是抱着这些,就好像穿着棉衣游泳,越游越沉,会被累死的。分开是有分开的道理,别有别扭的负担,有些时候,冷暖只有自知。"

林戈民的这番话,赵吉利明显听得出来,是话中有话。但也恰恰证明了林戈民对有些事情已经是彻底地想开了。

探监之后,回东洲的车上,赵吉利和郭有庭还在讨论着林戈民最后说的几句话。

"别老拿我的事情寻开心,但你发现没?林戈民被改造得有效果啊,竟然会笑了。"郭有庭说道。

"是啊,说明有些事情,老林确实是释怀了,那句话怎么说来着?"话到了赵吉利的嘴边,愣是没想起来。

"空杯。"郭有庭说道。

"对对,是空杯,说得真好,不要把过去的一切当成你明天生活的资本或者累赘,太有道理了,哎,好像是你的手机响了。"赵吉利说道。

果然是自己的手机响了,车里吵吵闹闹,郭有庭还没有听出来。

郭有庭掏出手机一看,自己愣住了,是尹玉霞打来的。他将手机给赵

第五十五章 冷暖自知

吉利看了一眼，赵吉利也很吃惊。

"不接，你又不是她家电视的遥控器，她想按就按，想不按就不按。"赵吉利劝说道。

郭有庭手中的电话一直响个不停，旁边的人都纷纷投来了诧异的目光。

"喂，什么事？"郭有庭最终还是接了，赵吉利将脑袋扭向了一边。

"涵……东……出事……了。"电话里传来的尹玉霞哭哭啼啼的声音，好像旁边也有沙雪的声音。

"你先别哭啦，你慢点说，涵东怎么了？"郭有庭也感到很着急。

尹玉霞越哭越厉害，几乎说不出话来。

"你这么不冷静，容易耽误事情的，你让沙雪跟我说。"郭有庭顾不得自己在大巴车上，大声地喊道。

"二姨父，涵东被警察抓走了！"沙雪说道。

郭有庭非常吃惊地问道："为什么抓他？"

"说是伪基站犯罪，我们也不懂啊。"沙雪也开始哭了起来。

"这不是胡闹吗？平时都不看新闻吗？天天鼓捣着手机，就知道打游戏、扯闲篇，国务院总理开会时都强调了要打击黑广播、伪基站！这叫加大对电信诈骗惩戒力度。"郭有庭扯着嗓子喊道。

"涵东没诈骗，就是发点短信。"郭有庭这么一说，沙雪吓坏了，哭得更厉害了。

"没诈骗？那离诈骗也不远了。行了，别哭了，我刚从监狱出来，一会儿就回去啦。"郭有庭此话一出，把大巴车上邻座的几个人吓得够呛，有的人甚至调换了座位。

原来，吴涵东以前的花销很大，为了维持自己与沙雪的关系，在几家银行都办理了信用卡用于日常消费。在明知道自己没有还款能力的情况下，还大量透支、肆意挥霍，导致所欠资金无法归还。而且吴涵东换了几次电话卡，逃避着银行方面的催收。最后这一张电话卡是以沙雪的名义办的，所以银行以及警方找了好久，都没发现吴涵东的踪影。

即使在买房子的时候，房子也是以沙雪的名字做的贷款。一是他明知道自己办理了很多信用卡，都没有按期归还，肯定办理不了贷款。二是他想着对还未与他登记却已经怀孕了的沙雪表示一下恋爱的决心，所以就以沙雪的名字买了房子。

但好景不长，百密必有一疏。吴涵东总是嫌自己赚钱太慢，他为客人搓澡的时候，认识了一名浴客，自称是能量级的人物，只要吴涵东踏实肯干，买辆车，天天游街串巷，轻轻松松，每天就能赚得二百元左右。吴涵东这次又心动了。

"儿子，这东西不违法吧？"尹玉霞很担心。

吴涵东的头摇得跟拨浪鼓似的。

"妈，你放心，我坐在车里，他发送什么，我的手机也能收到，那些冒充银行诈骗的，打死我，我也不会干的，哪怕一次，我都不做，你放心吧。我想好了，我先买个二手车吧，孙云松帮我联系好了，他修车的有经验，懂这些。"

驾照下来的第二天，吴涵东就和孙云松一起，到二手车市场花了一万元买了辆不知道经历过几手的旧车，将这位浴客给他的主机以及一台笔记本电脑和若干张电话卡放进了汽车的后备厢里，干起了发送短信的勾当。

果真如那位浴客所说的，他几乎每天都在得到一百元的用车补助以外，还能得到二百多元的辛苦费，这比搓澡确实轻松多了。而且吴涵东留个心眼，每次都看一下通过他车里伪基站发送的短信，确实没有黄赌毒的内容，大部分都是房地产销售广告与商场促销信息广告，他自认为没什么不妥的。

那段时间里，每天开着车就能赚到钱，吴涵东觉得离他心目中有车有房的生活几乎差不多了。他还琢磨着，等到赚到了大钱，就换辆更好的车。

可问题就出在了这辆车上，吴涵东恶意透支信用卡之后，警方一直没有放弃对他的跟踪追查。吴涵东名下突然多了一辆汽车，警方就顺藤摸瓜，找到了吴涵东。恰恰不凑巧的是，警方又在吴涵东的汽车后备厢里发现了国家多个部门明令禁止的伪基站。

当被戴上冰冷的手铐时，吴涵东彻底傻了眼。

最终，根据《刑法》第一百六十九条规定，吴涵东是属于以非法占有为目的，超过规定期限透支，并且经发卡银行催收后仍不归还，属于恶意透支。但在警方立案后，吴涵东在郭有庭的帮助下，主动偿还了全部的透支款息，情节略显轻微，法院方面不追究吴涵东的刑事责任。但吴涵东因为使用伪基站设备，以非法占有频率，干扰公用电信网络信号，截断通信线路的方法，造成几十万名手机用户通信中断，危害了公共安全，其行为已经构成了破坏公用电信罪，鉴于吴涵东在本次犯罪过程中是从犯，他被判处有期徒刑两年。

"沙雪昨天堕胎去了。"

夕阳即将西下，弯弯的月亮又挂在了半空中。与上一次郭有庭自己见到此情此景相比，这一次不仅仅是自己的身边，多了一个哭哭啼啼、泪流满面的尹玉霞，而且远处不知什么地方也传来了几声青蛙的叫声。

"现在的年轻人都很现实，但应该对自己的身体负责。"郭有庭的眼睛盯着弯弯的月亮说道。

"我想这么多年，我真是错的，生活对于我来说，实在是太难了。没有一个好的家庭，对孩子的教育就会缺失，就无从谈起有好的家教，既苦了大人，也害了孩子。"尹玉霞哭着说道。

郭有庭微闭着眼睛，摇摇头说道："这个世界上，生活本不难，难的，是你的心理。非要把涵东当成太子来养着，可你知道你自己并不是皇后，更不是皇太后，那种一厢情愿的深情，是会害死人的，家风是一代一代传承下来的，你首先要改变你自己的思想和心理。"

"那我现在应该怎么办啊？还有我可怜的朵朵。"尹玉霞的泪水像是断了线的珠子。

"前几天我和赵吉利去看林医生的时候，他跟我说过这么一句话，我觉得很有道理，也许他在狱中服刑，他的体会会更深一些。他说过去的一切都不应该是明天生活的累赘，老是抱着这些，就好像穿着棉衣游泳，越游越沉，会被累死的。这句话你也琢磨琢磨，这两年时间也快，涵东会挺过来的。"郭有庭劝说道。

"那我们呢？"尹玉霞抽泣着，问道。

"还是叫姐夫吧，涵东写的欠条，我已经给撕掉了，但愿这次他出来真的能够吸取教训，出来之后踏踏实实做人。生活没有捷径，这一点你最应该懂得，其实有些时候，冷暖自知也是挺好的。"

郭有庭说完，看了一眼那已经躲在五彩缤纷晚霞里的夕阳，内心里也是很多的感慨。

一阵阵微风吹在自己的脸上，感觉挺舒服的，这么多年来，郭有庭第一次静下心来，感受着微风拂面的感觉，也许心情不一样了，良好的感觉也跟着存在了。

"你刚才就这么跟尹玉霞说的？"赵吉利问道。

"是啊，我就这么说的。沾亲带故的，总要帮助一把的。"郭有庭趴在浴床上，说道。

"郭哥，你这么做，我觉得是对的。你明天有什么安排吗？明天请你喝点。"

"我答应我外孙女了，明天去省城看她，现在一个星期看不见她，我这心里就觉得空落落的。"

"这个我支持你，这才是你生命的延续，你忙你的。那就等过几天，我们参加崔宝海孙子满月酒的时候再喝吧。"

赵吉利说完，接了一盆水倒在了郭有庭的后背上。

"这水有点凉，特别像我现在清醒的感觉。"郭有庭打了一个冷战，说道。

赵吉利笑了，他深吸了一口气，弯下腰来，没再吱声。

赵吉利无名指与小拇指交叉，食指中指架在一起，大拇指单独放松，极具节奏感地落在郭有庭的身体上。郭有庭通畅的毛孔中渗出的汗液与水珠一起,与赵吉利的敲打共振起来。

啪,啪,啪啪啪。啪啪……

清脆的响声回荡在浴池里。